Yıldız Karasu, Hauptkommissarin der Berliner Polizei, und ihr Stellvertreter
Tobias Becker müssen einen rätselhaften Serienmord in Zusammenhang
mit dem Berliner Pergamon-Museum aufklären und stoßen bei ihren
Ermittlungen auf uralte Geheimnisse, die das Leben von zahlreichen
Menschen zerstören können. Als dann noch Botschaften eines griechischen
Gottes auftauchen, steigt nicht nur bei den beiden Ermittlern die Spannung.
Ein kriminologisches Abenteuer, das sich von den Straßen Berlins, ins
Pergamon-Museum bis nach Bergama in Anatolien erstreckt.

AHMET ÜMIT, geboren 1960 in Gaziantep, ist einer der meistgelesenen
Autoren in der Türkei. Er war von 1974 bis 1989 aktives Mitglied der
Türkischen Kommunistischen Partei und schrieb in den Achtzigerjahren
nicht nur seine ersten literarischen Texte, sondern studierte auch an der
Akademie für Gesellschaftswissenschaften in Moskau, was zu jener Zeit
nach türkischem Recht illegal war. Während der Militärdiktatur von
1980–1990 war er im Untergrund aktiv und musste zeitweise auch selbst
untertauchen. Er zog sich schließlich aus der aktiven Politik zurück und
konzentrierte sich aufs Schreiben. Einige seiner zahlreichen Bücher
wurden erfolgreich verfilmt.

AHMET ÜMIT BEI BTB
Die Gärten von Istanbul (71513)
Das Derwischtor (71765)

Ahmet Ümit

DAS LAND DER
VERLORENEN
GÖTTER

Kriminalroman

Aus dem Türkischen
von Sabine Adatepe

btb

Vaterlose Kinder flüchten sich zu Gott,
er aber wollte Gott sein.

Zum Gedenken an den Archäologen Halid Esad,
der enthauptet wurde, weil er trotz schwerster Folter nicht verriet,
wo sich die bedeutendsten Werke
der antiken Stadt Palmyra befanden ...

PROLOG

Sie liefen im Zwielicht über die Straße. Musik zerriss die nächtliche Stille und dröhnte ihnen in den Ohren, aus der offenen Tür fiel flackernd ein roter Lichtschein. Übler Blutgeruch stieg ihr in die Naşe. Sie verzog das Gesicht und ahnte, was für ein Anblick sie erwartete. Dennoch folgte sie ohne zu zögern ihrem Assistenten Tobias, der in seinem weißen Kapuzenoverall, den beide vor dem Betreten des Tatorts übergestreift hatten, behäbig voranstapfte. Je näher sie kamen, desto unerträglicher wurde der Krach aus der Wohnung, erschütterte wie bei einem Erdbeben das ganze Gebäude, auch der Gestank nahm noch zu. Als Tobias jäh stehen blieb, spürte sie sein Entsetzen, auch ohne seine Miene zu sehen. Doch Hauptkommissarin Yıldız war keineswegs erschrocken, vielmehr war sie neugierig auf den Anblick, der ihren Assistenten zurückprallen ließ. Sie legte einen Schritt zu, war rasch bei der Tür und berührte Tobias an der Schulter. Er schrak zusammen, starrte Yıldız überrascht an, als sähe er sie zum ersten Mal.

»Puh ... Hier ... Hier sieht's aus wie auf dem Schlachthof, Chef. Alles voller Blut ...«

Sie hörte seine Worte gar nicht, ihr Blick blieb an dem gigantischen Gemälde an der Wand gegenüber dem Eingang hängen. Darauf saß im flackernden Schein des roten Lichts ein König auf seinem Thron, außerordentlich majestätisch, langes Haar, prachtvoller Bart, auf dem Kopf eine Krone. Bart und Haare waren goldfarben und wiesen ihn als alten Mann aus, sein athletischer Körper aber ließe jeden Spitzensportler vor Neid erblassen. Auf seiner rechten Hand saß eine geflügelte Elfe, in der linken hielt er ein

9

Zepter. Der zornige Adler obenauf musterte sie mit drohenden Blicken. Auf der unteren Hälfte des Gemäldes in Gelb-, Orange- und Brauntönen prangten unten, zu Füßen des Throns, rote Flecken. Da erst erblickte sie das Opfer. Splitterfasernackt lag es rücklings auf dem Boden, die Hände an den Handgelenken gefesselt und nach oben geöffnet. Ihr stockte der Atem, als sie näher heranging, entdeckte sie das blutige Fleischstück in den Händen des Mannes. Noch ein paar Schritte … Sie hatte sich nicht getäuscht, der Mann hielt ein Herz in den Händen, ein Herz, das noch blutete. Und links in seiner Brust klaffte ein tiefes, schwarzes Loch. »Wie jetzt?«, murmelte Tobias und schaltete das Licht im Zimmer an. »Hat der Mann dem König etwa sein eigenes Herz geopfert?«

Statt zu antworten, richtete Yıldız den Blick auf die Quelle des Rotlichts, dessen Wirkung sich mit dem Aufflammen der Lampe verlor. Auf dem Tisch stand ein Computer, auf dem breiten Monitor lief dröhnend ein Musikvideo. Auf dem Schriftband unter dem Clip stand der Titel:

»Altar of Zeus.«

»Nicht dem König, Toby, dem Göttervater. Er hat sein Herz Zeus geopfert, dem obersten Gott.«

1

»Wer vergisst, wird dafür zahlen!«

Ich fange da an, wo euer Vergessen eingesetzt hat. Bei der letzten Stadt, aus der mein Name getilgt wurde, dem letzten Tempel, in dem die letzte Statue von mir zerschlagen wurde, beim letzten Wort der letzten Prophezeiung des letzten meiner Seher, beim letzten räuchernden Fleisch des letzten Opfers auf dem Altar, beim letzten Gebet meines letzten mich voller Liebe, Achtung und Ehrfurcht anrufenden Dieners.

Weder die gnadenlose Zeit noch der treulose Mensch, noch schrumpfender Stein, schmelzender Marmor, rottendes Holz, verzagtes Wort, noch die Unzulänglichkeit von Gebeten, nichts, rein gar nichts vermag meine kommende Herrschaft zu verhindern. Wieder werde ich mit Blitzen den Himmel spalten, Donner auf eure erleuchteten Städte schleudern, Fluten über eure verfluchten Lande schicken, werde euch mit Krankheit schlagen, eure törichten Könige verführen und Kriege anzetteln, werde eure Meere mit fetten Fischen füllen, eure Gärten mit süßen Früchten beschenken, euren Feldern goldenes Getreide spenden, eure Ställe mit fruchtbarem Vieh segnen. Wie früher werdet ihr zu mir flehen, werdet furchtsam vor mir auf die Knie fallen, ehrfürchtig Schlange stehen in meinen Tempeln und beim Gedanken an meinen Namen vom Scheitel bis zur Sohle zittern.

Ihr werdet euch entsinnen, wie sehr ich euch gehasst habe und wie sehr geliebt, wie sehr ich euch beargwöhnt habe und wie sehr vertraut. Auch werdet ihr euch an alles erinnern, was eure Vorfahren, eure Großväter und Väter vergaßen. Werdet euch erinnern, wie gnadenlos ich war, wie barmherzig aber auch. Meine zügellose Wut werdet ihr ebenso erinnern wie meine unendliche Güte. Werdet euch entsinnen, wie ich euch vor Unheil schützte und von Kummer und Sorgen fernhielt, aber auch der Katastrophen, mit denen ich euch überzog.

Hört, ihr Menschen mit eurem schwachen Gedächtnis, eurem beschränkten Verstand und eurer niederen Moral, ich beginne bei jenem Tag, an dem ihr mich vergaßt. Ich werde wieder meinen goldenen Thron auf dem Olymp besteigen, damit ich alle von euch begangenen Sünden sehe. Ich werde mein Königreich wieder errichten, damit euer Plündern von Himmel und Erde ein Ende habe. Ich werde die Erde wieder segnen, die Meere weihen, die Luft reinigen. Ich werde mächtiger sein als früher, grausamer, gnadenloser. Und alles, was euch über mich entfallen ist, werde ich aufschreiben, Zeile für Zeile, Wort für Wort … Mit eurem Blut …

Von Neuem will ich von der unendlichen Finsternis erzählen, vom Chaos, von unserer Erdmutter Gaia, unserem Großvater Uranos, unserem Vater Kronos und von mir, Zeus. Ich will erzählen, wie ich die Titanen und Zyklopen besiegte, will von den blutigen Schlachten und ruhmreichen Kriegen berichten. Damit ihr es lest, euch daran erinnert und es nie wieder vergesst. Und lest ihr nicht, was ich aufschreibe, werde ich euren kümmerlichen Leibern die Worte mit Feuer einbrennen.

Pein wird euer weisester Lehrer sein, Qual euch die Türen zur Tugend öffnen, mein Zorn euren Verstand erhellen. Ihr werdet um Vergebung flehen. Damit ich euch vergebe, werdet ihr mir Tempel errichten, imposanter noch als früher, prächtigere Statuen aufstellen und mir auf gigantischen Altären von eurem eigenen Fleisch opfern. Leicht aber erlangt ihr keine Vergebung. Denn ihr seid Verräter, Heuchler, Lügner. Seid gleich dabei, wenn etwas leicht ist, entzieht euch aber, wenn es schwierig ist. Dabei sind es die schwierigen Pfade, die zu Gott führen. Denn Gott ist die Wahrheit, unveränderlich, unleugbar, unvergesslich.

Ihr aber vergaßt. Als hätte es Zeus nie gegeben, als hättet ihr ihn nie angebetet, nie angerufen, als wäret ihr nie für ihn gestorben, hättet nie für ihn getötet. Die Zeit wird Zeus' Herrschaft stürzen, dachtet ihr. Meine Macht wird enden, dachtet ihr, wie die meines Großvaters Uranos und meines Vaters Kronos. Eure neuen Götter ersetzen mich, dachtet ihr. Eure neuen Götter sind mächtiger als ich, weiser, gnadenloser und barmherziger, dachtet ihr. Wenn meine Tempel zerstört sind, werde ich zu Staub, dachtet ihr, wenn meine Statuen zerschmettert sind, zerfällt mein unsterblicher Leib. Ihr dachtet, mir vergeht der Atem, wenn ihr nicht zu mir betet. Mein Geist bleibt ohne Nahrung, wenn ihr mir keine Opfer bringt, verschwindet wie ein erlöschender Stern in den Tiefen der Finsternis.

Leugnet es nicht, so wird es sein, dachtet ihr. Darum war es euch ein Leichtes, mich zu vergessen. Eure Könige, eure Helden, eure Edlen, eure Knechte, eure Frauen, eure Alten, eure Kinder. Ihr alle habt es getan. Tatet es mit Vergnügen, mit Lust und Laune, mit fröhlichem Lachen, indem ihr Wein trankt, tanztet, euch schamlos paartet. Ihr wolltet euren jahrtausendealten Gott aus euren armseligen Leben vertreiben. Zeus, für den ihr seinerzeit bereit wart, euer Leben zu geben, sperrtet ihr wie einen Verfluchten, an den man sich nicht erinnern will, in unterirdische Lager mit versiegelten Türen, in marmorne Sarkophage. Meine Liebesgeschichten verhöhntet, meine Siege verlachtet, meine Wunder verachtetet ihr, meinen Namen machtet ihr zum Gegenstand eurer geistlosen Scherze. Ihr wolltet euch meinen Namen, mein Antlitz, meine Worte aus dem schwachen Gedächtnis tilgen, dem feigen Herzen reißen, der sündigen Seele stoßen. Und ihr seid so dumm, dass ihr mit Blick auf die Zeit, die ihr ohne mich verbrachtet, dachtet, es wäre euch gelungen. Die Zeit der Götter gleicht aber nicht der Zeit der Menschen. Ein Leben, das für euch viele Jahre dauert, ist für uns kurz wie ein Atemzug. Und dieser kurze Augenblick ist nun vorüber. Jetzt beginnt die furchtbarste Zeit eures Schicksals.

Ebendarum fange ich da an, wo ihr sagt, ihr habt vergessen. Wer vergisst, wird dafür bezahlen. Wer sich mir gegenüber ungebührlich benimmt, wird mit der grausamsten aller Strafen belohnt, wer mich aus dem Herzen reißt, dem wird das Herz herausgerissen, wer sich von mir abkehrt, dem wird die Haut vom Gesicht abgezogen, wer mich leugnet, dem wird der Mund mit Erde gefüllt, wer meine Tempel nicht besucht, dem werden die Füße abgeschnitten, wer meinen Altären keine Gaben darbringt, dem werden die Arme abgerissen. Niemand, keiner von euch wird meinem Zorn entgehen.

Ich, Zeus, Herrscher über Himmel und Erde, oberster Gott über Titanen, Zyklopen, Menschen und sämtliche Geschöpfe, sage, ich schwöre bei unserer Erdmutter Gaia, bei meinem Großvater Uranos, meiner Mutter Rhea, meinem Vater Kronos, bei den Titanen, den Göttern und allen Geschöpfen: Wer mich betrügt, wird meine furchtbarste Rache kennenlernen, wer mir nicht gehorcht, wird verflucht sein, im Feuer verbrennen, sich in Schmerzen winden.

ERSTES KAPITEL

»Wer mich betrügt, wird meine furchtbarste Rache kennenlernen, wer mir nicht gehorcht, wird verflucht sein, im Feuer verbrennen, sich in Schmerzen winden.«

Tobias hatte die Zeilen in der Ecke rechts unten auf dem Zeus-Bild, die wie eine Signatur des Künstlers wirkten, laut vorgelesen.

»Wir haben uns getäuscht, Chef. Der Mann wurde nicht geopfert, er wurde bestraft, weil er Zeus nicht gehorcht hat. Und zwar vom Hauptgott persönlich.«

»Unsinn, wer glaubt denn heute noch an Zeus?« Yıldız war dabei, die Taschen der hellgrünen Sommerjacke an der Garderobe zu filzen.

»Keine Ahnung, aber das ergibt sich aus dem Text.« Tobias widmete sich erneut den Zeilen.

Yıldız blieb die Antwort schuldig, denn sie hatte in der Jackentasche einen Ausweis gefunden. Ausgestellt auf Cemal Ölmez, geboren in Berlin.

»Das Opfer ist türkischer Herkunft, merkwürdig ...«

Ihren Assistenten beeindruckte der Hintergrund des Opfers wenig, aber für Yıldız schien dieses Detail von Bedeutung zu sein. Bei Kapitalverbrechen mit Beteiligung von Türken waren Inszenierungen dieser Art nicht üblich. Es ging dann eher um Schuldeneintreibung, Eifersuchtsdramen, Erbsachen, bei denen Täter und Opfer feststanden. Wirklich merkwürdig. Sie wandte sich dem Tisch mit dem Computer zu. Die Musik dröhnte immer noch in voller Lautstärke, wie an den Blutgeruch hatten sie sich auch an den Krach bereits gewöhnt. Neben der Tastatur lagen Zettel mit

Bleistiftzeichnungen menschlicher Gesichter. Die Skizzen gehörten vermutlich dem Opfer, die Gesichter aber schienen nicht aus dieser Zeit zu sein.

»Wer mich betrügt, wird meine furchtbarste Rache kennenlernen«, wiederholte Tobias gleichgültig. »Der Obergott hat eine tolle Handschrift, schau mal, wie schön diese Buchstaben sind.«

Die Zeichnungen in der Hand, drehte Yıldız sich zu ihrem Assistenten um.

»Ist das mit der Hand geschrieben?«

Tobias stieß beinahe mit der Nase gegen die Wand, so nah beugte er sich zu dem Schriftzug heran.

»Sieht so aus.« Er war unschlüssig. »Oder doch nicht?«

Yıldız legte die Blätter auf den Tisch und trat ihrerseits an das Bild heran. Vom Overall behindert, beugte sie sich herunter und musterte die Buchstaben, die zwischen die vorderen Beine des Throns gequetscht waren.

»Nee, tut mir leid, Toby, Zeus hat das nicht geschrieben. Das ist ein Computerausdruck. Der Mörder hat es ausgeschnitten und sorgfältig unten auf das Gemälde geklebt.«

Als sie sich aufrichtete, fiel ihr Blick erneut auf das Opfer. Ein Mann in den Dreißigern, hübsches Gesicht, der Tod hatte ihm das gute Aussehen noch nicht genommen. Die großen schwarzen Augen starrten weiter an die Decke. »Viel zu ruhig«, befand Yıldız. »Kein Ausdruck von Angst oder Entsetzen. Die müssen ihn betäubt haben, bevor sie ihm das Herz rausschnitten. Er hat nichts gemerkt.« Sie freute sich für das Opfer, konnte aber das Grauen, das bei seinem Anblick in ihr aufstieg, nicht unterdrücken. Furchtbar! Zusehends wurde das Herz in den großen Händen des jungen Mannes dunkler, gleich einer welkenden roten Blüte, immer weniger Blut tropfte zwischen den Fingern auf seine Brust. Die Leiche erkaltete rasch.

Yıldız bückte sich, untersuchte die leere Fläche zwischen der

Wand und dem leblosen Körper, checkte Kopf- und Fußende, fand aber nicht, wonach sie suchte.

»Ist dir das Mordinstrument untergekommen?«, fragte sie ihren Assistenten. »Hier wurde ein regelrechter chirurgischer Eingriff vorgenommen.«

Tobias war immer noch mit dem Text an der Wand beschäftigt.

»Äh, was hast du gesagt, Chef? Nein, ich hab nichts gesehen.« Nun beäugte auch er die zerfetzte Brust des Opfers. »Ein Messer, oder?«

Yıldız blickte durch den Raum. »Ein Messer oder ein Skalpell, und da muss noch mehr sein«, vermutete sie. »Mit einem scharfen Werkzeug allein nimmst du niemandem das Herz raus. Erst müssen die Rippen geöffnet werden. Wahrscheinlich wurde er betäubt. Oder unter starke Drogen gesetzt. Liegt hier irgendetwas herum, das darauf hindeutet?«

Tobias scannte das Zimmer, konnte aber weder ein Messer entdecken, mit dem man einem Menschen die Brust von einer zur anderen Seite hätte aufschneiden können, noch Ampullen oder Infusionsbeutel. Dafür blieb sein Blick am Bücherregal hinter dem Tisch hängen. Er trat näher und schaute sich die Bücher an. Allesamt Bücher über Kunst. Er las die Namen Picasso, Dalí, van Gogh.

»Der Tote muss Maler gewesen sein, Chef. Und er hat wohl auch den Zeus gemalt.«

»Denke ich auch, Toby.« Yıldız musterte den Göttervater. »Ich verstehe nichts von Malerei, aber das ist nicht schlecht gemacht.«

Ihr Assistent riss übertrieben die Augen auf.

»Nicht schlecht gemacht? Was sagst du da, Chef, das ist fantastisch! Ich krieg nicht mal ein Strichmännchen hin.«

Yıldız lächelte in sich hinein, bevor auch sie sich dem Bücherregal zuwandte.

»Otto Dix, Rivera, Chagall, Monet, Gauguin, Cézanne«, las sie voller Bewunderung. »Alle großen Maler sind hier vertreten. Ja, Toby, das Opfer war zweifellos Maler.« Auf einem der Bücher auf dem untersten Regal stach ihr das Wort Computer ins Auge. »Hier sind auch Bücher über Computer. Alles technische Sachbücher, die nichts mit Kunst zu tun haben. Das Opfer hatte ein breites Interessengebiet.«

Da klingelte es. Offenbar war jemand an der Tür. Sie lauschten aufmerksam. Nein, es war ein Telefon. Doch weder Yıldız' Handy noch das ihres Assistenten klingelte mit diesem Ton. Sie wechselten einen Blick und wandten sich dem Tisch zu. Ein Telefon lag nicht darauf. Tobias zog die oberste Schublade heraus, richtig, da lag es. Zwischen allerlei Krimskrams vibrierte ein Handy. Tobias griff zu. Auf dem Display stand Rafael.

»Hallo?«

»Hi, Cemo!«, antwortete eine Männerstimme, zögerte dann aber. »Cemo? Cemo, bist du das?«

»Nein, ich bin nicht Cemal«, erwiderte Tobias barsch. »Wer sind Sie?«

»Wo ist Cemal?« Die Stimme klang verändert.

»Kommissar Tobias Becker hier, sagen Sie mir bitte, wer Sie sind.«

Am anderen Ende entstand ein kurzes Schweigen.

»Kommissar? Ist etwas passiert?«

Tobias wurde lauter. »Sagen Sie mir bitte, wer Sie sind? In welcher Beziehung stehen Sie zu Cemal?«

»Rafael Moreno«, sagte die Stimme zögernd. »Ich bin ein Freund von Cemal.«

»Warum haben Sie Cemal angerufen?«

»Wir malen zusammen, Mauerbilder. An den Wänden der besetzten Häuser in der Köpenicker Straße. Da wollten wir heute Abend weitermachen, aber er ist nicht gekommen. Es ist doch nichts Schlimmes passiert, oder?«

Tobias reagierte mit einer Gegenfrage: »Warum fragen Sie das? Sollte Cemal etwas Schlimmes zustoßen?«

»Nein, nein, das wollte ich nicht sagen. Cemal ist absolut pünktlich. Wenn er nicht kommt, sagt er Bescheid. Ich hab mir Sorgen gemacht, weil er nicht Bescheid gesagt hat. Daher meine Frage. Es ist doch wirklich nichts, oder, Cemal geht's gut, oder?«

Tobias überging die Besorgnis des Anrufers.

»Wann haben Sie Cemal zuletzt gesehen?«

Der Mann am anderen Ende überlegte kurz.

»Vor zwei Abenden. Er hat uns besucht, wir haben zusammen gegessen.« Wieder Schweigen. »Was ist mit Cemal passiert? Warum sagen Sie es mir nicht?« Er klang aufmüpfig.

»Es tut mir sehr leid, Herr Moreno«, erklärte Tobias endlich. »Cemal ist tot. Er wurde ermordet, heute Abend, den oder die Mörder kennen wir noch nicht.«

»Was? Was sagen Sie?« Jetzt klang die Stimme des Mannes, der sich als Rafael vorgestellt hatte, entsetzt. »Wie jetzt?«, fragte er kläglich. »Soll das heißen, Cemo ist tot?«

Er brach in Tränen aus und konnte nicht weitersprechen. Tobias hörte, wie der Mann heftig atmete und schniefte. Er wartete einen Moment, doch der Mann konnte sich nicht beruhigen.

»Hören Sie, Herr Moreno, ich muss auflegen. Aber wir müssen mit Ihnen reden, direkt. Wir brauchen Ihre Hilfe. Wir rufen Sie so schnell wie möglich zurück. Mein Beileid, tut mir wirklich leid.«

Er beendete das Gespräch.

»Der Mann ist völlig zusammengebrochen. Wahrscheinlich ein enger Freund. Ein Ausländer, noch nicht lange hier. Also hier geboren ist der nicht, sein Deutsch war ziemlich mies.«

Yıldız fixierte das Telefon.

»Ist das verschlüsselt?«

Mit seinen behandschuhten Fingern tippte Tobias auf das Display des Smartphones.

»Nein.«

»Dann guck doch mal, wen er zuletzt angerufen hat und wer ihn.«

Wieder tippte und wischte Tobias auf dem Display herum.

»Hier. Er hat einen Alex angerufen.« Er hielt der Chefin das Display unter die Nase. »Ein Familienname steht nicht dabei, nur Alex, siehst du? Den hat er um 21.47 Uhr angerufen. Fünf Stunden vorher hat ein Peter ihn angerufen. Die haben eine ganze Weile gesprochen. Keine weiteren Anrufer.«

Yıldız nickte. »Wir überprüfen beide.« Damit wandte sie sich erneut dem Bücherregal zu, betrachtete aber diesmal nicht die Bücher, sondern ein gerahmtes Bild an der Wand. Eine Schwarz-Weiß-Fotografie. Bei einer Grabung aufgenommen, vierzehn Arbeiter mit Schaufel und Spaten, daneben ein Mann mit einem Hut im Kolonialstil. Hinter ihnen Marmorstatuen, Säulentrümmer, riesige Steine. Wo das Foto aufgenommen worden war, konnte Yıldız nicht erkennen. Vielleicht in Troja oder einer anderen antiken Stätte.

»Das Opfer hat sich auch für Archäologie interessiert.«

Ihr Assistent reagierte befremdet: »Der Mann hat Zeus gemalt, Chef, logisch, dass er sich für Archäologie interessiert hat.«

»Das meine ich nicht, Toby.« Yıldız sah ihn schief an. »Der Mann hat sich nicht nur für Zeus, sondern auch für Grabungen interessiert. Hier, das Foto stammt von einer Ausgrabung. Wie du siehst, ist darauf weder Zeus noch eine andere Gottheit zu sehen, aber er hat sie in seinem Zimmer aufgehängt. Einer oder mehrere auf dem Foto könnten Bekannte oder Verwandte von ihm sein.«

Tobias beäugte den Mann mit dem Tropenhut. »Der hier? Vielleicht war das sein Großvater oder so?«

Die Chefin schüttelte betrübt den Kopf.

»Das glaube ich kaum, Toby. Das Opfer war Türke.« Mit dem Zeigefinger deutete sie auf die Männer in Pluderhosen und Turban, die Schaufel oder Spaten in den Händen hielten. »Wenn ein Angehöriger von Cemal dabei ist, dann einer von den Arbeitern hier.«

»Was für Arbeiter?« Auf die Frage hin drehten beide den Kopf zur Tür. Und trafen auf den Blick Kommissar Kurts von der Spurensicherung, feurig wie der des Hauptgottes an der Wand. Doch in seinem weißen Overall mit den Galoschen an den Füßen und Handschuhen an den Händen wirkte er wenig einschüchternd auf die Kollegen. Vermutlich sprach er so laut, weil er das wusste.

»Ihr habt meinen Tatort kontaminiert, ich werde mich bei Markus über euch beschweren.«

Yıldız grinste.

»Übertreib nicht, Kurti, siehst du nicht, wir haben uns genauso isoliert wie du. Hier, Handschuhe an den Händen und Galoschen an den Füßen. Keinen Fingerabdruck haben wir hier hinterlassen, keine Fußspur, kein einziges Haar. Und wir haben auch keinen Hinweis versteckt und keinen Beweis verschleiert.«

Die Instrumententasche in der Hand, stapfte Kurt herbei.

»Verschleierung hätte gerade noch gefehlt! Yıldız, wie kannst du nur!« Da erst entdeckte er das Opfer auf dem Boden und zuckte zurück. »Oh Scheiße, was ist das denn?«

»Willkommen in der Audienz beim obersten Gott, Kurti«, lästerte Yıldız schon auf dem Weg zur Tür. »Wir lassen dich mit dem großen Zeus allein. Frohes Schaffen!«

Nach ein paar Schritten hörte Yıldız, dass die Musik leiser wurde. Kurt mit seinem angegriffenen Nervenkostüm hatte den dröhnenden Krach nicht länger ertragen. Auf dem schummrigen Korridor fiel ihr ein Bild auf, das über die volle Wandlänge reichte. Nein, das war kein Bild, es war eine Collage aus etlichen nebeneinandergeklebten Schwarz-Weiß-Fotos. Darauf waren Reliefskulpturen zu sehen, aber Arme, Köpfe, Füße, Rümpfe waren unvollständig. Die Figuren stellten einen brutalen Krieg dar. Yıldız versank in Gedanken, hatte sie die Skulpturen nicht schon mal gesehen?

»Wieder Zeus-Statuen?« Tobias' Stimme verscheuchte ihre Gedanken. »Als wären wir nicht an einem Tatort, sondern in einem Museum für Archäologie.«

Statt ihrem Assistenten zu antworten, ging Yıldız weiter. Mitten in Berlin ein Mord mit Hinweisen auf den Hauptgott der Antike. Ein Mann war tot. Ein junger Mann, der sich für Malerei, Archäologie und Informatik interessiert hatte. Und er war Türke. Merkwürdige Sache. Mit Gedanken, die sie nicht zuordnen konnte, erreichte sie das Ende des Korridors. Die Holztür dort brauchte sie nur anzustoßen. Vor ihren Augen öffnete sich ein großer Raum. Durch zwei breite Fenster linker Hand fiel Licht herein. Geradeaus erblickte sie eine große Bibliothek, gleich daneben entdeckte sie eine weitere Tür. Die Wand zur Rechten zierte von oben bis unten ein Gemälde, im Schummerlicht war aber nicht zu erkennen, worum es sich handelte. Neben ihr schlüpfte Tobias herein und drückte auf den Lichtschalter.

Vor ihr tauchte ein bekannter Anblick auf. Yıldız war beeindruckt gewesen, als sie das Original zum ersten Mal im Museum gesehen hatte. Ja, das war der Pergamon-Altar, einer der prachtvollsten Bauten der antiken Welt. Jetzt erinnerte sie sich, die Skulpturen auf den Fotos, die sie auf dem Korridor gesehen hatte, schmückten die Wände des Altars. Ein türkisches Opfer, Archäologie, der Pergamon-Altar … Zahllose Gedanken wirbelten ihr durch den Kopf. Nach wenigen Schritten blieb sie stehen, fürchtete, wenn sie näher heranging, das Bild nicht mehr im Ganzen sehen zu können. Der Bau sah wie ein gigantischer Thron aus Marmor aus. Mittig führten Treppen hinauf. Über diese Treppen gelangte man auf die Plattform, wo einst die Feuer brannten. Die Mauern überzogen herrliche Reliefs. Und auf den verzierten Mauern reihte sich eine Säule an die andere. Oben auf dem von Säulen getragenen Altar standen kleinere Skulpturen. Sie hatte den einzigartigen Altar in all seiner Pracht vor sich.

»Hat das wieder was mit Zeus zu tun?«, fragte ihr Assistent. »Ist das ein Tempel?«

»Könnte man so sagen«, antwortete sie, ohne den Blick abzuwenden. »Ein Altar. Der Ort, wo man den Göttern Gaben bringt. Hierher kamen die Menschen, um den Göttern die besten Stücke ihres wohlgenährten Viehs zu opfern. Auf der zweiten Ebene des Altars wurden sie verbrannt. Stimmt also, Tobias, auch das hier hat mit Zeus zu tun. Es ist sogar ein Altar, der einzig und allein für den Hauptgott errichtet wurde. Heißt ja auch so: Zeus-Altar.«

Ihr Assistent beäugte das Wandbild zwar interessiert, war aber weit weniger beeindruckt als sie.

»Der wurde aus Anatolien hergebracht, aus Bergama«, fuhr sie fort. »Seit fast hundert Jahren ist er schon hier und wird in Berlin ausgestellt.«

»Im Pergamon-Museum?« Jetzt war Tobias doch fasziniert.

»Genau, das Museum ist nach dem Fundort benannt. Der Altar ist wahnsinnig wertvoll, und in echt ist er noch viel eindrucksvoller. Darauf können viele Leute gleichzeitig herumlaufen. Ich war oft da. Und bei jedem Besuch war ich beeindruckt. Ich war auch in Bergama und habe die Stelle gesehen, wo er ursprünglich stand. Dort ist heute nur noch das Podest zu sehen. Sieht irgendwie traurig aus. Aber im Museum ist er toll ausgestellt. Vor fünf Jahren ungefähr war ich zuletzt da.« Sie deutete auf die zwölfte Stufe. »Da saß ich auf der Treppe.«

In Tobias' dunkelgrauen Augen tauchte ein Ausdruck von Bewunderung auf.

»Wie kannst du dich an die Stufe erinnern, auf der du gesessen hast, Chef?«

Yıldız zwinkerte schalkhaft.

»Weil mich die zwölfte Stufe an die zwölf Götter auf dem Olymp erinnerte. Deshalb hab ich das nicht vergessen. Der Altar hier wurde, glaube ich, als Zeus' Residenz auf Erden bezeichnet. Also als die irdische Version des Palastes der Götter auf dem Olymp. Warst du denn noch nie in dem Museum? Vor der Wiedervereinigung gehörte es zu Ostberlin. Habt ihr keinen Schulausflug dorthin gemacht?«

»Doch«, gestand Tobias verlegen. »Ich wollte so gern mit, aber es sollte nicht sein. Meine Klasse reiste extra aus Leipzig an. Unser Rektor stand auf Mythologie, aber ich hatte eine schwere Erkältung und konnte nicht mit. Tagelang haben sie von dem Museum erzählt. Später hat es sich dann irgendwie nie ergeben.«

Yıldız war noch mit dem Bild beschäftigt.

»Richtig, eine wirklich fantastische Stätte. Die Einwohner von Pergamon haben den obersten Gott sehr verehrt. Wer weiß, was für Gaben sie dem Gott brachten, da sie ihm schon einen so herrlichen Altar errichtet haben.«

Bei diesen Worten der Chefin hatte Tobias gleich wieder den Leichnam mit der zerfetzten Brust vor Augen.

»Dann haben sie den Toten wirklich Zeus geopfert«, vermutete er aufgeregt. »Sie haben dem Pechvogel das Herz rausgerissen und dem Gott zum Opfer gebracht.«

Yıldız blieb gelassen. »Ich weiß nicht, Toby, ein Opfer für den obersten Gott hätte doch wohl in diesem Zimmer zerteilt werden müssen, oder? Hier ist der Zeus-Altar.«

»Ist doch beides Blödsinn«, grummelte ihr Assistent. »Schließlich ist das hier eine Wohnung und kein Tempel, das an den Wänden sind doch bloß Bilder. Male ein Bild vom Gott an die Wand und schlachte davor einen Mann ab. Was ist das denn für eine Opferzeremonie? Will man es richtig machen, muss man das Opfer auf dem Altar töten. Nach dem, was du erzählt hast, hätte es auch noch verbrannt werden müssen.« Entsetzt über den eigenen Gedanken zog er eine Grimasse, konnte aber doch nicht umhin, es auszusprechen: »Ist doch so, Chef, man hätte das Herz des Opfers ins Feuer werfen müssen.«

Yıldız warf ihrem Assistenten einen verstohlenen Blick zu.

»Stimmt absolut. Allerdings wäre eine solche Gräueltat im Museum unmöglich, also hat der Täter nach eigenem Gutdünken einen Tempel gebastelt. Offensichtlich haben die Zeichnungen des Opfers seiner Fantasie reichlich Nahrung gegeben. So oder so. Wir haben es mit einem fantasievollen Irren zu tun. Mit einem Psychopathen, der das, was wir als Bilder verstehen, für einen Altar hält. Schlimmer noch, mit einem Täter, der nicht davor zurückschreckt, einen Menschen zu töten. Darüber hinaus ist er äußerst geschickt und so pedantisch, eine dermaßen grausame Tat zu begehen, ohne ein Tohuwabohu zu hinterlassen. Diesmal haben wir es mit einem schwierigen Mörder zu tun, Toby.«

Ihr Assistent war nicht überzeugt.

»Dass hier alles sauber ist, hat mich irritiert. Und von Bedeutung ist, dass das Opfer sich anscheinend nicht gegen seinen Mörder gewehrt hat. Vielleicht sind beide Anhänger dieser antiken griechischen Religion und Cemal wurde freiwillig zum Opfer. Vielleicht hat der Tote den Sinn seines Lebens darin gesehen, dem Obergott geopfert zu werden. Und ist jemandem begegnet, der genauso denkt. Oder er hat selbst den Mörder überredet. War es nicht so, Chef? Die Miene des Opfers zeigt keine Spur von Angst. Es gab keinen Streit und keine Gegenwehr. Nicht mal der Stuhl vor dem Computertisch ist umgekippt. Gibt dir die Inszenierung nicht zu denken? Warum sollen Täter und Opfer den Mord nicht gemeinsam geplant haben? Die Menschheit ist auf Abwegen, statt normal zu leben und normal zu sterben, wollten sie womöglich eine schreckliche Fantasie ausprobieren.«

Das war zweifellos möglich. Hatte nicht vor einigen Jahren ein Perverser in Rotenburg annonciert, er suche jemanden zum Aufessen, und tatsächlich ein freiwilliges Opfer gefunden? Hatte sich das Opfer nicht gezielt mit seinem Mörder getroffen und ihm gern, womöglich gar lustvoll sein eigenes Fleisch dargeboten? Hatte nicht der Mörder Stück für Stück sein Opfer verspeist, es schließlich getötet und an einen Haken gehängt? Aus Erfahrung wusste Yıldız, dass Menschen über unendliche Kreativität verfügten, wenn es darum ging, Böses zu tun.

»Was du sagst, ist nicht undenkbar. Auch das ist eine Hypothese. Allerdings nur eine Hypothese. Warten wir die Ergebnisse der Autopsie ab, lass uns die Personen vom Telefon überprüfen: Wer sind Alex und Peter? Vielleicht kommt dabei etwas heraus, das deiner Schilderung entspricht. Erst mal müssen wir aber davon ausgehen, dass das Opfer gegen seinen Willen getötet wurde. Ohne jeden Beweis, jede Spur sollten wir einen grausam getöteten Mann nicht verunglimpfen. Das wäre wirklich nicht recht.« Als von Tobias kein Widerspruch kam, wandte sie ihren Blick der Tür neben der Bibliothek zu. »Ich schau mir mal den Raum dahinter an. Kümmere du dich um die Bücher, möglicherweise finden wir etwas Verwertbares.« Nach ein paar Schritten ergänzte sie: »Vielleicht entdecken wir neben Archäologie, Malerei und Computern noch weitere Interessengebiete des Opfers.«

Tobias lachte müde.

»Würde mich nicht wundern, der Pechvogel drüben war vielseitig.«

Als Yıldız die Tür öffnete, schlug ihr ein herber Geruch von Farbe und Lösungsmittel entgegen. Im Vergleich zum Tatort war dieser Geruch erträglich, in geringerer Intensität hätte er ihr sogar gefallen. Sie tastete nach dem Lichtschalter, betätigte ihn. Vor ihr lag ein Atelier. Hier also arbeitete Cemal. Das Atelier glich dem großen Raum nebenan. Vor den Fenstern zum Garten hingen dicke schwarze Vorhänge. In der Mitte stand ein ausladender Tisch, eine hölzerne Staffelei an der Wand, auf dem Boden Kartonstapel, Farbeimer, Flaschen mit Lösungsmittel, Pinsel. An der Wand gegenüber fielen ihr Skizzen von drei Büsten auf, nebeneinandergeklebt. Drei bärtige Männer, die ihr nichts sagten. Sie ging näher heran und verengte die Augen. Nur den ganz rechts erkannte sie, das war Zeus. Cemal hatte dem obersten Gott auf seinem Thron genau das gleiche Gesicht gegeben. Haar und Bart auch der beiden anderen waren lang, das Kinn markant, die Stirn hoch, der Blick stolz. Wahrscheinlich waren es Götter wie Zeus, vielleicht Poseidon und Hades. Zeus' mächtige ältere Brüder, schwierig, es mit Sicherheit zu sagen. Sie lenkte den Blick auf die Wand daneben. Sie war von Skizzen übersät. Sie trat näher und betrachtete sie genauer. Die Zeichnungen waren nach den Fotos im Korridor angefertigt worden. Tatsächlich, es waren detaillierte Skizzen der Reliefs am Zeus-Altar. Exzellent gezeichnet, aber noch nicht farbig. Es gab eine Geschichte zu den hier skizzierten Figuren. Yıldız grub in ihrem Gedächtnis. Sie erzählte von einem Krieg, was war das noch genau? Da kämpften wohl Götter gegen andere Götter. Oder Götter gegen Titanen? Sie war nicht sicher, ließ den Blick schweifen und entdeckte Fotografien auf dem Tisch. Es waren Vergrößerungen der Fotos, die sie kurz zuvor im Korridor gesehen hatte. Wie am Originalaltar waren Köpfe und Gliedmaßen der Figuren unvollständig. Sie richtete den Blick erneut auf die Zeichnungen an der Wand. Der Maler hatte auf seinen Bildern die fehlenden Teile vervollständigt. Yıldız empfand eine seltsame Genugtuung. Es waren zwar nur Skulpturen, doch die verstümmelten Körper hatten sie beunruhigt. So erging es ihr auch im Museum, statt unvollständige Originale von Statuen, Mosaiken oder Fresken betrachtete sie lieber makellose Reproduktionen. Deshalb machte sie sich jetzt gespannt daran, die Skizzen mit den Reliefs in ihrem ursprünglichen Zustand wie einen Fotoroman zu lesen.

Auf den Bildern waren Götter und Göttinnen sowie merkwürdige Kreaturen mit menschlichem Aussehen im Ganzen zu sehen.

Ein furchtbarer Kampf fand statt. Eine Schlacht, bei der alle erdenklichen Waffen zum Einsatz kamen, Lanzen, Schwerter, Knüppel, Pfeile. Geschöpfe, die oben Mensch und unten Reptil waren, geflügelte Göttinnen, gewaltige Götter bekämpften einander auf Leben und Tod. Auch Adler, Schlangen, Hunde, Pferde, Löwen waren in dem Gemetzel dabei. Yıldız vergaß, dass sie einen Mord aufzuklären hatte, stattdessen interessierte sie die Schlacht. Sie fand Zeus, den sie kurz zuvor als Skizze gesehen hatte, mit vollständigem Körper. Unerbittlich schlug er sich mit jemandem. Aber das war es auch schon. Worum ging es in dieser Schlacht? Wer waren die Kämpfenden? Was wollten die Leute von Pergamon vermitteln, als sie vor über zweitausend Jahren diesen herrlichen Altar bauten? Sie musste davon gehört oder gelesen haben, konnte sich aber nicht entsinnen.

»Chef, kannst du kurz gucken?«, rief Tobias aus dem Zimmer nebenan. War er auf eine wichtige Spur gestoßen? Sie verscheuchte die Gedanken an die Schlacht auf den Reliefs am Zeus-Altar und eilte nach drüben.

»Ja, Tobias, was hast du gefunden?«

Eine Spur hatte ihr Assistent nicht gefunden, neben ihm stand eine zierliche schwangere Frau, totenbleich und zitternd vor Angst.

»Die Dame ist mit dem Opfer befreundet. Sie wohnt oben und möchte mit uns sprechen.«

Das kleine Wohnzimmer im ersten Stock wurde vom honigfarbenen Licht der Deckenlampe, eine Handarbeit aus Holz, erleuchtet. Die Schwangere war auf dem schäbigen Sessel, zu dem Hauptkommissarin Yıldız sie geführt hatte, zusammengesunken. Ihr zierlicher Körper zitterte noch immer ein wenig. Sie weinte leise, wischte die Tränen aber nicht mehr ab, ließ sie gleichgültig über die geröteten Wangen zum Kinn rinnen und auf den Hals tropfen.

»Ich dachte, er macht Party«, fing sie endlich an. »Cemo war ein fröhlicher Mensch, er lud alle im Haus ein, war gern unter Freunden. Als ich die Musik hörte, dachte ich, da steigt wieder eine Party. Aber es war immer derselbe Song. Und so laut! So unhöflich war Cemo nie.«

Die Frau hatte einen fürchterlichen Akzent. »Ich heiße Pilar«, hatte sie sich vorgestellt. Sie war jung, sehr jung. Sie trug ein Umstandskleid mit bunten Feldblumen, die wilden Locken hatte sie zu einem Pferdeschwanz gebunden. Wie schafft sie es mit ihrer zierlichen Statur nur, das Baby im Bauch zu tragen, hatte Yıldız sich beim ersten Blick gefragt. Ja, Pilar war die Nachbarin, die die Polizei gerufen hatte.

»Irgendetwas stimmte nicht«, fuhr sie fort. »Ich ging zu seiner Tür, drinnen war nur Musik zu hören. Keine Gespräche, kein Rufen, keiner, der mitsang. Ich klingelte, niemand öffnete. Die Tür war offen. Als ich sie aufstieß ...« Weiter kam sie nicht. Sie riss die Hände vors Gesicht und schluchzte laut auf.

Yıldız überließ die junge Frau sich selbst. Sie stand auf, öffnete das Balkonfenster, angenehmer Lindenduft strömte herein. Tief atmete sie die frische Luft ein. Sie hörte Flügel schlagen. Das war keine Fledermaus oder Eule, es musste ein Vogel mit kräftigen Schwingen sein. Kurz darauf stieg ein Schrei zum Himmel auf. Der Schrei eines Raubtiers. Yıldız spähte zu den Bäumen im Garten, doch in der Dunkelheit war nichts zu erkennen. Vermutlich ein Falke, der aus dem Wald in die Stadt gekommen war, oder ein ähnlicher Raubvogel. Sie drehte sich um, ging, ohne um Erlaubnis zu bitten, in die Küche, schenkte sich aus einer Flasche, auf der Pinocchio sie anlächelte, ein Glas Wasser ein, trank. Sie griff nach einem zweiten Glas, füllte es und trug es ins Wohnzimmer. Die frische Luft hatte offenbar dazu beigetragen, dass die schwangere Frau sich beruhigte. Yıldız reichte ihr das Glas.

»Trinken Sie, es wird Ihnen guttun.«

Die Frau trank einen Schluck, murmelte einen Dank und stellte das Glas auf den Beistelltisch. »Entschuldigung, plötzlich ging es mir nicht gut.«

Tobias, fiebernd vor Ungeduld, nahm die Vernehmung wieder auf.

»Kein Problem. Sie sagten Cemo, haben Sie den Toten so genannt?«

Arglos klimperte Pilar mit ihren langen Wimpern.

»Er hieß Cemal. Cemal Ölmez. Cemo nannten wir ihn, das war einfacher.«

Yıldız' ockerfarbene Augen musterten die schwangere Frau. Es war nicht auszumachen, ob sie ihr leidtat oder sie sich um Verständnis bemühte.

»Trinken Sie noch etwas, Pilar.« Sie deutete auf das Glas, das auf dem Beistelltisch stand. »Oder möchten Sie etwas Warmes?«

Vor Verlegenheit färbte sich das Gesicht der Frau rosa.

»Nein, danke, eigentlich sollte ich Ihnen etwas anbieten, aber Cemos Tod hat mich total umgehauen. Ich kann es nicht fassen. Er war so voller Leben. Wer tut etwas so Grausames?«

Yıldız blickte sie vertrauenerweckend an.

»Wir werden ihn finden, Pilar, glauben Sie mir, wir finden ihn. Wenn Sie unsere Fragen beantworten, finden wir ihn umso schneller.«

Die junge Frau zwang sich, noch einen Schluck zu trinken.

»War Cemal Maler?« Yıldız hatte wieder Platz genommen. »In den Zimmern haben wir Bilder gesehen, und ein Atelier ist auch da.«

»Mythologische Bilder«, bestätigte Pilar. »Ja, die hat Cemal gemalt.«

Weiter kam sie nicht, Tobias wiederholte die Frage der Chefin:

»Der Tote war also Maler?«

»Ach so, nein, er war Softwareingenieur. Er arbeitete in einer Firma. Einem Energieunternehmen.«

Der Kommissar zog die schütteren Brauen hoch.

»Wozu hat er dann diese Bilder gemalt? Zeus, die Reliefs vom Altar und so, was hat ihn an der Mythologie interessiert?«

Pilar reckte die schmalen Schultern.

»Die ganze Familie interessiert sich dafür. Die haben in der Türkei an so einem Ort gelebt. In Pergamon ...«

»Das soll wohl Bergama sein«, korrigierte Yıldız sanft.

»Ich weiß, aber früher hieß es Pergamon. Wie das Museum. Die Vorfahren haben da gearbeitet. Also früher. In Pergamon, meine ich. Eine Familientradition. Die haben auch die Reliefs gefunden ...«

»Wie bitte, die Figuren am Altar?«

Yıldız' Stimme klang spöttisch. Als Pilar merkte, dass die Hauptkommissarin ihr nicht glaubte, lenkte sie ein.

»Das hat Cemo erzählt.«

Tobias sah, dass sie so nicht weiterkamen, und lenkte die Vernehmung in eine andere Richtung.

»Wie haben Sie Cemal kennengelernt? Offenbar waren Sie eng befreundet?«

Wieder stiegen Pilar Tränen in die Augen.

»Ja, er war unser Freund.« Sie ließ den Blick durch die Wohnung schweifen. »Er hat uns auch diese Wohnung besorgt. Letztes Jahr wohnten wir in einem der besetzten Häuser. Cemo und Rafael malten Wandbilder für die Besetzer.«

Das war der Mann, den sie kurz zuvor am Telefon hatten. Um jedes Missverständnis auszuschließen, hakte Yıldız nach:

»Wer ist Rafael?«

»Mein Mann.« Auf das Gesicht der Schwangeren legte sich ein liebevoller Ausdruck. »Er und Cemal waren wie Brüder. Ich hab ihn noch nicht angerufen. Ich weiß ja nicht, wie ich es ihm sagen soll. Sie standen einander sehr nahe. Genau wie ich. Wir haben Cemo im besetzten Haus kennengelernt. Das waren schöne Tage.

Aber vor sechs Monaten hat Cemo gesagt: Hier kannst du das Kind nicht zur Welt bringen, ihr braucht etwas Besseres. Keine Woche später hatte er diese Wohnung gefunden. Er war so ein guter Mensch …«

Yıldız hatte geschwiegen, nahm aber jetzt den Faden wieder auf.

»War Cemal ein guter Maler?«

Pilar zeigte auf das Bild auf einem kleinen Bücherregal.

»Das hat er gemalt.« Auf dem Bild schenkte ein hübscher junger Mann aus einer goldenen Karaffe ein Getränk in einen Becher mit Blumenmuster. »Der hübsche junge Mann soll Ganymedes sein.«

»Wer ist Ganymedes?«, fragte Tobias neugierig.

»Ganymedes war Mundschenk und Geliebter des Zeus. In Gestalt eines Adlers entführte ihn der Göttervater vom Berg Ida. Zurück zu Ihrer Frage, ja, Cemo war ein toller Maler. ›Ich bin Amateur‹, sagte er, aber meiner Meinung nach hatte er großartiges Talent.« Erneut wies sie auf das Bild. »Das hat er vor einigen Jahren gemalt. Schauen Sie, was für ein schönes Bild. Selbst Rafael, der sich in Sachen Kunst nichts vormachen lässt, wollte eine Gemeinschaftsausstellung mit ihm organisieren.«

Die Einzelheiten interessierten Tobias nicht, er wollte nur wissen, ob die Frau und ihr Mann die Wahrheit sagten.

»Wo ist Rafael jetzt?«, fragte er barscher als nötig.

Pilar erschrak. »Im besetzten Haus. Was ist denn passiert?«

Der pedantische Polizist zuckte mit den Schultern.

»Nichts ist passiert. Wo ist das besetzte Haus?«

Die junge Frau schluckte ein paar Mal.

»Die Köpi, in der Köpenicker Straße. Rafael malt da Mauerbilder.«

Tobias war nicht überzeugt.

»Mitten in der Nacht? Wieso arbeitet er nicht am Tag?«

Obschon es ihre eigene Wohnung war, versank Pilar regelrecht im Sessel.

»Er arbeitet da, wenn er Zeit hat. Je nach Gelegenheit.«

Die Sache lief aus dem Ruder.

»Okay. Lebte Cemal allein?« Yıldız wollte zum Thema zurück. »Hatte er keine Frau oder Freundin?«

Die junge Frau zögerte kurz, dann gab sie Auskunft.

»Er hat einen Freund, Alex. Der spielt Schlagzeug in einer Heavy-Metal-Band. Finanziell sind die nicht besonders erfolgreich. Alex arbeitet hier und da, je nachdem, wo er etwas findet, was soll er machen? Sie touren auch oft durchs Land.«

Die Person, die das Opfer zuletzt angerufen hatte, war also sein Partner Alex. Ob die im Handy eingetragene Nummer stimmte?

»Haben Sie seine Telefonnummer?«, fragte Yıldız.

Pilar griff nach dem Adressbuch, das auf dem unteren Regal des Beistelltischs lag.

»Hier ist seine Festnetznummer, er hat kein Handy, ein komischer Mann.« Sie blätterte das Heft auf. »Hier, ohne Brille kann ich nicht richtig sehen, wollen Sie sie aufschreiben?« Während Tobias die Nummer in sein Handy übertrug, fuhr die Hausherrin fort: »Heute Abend spielen sie im Tartaros. Im Musical *Das Lächeln der Gorgonen.*«

Yıldız kannte den Ort, hakte aber nach.

»Im Theater in der Oranienstraße? Die veranstalten Konzerte und so.«

»Genau, da in der Straße. Alex ist wirklich ein guter Musiker, aber ...« Sie verzog das Gesicht.

»Ist er ein schlechter Mensch?«, fragte Yıldız freundlich.

»Jedenfalls kein guter ... Cemo hat ihn wirklich geliebt, aber Alex ... Wie soll ich sagen, egoistisch ist er und ein Rüpel. Zu Cemo war er manchmal ganz schön ruppig ...«

Die Polizisten horchten auf.

»Was meinen Sie mit ruppig?«, fasste Yıldız nach. »Hat er ihn geschlagen?«

Pilar zog die Unterlippe zwischen die Zähne, schüttelte aber den Kopf.

»Schlagen konnte er ihn nicht, Cemo war jünger, sportlicher und ein echt guter Kämpfer. Aber Alex hat ständig Probleme gemacht. Vor zwei Tagen gab's wieder Krach. Die haben sich vielleicht gefetzt! Dann hat er die Tür zugeknallt und ist gegangen.«

Tobias' dunkelgraue Augen blitzten.

»Wissen Sie, worüber sie gestritten haben?«

Pilar zögerte.

»Wenn Sie nicht reden, können wir den Mörder Ihres Freundes nicht finden«, mahnte Yıldız. »Wir müssen alles wissen.«

Die junge Frau seufzte, warf erst Tobias, dann Yıldız einen Blick zu und erzählte:

»Der ewige Streit, Alex war eifersüchtig. Ich weiß nicht, wie Cemo jetzt aussieht, aber er war ein richtig gut aussehender Mann. Alex ist hässlich und dazu noch älter. Der hat Cemo das Leben zur Hölle gemacht.« Sie verstummte und riss die großen Augen weit auf. »Sollte er etwa …? Hat der Schuft etwa Cemo umgebracht?«

»Wir wissen es nicht«, sagte Yıldız. »Was meinen Sie denn, könnte Alex die Tat begangen haben?«

Pilars dunkle Augen zitterten nervös.

»Unmöglich, kann ich nicht sagen, er hat Cemo gedroht, ihn umzubringen. Vor unseren Augen. Vor zwei Tagen, hier am Tisch. Ich hatte die beiden zum Essen eingeladen. Als sie tranken, fing er wieder an zu streiten. ›Wenn du mich verlässt, wenn du mir das antust, lass ich dich nicht am Leben‹, sagte er wütend. Ja, genau das hat er gesagt.«

Endlich kamen sie voran, erwartungsvoll beugte Tobias sich vor.

»Warum hat Cemal sich die Rüpelei von diesem Mann gefallen lassen? Was heißt Rüpelei, das ist Gewalt. Warum hat er sich nicht getrennt?«

Die Frau lächelte sanft.

»Wie gesagt, er hat Alex geliebt. Er hat ihn wirklich sehr geliebt.«

Tobias griff die Hypothese wieder auf, die er kurz zuvor in der Wohnung des Opfers Yıldız gegenüber entwickelt hatte.

»Vielleicht gefiel es ihm ja auch, dass Alex gewalttätig wurde. Vielleicht hat er ihn gerade dafür geliebt. Vielleicht hätte er sogar sein Leben dafür gegeben, dass der Mann, den er liebt, glücklich ist.«

Der schwangeren Frau fiel alles aus dem Gesicht.

»Nein, so einer war Cemo nicht. Er war ein ehrbarer Mensch. Er hätte nie zugelassen, dass ihn jemand demütigt. Bei den Krächen mit Alex ließ er sich nicht unterbuttern. Wie gesagt, er war ein guter Kämpfer, ein wirklich guter.«

Tobias ruderte zurück.

»Das haben Sie falsch verstanden. Mit Ehre hat das nichts zu tun. Es gibt Menschen, die kennen in der Liebe keine Grenzen. Manche schließen in ihre Beziehung selbst den Tod mit ein. Wir hatten schon solche Fälle ...«

Pilar wurde ärgerlich.

»Nein, so einer war Cemal nicht!« Ihre Stimme wurde schrill. »Ja, er war anders als andere, aber er liebte das Leben. Er wollte nicht sterben, er wollte leben. Er wollte niemanden umbringen und hätte auch nicht erlaubt, dass ihn jemand tötet.«

*

Die im Dunkeln leuchtende Flamme des Feuerzeugs erhellte Tobias' nachdenkliche Miene. Tief inhalierte er zwei Züge, als wären es die letzten. Der herbe Tabakgeruch überlagerte den Duft der Linden, der der Nacht süße Mattigkeit verlieh. Der graue Passat stand neben dem Kleinbus der Spurensicherung. Vor dem Kofferraum stieg Yıldız aus dem Overall, den sie vor Betreten des Tatorts angezogen hatten.

»Ungeduld lässt grüßen, was?«, stichelte sie. »Musstest das Teufelszeug anstecken, noch bevor du dich umziehst. Sag nachher nicht, ich hätte dich nicht gewarnt, das geht nicht gut aus. In deiner Familie gibt es Krebsfälle. Was du da tust, ist unvernünftig.«

Tobias grinste abgebrüht.

»Glaubst du, wir sterben eines natürlichen Todes, Chef? Keine Sorge, irgendein Psychopath stößt uns irgendwann in einem finsteren Winkel ein Messer in den Rücken. Oder jemand schießt uns bei einem Handgemenge eine Kugel in den Kopf. Bis dahin krieg ich schon keinen Krebs.«

Yıldız verkniff sich das Lachen.

»Schon gut, paff sie zu Ende, sonst haben wir gleich den Gestank im Auto.«

In aller Ruhe nahm er wie zum Trotz noch zwei tiefe Züge.

»Sag mal, wann hast du eigentlich aufgehört, Chef?«, fragte er, während ihm Rauch aus Mund und Nase quoll. »Ist das schon fünf Jahre her?« In dem weißen Schutzanzug sah er im Dunkel der Nacht aus wie ein nach Berlin verirrter Eisbär.

»Fünf Jahre, drei Monate und siebzehn Tage«, erwiderte die Chefin und schüttelte den Kopf, als wunderte sie sich über sich selbst. »Ich ermahne dich, aber wie du siehst, zähle ich selbst immer noch die Tage. So sehr habe ich nicht mal meinen ersten Freund vermisst.« Sie verstaute den Overall im Kofferraum. »Aber das ist vorbei, da gibt es absolut kein Zurück mehr.«

In Lederjacke und schwarzen Jeans, die ihre langen Beine betonten, wirkte Yıldız jünger, als sie war. Mit ihren geschwungenen Brauen, der kleinen Nase, den vollen Lippen und dem Grübchen, das auf der rechten Wange erschien, wenn sie lachte, war sie eine attraktive Frau. Selbst im schummrigen Licht konnte Tobias das erkennen, sprach es aber natürlich nicht aus.

»Na, ich weiß nicht, ob Franz Abi wieder anfangen würde, selbst wenn du wolltest«, setzte er die Plauderei fort und verwendete dabei das türkische Wort »Abi«, großer Bruder. Franz Abi nannte er Yıldız' Ex. »Du hast den Mann hochkant rausgeworfen.«

Yıldız sagte nur: »Den Abi hast du schön ausgesprochen. Dein Türkisch wird besser.« Sie trat auf ihn zu. »Aber ich meinte nicht Franz, sondern das Rauchen. Und mit erster Freund meinte ich Volker. Auf dem Gymnasium gingen wir in dieselbe Klasse. Ein netter Junge. Natürlich heiratet niemand seine erste Liebe, aber Franz war wirklich ein großer Fehler. Eine Jugendsünde. Jede Frau hat so eine dämliche Phase. Da lässt man dann solche Leute in sein Leben herein. Franz war einer von denen.«

Sie stellte sich auf die Zehenspitzen, nahm Tobias, der mindestens einen Kopf größer war, die Zigarette aus dem Mund, warf sie auf den Boden und trat sie aus.

Der stämmige Kommissar verzog kläglich das freundliche Gesicht.

»Schön und gut, aber was hab ich verbrochen? Wieso schmeißt du meine Fluppe weg?«

Ein älterer Mann hinderte sie daran, das Geplänkel fortzusetzen. »Gab es hier einen Mord?«, fragte er. Der Ärger in seinen stahlblauen Augen war sogar im Dämmerlicht zu erkennen. »Wieso ist hier so viel Polizei aufmarschiert?«

»Haben Sie das Absperrband nicht gesehen?«, unterbrach Tobias ihn. »Kein Zutritt!«

Mit zitternder Hand deutete der Mann nach rechts, auf den Bungalow im Garten.

»Ich will nach Hause, ist es verboten, abends spazieren zu gehen? Sie versperren mir den Weg, wie soll ich da durchkommen?«

Zwei uniformierte Polizisten hatten den Wortwechsel mitbekommen und näherten sich. Yıldız hob die Hand, um sie zu stoppen. Sie lächelte den Nachbarn an.

»Entschuldigen Sie, mein Herr, kommen Sie, hier können Sie durch.«

Doch der neugierige Mann rührte sich nicht. Er starrte auf das Haus, in dem der Mord begangen worden war.

»Haben die sich wieder gegenseitig umgebracht?«

Tobias brauste auf.

»Das geht Sie nichts an. Gehen Sie nach Hause, um diese Uhrzeit sollten Sie längst im Bett liegen.«

Der Groll in den Augen des Mannes schwoll an.

»Werden Sie nicht ungezogen, ich entscheide selbst, wann ich nach Hause gehe und wann ich schlafe.«

Der Kommissar grummelte, erneut ging Yıldız dazwischen.

»Komm, Tobias, geh und zieh den Overall aus.« Dann wandte sie sich dem Alten zu, zeigte auf das Haus im Garten: »Bitte, mein Herr, gehen Sie jetzt nach Hause.«

Tobias gehorchte seiner Vorgesetzten, doch der wütende Nachbar rührte sich nicht vom Fleck. Hager, mit krummem Rücken und Hass in den Augen stand er da und musterte sein Gegenüber mit Verachtung.

»Türken oder Araber? Oder die Junkies, die wie Hippies aussehen? Wer hat wen umgebracht, frage ich.«

Yıldız blieb höflich.

»Warum zerbrechen Sie sich den Kopf? Gehen Sie doch bitte nach Hause, und überlassen Sie solche Angelegenheiten der Polizei.«

Sacht berührte sie den Mann, doch der zog heftig den Arm zurück.

»Fass mich nicht an! Das ist Belästigung.«

Yıldız wich zurück.

»Pardon, Entschuldigung, das wollte ich nicht. Aber hier gibt es wirklich nichts, das Sie interessieren würde.«

Der Mann explodierte.

»Doch! Die haben unser Leben ruiniert. Kennen Sie die Gegend? Das hier ist Neukölln! Bevor die Ausländer kamen, war es hier friedlich. Hier verbringen wir ruhig unsere letzten Jahre, dachten wir. Von unseren Ersparnissen haben wir das Haus gekauft. Und dann? Dann nahmen Türken, Araber, Iraner und dazu noch Herumtreiber, die sich für Künstler halten, alles in Beschlag. Jeden Tag passiert was, jeden Tag Krach. Und da soll es nichts geben, das mich interessiert!«

Tobias vor dem Kofferraum hatte zugehört, es hielt ihn nicht länger, er schlüpfte aus dem Overall und stürmte herbei. Zum Glück sah Yıldız ihn und hielt ihn mit einem Handzeichen auf.

»Vielleicht haben Sie recht, aber das, worüber Sie sich ärgern, können wir nicht lösen. Würden Sie jetzt bitte endlich nach Hause gehen?«

»Greifen Sie mich etwa an?«, rief der Alte, der Tobias heranstürmen sah. »Ja? Statt sich für mich einzusetzen, beschützten Sie jetzt auch noch diese Ausländerin! Sie sollten sich was schämen, schämen Sie sich für sich selbst! Wegen Verrätern wie Ihnen verlieren wir.«

»Schämen Sie sich!«, platzte Tobias heraus. »Was heißt hier Ausländerin? Die Frau, die Sie beleidigen, ist eine deutsche Polizistin. Damit Sie in Frieden leben können, opfert sie sich auf und arbeitet zu dieser nächtlichen Stunde hier für Sie. Sie aber hindern sie daran! Woher wissen Sie überhaupt, dass es einen Mord gab? Haben Sie etwas damit zu tun?«

Der Mann zögerte.

»Was reden Sie da! Wie soll ich in meinem Zustand einen Mord begehen, da vorn am Imbiss wurde geredet, da habe ich es gehört.«

Tobias musterte den Mann von oben bis unten, als glaubte er ihm nicht.

»Sie haben also nichts damit zu tun?«

Zum ersten Mal schlich sich etwas wie Angst in die blauen Augen des Alten.

»Nein, sag ich doch, ich wollte nur nach Hause.«

Scharf wies Tobias ihm den Weg.

»Dann ab nach Hause. Wir haben zu tun. Stehlen Sie uns nicht unsere Zeit. Sonst muss ich Sie wegen Widerstand gegen die Polizei anzeigen.«

Einen Augenblick war der Mann verdattert, dann warf er stolz den Kopf zurück.

»Ich gehe ja schon, aber ich werde Sie alle anzeigen. Sie versperren den Weg zu meinem Haus ...«

Er schlurfte von dannen, moserte aber weiter:

»Was hätte ich von einer Anzeige? Die sitzen ja inzwischen sogar in der Polizei. Bis in den Staat sind die vorgedrungen. Die bringen sich gegenseitig um, und dann ermitteln sie auch noch selbst. Wer ist der Verbrecher, wer die Polizei, alles durcheinander. Wenn ich die anzeige, werfen die noch mich ins Kittchen ...«

Wütend starrte Tobias dem Alten hinterher.

»Dementer Opa, als hätte ich ihm geraten, ein Haus in Neukölln zu kaufen.«

Yıldız schlug ihm freundschaftlich auf die Schulter.

»Ist schon gut, Toby, lass mal, übertreib nicht, der Mann ist alt. Aus seiner Sicht hat er berechtigte Gründe. In letzter Zeit ist es hier nicht mehr so nett.«

Trotz dieser Worte war auch Yıldız angespannt. Sie hatte mehr Erfahrungen mit dem Thema als Tobias. Rassismus war ihr schon begegnet, als sie früher mit den Nachbarskindern auf der Straße spielte. Zunächst war sie darüber sehr traurig gewesen, die Mitschüler hatten sie ausgegrenzt, sogar von ihrer Lieblingslehrerin hatte sie verdeckte Demütigung hinnehmen müssen. Ihr war zuerst gar nicht klar gewesen, warum ihr das angetan wurde. Wie traurig war sie gewesen, hatte stundenlang geweint, wollte nicht mehr zur Schule gehen, später dann entschied sie sich fürs Reden, diskutierte, beschwerte sich, vergaß sich sogar einmal und pflanzte ihrem Sitznachbarn die Faust ins Gesicht. Natürlich war sie dafür bestraft und von ihrem Vater heftig getadelt worden, und selbstverständlich änderte sich gar nichts, weder auf der Straße noch in der Schule. So erfuhr sie, dass es kein Mittel gegen Rassismus gibt. Ausländerfeindlichkeit glich einem Virus, das sich nicht ausrotten ließ. Bei der ersten Gelegenheit befiel es den Geist der Menschen. Aus diesem Grund war sie bei Deniz' Geburt froh gewesen, dass ihr Sohn blonde Haare und dunkelblaue Augen hatte, ganz wie sein Papa. Als blonder Junge würde ihn niemand als Migranten diskriminieren. Deshalb nannten sie ihn auch Deniz, damit die Deutschen ihn problemlos Deniz nennen konnten. Das mit dem Namen funktionierte, aber keine drei Monate später waren seine Augen korinthenblau und ein Jahr später sein Haar dunkelblond. Schließlich verwandelte er sich in ein hübsches Kind mit heller Haut, dunkelblondem Haar und fast schwarzen Augen, ganz wie seine Oma. Insgeheim freute Yıldız sich, dass ihr Sohn ihrer Mutter ähnelte. Aber das hieß eben auch, dass Deniz sein Leben lang von Ausländerfeindlichkeit betroffen sein würde. Sie hoffte zwar, dass dieses soziale Krebsgeschwür überwunden war, wenn er groß war, doch die Realität sah anders aus. Von Tag zu Tag wurden die Rechten stärker. Das war erstaunlich. Dieses Land, das bedeutende Philosophen, Künstler und Wissenschaftler hervorgebracht und trotzdem selbst massiv unter Rassismus gelitten hatte, war nicht in der Lage, sich selbst zu schützen. Der Faschismus bedrohte die Gesellschaft weiterhin wie ein unaufhaltsames Virus. Wie gern hätte sie jetzt geraucht! Eine Zigarette anstecken, wie Tobias eben, in tiefen Zügen rauchen ... Selbstverständlich tat sie es nicht. Sie spähte zur Wohnung von Cemal Ölmez hinüber. Hinter dem Fenster des Zimmers, in dem sie das Opfer gefunden hatten, bewegten sich Schatten.

»Kein leichter Job für die Spusi«, murmelte sie. »Der Mörder ist nach Plan vorgegangen. Offenbar ein Pedant. Wahrscheinlich hat er keine einzige Spur hinterlassen.«

Tobias lachte auf.

»Das hat Kurt auch gesagt, sie würden sich hier die Nacht um die Ohren schlagen und vom Zimmer des Opfers aus die Sonne aufgehen sehen …«

»Ich hab vollstes Vertrauen zu Kurt.« In Yıldız' Miene spiegelte sich Respekt. »Er wird nach Kräften tun, was er kann. Komm, fahren wir und tun ebenfalls nach Kräften, was wir können.«

Yıldız wandte sich zur Fahrertür, ihr Assistent schaute ihr hinterher, als hätte er nicht verstanden. Doch er kam der Aufforderung nach und stieg ebenfalls ein. Flinker, als seine Statur erwarten ließ, saß er schon auf seinem Platz, als die Chefin einstieg.

»Wohin fahren wir?« Er lächelte seine Vorgesetzte an. »Zu Rafael?«

Yıldız ignorierte die Frage und rümpfte die Nase.

»Du stinkst immer noch verdammt nach Zigarette. Ich meine das ernst, Toby, hör auf zu rauchen oder rauch wenigstens nicht mehr in meiner Gegenwart.« Energisch wandte sie den Kopf ab und ließ den Wagen an. Von ihrem jungen Kollegen kam kein Ton. »Nein, mit Rafael reden wir morgen«, verkündete Yıldız und griff nach der Gangschaltung. »Jetzt schauen wir einmal in diesem Theater vorbei, dem Tartaros. Und sprechen mit Alex, dem Schlagzeuger und Liebsten des Opfers. Mal sehen, was er uns erzählt.«

»Na dann los«, erwiderte Tobias fröhlich, völlig unbeeindruckt von dem Rüffel, den er einstecken musste. »Ich war schon ewig nicht mehr im Theater.«

2

»Was du mir angetan hast, soll dir selbst geschehen.«

Ich fange da an, wo euer Vergessen eingesetzt hat. Ich fange ganz von vorne an, damit ihr es nie wieder vergesst, damit es euch nie wieder aus dem Kopf geht, damit ihr meine Existenz wie ein zweites Herz in eurem Körper spürt. Als es Titanen, Giganten, Götter, euch Menschen und die gesamte Schöpfung noch nicht gab, als die Erde noch nicht bereit für das Leben war, als das Licht noch nicht auf uns gefallen war ... Von jener grandiosen Finsternis will ich euch erzählen, der fantastischen Unendlichkeit, dem phänomenalen Nichts.

Zu Beginn war die Finsternis, eine uferlose, endlose Dunkelheit ohne Anfang und ohne Ende, die alles und jeden umfing. In dieser Unendlichkeit schwamm das Leben. Uralt und ewiglich war die endlose Finsternis. Wolken schwebten, groß wie die Sonne, in Gelb, Blau, Rot und Grün; die Welten flossen ineinander, aus ihrem Zusammenprall entstanden Götter mit schönem Antlitz; es gab Explosionen, groß wie Sterne, ein wuterfüllter Aufschrei drang aus dem Herz der Finsternis. Mit Finsternis ist aber ein lebendiges Wesen gemeint, ein stöhnendes gigantisches Geschöpf, das in unerreichbaren Tiefen der Unterwelt lebte, und regte es sich, schimmerten die Schuppen auf seinem Rücken.

Diese Unendlichkeit war es, die Gaia gebar. Die Mutter meiner Mutter. Sie war es, die uns alle zur Welt brachte, die das im Unendlichen schwimmende Leben geschaffen hatte. Sie war der erkaltete Zustand des Feuers, der zu Fels wurde, vom zerschlagenen Fels zu Stein, vom zerkleinerten Stein zu fruchtbarer Erde. Heiß war Gaia, feucht und fruchtbar. Gebären war ihr Schicksal, unausweichlich. Sie schuf Uranos, den mächtigen, der sie befruchten würde. Den Herrn der leuchtenden Himmel, den Ursamen aller Samen, meines Vaters Vater, der kein Erbarmen kannte. Anschließend verwandelte Gaia die gesamte Erde in ein gigantisches Hochzeitslager. Denn für ein weibliches Wesen ist Begattung nicht bloß Begattung. Leidenschaft hat mit Schönheit, Zärtlichkeit und Güte zu tun. Darum schuf sie die Berge mit ihren verschneiten Gipfeln und lila Hängen, die von Ähren gefärbten fruchtbaren Ebenen, die von mächtigen Kiefern geschmückten tiefen Täler, die von Blumen gesäumten langen Flüsse, die munter glitzernden Meere. Und als das größte, das schönste, das bunteste, sauberste und herrlich duftende Lager in der Unendlichkeit bereitet war, rief sie Uranos. Und der unermessliche Himmel, der auf diesen Liebesruf gewartet hatte, senkte sich behutsam in Gaias Schoß und trieb voller Leidenschaft seine Zähne in den Hals des fruchtbarsten weiblichen Wesens aller Zeiten. Auf einmal lichtete sich die Finsternis, wandelte sich der Wind zu einem süßen Flüstern, schraubten sich mit zarten, doch zunehmend härteren Berührungen die Berge empor, begannen die Täler und Ebenen in nie gesehener Schönheit zu tanzen und verbreitete sich ein nie wahrgenommener wilder Duft. Und mein Großvater Uranos nahm all seine Kraft zusammen und regnete auf Gaia herunter. Auf diese Weise entstanden die zwölf Titanen, zu denen auch mein Vater gehörte, die Berge versetzenden einäugigen Zyklopen, die Giganten mit fünfzig Häuptern und einhundert Armen.

All die von ihnen geschaffenen Geschöpfe hätten in diesem Paradies glücklich leben können, doch Uranos gefiel nicht, was aus seinem Samen auf der Erde spross. Statt seine Kinder mit starken Händen der Sonne entgegenzustrecken, begrub er sie tief unter der Erde. Darüber grämte sich am meisten Gaia, die Mutter unserer Mutter. Sie war es, die die größte Enttäuschung erlebte. Wie konnte ihr Gatte sich ihrer herrlichen Kinder schämen? Gab es für ein weibliches Wesen Wertvolleres als ihren Liebsten, dann waren es ihre Kinder. Egal ob sie hässlich, abstoßend oder ungestalt waren. Und musste sie wählen zwischen dem Gatten und ihren Kindern, war der Vater der Kinder gar noch im Unrecht, wählte sie ohne Zögern die aus ihrem Leib Geborenen. So tat es auch Gaia. Den Gatten hatte sie eigenhändig erschaffen, nun verfluchte sie ihn selbst. Da es niemanden gab, der ihren grausamen Fluch hätte ausführen können, würde sie selbst es tun. Mithilfe ihrer Kinder.

Gaia war fest entschlossen, nur wollte keines ihrer Kinder an der grausamen Intrige beteiligt sein. So furchtbar sie aussahen, so außerordentlich stark sie waren, hatten sie doch Respekt vor dem Vater. Zitternd vor Angst verfolgten sie aus ihren Grabeslöchern, was geschehen würde. Das Glück aber liebt die Mutigen. Und der Held, der den Vater vom Thron stoßen und seinem Unrecht ein Ende setzen würde, sollte der Mutigste der zwölf Titanen sein. Der, der seine Mutter am meisten liebte und auch ihr der Liebste war, der gegen seine Kinder ebenso erbarmungslos sein würde wie sein Vater Uranos, den er mit einer grausamen Finte stürzen sollte: Kronos, mein lieber Vater.

Die Erdmutter fertigte für Kronos eine Sense aus Stahl, die alles unter der Sonne wie Feuer versengte, die jedes Ding, das sie berührte, entzweispaltete. Die reichte sie ihrem Sohn. »Nimm und besieg ihn«, befahl sie. »Kinder, die im Schatten ihres Vaters leben, werden nicht erwachsen. Wer auf seinen Vater angewiesen ist, wird niemals frei sein. Söhne, die auf Erbarmen ihres Vaters hoffen, haben kein Recht zu leben.« Sie drückte Kronos die heilige Sense in die Hand. »Verwahre sie«, sagte sie entschlossen. »Und schleife sie jeden Morgen und jeden Abend mit Hass, Trotz und

Wut. So scharf, dass sie Uranos, den Gnadenlosen, verwundet, ehe sie ihn berührt, dem Ruchlosen kein Erbarmen angedeihen lässt, den Tyrannen, der uns unglücklich macht, entmannt, noch ehe du ihn damit berührst.«

Kronos, mein Vater, packte fest den Griff der Sense.

»Gräme dich nicht, Mutter«, sagte er verständig, wie es einem Titanen anstand. »Gräme dich nicht, der Despot bekommt, was er verdient hat. Ich werde der Herrschaft meines Vaters, der sich der Vaterschaft als unwürdig erwiesen hat, ein Ende setzen. Er wird nicht länger auf dem Thron sitzen, den er nicht verdient hat, mit deiner Erlaubnis und Unterstützung werde ich mich an die Spitze aller lebendigen Geschöpfe setzen. Mit Liebe werde ich die Welt regieren, in Gleichheit und Gerechtigkeit. In meiner Ordnung wird niemand unglücklich sein.«

Geduldig wartete er auf den besten Augenblick. Der rechte Zeitpunkt war der Moment, in dem Uranos vor Lust um den Verstand kam. Der Moment, in dem er Gaia umarmte und im Fluss der Begierde ertrank. Der erwartete Augenblick ließ nicht lange auf sich warten. Als die Sonne die blaue Kugel erwärmte, als dem gierigen Himmel Blut in die Adern strömte, wollte er Gaia umarmen. Mit Donnern, funkelnden und die Berge spaltenden Blitzen rief er zur Liebe. Wie stets öffnete Gaia willig und voller Verlangen die Arme. Ohne jeden Argwohn stieg Uranos, der Himmel, ungeduldig herab. Bereit zur Vereinigung wollte er seine Gattin umarmen, da sprang Kronos hinter einem gewaltigen Felsen hervor. Im Nu hatte er mit der Sense die Quelle der Samen, aus denen er selbst einst entstanden, das prachtvolle Gemächt seines Vaters abgetrennt. Ein entsetzlicher Schrei dröhnte durch die Unendlichkeit, so gewaltig war dieser Schmerzensschrei, dass er bis zu den entlegensten Sternen zu hören war. Doch es war geschehen, Uranos hatte seine Macht verloren, und als das Blut aus der Wunde des abgeschnittenen Organs auf die Erde tropfte, entstanden im

Schoß der Erdmutter Monstren von unvorstellbarem Aussehen und Giganten mit seltsamen Leibern und Schlangenbeinen. Und die Rache ging als Sage von Mund zu Mund, von Ohr zu Ohr. Unter Schmerzen verfluchte Uranos seinen Sohn.

»Was du mir angetan hast, soll dir selbst geschehen. Auch deine Herrschaft soll durch die Hand deiner Kinder enden. Möge mein Fluch sich gar bald erfüllen.«

Zweites Kapitel

»Leipzig ist ganz anders«, stellte Tobias mit Blick auf die Gruppen von Frauen und Männern fest, die, Weingläser oder Bierflaschen in den Händen, plaudernd an den Tischen vor den Cafés und Bars an der Straße saßen. »Bei uns war nach neun Uhr abends nichts mehr los. Die Leute waren zu Hause. Natürlich gab es auch Restaurants, Bars oder Cafés, aber nicht so voll wie hier. Sieh nur, die Fußwege quellen über vor Menschen.« Er lachte. »Als wären wir nicht in Deutschland, sondern irgendwo anders ...«

Yıldız, die den Passat steuerte, löste kurz die Augen von der Straße und warf einen Blick auf die Menge.

»Du müsstest mal Istanbul sehen, Toby. Im Stadtteil Beyoğlu ist abends der Teufel los. Die Leute schieben sich, da fällt keine Nadel zu Boden. Was ist das hier schon dagegen?«

»Bist du in Istanbul geboren, Chef?«, fragte ihr Assistent neugierig.

»Nein.« Yıldız zuckte mit den Schultern. »Ich bin in Berlin geboren und aufgewachsen. Aber meine Eltern haben in Istanbul gelebt, bevor sie nach Deutschland kamen.«

Tobias gefiel die Unterhaltung immer besser.

»Was haben sie in Istanbul beruflich gemacht?«

Yıldız grinste.

»Sie waren professionelle Revolutionäre. Beide waren in der Gewerkschaft tätig. Hab ich dir das noch nie erzählt?«

Tobias ruckte am Sicherheitsgurt, der seinen mächtigen Leib einschnürte.

»Nein, das hast du nicht erzählt. Ich weiß nur, dass deine

Mutter verstorben ist. Neulich hast du Blumen für ihr Grab gekauft.«

»Richtig, Berlin hat meiner Mutter nicht gutgetan.« Yıldız seufzte, ließ sich aber nicht von Trauer überwältigen. »Meine Eltern kamen nicht zum Arbeiten nach Deutschland. Nach dem Militärputsch vom 12. September 1980 in der Türkei brachte die Partei sie ins Ausland.«

»Was für eine Partei?« Tobias' Neugier war geweckt.

»Die türkische kommunistische Partei«, erläuterte Yıldız unverblümt. »Die hat sich später aufgelöst. Mit dem Ende der Sowjetunion war auch sie am Ende. Ah, warte, mir fällt gerade etwas viel Wichtigeres ein.« Bedauernd schüttelte sie den Kopf. »Wieso hab ich dir das nie erzählt? Weißt du, wo sie zuerst in Deutschland waren?«

Alles Mögliche ging Tobias durch den Kopf, eine Vermutung hatte er aber nicht. Seine Vorgesetzte wartete nicht länger.

»In deiner Stadt, Toby, in Leipzig!«

Aufgeregt rutschte Tobias auf seinem Platz hin und her.

»Echt jetzt? Sie waren in Leipzig? Was hat sie denn nach Leipzig verschlagen? Noch dazu zu Zeiten des Sozialismus.«

Yıldız befremdete, dass der Kollege den Zusammenhang nicht sah.

»Gerade wegen des Sozialismus gingen sie nach Leipzig, Toby. Die Sowjetunion und das sozialistische Lager unterstützten damals die linken Parteien in den kapitalistischen Ländern. Ja, meine Eltern sind damals mit falschen Pässen aus der Türkei über Bulgarien in die DDR gereist. Und in Leipzig saß ein erheblicher Teil der TKP-Zentrale. Meine Eltern nahmen am Parteikongress teil und planten, mit der Parteispitze zu sprechen und anschließend in der Türkei gegen die Militärdiktatur zu kämpfen. Es gab aber damals größere Verhaftungswellen im Land, einige Genossen hatten unter Folter geredet, plötzlich standen die Namen meiner Eltern ganz oben auf der Fahndungsliste. Die Rückkehr in die Türkei war zu riskant geworden. Also entschied die Partei, dass sie als politische Flüchtlinge hierbleiben. So kamen sie nach Westberlin.«

Tobias hatte staunend zugehört und gestand jetzt: »Auch mein Vater war damals in der Partei. Er war Beamter, aber kein überzeugter Kommunist.« Er zögerte kurz, fuhr dann euphorisch fort: »Aber mein Opa war einer. Und blieb es bis zum letzten Atemzug.« Mit schiefem Lächeln sah er Yıldız an. »Mensch, Chef, wie viel wir gemeinsam haben.« Verlegen wandte er den Blick ab. »Weißt du, ich war noch nie in der Türkei. Nicht mal im Urlaub …« Er lachte. »Aber ein Freund vom Gymnasium, Herbert, Herbert Brigel … Der war ziemlich oft in der Türkei. Und nicht nur in Istanbul, auch in einer anderen Stadt. Mitten in Anatolien.«

»Ankara?«, vermutete Yıldız. »In der türkischen Hauptstadt?«

»Nein, von Ankara weiß ich, Chef. Kaiser oder so. Die Amerikaner essen doch diesen Bacon zum Frühstück, so eine Art gedörrten Schinken gibt es da. Mit Gewürzen, schmeckt total lecker …«

Yıldız wusste sofort Bescheid.

»Pastırma? Du meinst Kayseri?«

Tobias schlug die rechte Hand aufs Knie.

»Ja, genau. Herbert hatte gerade Abitur gemacht, er konnte bis auf ein paar Worte kein Türkisch.«

Yıldız' Interesse war geweckt.

»Und wieso ist er dahin gefahren?«

Tobias räkelte sich munter.

»Eine tolle Story … Herbert war in ein türkisches Mädchen verknallt. Sie hieß Songül. Und ihr Teint war nicht so hell wie deiner, sondern ziemlich dunkel. Sie hatte langes, glänzendes schwarzes Haar und erdfarbene Augen. Nicht ockerbraun, wie soll ich sie beschreiben …«

»Bernsteinfarben?«

Tobias grübelte nach.

»Sagen wir hellbraun … Egal, ein nettes Mädchen. Für Herbert war es die erste große Liebe. Songül war auch nicht abgeneigt. Sie trafen sich, ohne dass die Familie davon wusste. Dann starb unerwartet ihr Vater, und auf einen Schlag war alles anders. Der Mann erlag einem Herzinfarkt. Sie schafften es nicht mal ins Krankenhaus. Als der Vater starb, beschloss die Familie, in die Türkei zurückzukehren. Das war natürlich ein Schlag für Herbert. Er liebte Songül wirklich. Doch was sollte er tun? Als es so weit war, kehrte Songül mit der Mutter und den beiden Brüdern in die Heimat zurück. Aber Herbert konnte sie nicht vergessen. Er arbeitete im Sommer, setzte sich im Herbst ins Flugzeug und reiste in die Stadt, wo sie lebte. Das hätte ich mich im Leben nicht getraut. Er wusste ja nicht mal ihre Adresse und kannte auch niemanden in der Stadt. Aber so war Herbert eben, er fuhr hin und fand sie tatsächlich. Er war erst achtzehn. Es war auch kein Gott der Liebe oder so, der half, sondern schlicht Zufall. Später in Leipzig zurück, hat er uns alles erzählt.

Als er in der Stadt ankam, ging er in ein Hotel. An der Rezeption fragte er nach Songüls Familiennamen. Der Mann hatte natürlich keine Ahnung. Eine Stadt mit Hunderttausenden Einwohnern. Wie hätte er sie kennen sollen? Doch Herbert gab nicht auf. Was ist Liebe anderes als Hoffnung, stimmt's, Chef? Am nächsten Morgen schrieb er ihren Vor- und Familiennamen auf einen Zettel und lief zum zentralen Platz der Stadt. Es gibt da eine Burg, davor setzte er sich auf eine Bank. Allen, die sich neben ihn setzten, hielt er den Zettel vor die Nase und fragte nach Songül, natürlich kannte sie keiner. Doch weil er die Leute ausfragte, wurde ein Polizist auf ihn aufmerksam. Der rief ihn zu sich und wollte wissen, wer er sei und was er dort zu suchen habe. Aber weil Herbert kein Türkisch konnte, verstand er den Polizisten nicht. Bevor es richtig Ärger gab, kam ein junger Student zu Hilfe. Dem erklärte Herbert auf Englisch sein Problem, und der Student erklärte es dem Polizisten. Dem gefiel die Geschichte. Er nahm Herbert auf die Wache mit. Ein Dolmetscher für Deutsch wurde geholt und die Sache dem Kommissar vorgetragen. Auch der Kommissar ließ sich von der Geschichte beeindrucken, war aber vorsichtiger als der Polizist.

›Hör zu, mein Junge‹, gab er sich väterlich. ›Ich habe Verständnis für deine Liebe. Aber hier ist nicht Deutschland. Unsere Sitten sind andere als eure. Die Familie des Mädchens könnte die Sache nicht gut aufnehmen. Du könntest dabei zu Schaden kommen.‹

Herbert war aber so verknallt, dass die mahnenden Worte ihn nicht abhielten.

›Vielen Dank für Ihre Warnung‹, sagte er, ›mir passiert schon nichts, ich bitte Sie, finden Sie Songül.‹

Daraufhin erklärte der Kommissar: ›Das ist kein Spaß. Gut, wir machen Songül ausfindig, aber ich spreche zuerst mit ihrer Familie. Wenn sie sagen, ja, wir kennen den Jungen, er soll herkommen, dann bringe ich dich zu ihnen. Wenn sie aber dagegen sind, dann beugst du dich deinem Schicksal und kehrst nach Deutschland zurück. Haben wir uns verstanden?‹

Herbert merkte, dass der Mann es ehrlich meinte, und erklärte sich einverstanden. Schon am nächsten Tag hatte die Polizei Songüls Familie ausfindig gemacht und bestellte Herbert wieder auf die Wache. Songül bekam er leider nicht zu stehen, stattdessen stand ein älterer Mann vor ihm. Der schüttelte Herbert die Hand.

›Ich bin Songüls Onkel‹, stellte er sich vor. ›Willkommen in Kayseri, aber was du tust, ist nicht richtig. Wir haben gerne Gäste, aber so etwas haben wir gar nicht gern. Wir wissen nicht, was in Deutschland vorgefallen ist, wollen es auch nicht wissen. Aber eins sollst du wissen: Daraus wird nichts. Songül ist verlobt, sie heiratet im Frühjahr. Kehr in deine Heimat zurück und such dir ein deutsches Mädchen. Andernfalls geht es schlimm für dich aus.‹

›So sieht es aus‹, mischte sich der Kommissar ein. ›Du musst diese Liebe vergessen‹, erklärte er hilflos.

Herbert war fix und fertig, gab sich aber noch nicht geschlagen.

›Okay, ich gehe nach Deutschland zurück, aber lassen Sie mich ein einziges Mal mit Songül reden. Wenn sie sagt, es ist zu Ende, dann steige ich ins nächste Flugzeug.‹

Der Onkel wurde ärgerlich und wollte auf Herbert losgehen, doch der Kommissar ging dazwischen und beruhigte den Mann. Dann nahm er Herbert beiseite und redete ihm über den Dolmetscher ins Gewissen.

›Komm zu dir, mein Junge. Du weißt nicht, was du tust. Dein Leben ist in Gefahr. Du kehrst mit dem ersten Flieger nach Deutschland zurück.‹

Aber wer hätte auf ihn gehört?

›Egal, was auch geschieht, ich gehe nicht, wenn ich Songül nicht gesehen habe‹, beharrte Herbert. Daraufhin zog sich der Kommissar mit Songüls Onkel in einen Raum zurück und redete lange mit ihm. Eine Stunde verstrich, dann ging die Tür zu dem Zimmer auf, in dem Herbert saß, und Songül trat ein. Herbert war komplett aus dem Häuschen, aber sie scherte das gar nicht. Sie war distanziert, als wäre er ein Fremder.

›Warum bist du hergekommen? Wieso belästigst du mich? Deinetwegen habe ich Riesenärger mit meiner Familie‹, schimpfte sie. Auf einen Schlag machte sie all seine Hoffnungen zunichte. Er brach in Tränen aus und sank auf dem Stuhl zusammen. So eilig sie gekommen war, so schnell verließ Songül die Wache, dem Kommissar blieb nur noch, Herbert zu trösten.

›Schau, mein Junge, du hast so viel auf dich genommen, um herzukommen und das Mädchen zu sehen, aber sie tut so, als ob sie dich gar nicht kennt. Ja, sie schimpft sogar, warum du sie belästigst. Wenn sie dich lieben würde, hätte sie nicht so reagiert.

Immerhin war es nicht ganz umsonst, dass du hergekommen bist, wenigstens hast du gesehen, dass sie deiner Liebe nicht würdig ist.‹

So sprach der Kommissar, aber Herbert war dermaßen aufgewühlt, dass er gar nichts verstand. Doch der Kommissar machte diesem Abenteuer ein Ende. Am selben Abend lud er Herbert zum Essen ein, am nächsten Morgen schickte er ihn in einem Flugzeug nach Deutschland zurück.«

»Und dann?«, fragte Yıldız, nachdem sie die Liebesgeschichte schweigend verfolgt hatte. »Hat er seine türkische Freundin vergessen, als er wieder in Deutschland war?«

»Das hat er«, erwiderte Tobias nachdenklich. »Weil er ein anderes türkisches Mädchen fand.«

Yıldız lachte schallend.

»Na, dein Herbert versteht was von Frauen. Einmal von türkischen Mädchen gepackt, konnte er nicht wieder von ihnen lassen ...«

Tobias fand das nicht lustig. Kurz schwiegen beide.

Dann fragte Yıldız: »Wie läuft's denn mit deiner Samira?«

»Wir haben uns letzte Woche getrennt«, gab Tobias verdrossen Auskunft.

»Oh nein!« Das tat Yıldız leid. »Warum denn? Sie schien doch ein nettes Mädchen zu sein. Und so hübsch ...«

»Ja, sie ist ein nettes Mädchen und auch hübsch.« Sein knuffiges Gesicht nahm einen jammervollen Ausdruck an. »Aber das reicht eben nicht ...«

Yıldız ließ ihn in Ruhe, sie spürte, dass er in Tränen ausgebrochen wäre, hätte sie weiter nachgehakt. Sie hatte kein Recht, im Privatleben des Mannes, mit dem sie zusammenarbeitete, herumzustochern. Deshalb schwieg sie lieber. Eine Weile fuhren sie stumm durch die von funkelnden Schaufenstern gesäumten Straßen.

»Ist dieses Pergamon weit von Istanbul entfernt?«, fragte Tobias endlich. »Liegt es in der Nähe von Kayseri?«

Froh, dass ihr Assistent wieder bei der Sache war, gab Yıldız Auskunft: »Bergama ist weit entfernt von beiden, es ist eine antike Stätte am Ufer der Ägäis im Westen Anatoliens. Und es ist wirklich eindrucksvoll. Nicht nur der Zeus-Altar, auch wie das antike Pergamon heute aussieht, ist fantastisch. Es liegt oben auf einem Hügel und beherrscht von dort die ganze Ebene. Paläste, Tempel, ein Theater, eine Bibliothek… Natürlich alles verfallen, aber trotzdem prächtig. Und stell dir die Stadt nur vor, als der Zeus-Altar noch dort stand. Ein atemberaubender Anblick.«

Tobias war verlegen, denn er konnte sich die antike Stadt nicht vorstellen, weil er weder Pergamon noch den Zeus-Altar je gesehen hatte.

»Ich muss unbedingt mal in die Türkei und mir diese Stätte angucken«, meinte er mit ehrlichem Interesse.

Yıldız warf ihm einen spöttischen Blick zu.

»Wie wär's, wenn du, bevor du die paar tausend Kilometer in die Türkei reist, einmal ins zwanzig Minuten entfernte Pergamon-Museum gehst? Das heißt, derzeit wird der Zeus-Altar restauriert, aber das wird ja nicht ewig dauern.«

Tobias nickte entschlossen, während Yıldız sich wieder auf die Straße konzentrierte.

»Ja, Chef, da geh ich unbedingt mal hin und schau mir den Altar an.«

»Gute Idee.« Auf Yıldız' Lippen legte sich ein hintergründiges Lächeln. »Du musst den wirklich sehen, aber nicht bloß, weil dieser Mord verübt wurde, sondern weil es ein wirklich einzigartiger Bau ist, der einst als achtes Weltwunder galt. Pergamon ist unser aller gemeinsames Erbe, es gehört der ganzen Menschheit.«

*

In der Oranienstraße kannte Yıldız sich aus. Als Kind hatte sie fünf Jahre hier im Viertel gewohnt. Damals standen hier verlassene Häuser aus der Vorkriegszeit. Das Gebiet galt als gefährlich, weil die Mauer hier entlanglief. Die Mieten waren günstig. Zusätzlich bot die Stadt besondere Mietzuschüsse an, um den Zuzug ausländischer Arbeitnehmer zu fördern. Als die Gegend später im Wert stieg, warfen begüterte Investoren ein Auge auf die Häuser, stießen aber auf Protest. »Wohnen ist ein Menschenrecht, zur Not nehmen wir es uns mit Gewalt«, erklärten einige Leute, gingen in die Häuser und bewohnten sie. Hausbesetzungen, Straßenschlachten, Barrikaden. Ein jahrelanger Kampf. Schlussendlich wurde das Quartier zu einem der lebhaftesten von ganz Berlin. Eine bunte Insel der Kultur mitten in Kreuzberg, zusammengesetzt aus Türken, Arabern, Deutschen und kleineren Gruppen aus aller Welt. Eine gewachsene besondere Zone der Freiheit. Als Kind hatte Yıldız hier Jungen und Mädchen mit verrückten Frisuren in Blau, Lila oder Orange gesehen, in merkwürdigen Klamotten hockten sie mit ihren Bierflaschen auf Schemeln vor Bars und knutschten ungeniert miteinander. Hier in der Straße hatte der Verein der feministischen Freundinnen ihrer Mutter seinen Sitz. In einer kleinen Wohnung, deren Wände über und über von allerlei Plakaten übersät waren. Auf Deutsch, Englisch und Türkisch standen Slogans für Frauenrechte darauf. Die Frauen mochten Yıldız sehr, sie wollte aber nie Mitglied werden. Sie wusste selbst nicht, warum. Vielleicht lag es am frühen Tod ihrer Mutter oder an den schlimmen Dingen, die die Eltern in der Türkei erlebt hatten. Als Tochter linker Eltern entschied sie sich Knall auf Fall, Polizistin zu werden. »Du hast diesen Beruf gewählt, weil du Angst hattest«, behauptete ihr Exmann Franz, »um in Ruhe in Deutschland leben zu können.« Yıldız war anderer Meinung. »Ich bin in dieser Stadt geboren, warum sollte ich mich vor dem Land fürchten, in dem ich geboren bin?«, hielt sie dagegen. »Ich habe mir diesen Beruf ausgesucht, weil er mir gefällt.« Das stimmte, seit eh und je hatte sie ein Faible für die Polizei. Polizistinnen im Fernsehen begeisterten sie. Vor allem im *Tatort*. Ungeduldig wartete sie Woche für Woche auf die nächste Folge. Sie wollte weder wie die ehemaligen Punks auf der Oranienstraße werden, noch wie die linken Freunde ihrer Eltern, die damals bei ihnen ein und aus gingen. Sie hatte viel simplere Träume. Träume, die ihren Vater, hätte er davon gewusst, auf die Palme gebracht hätten. Und es war ihr gelungen, ihren Traum zu verwirklichen. Es war dann aber nicht die Szene, in der die Schauspielerin in ihrer geliebten Fernsehreihe groß herauskam, die den Ausschlag gab, zur Polizei zu gehen, sondern eine echte Tat in Dresden. Ein deutscher Rassist hatte eine Ägypterin, die ihn angezeigt hatte, mit achtzehn Messerstichen ermordet, und zwar bei Gericht, vor den Augen der Richter. Die Frau war im dritten Monat schwanger gewesen, als sie getötet wurde. Monatelang wurde darüber diskutiert, wie es dem Mörder gelungen war, das Messer in den Gerichtssaal zu schmuggeln. Gerüchte wollten wissen, dass Rassisten innerhalb des Staatsapparates ihm geholfen hätten, doch bewiesen werden konnte nichts. Die Tat erschütterte Yıldız zutiefst. Ihre Entscheidung, Polizistin zu werden, fiel an dem Abend, als sie den Bericht darüber im Fernsehen sah. Vielleicht hatte ihr Exmann mit seiner Vermutung über ihre Berufswahl doch nicht ganz unrecht. Tatsächlich bot ihr der Polizeiberuf einen gewissen Schutz. Sie konnte, als die Situation schwierig war, die Vorteile des Polizistendaseins nutzen, um Franz wegzuschicken, obwohl auch er Polizist war. Aber das waren nicht die Ursachen, sondern die Auswirkungen ihrer Entscheidung, zur Polizei zu gehen. Es war ein bisschen kompliziert, deshalb war es ihr auch nicht gelungen, ihre Eltern zu überzeugen. Und als die Eltern sich dagegenstellten, war sie kurzerhand ausgezogen. Bis ihre Mutter starb. Erst diese plötzliche Tragödie beendete die jahrelange Eiszeit zwischen ihr und ihrem Vater.

Es ging gegen Mitternacht, doch die meisten Geschäfte auf der Oranienstraße hatten noch geöffnet, in den Cafés, Kneipen, Bars, Shisha-Bars, Pizzerien und Konditoreien, den Kebabläden, Spätis und Lebensmittelgeschäften drängelten sich die Leute. Nur die Buchhandlung Dante Connection, die Yıldız häufig besuchte, hatte längst die Rollgitter heruntergelassen. Berlin war die ungewöhnlichste Stadt Deutschlands, Kreuzberg das aufregendste Viertel Berlins und die Oranienstraße die quirligste in diesem Kiez.

»Ist das nicht das Theater?« Tobias holte sie aus ihren Gedanken. »Da vorne rechts.«

Yıldız hatte es irrtümlicherweise am Ende der Straße verortet.

»Ja richtig, die Tür neben dem Bildhaueratelier.«

»Super«, Tobias freute sich. »Wir kriegen Heavy Metal zu hören.«

»Ach, du stehst auf Heavy Metal?«

»Ich hör's schon noch.« Tobias fühlte sich auf den Schlips getreten. »Im Gymnasium hatten wir eine Band, ich hab E-Gitarre gespielt.«

Das gefiel Yıldız.

»Wow, das hätte ich nicht erwartet. Toll, Toby, echt super.«

Der stämmige Polizist wandte sich Yıldız zu.

»Das versteh ich jetzt nicht, wieso überrascht dich das?«

Yıldız hatte ihn nicht kränken wollen, sie berührte kurz seine Hand.

»Pardon, ich hatte wohl das übliche Klischee im Kopf. Bei Polizisten denkt man an Grobklötze, die nur die Pflicht im Kopf haben und keinen Spaß kennen. Sorry, tut mir wirklich leid.«

Tobias richtete den Blick wieder auf die Straße.

»Schon gut, kein Ding. Und du, magst du denn keine Musik?«

Ein großmütiges Lächeln zierte Yıldız' Lippen.

»Doch, ich höre alles Mögliche. Nur mit Techno kann ich nichts anfangen.«

Tobias fiel etwas ein. »Es gibt da diese besondere Musik bei euch«, sagte er aufgekratzt. »Die Leute drehen sich dazu im Kreis. Eine wahnsinnig eingängige Musik …«

»Meinst du den Semah-Tanz? Bei dem Männer in langen weißen Gewändern kreiseln?«

»Nein, nein, den meine ich nicht. Es sind Frauen und Männer in farbigen Klamotten, die sich drehen. Die Musik ist bewegt und wird dann immer schneller.«

Yıldız lachte und nickte.

»Du meinst die Aleviten. Die tanzen auch den Semah. Es ist eine Art Gottesdienst, er beschreibt den Kreis des Lebens.«

»Fantastisch«, das gefiel Tobias. »Ich mag diese Ethno-Musik.« Nach kurzem Schweigen fragte er: »Bist du ein gläubiger Mensch, Chef?«

Die Neugier ihres Assistenten brüskierte Yıldız nicht, ganz im Gegenteil.

»Gar nicht. Wie du dir denken kannst, bin ich in einer atheistischen Familie aufgewachsen. Die Familie meiner Mutter ist sunnitisch, die meines Vaters alevitisch, aber mit Religion haben beide nichts am Hut. Sie glauben an die Ethik. An das Gute und an Aufrichtigkeit. Die beiden sind die ehrlichsten Menschen, die ich kenne. Wie gesagt, auch ich kann mit Religion nicht viel anfangen, aber die Rituale der Mevlana-Derwische und der Aleviten gefallen auch mir, die sind schön.« Yıldız nahm den Fuß vom Gas und lenkte den Passat auf den Bürgersteig, denn sie waren vor dem Tartaros angekommen.

»Was für eine Tür, Mann!«, staunte Tobias vor dem Theater. »Die haben einen Typen mit Helm darauf gemalt, von Kopf bis Fuß in Schwarz und mit Kapuze. Guck mal, in der Hand hält er einen Stab mit zwei Enden, und zu seinen Füßen hockt so ein Vieh.« Er kniff die Augen zusammen, um besser sehen zu können. »Was soll das sein? Ein Hund? Aber er hat drei Köpfe. Da kriegt man glatt Angst reinzugehen.«

Yıldız parkte den Passat und warf ihrem Assistenten einen spöttischen Blick zu.

»Haben die euch in der Schule denn gar nichts über Mythologie beigebracht? Du versagst schon den ganzen Abend. Die Figur auf der Tür ist Hades. Ein Bruder von Zeus, der für das Totenreich zuständige Gott. Sein Stab repräsentiert mit dem einen Ende das Leben, mit dem anderen den Tod. Und der dreiköpfige Hund zu seinen Füßen ist Kerberos, der Wächter des Totenreichs. Sag bloß nicht, du hast noch nie davon gehört.«

»Doch klar, sicher hab ich davon gehört«, erwiderte Tobias verlegen. »Wer würde Hades nicht kennen?« Er kratzte sich im fleischigen Nacken. »Zeus' Bruder also. Noch ein griechischer Gott. Ob es wirklich dieser Alex war, der Cemal ermordet hat?«

Seine Stimme klang rau. Die Chefin war nicht halb so aufgewühlt wie er.

»Ich weiß nicht. Erst die Aussagen von Pilar, dann die Sache mit der Mythologie und so. Wir stehen noch ganz am Anfang.« Sie stöhnte. »Wir kriegen das raus, wenn Alex es getan hat. Der Täter, wer auch immer es war, hat Cemal regelrecht Zeus geopfert. Er hat eine Art Gottesdienst zelebriert. Wie um ein Zeichen zu setzen. Er will, dass alle davon hören.«

Tobias blinzelte beunruhigt.

»Wenn es das dann war, also wenn der Gottesdienst damit dann beendet ist.«

Er hatte recht, eine Inszenierung mit Bild, Musik und Licht für einen Mord, um dem Mann das Herz aus der Brust zu schneiden und in die Hände zu legen, sah weniger nach einem blutigen Ende als vielmehr nach dem Anfang einer unseligen Serie aus, die sich mit ähnlich grausamen Taten fortsetzte. Hoffentlich täuschen wir uns, dachte Yıldız.

»Lass es uns herausfinden«, sagte sie und löste den Sicherheitsgurt. »Gehen wir rein, reden wir mit dem Mann.«

An der Mauer am Bürgersteig, wo sie geparkt hatten, lehnten ein gertenschlankes Mädchen mit schmalen Augen und Rastalocken und ein Mann von mindestens hundertfünfzig Kilo mit blauen Perlen im Bart und tranken Wein. Sie musterten die beiden Polizisten vom Scheitel bis zur Sohle, setzten aber ihre Unterhaltung fort. Plötzlich vermeinte Yıldız, den Klang von Trommel und Oboe zu hören. Sie drehte den Kopf zur Straße, sie hatte sich nicht getäuscht, ein Hochzeitskonvoi sauste vorüber, sieben, acht Wagen, an der Spitze ein schwarzer BMW mit offenem Verdeck. Die Musikanlage natürlich voll aufgedreht.

»Eure Leute.« Tobias grinste fies. »Sie verkünden der ganzen Welt, dass sie es heute Nacht miteinander treiben werden.«

Yıldız überhörte seine Worte geflissentlich, ihr Blick hing an dem Plakat neben der Eingangstür vom Tartaros. »Das Lächeln der Gorgonen« stand in gotischen Lettern darauf und darunter: »Ein Musical für Sterbliche über die Unsterblichen«.

»Los, Toby, schauen wir uns als Sterbliche die Vorstellung der Unsterblichen an, mal sehen, was sie zu sagen haben.«

Sie traten durch die Holztür mit dem Hades-Bild ein, statt eines Korridors öffnete sich vor ihnen eine Art Boot. Das heißt ein schmaler Durchgang, angemalt, als wäre er eine schmale Barke. Ein extrem hässlicher, extrem hünenhafter Mann vertrat ihnen den Weg.

»Was ist los?«, brauste Tobias auf. »Was willst du?«

»Zwanzig Euro …« Der Mann hob zwei Finger. »Vierzig für zwei Personen.«

»Polizei, wir wollen mit jemandem reden.«

Der Mann hob die dichten Brauen.

»Dann müsst ihr warten, bis das Stück zu Ende ist.«

Tobias wollte widersprechen, doch Yıldız schob ihn beiseite und reichte dem Mann vierzig Euro. Er nahm das Geld und legte ihr vier metallene Jetons auf die Hand. Auf einer Seite war der Hades vom Eingang abgebildet, auf der anderen stand in griechischer Schrift »Tartaros«.

Yıldız steckte zwei Jetons ein und gab die beiden anderen ihrem Assistenten. Dem stand immer noch die Verblüffung in den Augen.

»Was soll das denn jetzt?«

»Ich dachte, du hast Mythologie gelernt?«, fragte Yıldız spöttisch und deutete mit einer Kopfbewegung auf den Mann. »Der Kumpel hier ist der Fährmann Charon. Er setzt die Toten über den heiligen Fluss und bringt sie in den Hades. Die Jetons symbolisieren die Münzen. So hat man sich das im Theater offenbar gedacht.«

Der zeitgenössische Charon hatte zugehört, Ahnung von Mythologie hatte er offenbar nicht.

»Ein Jeton ist der Eintritt fürs Musical, mit dem anderen holt ihr euch ein Bier«, erklärte er. »Freie Markenwahl.«

Yıldız lachte kurz auf.

»Du machst das Charisma des Fährmanns zunichte, mein Freund. Charon bringt die Toten in die Unterwelt, und du verkaufst Bier!«

Ohne abzuwarten, wie der Mann reagierte, drehte sie sich zu Tobias um.

»Die Münzen wurden den Toten auf die Augen gelegt. Mit den Münzen auf den Augen wurden sie dem Fährmann übergeben, Charon setzte sie auf die andere Seite über.«

Tobias hatte die Jetons genommen, aber noch nicht begriffen.

»Und wo ist dann Tartaros?«

Die Antwort gab der jetzige Charon, als hätte ihm die Frage gegolten.

»Die Treppe runter, das Theater ist im zweiten Untergeschoss.«

Yıldız berührte Tobias an der Schulter.

»Der Tartaros der Mythologie liegt viele Etagen unter dem

Totenreich.« Und den Charon von heute fragte sie: »Ist Alex schon dran?«

Charon deutete auf sein Ohr.

»Hört ihr ihn nicht? Er spielt gerade.«

Der Krach war derart ohrenbetäubend, dass sie nicht ausmachen konnten, was gespielt wurde. Sie gingen los und liefen die steinernen Stufen am Ende des schmalen Korridors hinunter. »›Black Sabbath‹ «, sagte Tobias unten angekommen. »Sie spielen ›Black Sabbath‹. Den legendären Song …«

Yıldız kannte das Stück nicht. Je näher sie kam, desto deutlicher hörte sie, was eine kräftige Männerstimme auf Englisch sang.

»Big black shape with eyes of fire / Telling people their desire / Satan's sitting there, he's smiling …«

Yıldız kam das seltsam vor.

»Satan sitzt da und lächelt?«

»Einer der ersten Metal-Songs«, erläuterte Tobias. »Geezer Butler, der Bassist der Band, sah eines Tages Leute vor einem Kino anstehen, die den Thriller *Black Sabbath* sehen wollten. Da kam ihm die Idee für den Song. Er lief zu Ozzy Osbourne und erzählte ihm davon. Zusammen schrieben sie den Song und änderten den Namen der Band, die sie gründen wollten, zu Black Sabbath …«

Am Ende der Treppe erwartete sie ein riesiger Keller. Hundert Leute passten bequem hinein. Ein alter Bunker aus dem Krieg, in dem vor zehn Jahren ein Theater aufgemacht hatte. Rote Lampen blinkten, genau wie am Tatort, an dem sie kurz zuvor gewesen waren. Die Sitzplätze für das Publikum waren kaum halb gefüllt. Tobias schien enttäuscht, Yıldız verengte die Augen und schaute sich um. Nur wenige junge Leute saßen im Publikum, die meisten Zuschauer waren in den Vierzigern. Sie wippten im Rhythmus der Musik mit den Köpfen. Auf der Bühne vier Musiker, das Bühnenbild stellte einen Tempel dar. Schauspieler waren nicht zu sehen. Wahrscheinlich waren sie in einen Szenenwechsel hineingestolpert. Die Musiker waren ältere Semester genau wie das Publikum. Sie trugen lange Haare und Bärte und Lederklamotten mit Nieten und allen möglichen metallenen Accessoires.

Yıldız und Tobias richteten den Blick auf den Schlagzeuger, der hinter den anderen saß. Das musste Alex sein. Graue Haare, grauer Bart, sein bärenhafter Körper aber wirkte robust. Konzentriert ließ er die Schlägel auf Trommeln und Becken sausen, mit geschlossenen Augen, als träumte er einen aufregenden Traum, gab er sich dem Fluss der Musik hin. Konnte das der Mann sein, der wenige Stunden zuvor seinem Lover das Herz aus der Brust geschnitten und Zeus dargereicht hatte?

»Wahnsinn!« Tobias war ganz woanders mit seinen Gedanken. »Der Mann spielt irre, wie in einem anderen Universum.«

Yıldız verstand seine Worte kaum, deshalb beugte sie sich zu seinem Ohr und rief: »Aber die sind alle so, als würden sie nicht fürs Publikum spielen, sondern für sich selbst.«

Tobias nickte.

»Stimmt, das sind klasse Musiker. Gute Musiker spielen für sich selbst.«

Unterdessen spielten und sangen die in die Jahre gekommenen Lederjungs auf der Bühne weiter selbstvergessen und wie mit göttlicher Euphorie ihr Lied.

»Is it the end, my friend? / Satan's coming 'round the bend ...«

*

Alex' veilchenblaue Augen, der sanfteste Teil in seinem harten Gesicht, blickten misstrauisch. Am Ende des Stücks mit einer unbekannten Frau und einem unbekannten Mann konfrontiert zu sein, irritierte ihn. Selbst wenn sie Fans wären, hätte er sich am liebsten sofort aus dem Staub gemacht. Es interessierte ihn auch wenig, als er hörte, dass sie Polizisten waren. Genervt versuchte er, sie abzuwimmeln: »Gestern ein Konzert in Köln, bin heute erst gekommen, muss gleich nach Dresden weiter. Ich hab echt keine Zeit.« Doch die Polizisten ließen ihn nicht gehen. Yıldız, die dem Schlagzeuger gerade einmal bis zur Brust reichte, hatte sich vor ihm aufgebaut.

»Sie können los, aber erst müssen wir über Cemal reden.«

Alex' gleichgültige Miene war entgleist, der Name hatte gereicht, seine Chemie durcheinanderzuwirbeln.

»Hat er mich wieder angezeigt?«, schimpfte er. »Ich hab die Nase voll von dem Typ!«

Er wirkte so angespannt, dass Tobias, der einen Übergriff von Alex fürchtete, vortrat und sich zwischen ihn und Yıldız stellte.

»Beruhigen Sie sich!« Er starrte dem Musiker ins Gesicht. »Wir wollen nur reden. Wir haben nicht vor, Sie mitten in der Nacht auf die Wache mitzunehmen. Wobei das in Ihren Händen liegt. Wenn Sie mit uns in die Bar im Foyer kommen, unterhalten wir uns ein wenig, danach können Sie gehen, wohin Sie wollen.«

Der Schlagzeuger zögerte. Yıldız breitete die Arme aus und bestätigte die Worte des Kollegen.

»Mehr wollen wir nicht.«

Der nicht sonderlich große Solist der Band hatte zugehört und mischte sich ein.

»Was ist los, Alex? Gibt's Probleme?«

»Nee, Klaus, alles okay.« Der Schlagzeuger gab sich unbekümmert. »Die Kumpel wollen bloß ein Bier mit mir trinken.«

Er wollte also nicht, dass jemand mitbekam, dass er Ärger mit der Polizei hat, dachte Yıldız. Gut, dass er Angst hatte. Sie deutete zum dunklen Korridor.

»Gehen wir.«

Im Foyer waren die Wände mit Bildern übersät, die von mythologischen Geschichten inspiriert waren. Brutale Bilder wie Comics, dominiert von Schwarz und Rot. Titanen, die halb in der Erde steckten, Giganten, Götter. Zu Zeus' Füßen war der Tartaros als tiefer, finsterer Abgrund dargestellt. Yıldız steuerte den Tisch an der Wand mit dem Zeus-Bild an.

»Setzen wir uns hierhin, kommen Sie.«

Neugierig, wie er reagieren würde, beobachtete sie den Schlagzeuger. Doch Alex war völlig unbekümmert. Er nahm mit dem Rücken zur Wand Platz. Er hatte andere Sorgen. Seine Augen fixierten ungeduldig die Flaschen an der Bar.

»Kann ich ein Bier trinken, oder spricht was dagegen?«

»Was soll dagegen sprechen?« Tobias stand noch. »Wir geben Ihnen eins aus. Klar, dass wir im Dienst nicht trinken.« Er zeigte seinen Jeton vor. »Sonst ist der verschwendet. Welches nehmen Sie?«

»Flens.« Der Schlagzeuger ließ die Zunge über die trockenen Lippen gleiten.

»Ah, ein starkes Bier, das mag ich auch.«

Während Tobias seinen behäbigen Leib zur Bar schob, beäugte Yıldız den Göttervater an der Wand und murmelte: »Kinder, die ihre Väter nicht töten, werden nicht erwachsen ...«

Endlich richtete auch Alex den Blick auf den höchsten Gott.

»Zeus hat seinen Vater nicht getötet.« Er wies auf den finsteren Abgrund auf dem Bild. »Er hat ihn in den Tartaros geschickt.«

Yıldız stützte die Ellbogen auf den Tisch, wie um das Eis zwischen ihnen brechen.

»Sie verstehen was von Mythologie.«

»Ja, aber ich bin Amateur. Der Kenner ist Cemal. Hört man ihm zu, glaubt man, er wäre Archäologe. Familientradition, sagt er ...« Sein Blick wurde weich, auf die harten Züge legte sich ein zärtlicher Ausdruck. »Ich habe ihn hier kennengelernt. Bei einem Empfang seiner Firma ...«

Yıldız war froh, dass sich das Gespräch in die beabsichtigte Richtung bewegte.

»Ein Energieunternehmen gibt eine Cocktailparty in einer Underground-Bar?«

»Der Blitz ist keine gewöhnliche Firma.« Ein Hauch von Lächeln zeigte sich auf seinem Gesicht. »Sie machen in Erneuerbaren. Sie wissen schon, Wind, Sonne, Wellen. Freie Arbeitszeiten. Die Angestellten müssen nicht ins Büro kommen. Cemal hat auch meistens zu Hause gearbeitet. Der Chef ist ein interessanter Typ. Ostberliner. Einer von denen, die nach dem Mauerfall reich wurden. Aber keiner von diesen Neureichen. Er hat Kultur.« Obwohl er positiv über den Mann sprach, legte sich ein Schatten auf seine Züge. »Stellt sich gut mit seinen Angestellten. Sogar zu gut. Deshalb läuft es auch nicht mehr richtig.«

Dem Schlagzeuger hatte es die gute Laune verschlagen. Das entging der erfahrenen Polizistin nicht.

»Wie heißt denn dieser außergewöhnliche Chef?«

»Peter, Peter Schimmel«, antwortete er in einer Mischung aus Bewunderung und Wut.

Yıldız fiel eine Äußerung von Pilar ein: »Alex war eifersüchtig.« Sie hatte seinen wunden Punkt getroffen.

»Soweit ich verstehe, stellte er sich auch mit Cemal gut ...«

In Alex' veilchenblauen Augen flackerte Zorn auf.

»Was fragen Sie mich danach, fragen Sie doch Cemal«, ereiferte er sich, und die kühle Feindseligkeit wie im Moment ihres Kennenlernens kehrte zurück. »Kommen wir zur Sache. Hören Sie, ich weiß nicht, was Cemal Ihnen gesagt hat, aber ich habe ihn nicht mal mit dem kleinen Finger berührt.«

Yıldız drängte ihn weiter in die Ecke.

»Sie geben also zu, dass Sie zuvor gewalttätig geworden waren?«

»Als hätten Sie das nicht gewusst«, gab der Schlagzeuger gehässig zurück. »Steht doch in den Akten, die haben Sie doch gelesen. Nur beruhte das auf Gegenseitigkeit. Er hat mir gegenüber auch Gewalt angewendet.«

Ungewollt unterbrach Tobias das Gespräch, als er mit zwei Flaschen Flensburger und einem Glas zurückkam. Da er nicht wusste, wovon die Rede war, spielte er erst einmal weiter den guten Polizisten.

»Zum Wohle«, sagte er und stellte die Flaschen auf den Tisch. »Ich hab zwei geholt, das ist bestimmt nicht zu viel, oder?«

Alex zögerte kurz, bedankte sich dann und wandte sich erneut Yıldız zu. »Wir haben uns vor zwei Tagen gestritten, warum hat er mit der Anzeige zwei Tage gewartet?«

Als keine Antwort kam, griff er nach einer der Flaschen, öffnete sie, ließ das Glas stehen und setzte sie an die Lippen. Halbleer stellte er sie auf den Tisch zurück. Mit dem Handrücken seiner Rechten wischte er sich die Lippen ab und seufzte. Biergeruch waberte über den Tisch.

»Worüber haben Sie gestritten?«, fragte Tobias. »Warum haben Sie Cemal geschlagen?«

»Geschlagen?« Alex lachte nervös. »Das sagte ich gerade. Wer wen geschlagen hat, ist noch die Frage.« Wieder griff er zur Flasche. »Auch Cemal war kein Unschuldslamm. Schließlich ist er jünger als ich. Wir haben uns gegenseitig geschlagen. Wer nüchterner war, schlug doller zu …« Beim zweiten Zug kippte er den Rest aus der Flasche hinunter und rülpste leicht, als er sie absetzte. »Wissen Sie, warum wir gestritten haben? Weil wir uns nicht vertrugen. Vielleicht war unsere Beziehung zu Ende, vielleicht haben wir auch von Anfang an nicht zusammengepasst. Letztlich ist es eben doch ein kultureller Unterschied …«

Yıldız wusste sehr gut, was für eine Hölle kulturelle Unterschiede sein konnten, war sich aber nicht sicher, ob Alex die Wahrheit sagte.

»Das haben wir anders gehört, angeblich wollte Cemal sich trennen, aber Sie sagten, wenn er sich trennt, bringen Sie ihn um.«

Resigniert ließ der Schlagzeuger seine Pranken auf den Tisch sinken.

»Ich war total sauer. Eigentlich haben wir auch gar nicht gestritten, nur ein bisschen diskutiert. Sagen wir, ein Wortwechsel. Sprechen Sie mit Cemals argentinischen Nachbarn, wenn Sie mir nicht glauben. Bei denen waren wir, als es losging.« Er schien die Faxen dicke zu haben. »Cemal lügt. In letzter Zeit ist er total durcheinander. Richtig paranoid. Okay, wir streiten auch mal, aber ich würde ihm niemals etwas antun.«

Er war so ruhig, sprach dermaßen selbstsicher, dass Yıldız nicht länger warten wollte.

»Wer hat Cemal dann umgebracht? Wer hat Ihrem Liebsten die Brust aufgeschlitzt und das Herz herausgeschnitten?«

»Was?« Auf halbem Weg zur zweiten Bierflasche verharrte Alex' Hand in der Luft. Die Selbstsicherheit in seinen Augen war wie ausgeknipst. Er zog die Hand zurück. »Wie bitte? Was haben Sie gesagt?«

Beide Polizisten fixierten ihn, damit ihnen keine mimische Regung, nicht die kleinste Körperbewegung entging.

»Ja, Herr Werner.« Yıldız sprach im selben ruhigen Ton weiter. »Heute Abend wurde Cemal Ölmez in seiner Wohnung in Neukölln auf brutalste Weise ermordet.«

Der Schlagzeuger hatte zwar gehört, was sie gesagt hatte, konnte es aber nicht fassen. Vielleicht hatte er es durchaus verstanden, wollte es aber nicht glauben.

»Sie haben Cemal gedroht«, fuhr Yıldız mit ihren Anschuldigungen fort. »In Gegenwart Ihrer Freunde sollen Sie gesagt haben: ›Wenn du mich verlässt, lass ich dich nicht am Leben.‹ Haben Sie ihn umgebracht?«

Der Mann hockte wie erstarrt auf seinem Stuhl.

»Cemal? Ist Cemal wirklich tot?«, brachte er heiser über die Lippen, Tränen stiegen ihm in die Augen. »Sie erlauben sich keinen Scherz mit mir, oder? Das ist doch keiner von Cemals bekloppten Scherzen, oder?« Als er beide Polizisten still und gleichermaßen entschlossen sah, entgleisten ihm die Gesichtszüge, seine rissigen Lippen öffneten sich. »Es stimmt also. Cemal ist tot.«

Kurz trat Stille ein. Yıldız hatte bewusst für Schweigen gesorgt. Sie wollte, dass der Verdächtige sich seinen Gefühlen stellte, dehnte den Moment aber nicht allzu weit aus.

»Nun, Alexander Werner, Sie haben meine Frage nicht beantwortet. Haben Sie Cemal umgebracht?«

Der Kummer auf dem frühzeitig verrunzelten Gesicht des Schlagzeugers wich Anspannung.

»Was? Ich soll ihn umgebracht haben? Sie beschuldigen mich? Klar, der erste Verdacht fällt natürlich auf uns. Ein Heavy-Metal-Drummer, Saat der Bosheit, Kinder Satans. Monster, die das Herz ihres Geliebten verspeisen.«

Laut unterbrach Tobias Alex' Klagen.

»Beruhigen Sie sich! Würden wir Sie beschuldigen, säßen Sie jetzt im Präsidium. Wir sind auf der Suche nach Cemals Mörder. Bei Ihnen haben wir angefangen, weil Sie der erste Verdächtige sind. Wenn Sie unschuldig sind, sagen Sie uns, was Sie wissen, helfen Sie uns, damit wir den Mörder schnell finden.«

Die Worte ermutigten Alex.

»Okay, klar helfe ich, aber eins sollen Sie wissen, ich bin kein Mörder, ich habe Cemal nicht umgebracht.«

Er langte nach dem zweiten Bier, doch Yıldız legte ihre Hand auf die Flasche.

»Wann sind Sie heute hergekommen?«

Der Schlagzeuger zuckte mit den breiten Schultern.

»Wie immer gegen halb elf. So ungefähr jedenfalls. Das Stück fängt um 23.30 Uhr an. Zuerst sind wir auf der Bühne, nach uns treten die Schauspieler auf. Wann wurde Cemal denn getötet?«

Yıldız entging nicht, dass er den Schock schnell überwunden hatte und anfing, Fragen zur Tat zu stellen.

»Sind Sie von zu Hause hergekommen? Waren Sie vorher noch woanders?«

Resolut schüttelte Alex den Kopf.

»Die Zeit reichte nicht, erst noch nach Hause zu fahren. Wie gesagt, gestern hatten wir ein Konzert in Köln. Erst heute Abend bin ich mit dem Zug nach Berlin zurückgekommen. Ich hab gegessen und irgendwo Zeit verbracht.«

Die nächste Frage ergab sich von selbst.

»Haben Sie das Bahnticket dabei?«

»Nein, das hab ich weggeschmissen«, erwiderte der Schlagzeuger gleichgültig. »Ich hab nicht gern Krimskrams in den Taschen.«

Die Antwort war schwammig, Yıldız ließ ihn nicht von der Angel.

»Und wo haben Sie gegessen?«

Er zeigte in eine unbestimmte Richtung.

»An einem Imbiss am Bahnhof. Ich hatte nicht viel Appetit. Wieso stellen Sie solche Fragen? Hören Sie, so lebe ich eben. Ich arbeite da, wo ich einen Job bekomme. So verdiene ich meine Brötchen. Wie vorhin schon gesagt, von hier fahre ich gleich wieder zum Bahnhof. Zu Hause gehe ich gar nicht vorbei. Morgen Abend haben wir ein Konzert in Dresden. Ich verstehe nicht, wieso Sie mich bedrängen. Sie verhören den falschen Mann. Ich hab Cemal nicht umgebracht. Ich habe ihn geliebt, wer würde den Menschen umbringen, den er liebt?«

Yıldız lachte bitter.

»Viele. Ja, sogar die Mehrheit aller Getöteten stirbt durch die Hand einer Person, die sie liebt. Und Sie haben sogar gesagt, Sie würden es tun. Zwei Personen können das bezeugen...«

»Diese Pilar mag mich nicht«, grummelte er wütend. »Aber

ich habe Cemal nicht getötet. Glauben Sie mir, ich hab das nicht getan.«

Yıldız fixierte den Mann kurz.

»Wer dann?«

»Keine Ahnung, woher soll ich das wissen?« Seine Augen zwinkerten, während er das sagte. Offenbar gingen ihm mehrere Möglichkeiten durch den Kopf. »Hüseyin«, sagte er aufgewühlt. »Ja, sein Bruder Hüseyin hat es getan. Er hasste Cemal. Die ganze Familie hasste ihn. Aber Hüseyin ist der Brutalste von ihnen, er ist auch vorbestraft. Ein Schlägertyp.«

Yıldız sprach aus, was sie dachte.

»Hasste Hüseyin seinen Bruder wegen seiner Beziehung zu Ihnen?«

Alex zeigte sich nicht gekränkt.

»Es ging nicht nur um mich. Sie hatten schon vorher keinen Kontakt mehr. Die Familie konnte nicht ertragen, dass ihr Sohn schwul war. Messerhelden sind das, einmal wollten sie Cemal sogar aus dem Fenster werfen.«

Solche Fälle gab es bei Familien aus der Türkei. Tatsächlich konnte der Grund für den Mord Cemals Homosexualität sein.

»Hat denn die ganze Familie den älteren Bruder gegen Cemal unterstützt?«

»Die Familie grenzte Cemal aus. Nur sein Opa Orhan liebte ihn. Er war der Einzige, zu dem er Kontakt hatte. Und telefonisch zu seiner Mutter. Von den Gesprächen wussten weder sein Vater noch sein großer Bruder. Was für ein Pech, dass der Opa letztes Jahr an Alzheimer erkrankt ist! Auch mit ihm konnte er nicht mehr reden.« Er nickte bekräftigend. »Ja, das muss der Hund von Hüseyin getan haben. Erst vor zwei Monaten, als Cemal Opa Orhan im Krankenhaus besuchen wollte, gab es Streit. Der Typ wollte den Besuch verhindern, aber das hat Cemal sich natürlich nicht bieten lassen. Er besuchte seinen Opa.«

Der Schlagzeuger hatte eine neue Spur ins Spiel gebracht, die nicht zu vernachlässigen war. Womöglich war der hasserfüllte Bruder tatsächlich der Mörder. Auch wenn man sich bei Mordfällen nie an eine einzige Möglichkeit klammern durfte.

»Gut, wir gehen dem nach, hatte Cemal noch andere Feinde, gab es Leute, mit denen er nicht auskam?«

Alex zog erneut die Stirn kraus und vertiefte damit die Runzeln auf seiner Stirn.

»Nein, Feinde hatte er nicht. Er war nur ein bisschen komisch in letzter Zeit. Als würde er mir etwas verheimlichen.« Unschlüssig hielt er inne. »Verwenden Sie nicht gegen mich, was ich jetzt sage, aber er schien jemand anderen zu haben. Das war auch der Grund für die Spannungen zwischen uns.«

»Ein anderer Partner?«

Endlich konnte Alex sein Bier trinken, er beugte den breiten Nacken.

»Könnte sein. Ja, das vermute ich. Wenn Sie fragen, wer das war, kann ich das nicht sagen. Denn ich weiß es nicht. Cemal schien auf Trennung aus zu sein. So kam es auch zu dem Streit bei Pilar in der Wohnung. ›Jede Liebe endet irgendwann‹, sagte Cemal. ›Wir sollten darauf vorbereitet sein.‹ Das war natürlich richtig, aber ich war betrunken. Sturzbetrunken. Mir gefiel nicht, dass er irgendwas hinter meinem Rücken tat. Da bin ich explodiert.«

In Yıldız' Augen bildeten sich erneut Wolken des Zweifels.

»Aber Sie haben Ihre Wut gezügelt und ihn nicht umgebracht.«

Energisch schüttelte Alex den Kopf.

»Nein, ich hab ihn nicht umgebracht.«

Tobias wollte das Thema wechseln.

»Was wissen Sie über den Zeus an der Wand?«

Der Schlagzeuger drehte sich um, beäugte das Bild hinter sich.

»Nein, nein, dieses Bild meine ich nicht. Ich meine das in Cemals Wohnung, das, wo Zeus auf dem Thron sitzt.«

Alex kniff die Augen zusammen, versuchte abzuschätzen, worauf das Gespräch hinauslief.

»Ja, das Bild von der Zeus-Skulptur. Das hat Cemal gemalt.«

»Haben Sie ihn gebeten, dass er Zeus' Bild malt?«

Wieder glaubte Alex, sie wollten ihn hereinlegen, und grummelte.

»Nein, ich nicht. Haben Sie es nicht gesehen? Auch die anderen Zimmer sind voller Bilder von Zeus und anderen Göttern. Ich hab doch schon gesagt, die ganze Familie steht auf Mythologie.«

Tobias schürzte die Lippen.

»Ich bin auch Heavy-Metal-Fan, aber ich hänge mir keine Bilder von den Musikern an die Wand.«

»Stimmt, das mach ich auch nicht«, pflichtete der Schlagzeuger ihm bei und nahm noch einen großen Schluck Bier. »Aber Cemal interessierte sich für Malerei. Er sagte, er sei Amateur, aber ich finde, er war gut, sehr gut. An der Spree gibt's doch dieses Museum, das Pergamon-Museum. Da sind diese Reliefs. Ich war nicht da, aber Cemal hat davon erzählt. Tolle Geschichte, hat er gesagt, die wollte er mit modernen Mitteln neu erzählen. Er wollte sich einen Namen damit machen. Genau das wollte er. Aber damit habe ich nichts zu tun. Ich verstehe so wenig von Mythologie wie von Malerei. Und ich habe Cemal nicht umgebracht. Ich bin keiner von den Verbrechern, die Sie erwähnt haben. Okay, wir haben uns ab und zu gestritten, aber danach auch wieder versöhnt. Warum sollte ich den Menschen töten, den ich liebe?«

*

Obwohl schon beinahe der Tag anbrach, wurde die Schlange vor dem Curry 36 nicht kleiner. Scheinbar hatten sich heute sämtliche Nachtschwärmer Berlins vor diesem Laden versammelt. Elegante Damen in Abendkleidern, Herren in Smokings, junge Männer in Lederjacken und Jeans, gepiercte Mädchen in Miniröcken, Kiffer, die gerade von Technopartys kamen, Säufer, die an ihren Bierflaschen nuckelten, als enthielten sie eine heilige Flüssigkeit. Menschen aller möglichen Herkunft scherzten und lachten miteinander, warteten rempelnd und stoßend und dennoch geduldig, bis sie an der Reihe waren. Endlich war nur noch einer vor Tobias. Als er sah, dass die Chefin im Wagen zu ihm herüberschaute, bedeutete er ihr mit einem Victory-Zeichen, dass der langwierige Kampf um eine Wurst dem Ende entgegenging.

Yıldız lächelte ihrem knuffigen Kollegen zu, ehe sie den Blick erneut auf das Smartphone senkte, mit dem sie einen Blick ins Zimmer ihres Sohnes werfen konnte. Deniz hatte sich wieder freigestrampelt. Sie konnte es ihrem Vater nicht verübeln, wer weiß, wie oft er schon aufgestanden und den Enkel wieder zugedeckt hatte. »Dein Sohn schläft wie ein Verrückter«, würde er wieder mosern. Glücklicherweise war es milder geworden, sodass Deniz sich nicht erkälten würde. Seine Mandeln waren äußerst sensibel, war er einmal krank, lag er tagelang flach. Eigentlich hätte Franz ihn an diesem Wochenende nehmen sollen, doch Deniz' Vater hatte sie wie mindestens einmal im Monat auch diesmal abgewimmelt: »Ich muss nach Hamburg, eine ganz dringende Sache, Sitzung der Drogenfahndung.« Er liebte seinen Sohn, doch wenn sein Boot ins Spiel kam, gab es nichts anderes mehr. Sie war sich absolut sicher, dass ihr Exmann mal wieder einen Segeltörn mit seinen Freunden unternahm. Es ärgerte sie schon gar nicht mehr, dass er sich seiner Verantwortung entzog. Als sie den Blick vom Handy hob, sah sie ihren Assistenten mit zwei Plastiktellern und zwei Coladosen zum Auto kommen.

Seit zwei Jahren arbeiteten sie zusammen. Am Anfang hatte Yıldız von ihm, dem jungen Bären von einem Polizisten, nichts wissen wollen. Sie dachte, ihr Vorgesetzter Markus, dem sie nicht über den Weg traute, hätte mal wieder ein Komplott gegen sie geschmiedet. Markus war ein Hinterwäldler, der Frauen im Polizeiapparat vehement ablehnte. In der Mordkommission hätten sie schon gar nichts zu suchen. »Die kippen um, wenn sie Blut sehen«, pflegte er zu sagen. Dann hatte das Schicksal ihm eine Frau zugeteilt, die auch noch türkischer Herkunft war. Anfangs war er entschlossen, Yıldız nicht ernst zu nehmen, doch sie war eine exzellente Polizistin. Sie löste achtzig Prozent ihrer Fälle. Obwohl sie so erfolgreich war, hätte er nicht gezögert, sie abzusetzen, fürchtete aber, die Grünen und Linken zu verärgern, die die Mehrheit im Landtag stellten. So beschloss er, die eigensinnige Frau zu ertragen, bis sich die politische Lage änderte. Yıldız hatte Markus' Absicht gleich am ersten Tag durchschaut. Denn seit sie ihren Dienst angetreten hatte, musste sie sich mit Vorgesetzten wie ihm herumschlagen. Als ihr Kollege Dieter, ein Draufgänger, durch einen Autounfall schwerbehindert und damit berufsunfähig wurde, hatte man ihr Tobias als Partner zugeteilt. Sie misstraute ihrem neuen Kollegen zunächst. War die Besetzung eine neue Finte von Markus? Hatten sie ihr einen Trottel als Assistenten an die Seite gestellt, damit sie scheiterte? Bei der Aufklärung des Mordes an einer Sexarbeiterin aus Albanien war ihr dann klar geworden, dass sie sich getäuscht hatte. Hinter dem naiv wirkenden pausbäckigen Gesicht steckte ein scharfer Verstand, und im Gegensatz zu dem unterkühlten Eindruck, den seine aschfarbenen Augen erweckten, besaß er ein mitfühlendes Herz.

Tobias dagegen hatte von Anfang an keine Vorbehalte gegen Yıldız. Auch wenn viele, die aus Ostdeutschland stammten, Ausländern nicht besonders freundlich gesonnen waren, mochte er die eigensinnige Kommissarin auf Anhieb. Einige Monate später hatte Yıldız ihn einmal gefragt: »Hattest du gar nichts gegen mich?«

»Wieso sollte ich etwas gegen dich haben?« Tobias zuckte mit den Schultern, als ginge es um eine Nebensächlichkeit. »Du bist eine gute Polizistin, außerdem bist du eine Vorgesetzte, die sich für ihre Leute einsetzt.«

»Aber ich bin türkischer Herkunft«, versuchte die Chefin ihn aufzustacheln.

Auch das kümmerte den jungen Kommissar nicht. »Vergiss nicht, dass ich in einem sozialistischen Land geboren bin, Chef«, sagte er leise, als gäbe er ein Geheimnis preis. »Jetzt tummeln sich zwar Rassisten im Osten, aber wir haben an eine universale Menschheit geglaubt, nicht an deutschen Nationalsozialismus.«

Als ihr Assistent jetzt mit den Plastiktellern vor dem Auto stand, öffnete Yıldız die Tür des Passats. Tobias' Gesicht strahlte, als er seine Chefin lächeln sah. Er reichte ihr einen Teller.

»Ich dachte schon, die Schlange endet nie. Liegt wohl daran, dass Freitagnacht ist. Die halbe Stadt ist hier.«

Yıldız nahm den Teller und eine Coladose entgegen.

»Nee, Toby, das ist hier jeden Abend so. Selbst Leute, die in teuren Clubs oder angesagten Restaurants essen, haben irgendwann spätnachts Appetit auf Currywurst.« Sie hob den Teller an die Nase. »Und nicht zu Unrecht. Wie das duftet!«

Der Passat erbebte leicht, als Tobias sich auf den Sitz fallen ließ. Yıldız fielen ein paar Pommes vom Teller auf den Schoß.

»Sachte, sachte, lass dich nicht fallen wie ein Sack Kartoffeln.«

»Pardon, Chef«, ihr Assistent lächelte verlegen. »Mit dem Zeug in der Hand …«

Sie hatte es schon vergessen und war damit beschäftigt, genüsslich von der in Ketchup badenden Wurst abzubeißen. Auch Tobias redete nicht weiter, er war mindestens so hungrig wie Yıldız. Eine Weile verspeisten beide wortlos ihre Currywürste mit Pommes. »Hältst du Alex für glaubwürdig?«, fragte Tobias, bevor er die zweite Wurst anbiss. »Glaubst du, er sagt die Wahrheit?«

»Was meinst du?«, fragte Yıldız, ohne ihren Kollegen auch nur anzuschauen, und trank Cola.

Tobias friemelte mit der Zunge die Krümel aus den Zahnzwischenräumen, dann schüttelte er leicht den Kopf.

»Ich bin mir nicht sicher. Er schien tatsächlich nicht zu wissen, dass Cemal tot ist. Du hast gesehen, wie schockiert er war. Du kannst sagen, das war gespielt. Kann natürlich sein. Aber er wirkte doch aufrichtig. Wenn wir auf dem Mordwerkzeug Fingerabdrücke von ihm finden, sieht die Sache natürlich anders aus ...«

Yıldız warf ihm einen skeptischen Blick zu.

»Wir haben das Messer noch gar nicht gefunden, sodass wir davon Fingerabdrücke nehmen könnten.« Sie stimmte mit Tobias' Gedanken überein, wollte aber noch eine andere Möglichkeit mit ins Spiel bringen. »Aber was, wenn die Wut ihn übermannt hat und er nicht mehr Herr seiner selbst war? Nehmen wir einmal an, er war heute Abend bei Cemal, bevor er ins Theater fuhr. Das ist sehr gut möglich. Gesehen hat ihn niemand. Er ist also zu seinem Lover gefahren, um sich mit ihm zu versöhnen. Hat ihm Komplimente gemacht. Wie er mit dem Aussehen schöntun soll, weiß ich allerdings auch nicht. Egal, sagen wir, er hat sich nach Kräften bemüht. Hat sich entschuldigt, gesagt, dass er Cemal liebt und so weiter. Aber der junge Mann wollte nicht. Da gab es wieder Streit. Alex war hartnäckig. Und Cemal ist der Kragen geplatzt, er hat ihm gesagt, dass er ihn nicht mehr liebt, dass er einen neuen Freund hat und ihn verlässt. Dir ist sicher aufgefallen, dass Alex seine Wut nicht unter Kontrolle hat. Er ist wie ein Pulverfass, bereit zur Explosion. Als er erfuhr, dass sein Liebster ihn verlässt, ist er durchgedreht, hat das Messer gezogen und ihn umgebracht ...«

Heftig schüttelte Tobias den Kopf, als hätte er den Teller und die Cola vergessen, die er in den Händen hielt.

»Dann hätte er seinen Freund wild abgestochen. Aber wir haben einen Körper gesehen, der geradezu von einem Chirurgen seziert wurde. Dazu war ihm das Herz herausgeschnitten und dem Armen in die Hände gelegt worden. Das Ganze zu Füßen von einem antiken Gott. Sogar die Musik hat der Mann organisiert. Er hat den Computer so eingestellt, dass immer das gleiche Stück dudelt, wenn er weg ist. Ich kenne seine Absicht nicht, aber der Mörder war sicher kein von Wut überwältigter Mann. Ganz im Gegenteil, das ist ein äußerst kaltblütiger Täter, der sehr genau weiß, was er tut.« Vor dem nächsten Schluck Cola schüttelte er noch einmal den Kopf. »Nein, Chef, in dieses Profil passt der Metal-Drummer nun wirklich nicht.«

Perfekte Analyse, dachte Yıldız, ihr Assistent hatte ausgesprochen, was auch ihr durch den Kopf gegangen war. Doch es gab eine verborgene Seite bei Alex. Seine Worte, sein Verhalten, seine Gefühle und seine Körpersprache stimmten nicht überein. Vielleicht war sein Verhalten eine Folge des Schocks. Die Nachricht vom Tod eines Menschen zu erhalten, den man liebte, war nicht einfach. Und dann verdächtigte die Polizei einen auch noch. Da konnte man schon mal komisch reagieren. Trotzdem war es schwierig, sicher zu sein. Der Mann schien etwas zu verbergen.

»Was denkst du über die Sache mit der Affäre?«, öffnete sie die Diskussion über eine weitere Option. »Alex vermutet ernsthaft, dass es da einen anderen gibt. Könnte Cemal tatsächlich jemand anderen haben? Vielleicht einen Perversen oder einen Serienkiller?«

Längst mit der zweiten Wurst beschäftigt, schluckte Tobias rasch den Bissen hinunter.

»Könnte sein …«, fing er an und spülte mit der Cola nach, ehe er fortfuhr: »Aber zuerst müssen wir sicher sein, dass es so jemanden gab. Könnte auch reine Einbildung von Alex sein. Wir müssen mit den Argentiniern sprechen. Denn wenn Cemal jemanden kennengelernt hat, dann vermutlich einen aus der Künstlerecke.« Er trank noch einen Schluck Cola. »Vielleicht einer von den seltsamen Typen in den besetzten Häusern. Da treiben sich ja alle möglichen Leute rum.«

»Oder jemand aus der Firma«, unterbrach Yıldız ihn. »Als du Bier holen warst, erwähnte der Schlagzeuger Cemals Chef. Peter Schimmel heißt er.«

»Ah, der Peter auf dem Handy. Das ist also sein Chef.«

»Genau der. Interessanter Typ. Lässt seinen Angestellten alle Freiheiten und so. Soll anders sein, als Chefs normalerweise sind. Alex schien ein bisschen eifersüchtig. Ich frage mich, ob dieser freiheitsliebende Chef Cemals neuer Lover gewesen sein könnte.«

Tobias hielt nicht viel davon.

»Ich finde, wir sollten uns auf die Familie konzentrieren, auf Cemals großen Bruder. Diesen Hüseyin. Wenn Alex nicht flunkert, wollte der Cemal umbringen. Und wollte es wie Selbstmord aussehen lassen. Und der Rest der Familie war damit einverstanden … Was die sich da ausgedacht haben! Hätten die Cemal umgebracht, hätten sie es den Leuten als Selbstmord untergejubelt.«

»Du hast recht«, pflichtete Yıldız bei und tunkte einen Pommesschnitz in die Sauce. »Außerdem kennt die Familie sich mit Mythologie aus. Die Szenerie am Tatort dürfte ihnen nicht fremd sein.« Sie hielt inne. »So sieht es auf dem Papier aus, aber …« Sie schwieg erneut, warf sich Pommes in den Mund, wie um Zeit zu gewinnen.

»Aber?«, hakte Tobias nach.

»Aber heißt, dermaßen ausgeklügelte Morde kommen bei Leuten aus der Türkei nicht vor. Du bist ja auch seit Jahren im Geschäft. Sicher sind auch dir Mordfälle bei unseren Leuten untergekommen. Die basteln nicht solche raffinierten Szenarien. Die ziehen und schießen, ihnen fällt nicht einmal ein, sich zu verstecken. Ich rede von der großen Mehrheit. Denn entweder töten sie in einem plötzlichen Wutanfall oder wenn ihre Ehre befleckt ist«, führte Yıldız aus.

Tobias hatte sich erneut der zweiten Currywurst gewidmet und sprach wieder mit vollem Mund.

»Stimmt, ich hatte mit zwei Mordfällen zu tun, in die Migranten aus der Türkei involviert waren. Bei einem hatte ein Mann seine Frau getötet, weil sie ihn mit seinem besten Freund betrog. Der schoss auch auf den Freund, traf ihn aber nicht. Im zweiten Fall hatte ein Mann seinen Cousin erstochen, weil der seine Schulden nicht zurückzahlte. Vor aller Augen. Ist vielleicht zwei Jahre her. Mein letzter Fall, bevor ich bei dir anfing. Tatort war eine Nebenstraße in Spandau. Es geschah am helllichten Tag. Eine entsetzliche Tat. Der Mörder stach auf den Cousin ein und wartete dann, dass er starb. Kannst du dir das vorstellen, der stand minutenlang mit dem riesigen Messer mitten auf der Straße. Wir konnten erst eingreifen, nachdem einer ihm in die Schulter geschossen hatte, damit er das Messer fallen ließ. Da war der Cousin schon am Blutverlust gestorben. ›Das geschieht dem ehrlosen Schurken recht‹, sagte der Mörder, als wir ihn festnahmen. ›So hat er gelernt, dass man Verwandte nicht übers Ohr haut.‹ Ich weiß bis heute nicht, ob er den Cousin wegen des Geldes tötete, das er an ihn verloren hatte, oder weil der ihn betrog.« Er griff nach der Coladose. »Aber Cemals Familie kennen wir nicht. Wir haben keine Ahnung, ob sie sich tatsächlich für Archäologie interessieren, welchen Bildungsstand sie haben, was für Menschen sie sind. Die leben doch seit Langem in Deutschland. Vielleicht haben sie sich kulturell verändert. In der dritten Generation gibt's bei euch schon ganz andere Leute…« Sieh dich selbst an, lag ihm auf der Zunge, schluckte es aber hinunter, um nicht falsch verstanden zu werden. »Ist es nicht so, Chef? In unserem Beruf dürfen wir nicht verallgemeinern. Wir müssen jeden Fall einzeln betrachten.«

Tobias trank Cola, und Yıldız merkte, dass sie die zweite Wurst nicht schaffen würde.

»Magst du noch?«

Tobias zierte sich nicht. »Wenn du sie nicht isst …«

Sie reichte ihm den Plastikteller. »Guten Appetit.«

Der Nimmersatt lud sich Pommes und Currywurst auf den Teller.

»Wir mutmaßen so vor uns hin«, sagte Yıldız, »aber schauen wir mal, was Markus sagt. Sieht nach einem sensationellen Fall aus. Was meinst du, ob er uns die Ermittlungen wegnimmt und jemand anderem gibt?«

»Ach was, das Opfer ist Türke«, gab Tobias zu bedenken. »Wer könnte in diesem Fall besser ermitteln als du?« Energisch setzte er den letzten Punkt: »Nein, Chef, so blöd kann nicht mal Markus sein.«

Yıldız war sich da nicht so sicher.

»Schauen wir mal«, sagte sie und ließ den Wagen an. »In der Mordkommission Berlin musst du auf jede Überraschung gefasst sein.«

Als sie den Passat auf die Straße lenkte, waren die Straßenlampen bereits erloschen und das Tageslicht hatte Berlin erobert.

3

»So bin ich, Zeus, der oberste Gott aller Geschöpfe
im Himmel und auf Erden.«

Selbst wenn du das Heute gewinnst, lässt dich das Gestern doch
nicht in Ruhe. Wie ein heimtückischer Schatten verfolgen dich die
Gespenster der Vergangenheit. Das war auch meinem Vater Kronos bewusst. Diese Tatsache hat er nie vergessen. Noch im Sieges-
taumel ging ihm der Fluch seines Vaters Uranos nicht aus dem
Sinn. Die verfluchten Worte klangen ihm noch im Ohr, als er den
Thron bestieg, als er seine Geschwister befreite, die sein Vater in
der Erde vergraben hatte, und auch als er sich zu meiner Mutter
Rheia legte. Denn er fürchtete, auch ihm würde widerfahren, was
Uranos zugestoßen war. Deshalb vergaß er das Versprechen, das
er Gaia gegeben hatte, und wiederholte den Fehler seines Vaters,
und zwar noch gnadenloser.

Rheia mit ihrem prachtvollen Haar gebar ihm fünf Kinder, drei
Töchter und zwei Söhne, meine lieben Brüder und Schwestern,
allesamt vortreffliche Götter und Göttinnen: Hestia, Demeter,
Hera, Poseidon und Hades. Doch mein Vater drückte sie nicht an
die Brust, herzte seine Kinder nie. Schlimmer noch, er verschlang
sie. Ja, ohne zu zögern fraß er meine fünf Geschwister, die aus seinem Samen entsprungen und von unserer Mutter Rheia geboren
waren. Denn die Angst hatte nicht bloß seinen Verstand erobert,
sondern seinen ganzen Leib. Die Angst, den Thron zu verlieren,
machte ihn grausam. Nachdem er seine Geschwister befreit hatte,

sperrte er einige im Tartaros tief unter der Erde wieder ein, die anderen ließ er unter der Voraussetzung frei, dass sie sich ihm beugten. So begann das Goldene Zeitalter der Titanen.

Natürlich waren es wieder die Frauen, die gegen die Grausamkeit des obersten Titanen aufbegehrten. Unsere Großmutter Gaia hatte ihrem Gatten Uranos die Macht aus den Händen genommen und ihrem Sohn übergeben, ebensolches tat auch meine Mutter Rheia. Und zwar mit einem Komplott, das noch schlauer, noch meisterhafter, noch geheimer geplant war. Die erfahrene Gaia ließ ihre Tochter Rheia selbstverständlich nicht allein. Denn Kronos unterdrückte nicht bloß ihre Enkel, sondern auch seine eigenen Kinder. Auch der hasserfüllte Uranos stimmte dem berechtigten Verrat zu, der seinen Sohn stürzen sollte. Damit hätte auch er sich an seinem treulosen Sohn gerächt. An diesem Punkt kam ich, Zeus, zur Welt. Ich war Rheias sechstes Baby, ihr jüngstes Kind. Ich wurde mitten in die Intrige hineingeboren. Aufgrund des Komplotts brachten sie mich unmittelbar nach der Geburt nach Kreta. Als Kronos kam, um sein Kind zu sehen und es, statt in den Arm zu nehmen, zu verschlingen, gaben sie ihm einen in Windeln gewickelten Stein. Der oberste Titan vertraute seiner Gattin blind, verschlang den Brocken und legte sich am selben Abend, von sich selbst überzeugt, zu seiner Frau.

Auf Kreta brachte unsere Erdmutter mich tief in einen riesigen Wald, wo die Baumwipfel bis zu den Wolken hinaufragten. Dort übergab sie mich mit folgenden Worten einer Nymphe: »Dieses Baby ist nicht nur ein hübsches Kind, es ist nicht nur ein Gott, es ist die Zukunft der Welt. Gib acht auf ihn wie auf deinen Augapfel. Es soll ihm an nichts mangeln, nicht an Trank und Speise, nicht an einem Schlaflager, nicht an einem Garten, in dem er spielen kann. Du bist für alles verantwortlich. Du wirst dafür zur Rechenschaft gezogen.« Die Nymphe hielt sich an Gaias Anweisungen. Sie kümmerte sich besser um mich als die zärtlichste Mutter. Ich litt nie

Hunger, war nie ohne Obdach und hatte stets genug zu essen. Ich wurde mit der stärkenden Milch einer verzauberten Ziege aufgezogen. Der Nymphe wie auch der heiligen Ziege bin ich unendlich dankbar. Als die Ziege starb, fertigte ich mir aus ihrem Fell die Aigis, meinen Panzer und Schild. So entwickelte sich mein Leib durch die besten Nahrungsmittel, meine Seele bildeten unterdessen meine größten Unterstützer Gaia und Mutter Rheia mit Worten zum Ruhm der Gerechtigkeit. Zugleich erinnerten sie mich Tag und Nacht an meine heilige Aufgabe, das Ziel, für das ich lebte, meine göttliche Rache. Und ich glaubte ihnen. Also liebte ich meinen Vater voller Kummer, hasste ihn voller Zorn und rüstete mich für den großen Kampf.

Die Zeit floss dahin wie die Wasser des schäumenden Stroms, der den Wald in zwei Teile spaltete, ich wuchs und wuchs und wurde endlich der, der ich sein musste. Eines Morgens stellte Gaia mich vor sich hin. Liebevoll, zärtlich und stolz sah sie mich an und sprach mit einer Stimme, die süßer noch war als Honig:

»Du glücklichster, du ruhmreichster Sohn des Kronos! Du jüngster, stärkster, klügster der Götter. Die Zeit ist reif, Götter, Titanen, Giganten, Menschen, alle Kreaturen rufen dich. Kronos' Ära ist längst vorüber, doch er weiß es nicht, deine Ära hat begonnen und wartet darauf, dass du sie antrittst. Mach dich auf, Sohn, lass das Leben eines Flüchtlings hinter dir, tritt aus der dunklen Höhle hervor, gürte dich mit deinem Zorn wie mit einem stählernen Panzer, schärfe deinen Mut wie ein Schwert, vernachlässige aber niemals die Vorsicht. Vergiss nicht, Kronos ist stark genug, seinen mächtigen Vater Uranos besiegt zu haben. Vergiss nicht, Kronos ist gnadenlos genug, meinen wilden Gatten Uranos entmannt zu haben. Vertrau nicht auf deine Jugend, Verstand ist reiner Körperkraft überlegen. Jeden Blick, jeden Atemzug, jeden Schritt von Kronos musst du verfolgen. Auch er wird dich beobachten. Und er wird dir nicht den geringsten Fehler verzeihen.

Machst du einen Fehler, wird dein Grab neben deinen Geschwistern im Magen deines Vaters sein. Machst du einen Fehler, wird Kronos' Tyrannei niemals enden. Machst du einen Fehler, wird die Herrschaft der Gerechtigkeit niemals kommen. Doch es ist an der Zeit, die Sonne der Titanen geht unter, nun soll die Morgenröte der Götter die Erde erhellen, in den Herzen sollen nicht die Winde der Furcht wehen, sondern die der Freiheit, der Sohn soll sich nicht vor dem Vater fürchten, der Vater soll dem Sohn zugetan sein, Geschwister sollen einander nicht hassen, niemand soll irgendwen beliebig umbringen. Nun steh nicht länger da vor mir, Sohn. Es ist an der Zeit, geh und tu, was du tun musst. Es ist an der Zeit, geh und gebiete Einhalt dem, der den Fluss des Lebens anhält. Es ist an der Zeit, geh und nimm dir, was dir zusteht. Schick Kronos in den Tartaros der Unterwelt.«

So sprach die Erdmutter, die uns alle geboren hatte. Und schickte mich in den Kampf gegen den Titan, der zugleich mein Feind und mein Vater war. Und ich beugte mich ihren Worten, als führte ich einen göttlichen Befehl aus. Ich verließ meine finstere Höhle und trat hin vor den großen Kronos, zu dem niemand den Kopf zu heben und ihm in die Augen zu blicken wagte. Kronos erkannte mich zunächst nicht, sah nur kurz zu mir hin, wie um zu sagen: Wer ist denn dieser Unverfrorene? Als er mich herausfordernd auf ihn zuschreiten sah, machte er eine amüsierte Miene. Doch als ich näher kam, als er meine Brauen, meine Augen, die Linien meines Antlitzes, meine Statur von Nahem sah, war der mächtigste aller Titanen verwirrt. Denn ihm war, als sähe er in mir sich selbst. Und er begriff. Er stöhnte auf und brüllte zornentbrannt:

»Was! Mir ist noch ein Sohn geboren, von dem ich nichts weiß? Was! Habt ihr mir das Grab etwa durch meinen eigenen Sohn bereiten lassen ohne Erbarmen? Was! Bin ich von einem Weib betrogen, das ich nie betrog?«

Als mein Vater bass erstaunt klagte, stürzte ich mich auf ihn.

Noch ehe er begriff, wie ihm geschah, hieb ich ihm die Fäuste ins Gesicht, zerschmetterte mein Schild an seinen starken Schultern, packte ihn am kräftigen Haarschopf und schlug sein mächtiges Haupt gegen den Marmor. Keinen Augenblick hielt ich inne, sonst hätte er Kraft gesammelt. Hielte ich inne, hätte er mich auf einen Schlag unterworfen und ich hätte mich in seinem Magen wiedergefunden wie meine Geschwister. Ich schlug auf sein Haupt ein, bis der Marmor unter uns sich rot färbte und ich am Ende meiner Kräfte war. Als meine Kraft aufgezehrt war, war auch Kronos am Ende. Keine Gegenwehr, keine Regung, kein Stöhnen mehr. Hätte ich nicht gewusst, dass er unsterblich ist, hätte ich geglaubt, ihm das Leben genommen zu haben, doch sein Brustkorb hob und senkte sich weiter. Ich richtete mich auf, fesselte seine Füße mit den Ketten, die Gaia mir gegeben hatte, flößte ihm einen Trank ein, der ihn speien lassen würde, und knüpfte ihn kopfüber an einer Zeder auf. Ich presste ihm meine kräftigen Arme auf den Bauch. Und zog ihm meine Geschwister aus dem Rachen, Hestia, Demeter, Hera, Poseidon und Hades. Mir fiel eine Last von den Armen, eine Bürde von Herz und Verstand. Nicht ich allein, auch Himmel, Erde und alle Geschöpfe atmeten erleichtert auf. Und ich brüllte aus Leibeskräften:

»So bin ich, Zeus, der oberste Gott aller Geschöpfe im Himmel wie auf Erden. Zeus, der den stärksten der Titanen besiegt hat. Zeus, der seinen Vater, der sich nicht wie ein Vater benahm, in den Tartaros schickt. Stürme sind mein Zorn, Donner mein Gebrüll, Blitze meine Lanzen. Ich begleite Sterne, pflücke Wolken, versetze Berge und hüte alle Geschöpfe wie eine Herde. Fortan bin ich der König der Götter, Titanen, Giganten und Menschen.

So bin ich, Zeus, der stärkste, mutigste, klügste, geschickteste aller je dagewesenen Götter, und meine Sonne wird ewig strahlen. Wisset dies, verkündet es, nehmt es an. Wer mir nicht gehorcht, wird verflucht sein, im Feuer verbrennen, sich vor Schmerzen winden.«

Drittes Kapitel

Weder zu früh noch zu spät, auf die Sekunde genau betrat Markus das Polizeipräsidium. Wieder einmal trug er den grauen Anzug, ein weißes Hemd und dazu eine schwarze Krawatte. Er hatte seine morgendliche Joggingrunde absolviert, gut gefrühstückt und kam mit guter Laune zum Dienst. Als er eintraf, saßen Yıldız und Tobias gemeinsam am Tisch und waren in die Zeus-Skulptur auf dem Computerbildschirm vertieft. Tobias hatte sein zweites Frühstück verzehrt, Yıldız trank den letzten Schluck aus dem Becher mit Teebeutel. Beider Augen hingen an dem mächtigen Gott der Antike.

»Das ist nicht das Bild, das Cemal gemalt hat«, wunderte sich Tobias. »Es ist derselbe Gott, auch der Thron ist da, Bart und Haare sind golden, Elfe und Adler sind auch da, aber es ist ein anderes Bild. Gibt es diese Statue in verschiedenen Ausführungen?«

Yıldız setzte zu einer Erklärung an, doch Markus war schneller: »Was für eine Statue?« Einen Gruß hielt er nicht für nötig. »Was guckt ihr euch da auf dem Monitor an?«

Yıldız fixierte ihren Vorgesetzten mit spöttischem Blick.

»Dir auch einen schönen guten Morgen. Wir betrachten ein Bild der Zeus-Statue. Falls es dich interessiert, sie stammt aus dem fünften Jahrhundert vor Christus. Aus Olympia, der antiken Stadt, in der die Olympischen Spiele zum ersten Mal abgehalten wurden. Die Statue gehörte damals zu den sieben Weltwundern.« Sie wandte sich wieder ihrem Assistenten zu. »Es ist immer dieselbe Statue, Toby, nur die Bilder sind verschieden, denn von diesem Denkmal ist nicht viel übrig geblieben. Also stellt jeder es so dar, wie er es sieht. Lies doch mal, was darunter steht.«

Markus übersah, dass Yıldız nicht aufstand, an ihr ruppiges und respektloses Verhalten ihm gegenüber hatte er sich gewöhnt. Das Thema Zeus interessierte ihn, er stellte sich zu den Kollegen.

»Ja, Tobias, lies doch mal, was unter dem Bild steht.«

Tobias ließ sich wieder auf seinen Stuhl fallen und las laut und deutlich vor, was unter der Statue stand:

»Leider existiert die Zeus-Statue nicht mehr. Der Reiseschriftsteller Pausanias beschrieb das herrliche Monument wie folgt: ›Der Gott, aus Gold und Elfenbein gebildet, sitzt auf einem Throne; auf seinem Haupt ruht ein Kranz, welcher Olivenzweige nachahmt. Auf der rechten Hand trägt er eine Nike, ebenfalls von Elfenbein und Gold, welche eine Siegesbinde hält und auf dem Kopfe einen Kranz hat. In der linken Hand des Gottes ruht ein Zepter, mit allen Arten von Metall ausgelegt; der Vogel, welcher auf dem Zepter sitzt, ist der Adler. Von Gold sind auch die Sohlen des Gottes, desgleichen der Mantel; in dem Mantel sind Figuren und Blumen, namentlich Lilien, eingelegt. Der Thron ist ausgeschmückt mit Gold und Edelsteinen, desgleichen auch mit Ebenholz.‹ Dies ist die ausführlichste Beschreibung der Statue.«

Nachdem er den Text vorgelesen hatte, verstummte Tobias wie ein braver Erstklässler.

»Interessant. Hat die Statue etwas mit dem Mord von gestern Nacht zu tun?«, fragte Markus neugierig.

Yıldız und Tobias wunderten sich nicht, dass ihr Chef bereits von ihrem neuesten Fall wusste. Der ehrgeizige Polizist, dessen grüne Augen hinter der braunen Hornbrille schlau funkelten, war sogar im Dienst, wenn er schlief.

»Ja, Täter und Opfer haben beide etwas mit der Statue zu tun«, gab Yıldız gelassen Auskunft. »Man hat dem Opfer das Herz herausgeschnitten.«

Das ließ den Kriminaldirektor kalt, also wusste er auch davon schon.

»Das Ganze war inszeniert, als würde das Opfer sein Herz eigenhändig Zeus darreichen.«

»Inszeniert also.« Markus schnitt ihr das Wort ab. »Haben wir es mit einem Serienmörder zu tun?«

Sein Ton wurde nervös, Kurt, der pedantische Chef der Spurensicherung, hatte ihn offenbar nicht ausreichend informiert.

»Für so eine Aussage ist es zu früh. Wir haben noch keine Daten, anhand derer wir ein Täterprofil erstellen könnten. Soweit wir wissen, wurde kein weiterer ähnlicher Mord begangen.«

Die Worte reichten nicht aus, um Markus zu beruhigen. Ohne seine Aufregung zu verbergen, zog er einen Stuhl heran und setzte sich.

»Haben wir noch keinen Verdächtigen? Einen Feind, jemanden, der ein Interesse an seinem Tod haben könnte? Jemanden, der einen Grund hätte, das Opfer zu töten?«

Yıldız richtete den Blick auf die angespannten Züge des Kriminaldirektors.

»Doch, mehr als genug. Sein Liebhaber Alex und die gesamte Familie des Opfers. Der Junge war schwul.«

Das Unbehagen in Markus' Miene schwand.

»Wir haben es also eher mit einer Familientragödie als mit einem Serientäter zu tun?«

Selbst Tobias war verblüfft, wie schnell der Vorgesetzte umschwenkte.

»Möglicherweise.« Allmählich sollte auch er seine Meinung einbringen. »Aber wir können noch nichts mit Sicherheit sagen.«

Markus gab wenig auf seine Einschätzung, sondern wandte sich an die Hauptkommissarin.

»Das Opfer ist einer von euch, stimmt's?«

Mit einer abrupten Kopfbewegung warf Yıldız eine Haarsträhne aus der Stirn.

»Was genau meinst du mit ›von euch‹?«

Markus merkte gar nicht, dass seine Worte die Kollegin ärgerten.

»Das Opfer stammt aus der Türkei, meine ich«, erläuterte er.

Yıldız beließ es dabei, als sie merkte, dass er es gut meinte.

»Ja, sein Name ist Cemal Ölmez. Einer der Hauptverdächtigen ist sein Liebhaber Alex, Alexander Werner. Sein Register ist lang. Einmal war er wegen Drogenbesitz in Gewahrsam, zwei Mal wegen Körperverletzung ...«

»Bagatelldelikte«, sagte Markus ungeduldig und wischte die Sache weg.

Yıldız war vorsichtiger.

»Stimmt, Haftbefehl wurde auch nie erlassen. Allerdings erfolgte die Festnahme wegen Körperverletzung beide Male, weil sein Partner ihn angezeigt hatte. Also das Opfer ...«

»Was ist dabei?« Markus zuckte die Achseln. »Liebespaare sind wie Katz und Hund, die kabbeln sich ständig. Solange es nicht überhandnimmt, ist eine Balgerei wie das Salz einer Beziehung. Na gut, bei denen war es ein bisschen heftiger und etwas häufiger.« Als er fortfuhr, schwang in seiner Stimme Missbilligung mit. »Wenn beide Männer sind ...« Sein eben noch empfundenes Unbehagen war vergessen, fast hätte er gegrinst. »Oder soll ich sagen: Wenn beide Frauen sind?«

Yıldız hielt ihren Vorgesetzten eh für einen Ausländer- und Frauenfeind, jetzt entdeckte sie, dass er auch noch homophob war. Eine Überraschung war das nicht.

»Dazu kann ich nichts sagen.« Ihre Stimme klang schriller als nötig. »Die Qualität von Beziehungen unter Homosexuellen gehört nicht zu meinem Spezialgebiet. Was mich interessiert, ist die Beziehung zwischen Täter und Opfer. Erst vor zwei Tagen hat Alex Cemal gedroht, ihn umzubringen ...«

Jetzt wurde der Kommissariatsleiter doch unruhig.

»Ihn umzubringen? Habt ihr den Mann festgenommen?«

Sein Ton war jetzt autoritär. Yıldız tangierte das nicht.

»Nein, denn wir haben erfahren, was wir wissen wollten. Wir nehmen seine Aussage auf, sobald wir auch mit Cemals Familie gesprochen haben. Mit dem, was wir bisher haben, können wir Alex kaum festhalten.«

Markus beäugte sie wissbegierig. »Du meinst also, er ist nicht der Täter.«

»Sicher bin ich mir nicht.« Yıldız stützte das Kinn auf die Handflächen. »Der Mann verbirgt etwas, aber ich halte ihn nicht für einen Mörder.«

Der Kommissariatsleiter sah Tobias an, der nur dasaß und zuhörte. »Was meinst du denn? Du bist so still heute Morgen.«

»Ich stimme Yıldız zu«, erklärte Tobias unbeeindruckt von der Bemerkung seines Chefs. »Zuerst hielt ich Alex für den Mörder. Doch einiges spricht gegen ihn. Jemand, der so viele Beweise hinterlässt, stellt nicht dermaßen gekonnt eine Inszenierung auf die Beine. Ich denke, wir sollten uns auf die Familie konzentrieren.«

Markus kannte die Antwort, fragte aber dennoch nach.

»Wieso? Warum verdächtigt ihr die Familie?«

»Es geht um die Homosexualität«, erläuterte Yıldız. »Die Familie war nicht sonderlich begeistert von Cemals Lebensstil.«

Markus' glänzendes Gesicht wurde ernst, als wäre Cemal sein eigener Sohn.

»Ich verstehe sie sehr gut, das ist nicht einfach.« Von Spott keine Spur mehr. »Aber diese Zeremonie mit dem Herz-rausschneiden ist doch merkwürdig. Oder nicht? Wütend auf jemanden einstechen, okay, aber das Herz rausnehmen? Und dann ist da noch die Sache mit Zeus. Warum sollte eine Familie, die ihren Sohn tötet, um ihre Ehre wiederherzustellen, ein Szenario mit Zeus und Altar aufbauen? Außerdem sind sie Türken, nicht mal Griechen ...«

»Was ändert es, ob sie Türken oder Griechen sind?«, fragte

Yıldız gequält. »Betet heute noch irgendwer Zeus an, Markus? Nein, es ist der übliche Wahnsinn.«

Wie immer, wenn es keine Lösung gab, kratzte Tobias sich im Stiernacken.

»Nicht zu vergessen, dass die Familie etwas mit Archäologie zu tun hat, Chef. Die waren jahrelang bei den Pergamon-Grabungen dabei. Über wie viele Generationen, was sagte Alex noch?«

Auf einmal war Markus ganz Ohr.

»Pergamon? Das Pergamon von dem Museum hier?«

Yıldız hatte nicht vorgehabt, Einzelheiten vor dem Direktor auszubreiten, doch da die Sache einmal angesprochen war, ließen sie sich nicht länger zurückhalten.

»Familie Ölmez, das heißt, der Urgroßvater des Opfers war bei den Grabungen in Pergamon tätig. Am Tatort gab es nicht nur ein Bild der Zeus-Statue, sondern auch vom Altar im Pergamon-Museum. Bist du mal dort gewesen, Markus?«

»Selbstverständlich«, bestätigte der Polizeidirektor unverzüglich. »Großartig!«

»Genau!« Yıldız' Augen funkelten. »Im Museum sind doch diese Reliefs mit den verstümmelten Figuren, zum Teil ohne Arme, Beine, Köpfe. Cemal wollte die Figuren von den Reliefs malen. Wir haben die Skizzen gesehen.«

Markus war verwirrt. »Du meinst, die Bilder haben auch was mit dem Mord zu tun?«

Yıldız breitete die Arme aus. »Ich weiß es nicht, Markus. Deshalb glaube ich ja, dass es falsch ist, jetzt schon etwas mit Bestimmtheit zu sagen. Die Familie zu bezichtigen, wäre genauso falsch wie Alex für komplett unschuldig zu halten. Wer weiß, vielleicht sind sie auch alle unschuldig. Vielleicht stellt sich jemand ganz anderes als Täter heraus.«

Markus' Züge spiegelten erneut Unbehagen, mit der rechten Hand zupfte er an der glatt rasierten Wange.

»Tja, womöglich hat eine perverse Sekte den Mord verübt, die heute noch Zeus verehrt«, mutmaßte er. »Immerhin sind wir hier in Berlin, oder? In der Stadt der Extreme ... Wenn das so ist, wird es weitere Morde geben. Was meinst du, könnte so eine Sekte dahinterstecken?«

Yıldız' müde Miene wirkte verdrossen.

»Es ist viel zu früh, Markus, die Tat ist noch keine zwölf Stunden her. Gib uns ein bisschen Zeit. Dann sage ich dir Genaueres.«

»Das sagst du, aber bald klingeln die Telefone, die Reporter von *Bild* und *Tagesspiegel* rennen uns die Türen ein«, lamentierte Markus, der sich nicht verstanden fühlte. »Ein Riesending für die Presse. Die lassen uns nicht in Ruhe.« Sein Blick bat um Hilfe. »Wir müssen ein nachvollziehbares, logisches Szenario bieten. Sonst schreiben die, was ihnen gerade einfällt. Der Tote ist Türke, und eine ganze Reihe radikaler Gruppen wartet nur auf die Gelegenheit, Unruhe zu stiften. Gefährden wir nicht unnötig den Frieden in der Stadt.«

Yıldız fand die Aufregung des Kriminaldirektors übertrieben, mochte ihm das aber nicht ins Gesicht sagen. Denn sie war froh, dass sie die Ermittlungen behielt.

»Keine Sorge, Markus, wahrscheinlich kann ich dir morgen eine Einschätzung geben. Vorher muss ich aber den Bericht der Spurensicherung sehen. Und falls die Obduktion bis dahin nicht erfolgt ist, brauchen wir unbedingt einen toxikologischen Test. Denn das Opfer hat sich nicht gegen den Mörder gewehrt. Wir müssen wissen, ob Betäubungsmittel im Blut sind. Wenn wir die Befunde bis morgen haben, können wir meine Gedanken zu einem nachvollziehbaren, logischen Szenario verdichten.«

Markus schien beruhigt. »Gut«, sagte er und stand auf. »Dann an die Arbeit!«

Er war schon halb aus dem Raum, als Yıldız ihn zurückhielt:

»Morgen kann ich dir auch sagen, was wir benötigen. Selbstverständlich brauchen wir die beste Logistik.«

»Das soll nicht deine Sorge sein.« Der Polizist lächelte zustimmend. »Bastle du die richtige Strategie zusammen, dann kriegst du von mir, was immer du willst.«

*

In der Adalbertstraße lagen besonders viele Geschäfte von türkischen Berlinern. An dem Platz, auf den sie zusteuerten, befanden sich die Namık-Kemal-Bibliothek, die Mevlana-Moschee, eine Filiale der İş Bank und der Karadeniz-Fischladen. Es gab keinen Grund, sich hier nicht wie in der Türkei zu fühlen. »Du wolltest in die Türkei, Toby«, sagte Yıldız mit listigem Lächeln, als sie den Passat in einer Nebenstraße parkte. »Hier hast du die Türkei.«

Staunend musterte Tobias die Menschen, die vor den Cafés saßen, Tee tranken und gemütlich plauderten.

»Ich weiß, Chef, die meisten Gewerbetreibenden hier stammen aus der Türkei. Mehr noch, selbst die Deutschen hier sind türkisiert.«

Sie stiegen aus und steuerten die kleine Passage in der Nähe an.

»Kennst du die Geschichte von Osman aus Yozgat?«, fragte Yıldız. »Von dem Mann, der ein Gecekondu an der Mauer gebaut hat?«

»Gecekondu? Was ist das?«, fragte Tobias nach.

»Weißt du das nicht? Ein türkisches Wort, aber man benutzt es auch auf Deutsch, es bezeichnet ein illegal errichtetes Gebäude. Als dieser Osman in Rente ging, langweilte er sich zu Hause. Anfang der Achtzigerjahre war das. Er warf ein Auge auf ein leeres Grundstück an der Berliner Mauer. Da baute er Zwiebeln, Knoblauch, Tomaten, Gurken an, machte also einen Gemüsegarten daraus. Das Grundstück gehörte zur DDR. Als die Soldaten das mitkriegten, kamen sie und schimpften: ›Was machst du da?‹ Dreist gab Osman zurück: ›Was soll ich schon machen, das Grundstück war leer, ich habe umgegraben und gesät, dann ist das hier gewachsen.‹ Er schenkte den Soldaten Gurken und Tomaten. Du weißt ja, dass die DDR-Beamten kein Pardon kannten, wenn es um die Mauer ging, seltsamerweise aber ließen sie den alten Mann in Ruhe. Spaßeshalber stellten sie ihm sogar eine Bescheinigung aus: ›Dieses Grundstück gehört Osman.‹ So entstand direkt an der Mauer eine grüne Oase. Dann fiel die Mauer, und Deutschland wurde wiedervereinigt, doch Osman gab seinen Garten nicht auf. Ja, er setzte sogar eine zweistöckige Holzhütte darauf. Auch die in Kreuzberg regierenden Grünen ließen ihn gewähren. Heute ist Osmans Gemüsegarten ein Teil von Berlin. Sogar Stadtführer nehmen ihn in ihr Programm auf. Und Touristen lassen sich davor knipsen, als Souvenir aus Berlin.«

Tobias lachte schallend.

»Na, der Mann hat recht. Wie hieß es bei unseren Sozialisten: Der Boden gehört dem, der ihn bebaut, das Wasser dem, der es nutzt.«

Munter plaudernd erreichten sie den Kotti. Sie liefen über die Ampel und steuerten auf eine Gruppe zu, in der gedealt wurde. Junkies, die keine Reha wollen, liefen Tag und Nacht mit dem Kopf in anderen Welten herum, mitunter stritten sie sich, manchmal belästigten sie Passanten, dann wieder standen oder saßen sie einfach nur da und starrten sonst wohin. Ihre Körper waren kaputt, ihre Gesichter derart verbraucht, dass kaum zu erkennen war, ob es sich um junge oder alte Leute handelte, bei einigen erforderte es sogar einiges Geschick, um sie als Mann oder Frau zu identifizieren.

»Hey, Bulle«, rief eine an einem Baum lehnende Frau mit nur einem Bein. »Hey, dich meine ich, Bulle, haste mal zwei Euro, bin total trocken heute Morgen ...«

Tobias wollte schimpfen, doch Yıldız hielt ihn zurück. Sie fingerte zwei Euro aus der Tasche und warf sie der Frau elegant zu.

Die Einbeinige beugte sich vor, fing die Münze in der Luft und lächelte dankbar.

»Danke, den Gefallen vergess ich dir nicht, du Schlampe.«

Yıldız reagierte nicht, unter den erstaunten Blicken ihres Assistenten ging sie einfach weiter.

»Kennst du die?«, wollte Tobias neugierig wissen.

»Nein, aber offenbar kennt sie mich. Oder sie hat an unserem Auftreten gemerkt, dass wir Bullen sind.« Bei dem Wort Bullen zwinkerte sie Tobias zu. Der gutmütige Polizist beließ es dabei, passte sich den Schritten der Chefin an und lief mit ihr die rund fünfzig Meter zum Geschäft Bergama-Baklava.

Kundschaft war nicht im Laden, es war noch nicht Mittag. An der Wand hing neben dem blauen Wimpel von Hertha BSC auch die schwarz-weiße Fahne von Beşiktaş, auf dem Tresen davor reihten sich auf kleinen Tabletts Baklava mit Pistazien und Walnuss, Bülbülyuvası-Nester, mit Creme gefüllte Şöbiyet, Kadayıf aus Fadenteig, Künefe aus Käse-Nudelteig, Puddingröllchen namens Saray Sarması und Zülbiye, eine Dessertspezialität aus Bergama, dahinter saß ein junger Mann mit ersten Bartstoppeln, nur ganz oben zierte ein Haarbüschel seinen platten Kopf. Er stand auf, als er die Polizisten sah.

»Bitte, womit kann ich dienen?« Er rang sich ein Lächeln ab.

Tobias zeigte ihm seinen Dienstausweis.

»Wir würden gern mit Hüseyin Ölmez sprechen.«

Der Jungspund schrak auf.

»Haben Sie meinen Opa gefunden?«

Tobias schob die Frage beiseite. »Nein, wir sind in einer anderen Sache hier.« Yıldız stoppte ihn sogleich.

»Was ist mit Ihrem Opa?«

»Opa Orhan ist seit drei Tagen verschwunden«, klagte der Junge. »Wir haben ihn als vermisst gemeldet. Als ich Sie sah, dachte ich, Sie kommen seinetwegen.«

Yıldız glaubte nicht, dass diese Sache etwas mit dem Mord zu tun hatte, ein paar Informationen konnten aber nicht schaden.

»Wo könnte Ihr Opa denn sein?«

»Wir haben keine Ahnung.« Seine grünen Augen mit den langen Wimpern blinzelten traurig. »Opa Orhan ist verwirrt, er vergisst alles. Sogar, wer er ist.«

»Was ist los, Alper?«, ertönte eine Stimme aus dem Hinterzimmer. Ein großer Mann kam nach vorn. Obwohl er schon älter sein musste, war er gut in Form. Er hatte eine gerade Nase und eine breite Stirn, sein welliges graues Haar und der komplett weiße Bart passten hervorragend zum dunklen Teint.

»Polizei«, sagte der Junge, »aber nicht wegen Opa Orhan.« Mit Fragezeichen in den Augen wandte er sich an Tobias. »Ja, weshalb sind Sie eigentlich hier?«

Yıldız hob die rechte Hand.

»Danke, junger Mann, wir reden dann mit dem Herrn.«

Beide wandten sich dem älteren Mann zu. Der Ladeninhaber musterte sie unbehaglich. Yıldız verstand nicht, warum er so abweisend war. Sie hatte das Gefühl, den Mann schon gesehen zu haben. Nur wo? Sie überlegte, doch vergebens.

»Guten Tag, sind Sie Hüseyin Ölmez?«

Das Unbehagen in den dunklen Augen des Mannes verwandelte sich in Neugier. Yıldız fiel das Opfer ein, die großen schwarzen Augen von Cemal, die an die Decke starrten.

»Nein, Hüseyin ist mein Sohn«, gab der Mann Auskunft. »Ich heiße Kerem. Was ist denn passiert?« Er schien nichts auf die Worte des Jungen hinter dem Tresen zu geben, denn er fragte: »Oder gibt es etwas Neues von meinem Vater?«

Statt zu antworten, zog Yıldız ihren Dienstausweis.

»Ich bin Hauptkommissarin Yıldız Karasu, das ist mein Kollege Kommissar Tobias Becker. Wir müssen mit Ihnen reden.« Yıldız sah sich um. »Können wir uns hier hinsetzen?«

Kerem spürte, dass es um etwas Wichtiges ging. »Nein, nicht da, kommen Sie, wir gehen nach hinten.«

Ohne eine Antwort abzuwarten, strebte er in den rückwärtigen Teil des Geschäfts. Er war nicht nur groß, sondern auch recht breit. Yıldız wirkte winzig, als sie neben ihm herlief. Tobias folgte ein paar Schritte dahinter. Aus den Augenwinkeln musterte Yıldız den Inhaber, er erinnerte sie an ihren Vater. Wie ihr Vater sah auch dieser Mann trotz seines fortgeschrittenen Alters gut aus. Allerdings waren seine Augen nicht graublau, sondern dunkel, und sein Haar war grauer und gewellt, beinahe lockig. Ihr Vater war heiterer, humorvoller, nicht so abweisend wie dieser Mann. Sie hielt inne, um ihm nicht unrecht zu tun, sie wusste ja gar nicht, was für ein Mensch er war. Womöglich hatte er schlechte Erfahrungen mit der Polizei gemacht und blickte deshalb so griesgrämig.

»Worum ging es noch mal?« Kerem riss sie aus ihren Gedanken. »Meinem Vater ist doch nichts zugestoßen?«

»Es geht nicht um Ihren Vater. Aber wir würden auch gern wissen, was mit Orhan Bey ist.«

Der Mann blieb stehen, drehte sich zu ihr.

»Woher wissen Sie, dass er Orhan heißt?«

»Das hat Alper gesagt«, Yıldız lächelte arglos, »der junge Mann am Tresen.«

Es hätte dem Inhaber peinlich sein können, doch um Entschuldigung bat er nicht.

»Ja, ja, natürlich …« Er ging weiter.

Yıldız blieb gelassen, dachte an die schlechte Nachricht, die sie ihm überbringen würde.

»Er ist seit drei Tagen verschwunden?«

»Genau«, sagte der Mann verdrossen. »Er verschwand auch früher ab und zu, aber am zweiten Tag fanden wir ihn immer.« Er seufzte mutlos. »Mein Vater hat Alzheimer. Wenn man die Tür offen lässt, läuft er raus. Keiner weiß, wohin. Beim letzten Mal haben wir ihn am Bahnhof Zoo aufgegabelt. Da saß er auf einer Bank und schaute den Zügen zu.« Ein Lächeln stahl sich auf sein Gesicht, seine Stimme klang weicher. »Damals, als wir aus der Türkei kamen, stiegen wir dort aus. Er will zurück nach Hause. Oder hat sich sonst was gedacht. Wer weiß? Er lebt in der Vergangenheit. Manchmal hält er mich für seinen Vater. Es wird sich verschlimmern, sagen die Ärzte. Wir müssen auf alles vorbereitet sein.« Vor einer offenen Tür trat er zur Seite. »Bitte schön.«

Sie traten ein, an der Wand hing eine Vergrößerung des Schwarz-Weiß-Fotos, das sie schon bei Cemal in der Wohnung gesehen hatten. Es war bei einer Grabung aufgenommen worden, vierzehn Arbeiter mit Schaufel und Spaten posierten für die Kamera, daneben ein Ausländer mit Tropenhut. Hinter ihnen waren Skulpturen aus Marmor, zerbrochene Säulen und riesige Steine zu sehen.

»Ist das Bergama?«, fragte Yıldız.

Freundliches Staunen legte sich auf Kerems Miene.

»Sie kennen Bergama?« Er sprach jetzt Türkisch und schloss die nächste Frage an, ohne die Antwort auf die erste abzuwarten. »Kommen Sie vielleicht auch daher?« Zum ersten Mal klang seine Stimme freundlich.

»Nein, ich bin nicht aus Bergama, ich komme aus Istanbul.« Yıldız freute sich zwar darüber, dass Kerem auftaute, antwortete aber auf Deutsch, um nicht ins Private abzugleiten. »Das heißt, mein Vater kommt daher. Ich bin hier geboren.« Ihr Blick glitt erneut zu dem Foto. »Die Ausgrabung des Zeus-Altars?«

Der Geschäftsinhaber betrachtete das Foto sehnsüchtig.

»Nein, das ist der Athena-Tempel, gleich oberhalb des Theaters.« Auch er sprach wieder Deutsch. »Der Zeus-Altar befindet sich weiter unten. Kennen Sie Bergama?«

Die Hauptkommissarin lächelte bescheiden.

»Nicht sehr gut, aber ich kenne das Pergamon-Museum. Sie interessieren sich offenbar auch für Archäologie ...«

Kerem trat nah an das Foto heran und deutete auf einen großen, kräftigen Mann mit einem Fez auf dem Kopf, der neben dem Ausländer mit dem Tropenhelm stand.

»Das ist unser Ururgroßvater. Pehlivan Efendi. Er soll der größte und kräftigste Mann von ganz Bergama gewesen sein. Beim Ringen konnte er drei Männer hochheben und zu Boden werfen. Er hatte einen Spitznamen. Wissen Sie, wie der lautete? Der Deutsche. Ja, man rief ihn Pehlivan der Deutsche.«

»Warum hat man ihn denn der Deutsche genannt?«, wollte Tobias wissen.

»Weil er sich mit den Deutschen so gut verstand.« Jetzt klang Kerem geradezu vergnügt. »Er war einer der ersten Mitarbeiter bei der Pergamon-Grabung, schauen Sie, der Mann mit dem Hut daneben, das ist Carl Humann. Humann grub als Erster in Pergamon. Ein bedeutender Mann. Er war es, der den Zeus-Altar und die antiken Werke nach Berlin gebracht hat. Eigentlich war er gar kein Archäologe, sondern Straßenbauingenieur. Stellen Sie sich das einmal vor, ein Mann geht in den 1870er-Jahren aus Deutschland zum Straßenbau zu den Osmanen und gräbt dann Pergamon aus. Mein Ururgroßvater hat für ihn gearbeitet beim Straßenbau. Sie bauten damals die Straße von Ayvalık nach Bergama. Humann interessierte sich für antike Werke und war beeindruckt, als er Pergamon sah, er fing an zu graben und beschäftigte dafür ein eigenes Team. Großvater Pehlivan gehörte dazu. Unsere Familie war über vier Generationen, einschließlich meines Vaters, bei den Grabungen von Pergamon dabei.« In seinen dunklen Augen blitzte Stolz auf. »Wir wissen mehr über die Stadt als die meisten Archäologen, die dort gegraben haben.« Er zeigte auf ein kleineres Foto links unten an der Wand. »Schauen Sie, auf diesem Foto ist auch Atatürk. Sehen Sie?«

Tobias war nicht sonderlich interessiert, Yıldız aber schaute fasziniert hin. Auf dem Foto war eine größere Gruppe Männer zu sehen, offenbar in einem antiken Theater, die meisten in Uniform.

Mustafa Kemal Atatürk trug einen hellblauen Anzug. Gemeinsam mit Soldaten und Zivilbeamten saß er auf kleinen Schemeln.

»Das ist Asklepieion, ein Gesundheitszentrum im antiken Pergamon. Man könnte auch sagen, ein im Namen des Asklepios errichtetes Krankenhaus. Asklepios war der Gott der Medizin. Apollons Sohn und Zeus' Enkel. Es war eines der besten Krankenhäuser seiner Zeit. Das hier ist das Theater des Krankenhauses.« Er deutete auf einen jungen Mann im Hintergrund. »Und dieser Mann hier, das ist mein Großvater, also der Vater meines Vaters. Er muss in den Zwanzigern gewesen sein damals. Groß, schlank, forsch. Als er da so herumlief, wurde Atatürk auf ihn aufmerksam und rief ihn zu sich. ›Wie heißt du, Junge?‹, fragte er ihn. ›Mein Name ist Cemal, zu Ihren Diensten, mein Pascha.‹ Atatürk musterte meinen Großvater von oben bis unten. ›Was ist deine Aufgabe hier, Cemal?‹ Mein Großvater gab Auskunft: ›Im Winter bin ich hier Wächter, im Sommer arbeite ich bei den Ausgrabungen, mein Pascha. Seit Beginn der Grabungen arbeitet unsere Familie hier, schon in der dritten Generation.‹ Atatürk nickte. ›Wart ihr schon immer als Arbeiter und Wächter tätig?‹ Das bestätigte mein Großvater. Da richtete Atatürk seine blauen Augen auf Großvaters Gesicht. ›Das ist nicht recht, Cemal, mein Sohn. Wenn deine Familie schon bei dieser wichtigen Grabung dabei ist, dann fortan nicht mehr als Arbeiter, sondern als Wissenschaftler. Für dich mag es zu spät sein, aber deine Kinder sollen Archäologen werden.‹ Genau das hat Atatürk gesagt. Und Großvater verstand es als Auftrag.« Kerem seufzte. »Mein Vater war dann leider aus finanziellen Gründen gezwungen, Bergama zu verlassen und nach Berlin zu gehen. Atatürks Vermächtnis hätte ich erfüllen können, das wollte ich auch, denn ich liebe die Archäologie, aber es gab Hindernisse …« Noch einmal seufzte er und lächelte gequält. Plötzlich merkte er, dass seine Gäste noch immer standen.

»Kommen Sie, setzen Sie sich.« Er deutete auf die Sessel vor dem Tisch. Die Polizisten nahmen Platz, und er selbst setzte sich auf den Sessel hinter dem Tisch. Er war zwar nicht mehr so abweisend wie vorher, gab sich aber wieder distanziert. »Nun, was hat Sie hergeführt?«

Yıldız hüstelte und räusperte sich. »Wir sind wegen Cemal hier ...«

Augenblicklich sprühten Kerems dunkle Augen vor Zorn. Ungerührt sprach die Hauptkommissarin im selben Ton weiter: »Wegen Ihres jüngsten Sohnes ...«

»Einen solchen Sohn habe ich nicht«, fiel er ihr ins Wort. »Cemal gehört nicht zu unserer Familie.«

Die Sache war heikel, beschwichtigend fuhr Yıldız fort: »Verstehe, aber hören Sie mich doch erst einmal an ...«

»Nein!« Der Mann hatte nicht vor einzulenken. »Da gibt es nichts anzuhören.«

»Hören Sie«, Yıldız schlug einen resoluten Ton an, »so oder so, wir müssen mit Ihnen darüber reden.«

Der Geschäftsinhaber zog die Brauen zusammen.

»Wieso verstehen Sie mich nicht, ich habe keinen Sohn Cemal.«

Seine Stimme war so hart wie seine Körpersprache, aber Yıldız ließ sich nicht beeindrucken. »Doch, biologisch und vor dem Gesetz ist Cemal Ihr Sohn. Und wir müssen über die Sache, die ihn betrifft, mit Ihnen sprechen.«

Zornig stand Kerem auf.

»Nein, ich will das nicht hören. Gehen Sie.«

»Wir gehen nirgendwohin«, erwiderte Yıldız ungerührt. »Es wäre besser, wenn auch Sie wieder Platz nehmen.«

Kerem schoss das Blut in den Kopf. »Wie bitte? Wie reden Sie mit mir!«, brüllte er. »Wollen Sie mich zum Zuhören zwingen? Das ist mein Geschäft!«

Tobias stand auf, starrte dem Inhaber in die Augen und sagte bestimmt: »Beruhigen Sie sich. Wir tun hier unsere Pflicht. Machen Sie uns keine Schwierigkeiten. Sonst müssen wir Sie auf die Wache mitnehmen.«

»Wieso denn?« Aufbegehrend breitete der Mann die Arme aus. »Was hab ich denn getan?«

»Hören Sie, Herr Ölmez«, Tobias sprach langsam und deutlich. »Wir haben eine schlechte Nachricht für Sie. Beruhigen Sie sich bitte.«

»Ich bin ruhig«, schnappte Kerem. »Gut, ich höre. Sagen Sie, was das für eine Nachricht ist.«

»Ihr Sohn wurde ermordet. Ihr Sohn Cemal, den Sie nach Ihrem Großvater benannt haben, wurde gestern Abend ermordet. Und zwar auf grausamste Weise. Man hat ihm das Herz rausgeschnitten.«

Kerem verstand zunächst nicht, er kniff die Augen zusammen, sein Blick war leer. Nur ein Wort kam ihm über die Lippen:

»Ermordet?«

»Ja«, Tobias nickte, »leider wurde Ihr Sohn ermordet, und jetzt setzen Sie sich bitte.«

Hatte Kerem einen Schock erlitten oder überlegte er, wie er reagieren sollte? Yıldız war unschlüssig.

»Es wäre gut, wenn Sie sich setzten, Herr Ölmez.« Ihr Kollege wiederholte seine Aufforderung. »Wenn Sie sitzen, können wir über die Einzelheiten reden ...«

Kerem sank auf den Sessel zurück. Seine dunklen Augen starrten ins Leere.

»Wer?«, fragte er endlich. »Wer hat das getan?«

Mit der Rechten strich Yıldız sich die widerspenstige Haarsträhne aus der Stirn.

»Das versuchen wir herauszufinden. Wenn Sie uns helfen, geht es schneller.«

*

Die Hauptkommissarin wusste nicht, wie sie Kerems Verhalten interpretieren sollte. Sie war nicht sicher, ob der Vater, der ihr gegenübersaß, aufrichtig war. Sie hatte erwartet, dass ihn der Tod seines Sohnes kaltlassen würde, doch so war es nicht. Der Mann wirkte erschüttert. Auch Tobias schien verblüfft, seine dunkelgrauen Augen auf den Ladeninhaber gerichtet, versuchte er abzuschätzen, wie der reagieren würde. Kerem schwieg.

»Cemal war ein hübsches Kind«, murmelte er schließlich. »Genau wie mein Großvater.« In seinem Kopf schienen Erinnerungen aufzutauchen, die er jahrelang verdrängt hatte. »Cemal der Schöne wurde Großvater in Bergama genannt. Ein wirklich gut aussehender Mann, man drehte sich nach ihm um. Helle Haut, rabenschwarzes Haar, von Natur aus dunkel umrandete Augen. Das Wort Cemal bedeutet hübsches Gesicht. Ich wollte die Familientradition nicht abreißen lassen. Ich gab Cemal seinen Namen, um Großvaters Namen lebendig zu halten, aber auch weil er so hübsch war.« Er konnte nicht weitersprechen. Tränen traten ihm in die Augen. »Entschuldigen Sie ... Es gibt nichts Schlimmeres, als sein eigenes Kind zu verlieren ... Ein ungeheurer Schmerz ... Bei Gott, wie oft hab ich ihm den Tod gewünscht. Er sollte gehen, nie wiederkommen, nie wieder sollte von ihm gesprochen werden. Keiner sollte Anspielungen machen, schlecht über uns reden. Wir trauten uns nicht mehr unter die Leute. Verwandte und Nachbarn redeten hinter unserem Rücken. Uns kam natürlich zu Ohren, was sie sagten. Sie redeten ja, damit es uns zu Ohren kommt. Wir sind eine ehrbare Familie ...«

Tobias hielt es nicht länger aus. »Dass Ihr Sohn schwul war, macht ihn nicht ehrlos. Und Sie schon gar nicht.«

»Erklären Sie das mal der Verwandtschaft, den Nachbarn, den seit Jahren mit uns verfeindeten Cousins.« Kerem wirkte verzweifelt. »Die Sache ist nicht so einfach, Herr ...« Er hatte den Nachnamen vergessen.

»Becker«, half Yıldız ihm. »Tobias Becker.« Sie legte die Hände auf den Tisch und beugte sich vor. »Sie reden von Verwandten, Ihr großer Sohn, Hüseyin …«

»Was ist mit Hüseyin?« Kerems bleiches Gesicht verspannte sich. »Sie haben schon ein paar Mal nach Hüseyin gefragt.«

»Beruhigen Sie sich, nichts ist mit Hüseyin. Aber er soll gegen Cemal gewalttätig geworden sein. Einmal hat er versucht, ihn aus dem Fenster zu stürzen. Cemal konnte sich im letzten Augenblick retten.«

Kerem ließ die breiten Schultern hängen und schaute wie jemand drein, der einen Fehler gemacht hat und ihn bereute.

»Ach, die Geschichte … Aber so war es nicht. Sie täuschen sich. Hüseyin würde seinen Bruder niemals umbringen. Er liebte Cemal sogar sehr. An jenem Tag vergaß er sich. Ich war dabei. Cemal provozierte uns ein bisschen. Hätte er ein Einsehen gehabt, hätten wir alles klären können. Aber Cemal wehrte sich. ›Ich tue nichts Falsches‹, beharrte er. ›Ich habe tausendmal mehr Ehre im Leib als die Verwandten und die tratschenden Nachbarn, die über mich reden. Ich bestehle niemanden, schade niemandem, habe einen guten Beruf und einen geachteten Platz in der Gesellschaft. Aber ihr beugt euch dem Geschwätz der Dreckskerle, statt euch hinter mich zu stellen. Bin ich kein Kind dieser Familie, bin ich nicht euer Sohn? Es reicht, benehmt euch wie Menschen, habt ein bisschen Mut‹, verlangte er. Da ist Hüseyin ausgetickt. ›Jetzt beschuldigst du auch noch uns! Du bist es, der kein Mensch ist! Blamierst uns vor den Leuten und beleidigst uns auch noch!‹, schimpfte er und ging Cemal an die Gurgel.«

Bis jetzt hatte Tobias Kerem gelassen zugehört, jetzt platzte es aus ihm heraus: »Und Sie haben ihm geholfen! Gemeinsam wollten Sie Cemal aus dem Fenster stürzen.«

Kerem widersprach sofort.

»Das ist nicht wahr! Cemal war ein starker Junge, er trieb Sport und war auch ein guter Kämpfer. So habe ich ihn erzogen. Ein Mann muss stark sein. Der konnte es mit uns beiden aufnehmen. Im Handumdrehen hatte Cemal sich aus Hüseyins Griff befreit, hob seinen Bruder hoch und schleuderte ihn auf den Boden. Da wollten seine Mutter und ich Hüseyin schützen. Bei dem Handgemenge passierte es, ich hab ihn geschubst, und er stieß gegen die Fensterscheibe. Das war alles. Cemal ist danach in aller Ruhe gegangen.« Um Verständnis heischend sah er die Hauptkommissarin an. »So was kommt in einer Familie schon mal vor. Aber niemand hat daran gedacht, Cemal umzubringen. Wie auch, wir sind keine Mörder. Wie sollten wir unserem eigenen Sohn das Leben nehmen?«

Yıldız hielt ihm seine Widersprüchlichkeit vor.

»Eben haben Sie noch gesagt, Sie hätten Cemal den Tod gewünscht ...«

Kerem wusste nicht, was er sagen sollte. Mit der Rechten zupfte er sich am Bart, dann gab er zu: »Ich hab gesagt, was ich auf dem Herzen hatte. Ja, das habe ich gedacht. Aber nichts tut so weh, wie ein Kind zu verlieren ...« Wieder stiegen ihm Tränen in die Augen. Reuevoll schüttelte er den Kopf. »Ich habe mich getäuscht, sehr getäuscht. Wir standen enorm unter Druck. Alle haben über unsere Familie geredet. Daher kam der Gedanke. Aber sehen Sie nur, wie es mir jetzt geht. Nein, weder ich noch Hüseyin könnten Cemal umbringen. Denn er ist ein Teil unseres Lebens, unseres Blutes.« Er verstummte, murmelte dann wie zu sich selbst: »Wie soll ich das seiner Mutter beibringen?«

Trotz seiner Worte wirkte er nicht sonderlich bekümmert, bemerkte Tobias argwöhnisch.

»Machen Sie sich nicht so viele Sorgen, vielleicht ist Ihre Frau ganz froh. Cemal war doch für Sie alle zum Problem geworden.«

Eine Flamme des Zorns loderte in Kerems Augen auf, doch er beherrschte sich.

»Haben Sie Kinder, Herr Becker?«

»Nein, weder Frau noch Kinder«, gab Tobias gleichmütig Auskunft. »Und ich habe auch nicht vor, Kinder in diese Welt zu setzen. Sehen Sie nur, wir verdächtigen Sie als Vater, etwas mit dem Mord an Ihrem Sohn zu tun zu haben.«

Yıldız fand, ihr Assistent nehme den Mund zu voll, doch Kerem blieb gelassen.

»Vielleicht werden Sie es nicht glauben, aber Cemal war mir das liebste meiner Kinder. Man erkennt den Wert seiner Kinder erst mit der Zeit, Cemal wurde von allen geliebt, weil er der Jüngste war. Ich bin mit ihm in den Park gegangen, ich war es, der ihn zur Schule brachte. Er war schlau, zu schlau. Seine Lehrer hatten nur Lob für ihn. Computerzauberer nannten sie ihn. Programme, Software, mit solchen Dingen war er beschäftigt. Und er verdiente damit richtig gut. Doch er überspannte den Bogen, die Ehre der Familie war ihm egal. Er wollte nach eigenem Gutdünken leben. Im Grunde hatte er uns vergessen. Wie oft habe ich ihn ermahnt, Familie ist wichtig, doch er hat gar nicht zugehört. In der Familie hat jeder seine Pflichten. Der Vater muss sich als Vater zu benehmen wissen, der Sohn als Sohn.« Er verstummte, schluckte ein paar Mal und schwankte zwischen Wut und Trauer. »Es ist schrecklich, seine Kinder zu verlieren. Ich weiß gar nicht, was ich sagen soll. Das können Sie nicht verstehen, weil Sie keine Kinder haben, Herr Becker. Wie böse Sie ihnen auch sein mögen, seine Kinder zu verlieren, ist furchtbar …«

Zum zweiten Mal sprach er in der Mehrzahl, sagte nicht sein Kind, sondern seine Kinder, das war Yıldız nicht entgangen.

»Haben Sie noch mehr Kinder verloren?«

Kerem schrak auf. »Äh … Wie meinen?«

»Kinder, meine ich«, wiederholte Yıldız, weil sie dachte, er hätte nicht verstanden. »Ob Sie noch mehr Kinder verloren haben.«

»Nein, nein, Gott sei Dank nicht. Aber ich habe Cemal verloren, reicht das nicht? Haben Sie Kinder?«

Yıldız hatte kurz Deniz' liebes Gesicht vor Augen. Sie hatte nicht vor, mit einem Tatverdächtigen über ihren geliebten Sohn zu sprechen.

»Ja«, sagte sie knapp und wechselte das Thema. »Eben sagten Sie etwas von verfeindeten Leuten, Ihre Cousins, wenn ich das richtig verstanden habe.« Sie sah dem Mann in die Augen, um die Wirkung ihrer Worte abzuschätzen. »Haben Sie das nur so gesagt, oder gibt es diese Leute tatsächlich?«

Auch Kerem war froh über den Themenwechsel.

»Es gab Animositäten mit meinem Onkel Recep. Sie waren zwei Brüder, Recep war der ältere, mein Vater Orhan der jüngere. Als Großvater Cemal starb, hinterließ er ein Haus und einen Olivenhain in Bergama. Na ja, Olivenhain ist geprahlt, es ist kein großes Grundstück, nur eine kleine Fläche an der Straße nach Kozak, direkt am Fluss Selinos. Das Haus ist ein alter Bau mit zwei Geschossen. Onkel Recep wollte zuerst das Grundstück. Mein Vater war einverstanden, dann aber wollte Recep auch noch das Haus. Auch damit war mein Vater einverstanden. Da sagte er: ›Unser Vater hat dir viel geholfen, ich will beides.‹ Das war dann doch zu viel, und er sagte, es reicht. Die Sache kam vor Gericht. Am Ende bekamen wir den Olivenhain und sie das Haus. Aber das haben sie nicht akzeptiert.«

»Wieso nicht?« Tobias war konsterniert. »Hat das Gericht nicht gerecht entschieden?«

»Doch, das Urteil war gerecht.« Kerem atmete schwer. »Aber mein Onkel war ein obsessiver Mensch. Seit der Kindheit behauptete er, er werde um sein Recht gebracht. Angeblich habe Großvater Cemal meinen Vater bevorzugt, habe einen Unterschied zwischen beiden gemacht. Er hatte also schon früher etwas gegen meinen Vater. Auch nach dem Gerichtsurteil gaben sie keine Ruhe. Mein Onkel hat drei Söhne, ich dagegen bin Einzelkind. Eines Tages überfielen sie uns ...«

»Im Haus in Bergama?« Die Hauptkommissarin war verwirrt.

»Wieso Bergama?« Kerems Blick fragte, warum sie nicht verstand. »Sie überfielen unser Haus in Berlin. Vater und Onkel Recep waren zusammen nach Deutschland gegangen. Eigentlich hatten sie sich darauf verständigt, dass nur mein Vater geht. Onkel Recep sollte in Bergama bleiben, in dem Haus wohnen und sich um den Olivenhain kümmern. Und im Sommer würde er weiter bei den Grabungen tätig sein. Doch als geregelt war, dass mein Vater geht, wollte er plötzlich auch. Obwohl Großvater Cemal nicht beide Söhne auf einmal verlieren wollte, blieb ihm nichts anderes übrig, als es zu akzeptieren. Grabungsleiter in Pergamon war damals Erich Boehringer. Mein Großvater war Vorarbeiter und ein hervorragender Handwerker. Herr Boehringer hielt sehr viel von ihm. Als mein Vater mit seinem Bruder nach Berlin kam, half er den beiden. Dadurch hatten sie nicht so viele Probleme wie andere türkische Gastarbeiter.« Er verstummte. »Wozu erzähle ich das?«, schimpfte er mit schmerzvollem Gesicht. »Mein Sohn ist tot, und wir sitzen hier und plaudern.«

Verständnisvoll, ja, barmherzig blickte Yıldız den verärgerten Mann an.

»Wenn Sie wollen, reden wir später weiter. Wenn Sie sich gefasst haben. Für uns ist wertvoll, was Sie sagen. Ihre Worte können Cemal natürlich nicht zurückbringen, aber vielleicht helfen sie uns, den Mörder zu finden.«

Unschlüssig starrte Kerem vor sich hin, dann stand er bedrückt auf und trat zu dem kleinen Fenster hinten im Raum.

»Es ist so stickig.« Er öffnete das Fenster einen Spalt, blieb einen Moment lang davorstehen, dann kehrte er zum Sessel zurück. Aus der Schublade holte er ein Medikament und nahm es ein. Dann hob er den Kopf und richtete seinen schmerzerfüllten Blick auf die Hauptkommissarin. »Werden Sie Cemals Mörder wirklich finden?«, fragte er, wieder auf Türkisch. »Sie machen mir nichts vor, nicht wahr? Tut mir leid, aber ich habe kein Vertrauen in die deutsche Polizei.«

Energisch schüttelte Yıldız den Kopf. »Sie können mir vertrauen«, fing sie auf Türkisch an und fuhr auf Deutsch fort: »Seien Sie sicher, dass wir tun werden, was wir können. So oder so, wir finden Cemals Mörder.«

Kerems Blick sagte, dass er ihr glauben wollte.

»Gut.« Doch er konnte nicht sogleich weiterreden. »Mein Gott, warum musste uns das nur passieren?«, murmelte er, dann holte er ein paar Mal tief Luft. »Also, ich war bei dem Überfall stehen geblieben. Onkel Recep holte seine Söhne, und sie überfielen unser Haus im Wedding. Wir wohnten damals zusammen mit meinem Vater und meiner seligen Mutter. Stellen Sie sich das vor, unsere nächsten Verwandten kamen im Minibus vorgefahren und attackierten unsere Tür mit Steinen und Knüppeln. Der Mann hatte seine ganze Familie zusammengetrommelt und kam, um das Haus seines Bruders anzugreifen. Tür und Fenster gingen zu Bruch. Wir waren vor dem ganzen Viertel blamiert. Die Nachbarn, Türken und Deutsche, beobachteten das Geschehen. Vater wurde am Kopf verletzt, mir wurde das Bein gebrochen. Hüseyin war ein junger Mann damals, Cemal noch ein Kind. Doch ich habe meine Söhne mutig erzogen. Hüseyin schnappte sich ein Messer, um sie zu vertreiben. Und Cemal, so klein er noch war, bewarf sie mit allem, was ihm gerade unterkam. Bei dem Handgemenge kam es zu einem unglücklichen Unfall. Ein Lkw fuhr einen Enkel meines Onkels an, Ihsan. Der Junge war sofort tot. Sie haben uns nie verziehen. Dabei hätten wir das nie gewollt. Ich mochte den kleinen Ihsan sehr.«

Yıldız ergriff die Gelegenheit und stellte weitere Fragen zur Familie.

»Wie alt ist Ihr Onkel Recep?«

»Gott lasse ihn in Frieden ruhen, Onkel Recep ist vor fünfzehn Jahren gestorben. Herzinfarkt. Er war ein nervöser Mann und rauchte extrem viel. Auch dafür wurden wir verantwortlich gemacht. Es hieß, er habe Ihsans Tod nicht verwunden, deshalb habe er einen Herzinfarkt bekommen. Seine älteren Söhne Mehmet und Davut haben sich mir zwei Mal in den Weg gestellt. Und eines Nachts haben sie im Dunkeln auf Hüseyin und Cemal geschossen, Cemal wurde am Arm verletzt.«

»Warum sind Sie nicht zur Polizei gegangen?«, ging Tobias dazwischen. »Das waren doch Straftaten.«

Kerem verspannte sich, als durchlebte er die Ereignisse noch einmal.

»Natürlich waren wir bei der Polizei. Mehmet und Davut wurden festgenommen und verhört, doch sie kamen wieder frei, weil es keine Zeugen gab und weil die Waffe nicht gefunden wurde.« Er sah Yıldız an und wechselte erneut ins Türkische. »Es ging ja um einen Streit zwischen Türken, sie nahmen die Sache nicht weiter ernst, sagten sich, sollen die sich nur gegenseitig fertigmachen, und haben uns abgewimmelt.«

»Ich verstehe, aber sprechen wir doch bitte Deutsch«, sah die Hauptkommissarin sich gezwungen zu mahnen. »Mein Kollege versteht kein Türkisch.« Sie ließ Kerem keine Chance weiterzureden, sondern schob noch eine Frage hinterher: »War es Zufall, dass Cemal verletzt wurde? Oder haben Ihre Cousins gezielt auf ihn geschossen?«

Die dunklen Augen des Inhabers spiegelten Hass.

»Sie hatten Cemal ins Visier genommen. Denn sie wussten, dass ich Cemal am liebsten hatte.« Seine Augen fixierten Yıldız' Gesicht. »Sollten die beiden Cemal umgebracht haben?«

Diese Aussicht hätte Kerems Kummer ein wenig gelindert, zumindest wären er und seine Familie dann nicht mehr verdächtig. Doch für eine solche Mutmaßung war es zu früh. Zudem musste jemand, der ein solches ausgefeiltes Verbrechen beging, gebildet sein. Zwar kannten Kerem und die Sippe sich mit Zeus und den griechischen Göttern aus, aber die Art und Weise, wie der Mord verübt worden war, deutete nicht auf Blutrache hin.

»Was machen Ihre Cousins beruflich? Mehmet und Davut, meine ich.«

»Der ältere, Mehmet, ging vor ein paar Jahren in Rente«, gab Kerem unverzüglich Auskunft. »Er ist Anfang siebzig. In Dikili hat er ein Ferienhaus gekauft. Sechs Monate wohnt er hier, sechs in der Türkei. Davut ist so alt wie ich. Auch er ist in Rente, er hat in Neukölln einen Shisha-Laden aufgemacht. Türken und Araber stehen angeblich darauf. Die letzten drei Jahre soll er viel Geld gemacht haben. Er wohnt jetzt über dem Geschäft. Es heißt, er hat das ganze Haus gekauft.«

Unwahrscheinlich, dass diese beiden gealterten Cousins nach Jahren den alten Zwist wieder ausgegraben haben sollten, dennoch durfte keine Möglichkeit unberücksichtigt bleiben. Die Frage, die ihr durch den Kopf ging, stellte Tobias:

»Haben sie Kinder? Was machen die?«

Kerem überlegte, es fiel ihm schwer, sich zu erinnern.

»Mehmet hat drei Töchter. Alle Hausfrauen. Davut hat eine Tochter und zwei Söhne. Ihsan, Haluk und Hülya. Wie gesagt, Ihsan kam bei dem Unfall um, Hülya hat jemanden aus Bergama geheiratet und ist in die Türkei zurück. Haluk lebt in Berlin. Ein kluger Junge wie unser Cemal, fleißig und mit guten Manieren. Mit sehr guter Ausbildung.« Seine Miene spiegelte etwas wie Enttäuschung. »Atatürks Vermächtnis hat er erfüllt. Der eine will, dem anderen fällt es zu. Großvater Cemal wollte, dass ich Archäologe werde. Ich hab's versucht, aber nicht geschafft. Haluk hat es geschafft. Hut ab, er arbeitet beim Deutschen Archäologischen Institut. Im Sommer fährt er in die Türkei und ist bei den Grabungen in Pergamon dabei. Wer weiß, vielleicht wird er einmal Grabungsleiter. Wir sind stolz auf ihn.«

Er war nicht stolz, er war ganz offensichtlich neidisch, doch das war Yıldız einerlei. Entscheidend war, dass der Archäologe Haluk jemand war, auf den das Täterprofil hervorragend passte. Falls auch er Cemal und dessen Familie für den Tod seines älteren Bruders Ihsan verantwortlich machte, hieß das, er hatte auch ein Motiv für den Mord.

»Reden Sie mit diesem Haluk?«

Kerem warf den Kopf zurück.

»Nein, wie gesagt, seit Ihsans Tod besteht kein Kontakt mehr zur Familie meines Onkels. Wir hören über gemeinsame Bekannte vom Erfolg des Jungen. Sie kennen doch die Türken in Berlin, stammt man aus derselben Gegend, kennt jeder jeden.«

»War Haluk denn bei den vorherigen Auseinandersetzungen dabei?«

»Nein, Haluk war noch zu klein. Er ist zwei Jahre jünger als Cemal.« Erneut zwinkerten seine Augen argwöhnisch. »Sagen Sie bloß, hat Haluk etwa Cemal ermordet?«

»Wir wissen es noch nicht.« Yıldız zog ihr Smartphone aus der Tasche. »Wir gehen jeder Spur nach. Wie heißt dieser Junge vollständig? Haluk?«

»Haluk Ölmez«, ergänzte Kerem heiser. Seine Gedanken kreisten um diese Möglichkeit. »Könnte Haluk diese schreckliche Tat begangen haben?«

Nachdem sie den Namen im Handy notiert hatte, blickte Yıldız auf.

»Keine Sorge, wir werden es herausfinden.« Sie wandte sich ihrem Assistenten zu. »Wir müssen so schnell wie möglich mit Haluk reden.« Sie legte das Telefon auf den Tisch und sah erneut Kerem an. »Was macht Ihr großer Sohn Hüseyin beruflich?«

Der misstrauische Ausdruck auf Kerems Zügen wich erneut Unbehagen.

»Auf dem Ku'damm haben wir ein zweites Geschäft, eine Filiale von Bergama-Baklava, die betreibt er.«

»Sie haben also zwei Geschäfte in Berlin?«, wiederholte Yıldız.

»Richtig, wir haben zwei Läden. Hüseyin ist von Beruf Baklava-Bäcker. Er hat bei einem Meister aus Antep gelernt. Als ich in Rente ging, bekamen wir ein wenig Geld in die Hände, da haben wir dieses Geschäft hier aufgemacht. Es lief gut, Gott sei's gedankt. So konnten wir noch eine Filiale auf dem Ku'damm eröffnen. Um die kümmert sich Hüseyin. Cemal lebte sowieso in seiner eigenen Welt. Hier bin ich zuständig. Und mein Enkel Alper geht mir ab und zu zur Hand.« Wieder war er beunruhigt. »Hören Sie, falls Sie Hüseyin verdächtigen, sind Sie auf dem Holzweg. Ich kenne meinen Sohn gut, er braust leicht auf, ein Hitzkopf eben, aber er würde niemanden töten. Schon gar nicht den eigenen Bruder.«

Die Tür ging auf und unterbrach Kerems Rede, Alper streckte den Kopf herein.

»Opa, da ist ein Mann, der sagt, er will wegen Onkel Cemal reden.«

Die Köpfe aller drei drehten sich abrupt zur Tür. Hinter Alper trat ein großer Mann ein. Das blonde Haar fiel ihm in Wellen auf die Schultern, ein Mittvierziger, schwarze Wildlederjacke, schwarzes Hemd, schwarze Hose.

»Guten Tag!« Seine Stimme war rau. »Ich möchte Kerem Ölmez sprechen.«

»Bitte«, sagte der Geschäftsinhaber und stand auf. »Ich bin Kerem …«

Der Lulatsch reichte ihm die Hand.

»Ich bin Peter Schimmel.« Sein Blick war traurig. »Ich habe eine schlechte Nachricht für Sie, Herr Ölmez. Ihr Sohn …«

Kerem blinzelte mit feuchten Augen.

»Ich weiß, Herr Schimmel.« Er deutete auf seine Gäste. »Die Polizisten haben mich schon informiert.«

Peter war überrascht, aber nur kurz.

»Hallo«, begrüßte er die Polizisten, um sich sogleich wieder an

Kerem zu wenden. »Ihr Sohn hat bei uns gearbeitet. Ich bin der Chef vom BLITZ.« Bekümmert verzog er das Gesicht. »Nicht nur gearbeitet, Cemal war ein guter Freund von mir.«

Seine schwarzen Augen glänzten feucht wie Samt. Ein schöner Mann, dachte die Hauptkommissarin. Das war also der ungewöhnliche Chef, den Alex erwähnt hatte. Was für ein Glück, sie mussten sich nicht die Mühe machen, ihn in der Firma aufzusuchen. Yıldız stand auf und streckte die Hand aus.

»Hauptkommissarin Yıldız Karasu von der Berliner Mordkommission, und das ist mein Assistent, Kommissar Tobias Becker.«

Peter schüttelte beiden Polizisten die Hand und sagte bekümmert: »Ich bin sehr traurig, ich mochte Cemal sehr. Eine Riesentragödie. Was für eine furchtbare Tat! Ich hoffe, Sie finden den Mörder schnell.«

Aufmerksam musterte Yıldız den Mann.

»Wir finden ihn, auch mit Ihrer Hilfe. Wir wollten ohnehin mit Ihnen reden, Herr Schimmel. Aber sprechen Sie vorher gern mit Herrn Ölmez.«

Der Ladeninhaber sah Peter an.

»Bitte, nehmen Sie Platz.«

Der Neuankömmling lächelte höflich.

»Danke.« Lässig ließ er sich auf den dritten Sessel fallen. »Ich war unschlüssig, ob ich herkommen soll. Ich weiß von Ihren Problemen mit Cemal. Aber ich dachte, Sie müssen doch von dieser unglücklichen Sache wissen. Cemal war Ihr Sohn, Sie müssen wissen, dass er tot ist.« Er warf den Polizisten zaghafte Blicke zu. »Aber ich sehe, Sie haben die schlechte Nachricht schon erfahren. Erstens mein Beileid. Sie sollen wissen, dass ich Ihr Leid teile. Zweitens wollte ich Folgendes wissen.« Er zögerte, wusste nicht, wie er es ansprechen sollte. »Bitte verzeihen Sie, aber wie wird Cemals Beerdigung vonstattengehen? Ich meine, kümmern Sie sich darum?«

Yıldız war gespannt, wie Kerem reagieren würde. Als er nicht antwortete, ergriff wieder Peter das Wort.

»Soweit ich verstehe, ist die Sache heikel. Sprechen Sie gern zuerst mit Ihrer Familie, anschließend teilen Sie mir Ihre Entscheidung mit.«

Kerem wirkte erleichtert.

»Gut, Herr Schimmel. Ja, ich rede mit meiner Frau und meinem Sohn und informiere Sie. Danke, ich rufe Sie an.«

Peters schwarze Augen wurden kalt.

»Einverstanden. Falls Sie die Bestattung nicht organisieren wollen, wäre es mir eine große Ehre, Cemal mit dem Respekt, den er verdient hat, auf seine letzte Reise zu verabschieden, das sollen Sie wissen.«

*

Durch das grüne Laub der Akazie fiel die Frühlingssonne und beleuchtete Peters bekümmerte Miene. Tobias saß auf dem Hocker rechts von ihm und schmauchte, während Yıldız, die ganz im Schatten saß, an ihrem Kaffee nippte und dabei den im Sonnenlicht rötlich wirkenden Dreitagebart des Chefs vom BLITZ betrachtete. Er stand dem Mann ziemlich gut. Was sie aber vor allem beschäftigte, war die Frage, ob dieser ungewöhnliche Chef der Mann war, auf den Alex eifersüchtig war.

Sie saßen vor dem Leylak Café am Kottbusser Tor. In Gegenwart von Kerem hatte Yıldız nicht reden wollen, und Peter Schimmel schien damit einverstanden zu sein. Yıldız war überzeugt, die Familie habe Cemal unrecht getan, und dass Peter ebenso dachte, war offensichtlich. Tobias hatte nur noch daran gedacht, draußen eine zu rauchen, weil ihn allmählich Entzugserscheinungen quälten. Yıldız trank einen kräftigen Schluck Kaffee.

»Wie haben Sie davon erfahren?«, fiel sie mit der Tür ins Haus. »Haben Sie sich gewundert, weil er nicht zur Arbeit kam?«

»Nein, so läuft die Arbeit bei uns nicht.« Peter schaute versonnen. »Die Kreativen wie Cemal sind schon gar nicht an Arbeitszeiten gebunden. Pilar hat mich gestern Nacht informiert.« Er überlegte kurz. »Und Sie beide sind vermutlich die Polizisten, von denen sie sprach. Sie rief mich an, kaum dass Sie weg waren.«

Tobias zog den metallenen Aschenbecher heran und aschte gründlich ab, bevor er fragte: »Woher hatte sie denn Ihre Telefonnummer?«

»Ich kenne Pilar und Rafael.« Peter griff nach seiner Kaffeetasse. »Wir kennen uns gut genug, um Telefonnummern auszutauschen. Wir betrachten sie als Freunde. Pilar fängt nach der Geburt sogar bei uns an.«

Seine Haltung gefiel Yıldız. »Lassen Sie immer Migranten bei sich arbeiten?«

Peter trank einen Schluck Kaffee. »Ich lasse nicht arbeiten, ich arbeite mit ihnen zusammen«, korrigierte er. »Zunächst einmal arbeite ich mit Leuten, die mir etwas bringen. Wenn sich aber ein Deutscher und ein Migrant bewerben, die beide geeignet sind, die über die gleichen Fähigkeiten verfügen, dann nehme ich Letzteren. Weil sie weniger Chancen auf dem Arbeitsmarkt haben.« Peter lächelte gewinnend, seine weißen Zähne strahlten, die schwarzen Augen changierten ins Blaue. »Haben Sie etwa vor, den Job zu wechseln?«

Was war das denn, begann der Mann etwa zu flirten?

»Nein, ich versuche nur herauszufinden, ob Sie der Mörder sind«, parierte Yıldız. »Bis der Täter gefunden ist, ist jeder aus dem Umfeld des Opfers potenziell verdächtig. Ja, warum haben Sie Cemal eigentlich eingestellt?«

Gelassen stellte Peter seine Tasse auf den Tisch.

»Tut mir leid, wenn ich übers Ziel hinausgeschossen bin.« Er räusperte sich. »Cemal habe ich eingestellt, weil er unheimlich fähig war. Für den Bereich erneuerbare Energien ist Hightech unabdingbar. Cemal hat Software für uns geschrieben und programmiert. Er war wahnsinnig kreativ, dazu fleißig und schnell. Obendrein war er Maler. Wir lernten uns auf einer Ausstellung meiner Schwester kennen. Haben Sie die Bilder gesehen, die Cemal gemalt hat?«

Die Hauptkommissarin bejahte, wollte aber nicht das Thema wechseln. »Was haben erneuerbare Energien mit Malerei zu tun?«

Peter stützte die Ellbogen auf den Tisch und öffnete die Arme.

»Ohne Malerei gäbe es den Blitz nicht.« Als er sah, dass ihn beide Polizisten interessiert ansahen, fragte er scheinbar erstaunt: »Wollen Sie wirklich, dass ich das erzähle?«

»Bitte.« Yıldız lächelte.

»Okay, wenn Sie es hören wollen.« Er machte eine Kopfbewegung zum Himmel hin. »Die Sonne brennt allmählich. Darf ich die Jacke ablegen?«

Yıldız bewahrte ihr Lächeln und nickte. Peter zog die schwarze Wildlederjacke aus, darunter trug er ein schwarzes T-Shirt. Das Shirt war so eng, dass man die Muskeln an seinem athletischen Körper zählen konnte. Erneut fragte sich Yıldız, ob Peter die Person war, auf die Alex eifersüchtig war.

»Die Bedeutung der Malerei für den Blitz hat mit meiner großen Schwester Angela zu tun«, fuhr Peter fort, nachdem er die Jacke hinter sich auf die Stuhllehne gehängt hatte. »Sie war eine großartige Malerin. Vielleicht haben Sie von ihr gehört ...«

»Angela Schimmel?«, mischte sich Tobias ein und krauste die Stirn, als verfolgte er die Welt der Malerei aus nächster Nähe und würde sich an den Namen erinnern.

»Nein, sie nannte sich nur Angel.« Er lächelte. »Ihr Spitzname war Dirty Angel. Manche sagten sogar nur Dirty, wenn sie von ihr sprachen.«

Diesmal hakte Yıldız nach: »Warum Dirty Angel?«

Zum ersten Mal tauchte ein Ausdruck von Kränkung in Peters dunklen Augen auf.

»Es ist nicht so, wie Sie denken. Angela war der sauberste Mensch, den ich kenne. Sowohl psychisch wie auch physisch. Der beste Mensch, den ich kenne, aufopferungsvoll und weitherzig wie kein anderer und wahnsinnig begabt. Sie wurde so genannt, weil Unordnung herrschte, wenn sie arbeitete, es hieß, sie sei unordentlich, schludrig, Farben und Pinsel lagen wild durcheinander. Sie ließ niemanden in ihr Atelier. Ich denke, die Leute waren einfach neidisch. Angela kümmerte das nicht. Sie akzeptierte ihren Spitznamen immer mehr. Sie war stark und frei, eine Frau, die lebte, wie sie wollte. Ich sage das nicht, weil sie meine Schwester war, auch nicht, weil sie mir das Erbe hinterließ, um die Firma DER BLITZ zu gründen. Alle, die sie kannten, sagen das. Aber solange sie lebte, wurden ihre Arbeiten nicht anerkannt.« Er griff nach dem Kaffee, trank noch einen Schluck. Mit der Zunge fuhr er sich über die Lippen, dann sah er Yıldız an. »Wie viele Jahre sind Sie schon in Berlin?«

In seiner Stimme lag keine Spur von Verachtung, dennoch ging die Hauptkommissarin sofort in Deckung.

»Seit meiner Geburt. Wieso?«

Peters Wangen überzog ein Hauch von Rosa.

»Heute finde ich einfach nicht die richtigen Worte. Sie kennen das Tacheles. Was war das für ein lebendiges Kunsthaus! Ein freies Kulturzentrum, ein Geschenk Berlins an die Welt.«

Selbstverständlich kannte Yıldız diesen Ort.

»Hat Ihre Schwester es gegründet?«

»Nein.« Peter nahm ihren spöttischen Unterton durchaus wahr, fuhr aber unbeirrt fort: »Sie gehörte lediglich zu den Leuten, die das Tacheles zu einem wundervollen Kulturzentrum gemacht haben. Zu Beginn des letzten Jahrhunderts lebten vor allem

Juden in dem Viertel. Das Gebäude war einst ein großes Kaufhaus. Die Nazis machten ein Gefängnis daraus, nach dem Krieg riss die DDR einen Teil ab, der Rest blieb ungenutzt stehen. Als die Mauer fiel, wurde es von einer Künstlerinitiative besetzt. Maler, Bildhauer, Theater- und Filmleute richteten sich darin Ateliers ein, Clubs und Veranstaltungsflächen. Und in Anspielung auf die frühere jüdische Bevölkerung des Viertels nannten sie es Tacheles, was auf Jiddisch ja so viel wie freiheraus, unverblümt reden bedeutet. So entstand das Kulturzentrum Tacheles. Eine Kommune, an keine Autorität gebunden, die Künstlerinnen und Künstler lebten und arbeiteten zusammen, ohne sich darum zu kümmern, ob sich etwas gut verkaufen ließ. Eine utopische Insel der Kunst mitten in Europa. So war das von 1990 bis 2012. Ganze zweiundzwanzig Jahre lang war es ein Paradies für Künstler, ein Raum der Freiheit, wo sie ihre Werke schaffen konnten. Meine Schwester verbrachte dort ihre produktivsten Jahre. Dort schuf sie alle ihre bedeutenden Werke. Die Freiheit betraf, wie gesagt, alle Lebensbereiche, da ist unausweichlich, dass es auch zu Ausschweifungen kam, wie sie der Natur von Künstlern entsprechen. Freier Sex, Drogen, Alkohol, alles Mögliche gab es dort. Am selben Ort zu sein, die Werke der anderen zu sehen, ihre kreativen Erfahrungen zu teilen, all das befeuert vielleicht den Wettbewerb, aber schnelle Erfolge bringt es eher nicht. Also gingen sie ins Extreme. Vielleicht nicht alle, aber leider gehörte meine Schwester dazu. Ein rasantes, intensives, auch sehr glückliches Leben, aber eben auch voller Enttäuschungen. Ein Leben ohne Regeln, extrem anstrengend und aufreibend für Leib und Seele. Und dieses Leben hat sie schnell aufgezehrt. Vor fünf Jahren habe ich sie verloren.« Er war bewegt. »Angela starb an Krebs. Sie hat sich gequält.« Sein Versuch, zu lächeln, missglückte. »Immerhin hat sie gelebt, wie sie es wollte. Nicht, wie andere es für sie vorgesehen hatten. Das allein ist doch von Bedeutung.« Wieder griff er nach der Kaffeetasse.

»Und die, die ihre Werke zu ihren Lebzeiten als Kitsch, ja, als Müll bezeichneten, machten sich kein Jahr nach ihrem Tod daran, sie in den Himmel zu heben. ›Berlins melancholische Malerin‹, ›Magierin, die mit ihren Farben eine Ahnung der Bedeutung jenseits der Realität vermittelt‹. So nannte man sie nun. Plötzlich rissen sich Kunstliebhaber und wohlhabende Sammler nicht nur in Berlin, sondern in der ganzen Welt darum, sich Bilder von Dirty Angel an die Wand zu hängen. Und von überall her floss das Geld.« Er senkte den Blick, als wäre es ihm peinlich, trank einen Schluck Kaffee. Die Tasse in der Hand, hob er den Blick langsam zu Yıldız und Tobias. »Und stellen Sie sich vor, da meine Eltern bereits verstorben waren, wurde ich Dirty Angels Alleinerbe.«

Unter dem Eindruck der Geschichte sagte Tobias erfreut, als hätte ein Freund in der Lotterie gewonnen: »Sie haben also das ganze Geld geerbt.« Unsicher hakte er nach: »Es geht doch um ein Vermögen, oder?«

»Ja, es geht um ziemlich viel Geld«, bestätigte Peter freimütig. »Ich bin studierter Umweltingenieur, aber ohne den Erlös aus den Bildern hätte ich die Firma nicht gründen können. Aus diesem Grund habe ich Cemal eingestellt. Denn ohne die Bilder, ohne die Kunst hätte es den Blitz nicht gegeben.«

Der Mann hatte ein nahezu perfektes Bild gezeichnet. In dieser miserablen Welt war so viel Gutes einfach zu viel, weshalb Yıldız Peter nicht recht glauben mochte.

»Dass Sie Cemal attraktiv fanden, spielte also keine Rolle, als Sie ihn einstellten …«

»Was?« Der Chef vom Blitz verengte die Augen. »Nein, Frau Karasu, ich bin nicht schwul. Mir gefallen nicht Männer, sondern Frauen. Nein, ich bin auch nicht bisexuell. Wie soll ich sagen, ich mag Frauen, nur Frauen.«

Seltsamerweise freute Yıldız sich insgeheim darüber.

»Verzeihen Sie, ich dachte …«

Er nickte verständnisvoll.

»Viele glauben das. Kein Problem, wir sind in Berlin. Das ist doch die freieste, ungewöhnlichste Stadt in ganz Deutschland. Erwachsene können hier so leben, wie sie wollen.« Er zögerte kurz. »Zumindest nach dem Gesetz ...«

Tobias drückte seine Kippe im Aschenbecher aus. »Kennen Sie Alex?«, er stieg in das Gespräch wieder ein. »Alexander Werner ...«

Peter verzog sein hübsches Gesicht.

»Ja. Alex ist ein unglücklicher Mann, schlimmer noch, ein Mann, der alle mit seinem Unglücklichsein ansteckt. Cemal wollte ihn loswerden. Die Beziehung war längst zu Ende. Aber Sie wissen ja, keine Trennung klappt von heute auf morgen.«

Yıldız' Skepsis war durch diese Erklärung nicht ausgeräumt.

»Alex war sehr eifersüchtig wegen Cemal. Wir haben gestern Abend mit ihm gesprochen. Er erwähnte, dass es da einen anderen Liebhaber gibt. Deshalb wollte Cemal die Beziehung beenden.«

Peter hob die Brauen.

»Soweit ich weiß, gab es keinen anderen.« Er zwinkerte. »Glaube ich nicht. Aber das ist Privatsache, kann auch sein, dass er nur nichts gesagt hat.«

Tobias fingerte die nächste Zigarette aus der Schachtel und steckte sie zwischen die Lippen.

»Sie waren angeblich mit Cemal befreundet, soweit ich weiß, haben Sie sich gut verstanden. Malen Sie auch?«

Peters Blick blieb an Tobias' Zigarette hängen.

»Sie rauchen ja Kette, eben erst haben Sie eine ausgedrückt. Das ist nicht gut.«

Tobias war konsterniert. »Wenn es Sie stört, gehe ich ein Stück weiter weg.«

»Nein, nein, Sie brauchen nicht aufzustehen«, erwiderte Peter betont gelassen, »ich wollte Sie nur darauf hinweisen, um Ihrer

Gesundheit willen. Wenn es für Frau Karasu kein Problem ist, ist es auch für mich keins.«

Da die Chefin nicht reagierte, steckte Tobias die Zigarette an. Während des kurzen Schweigens am Tisch bedachte Peter ihn mit einem großmütigen Lächeln. Als sich der Rauch des verbrannten Tabaks in die Frühlingsbrise mischte, sprach er weiter.

»Um auf Ihre Frage zurückzukommen, nein, ich bin kein Künstler. Das Talent hatte nur meine Schwester. Ich habe weder etwas mit Malerei noch mit einer anderen Kunst zu tun. Ich bemühe mich nur, ein guter Kunstkenner zu sein. Nach dem Tod meiner Schwester habe ich eine Menge Wissen über Malerei erworben ...«

»Was ist mit Archäologie?«, ging Yıldız dazwischen. »Interessieren auch Sie sich für Archäologie?«

»Wie jeder normale Mensch«, antwortete er unverzüglich. »Wenn Sie mich aber nach der Geschichte der Skulpturen auf dem Zeus-Altar fragen, könnte ich die nicht erzählen. Irgend so ein Krieg zwischen Göttern und Titanen. Aber Cemal kannte sich gut mit Archäologie aus. Er hat dazu gearbeitet.« Nach einem traurigen Seufzer fuhr er fort: »Leider konnte er das Projekt nicht vollenden.«

Yıldız setzte an zu fragen, ob Cemal mit jemandem in der Firma Streit hatte, da klingelte ihr Telefon. Eine unbekannte Nummer. Sie ging dran.

»Hallo?«

»Spreche ich mit Hauptkommissarin Karasu?«, fragte eine Stimme mit Akzent.

»Ja, das bin ich. Worum geht es?«

»Ich bin Rafael, Rafael Moreno, Sie waren gestern Abend bei uns. Pilar ist meine Frau.«

»Ah ja, Herr Moreno. Ich höre.«

»Ich muss mit Ihnen reden, aber nicht am Telefon. Es ist dringend. Können Sie zu uns kommen?«

Er klang nervös. Offenbar hatte er etwas Wichtiges zu sagen, vor Peter wollte sie nicht danach fragen.

»Okay, wir kommen«, sagte sie gelassen. »Wir sehen uns.«

»Was ist passiert?«, fragte Peter neugierig, als sie das Telefonat beendete. »Was sagt Rafael?«

»Nichts«, antwortete Yıldız leichthin. »Wir wollten gestern Abend mit ihm sprechen, da war er nicht zu Hause. Jetzt möchte er uns treffen.« Sie legte das Telefon auf den Tisch und kehrte zu ihrer Frage zurück. »War Cemal in der Firma beliebt?« Ihr war selbst nicht klar, warum ihre Stimme hart und unterkühlt klang, fuhr aber im selben Tonfall fort: »Gibt es jemanden, mit dem er zerstritten war oder nicht gut auskam?«

Peters Blick drückte Befremden aus.

»Nein, Frau Karasu, so einer war Cemal nicht. Alle mochten ihn. Er war wirklich ein guter Mann. Sein einziges Pech war, dass die Leute um ihn herum nicht so gut waren wie er.«

»Schön, und was meinen Sie, wer könnte Cemal ermordet haben?«

Peters kohlrabenschwarze Augen erloschen.

»Keine Ahnung, eine schwache Möglichkeit, aber es könnte jemand von der Familie gewesen sein. Sie haben es ja gesehen, die schämen sich immer noch für ihren Jungen. Natürlich kommt auch Alex infrage, vielleicht auch ein ausländerfeindlicher Rassist oder ein homophober Irrer. Ich weiß es nicht, denn Feinde hatte Cemal wirklich nicht.«

Er war sehr traurig, hatte Tränen in den Augen.

»Wir möchten uns in Cemals Büro umsehen.« Yıldız verscheuchte die sentimentale Stimmung. »Er hatte doch ein eigenes Büro in der Firma?«

Peter fasste sich.

»Selbstverständlich, Sie können es sehen, wann immer Sie wollen. Vielleicht sprechen Sie auch mit seinen Kollegen, könnte ja sein, dass mir etwas entgangen ist.« Er zog die Jacke von der Stuhllehne, nestelte zwei Visitenkarten aus der Tasche und reichte sie den Polizisten. »Rufen Sie an, wann immer Sie wollen. Nur keine Scheu, egal ob Tag oder Nacht. Sie müssen den Mörder unbedingt finden. Ich bin bereit, Sie dabei zu unterstützen, so gut ich kann.«

4

»Morgenröte der Götter«

Man redet nicht von Sieg, ehe man die Herrschaft nicht vollkommen erobert hat. Denn der Sieg ist nicht in einer einzigen Schlacht errungen; um Herrscher über Himmel und Erde zu werden, reicht es nicht, sich die heilige Krone zu holen, den Götterthron zu besteigen und den König der Titanen zu besiegen. Es stimmt, niemand schrieb mir ein prächtiges Los auf die Stirn, richtig, niemand präsentierte mir die Macht auf einem goldenen Tablett. Ich erkämpfte mir diese erhabene Stellung mit Zähnen und Klauen, mit Mut und Verstand, mit Geduld und Ehrgeiz. Kein Lebewesen konnte sich Kronos entgegenstellen, ich tat es, kein Titan konnte ihn herausfordern, ich tat es, kein Gott konnte ihn besiegen, ich besiegte ihn. Doch meinen Vater besiegt zu haben, reichte nicht.

Denn die Titanen brauchten Kronos. Denn sie alle waren Uranos' Kinder, Brüder und Schwestern meines Vaters. Die meisten mochten wütend auf ihn gewesen sein, manche hassten ihn. Denn Kronos verachtete sie alle. Wie sein Vater Uranos seine Kinder verabscheut hatte, widerten ihn auch seine Geschwister an. Mehr noch, er beneidete sie. So etwa die drei einäugigen Zyklopen mit ihren gewaltigen Leibern, Brontes, Steropes und Arges. Kronos hasste diese drei imposanten Kreaturen. Denn sie waren stärker als er, begabter und besser als er. Und sie besaßen Blitz und Donner. Zudem waren sie nicht nur am Himmel gewandt, sondern auch geschickt unter der Erde. Sie holten Eisen aus dem Herz der

Berge, gaben den härtesten Metallen die schönsten Formen und stellten die tödlichsten Waffen her.

Ebenso die drei Hekatoncheiren, die Brüder Briareos, Kottos und Gyes mit ihren hundert Armen und fünfzig Köpfen. Sie waren die kräftigsten und riesigsten Kreaturen auf Erden. Im Gegensatz zu ihrem furchtbaren Aussehen waren sie reinen Herzens, treu und ergeben. Das reine Herz meines Vaters aber war von Angst verdunkelt. Treue und Ergebenheit hatte er nie verspürt. Er hatte diese sechs prachtvollen Kreaturen gnadenlos in den Tiefen des Tartaros eingeschlossen, damit keiner sie zu sehen bekäme. Allerdings hatte mein Vater noch weitere Geschwister. Die mutigen, kriegerischen weiblichen und männlichen Titanen. Allesamt Kinder von Uranos und Gaia. Sie alle waren stark, prächtig und riesig. Wer sie sah, fürchtete sie, bewunderte sie, achtete sie.

Okeanos war der Älteste. War die Erde ein Lebewesen, dann war Okeanos das Adergeflecht, das ihr Blut zuführte. Vom Himmel aus wirkte er wie ein riesiger Baum aus Gewässern. Auf der Erde ließ sich seine weite Verzweigung auch in tagelangem Ritt auf dem schnellsten Pferd nicht ermessen. Mein Onkel Okeanos war Gaias ältester Sohn. Und er verletzte das Verwandtschaftsrecht nicht, sein Herz war zwar aufseiten seiner Geschwister, doch gegen mich griff er nie zur Waffe.

Tethys war die Weiblichkeit, die Schönheit und Fruchtbarkeit des Wassers. Sie erfreute das Auge aller, die sie erblickten, ihr Schatten spendete Seelenfrieden, ihr Tiefgang war schwindelerregend. Was sie berührte, ergrünte, harte Steine schmolzen, Felsen wurden weich, riesige Gebirge öffneten sich respektvoll vor ihr. Sie schenkte nicht nur Leben, sie bereicherte es auch mit Schönheit. War Okeanos der Stamm jenes ungeheuren Baumes, der die Erde umfasste, bildete Tethys seine Zweige, Blätter und Blüten. Als beide zusammenkamen, überzog Fruchtbarkeit und

Fülle die Erde. Sie war von meinem Blut, auch sie kämpfte nicht gegen mich.

Themis war die schönste, klügste, tugendhafteste und ehrbarste der weiblichen Titanen. Repräsentantin der heiligen Gerechtigkeit, Stifterin des uralten Gesetzes, Göttin der Weissagung. Ohne Themis hätte der Verstand nicht Rat beim Gewissen geholt, hätte sich die Barmherzigkeit dem Geist ferngehalten. Titanen, Götter und Menschen hätten nicht mehr gewusst, wie sie sich verhalten sollten. Auf Erden wehten die Winde der Unterdrückung. Und Themis war meine zweite Gattin, meine Geliebte, meine Geistesgefährtin, die Mutter meiner Kinder. Themis war von so großer Tugend, dass sie als einzige Titanin in den Olymp aufgenommen wurde.

Und Koios, der seine Macht vom Verstand bezog, Hyperion, der mit dem Licht ausschritt, Krios, dessen Kraft außer Frage stand, und Iapetos, der seine Söhne mir zu Feinden erzog. Und Theia, die Mutter von Mond und Sonne, die holde Mnemosyne, die nie etwas vergaß, und Phoibe, die von allem Unbelebten und Lebendigen die Blässe nahm und es strahlend machte. Diese Titanen und Titaninnen und ihre mutigen, ungestümen, kriegerischen Kinder beugten sich mir nicht, auch wenn sie für Kronos nichts übrighatten. Sie wollten nicht unter dem Joch der Götter leben. Und zettelten auf der Erde einen Aufstand nach dem anderen an.

Dies war der erste Krieg. Die Schlachten wurden von zwei hohen Bergen gelenkt. Ich saß mit meinen Geschwistern auf dem Olymp mit seinem wolkenverhangenen Gipfel, die Titanen und ihre Kinder auf dem Othrys. In Tapferkeit, Verstand und Kampf standen sie uns in nichts nach. Zudem waren sie erfahrener, weil sie vor uns geboren waren. Auch waren sie entschlossener, weil sie ihr Paradies nicht verlieren wollten. Sie waren wütender, weil sie sich verraten fühlten. Ohne mit der Wimper zu zucken, griffen sie uns an. Und wir hielten mit Schwertern, Lanzen, Pfeilen oder

Fäusten, Klauen und Zähnen, also allem, was uns zur Verfügung stand, dagegen. Wie oft fielen sie über uns her, wie oft wir über sie! Doch weder konnten sie uns besiegen noch wir sie. So konnte es nicht weitergehen. Im Königreich der Götter war ein Aufstand von Rebellen nicht hinnehmbar. Die Sache musste ein für alle Mal erledigt werden.

In diesem Kampf erlebte ich zum ersten Mal den Nutzen von Barmherzigkeit, dieses Gefühl ist sonst ja meist zum Schaden von Sterblichen und Unsterblichen. Ich löste die Ketten der Zyklopen, die Kronos unter die Erde verbannt hatte, weil er sie so hässlich fand, und befreite sie aus dem Kerker des Tartaros. Dafür waren mir Brontes, Steropes und Arges dankbar, die zwar nur ein Auge hatten, aber äußerst begabt und geschickt waren. Großzügig schenkten sie mir Blitz und Donner. Mit diesen Kräften festigte ich meine Herrschaft im Himmel. Meinen Feinden pflanzte ich Furcht ins Herz, meinen Freunden Vertrauen. Meinem Bruder Poseidon gaben die drei Zyklopen den Dreizack, sodass jedes Mal, wenn er ihn in den Boden stieß, die Erde bebte, die Meere das Land überfluteten und die Berge erschrocken zitterten. Und meinem Bruder Hades fertigten sie eine Kappe, die unsichtbar machte, wer sie trug, sodass er sich unbemerkt im Hauptquartier des Feindes umtun konnte.

Auf diese Weise ausgestattet, gewannen wir allmählich die Oberhand gegen Kronos' Geschwister. Es war nicht einfach, die Titanen zu besiegen. Sie gaben niemals auf, wurden der Sache nie überdrüssig und nie müde. Ein Schritt voran und zwei zurück, ein nicht enden wollender blutiger Kampf währte auf Erden. Wir errangen mit unseren Schwertern, Lanzen und Pfeilen zwar Triumphe, doch es gelang uns nicht, unseren verfeindeten Verwandten den vernichtenden Schlag zu versetzen.

Plötzlich erwachte mein Geist, erhellte sich vor meinen Augen der zum Sieg führende Weg. Dieser Krieg war nicht allein mit roher Gewalt zu gewinnen. Der Geist ist brutaler Kraft und Wut weit überlegen. Wollte ich den Krieg siegreich beenden, musste ich dafür sorgen, mehr Freunde und weniger Feinde zu haben. Einmal mehr entsann ich mich meiner guten Taten, flüchtete mich in die Klugheit der Barmherzigkeit. Ich suchte die drei Brüder mit den hundert Armen und fünfzig Köpfen auf. Auch sie hatte ich aus dem Tartaros befreit, genau wie die drei Zyklopen. Als ich zu ihnen kam, gab ich ihnen von meiner Speise und teilte meinen Trank, ohne etwas zu fordern. Anfänglich verunsichert, erkannten sie, dass ich ihnen freundlich gesonnen war, und aßen und tranken, was ich ihnen anbot. Da sprach ich:

»Meine starken Verwandten, vortrefflicher Briareos, tugendhafter Kottos, teurer Gyes, ihr von eurem Vater und euren Geschwistern in die Finsternis Verbannten! Ihr stärksten, prächtigsten und treuesten Giganten auf Erden. Mein Auge ruht voller Bewunderung auf euch. Ich achte euer Wesen und eure Kraft. Ich kämpfe in diesem Krieg gegen eure Geschwister, ich weiß, ihr werdet sagen, das ist nicht unser Krieg, für uns macht es keinen Unterschied, wer gewinnt. Doch ihr irrt. Verliere ich diesen Krieg und gewinnt mein Vater Kronos mit seinen Geschwistern, werden sie euch erneut in den Tartaros werfen wie Gefangene, derer man sich schämt. Besiegen aber wir die Titanen, werdet ihr in Freiheit und Würde leben. Niemand wird eure Ehre kränken, eure prachtvollen Leiber verachten, euch hinter unüberwindliche Mauern sperren. Ich brauche euch, kommt, beenden wir Schulter an Schulter die Ära der Titanengewalt. Beginnen wir eine neue Ära, gerecht, frei und glücklich.«

Meine Worte ließen sie an die Grausamkeit ihres Vaters Uranos und ihres Bruders Kronos denken, erinnerten sie daran, was ich ihnen Gutes getan hatte, und weckten das Gerechtigkeitsgefühl in ihren Herzen. So schlossen sie sich uns ohne langes Zögern an. Sie rupften gewaltige Berge aus und schleuderten sie auf die Titanen. Mit ihren einhundert Armen warfen sie unseren Feinden Tausende Felsbrocken auf die Köpfe, verbrannten ihre nächsten Verwandten in Vulkanen. Und ich rief meine Geschwister auf dem wolkenverhangenen Olymp zusammen und sprach:

»Heute ist es so weit, der Moment ist gekommen, der das Zeitalter der Titanen beenden wird. Zögern wir, versäumen wir den Sieg. Warten wir länger, dauert dieser seit zehn Jahren während Krieg noch Jahrhunderte. Schlagen wir jetzt nicht zu, bricht die Morgenröte der Götter niemals an. Kommt, werfen wir uns den Titanen entgegen, schlagen wir unsere letzte Schlacht und setzen diesem blutigen Krieg endlich ein Ende.«

Meine Brüder und Schwestern folgten meinem Befehl. Unseren Mut gürteten wir gleich einem starken Panzer, unseren Verstand gleich einem eleganten Helm, so stellten wir uns Hand in Hand, Schulter an Schulter den Titanen entgegen. Mit aller Macht donnerte ich durch die Wolken, schleuderte Blitze auf meine Feinde, entflammte ihre Leiber. Meine Geschwister setzten mit großem Geschick ihre tödlichen Fähigkeiten ein. Und noch einmal begann ein furioses Gemetzel zwischen Himmel und Erde. Der blaue Himmel wurde dunkel, die Meere rot von Blut, fruchtbare Ebenen standen in Flammen, Gebirge wurden eingeebnet, Täler Stück für Stück gespalten. Noch nie hatte die Erde eine solche Schlacht erlebt. Die Titanen erlitten schwere Verluste, wichen aber keinen Schritt zurück. Mit aller Kraft und voller Hass schlugen sie zurück. Als aber die drei Zyklopen und drei Giganten, die ihre Geschwister waren, das Schlachtfeld betraten, befielen sie doch Zweifel. Und ihre Reihen lösten sich auf.

In diesem Augenblick des Zauderns schleuderte ich meine Blitze auf sie. Ihre Augen erblindeten, ihre Haare fingen Feuer, ihre Rücken krümmten sich, ihre Knie zitterten. Meine Gefährten aber packte ungeheurer Mut, wir ergriffen die Titanen einen nach dem anderen und warfen sie in den Kerker des Tartaros. Noch ehe sie verstanden, wie ihnen geschah, saßen sie schon in den finstersten Winkeln der Hölle. Stolz schloss mein starker Bruder Poseidon die bronzenen Tore des Tartaros. Als Wärter, damit sie nie wieder hinausgelangten, stellte ich die drei stärksten, größten und treuesten Giganten auf Erden davor: den vortrefflichen Briareos, den tugendhaften Kottos und den teuren Gyes. Und verkündete meine unendliche Herrschaft mit einem eindeutigen Sieg. Und schrieb einmal mehr allen lebenden Wesen ins Gedächtnis, dass ich der größte Gott war, den es je gab. Und brüllte einmal mehr Kronos in den Tiefen des Tartaros zu:

»Wer seine Kinder hasst, an den wird man sich ewig mit Hass erinnern. Ob Sterblicher oder Unsterblicher, wer sein eigenes Geschlecht verrät, wird selbst mit dem furchtbarsten Verrat bestraft.«

VIERTES KAPITEL

Die alte Straße, in der Cemal gewohnt hatte, sah tagsüber viel freundlicher aus. Sie parkten den Passat am Rand des von hohen Pappeln gesäumten Fußwegs. Beim Aussteigen fiel der Hauptkommissarin direkt gegenüber vom Tatort eine Mauer auf. Sie kniff die Augen zusammen. Auf der Mauer prangte eine riesige Regenbogenfahne, getragen von gelben, schwarzen und weißen Händen, ein meisterhaft gemaltes Bild. Doch mitten über die Fahne hatte jemand in brauner Farbe eine Parole geschmiert: »Ausländer raus«.

Die Chefin deutete mit einer Kopfbewegung auf die Mauer.

»Hast du das gestern Abend schon gesehen?«

Tobias warf einen Blick auf das Bild, dann auf den Schriftzug. »Nein, ist mir nicht aufgefallen.« Er versuchte es scherzhaft: »Ob das der Alte geschrieben hat, dem wir gestern Abend begegnet sind?«

Yıldız lachte nicht, sie zog das Handy aus der Tasche und fotografierte die Mauer. Sie trat näher, um ein weiteres Foto aufzunehmen, als hinter ihr jemand sagte: »Ah gut, Sie haben es schon gesehen. Die Schurken haben das schöne Bild kaputt gemacht!«

Als sie den Kopf drehte, erblickte sie einen jungen Mann mit dunklem Teint und Lockenkopf, ebenso zierlich wie Pilar, der von Cemals Haus her auf sie zukam.

»Hallo, ich bin Rafael Moreno. Danke, dass Sie pünktlich sind.«

Sein Akzent war noch stärker als der seiner Frau. Er streckte die langfingerige Hand aus. Die Hauptkommissarin drückte sie.

»Hallo, ich bin Hauptkommissarin Yıldız Karasu, Kommissar

Tobias Becker ist mein Assistent.« Mit dem Handy in der Linken zeigte sie auf die Mauer. »Stammt das Bild von Ihnen?«

Mit bekümmertem Blick erklärte der junge Mann: »Cemal und ich haben es zusammen gemalt. Sehen Sie, was die daraus gemacht haben? Ein paar Tage war es unbeschädigt, aber vor einer Woche haben sie dann diesen fiesen Slogan darübergeschrieben. Fast hätten sie uns auch verprügelt. Und am Ende haben sie Cemal ermordet.« Sein Blick glitt besorgt zurück, zum Fenster seiner Wohnung. »Bitte, Pilar soll das nicht hören. Ich möchte nicht, dass sie sich ängstigt. Deshalb habe ich vor der Tür auf Sie gewartet. Ich möchte nicht darüber reden, wenn sie dabei ist. Sie ruht sich gerade aus, sie ist total fertig, sie mochte Cemo sehr.« Mit der Hand deutete er die von den Pappeln beschattete Straße hinunter. »Gehen wir doch dort entlang, dabei können wir reden.« Seine Züge spiegelten Wut. Den Blick auf einen Punkt am anderen Ende der Straße gerichtet, fauchte er: »Dann zeige ich Ihnen auch gleich den Treff der Schurken, die Cemal umgebracht haben.«

Wie sicher er sich seiner Sache war! Yıldız spürte Spannung aufsteigen. Offenbar hatten sie endlich jemanden gefunden, von dem sie vernünftige Informationen bekommen würden.

»Sie kennen also Cemals Mörder?« Tobias war schneller als sie.

Rafael nickte heftig. »Natürlich!«, rief er laut und hielt sich sogleich die Hand vor den Mund, als hätte er einen Fehler gemacht. Leiser fuhr er fort: »Aber lassen Sie uns bitte nicht hier reden ...«

Es war löblich, dass Rafael an seine schwangere Frau dachte, wichtiger aber war, was er zu sagen hatte.

»Natürlich, gehen wir also«, schlug Yıldız gelassen vor. »Dabei können wir uns gleich ein bisschen die Füße vertreten.«

Tobias, der wie die Chefin seit Stunden im Dienst war, hatte sich das anders vorgestellt, viel lieber hätte er sich in der bescheidenen Wohnung der Argentinier auf einen billigen Sessel gefläzt und beim Kaffeetrinken Hirnjogging betrieben. Doch Rafael erzählte lebendig, da lohnte sich das Darben. Sie nahmen den argentinischen Maler in die Mitte und machten sich unter den Pappeln auf den Weg.

»Wer sind die Leute, die Cemal umgebracht haben sollen? Dieselben, die Ihr Bild verunstaltet haben?«

Ein letztes Mal drehte Rafael sich zum Fenster seiner Wohnung um, sicher, dass Pilar sie nicht sah, sagte er: »Klar, wer denn sonst? Otto, der Scheißkerl, und seine Kumpane.«

Er sprach dermaßen überzeugt, dass Yıldız nachfragen musste.

»Otto? Sie kennen sogar den Namen des Mörders?«

»Natürlich, ich bin dem Typ zwei Mal begegnet. Beim ersten Mal wollte er mich aus seiner Kneipe rausschmeißen, beim zweiten Mal hat er uns mit seinem Messer aus SS-Beständen bedroht. Auf dem Griff ist ein Hakenkreuz eingraviert. Ja, und er hatte zwei seiner Kollegen dabei. Und mit diesem Kampfmesser hat er Cemal umgebracht ...«

Seine Worte wirbelten durch die Luft. »Bitte der Reihe nach, Herr Moreno!«, bat Tobias. »Nehmen wir das Bild an der Mauer, damit könnten Sie anfangen. Haben Sie diesen Otto da zum ersten Mal gesehen?«

»Nein, im Café. Genau, da vorne ist das Café 88.«

»Heil Hitler«, murmelte Yıldız. »Café Heil Hitler also ...«

»Café 88, nicht Heil-Hitler-Café«, verbesserte sie der Maler.

Yıldız nickte. »Café 88 bedeutet Café Heil Hitler. Neonazis benutzen die Zahl, um Heil Hitler zu sagen.«

»Ach so?« Rafael staunte. »Das wusste ich nicht.«

Yıldız spürte einen leichten Windhauch im Gesicht, wieder duftete es nach Linden, tief sog sie die Luft in die Lunge, dann erklärte sie: »H ist der achte Buchstabe im deutschen Alphabet. Zwei Achten nebeneinander stehen für die Anfangsbuchstaben von Heil Hitler. Sie benutzen auch 18 88 ...«

Der clevere Maler rechnete flink.

»18, A und H, also Adolf Hitler …«

»Ganz genau. Die Neonazis bedienen sich dieser Zahlen, weil Hitler und seine Symbole verboten sind.« Kurz musterte sie den jungen Künstler neben sich. »Wussten Sie das wirklich nicht?«

Er zog die Schultern hoch und sagte arglos: »Das wusste ich nicht, woher auch? Hätte ich das gewusst, wäre ich da doch nie reingegangen. Es war vor ungefähr zwei Monaten, ich hatte den Schlüssel zu Hause vergessen, und Pilar war einkaufen gegangen. Als sie sich verspätete, ging ich ins Café 88, um die Zeit totzuschlagen. Ich hab dann gleich gemerkt, dass irgendwas nicht stimmt. An den Wänden hingen Bilder von Soldaten, Adler-Symbole, Doppelblitze, Fahnen und so. Aber ich war nun einmal drinnen, also hockte ich mich in eine Ecke. Den Leuten drinnen gefiel ich nicht. Die guckten mich schief an. Wie Sie sehen, hab ich ein bisschen dunklere Haut. Die dachten, ich wäre Araber. Eine Kellnerin kam und sagte extrem unhöflich: ›Araber bedienen wir nicht, gehen Sie bitte.‹

Es wäre am besten gewesen, gleich zu gehen, doch ich blieb, weil ich gekränkt war.

›Ich bin kein Araber, ich bin Argentinier‹, stellte ich barsch klar. ›Und was, wenn ich Araber wäre? Ich gehe nirgendwohin, wenn das hier ein Café ist, müssen Sie mich bedienen.‹ Genau das hab ich gesagt. Das Mädchen drehte den Kopf zu einem Skinhead in Lederjacke hinter der Theke, nicht größer als eins fünfzig. Er hatte gehört, was ich gesagt hatte. Er zwinkerte der Kellnerin zu und schüttelte den Kopf. Ihr Verhalten änderte sich sofort. Das Eis in ihren blauen Augen schmolz, ihre Miene wurde weich, als sie lächelte, zeigte sie Grübchen.

›Tut mir leid, das war ein Missverständnis. Was möchten Sie trinken?‹

Auch ich rang mir ein Lächeln ab und bestellte ein Berliner Pils. Das Mädchen ging, dafür kam der Skin zu mir. Er war wirklich

sehr klein, aber muskulös, wahrscheinlich vom Bodybuilding. Als
Erstes fielen mir die Tätowierungen auf seinen kräftigen Bizepsen
auf, auf beiden Seiten hatte er sich ein Hakenkreuz stechen lassen.
Er streckte die Hand aus.

›Ich bin Otto Fischer, mir gehört der Laden. Tut mir leid, wir
dachten, Sie wären einer von den Kanaken.‹

Ich wusste, was Kanake bedeutet. Der Mann nervte mich.

›Ich bin quasi auch Kanake‹, sagte ich, ›immerhin bin ich Ausländer.‹

Er setzte sich an meinen Tisch, ohne dass ich ihn dazu aufgefordert hätte.

›Nee, Argentinier zählen wir nicht zu den Kanaken. Ihr Land
hat in der Vergangenheit unsere Kampfgenossen aufgenommen.
Wir sind Argentinien zu Dank verpflichtet.‹ Da kam die Kellnerin
schon mit dem Bier. Während sie das Pils aus der beschlagenen
Flasche ins Glas goss, kam der Mann ins Plaudern.

›Was machen Sie denn beruflich, Herr ... Herr?‹ Notgedrungen
nannte ich meinen Namen.

›Was machen Sie beruflich, Rafael?‹ Er wurde gleich familiär.

›Ich bin Maler.‹ Ich dachte, das törnt ihn ab, aber im Gegenteil,
er freute sich.

›Wussten Sie, dass Hitler auch Maler war?‹, fragte er und glotzte
mir ins Gesicht. Er seufzte. ›Der Führer war ein wahrer Künstler.‹

Ich konnte das Spiel nicht länger mitmachen und stand rasch
auf.

›Tut mir leid, ich teile weder Ihre Ansichten noch die Ihres
Führers. Hätte ich gewusst, dass das hier ein Nazitreff ist, wäre
ich nicht reingekommen.‹ Ich kann gar nicht sagen, wie erleichtert
ich war, als ich draußen war. Ich lief ein paar Schritte, und als ich
mich umdrehte, sah ich Otto mit zwei Kumpanen vor dem Café
88 stehen und mich beobachten. Kurz fürchtete ich, sie würden
mir folgen, doch das taten sie nicht. Ich wartete dann im Hof auf

Pilar und beschloss, am Café 88 gar nicht mehr vorbeizugehen. Das reichte aber nicht, um mir die Mörder vom Hals zu halten.

Er erzählte ausführlich, die beiden erfahrenen Polizisten wollten ihn nicht unterbrechen. Als Tobias sich eine Zigarette ansteckte, schnorrte Rafael eine. Als hätte sie danach gefragt, fühlte er sich genötigt, Yıldız eine Erklärung abzugeben.

»Zu Hause rauche ich nicht, aber wenn jemand in meiner Gegenwart raucht, halte ich es nicht aus und quarze auch eine.« Mit Tobias' Feuerzeug zündete er sich den Glimmstängel an und inhalierte ein paar Mal, dann fuhr er fort: »Eine Woche verging, von den Nazis kam kein Ton. Ich war mit Cemal dabei, rechtzeitig zum CSD das Bild auf die Mauer da drüben zu malen, das Sie ja gesehen haben. Wir stellten ein Gerüst auf und arbeiteten jeden Tag zu bestimmten Zeiten. Wir kamen auch gut voran. Eines Tages wackelte plötzlich das Gerüst. Bevor wir noch nachsehen konnten, was los war, bewarfen Otto und zwei Männer uns von unten mit Eiern. Dabei brüllten sie Sachen wie: ›Ausländer raus!, Deutschland den Deutschen! Schwuchteln raus! Islam bringt Tod!‹ Ich bin weder schwul, noch habe ich irgendeinen religiösen Glauben. Die Typen aber brüllten: ›Islam bringt Tod‹ und wollten mich umbringen. Cemal war nicht so ein dünnes Hemd wie ich, er war athletisch, in der Jugend hatte er Kampfsport gemacht. Er war sogar ein ziemlicher Draufgänger. Er kletterte sofort runter, und als die Nazis ihn kommen sahen, blafften sie: ›Komm nur, komm, wir erteilen dir eine Lehre, Schätzchen!‹ Zwei Meter vor dem Boden warf Cemal sich wie ein Tiger vom Gerüst auf die Kerle. Die drei Nazis erschraken. Otto lag unter dem Kanaken, den er aus Deutschland vertreiben wollte, schimpfte und rief seine Kumpane zu Hilfe. Als Cemal ihm zwei Fausthiebe in sein schiefes Gesicht knallte, verstummte er. Einer von den beiden anderen bewarf ihn mit Eiern. Cemal ignorierte die Eier, die ihn an Brust und Kopf trafen, und stürzte sich auf den Mann. Er packte ihn am Kragen und versetzte ihm, um ihn zu demütigen, zwei Ohrfeigen mit der flachen Hand statt mit Fäusten. Als das kaum Wirkung zeigte, hielt er den Mann am Kragen seiner Lederjacke fest und stieß ihm mit dem Schädel kräftig gegen die Nase. Der Typ fiel auf den Arsch. Der dritte Nazi hatte Schiss, stand einfach nur da und beobachtete verdattert, was geschah. Doch nicht lange, denn als er sah, dass Blut floss und ihre Ehre am Boden lag, vergaß er alle Loyalität und verduftete. Inzwischen war Otto wieder zu sich gekommen, mit der Hand tastete er sich das Gesicht ab und stand auf. Als er sah, wie es um seinen Kumpanen stand, tickte er aus. Er zog das Kampfmesser, wie gesagt, das lange scharfe Messer mit dem Hakenkreuz auf dem Griff. Wutentbrannt stürzte er sich auf Cemal. Der konnte ihn nicht sehen, weil er ihm den Rücken zugedreht hatte.

Ich brüllte oben vom Gerüst: ›Pass auf, ein Messer! Cemo, der hat ein Messer!‹ Im letzten Augenblick wirbelte er herum und wich aus, als Otto das Messer schwang, der scharfe Stahl blitzte auf und fuhr ins Leere. Aber der bewaffnete Nazi war erfahren, fing sich sofort und ging nach dem Misserfolg zum zweiten Angriff über. Doch Cemal war flinker, mit der Linken packte er sein Handgelenk. Mit der flachen rechten Hand schlug er Otto kräftig aufs linke Ohr. Der Mann taumelte, blieb aber auf den Beinen. Cemal schlug noch zwei Mal zu, da zitterten Ottos kurze Beine. Cemal schlug weiter. Schritt für Schritt wich der Inhaber vom Café 88 zurück, bis er über einen Stein stolperte und wie sein Kumpel hinfiel. Das Messer flog auf den Fußweg. Cemal attackierte ihn weiter. Endlich gab Otto auf, er hob die rechte Hand und sah Cemal um Gnade flehend an. Doch Cemals Wut wollte nicht verrauchen, er hob das Messer auf. ›Oh Gott‹, dachte ich, ›jetzt ersticht Cemo den Neonazi!‹ Doch das tat er nicht, er schwang das Messer nur. Und schickte den Mann zornig weg. ›Siktir git!‹, sagte er. ›Wenn du nicht verschwindest, leg ich dir deine Därme in die Hände.‹«

Siktir git – verpiss dich – hatte Rafael auf Türkisch gesagt. Yıldız grinste.

»Cemal hat Ihnen Türkisch beigebracht …«

»Nicht viel, nur ein paar Flüche«, sagte Rafael, nachdem er noch einen Zug von der halb gerauchten Zigarette zwischen seinen Fingern genommen hatte. Er stieß den Rauch aus. »Wie Sie wissen, kann man auf Deutsch nicht so gut fluchen.«

Yıldız ging ein nebensächliches Detail durch den Kopf.

»Was hat denn Ihre Frau Pilar zu all dem gesagt?«

Rafael hob und senkte dankbar seine langen Wimpern.

»Pilar war in Frankfurt, zu Besuch bei Freunden. Sie hat nichts davon mitgekriegt. Sie las dann nur, was die über unser Bild geschmiert haben. Wir haben sie beschwichtigt, nicht so wichtig und so. Es wäre wirklich nicht gut, wenn sie davon erfährt.« Beunruhigt sprach er weiter: »Ich weiß nicht, vielleicht sollten wir umziehen. Vielleicht bin ich als Nächster dran …«

Tobias wollte nicht, dass Rafael in Verzweiflung abglitt.

»Und dann?«, drängelte er. »Ist Otto abgehauen?«

»Nein, er stand auf und streckte Cemal die Hand hin: ›Gib mein Messer her!‹ Wahrscheinlich war ihm peinlich, dass seine Waffe dem Feind in die Hände gefallen war, und er wollte verhindern, dass die Kumpel sich über ihn lustig machten. Cemal aber schüttelte energisch den Kopf.

›Das Messer übergebe ich nur der Polizei. Gehen wir zur Wache, wenn du willst‹, schlug er vor. Ottos aschfarbene Augen erstarrten. Wortlos drehte er sich um und ging. Doch nach ein paar Schritten blieb er stehen und drohte: ›Das ist noch nicht das Ende, ihr dreckigen Ausländer. Dafür werdet ihr bezahlen.‹

Cemal nahm ihn nicht ernst. Er lachte und rief dem Typ hinterher: ›Sicher, sicher, komm nur, wenn es dich wieder juckt, wir sind immer hier. Jetzt aber Abmarsch!‹ Cemal hatte wirklich keine Angst.

Als ich sagte: ›Die sind gefährlich, das Messer hast du, aber die haben sicher auch Pistolen und Gewehre, nicht dass die uns in Schwierigkeiten bringen?‹, legte er mir die Hand auf die Schulter und sagte: ›Bei uns gibt es ein Sprichwort: Ein Hund, der beißen will, zeigt seine Zähne nicht.‹

Aber jetzt haben sie doch gebissen. Erst haben sie unser Bild übermalt, dann Cemal mit dem Messer das Herz rausgeschnitten. Vor aller Augen ...« Traurig nahm er Zuflucht zu seiner Zigarette, inhalierte zwei Mal kräftig.

»Warum sind Sie nicht zur Polizei gegangen?«, fragte Yıldız. »Ich meine, als sie euch angegriffen haben. Warum habt ihr Otto Fischer nicht angezeigt?«

In Rafaels Augen war keine Wut, sondern Misstrauen und ziemlich viel Hoffnungslosigkeit.

»Verstehen Sie mich nicht falsch, ich meine nicht Sie persönlich, aber die Polizei tut nichts gegen die. Auch im besetzten Haus hatten uns Neonazis angegriffen. Damals sind unsere Freunde zur Polizei gegangen, aber statt die Kerle zu fassen, haben sie die Freunde in Gewahrsam genommen. Sie warfen ihnen vor, Drogen zu nehmen und Verbindungen zu Terroristen zu haben. Alle drei waren verwundet, hatten Verbände an Kopf und Armen.« Über seine Miene huschte der Zweifel, ob er es sagen sollte oder lieber nicht. »Entschuldigen Sie, aber ich vertraue der Polizei nicht. In Ihren Reihen gibt es Neonazis in nicht zu verachtender Anzahl.«

Die Polizisten wussten nicht, was sie darauf sagen sollten, kurz herrschte Schweigen. Als sie die nächste Platane erreichten, fragte die Hauptkommissarin: »Ist das Messer noch bei Cemal in der Wohnung?«

Rafael warf die Kippe auf den Boden und trat sie aus, dann nickte er.

»Ja, er hatte es auf den Computertisch gelegt.« Er rang sich ein Lächeln ab. »Kriegsbeute, sagte er. Er verdeckte nicht mal das

Hakenkreuz auf dem Griff. Er benutzte es zum Öffnen von Umschlägen, Paketen und so.«

»Aber wir haben in der Wohnung kein Kampfmesser gefunden.«

»Natürlich nicht.« Rafael war kein bisschen überrascht. »Das haben Otto und seine Leute doch mitgenommen. Verstehen Sie denn nicht, damit haben sie Cemal umgebracht. Danach haben sie sich mit dem Messer davongemacht.« Er sprach laut, beinahe tadelnd. Tobias nahm ihm das krumm.

»Können Sie das beweisen? Gibt es Augenzeugen?«

Resolut sah der Maler den großen Polizisten an.

»Viel besser, sie sind auf der Überwachungskamera von Peyman, der wohnt zwei Häuser weiter.«

»Eine Kamera?« Yıldız' ockerfarbene Augen strahlten.

»Ja, das hat Peyman heute Morgen gesagt. Peyman Majidi kommt aus dem Iran. Mit Frau und Sohn wohnen die nicht weit von uns. Seine Überwachungskamera hat Otto und seine beiden Kollegen erwischt. Ich habe es mit eigenen Augen gesehen. Um genau 23.37 Uhr. Peyman hat die Aufnahmen noch.«

Das war eine Entdeckung, die den Verlauf der Ermittlungen verändern konnte.

»Was genau ist auf der Aufnahme zu sehen?«, hakte Tobias ein. »Sieht man, wie Otto und seine Männer aus eurem Haus kommen?«

»Nein.« Rafael wurde nervös. »Der Blickwinkel reicht nicht bis zu unserem Eingang. Aber man sieht deutlich, wie Otto mit zwei Kollegen über die Straße hastet und in seinem Café verschwindet. Sieht nach panischer Flucht aus. Wenn Sie im Café eine Razzia machen, finden Sie das Messer. Sicher hat er es abgewischt, aber Blutspuren bleiben doch darauf, oder?«

»Ja, sicher«, bestätigte Tobias hoffnungsfroh. »Wenn der Mord mit dem Kampfmesser begangen wurde, stellen wir das zweifelsfrei fest. Wer könnte denen denn gesagt haben, wo Cemal wohnt?«

»Das braucht keiner zu sagen.« Rafael fand die Frage unsinnig. »Wie sollten sie es nicht wissen, das Café ist ja gleich da vorne.« Er zögerte, senkte rasch die Hand, die er unwillkürlich zum Zeigen gehoben hatte. »Schauen Sie, da vorne sind sie«, flüsterte er. »Sie sitzen vor dem Café.«

Tatsächlich saßen zwei Männer breit in der Sonne am ersten von vier Tischen vor dem Café und tranken Bier.

»Danke, Herr Moreno«, sagte Yıldız verständnisvoll, denn er hatte Angst. »Sie können nach Hause gehen.« Sie hielt inne, fühlte sich zu einer Erklärung genötigt. »Sie können uns vertrauen, wir sind garantiert keine Nazis. Rufen Sie uns unbedingt an, wenn jemand Sie oder Ihre Frau bedroht.«

»Danke.« Rafael wollte ihr gern glauben. »Wenn etwas vorfällt, rufe ich an.«

Der argentinische Maler lief zurück, Yıldız und Tobias steuerten das Café 88 an.

Otto Fischer saß mit einem jungen Blonden mit Bürstenschnitt, der mindestens doppelt so viel Masse hatte wie er, an einem metallenen Tisch direkt unter dem Schild der Kneipe. Sie hatten die Herankommenden bemerkt, als Rafael auf das Café gezeigt hatte, tranken aber gelassen weiter ihr Bier und musterten die Frau und den Mann, die auf sie zukamen, hasserfüllt. Otto deutete mit der Bierflasche auf Yıldız, als die beiden die Kneipe erreicht hatten.

»Schämst du dich als Deutscher nicht, die Kanakin zu ficken?« Die Frage richtete sich natürlich an Tobias. »Hast du in Berlin kein anderes Weib zum Bespringen gefunden?«

Der junge Typ neben ihm brach in übertrieben schallendes Gelächter aus, um den Kumpel zu unterstützen, Tobias schwieg und sah Yıldız an. In den Augen der Chefin sah er das wilde Funkeln, das er so gut kannte. Er musterte die Front der Kneipe, eine Überwachungskamera war nirgends zu sehen. Zufrieden nickend setzte er ein amüsiertes Lächeln auf und trat an den Tisch heran.

Kein Schimpfwort, keine aggressive Körpersprache, er war so ruhig, dass Otto und seine Kumpane ihn verdattert anstarrten.

»Darf ich?« Tobias streckte die Hand aus, als er am Tisch stand.

»Wie? Was denn?«, stammelte der Inhaber, der nicht begriff. Tobias schnappte sich die Bierflasche und zog sie dem Mann über den Kopf. Die Flüssigkeit, die aus der gleich einer kleinen Handgranate explodierenden Flasche rann, färbte im Sonnenlicht Ottos Kahlkopf erst gelb, dann rot vom Blut aus den Wunden, die die Scherben hinterließen. Der Schlag riss Otto nach vorn. Kaum hatte sein massiger Kumpel die erste Überraschung überwunden, brüllte er: »Hurensohn!«, und sprang auf, doch Tobias knallte ihm mit dem Rücken der Hand, in der er den abgebrochenen Flaschenhals hielt, eine solche Ohrfeige ins Gesicht, dass der Mann wieder auf seinen Platz fiel. Yıldız stand ein paar Schritte dahinter und verfolgte die Szene still. Tobias warf die zerbrochene Flasche auf den Boden und packte Ottos Lederjacke am Nacken. Zwei Mal stieß er ihm den Kopf auf den eisernen Tisch. Ottos Gesicht blutete. Ungerührt beugte Tobias sich zu seinem Ohr und flüsterte: »Als Deutscher hab ich vor, dich zu ficken, Otto, klar? Wie du siehst, ficke ich nicht gerade zimperlich. Was dagegen?«

Er war noch nicht fertig, da geschah etwas Unerwartetes. Otto sprang auf. Die grauen Augen in seinem blutüberströmten Gesicht sprühten vor Wut.

»Jetzt fick ich dich aber!«

Er zog das Kampfmesser aus der Lederhülle am Gürtel und sprang Tobias an. Als hätte er damit gerechnet, riss Tobias den linken Arm hoch und stieß ihn gegen Ottos rechte Hand mit dem Messer. Otto verlor das Gleichgewicht, er packte das Messer fester, doch als er erneut zur Attacke überging, fuhr ihm Tobias' rechte Faust wie ein Vorschlaghammer ins Gesicht. Otto taumelte ein paar Schritte rückwärts, doch Tobias ließ ihn nicht in Ruhe, mit Fausthieben beider Hände bearbeitete er den Nazi weiter. Otto konnte sich nicht länger halten, das Messer entglitt ihm, er musste sich an einem der hölzernen Pfeiler unter dem Vordach des Cafés festhalten. Sein unförmiger Kopf ähnelte einer rot angemalten Kartoffel.

»Ah!«, brüllte er. »Ah! Chris, hilf mir!«

Das hatte Chris auch vor, doch Yıldız ließ ihn nicht. Sie stieß den Tisch gegen den jungen Mann, als der wieder aufstehen wollte. Die Wucht des Schlags gegen die Brust warf ihn vom Stuhl auf den Boden. Als sie dachten, sie hätten die Männer untergekriegt, sprang die Tür der Kneipe auf und ein dunkelblonder Schrank von ebensolchem Format wie Chris stürzte heraus.

»Achtung, Toby, pass auf!«, rief Yıldız. »Hinter dir!« Zu spät, der Typ hatte sich schon auf ihren Assistenten geworfen. Beide gingen zu Boden. Tobias lag mit dem Gesicht auf dem Boden, der Neuankömmling war ihm auf den Rücken gesprungen und drosch wütend auf ihn ein. Ermutigt von der Hilfe durch den Kumpel ging auch Otto wieder zum Angriff über. Yıldız holte aus und versetzte ihm einen kräftigen Tritt zwischen die Beine. Der Gnom krümmte sich vor Schmerz. Chris versuchte das Handgemenge zu nutzen und langte nach der zerbrochenen Bierflasche auf dem Boden. Yıldız entging das nicht. Es reichte. Sie zog ihre Waffe, lud durch und brüllte.

»Halt!« Sie richtete die Pistole auf das Gesicht des Blonden. »Halt! Oder ich puste dir das Hirn weg!« Sie wandte sich an die anderen. »Polizei! Keine Bewegung!«

Der junge Nazi verharrte reglos und riss vor Angst die Augen auf, als er das Wort Polizei hörte.

»Okay, okay, wir ergeben uns.« Er hob die Hände. »Wieso haben Sie nicht gleich gesagt, dass Sie Polizisten sind?«

*

Im kahlen Vernehmungsraum saß Otto am einzigen Tisch, den bis oben hin mit Wasser gefüllten Plastikbecher hatte er nicht angerührt. Nach Kräften bemühte er sich, Yıldız und Tobias, mit denen er sich ein paar Stunden zuvor geprügelt hatte, zu überzeugen. »'tschuldigung, tut uns wirklich leid, wir hätten uns nicht so benommen, wenn wir gewusst hätten, dass Sie Polizisten sind.«

Er hatte sich das Blut aus dem Gesicht gewischt, auf der krummen Nase und dem unförmigen Kopf prangten weiße Pflaster. Seine Stimme klang komisch, das lag wohl an dem dicken Verband, den er auf der Nase hatte. Kaum hatte er erkannt, dass er ins Fettnäpfchen getreten war, legte er den Raufbold ab und verwandelte sich in einen höflichen Mitbürger.

»Wir sind nicht gegen den Staat. Wir haben kein Problem mit der deutschen Polizei.«

Angesichts des neuen Nazityps kam Yıldız in den Sinn, was ihr Vater seinerzeit erzählt hatte. Auch in der Türkei hätten die Faschisten stets auf Seiten des Staates gestanden. Wenn sie Arbeiter attackierten, die für ihre Rechte streikten, oder eine Kundgebung junger Leute stürmten, die gegen die repressive Regierungspolitik protestierten, stellten sie sich sogleich auf die Seite der Polizei, sobald diese eintraf, und sagten: »Wir verteidigen Staat und Fahne gegen Miesmacher und Verräter.« Ob Deutsche oder Türken, Faschisten waren also überall gleich. Menschliche Werte kannten sie nicht. Zum Schutz des Staates war alles erlaubt. Und alles, was der Staat tat, war ebenfalls legitim. Denn der Staat war heilig. Den Führer, der den Staat lenkte, betrachteten sie als eine Art Gott. Einen starken, mutigen, weisen und gnadenlosen Gott. Bei dem Gedanken Gott fiel ihr Zeus ein. Der oberste Gott Zeus, den Cemal gemalt hatte. Konnte hier eine Verbindung zu dem Mord bestehen? Zwischen Berliner Nazis und dem aus Bergama hergebrachten Zeus-Altar? Sie überlegte und überlegte, fand aber nichts, nein, nein, das war Unsinn. Es gab da keine Verbindung.

»Der Penner von argentinischem Künstler hat uns verwirrt«, fuhr Otto in seiner Verteidigung fort und weckte Yıldız aus ihren Gedanken. »Rafael heißt der, oder? Ein entarteter Künstler, ein Feind Deutschlands. Er hat mit der Hand auf uns gezeigt, Sie standen neben ihm. Da haben wir das falsch verstanden. Und die Lederjacken, die Jeans, die Sie trugen ... Wir hielten Sie für linke Hausbesetzer. Sorry, ich hätte mir nie so eine Respektlosigkeit geleistet, wenn ich gewusst hätte, dass Sie Polizistin sind.«

Dabei sah er allerdings nicht Yıldız an, sondern Tobias, obwohl es ebendieser kräftige, pausbäckige Polizist war, der ihm die Nase eingeschlagen hatte. Die Hauptkommissarin saß ihm am Vierertisch der Vernehmung gegenüber, Tobias hatte auf dem Stuhl neben der Chefin Platz genommen. Natürlich waren Ottos Gesinnungsgenossen Christopher und Matthias nicht dabei, sie waren anderweitig untergebracht.

Dass Otto sich benahm, als wären sie alte Freunde, war ein klarer Vorteil für sie. Denn hätte er einen Anwalt gefordert und diesem die Beantwortung ihrer Fragen überlassen, würde sich die Sache in die Länge ziehen. Deshalb war es wichtig, den Anschein von Freundschaft zumindest eine Zeit lang aufrechtzuerhalten. Je mehr sie den Inhaber vom Café 88 zum Reden brachten, umso besser.

»Das ist nun einmal geschehen, Herr Fischer.« Yıldız verbarg, was sie empfand. »Kommen wir zu unserer Sache. Ich muss Ihre Aussage mitschneiden, ist das für Sie in Ordnung?«

In Ottos Augen tauchte eine Wolke des Zweifels auf, doch nur kurz, rasch kehrte er zur versöhnlichen Haltung zurück.

»Natürlich können Sie das aufzeichnen. Was sollte ich dagegen haben?« Neugierig fragte er weiter: »Gibt's noch etwas anderes? Also ich meine ...«

Tobias fixierte den Mann, den er kurz zuvor verprügelt hatte, mit leerem Blick, als hätte er die Frage nicht gehört, und Yıldız drückte den Knopf vor sich und sprach Datum und Uhrzeit ins Mikrofon.

»Vernehmung des Verdächtigen Otto Fischer durch Hauptkommissarin Yıldız Karasu und Kommissar Tobias Becker«, fing sie an und hob den Blick zu dem Mann. »Sagen wir, es gibt ein paar Dinge zu klären. Mit Ihrer Hilfe ist das schnell erledigt, denken wir.«

Auf dem schiefen Gesicht des Verdächtigen erschien ein vorsichtiges Lächeln.

»Ich bin zu jeder Art Hilfe bereit, genau wie meine Freunde.«

»Danke, Herr Fischer.« Sie richtete den Blick erneut auf den Laptop. »Woher kennen Sie Rafael? Den, mit Ihren Worten, Penner von argentinischem Künstler. Hat er etwas für Ihren Betrieb gemalt?«

»Nein, mit so einem Rüpel arbeite ich nicht.« Ottos Miene drückte Verachtung aus. »Außerdem sind seine Bilder sauschlecht. Weil sich niemand für ihre Bilder interessiert, versauen sie die Wände. Der hat noch so einen türkischen Kumpanen ...«

»Cemal«, warf Tobias ein. »Cemal Ölmez. Kennen Sie den auch?«

Verdattert zögerte Otto mit der Antwort.

»Den kenne ich«, brachte er schließlich heraus. »Der ist genauso unfähig wie der andere und dazu noch dreist. Wo die eine leere Stelle finden, schmieren die ihren hässlichen Kram hin. Die beleidigen unsere Augen.«

Bedächtig hob Yıldız den rechten Zeigefinger.

»Was für eine Ausbildung haben Sie, Herr Fischer?«

»Ich hab Abitur«, gab der Mann stolz Auskunft.

»Und danach haben Sie sich außerschulisch weitergebildet?«, fragte Yıldız trocken weiter. »Ich meine in Sachen Malerei ...«

Otto verstand, worauf sie hinauswollte.

»Nein, aber man braucht keine Ausbildung, um zu erkennen, ob ein Bild schlecht ist. Was die gemalt haben, ist unterirdisch. Hundsmiserabel. Das sieht jeder auf den ersten Blick. Die Nachbarn fühlen sich auch gestört. Die haben sich bei uns beschwert ...«

»Beschwert? Bei Ihnen?« Yıldız hob die Brauen. »In welcher Eigenschaft denn? Sind Sie Polizist oder ein für Sicherheit zuständiger Beamter?«

Wieder im Fettnäpfchen, erkannte der Neonazi.

»Nein, das nicht, Frau Kommissarin. Die Polizei hat ja so viel zu tun ...«

»Also kommen die Nachbarn zu Ihnen, statt sich mit der Bürokratie herumzuärgern«, schützte Tobias Beistand vor. »Als Bürger übernehmen Sie Verantwortung und weisen Ausländer, die die öffentliche Ordnung stören, indem sie Bilder an Mauern malen, in die Schranken ...«

Otto zögerte, denn er war nicht sicher, ob Tobias es ernst meinte.

»Also nicht gerade in die Schranken weisen, aber wir tun, was wir können.« Er wandte sich erneut Yıldız zu. »Verstehen Sie das bitte nicht falsch. Wir haben größten Respekt vor Leuten, die sich wie Sie voll integriert haben und in staatlichen Diensten sogar bis zum Hauptkommissar aufgestiegen sind. Aber Typen, die in Berlin immer noch wie in Asien herumlaufen, die sich hier benehmen, als wären sie im Nahen Osten, die müssen wir verwarnen.«

Solche Reden hatte Yıldız so oft gehört, dass sie sich nicht mehr darüber ärgerte, sie richtete den Blick erneut auf den Laptop.

»Zu diesem Zweck organisieren Sie auch Patrouillen. Und greifen ein, wenn sich jemand nicht so benimmt, wie Sie es für richtig halten.«

Otto verstand, dass Yıldız seine Akte auf dem Bildschirm hatte, machte aber keinen Rückzieher.

»Auf der Museumsinsel mitten in Berlin zocken Albaner mit Glücksspiel, Rumänen betrügen die Leute unter dem Deckmantel der Hilfe, Türken sind mit dem Riesenbordell Artemis vor aller Augen in Prostitution unterwegs. Hunderte Diebe, Bettler und Betrüger aus Unterrassen laufen hier rum. Die beschmutzen unsere Stadt vom Aussehen her und auch im Inneren.«

»Und auf die Wände malen sie Regenbogenbilder«, murmelte Tobias höhnisch.

Otto hörte den Spott heraus.

»Das ist kein unschuldiger Regenbogen, Herr Becker. Das ist die Fahne der Perversen. Das Bild ist ein Symbol für alle möglichen Perversitäten. Für Entartung jeder Art, ob sexuell, religiös oder rassisch.«

Das Geplänkel fing an Yıldız zu nerven.

»Haben Sie die Künstler, die das gemalt haben, deshalb verprügelt?«

Otto bemerkte die Wut in den Worten der Hauptkommissarin, er wollte beschwichtigen, bekam aber nicht die Gelegenheit dazu.

»Was für ein Pech, dass einer dieser Künstler noch besser kämpfen als malen konnte. Da mussten Sie eine Tracht Prügel einstecken, obwohl Sie die doch in die Schranken weisen wollten. Zu allem Unglück mussten Sie das Feld auch noch ohne Ihr Kampfmesser räumen.«

»Was?« Ottos schiefes Kartoffelgesicht wurde schmutzig gelb. »Was für ein Kampfmesser?«

Yıldız gab sich erstaunt. »Na, das Messer, das Sie bei sich tragen. Das Messer mit dem bestimmten Griff. Eins von der Art, das man auch als Bajonett auf ein Gewehr stecken kann. Eins von den scharfen, die die ruhmreiche Armee Ihres Führers benutzt hat. Das Kampfmesser, das Sie heute geschwungen haben, um meinem Kollegen das Gesicht zu ritzen.« Ohne Otto eine Chance zum Antworten zu lassen, wandte sie sich an ihren Assistenten. »War es nicht so, Toby? Wollte Herr Fischer dir nicht mit dem scharfen Messer ein Mal ins Gesicht ritzen, das du nie wieder losgeworden wärst?«

Tobias setzte eine betrübte Maske auf. »Leider war es so.« Gekränkt sah er Otto an. »Und das wollten Sie einem ehrbaren deutschen Polizisten antun.« Er beugte sich vor. »War es nicht so? Hatten Sie nicht vor, mir das anzutun?«

Der Neonazi wusste nicht, was er sagen sollte.

»Offenbar leiden Sie unter kurzfristigem Gedächtnisschwund«, drang Yıldız auf ihn ein. »Ich kann Ihr Kampfmesser herbringen lassen. Es liegt im Asservatenbeutel drüben. Wollen Sie es sehen?«

Otto sah ein, dass er in der Falle saß, und druckste herum.

»Nein, nein, ich erinnere mich natürlich. Tut mir leid, Herr Becker. Ich hätte das niemals getan, wenn ich gewusst hätte, dass Sie Polizist sind. Außerdem haben Sie ja …« … zuerst angegriffen, wollte er sagen. »Schon gut, schon gut.« Yıldız fiel ihm rasch ins Wort, um zu vermeiden, dass das aufgezeichnet wurde. »Zurück zum Thema. Sagen Sie uns doch mal, Herr Fischer, wo waren Sie gestern Abend zwischen 23.00 und 24.00 Uhr?«

Otto kniff die Augen zusammen und fixierte die beiden Polizisten. Nein, die waren nicht seine Freunde, das hatte er kapiert, aber wie viel sie wussten, das interessierte ihn.

»Wieso denn? Was ist denn passiert?« Er verschränkte die Hände vor der Brust.

»Wie gesagt, ein unwichtiges Detail«, erklärte Yıldız gelassen. »Wir müssen die Angaben abgleichen. Da ist Ihre Aussage von Bedeutung.«

»Verstehe …« Er stützte das Kinn auf die rechte Hand, als dächte er nach. »Um die Zeit muss ich im Café gewesen sein. Ja, ich glaube, ich war wohl im Café.«

Tobias spielte weiter den guten Bullen.

»Das müssen Sie schon deutlicher sagen, wenn Sie wollen, dass wir Ihnen helfen.«

Die und mir helfen, dachte Otto grimmig, die wollen mich in

die Falle locken. Aber er wusste, dass er die Zähne noch ein wenig zusammenbeißen musste.

»Ich war im Café. Christopher und Matthias waren bei mir. Wir haben Musik gehört und Bier getrunken.«

Wieder blickte Yıldız auf den Laptop.

»Sind Sie sicher? Waren Sie nicht mal draußen? Ich meine zwischen 23.00 und 24.00 Uhr?«

Otto blinzelte erschrocken.

»Vielleicht war ich mal draußen. Manchmal fällt mir die Decke auf den Kopf im Café, dann lauf ich eine Stunde …«

Am Tisch entstand Schweigen. Die beiden Polizisten hielten den Blick auf den Verdächtigen gerichtet. Mit zwei Fingern der Rechten klopfte Tobias rhythmisch auf den Tisch. Otto hielt die Spannung nicht länger aus. »Ja, jetzt fällt es mir ein. So gegen elf bin ich rausgegangen«, versuchte er, die Situation zu retten.

Tobias lächelte beifällig.

»Waren Christopher und Matthias bei Ihnen?«

Otto spürte, dass es nicht gut lief. Seine rechte Braue, die tiefer hing als die linke, sank noch weiter herunter.

»Die waren bei mir, na und?« Er wurde lauter. »Worauf wollen Sie hinaus?«

Yıldız lachte tonlos.

»Bleiben Sie ruhig, Herr Fischer, die Polizei will Ihnen nichts Böses. Wie Sie gerade gesagt haben, wir sind Beamten des deutschen Staates. Wir stehen auf derselben Seite. Natürlich nur, wenn Sie keine Straftat begangen haben …«

»Ich habe nichts verbrochen!«, eiferte sich der Neonazi. »Wenn es allerdings ein Verbrechen sein sollte, gegen die Ausländer zu sein, die unsere Städte wie ein Virus befallen und versuchen, uns Deutschland wegzunehmen, ist das was anderes …«

Je mehr Otto sich aufregte, desto ruhiger wurden die Polizisten.

»Kommt drauf an, was es heißt, gegen Ausländer zu sein. Kein

Problem, wenn Sie damit meinen, dass jemand im Grundgesetz verankerte Gesetze verletzt. Auch kein Problem, wenn Sie solche Taten anzeigen. Aber selbst eingreifen dürfen Sie nicht. Sie dürfen niemanden angreifen, weil er Bilder auf Wände malt. Ob Deutsche, ob aus der Türkei stammend oder aus Argentinien, Sie dürfen niemanden bedrohen. Denn sie alle stehen unter dem Schutz des deutschen Grundgesetzes. Schlimmer noch, Sie dürfen bei niemandem eindringen und ihn umbringen, weil die Person Ihnen Ihr Kampfmesser abgenommen hat. Mit dem Messer dürfen Sie Leuten nicht aus Rache das Herz rausschneiden.«

Ottos Gesicht wechselte von schmutzig gelb zu schmutzig grün.

»Das sind Diffamierungen, Sie diffamieren mich! Ich hab niemanden umgebracht, hab niemandem das Herz rausgeschnitten!« Panisch schaute er sich um. »Ich sag kein Wort mehr. Ich will meinen Anwalt!«

Yıldız war so ruhig wie ein Jäger, der weiß, dass seine Beute ihm nicht entkommen kann.

»Selbstverständlich, wie Sie wollen. Wir können Ihren Anwalt sofort anrufen, ich darf Sie aber an Folgendes erinnern: Es gibt Aufzeichnungen, die zeigen, dass Sie zum Zeitpunkt der Tat in der Nähe des Tatorts waren. Sie, Christopher und Matthias. Und es gibt Augenzeugen. Wir wissen auch, dass Sie das Kampfmesser vom Tatort mitgenommen haben. Wenn Sie mit uns kooperieren, statt Ihren Anwalt anzurufen, tun wir alles dafür, dass Sie Strafminderung erhalten ...«

Tobias nickte, wie um die Chefin zu bestätigen.

»So ist es, Herr Fischer. Der Anwalt zieht die Sache in die Länge, um sein Honorar zu erhöhen, und Sie machen sich vergeblich Hoffnungen. Mit den Zeugen und den Beweisen, die wir haben, kommen Sie nicht davon. Kommen Sie, reden Sie, das erleichtert Sie und uns auch. Obendrein fällt Ihre Strafe geringer aus.«

Ottos Schultern sanken, als wäre er schon vor Gericht gestellt, verurteilt und würde nun ins Gefängnis überstellt.

»Ich hab ihn nicht umgebracht, glauben Sie mir, ich war das wirklich nicht. Wir wollten den Türken nur einschüchtern und das Messer holen.« Reuig schüttelte er den Kopf. »Wie blöd war ich, wie dumm, wieso wollte ich unbedingt das Messer wiederhaben? Chris und Matze haben auch gesagt, lass es, ist doch nur ein Messer. Sie haben mir sogar das Kampfmesser besorgt, das Sie jetzt haben, damit ich den Gedanken aufgebe. Aber ich konnte nicht zurück, konnte mich nicht beherrschen. Aber umgebracht hab ich niemanden! Ja, wir sind zu dem Haus gegangen. Am Eingang hörten wir den Krach. Irgend so ein Heavy-Metal-Stück. Hatte ich noch nie gehört. Vor der Wohnung sahen wir, dass die Tür auf war. Wir sind rein. Da sahen wir den Maler, Cemal, er lag blutend vor dem Bild mit dem König an der Wand. Wir sind sofort abgehauen.«

Das klang ehrlich, allerdings wirkten die meisten Täter, die einen Mord nach Plan verübt hatten, bei der Vernehmung aufrichtig. Darauf zu beharren, dass er den Mord begangen hatte, würde wenig bringen, vielversprechender war es, sich auf Einzelheiten zu konzentrieren und Lügen aufzuspüren. Genau das tat Yıldız.

»Wir machen den Luminoltest, wenn auf dem Messer Blutspuren von Cemal sind, sind Sie dran …«

»Nein, da sind keine.« Ottos Lippen zitterten. »Das Messer, das Sie haben, ist doch das neue.«

»Wo ist dann das alte?«, hakte Tobias unverzüglich nach.

»Woher soll ich das wissen, wir sind weg, als wir den Mann in seinem Blut sahen, vielleicht hat der Mörder es mitgenommen …«

Die Tür ging auf, an der Seite eines uniformierten Polizisten tauchte ein schnittig gekleideter Herr auf. Mit Blick auf die Polizisten am Tisch sagte er selbstbewusst:

»Tag, Helmut Berger, ich bin Herrn Fischers Anwalt.« Er lächelte dem Verdächtigen zu. »Sie müssen nichts mehr sagen, Herr Fischer, ab sofort beantworte ich die Fragen.«

»Wer?« Otto war überraschter noch als die beiden Polizisten. »Wer hat Sie denn geschickt?«, fragte er einfältig.

»Ihre Freunde, Herr Fischer.« Helmut Berger zwinkerte vergnügt mit dem rechten seiner grünen Augen. »Ihre Freunde, die Sie niemals Ihrem Schicksal überlassen würden ...«

*

»Was wir über sie wissen, ist weniger als das, was wir nicht wissen«, hatte Markus nach der Vernehmung gesagt. »Die haben mächtige Leute hinter sich. Wenn wir nicht genug Beweise haben, kriegen wir Ärger.«

Das sagte er zwar nicht, um Otto und seine beiden Kumpane zu schützen, doch ganz offensichtlich hatte er Muffensausen. Seine Sorge war nicht unberechtigt. Was in den letzten zwanzig Jahren in Deutschland geschehen war, deutete darauf hin, dass es innerhalb des Staates eine geheime und ziemlich effektive Organisation gab, die Nazis schützte. Ohne diese zu bekämpfen, war es unmöglich, das Recht durchzusetzen. Darum wich Yıldız keinen Schritt zurück.

»Wir haben ausreichend Beweise, Markus. Ein Video von der Kamera, das zeigt, wie die Männer den Tatort verlassen, eine Zeugin, die den Streit erlebt hat, Ottos Aussage von heute, und wichtiger als all das: Vielleicht haben wir auch die Mordwaffe, das Kampfmesser.«

Die grünen Augen des Abteilungsleiters verdunkelten sich und changierten ins Blaue.

»Du sagst ›vielleicht‹, du kannst nicht sagen: ›Wir haben die Mordwaffe‹, weil du nicht sicher bist. Und eure Augenzeugin hat zwar ein paar Tage zuvor einen Streit miterlebt, aber den Mord gesehen hat sie nicht. Da ist es schwierig zu sagen, Otto und seine Männer haben die Tat begangen. Kennst du Helmut Berger? Ein forscher Anwalt. Wenn der Test negativ ausfällt, hetzt der die Presse auf uns und macht uns die Hölle heiß. Der zerreißt die Berliner Polizei in der Luft!«

»Dann musst du dafür sorgen, dass der Test sofort vorgenommen wird«, drängte Yıldız energisch. »Denn für die Familie und den Liebhaber des Opfers ist die Beweislage noch viel dünner. Zumindest haben wir noch nichts gefunden. Das Messer ist bisher der einzige handfeste Beweis.«

Nach diesem Gespräch war Yıldız nach Hause gefahren und hatte ihren Sohn zu Bett gebracht. Jetzt dachte sie wieder an die Ermittlungen. Sollte Markus doch recht haben? Cemal war nicht im Affekt ermordet worden. Selbst wenn es ein Mord aus Rache gewesen sein sollte, hatte der Mörder nicht im Affekt gehandelt, sondern die Tat minutiös geplant und kaltblütig als blutigen Kult inszeniert. Ottos plumpe Körpersprache, sein wenig intelligentes Gesicht, seine unsicheren Blicke fielen ihr ein. Auch das Verhalten von Christopher und Matthias rief sie sich ins Gedächtnis. Keiner dieser Männer wirkte, als wäre er imstande, Cemal das Herz herauszuschneiden, in seine Hände zu legen, um es Zeus darreichen zu lassen. Falls es nicht jemanden gab, der sie dirigierte. Dieser berühmte Anwalt, der mitten in die Vernehmung hereingeplatzt war, war ein Zeichen dafür, dass die drei Spießgesellen nicht allein waren. Sie mussten die Person ausfindig machen, die den Anwalt Helmut Berger ins Präsidium geschickt hatte. Wenn sie allerdings die Morde der Nazis der letzten zwanzig Jahre verglich, begegnete ihr ein solcher Mord zum ersten Mal.

»Mama, Mama …« Deniz meldete sich, schlug die Augen auf und unterbrach ihre Gedanken. Sie drückte ihrem Sohn einen Kuss auf die feuchte Stirn.

»Ich bin hier, Deniz, mein Schatz.« Sie streichelte ihm den dunkelblonden Schopf. Er umarmte sie fest und schloss erneut die Augen.

»Keine Sorge!«, kam es von der Tür, Yıldız schrak auf, und als sie aufblickte, stand ihr Vater in der Tür. Er trug ein maigrünes T-Shirt und ausgeblichene Jeans. Sein silbernes Haar war stoppelkurz geschnitten, die großen graublauen Augen in seinem schmalen Gesicht blickten liebevoll. »Er war ein bisschen beunruhigt. Gestern Nacht schlief er gut. Nur morgens auf dem Weg zur Schule fragte er: ›Heute Abend kommt Mama doch, oder?‹ ›Ja‹, sagte ich und tat so, als wäre ich beleidigt. ›Bist du denn mit deinem Opa nicht glücklich?‹ ›Doch‹, sagte er. ›Aber ich bin noch glücklicher, wenn ihr beide da seid.‹ Dein Junge ist clever.«

Yıldız grinste.

»Ich würd das eher politisch-taktisch nennen. Von wem er das wohl hat?«

Yaman stand jetzt neben seiner Tochter, hatte den Blick aber auf Deniz gerichtet.

»Von seinem Opa natürlich.« Er lächelte und ergänzte in aufgesetztem Tonfall: »Seine Mutter hat sich aus der Politik herausgehalten, lass ihn, soll sich wenigstens der Sohn mit den Problemen der Welt beschäftigen.«

»Ach, Papa, von dir kommt auch immer dasselbe. Okay, wir können die Probleme der Welt nicht lösen, aber immerhin versuchen wir in unserem Rahmen, für Gerechtigkeit zu sorgen.«

Yaman nahm seine Tochter in den Arm. »Weiß ich doch, Yıldız, Schatz, weiß ich, ich necke dich nur.« Er linste zu seinem Enkel. »Fakt ist auf jeden Fall, dass dein Sohn hübscher werden wird als ich. Wenn die Völker sich mischen, werden die Kinder hübscher. Und der Schlingel versteht es, jeden um den Finger zu wickeln.«

Betroffen schüttelte Yıldız den Kopf.

»Das ist mir als Kind nie gelungen.«

So wie Yıldız kurz zuvor ihrem Sohn über den Kopf gestreichelt hatte, strich jetzt Yaman seiner Tochter zärtlich über den Kopf.

»Glücklicherweise. Du warst als Kind immer direkt. Hast immer gesagt, was du gedacht hast. Und zwar jedem ins Gesicht. Geradeheraus. Meine aufrechte Tochter.«

Er beugte sich zu ihr und küsste Yıldız auf die Stirn, wich aber sogleich zurück.

»Du riechst nach Zigarette.« Besorgt sah er sie an. »Du hast doch nicht wieder angefangen, oder?«

»Nein, Papa, nein, ich hab nicht wieder angefangen.« Yıldız lächelte müde, aber selbstbewusst. »Tobias raucht, und ich hab den Rauch dann im Haar.« Erneut glitt ihr Blick zu Deniz, der jetzt tief und fest schlummerte.

»Gehen wir rüber.«

»Deshalb war ich hergekommen.« Yamans Augen wurden weich. »Der Kaffee wird kalt.«

Im Wohnzimmer nahm Yıldız die orangefarbene Tasse vom hellgrünen Tablett auf dem Tisch und setzte sich auf das Sofa vor dem Fenster.

Yaman blieb am Tisch stehen.

»In der Küche ist noch etwas von dem Lokum, das ich im Winter aus Istanbul mitgebracht hatte, magst du etwas davon?«

»Danke, Papa«, Yıldız sah ihn dankbar an. »Aber nein, komm, setz dich auch endlich hin. Deniz hat dich seit gestern sicher auf Trab gehalten.«

Yaman nahm seine Tasse und vergrub sich im Sessel gegenüber. Nie hätte Yıldız geglaubt, dass ihr Vater zu ihr nach Hause kommen und sich um ihren Sohn kümmern würde. Als sie klein war, benahm ihr Vater sich längst nicht so verantwortungsvoll. Er war kein schlechter Vater, aber Politik stand für ihn immer an erster Stelle. War irgendwo eine Kundgebung oder Aktion, zog er mit ihrer verstorbenen Mutter los, nachdem sie Yıldız bei der Nachbarin unten abgeliefert hatten. Es dauerte Stunden, bis sie wiederkamen. Darum war sie sicher, eine Abfuhr zu bekommen, als sie ihn das erste Mal gefragt hatte, ob er sich um Deniz kümmern würde. Doch Yaman hatte ohne jedes Zögern zugestimmt: »Selbstverständlich. Gerne!« Zunächst dachte Yıldız, er wäre notgedrungen bereit, die Aufgabe zu übernehmen, die ihm als Großvater zufiel. Doch als sie drei Mal nacheinander um seine Hilfe bat und der Bitte jedes Mal begeistert entsprochen wurde, merkte sie, dass ihr Vater gern Zeit mit Deniz verbrachte. Darüber war sie glücklich, ein wenig aber auch betrübt. Wäre er doch bloß ebenso einfühlsam gewesen, als sie noch ein Kind gewesen war. Das hatte Yaman damals nicht gekonnt, seine Tochter war natürlich wichtig gewesen, aber er konnte die Augen nicht vor dem Leid der anderen Kinder auf der Welt verschließen. Er musste sich für sie einsetzen. Yıldız war darüber längst nicht mehr wütend. Sie hatte sich mit den Tatsachen abgefunden und beobachtete jetzt dankbar den altgedienten Revolutionär an der Schwelle zum Alter, der seiner Tochter, die Polizistin geworden war, Kaffee kochte, obwohl er müde war. Sie senkte halb die Lider und nahm einen Schluck vom Kaffee.

»Mhm, schmeckt wieder so lecker … Wie machst du das bloß? So alt ich geworden bin, einen solchen Kaffee krieg ich nicht hin.«

Wehmütig blickte Yaman auf den Kaffee mit der schaumigen Crema in seiner Tasse.

»Dank deiner Mutter … Wie du weißt, trinke ich viel Kaffee. Früher noch viel mehr. Mit einer Zigarette schmeckte das wunderbar. Irgendwann hatte die Arme die Nase voll von der Kaffeekocherei. ›Es reicht‹, sagte sie. ›Mach dir deinen Kaffee selbst!‹ Sie war stur, und mir blieb nichts anderes übrig, als zu lernen, mir meinen Kaffee selbst zu kochen.« Er streifte die Wehmut ab und zwinkerte der Tochter fröhlich zu. »Eigentlich ist es ganz einfach, Yıldız, zuerst füllst du den Kaffee ein. Für zwei Personen vier gehäufte Teelöffel. Zweitens langsam aufkochen. Wie bei einem guten Essen, die Zutaten müssen stimmen. Dann bei milder Hitze kochen.«

Yıldız zuckte mit der Schulter und setzte die Tasse erneut an die Lippen.

»Keine Ahnung, ich krieg das einfach nicht hin.«

Yaman trank noch immer nicht.

»Geht es dir gut?«, fragte er plötzlich. »Franz lässt dich in Ruhe, oder?«

Yıldız setzt die Tasse auf die Armlehne des Sofas.

»Franz? Nee, Papa, das ist vorbei. Er hat begriffen, dass da nichts mehr läuft. Nächsten Monat ist der Gerichtstermin. Das wird wohl die letzte Sitzung sein. Er hat es endlich akzeptiert. Wenn es nicht um Deniz geht, ruft er auch nicht mehr an.«

Yaman deutete mit dem Kopf Richtung Schlafzimmer.

»Das Foto von euch dreien steht noch da ... Oder bist auch du dir noch nicht sicher?«

»Was hat das damit zu tun, Papa? Der Junge wollte es. Er will uns drei zusammen sehen. Deshalb steht das Foto da.« Es nervte sie, sich erklären zu müssen. »Hör zu, Papa, in meinem Leben gibt es keinen Franz mehr. Ich bin einfach nur erschöpft. Ich war vierundzwanzig Stunden im Dienst. Ein komplizierter Fall. Darüber zerbreche ich mir den Kopf.« Sie berappelte sich, rückte die Füße zurecht. »Offenbar sind die Neonazis wieder unterwegs ...«

»Die Neonazis?« Yamans Augen funkelten neugierig. »Was ist denn passiert?«

»Gestern Abend wurde jemand ermordet«, sagte sie, nachdem sie kurz gezögert hatte, unsicher, wie viel sie erzählen sollte. »Ein Mann aus der Türkei. In Neukölln. Wir haben Neonazis im Verdacht.«

»Brandstiftung?«, fragte ihr Vater aufgeregt. »Haben sie das Haus angesteckt?«

»Nein, wie kommst du darauf?«

»Vor ein paar Jahren haben sie in Neukölln die Wohnung eines Freundes angezündet«, erklärte er beunruhigt. »Ich dachte, vielleicht haben sie es wieder versucht ...«

Yıldız' Müdigkeit war wie weggeblasen.

»Wieso Brandstiftung? Wieso greifen sie nicht zu Pistole oder Messer, sondern legen Feuer?«

Darüber hatte Yaman noch nicht nachgedacht.

»Keine Ahnung, vielleicht, weil es einfach ist. Ungesehen schütten sie Benzin ins Haus und zünden es an. Den Opfern begegnen sie dabei gar nicht. Vielleicht, weil es Grauen erregt. Oder weil dann gleich mehrere umkommen. Faschisten auf der ganzen Welt stehen auf Massaker. Haben sie nicht auch im türkischen Sivas Menschen verbrannt?«

Yıldız suchte nach einer Antwort auf die Frage, die ihr im Kopf herumging, deshalb ging sie nicht weiter auf die Brutalität der Faschisten ein.

»Aber sie legen keine Brände mehr«, sagte sie. »Soweit ich weiß jedenfalls. Das Opfer von gestern Abend wurde mit einem Messer getötet.«

Yaman war nicht überrascht. »Du hast recht, die vom NSU haben ihre Opfer erschossen, auch bei dem Massaker in Hanau und dem Überfall auf die Synagoge in Halle gab es keine Brandstiftung.«

»Die Neonazis ändern also ihre Taktik.« Mehrere Gedanken gleichzeitig schossen Yıldız durch den Kopf. »Vielleicht fühlen sie sich jetzt stärker. Treten deshalb mit Waffen auf und scheuen nicht vor dreisten Taten zurück. Sie töten Menschen ganz offen, wie um zu sagen: Wir sind hier und werden euch vernichten.«

Die Unruhe in Yamans Augen breitete sich über seinen ganzen Körper aus.

»Seit dem Mauerfall sind sie viel dreister. Die Arbeitslosigkeit im Osten hat zu Ausländerfeindlichkeit geführt. Leute, die sagen: ›Wieso haben Ausländer es leichter, während ich mich als Deutscher abstrampeln muss?‹, werden zu Ausländerfeinden. Sie werden jeden Tag mehr. Das ist wirklich schlimm. Und sie werden immer mutiger ...«

»Der erste Brand wurde in Schwandorf gelegt, stimmt's?«

»Richtig, das war im Winter 1988, ein Mann namens Josef Seller zündete ein Haus an, in dem eine türkische Familie wohnte. Bei dem Brand kamen Osman Can, seine Frau Fatma, ihr Sohn Mehmet und Jürgen Hübener um.«

Yıldız warf ihrem Vater einen anerkennenden Blick zu.

»Alle Achtung, wie erinnerst du dich bloß so genau an Daten und Namen …«

Yaman stellte die Tasse auf den Couchtisch, ohne auch nur einen Schluck getrunken zu haben.

»Wir gehörten einer damals gegründeten Kommission an, deine Mutter und ich. Als Vertreter der türkischen Vereine. Wir haben einen Bericht erstellt. Deshalb erinnere ich mich an all die Fälle. Es gab noch mehr Brandstiftungen. Vier Jahre später wurde das Wohnhaus der Familie Arslan in Mölln angezündet, drei Türken starben, im Jahr darauf kamen fünf Türken um, nachdem ihr Haus angesteckt worden war. An den Brand in Ludwigshafen erinnerst du dich sicher. Auch da Verdacht auf Brandstiftung, neun Menschen starben. Ich fuhr damals nach Ludwigshafen, grauenhaft …« Seine Augen wurden feucht. »Eine Reihe schwarz verkohlter Leichen. Das war wirklich furchtbar.«

Yıldız bereute, die Frage gestellt zu haben, als sie sah, wie sehr das Thema ihren Vater mitnahm.

»Trink doch deinen Kaffee, der ist schon eiskalt.«

Yaman war nicht mehr nach Kaffee, aber er enttäuschte die Tochter nicht und hob die Tasse an die Lippen. Obwohl Yıldız ganz andere Fragen durch den Kopf gingen, fragte sie: »Was macht Brigitte?«, um das Thema zu wechseln. »Hat sie noch gar nicht angerufen?«

Brigitte war die Lebensgefährtin ihres Vaters. Eine gute Frau. Aktives Mitglied bei den Grünen. Geheiratet hatten sie nicht, das hätte Yaman als Missachtung des Andenkens seiner verstorbenen

Frau Nilüfer empfunden. Der Tochter hatte er erklärt: »So fort-schrittlich ich sonst auch sein mag, bei diesem Thema bin ich ein bisschen konservativ.« Brigitte ging es ohnehin nicht ums Heira-ten. Yıldız hoffte zwar, dass der Vater heiraten würde, dachte dabei aber nur an sich. Sie wäre beruhigt. Yaman scherte sich nicht da-rum. Sie wohnten nicht einmal zusammen. So werde es nie lang-weilig und ihre Liebe ließe nicht nach, sagten sie. Doch Yıldız wusste, dass ihr Vater Angst hatte. Er fürchtete sich davor, wieder mit einer Frau zusammenzuleben, sie zu einem Teil seines Lebens zu machen. Nach dem Tod ihrer Mutter hatte er lange gebraucht, um wieder auf die Beine zu kommen. »Sich an einen Menschen binden, das Leben mit ihm gemeinsam schultern, das macht einen schwach«, hatte er gesagt. »Das wurde mir klar, als Nilüfer ging.« Die Worte Tod und Sterben nahm er im Zusammenhang mit dem Verlust seiner Frau nie in den Mund, stets sagte er, als sie ging, als sie von uns ging, als sie uns verließ. Er wollte offenbar nicht riskieren, sich nach Nilüfer noch einmal so stark an eine Frau zu binden. Darum hielt er stets ein wenig Distanz zu Brigitte.

»Aber sicher hat sie angerufen«, beantwortete er die Frage sei-ner Tochter. »Sie ist zu ihrem Sohn nach Heidelberg gefahren. Ihr nächstes Enkelkind ist da, ein blondes Baby mit Lockenkopf und großen blauen Augen. Sie bleibt eine Woche. Ich kann mich also noch ein paar Tage um Deniz kümmern, wenn du willst.«

Er sprach aus, was ihr durch den Kopf ging.

»Das wäre super«, sagte Yıldız dankbar. »Ich bringe ihn morgen früh zur Schule, du holst ihn dann ab. Morgen wird ein anstren-gender Tag, ich weiß noch nicht, wann ich Feierabend machen kann.«

»Keine Sorge, ich kümmere mich um Deniz. Nur morgen um elf hab ich etwas vor. Da ist die Soliversammlung für die politi-schen Geflüchteten aus der Türkei in Berlin. Danach habe ich Zeit. Nach der Schule gehe ich mit ihm in den Park, er will in den Zoo, aber ich möchte nicht, dass er die Tiere da sieht. Das ist doch kein Park, es ist ein Gefängnis, das sollte sofort geschlossen werden ...«

Nach dem Putsch in der Türkei war Yaman zwei Jahre im Gefängnis gewesen, seither ertrug er es nicht, irgendein lebendiges Wesen eingesperrt zu wissen. Er trank noch einen Schluck Kaffee, dann richtete er den Blick erneut auf seine Tochter und kam auf das Thema zurück. »Bist du sicher, dass die Nazis den Mord begangen haben?«

Yıldız dachte einen Moment nach, bevor sie antwortete.

»Nicht hundertprozentig, im Vorfeld hatte es Streit mit dem Opfer gegeben. Und sie wurden zur Tatzeit am Tatort gesehen. Das Messer, das wir für die Mordwaffe halten, untersuchen die Forensiker gerade. Wenn daran Blut vom Opfer nachgewiesen wird, ist sicher, dass es Nazis waren.« Sie nahm den letzten Schluck aus ihrer Tasse. »Interessieren sich Nazis für griechische Mythologie, Papa?«

Irritiert schloss und öffnete Yaman die strahlenden Augen.

»Für griechische Mythologie? Was genau meinst du damit?«

Yıldız kratzte sich am Kopf.

»Sehen sie zum Beispiel eine Verbindung zwischen Zeus und Hitler? Was weiß ich, könnte es sein, dass sie sich mit griechischen Göttern identifizieren?«

»Griechische Götter? Zeus?« Yaman war ratlos. »Keine Ahnung. Ich kann mich auch nicht erinnern, je etwas gelesen zu haben, wo Hitler mit Zeus verglichen wird. Aber Hitler hatte ein Haus in den Alpen in Bayern. Den Berghof. Ein Teil davon wurde als Adlerhorst bezeichnet. Wie du dir vorstellen kannst, lag das Haus hoch oben. Soweit ich weiß, ist der Adler auch ein Symbol des Zeus.«

Yıldız dachte an das Gemälde am Tatort, das Bild, vor dem das Opfer gelegen hatte. Die Augen des Adlers, der auf dem Zepter in Zeus' Hand hockte, blitzten in ihrer Erinnerung jäh auf.

»Adlerhorst?«, hakte sie aufgeregt nach. »Wenn der Adler eines der Symbole von Zeus ist, könnte das Haus über den Wolken eigentlich auch an den Olymp denken lassen.«

»Was hat das denn mit dem Mord zu tun?«

»Erzähl ich später. Okay, der Zeus-Altar, ich meine den Altar im Pergamon-Museum, könnte es sein, dass die Nazis damit etwas zu tun haben?«

Ratlos lehnte Yaman sich zurück.

»Der Zeus-Altar? Was weiß ich, Tochter, ich bin doch kein Archäologe! Hab auch nie weiter zu Nazis recherchiert. Ich kenne mich eher mit Politik aus. Aber ich gehe gleich morgen in der Staatsbibliothek in der Potsdamer Straße vorbei. Schauen wir mal, ob es da eine Verbindung gibt.« Auf seiner Miene spiegelte sich die Sorge. »Bitte sei vorsichtig, Yıldız, die Nazis sind furchtbar. Außerdem werden sie vom Staat unterstützt. Mit denen ist nicht zu spaßen. Die schrecken nicht davor zurück, Polizisten umzubringen. Du weißt ja, ein Opfer der NSU-Morde war Polizistin.«

Es rührte Yıldız zu sehen, dass ihr Vater sich um sie sorgte.

»Mir passiert schon nichts.«

Yaman schüttelte beunruhigt den Kopf.

»Jedem kann alles passieren, Tochter. Die meisten von denen sind psychisch gestört. Und sie hassen Ausländer.«

»Und das sagst du.« Sie lächelte den Vater an. »Ich bin hier geboren, außerdem bin ich Polizistin. Du aber bist Ausländer und dazu noch Revolutionär. Du wärst also gleich doppelt Ziel für die Typen. Sag mal, Papa, hast du mal daran gedacht, in die Türkei zurückzugehen?«

Eine schwierige Frage. Yaman liebte sein Land, vor allem Istanbul. War die Rede von Beyoğlu, Kadıköy oder vom Bosporus, bekam er sofort feuchte Augen.

»Doch, natürlich. Aber du bist hier, mein Enkel ist hier, das Grab deiner Mutter ist hier. Außerdem hat Deutschland eine starke demokratische Tradition, auch wenn die Ausländerfeindlichkeit zunimmt. Ja, hier ist der Nationalsozialismus entstanden, aber hier steht auch eines der wichtigsten Holocaustdenkmäler der Welt. Trotz allem stellt man sich hier den negativen Seiten. Das würde ich sehr gern auch über unser Land sagen können.« Er seufzte tief. »Aber das kann ich leider nicht. Wahrscheinlich gehe ich deshalb nicht zurück. Aber vergiss trotz allem nicht, dass Ausländerfeindlichkeit eine echte Gefahr ist. Du bist in Gefahr, Yıldız. Und dass du Polizistin bist, schützt dich nicht. Im Gegenteil, es gefährdet dich nur umso mehr. Bitte sei vorsichtig, Tochter.«

Ein unbekümmertes Lächeln erhellte Yıldız' müdes Gesicht.

»Mach dir keine Sorgen, Papa, die Faschisten können mir nichts anhaben. Ich bin die Tochter eines revolutionären Vaters, hast du das etwa vergessen?«

Yıldız war spät dran. Als sie ihren Sohn in der Schule ablieferte, bat die Klassenlehrerin Hermine Krause sie um ein Gespräch. Die Leistungen des Jungen hatten nachgelassen. Deniz hing sehr an seinem Vater und war verstört, als sein Papa plötzlich auszog. Sie musste sich mehr um ihren Sohn kümmern. Nicht nur sie, auch ihr Exmann stand in der Pflicht. Wenn möglich, sollten sie sich zu dritt treffen. Warum nicht, schließlich war Franz nicht ihr Feind. Die Klassenlehrerin hatte angesprochen, was sie ohnehin wusste, und empfohlen, was sie selbst schon vorhatte. Die Frau hatte absolut recht. Yıldız hörte respektvoll zu und versprach, sich nach Kräften zu bemühen. Wieder im Auto, rief sie ihren Exmann an, doch sein Telefon war ausgeschaltet. Sie würde es wieder versuchen, denn so konnte es mit dem Jungen nicht weitergehen. Auf der Fahrt ins Präsidium dachte sie allerdings nicht mehr darüber nach, was sie für Deniz tun könnte, sondern überlegte, wie sie den Mord an Cemal aufklären sollte.

Als sie die Treppe hochlief, klingelte ihr Handy. Die Nummer des Anrufers war nicht gespeichert. Im Weitergehen nahm sie den Anruf an.

»Hallo?«

»Hallo, Frau Karasu.«

Die Stimme kam ihr bekannt vor, doch sie konnte sie nicht zuordnen.

»Ja?«

»Ich bin Peter Schimmel, wir haben uns gestern kennengelernt ...«

Aus unerfindlichen Gründen wurde Yıldız verlegen.

»Guten Tag, Herr Schimmel. Was gibt's?«

»Wenn ich störe, rufe ich später wieder an ...«

Der Mann war so höflich, das machte sie noch verlegener.

»Nein, nein, sagen Sie nur, ich höre.«

»Ich war heute Morgen in Cemals Büro ...« Er zögerte. »Ich weiß nicht, vielleicht hätte ich nicht reingehen sollen, aber ich konnte nicht anders. In seiner Schublade fand ich einen Brief. Einen Drohbrief ...«

»Was steht darin?«

Am anderen Ende war Papierrascheln zu hören.

»Ist nicht lang. Nur fünf Sätze. Ich lese vor: ›Lausiger Türke, du kommst nicht ungestraft davon. Du kriegst, was du verdient hast. Für deine Frechheit wirst du mit deinem Blut bezahlen. Warte nur. Bald schon, sehr bald ...‹ Keine Unterschrift, aber darunter ist ein Hakenkreuz.«

Das war eine gute Nachricht.

»Vielen Dank für die Information, Herr Schimmel. Fassen Sie jetzt Umschlag und Brief besser nicht mehr an, damit die Fingerabdrücke des Absenders nicht verwischen. Wir sind gleich bei Ihnen. Noch etwas: Bitte machen Sie ein Foto von Brief und Umschlag und schicken es mir. Wäre toll, wenn Sie das sofort machen könnten.«

»Selbstverständlich, schicke ich sofort. Ich bin im Büro, wir sehen uns, wenn Sie kommen.«

Nach dem Telefonat hatte Yıldız ausgesprochen gute Laune. Beschwingt lief sie durch den Flur, doch als sie in ihrem Büro Tobias mit grimmiger Miene auf sie warten sah, war ihr die Laune gleich wieder verdorben. Noch ehe sie fragen konnte, was los sei, deutete ihr Assistent auf die Berichte auf dem Tisch.

»Das Blut am Kampfmesser stammt nicht vom Opfer.«

»Wieso?« Yıldız blieb wie angenagelt stehen. »Das muss ein Irrtum sein.«

Tobias schüttelte den Kopf. »Es ist kein Irrtum, Chef, das Blut auf dem Messer stammt nicht von Cemal Ölmez. Es ist nicht einmal menschliches Blut, es stammt von einem Tier.«

Sie vertraute Tobias, eilte aber zum Tisch, griff nach den Berichten und fing noch im Stehen zu blättern an. Offenbar hatte Markus Druck gemacht, beides lag vor, die Ergebnisse der Analyse des Messers wie auch der Obduktionsbericht. Da stand es. Genau wie Tobias gesagt hatte. »Der Luminoltest und die DNA-Analyse des Messers, der mutmaßlichen Tatwaffe, ergaben keine Übereinstimmung mit dem Blut des Opfers Cemal Ölmez …« Sie hob den Kopf.

»Hat Otto doch die Wahrheit gesagt?« Sie klang enttäuscht. »Haben sie die Tat doch nicht begangen?«

Tobias sah, wie enttäuscht die Hauptkommissarin war, und wollte sie trösten.

»Es ist zu früh, das zu entscheiden, die Hinweise, die wir haben, deuten immer noch auf Otto und seine Spießgesellen hin.«

Telefonklingeln unterbrach sie, jemand rief auf dem Festnetz im Büro an. Tobias hob den Hörer ab.

»Hallo? Ja, Herr Kriminaldirektor, alles klar, wir kommen sofort.«

Er legte auf und erhob sich.

»Der Kriminaldirektor will uns sehen. Er hat die Info auch bekommen ...«

Yıldız' Laune sank in den Keller. Sie klemmte sich die Akte unter den rechten Ellbogen. »Na dann los, gehen wir.« Sie rümpfte die Nase. »Jetzt noch seine Großkotzigkeit ertragen ...«

Doch es kam anders, Markus empfing sie mit verständnisvollem Lächeln.

»Kommt, Kollegen, kommt. Setzt euch hierher.« Seine Augen, die er auf Yıldız richtete, wirkten grün und spiegelten die Farbe der Lindenblätter im Garten, deren Äste bis zu den Fenstern heranreichten. »Habt ihr euch ein bisschen erholt?«

»Ja, ich bin ausgeruht«, gab Yıldız Auskunft, während sie auf dem Sessel Platz nahm. »Danke.« Ihr Blick glitt zu ihrem Assistenten. Tobias reagierte nicht, gelassen wie üblich wartete er darauf, dass sie zur Sache kämen.

»Blut des Ermordeten konnte auf dem Messer nicht nachgewiesen werden.« Ohne Umschweife stieg Markus ins Thema ein. »Doch laut Obduktionsbericht wurde im Blut des Opfers Rohypnol und Ketamin festgestellt. Cemal wurde betäubt, bevor man ihn umbrachte. Im Bericht sind die Einzelheiten aufgeführt. Fazit, der oder die Mörder gingen höchst professionell vor.«

Yıldız konnte nicht einschätzen, worauf der Chef hinauswollte, und hörte schweigend zu. Tobias dagegen hatte keine Bedenken, seine Meinung einzuwerfen.

»Aber auch ziemlich kompliziert ...«

Markus kniff die Augen zusammen und nickte.

»Eindeutig. Das Bild vom Zeus-Denkmal, das herausgeschnittene Herz, die musikalische Untermalung. Der oder die Mörder wollten offensichtlich eine Botschaft hinterlassen. All das hätte dieser Otto niemals allein tun können. Der hat weder die physische Kraft, um Cemal zu überwältigen, noch das Hirn, um sich all diese Details auszudenken. Da steckt eine Organisation dahinter. Dass der berühmte Anwalt ein paar Stunden nach Ottos Festnahme hier auftauchte, zeigt ja, dass größere Kräfte dahinterstehen.«

Verblüfft hörte Yıldız zu. Was war geschehen, dass der Kriminaldirektor quasi über Nacht eine Kehrtwende gemacht hatte? Es würde sich zweifellos herausstellen. Sie stellte die Frage, über die sie sich den Kopf zerbrach.

»Was für eine Verbindung könnte es zwischen den Nazis und Zeus geben? Bei keinem Mord der Neonazis in Deutschland gab es je einen solchen Hinweis, eine solche Verbindung. Und in den letzten vierzig Jahren sollen Dutzende Menschen von Nazis oder Ausländerfeinden umgebracht worden sein.«

Unverzüglich verbesserte Tobias seine Chefin.

»Es sind nicht Dutzende Opfer, sondern fast zweihundert.«

»Zweihundert?« Markus hob die Brauen. »Ist das nicht ein bisschen übertrieben? Soweit ich weiß, sind es um die fünfzig.«

Tobias hatte sich offenbar gut informiert.

»Nein, die tatsächlichen Zahlen liegen sogar noch höher. Laut offiziellen Angaben des Statistischen Bundesamts haben Rechtsextreme zwischen 1990 und 2009, in nur neunzehn Jahren also, siebenundvierzig Personen getötet. Die Amadeu-Antonio-Stiftung dagegen gibt an, dass seit 1990 sogar einhundertzweiundachtzig Menschen umgebracht wurden. Und sie sagen das nicht nur, sie belegen jeden Fall mit Datum, Tatort und Namen des Opfers. Ich kann Ihnen den Bericht weiterleiten.«

Markus war beeindruckt, blieb aber zurückhaltend.

»Ja, schick mir den Bericht, den will ich sehen.«

Das war der richtige Punkt zum Eingreifen.

»Markus, das Traurige daran ist, dass wir die tatsächliche Zahl von Opfern rassistischer Mörder hätten feststellen müssen und nicht eine Stiftung.«

Der Kriminaldirektor widersprach nicht, er wandte lediglich den Blick ab. Yıldız beließ es dabei.

»Wie auch immer, was ich sagen will, ist, dass es bei keinem einzigen dieser Morde einen Hinweis auf die Mythologie oder einen griechischen Gott gab.« Sie schaute von einem Kollegen zum anderen. »Oder täusche ich mich, gibt es vielleicht doch etwas?«

»Nein.« Tobias war sich sicher. »Ganz bestimmt nicht. Die Amadeu-Antonio-Stiftung hat auch beschrieben, wie die Morde begangen wurden. Neonazis zündeten Häuser an, benutzten Schusswaffen oder Messer, prügelten zu Tode oder stürzten ihre Opfer vom Balkon. Keinem davon schnitten sie das Herz oder ein anderes Organ heraus und präsentierten es Zeus. Es gibt keinen vergleichbaren Fall.«

»Sonst hätten wir davon gehört«, pflichtete Markus ihm bei. »So etwas bleibt ja nicht unbemerkt. Selbst wenn wir es übersehen hätten, die Presse hätte es sich bestimmt nicht entgehen lassen. Nein, ich glaube nicht, dass die Neonazis etwas mit Zeus zu tun haben.«

»Was denken denn die oben?«, fragte Yıldız unverblümt, um zu erfahren, wie die Stimmung auf der Leitungsebene war. »Wollen sie die Sache vertuschen wie bei den früheren Neonazi-Morden, oder lassen sie zu, dass wir den Fall ausermitteln?«

Bislang hatte Markus den netten Chef gespielt, jetzt zeigte seine Miene Unmut.

»Warum redest du so, Yıldız? Du kannst doch nicht den kompletten Polizeiapparat beschuldigen, weil es ein paar faule Äpfel gibt. Schau, heute rief sogar der Berliner Polizeipräsident an, sagte, der Innensenator kümmere sich persönlich um den Fall. Keine Toleranz für Neonazis, sagt er. Landes- und Bundesregierung stehen hinter uns. Wir ziehen die Sache durch.«

Daher kam also Markus' Wandel. Yıldız grinste. Das entging dem Kriminaldirektor nicht.

»Was grinst du? Was ist los?«

»Nichts.« Sie wandte den Blick ab. »Gratuliere, ich hoffe, die meinen es ehrlich. Vielleicht werden wir auf diese Weise auch die faulen Äpfel los. Und die anderen hören auf, insgeheim mit den Neonazis zu sympathisieren.«

Markus wurde rot.

»Spielst du auf etwas Bestimmtes an?«

»Nicht doch«, gab sie sich unbekümmert. »Worauf sollte ich anspielen? Außerdem freue ich mich, dass du deine Meinung geändert hast.«

»Yıldız, bitte«, er blickte gekränkt, als wäre ihm Unrecht geschehen. »Mir liegt mindestens so viel wie dir daran, dass der Mörder gefasst wird. Das Opfer ist türkischstämmig, aber das stellt doch kein Hindernis dafür dar, dass der Gerechtigkeit Genüge getan wird. Im Gegensatz zum Flurfunk in dieser Behörde bin ich keineswegs ausländerfeindlich.« Er nickte zwei Mal. »Ja, ich weiß, was hinter meinem Rücken geredet wird. Aber ihr täuscht euch. Ich bin absolut kein Fan der Neonazis, kann das gar nicht sein. Mein Großvater Wilhelm wurde 1943 von den Nazis ermordet. Er war in Berlin beim antifaschistischen Widerstand. In der Prager Straße haben sie ihn umgebracht.« Er nahm das Smartphone vom Tisch, tippte ein paar Mal, dann reichte er es Yıldız. »Siehst du? Das ist der Ort, an dem mein Opa ermordet wurde.«

Verdattert zögerte Yıldız, das Telefon zu nehmen.

»Nimm es, nimm's nur. Dann siehst du es besser.«

Yıldız nahm das Telefon entgegen und verengte die Augen.

»Du kannst das Foto vergrößern«, sagte Markus. »Tipp einfach darauf.«

Das tat sie. Der Boden eines Fußwegs war auf dem Foto. Auf einem der Pflastersteine prangte eine Messingplatte. Die Stolpersteine wurden für Juden, Kommunisten oder Sozialdemokraten verlegt, die in Konzentrationslager deportiert und ermordet worden waren. Sie sollen die Menschen heute an die Gräueltaten der Vergangenheit erinnern. Der Künstler Gunter Demnig startete das Projekt zum Gedenken an die Opfer der Nazis in Deutschland, binnen kürzester Frist breitete es sich über ganz Europa aus. Yıldız hatte etliche der seit 1996 in Berlin verlegten Stolpersteine gesehen. Oft hatte sie sich gebückt, den Namen des Opfers, sein Geburtsdatum und das Datum, an dem es in die Verbannung oder in den Tod geschickt worden war, gelesen. Auf der Messingtafel auf dem Foto stand: Wilhelm Herder 1914–1943.

»Er war 29, als er ermordet wurde, mein Vater war damals gerade sechs Monate alt. Vor aller Augen wurde er von SS-Leuten an der Stelle erschossen, an der heute der Stolperstein liegt. Warum? Weil er den Befehl ›Stehen bleiben!‹ nicht befolgt hatte. Die Nazis bezeichneten ihn als Vaterlandsverräter. Sie stürmten die Wohnung und nahmen alles von meinem Opa mit. Uns blieb nicht einmal ein Foto von ihm.«

Tobias reckte den Kopf und betrachtete das Foto neugierig. Yıldız war beeindruckt, doch dass sein Großvater ein Opfer der Nazis war, machte Markus nicht automatisch glaubwürdig.

»Das tut mir leid, er war offenbar ein mutiger Mann. Wichtiger noch, er war aufrichtig. Möge er in Frieden ruhen.« Sie gab das Telefon dem Kriminaldirektor zurück. »Genau deshalb müssen wir akribisch ermitteln. Damit Kinder wie dein Vater nicht ohne Vater aufwachsen müssen. Damit sich das Drama des letzten Jahrhunderts nicht in diesem Jahrhundert wiederholt. Okay, was machen wir jetzt mit Otto?«

Markus legte das Telefon wieder auf den Tisch, unzufrieden, weil Yıldız nicht wie erhofft reagiert hatte. Wohl deshalb fuhr er barsch fort:

»Was wir mit ihm machen? Wir holen uns einen Haftbefehl. Er hat die Wohnung des Opfers zur Tatzeit verlassen und sagt selbst, dass er das Messer holen wollte. Das Mordwerkzeug ist noch nicht gefunden. Und es besteht der begründete Verdacht, dass er Cemal ermordet hat.«

Yıldız freute sich über die Worte des Direktors, die Leitung wollte also, dass die Neonazis festgesetzt wurden. Doch Tobias war nicht so optimistisch wie sie.

»Die Indizien dürften nicht ausreichen, um ihn hinter Gitter zu bringen. Kommt drauf an, wie der Staatsanwalt es beurteilt.«

»Der Mann ist mit einem Messer auf Polizisten losgegangen, reicht das nicht?«, wandte der Kriminaldirektor ein. »Wenn ihr euch nicht verteidigt hättet, hätte er womöglich auch euch umgebracht oder zumindest verletzt.«

Tobias lächelte gequält.

»Verstehen Sie mich nicht falsch, wenn ich könnte, würde ich dafür sorgen, dass der Kerl nie wieder rauskommt. Denn der greift sicher noch jemanden an. Aber Sie haben seinen Anwalt gesehen. Der Mann ist erste Sahne, der wird nicht zulassen, dass sein Mandant aufgrund dieser Indizien inhaftiert wird.«

»Sei dir da nicht so sicher«, mischte Yıldız sich ein. »Eventuell haben wir einen wichtigen Beweis. Eben rief Peter an, der Inhaber vom BLITZ. Er sprach von einem Drohbrief, den Cemal erhalten hat. Wenn wir auf dem Umschlag oder auf dem Brief Fingerabdrücke von Otto oder seinen Kumpanen finden, können wir dem Anwalt die Hände binden.«

Markus' Laune besserte sich.

»Genau, wenn wir ihre Fingerabdrücke nachweisen, kommt keiner von denen wieder raus. Holen wir uns den Brief und lassen ihn gleich analysieren.«

Yıldız stand auf.

»Genau dahin wollten wir gerade. Dann können wir uns auch gleich das Arbeitsumfeld des Ermordeten anschauen. Wir halten dich auf dem Laufenden.«

Ihr Blick lag auf Tobias, der nach wie vor auf seinem Sessel saß. Als er Yıldız' scharfe Blicke bemerkte, erhob er sich schwerfällig.

»Wir müssen erst noch mal beim Tatort vorbei, Chef«, erklärte er. »und müssen mit Peyman sprechen, dem die Überwachungskamera gehört. Unsere Jungs haben das Band, aber wir haben den Mann noch nicht vernommen. Vielleicht hat die Kamera noch mehr aufgenommen. Andere Verdächtige …«

Yıldız schenkte ihrem Assistenten einen anerkennenden Blick.

»Gut, dann fahren wir von da weiter zum BLITZ.«

Tobias stand endlich, hatte aber noch immer keine Eile.

»Tut mir leid, von da aus müssen wir erst zum Archäologischen Institut. Ich habe Haluk angerufen, den Archäologen, Cemals Cousin. Wir wollten ja mit ihm reden. Er erwartet uns im Institut.«

Es war noch früh am Morgen, noch auf Yıldız' Lippen legte sich ein müdes Lächeln.

»Alles klar, Toby, sag doch gleich, wir haben einen anstrengenden Tag vor uns.« Mit der Rechten gab sie ihrem Assistenten einen Klaps auf die breite Schulter. »Komm, fahren wir los.«

5

»Unterschätzt die Menschen nicht, erhabener Zeus.«

Am Anfang war die Unendlichkeit, dann tauchte das Schicksal auf. Der das Schicksal bestimmte und umsetzte, war ich. Nachdem ich meinen Vater und die Titanen gestürzt und in den Tartaros geschickt hatte, rief ich mein Königreich im Himmel und auf Erden aus. Ich war zwar absoluter Herrscher auf dem Thron, zögerte aber nicht, die Macht mit meinen Geschwistern zu teilen. Mir gehörte der Himmel, von hier aus regierte ich auch die Erde, Poseidon beherrschte die Meere und war auch für Erdbeben verantwortlich. Hades musste das größte Opfer bringen, ihm trug ich zwar die Herrschaft über die Unterwelt an, aber der Arme durfte nicht auf den Olymp. Ich schenkte ihm das Totenreich, wenn man das als Geschenk bezeichnen konnte. Und ich machte auf dem Olymp mit seinem wolkenverhangenen Gipfel Platz für die anderen elf Göttinnen und Götter. Zwar überließ ich ihnen mein Siegel nie ganz, doch ich half ihnen und ließ mir auch von ihnen helfen. Es kam vor, dass ich ihnen zürnte, denn sie drehten krumme Dinger hinter meinem Rücken, und mit ihren halben Hirnen schmiedeten sie Ränke gegen mich, übten einen Verrat nach dem anderen. Dennoch schickte ich diese erhabenen Wesen nicht fort. Denn die Zahl zwölf ist heilig, und es war unser gemeinsames Dasein, das den Olymp am Leben hielt.

Meine eifersüchtige Gattin Hera, die Göttin der Ehe, mit ihren weißen Armen und großen Augen; Demeter, die Göttin der

Fruchtbarkeit, mit dem schönen Haar, die einen verdorrten Stock in einen blühenden Zweig verwandelte; Aphrodite, die Göttin aus Zypern, die jeden Mann, der sie anschaute, ob Gott, Titan oder Mensch, mit Leidenschaft entflammte; meine Tochter Athene mit den Himmelsaugen, die Titanen, Göttern und Menschen an Tugend überlegen war und im Krieg die erfahrensten Feldherren vernichtete; mein geschätzter Sohn Apollon, Repräsentant des ruhigen Geistes, der das Unbekannte wusste; meine Tochter Artemis mit dem goldenen Thron, Spiegelung des Mondlichts, Schönste aller Bogenschützen, Göttin der Jagd; mein trauriger Sohn Hephaistos, der das Eisen mit Feuer bezwang und die tödlichsten Waffen herstellte, der seine Wut schluckte und gleich einem Vulkan hin und wieder ausbrach; mein Sohn Hermes, mein privater Bote, mit seinen geflügelten Sandalen, der schnellste der Götter und holder Seelenführer; mein flinker Sohn Ares, stets in Rage, Gott des Krieges und Hauptfeind der Menschen, der Festungen zerstörte; mein trunkener Sohn Dionysos, der sich mehr von Trieben als vom Verstand leiten ließ, der sich an Wein, Spiel und Kunst berauschte und in einen Teil der Natur verwandelte, und selbstverständlich mein mächtiger großer Bruder Poseidon, der Erhabene, Gott der Meere, Erdbeben und edlen Pferde.

Sie alle umgaben mich, und alle elf Göttinnen und Götter auf dem Olymp und Hades in der Unterwelt hatten in der heiligen Ordnung, die wir im Himmel und auf Erden errichtet hatten, ihre Aufgabe, alle waren von außerordentlicher Bedeutung, das letzte Wort aber sprach stets ich. Denn das Wort gehörte mir. Sämtliche Kreaturen zu Lande, zu Wasser und in der Luft schauten mir auf die Lippen. Ihrer aller Leben hing von mir ab. Denn ich war ihrer aller Vater.

Alle Tiere, von den fliegenden bis zu den fliehenden, und alle Menschen, von den klügsten bis zu den dümmsten, fürchteten mich, achteten mich, liebten mich. Der Gefühle der Tiere war ich mir sicher, denn sie waren zu arglos, um zu lügen. Der Mensch aber, diese sterbliche Kreatur, war Quelle aller nur erdenklichen Plagen, allen Ungemachs. Keinem war zu trauen, weder dem Helden noch dem Verräter, weder dem Mutigen noch dem Feigen, weder dem Schöpferischen noch dem Zerstörerischen. Nicht genug damit, dass sie einander Böses taten, sie scheuten sich auch nicht, dem Wolf und Lamm, der Blume und dem Baum, kurz allem Lebendigen Schaden zuzufügen. Ja, sie genossen das Böse geradezu. Weder mit Titanen noch mit Giganten oder Göttern musste ich mich je so sehr abmühen wie mit ihnen.

Doch obwohl sie so zerstörerisch waren, so dumm, so heuchlerisch und hinterlistig, so schwach und feige, konnte ich doch nicht umhin, sie zu lieben. Welch eigenartige Leidenschaft! Mir war, als sähe ich in ihnen zum Teil mich selbst. Es war natürlich Unsinn, in einem sterblichen Wesen Unsterbliche zu sehen. Beobachtete ich mich aber, stellte ich eine ganze Reihe Ähnlichkeiten mit den Sterblichen, genannt Mensch, fest. Diese Wahrheit gestand ich zwar niemals einem anderen Unsterblichen gegenüber ein, doch mir war sehr wohl bewusst, dass wir Götter im Grunde ebenso wankelmütig, dumm, schwach, feige, eigensüchtig, unmoralisch und vergnügungssüchtig waren wie die Menschen. Zugleich aber waren wir auch ebenso klug, mutig, stark, zuverlässig, tugendhaft und selbstlos wie sie. Es war, als wären wir die unsterbliche Version der Menschen.

Es fiel schwer, diese beschämende Tatsache anzuerkennen. Niemand sieht gern seine eigenen Fehler. Und ein Unsterblicher verglich sich schon gar nicht mit einem Sterblichen. Vielleicht missfielen die Sterblichen namens Mensch eben darum den meisten Olympiern so sehr, vor allem meinem Sohn Ares. Als sie sich vermehrten, zettelte Demeter, die Fruchtbarkeitsgöttin, sogar den Krieg von Troja an, damit die Ordnung auf Erden nicht zerstört werde. Jede Maßnahme war recht, um die Menschen aufzuhalten.

Das war keineswegs verwunderlich. Vielmehr stand ein solches Gebaren den Göttern gut zu Gesicht. Das eigentliche Problem lag bei mir. Denn ich, der mächtige Zeus, Sohn des Kronos, König über Titanen, Götter und Menschen, war außerstande, von meiner Schwäche für die Menschen abzulassen. Dabei wusste ich nicht einmal, wie und wann sie entstanden waren. Womöglich hatte es sie schon vor uns Göttern gegeben oder gar vor unseren Vorfahren, den Titanen. Obwohl sie schwache, hilflose und bedauernswerte Kreaturen waren, hielten sie ihr kurzes Leben für außerordentlich wichtig. Dabei war ihr Leben nichts anderes als ein schlichtes, elendes Abenteuer in düsteren Städten.

So war es doch. Ich rede bestimmt, denn ich war es, der diese Städte schuf und der bestimmte, wie lange jene armseligen Geschöpfe lebten. Und nicht ich allein, mitunter mischten sich auch die anderen Olympier in ihr Schicksal ein. Wir waren es, die über ihr Glück und Unglück, ihr Freud und Leid, ihre Siege und Niederlagen bestimmten. Die Geschichte eines jeden wurde auf dem Olymp in unserem Palast über den Wolken geschrieben. Gefiel uns der Verlauf der Dinge nicht, änderten wir ihn, griffen mit List in ihre Angelegenheiten ein, wandelten Gutes in Schlechtes, Liebe in Hass, Grausamkeit in Zärtlichkeit. Zu ihrer Unterhaltung schenkten wir ihnen die Liebe; wir zettelten Kriege an, damit sich herausstellte, welcher König feige und welcher tapfer war; schickten Dürren, damit sie ihre eigenen Schwächen erkannten; verbreiteten Krankheiten, damit sie nicht vergaßen, dass sie auf uns angewiesen waren. Darüber stritten wir sogar, denn jeder hatte seine Stadt, seinen König, seinen Helden, seine Volksgruppe, die er liebte.

Das wussten die Menschen. Um der von einem Gott gestellten Falle zu entgehen, riefen sie mitunter einen anderen um Hilfe an, beteten, brachten ihm wertvolle Opfer dar. Fanden sie bei einem Gott oder einer Göttin kein Gehör, wandten sie sich unverzüglich einem oder einer anderen zu. Göttinnen und Götter, denen sie einst Tempel errichtet und Opfer geweiht hatten, gerieten in Vergessenheit, eine andere Göttin, ein anderer Gott wurde erwählt, der ihnen helfen sollte. Natürlich ging diese Heuchelei niemals gut aus. Hatten sie sich den Zorn von Ares oder Athene oder Apollon oder Hermes zugezogen, kamen sie doch wieder bei mir an, flehten, bettelten, wollten, dass ich ihnen half. Meist vergab ich ihnen, manchmal aber ärgerte ich sie, rüffelte sie mit Donner, bedrohte und geißelte sie mit Blitzen. Sie fürchteten sich, jedoch nur für eine Weile. Denn eine der hervorragendsten Fähigkeiten der Kreatur namens Mensch war es zu vergessen. Sie vergaßen Gutes wie Böses, Glück wie Leid, Furcht ebenso wie Freude. Deshalb begingen sie wieder und wieder dieselben Fehler. So dumm waren die Menschen, zugleich aber waren sie ebenso listig wie unsere Hera. Zwar hatten sie nicht den Mut, sich mit Göttern anzulegen, waren aber dreist genug, gutmütige Titanen wie Prometheus zu benutzen.

Jener Prometheus, der davon überzeugt war, die Menschen noch mehr zu lieben als ich. Er wagte es, die besten Stücke vom Opfer auf dem Altar den Menschen zu geben, die schlechtesten aber mir. Er glaubte, mich hintergehen zu können. Respektlos war er, unbekümmert, sündig, obendrein hielt er sich für schlau. Was war angesichts all des Guten, das ich für die Menschen getan hatte, das Fleisch eines toten Tieres wert? Er war nicht einmal imstande, das zu verstehen. Deshalb stahl er uns Göttern das Feuer und gab es den Menschen. Dabei sind die Menschen wie Kinder, erhalten sie ein unverdientes Geschenk, tanzen sie einem auf der Nase herum. Sie kennen weder den Wert der Gabe noch des Schenkenden. Der junge Prometheus war zu unerfahren, zu träumerisch, zu romantisch, um das zu verstehen. Genau wie die Menschen brauchte auch er eine harte Strafe. Ich verhängte sie, mein Adler führte sie aus. Ich schmiedete Prometheus an den schroffsten Felsen des verschneiten Kaukasusgebirges, und Tag für Tag kam mein Adler und fraß seine Leber. Nacht für Nacht wuchs sie nach. Die göttliche Tortur sollte bis in alle Ewigkeit fortdauern, doch mein heroischer Sohn Herakles ging dazwischen. Er rührte mein Gewissen an, weckte mein Erbarmen und sorgte dafür, dass ich Prometheus vergab. Allerdings schienen die schlimmen Tage im Kaukasus dem armen Titanen den Verstand geraubt zu haben, denn von den Ketten befreit, trat er vor mich hin und sagte:

»Unterschätzt die Menschen nicht, erhabener Zeus, diese Kreaturen sind nicht geheuer. Vielleicht gab es sie schon vor Euch, vor Hera, vor Poseidon, vor Hades, vor allen Göttern, vielleicht gar vor uns, vor Kronos, vor Rheia, vor Gaia, vor Uranos, vor allen Titanen. Vielleicht sind alle ruhmreichen Titanen, herrlichen Giganten und ihr mächtigen Götter, also alle unsterblichen Wesen, bloß Einbildung der sterblichen Wesen namens Mensch. Vielleicht sind es ihre Hirne, ihr Verstand, ihre Träume, die uns erschaffen. Womöglich gäbe es uns gar nicht, wenn sie nicht an uns glauben würden, vielleicht verlieren wir ohne ihre Gebete unsere Macht. Unterschätzt sie nicht, erhabener Zeus, diese Mensch genannten Geschöpfe haben etwas Mysteriöses an sich, eine finstere Seite.«

So sprach Prometheus, und ich lachte schallend. Was sollte mysteriös sein an den armen Wesen, was für eine finstere Seite sollten sie haben? Sie waren bloß Sterbliche, Kreaturen, mit denen ich spielte, wie ich wollte, deren Schicksal und Leben ich nach Gutdünken lenkte. Ob König oder Knecht, ob alt oder jung, ob Frau oder Mann, die bedauernswerten Geschöpfe standen unter meinem Befehl. Darum waren sie bedürftig, darum beteten sie, darum nannten sie mich Vater Zeus. Und ich benahm mich wie ein echter Vater zu ihnen. Weder grausam wie mein Großvater Uranos meinen Vater, noch unbarmherzig, wie mein Vater Kronos mich behandelt hatte. Ich war ein guter Vater, ein Gott, der um seine Verantwortung wusste. Wo nötig, war ich hartherzig, wo nötig, liebevoll, wo nötig, zeichnete ich aus, wo nötig, strafte ich. Ich ließ sie nie allein, stets waren sie vor meinen Augen, stets war meine Hand über ihnen. Es gefiel mir, ihre schlichten Leben vom Olymp aus zu beobachten. Deshalb nahm ich die Warnung des rebellischen Titanen Prometheus nicht ernst. Doch ein Traum verwirrte mich, das heißt die Worte eines Knaben, mit dem ich im Traum sprach.

Mir träumte ein Fluss, doch er strömte nicht grün oder blau wie die unseres Okeanos', er war von der Farbe dunkler Erde. Der Fluss war von prächtigen Bauten gesäumt. Marmorsäulen, wolkenhohe Kuppeln, auf den Wegen eiserne Wagen, die nicht von Pferden gezogen wurden, auf den Plätzen Statuen von Göttern und Göttinnen aus Meisterhand. Die Stadt glich keiner mir bekannten. Leute gingen umher, doch auch ihre Kleider waren völlig anders. Auf der Brücke über diesem Fluss sah ich den Knaben. Er stand neben einem hochgewachsenen Mann mit dunklem Teint. Vermutlich sein Vater. Er zeigte dem Jungen die Bauten und erklärte ihm eifrig etwas. Offensichtlich machte es ihn glücklich, darüber mit dem Sohn zu reden, und der Knabe lauschte dem Vater aufmerksam. Die Liebe zwischen den beiden war sogar aus der Ferne zu spüren. Ich beneidete sie, fühlte sogar einen Stich in der Brust, weil ich väterliche Liebe nie erlebt hatte. Der Wunsch, den anständigen Vater und seinen reizenden Sohn aus der Nähe zu betrachten, überwältigte mich. Still, um sie nicht zu stören, näherte ich mich, wollte hören, worüber sie sprachen. Da drehte sich der Knabe plötzlich zu mir um. Seine olivenschwarzen Augen blickten angstvoll, als er sagte:

»Gib acht auf die Menschen, Zeus. Sie sind die Geschöpfe, denen auf Erden am wenigsten zu trauen ist. Lässt du die Zügel schleifen, werden sie dich genau wie die früheren Götter gnadenlos aus ihrem Leben streichen. Sie vergessen ohne das geringste Gefühl von Anhänglichkeit. Gib acht auf die Menschen, Zeus.«

Er sprach: »Ein Übermaß an Zuneigung und Zärtlichkeit wie auch an Strafe und Gewalt bringt sie vom Weg ab.«

Er sprach: »Sie vergessen sogar ihre Nächsten. Gleichgültig verlassen sie selbst die eigenen Kinder. Die Tränen ihrer Liebsten gelten ihnen nichts. Gib acht auf die Menschen, Zeus.«

Verblüfft wollte ich fragen, warum er so sprach, da wachte ich schweißüberströmt auf. Gut, dass Hera nicht bei mir lag, sonst hätte sie höhnisch gelacht, weil der mächtige Zeus von einem Traum erschrocken war. Ich erhob mich von meinem Lager inmitten der Wolken. Durstig trank ich den Nektar aus meinem goldenen Kelch mit zwei Henkeln bis zur Neige aus. Danach fühlte ich mich besser. Lange grübelte ich, wer der Knabe war, was er mir hatte sagen wollen, doch ich fand keine Antwort. Prometheus' Worte aber klangen mir auf einmal ganz anders in den Ohren: »Unterschätzt die Menschen nicht, erhabener Zeus, diese Kreaturen sind nicht geheuer.«

FÜNFTES KAPITEL

Die Sonne stand schon hoch, als sie das Präsidium verließen, es wurde spürbar schwül. Die drei Linden, die den Garten beschatteten, verströmten ihren Duft über die ganze Straße, wie um zu beweisen, dass das Leben nicht bloß aus tristen Gebäuden und engen Dienstwagen bestand. Doch die Menschen folgten ganz anderen Plänen als die Natur. Yıldız, die in Gedanken bei dem Mord an Cemal war, nahm den angenehmen Duft gar nicht wahr. Ihr ging es nur darum, so schnell wie möglich zum Tatort zu kommen, dann weiter zu Peter zu fahren und sich den Drohbrief anzuschauen. Sie brauchten den Brief, um die Neonazis in Gewahrsam behalten zu können. Sollten sie gar Fingerabdrücke von Otto und seinen Kumpanen auf dem Brief oder dem Umschlag finden, würde das ihren Job sehr erleichtern. Andernfalls könnten die Neonazis sich leicht aus der Affäre ziehen. Als sie zum Passat eilten, sahen sie Kommissar Kurt, der wie stets mit dem Rad zum Dienst fuhr. Kaum hatte er sie entdeckt, setzte er seinen blauen Helm ab.

»Wie läuft's?«, rief er. »Habt ihr meinen Bericht gelesen?«

Dazu war keine Zeit gewesen, sie hatten ihn nur überflogen.

»Im Blut des Opfers wurden Ketamin und Rohypnol in größeren Mengen gefunden.« Yıldız trat näher. »Soweit wir es beurteilen können, hat das Opfer sich nicht gegen den Täter gewehrt. Gab es an der Haustür oder an der Tür zum Garten Spuren von Gewalteinwirkung?«

»Ihr habt ihn nicht gelesen, stimmt's?«, fragte Kurt enttäuscht, statt zu antworten. »Was soll denn das, Yıldız? Der Kriminaldirektor ruft mich mehrfach aufgeregt an und drängelt, dass er den Bericht braucht. Ich lass alles stehen und liegen und schreibe den Bericht für euch, aber ihr lasst euch nicht einmal herab, ihn zu lesen, oder wie?«

Ertappt, Yıldız sah ihn verlegen an.

»Du hast recht, Kurt. Aber die beiden letzten Tage waren heftig. Du hast es sicher gehört, wir hatten es auch mit einem Angriff zu tun ...«

»Davon hab ich nichts gehört.« Das Eis in Kurts Miene schmolz. »Was für ein Angriff?«

»Na, eine regelrechte Schlacht. Messer, Flaschen und so weiter, drei Personen haben uns vor einer Kneipe attackiert.«

»Echt jetzt?« Schlussendlich war es ihr gelungen, Kurts Interesse zu wecken. »Wer war das?«

»Neonazis.« Yıldız legte Dramatik in ihre Stimme. »Und so was von aggressiv, als wären wir ihre persönlichen Feinde. Fast hätten sie Tobias verletzt.«

Kurt beäugte die blauen Flecken im Gesicht des Kollegen.

»Das tut mir leid, gute Besserung. Du bist okay, oder?«

»Ja, ja, alles gut.« Tobias grinste. »Den Neonazis geht es erheblich schlechter als mir. Aber ich hätte verwundet werden können. Spaß hat das nicht gemacht.« Um Verständnis heischend breitete er die Arme aus. »Deshalb haben wir es nicht geschafft, deinen Bericht zu lesen.«

Kurts Miene drückte Vergebung aus.

»Okay, okay, verstehe. Aber bitte lest, was ich geschrieben habe, da findet ihr alle Infos, die ihr braucht. Wir waren die ganze Nacht am Tatort, haben alle Möbel, jeden Fitzel bis ins Letzte durchleuchtet ...« Er wandte sich Yıldız zu. »Was hattest du noch mal gefragt? Ach ja, ob an den Türen Spuren von Gewalteinwirkung waren. Nein, weder an den Türen noch an den Fenstern war irgendetwas von Gewalteinwirkung zu sehen. Das Opfer hat den oder die Mörder selbst hereingelassen. Oder sie hatten einen Schlüssel. Aber selbst wenn das der Fall war, hat sich das Opfer nicht gewehrt, hat keinerlei Anstalten gemacht, sich zu schützen. Das heißt, der Mann hat sich entweder freiwillig dazu entschieden, geopfert zu werden, oder ihm wurde ein starkes Betäubungsmittel verabreicht.«

Den Obduktionsbericht kannte Yıldız bislang nur aus den Worten des Kriminaldirektors.

»Wie gesagt, im Blut des Opfers wurden Rohypnol und Ketamin nachgewiesen.«

Kurt nickte verstehend.

»Aha, sie haben ihn also erst betäubt, könnte sein, dass er das gar nicht mitgekriegt hat. Wenn du jemandem zwei Tabletten Rohypnol in den Drink gibst, versinkt er in Tiefschlaf. Für einen chirurgischen Eingriff wie das Herausschneiden des Herzens braucht man aber ein Medikament wie Ketamin. Das ist ein starkes Anästhetikum.«

Tobias war noch bei der vorherigen Vermutung.

»Okay, wenn das Opfer den chirurgischen Eingriff gewollt hätte, wenn er sich also freiwillig hätte opfern wollen, hätte es trotzdem Rohypnol gebraucht?«

Sonnenstrahlen fielen durch die Blätter der Linde und blendeten Kurt.

»Kommt doch hier rüber«, sagte er und ging zwei Schritte rückwärts. »Im Schatten können wir besser reden.« Die Kollegen folgten dem Vorschlag. »Ja, so ist es besser. Auf dem Fahrrad wird einem richtig heiß.« Mit dem Handrücken wischte er sich die Schweißtropfen von der Stirn. »Wo waren wir, ach ja, nein, dann wäre es nicht nötig, Rohypnol einzusetzen. Du gibst dem Mann ja Ketamin. Eine Spritze in die Muskeln. Warum sollte man ihn doppelt betäuben? Aber es müsste sich ein Forensiker den Bericht ansehen. Sie sind die Experten.«

Auch das würden sie selbstverständlich in Auftrag geben. Da aber nun einmal Kurt da war, wollte Yıldız Antwort auf die Fragen in ihrem Kopf.

»Am Tatort war kein Mordwerkzeug. Da hätte doch alles Mögliche sein müssen. Wo hat der Mörder dem Opfer das Herz rausgeschnitten? Auf dem Boden war zwar Blut, aber hätte es nicht viel mehr sein müssen?«

»Tja, das hab ich alles aufgeschrieben, hättet ihr es nur gelesen«, klagte Kurt. »Na egal, ich erzähl's euch«, fuhr er fort, als hätte er es mit ungezogenen Kindern zu tun. »Meiner Meinung nach wurde der Eingriff in dem Raum durchgeführt, in dem die Leiche gefunden wurde. Das ist ja kein kleines Zimmer, durchaus geeignet dafür. Der Mörder brauchte nur eine Plane oder etwas Ähnliches unterzulegen. Du hast recht, Yıldız, wir fanden den Raum vor, nachdem die Plane weggeräumt worden war. Vergessen wir nicht, dass das Opfer noch blutete. Ohne Plane oder eine ähnliche Abdeckung auf dem Boden hätten sie Fußspuren oder andere Indizien hinterlassen. Der oder die Mörder haben in der Tat akribisch geplant und präzise gearbeitet. Wie ihr wisst, haben wir die Mordwaffe nicht gefunden, aber wie du gesagt hast, es hätten noch weitere Instrumente dort sein müssen. Werkzeuge wie eine Gartenschere oder eine Kneifzange. Die Gerichtsmediziner haben die korrekten Bezeichnungen vermutlich genannt. Solche Werkzeuge brauchte der Mörder, denn er musste die Rippenverbindungen auftrennen, um an das Herz zu gelangen. Wir haben nichts Derartiges gefunden. Tja, wer auch immer den Mord begangen hat, muss ein Meister seines Fachs sein.«

»Und dazu noch jemand, den Cemal kannte«, ergänzte Tobias nachdenklich. »Jemand, den er vielleicht sogar sehr gut kannte, dem er vertraute. Warum sonst hätte er ihn hereinlassen sollen?«

»Für diese Schlussfolgerung ist es zu früh«, widersprach Kurt. »Das Opfer könnte seinen Mörder gekannt haben oder auch nicht.

Der Mörder könnte auch ein Lieferant, keine Ahnung, ein Handwerker oder Nachbar gewesen sein. Überlegt mal, wer so jeden Tag bei uns klingelt und wem wir aus irgendeinem Grund öffnen.«

»Schön und gut, aber wieso hätte Cemal einen Neonazi reinlassen sollen, der das Messer gegen ihn gezogen hatte?« Tobias' Frage war ebenso logisch wie Kurts Erklärung. Doch in der Welt der Unbekannten, in der alles möglich schien, gab es natürlich auch auf diese Frage eine Antwort.

»Vielleicht hat nicht Otto geklingelt«, wandte Yıldız ein. »Wir haben es mit einer Organisation zu tun. Einer blindwütigen Organisation. Otto mag nicht der Klügste sein, doch in seiner Organisation gibt es zweifellos intelligente Leute. Sollten die beschlossen haben, Cemal mit einem solchen Ritualmord zu töten, haben sie genau kalkuliert. Der Mörder könnte als Pizzabote gekommen sein, als Dealer oder als Fernsehtechniker. Sogar als Person aus dem Viertel, der Cemal vertrauen würde. Neonazis gibt es schließlich überall …«

Kurt hörte auf, mit seinem Helm zu spielen.

»Haben ihn Neonazis umgebracht?«, fragte er erstaunt. »Die Männer, die euch angegriffen haben?«

Yıldız wollte keine weiteren Informationen preisgeben.

»Wir sind nicht sicher, aber sie hatten starke Motive, Cemal umzubringen.«

Kurt fixierte das Gesicht der Hauptkommissarin.

»Damit erklärt sich auch die Recherche auf dem Computer des Opfers«, merkte er an. »Der Getötete recherchierte seit einem Monat zu Neonazis.«

Yıldız fuhr auf.

»Das ist eine wirklich wichtige Information, Kurti. Hat er nach bestimmten Namen gesucht? Kam da zum Beispiel ein Otto Fischer vor?«

Kurt versuchte sich zu entsinnen, doch vergebens.

»Da waren Namen, aber ich bin mir nicht sicher, ob ein Otto dabei war. Er hat zu ausländerfeindlichen, rechtsextremen Parteien wie NPD und AfD recherchiert. Hat nach faschistischen Organisationen wie Oldschool Society und Combat 18 gesucht. Steht alles in meinem Bericht ...«

Yıldız sah ihn dankbar an.

»Vielen Dank, wenn wir zurück sind, verkrümle ich mich in mein Büro und lese deinen Bericht. Mich interessiert aber jetzt schon deine Meinung. Was denkst du über diesen Mord?«

»Hmmm ...« Kurt holte tief Luft. »Da wurde ein religiöses Ritual inszeniert. Das war kein Mord aus Wut oder Rache oder Profitgier. Vielleicht das Werk von Spinnern, die immer noch den alten Religionen anhängen. Ihr habt den Tatort ja gesehen. Die Art und Weise, wie das Opfer ermordet wurde, das Bild an der Wand, die Musik, die haben einen alten Kult ins Heute geholt. Würden Neonazis so etwas inszenieren? Ich weiß, dass die spinnen, aber würden die so weit gehen? Da bin ich mir nicht sicher.«

»Und wenn sie täuschen wollten?« Tobias brachte eine Alternative zur Sprache. »Wenn sie nicht wollten, dass bekannt wird, dass sie diesen Mord begangen haben? Und deshalb ein solches Ritual am Tatort inszeniert haben?«

»Das ist natürlich möglich.« Kurt blickte nachdenklich. »Aber würde so eine Organisation nicht wollen, dass ihre Aktionen bekannt werden? Meines Erachtens dient die Inszenierung des Mords als Opferzeremonie genau dazu. Das ist doch kein gewöhnlicher Fall, eine Botschaft zu vermitteln ist eine wichtiger Akt. Die Aufmerksamkeit der Gesellschaft auf den Mord zu lenken, den sie begangen haben. Dafür zu sorgen, dass der Name ihrer Organisation bekannt wird. Wenn es also Neonazis waren, dann würden sie nicht versuchen, den Mord zu vertuschen, eher umgekehrt, sie würden ihn bekannt machen wollen.«

Tobias war nicht überzeugt.

»Oder auch nicht. Bei den meisten von Neonazis begangenen Morden wurden der oder die Täter bis heute nicht gefasst. In ihren Augen könnte der Mord an einem einzelnen Türken eine große Tat sein. In diesem Land gibt es Hunderte Idioten, die glauben, es wäre ein großer Gewinn für Deutschland, wenn ein Fremder weniger hier ist. Ob Otto Fischer oder andere Neonazis den Mord begangen haben, ist da irrelevant. Wichtig ist nur, einen Fremden zu töten, Ausländer zu erschrecken, zu ärgern, einzuschüchtern. Erinnerst du dich an den Mord an Walter Lübcke, dem Kasseler Regierungspräsidenten? Der Mörder tötete ihn eines Abends vor seinem Wohnhaus durch einen Kopfschuss. Eine Woche später wurde er gefasst. Es war kein Mord aus persönlichem Hass. Es konnte auch nachgewiesen werden, dass der Mörder und sein Anstifter Verbindungen zum NSU hatten. Will sagen, Neonazis bekennen sich nicht unbedingt zu jedem Mord, der auf ihr Konto geht.«

Kurt hörte dem Kollegen aufmerksam zu. Dann sagte er: »Verstehe, Toby. Was du sagst, ist logisch, aber denk du auch daran, dass wir es zum ersten Mal mit einem solchen Szenario zu tun haben. Früher zündeten sie Häuser an, prügelten Leute zu Tode, erstachen sie. Zuletzt benutzten sie auch Schusswaffen. Aber so einen Ritualmord erleben wir zum ersten Mal.« Er wandte sich an Yıldız. »Gab es Menschenopfer in heidnischen Kulturen?«

»Das wissen wir nicht.« Die Hauptkommissarin zuckte mit den Achseln. »Aber wir haben Zusammenhänge zwischen Nazis und der antiken griechischen Mythologie aufgetan.«

Kurt nickte bedächtig.

»Das ist eine wichtige Information, wenn es wirklich so ist, wie du sagst, ja, dann könnten in diesem Fall Neonazis die Täter sein. Ihr habt die Verdächtigen ja schon gefasst. Ich hoffe, sie erweisen sich so schnell wie möglich als die Schuldigen.« Er ging ein paar Schritte, zögerte dann aber und blieb stehen. »Wenn diese

Tat ein Werk von Neonazis ist, geht es weiter, fürchte ich. Ein Kopf, der ein solches Szenario austüftelt, gibt sich meines Erachtens nicht mit einem einzelnen Mord zufrieden. Die machen bestimmt weiter. Seien wir auf noch schlimmere Taten gefasst.« Er lächelte. »Passt auf euch auf, wenn es ist, wie ich vermute, habt ihr schwierige Tage vor euch.«

Yıldız warf ihm einen vielsagenden Blick zu.

»Nicht bloß vor uns, wenn es so kommt, dann auch vor dir, fürchte ich, Kurti. Du gehörst zum Team. Da wirst du dich nicht rausziehen können.«

In Cemals Straße erwartete sie eine Überraschung. Vor dem Haus, in dem die Tat verübt worden war, hatte sich eine aufgebrachte Menschenmenge mit Transparenten und Spruchbändern versammelt. Im Regen der weißen Pappelwatte boten die Demonstranten einen betörenden Anblick. Als der Passat näher kam, hörten sie auch die Parolen, die die Menge rief: »Alle zusammen gegen Faschismus! Nieder mit dem Faschismus!«

»Parken wir hier«, sagte Yıldız und deutete nach rechts. »Mit dem Wagen sollten wir uns der Menge nicht weiter nähern.«

Flink lenkte Tobias den Passat rechts ran, während Yıldız die Menge musterte. Unter den bunten Fahnen antifaschistischer Parteien, Gewerkschaften und NGOs fielen drei Transparente aus Stoff auf. Als Erstes bemerkte sie das mit gelber Schrift auf rotem Grund: »Solidarität gegen rassistische Übergriffe stärken!« In der Mitte der Menge stand auf einem anderen schwarz auf weißem Grund: »Kein Platz für Nazis!« Am besten aber gefiel ihr das Transparent, das ein blondes Mädchen und ein junger Mann von dunklerer Hautfarbe trugen, »Nie wieder Faschismus!« stand darauf. Ihr fiel ein Foto aus der Jugend ihres Vaters ein. Es zeigte Yaman bei der Maikundgebung 1977 auf dem Istanbuler Taksim-Platz. Seine Augen strahlten, er triefte vor Leidenschaft und Begeisterung. Die rechte Faust reckte er in die Luft. Auf dem Transparent hinter ihm stand: »Stopp dem Faschismus!« Eine Stunde nach der Aufnahme war auf die Kundgebung geschossen worden, vierunddreißig Menschen kamen ums Leben. Unter ihnen auch Yücel, der jüngere Bruder ihres Vaters. Das Foto hatte er von einem politischen Geflüchteten, der noch vor ihm nach Berlin gegangen war. Er war zutiefst berührt, als er es zum ersten Mal sah. Daraufhin schenkte der Freund es ihm. Aus der Türkei hatte der Vater kein einziges Foto mitgebracht. Nach dem Putsch vom 12. September 1980 hatte er eigenhändig sämtliche Fotos verbrannt, auch die aus der Kindheit und von der Hochzeit, damit die Polizisten der Diktatur die Freunde darauf nicht identifizieren könnten. Der auf dem Transparent erwähnte Faschismus war von den putschenden Militärs in der Türkei leider mit Gewalt eingeführt worden, hatte das Leben Hunderttausender zerstört, so auch das ihrer Familie, und letztlich dazu geführt, dass ihre Mutter sich eine furchtbare Krankheit zuzog und schließlich elendig daran zugrunde ging. Yıldız starrte auf die Demonstranten, als erlebte sie gerade ein Déjà-vu. Würde es etwa auch hier so kommen? Würde den Millionen Toten, aller Zerstörung und allem Leid zum Trotz erneut Faschismus dieses schöne Land ergreifen?

»Jetzt ist klar, warum unser Direktor plötzlich zum Neonazi-Feind geworden ist.« Tobias holte sie aus ihren Gedanken. »Er hat geahnt, dass Cemals Ermordung für Aufruhr sorgen würde. Guck dir das an, so viele Leute. Gestern Abend kam unser Fall in den Nachrichten. Heute gibt es im ganzen Land Demos.«

Laut, wie um die Verzweiflung, in der sie zu versinken drohte, zu verscheuchen, erwiderte Yıldız: »Gut so! Sonst werden die Schurken uns noch zum Verhängnis.«

Die beiden Polizisten schlenderten auf die Demonstranten zu, die wütend skandierten: »Nieder mit dem Faschismus!« Yıldız hoffte, unter den unbekannten Gesichtern Rafael zu entdecken.

»Wie sollen wir den Argentinier in dieser Menge finden?«, brummte Tobias genervt. »Zu Hause ist er auch nicht. Sollen wir lieber später wiederkommen, Chef?«

Das hatte die Chefin keineswegs vor, zum ersten Mal fühlte sie sich Demonstranten richtig nahe.

»Geduld, Toby, wir schauen uns um.«

Da rief jemand auf Türkisch: »Yıldız Hanım, Yıldız Hanım!« Als sie sich umdrehte, sah sie einen Mann mit dunklem Teint und kahler Stirn auf sich zukommen. Er streckte ihr die Hand entgegen.

»Guten Tag, erinnern Sie sich? Özcan Mutlu, ehemaliger Abgeordneter der Grünen. Wir haben uns letztes Jahr kennengelernt. Am Engelbecken, als die Leiche im Park gefunden wurde.«

Yıldız' Augen funkelten.

»Ja klar, ich entsinne mich, Herr Mutlu«, entgegnete Yıldız auf Deutsch. »Wie geht es Ihnen?«

Özcan verzog gequält die Miene.

»Wie soll es mir gehen, Frau Karasu? Cemals Tod hat uns schlimm getroffen.« Auch er war ins Deutsche gewechselt. »Die Nazis werden immer dreister.« Um sich zu versichern, fragte er: »Das waren doch Neonazis, oder?«

Beunruhigt glitt sein Blick zu dem deutschen Polizisten. Yıldız verstand sofort.

»Kommissar Tobias Becker, wir arbeiten zusammen. Zurück zu Ihrer Frage, Herr Mutlu, es ist zu früh, um etwas gesichert zu sagen, aber unter den Verdächtigen sind auch Neonazis.«

Die Antwort befriedigte den versierten Politiker nicht.

»Solche Fälle sind extrem wichtig, Frau Karasu. Das Land geht in eine schlimme Richtung. Es ist fast, als kehrten wir ins Berlin der Dreißiger zurück. Wenn die Neonazis stärker werden, werden sie auch skrupelloser. Wir brauchen Maßnahmen, sofort!«

Yıldız lächelte bitter.

»Der Meinung bin ich auch, Herr Mutlu. Als deutsche Staatsbürgerin wie auch als Frau, die Verbrechen bekämpft, teile ich Ihre Besorgnis vollkommen. Wir tun, was wir können, um auch in diesem Fall die Täter zu fassen. Herr Becker und ich klären den Fall unbedingt auf.« Sie betonte den Namen Herr Becker, um klarzustellen, dass beide nicht zu den Rassisten gehörten, die den Polizeiapparat infiltriert hatten. »Seien Sie beruhigt. Kannten Sie das Opfer denn?«

Traurig kniff Özcan die Augen zusammen.

»Er war kein enger Freund, aber ich traf ihn auf einigen Versammlungen. Er war Mitglied bei den Grünen. Zwar nicht aktiv, aber er hat uns immer unterstützt. Ein guter Mann, er half auch den Leuten in den besetzten Häusern. Da habe ich bei einem Projekt einmal mit ihm zusammengearbeitet.«

»Wir haben gehört, dass seine Familie ihn im Stich gelassen hat«, warf Tobias argwöhnisch ein.

Wozu Streit, Özcan nahm den Mittelweg.

»Er lebte sein eigenes Leben, ohne auf andere zu hören. Sagen wir, er hat den Preis dafür bezahlt, sein eigenes Leben zu leben.«

Yıldız fiel etwas anderes ein.

»Er hatte Ärger mit Neonazis. Hat er darüber mit Ihnen geredet? Hat er die Partei um Unterstützung gebeten?«

Der Grünen-Politiker erschrak.

»Nein, das höre ich gerade zum ersten Mal. Hätte er sich an die Partei gewendet, hätte ich davon gehört.« Er runzelte die Stirn. »Es gab also Ärger? Dann waren es sicher Neonazis, die Cemal umgebracht haben. Warum machen Sie das nicht publik?«

Nach kurzer, angespannter Stille erklärte Yıldız: »Es ist noch zu früh für ein Statement. Wir haben nicht genug Beweise. Wenn wir die Männer bezichtigen, ohne es beweisen zu können, verhöhnt uns die fremdenfeindliche Presse. Ein bisschen Geduld, bitte. Ich kann nur so viel sagen, die Ermittlungen laufen gut …«

Özcan wirkte nicht überzeugt, widersprach aber nicht. Er fingerte seine Karte aus der Tasche und reichte sie ihr.

»Auch wir verfolgen den Fall. Der Ermordete war Mitglied und ein Freund. Zögern Sie nicht anzurufen, wenn wir etwas tun können.«

»Danke.« Yıldız steckte die Karte ein. »Gegebenenfalls nehmen wir Kontakt auf.« Sie tastete in ihrer Tasche herum, fand aber keine eigene Karte. »Tobias, gib doch Herrn Mutlu eine von deinen Karten.« Ihr Assistent zog seine Karte heraus. Yıldız wendete sich erneut an Özcan. »Rufen Sie uns bitte auch an, wenn Sie etwas im Zusammenhang mit dem Fall hören. Egal, ob Tag oder Nacht, wir stehen vierundzwanzig Stunden bereit.«

Tobias reichte Özcan seine Karte und fragte wenig hoffnungsvoll: »Äh, wir wollten eigentlich mit Rafael sprechen. Kennen Sie ihn? Cemals Freund, haben Sie ihn gesehen?«

Özcan strahlte, als er die Karte entgegennahm.

»Den argentinischen Maler? Da vorne unter dem Transparent. Ja, da ist er. Unter dem Spruch ›Kein Platz für Nazis‹. Seine Frau ist auch dabei. Sie ist schwanger, da haben sie wohl unter dem Transparent Schatten gesucht.«

Yıldız sah sie.

»Okay, vielen Dank, auf Wiedersehen.«

Die beiden Polizisten kämpften sich durch die Menge zu dem argentinischen Maler und seiner schwangeren Frau vor.

Pilar entdeckte sie als Erste. Als sie sich sicher war, wies sie ihren Mann auf die beiden hin. Rafael lächelte breit. Da waren die beiden Polizisten auch schon fast bei ihnen, nur eine Frau mit rasiertem Kopf stand noch zwischen ihnen.

»Kommen Sie, kommen Sie!« Rafael wandte sich nach rechts. »Gehen wir hier raus.«

Er nahm seine Frau bei der Hand und strebte aus der Menge hinaus. Yıldız und Tobias folgten ihnen. Es dauerte einige Minuten, bis sie unter einer Pappel eine ruhige Stelle gefunden hatten, wo man reden konnte.

»Ich hab mich schon gefragt, wie es bei Ihnen steht«, fing Rafael besorgt an. »Wie sieht es aus, sind Otto und seine Kumpel verhaftet?«

Offensichtlich wollte er hören, dass Cemals Mörder bestraft wurden, und hoffte zugleich, dass die Bedrohung für seine Frau und ihn selbst ein Ende hatte.

»Der Haftbefehl ist unterwegs«, erklärte Yıldız ruhig. »Vorher müssen wir noch mit dem Besitzer der Überwachungskamera sprechen.«

»Mit Peyman?« Sein Blick glitt über die Menge. »Er war hier irgendwo. Pilar, siehst du ihn?«

Sie kniff die Augen zusammen und scannte das Menschenmeer.

»Da ist er, sein Sohn ist bei ihm.«

»Okay, ich hole ihn.«

Rafael drückte seiner Frau einen Kuss auf die Stirn und tauchte erneut in die Menge ein.

»Sind wir hier in Sicherheit?«

Ihre Stimme war so leise, dass Yıldız nicht verstand.

»Bitte? Was haben Sie gesagt?«

»Greifen die Neonazis uns auch an?«, drückte Pilar ihre Sorge mit anderen Worten aus und legte dabei die rechte Hand auf den Bauch. »Beschützen Sie uns?«

Yıldız wusste nicht, was sie sagen sollte, Tobias sprang ein.

»Um ehrlich zu sein, wir können nicht sagen, dass Sie hundertprozentig in Sicherheit sind. Aber die Neonazis haben im Augenblick ein Problem. Es wäre dumm, wenn sie einen neuen Angriff unternehmen. Eine Weile werden sie Ihnen nichts tun, denke ich.«

»Eine Weile?«, murmelte Pilar. »Und dann?«

Yıldız hasste es, Leuten falsche Versprechungen zu machen, doch die Argentinierin tat ihr leid.

»Keine Sorge, wir bringen die alle hinter Schloss und Riegel. Die werden noch bereuen, dass sie Cemal umgebracht haben.«

Pilars scheue Augen füllten sich mit Dankbarkeit.

»Danke, vielen Dank. Sonst geht Rafael nach Buenos Aires zurück. Weil er sich um mich sorgt. Aber seine Zukunft ist hier. Im November hat er eine Ausstellung. Dafür arbeitet er seit drei Jahren. Alle seine Pläne wären dahin.«

Yıldız drückte der Frau sanft die Schulter.

»Seien Sie unbesorgt, Rafael wird im November seine Ausstellung eröffnen.«

Pilar war überrascht. Die Polizistin, die vorgestern Abend so distanziert gewesen war, bemühte sich jetzt, sie zu beruhigen. Sie wollte ihr noch einmal danken, doch ihr Mann kam zurück. »So, ich habe Peyman hergebracht.« Alle drei wandten sich Rafael zu. Neben ihm stand ein Mann von mindestens eins neunzig, mit dunklem Teint, das silberne Haar fiel ihm auf die Schultern.

»Hallo«, sagte er und streckte seine Pranke aus. »Peyman Majidi, bitte, womit kann ich dienen?«

Er sprach akzentfrei Deutsch. Die beiden Polizisten stellten sich vor, dann fiel Yıldız mit der Tür ins Haus: »Uns interessiert die Nacht, in der der Mord begangen wurde. Ihre Kamera hat die Verdächtigen aufgezeichnet, aber nicht auf dem Weg zum Tatort, sondern als sie vor Ihrem Haus vorübergingen. Haben Sie oder hat jemand aus Ihrer Familie die Verdächtigen vielleicht selbst gesehen?«

Freimütig gab der Mann Auskunft, das Haar vom Wind leicht bewegt.

»Wenn Sie mit Verdächtige Otto und seine beiden Kameraden meinen, die habe ich auch vorher schon gesehen. Sie haben auch mich schon belästigt. Aber an dem Abend, an dem Cemal umgebracht wurde, habe ich sie nicht gesehen. Die sind extrem gefährlich. Unberechenbar und dreist sind sie.« Misstrauisch beäugte er die beiden Polizisten. »Denn was sie tun, zahlt sich für sie aus. Sie kriegen Unterstützung aus dem Apparat.«

Yıldız verstand sehr wohl, was er sagen wollte, überging es aber.

»Sie kannten Cemal also? Waren Sie eng mit ihm befreundet?«

»Wir waren Nachbarn, ja«, erklärte Peyman. »Ich kannte ihn gut genug, um zu wissen, dass er ein guter Typ ist. Ich weiß nicht, was Rafael denkt, aber meiner Meinung nach war er auch ein guter Maler. Er saß an einem großen Projekt. Er wollte die Skulpturen malen, die am Zeus-Altar den Krieg zwischen Göttern und Giganten darstellen. Als er mir davon erzählte, habe ich ihn sogar gewarnt: Lass das lieber!«

»Wieso denn?«, unterbrach ihn Tobias. »Warum wollten Sie nicht, dass er das macht?«

»Weil der iranische Maler Yadegar Asisi das schon getan hatte, und zwar hervorragend. Gleich gegenüber vom Pergamon-Museum, haben Sie das noch nicht gesehen?«

Davon wusste weder Yıldız noch Tobias. Als Peyman sie schweigen sah, fuhr er fort:

»Asisi hat ein Panorama von Pergamon angefertigt. Er hat die antike Stadt zu Zeiten des Römischen Reichs in Bild und Ton zum Leben erweckt. Ein herrliches Werk, gehen Sie hin, ich kann es nur empfehlen.«

Yıldız würde unbedingt hingehen, wollte jetzt aber etwas anderes wissen.

»Was hat Cemal denn gesagt, als Sie ihn warnten, das Projekt lieber sein zu lassen?«

Peyman warf ins Gesicht gefallene Haarsträhnen zurück.

»Es war ihm ziemlich egal. Ich habe sogar noch mal gesagt: ›In der Kunst hat es keinen Wert zu wiederholen, was bereits getan wurde. Die Kopie eines einmal gemalten Bildes ist Müll.‹ Er starrte mich an. ›Das weiß ich, Peyman, aber Asisi hat Pergamon unter römischer Herrschaft dargestellt, und zwar wirklich gut. Ich dagegen will die griechische Phase von Pergamon malen. Denn die Skulpturen auf dem Relief *Krieg der Götter gegen die Giganten* erzählen von griechischen Göttern. Von den unsterblichen Olympiern. Meine Ausstellung soll die gesamte griechische Mythologie der Antike zeigen. Natürlich ausgehend von den Göttern auf dem Zeus-Altar.‹ Genau das hat er gesagt. Er war fest entschlossen, selbstsicher wie jemand, der weiß, was er tut. Also bin ich nicht länger dagegen angegangen.« Er verstummte, richtete den Blick auf die Menge, in der er noch kurz zuvor gestanden hatte, wandte sich dann erneut an Yıldız. »Er wurde vor dem Bild von Zeus ermordet, das er gemalt hatte, stimmt's?«

Statt zuzustimmen, reagierte Tobias mit einer Gegenfrage.

»Ist das von Bedeutung?«

Der Blick des silberhaarigen Iraners schien zu fragen, ob sie es denn nicht bemerkt hätten.

»Auf dem Bild gab er Zeus sein eigenes Gesicht. Und auf den Skizzen im Wohnzimmer trägt Kronos das Gesicht seines Vaters. Zeus' Vater stellte er also als seinen eigenen Vater dar.«

Die Polizisten staunten, doch mehr als die Mythologie interessierte sie der Mord, ihr Fokus lag weniger auf Zeus' Vater Kronos als vielmehr auf Cemals Vater.

»Wo sind Sie Kerem begegnet?«

Peyman war verwirrt.

»Kerem? Wer soll das sein?«

Nun war es an Yıldız, verwirrt zu sein.

»Kerem ist der Vater des Opfers, also von Cemal.«

Der Silberhaarige zuckte mit den Achseln.

»Nein, den kenne ich nicht. Und dass er Kerem heißt, höre ich gerade erst von Ihnen.«

Yıldız' Frage kam prompt.

»Wenn Sie ihm nie begegnet sind, woher wissen Sie dann, dass der Kronos auf den Skizzen ihm ähnelt?«

»Cemal hat mir ein Foto seines Vaters gezeigt. Er hatte mich eingeladen, mir die Skizzen im Wohnzimmer anzusehen.« Er schaute den argentinischen Maler an. »Du warst doch auch dabei, Rafael, erinnerst du dich?«

Auf Rafaels Miene tauchte ein melancholisches Lächeln auf.

»Ja, er war total aufgeregt, nicht wahr? ›Das ist die erste Skizze, aber so sollen auch die anderen werden‹, sagte er.«

Peyman nahm dem Maler das Wort aus dem Mund.

»Und dann ergänzte er: ›Diese Ausstellung ist eine persönliche Angelegenheit für mich. Denn die Stadt Pergamon ist unmittelbar mit der Geschichte meiner Familie verknüpft. Seit Beginn der Grabungen haben fast alle Männer der Familie, auch mein Vater, dort den Spaten geschwungen und waren bei der Wiederauferstehung dieser herrlichen Stadt dabei. Deshalb gebe ich den Skulpturen des Zeus-Altars die Gesichter der Männer meiner Familie. Mein Großvater wird Uranos sein, mein Vater Kronos, ich selbst Zeus.‹ Er holte ein Foto seines Vaters heraus und zeigte es uns: ›Na, sieht es ihm ähnlich?‹«

»Ja, ja, genau das hat er gesagt«, Rafael klang verhalten begeistert. »Würde er noch leben, wäre das ein fantastisches Werk geworden. Er wollte die Bilder wenn möglich im Pergamon-Museum ausstellen. Aber das tolle Projekt blieb unvollendet ...«

Bei Peymans Worten hatte Yıldız sich über sich selbst geärgert. Wie war ihr entgangen, dass Kronos auf dem Bild aussah wie Kerem? Ihr war zwar gewesen, als würde sie den Mann von irgendwoher kennen, sie hatte aber nicht weiter darüber nachgedacht. Tobias schien das Versäumnis wenig zu kümmern, denn er kehrte an den Ausgang des Gesprächs zurück. »Haben Sie in der Mordnacht oder gegen Abend hier in der Straße jemanden gesehen, der Ihnen verdächtig vorkam? Oder war sonst etwas ungewöhnlich?«

Peyman zog die schwarzen Brauen zusammen und dachte nach.

»Da war ein Kleinbus«, sagte er schließlich. »Ja, ja, ein Kleinbus in Kobaltschwarz. Den sah ich, als es schon dunkel war. Ich war zum Rauchen auf dem Balkon.« Er sah Rafael und Pilar an. »Habt ihr den nicht gesehen? Ein schwarzer Kleinbus …«

»Ich war im besetzten Haus«, sagte Rafael. »Als ich heimkam, war es schon passiert.«

»Ich habe geschlafen«, gestand Pilar schuldbewusst. »Ich hatte Kamillentee getrunken wegen der Schmerzen, dann hab ich mich hingelegt und bin eingeschlafen. Erst die laute Musik hat mich geweckt.«

Tobias stellte die nötige Frage.

»Haben Sie das Kennzeichen des Kleinbusses gesehen?«

Peyman schüttelte den Kopf.

»Darauf hab ich gar nicht geachtet. Hätte ich es gewusst, hätte ich sicher hingeguckt. Ein Kleinbus eben. Einer von den Wagen, die da jeden Tag parken …«

»Können Sie uns die Marke nennen? Oder haben Sie ein Logo, eine Aufschrift, ein Zeichen darauf gesehen?«

Ein Hauch von Kummer überzog das Gesicht des Iraners.

»Nein, und falls ich doch etwas gesehen haben sollte, kann ich mich nicht daran erinnern. Ich kann nur sagen, dass ich einen schwarzen Kleinbus gesehen habe. Kobaltschwarz. Nur das weiß ich sicher. Und dass die Nazifiguren, die meine Kamera aufgezeichnet hat, vor meinem Haus vorüberliefen …«

*

»Was denkst du, Chef?«, fragte Tobias, ohne den Blick von dem ruhig fließenden Verkehr auf der Straße zu nehmen. »Seit wir im Auto sitzen, hast du noch kein Wort gesagt.«

Auch jetzt sagte Yıldız nichts, schaute nur weiter nachdenklich auf die Straße.

»Oder täuschen wir uns?« Diesmal drehte Tobias sich zu seiner Chefin. »Oder haben die Neonazis gar nichts damit zu tun?«

Da löste sich die Zunge der Chefin.

»Wie kommst du darauf?« Ihre Stimme klang nervös.

Tobias fürchtete, falsch verstanden worden zu sein.

»Keine Ahnung. Ich fand interessant, was der Iraner gesagt hat.«

Er sprach genau das an, was Yıldız durch den Kopf ging und zu ihrem minutenlangen Schweigen geführt hatte.

»Was genau?«

Beinahe wäre Tobias über Rot gefahren. Er stieg heftig auf die Bremse, der Passat blieb vibrierend stehen.

»Sorry, Chef, ich hab's erst in letzter Sekunde gesehen.«

Yıldız war so in Gedanken, dass sie die Vollbremsung ihres Assistenten gar nicht bemerkte.

»Du warst bei dem, was Peyman gesagt hat«, ermunterte sie ihn zum Weitersprechen. »Fandest du die Sache mit dem Bild interessant?«

»Genau, die Sache mit dem Bild. Genauer, dass Cemal dem Kronos das Gesicht seines Vaters gegeben hat. Findest du das nicht merkwürdig? Und sich selbst hat er als Zeus gemalt. Mir würde nicht gefallen, dass Götter wie mein Vater aussehen, um ehrlich zu sein. Oder dass meine Mutter wie eine Göttin lächelt. Und mich selbst als Gott zu sehen, würde ich schon gar nicht wollen. Da fürchtet man sich ja. Oder nicht?«

Richtig. Genau darüber hatte Yıldız nachgedacht, seit sie im Auto saß. Sie wollte aber lieber wissen, was ihr Assistent dachte, statt ihm die eigenen Gedanken mitzuteilen.

»Und welche Schlussfolgerung ziehst du daraus?«

Tobias nahm seine Wurstfinger vom Lenkrad und hob beide Hände in die Höhe.

»Keine Ahnung, es kam mir nur merkwürdig vor. Stell dir vor,

deine Familie lehnt dich ab. Schlimmer noch, sie haben dich verprügelt. Sie verleugnen dich. Sie hassen dich. Vielleicht denken
sie sogar daran, dich umzubringen. Und du gibst dann griechischen Göttern ihre Gesichter. Machst sie also regelrecht unsterblich. Warum solltest du das tun? Ist das nicht unlogisch, Chef?«

Seine Frage brachte Yıldız auf eine Idee.

»Im Grunde ist es nicht unlogisch …« Sie lächelte bedauernd.
»Ich weiß nicht, warum ich nicht darauf gekommen bin. Mit seinen Zeichnungen hat Cemal sich an seinem Vater gerächt. In der
griechischen Mythologie haben die Männer um den Thron gestritten. Zeus besiegte seinen Vater Kronos, aber der hatte zuvor wiederum seinen Vater Uranos entmannt.«

Tobias schnitt eine Grimasse.

»Echt brutal, oder?«

In Yıldız' Augen blitzte ein vielsagender Ausdruck auf.

»Schon, aber wie du weißt, ist der Machtkampf unter Männern
gnadenlos, Toby. Wenn wir uns Cemals Skizzen noch mal genauer
angucken, erfahren wir, wie er die Götter, also seine Familienmitglieder, deuten wollte. Und natürlich sich selbst.« Sie warf ihrem
Assistenten einen Blick zu. »Erinnerst du dich, was für ein Gefühl
der Zeus auf dem Bild bei dir auslöste?«

Tobias zuckte mit den Schultern.

»Kann mich nicht erinnern, hab irgendwie gar nicht darauf geachtet …« Sein leicht schwitzendes Gesicht drückte Bedauern aus.
»Aber wirklich, Chef, wie konnte uns ein so wichtiges Detail entgehen? Wieso haben wir nicht gemerkt, dass das Zeus-Bild Ähnlichkeit mit dem Opfer hat?«

Die Antwort darauf hatte Yıldız längst gefunden.

»Seien wir nicht unfair gegen uns selbst, Toby. Der Gott auf
dem Bild hatte eine Krone auf dem Kopf und trug einen Bart. Cemal hatte keinen Bart. Außerdem sah der Gott älter aus als Cemal.
Vergessen wir auch nicht das schummrige Licht in dem Raum. Ich

sage das nicht, um unseren Fehler zu entschuldigen, aber es gab Gründe dafür.«

»Du hast recht«, stimmte er zu. »Aber nach der Demo sollten wir noch mal zum Tatort fahren. Schauen wir uns die Wohnung im Licht der neuen Erkenntnisse noch einmal an.«

»Das machen wir später, erst absolvieren wir unsere Termine. Mal sehen, was Haluk erzählt. Am meisten interessiert mich allerdings der Drohbrief, von dem Peter sprach.«

Beide verstummten und beobachteten den nur spärlich bekleideten Schwarzen mit Rastalocken, der vor den haltenden Autos mit fünf Bällen jonglierte. Der Mann war sehr dünn, aber unglaublich gelenkig. Geschickt jonglierte er mit den Bällen und hatte die volle Aufmerksamkeit der Insassen der Autos, die vor der roten Ampel standen. Eine Sekunde bevor die Ampel auf Gelb sprang, beendete er seine Vorstellung, natürlich wollte er von den Zuschauern nicht Applaus, sondern eine Spende. Doch niemand gab etwas. Als Yıldız sah, dass die großen schwarzen Augen des Jongleurs sie anschauten, verspürte sie kurz den Impuls, ihm Geld zu geben. Doch der harte Ausdruck im Blick des jungen Mannes schreckte sie ab, sie gab ihm nichts. Bei Grün fuhr Tobias los. Eine Weile schauten sie stumm auf die Straße vor sich. Wieder war es ihr Assistent, der das Schweigen brach.

»Werden die Götter auf den Reliefs am Zeus-Altar verehrt oder verurteilt?«

Seine Gedanken waren offenbar noch bei dem Bild, das Cemal gemalt hatte.

»Soweit ich mich erinnere, werden sie verehrt. Ich glaube kaum, dass Menschen Skulpturen von Göttern herstellten, um sie zu verurteilen. Furcht und Eigeninteressen sind immer nachhaltiger als Wut, wiegen schwerer. Die Skulpturen wurden angefertigt, um den Göttern zu gefallen, um sich ihren Schutz zu sichern. Sie waren also eine Art Verehrung. Aber möglicherweise hatten die

Künstler, die sie hergestellt haben, auch Botschaften, die dem Volk nicht gefallen hätten. Dann haben sie die heimlich eingearbeitet. Versteh mich nicht falsch, ich sage nicht, dass die Skulpturen am Altar eine solche geheime Botschaft in sich tragen. Man müsste einen Experten danach fragen. Haluk Ölmez erklärt es uns sicher gleich.«

Dennoch hatte Tobias' Gedanke sie beunruhigt. Es gab so viele Indizien, die auf die Neonazis hindeuteten, ihr Assistent aber konzentrierte sich offenbar eher auf die Möglichkeit, dass der Mörder jemand aus der Familie war. Vielleicht hatte er deshalb den Termin mit Haluk Ölmez dazwischengeschoben. Um seine These zu beweisen. Sie wollte ihn nicht unter Druck setzen, kam aber nicht umhin zu fragen:

»Glaubst du, der Mord hat etwas mit dem Zeus-Bild zu tun? Meinst du also, der Grund für Cemals Ermordung war, dass er dem Gott sein eigenes Gesicht gab?«

Tobias antwortete nicht sofort. Er starrte auf den ruhig fließenden Verkehr vor sich.

»Nicht ganz, Chef. Aber ich bin doch etwas irritiert. Was für ein eigenartiger Fall. Ich meine nur, wir sollten nichts übersehen, während wir uns auf Otto und seine Leute fokussieren. Schreiben wir es der Fantasie zu, dass er Zeus' Gesicht wie sein eigenes gemalt hat, aber warum sollte er die Familienmitglieder malen, die ihn rausgeschmissen haben?«

Eine berechtigte Frage, doch Yıldız hatte das Gefühl, diskutieren zu müssen.

»Offenbar hat dich nicht überzeugt, dass Cemal seine Familie schlecht dastehen lassen wollte. Gut, sagen wir, er wollte die Bilder nicht malen, um sich an seinem Vater, seiner Mutter oder den Brüdern zu rächen, sondern umgekehrt, um ihnen seine Liebe zu beweisen. Um sie, wie du es nanntest, unsterblich zu machen. Was folgt daraus? Okay, seine Familie hat ihn mies behandelt, aber vielleicht liebte Cemal sie nach wie vor. Oder er hoffte, sie würden ihr Verhalten eines Tages bereuen, und plante, sie zu beschämen.«

Damit konnte Tobias gar nichts anfangen, doch er wollte der Chefin nicht widersprechen. Er nickte, ohne den Blick von der Straße abzuwenden.

»Das wäre natürlich möglich, vielleicht sollte die Integration der Familienmitglieder in sein Projekt auch ein Weg zur Versöhnung sein. Ja, das ist denkbar.« Er warf Yıldız einen Blick zu. »Aber du musst schon zugeben, dass es eher ungewöhnlich wäre.«

Bevor sie antworten konnte, klingelte ihr Telefon. Franz.

»Moment, Toby«, sagte sie und nahm das Gespräch an. »Hallo, Franz, wie geht's?«

»Hallo, Yıldız«, antwortete ihr Exmann. »Mir geht's gut, bin ziemlich spät ins Bett gegangen, tut mir leid, ich hab deinen Anruf nicht gehört. Und du, wie geht es dir, wie geht's Deniz?«

»Mir geht's gut, aber es gibt Probleme mit Deniz. Heute Morgen war ich in der Schule und habe mit Frau Krause gesprochen.«

»Frau Krause?«

Sie hätte gern barsch reagiert, unterließ es aber.

»Die Klassenlehrerin, wir haben doch letztes Jahr mit ihr gesprochen.«

Franz lachte unverschämt.

»Okay, okay, ich erinnere mich, diese Dicke …«

»Genau, diese füllige Frau. Sie sagt, Deniz ist abgesackt. Er lässt den Unterricht schleifen. Es fällt ihm schwer, sich zu konzentrieren. Sie sagt, wir müssen mehr Zeit gemeinsam verbringen.«

»Verstehe …« Er klang betrübt. »Ich bin bereit, ich tu, was nötig ist. Wenn du willst, komme ich nach Hause zurück. Wirklich, wieso leben wir eigentlich nicht zusammen?«

Sie wich sofort aus.

»Lenk nicht ab, Franz. Es geht nicht um unsere Beziehung, sondern um Deniz' Verfassung.«

»Das hängt ja miteinander zusammen. Deniz ist unser Sohn. Was ihn verstört, ist unsere Trennung.«

Yıldız war genervt.

»Wie oft haben wir darüber schon geredet, fangen wir nicht wieder von vorne an«, entgegnete sie verdrossen. »Du hast genau verstanden, was ich sagen wollte. Frau Krause meint, wir sollen uns ein paar Mal zu dritt treffen. Es wäre gut, wenn wir wenigstens am Wochenende mal zusammen essen gehen.«

»Das können wir gern öfter machen, Yıldız, ich würde mich darüber freuen.« Jetzt klang er aufrichtig, bettelte geradezu. Das ließ Yıldız kalt.

»Einmal reicht, es geht nicht darum, was dich freuen würde, es geht darum, dass Deniz diese Phase unbeschadet übersteht.«

»Verstehe, du hast recht, ich tu, was du sagst. Wir könnten auch eine Bootsfahrt machen. Du weißt doch, Deniz liebt Bootsausflüge auf Seen.«

»Erst mal nur essen gehen«, schnappte Yıldız zurück. »Vielleicht dieses Wochenende, aber nicht, dass du es versprichst und dann doch wieder verschiebst. Deniz war total geknickt.«

»Tut mir leid, aber ein Einsatz kam dazwischen.« Als seine Exfrau nicht reagierte, fuhr er gekränkt fort: »Du hast nicht geglaubt, dass ich zu einem Einsatz musste, stimmt's? Aber ich hab die Wahrheit gesagt, Yıldız. Ich hab seit drei Tagen nicht vernünftig geschlafen. Am Wochenende war ich in Hamburg. Sonntagabend fanden wir auf einem Frachter eine große Menge Heroin. Der Bandenchef ist ein in Berlin lebender Russe.« Sein Aufstöhnen war bis ans andere Ende der Leitung zu hören. »Mein Sohn ist mir wirklich wichtig, Yıldız. Um nichts in der Welt verschiebe ich ein Treffen mit ihm. Außer für den Dienst natürlich. Das kann dir auch passieren.«

Yıldız glaubte ihm, strich aber noch nicht die Segel.

»Du hättest deinen Sohn anrufen können, um deinen Patzer wiedergutzumachen.«

»Ich hatte keine Gelegenheit dazu, du weißt doch, wie so was läuft. Der Einsatz war eine Kooperation mit der britischen Polizei. Wir hatten unsere Handys ausgeschaltet.«

Nein, auch wenn er sich auf den Kopf stellte, konnte er seine Exfrau nicht überzeugen.

»Okay, vielleicht war es diesmal so, aber all die Male davor?«

»Aber ...«, fing ihr Ex an, doch Yıldız unterbrach ihn.

»Wie auch immer, Franz, wenn wir uns einig sind, ist ja alles in Butter. Guck in den Kalender, wenn du richtig wach bist, und schreib mir eine WhatsApp, welcher Tag dir fürs Essengehen passt. Ich schreib dir auch. Tschüss dann.«

Ergeben beendete ihr Ex das Gespräch.

»Tschüss, Yıldız, wir sehen uns. Küss Deniz von mir. Vergiss nicht, ich würde alles für euch tun ...«

Yıldız drückte das Gespräch weg und murrte: »Von wegen, er würde alles tun ... Lern erst mal, dein Kind zur vereinbarten Zeit abzuholen!«

Während des Gesprächs hatte Tobias versucht, sich auf den Verkehr zu konzentrieren, um nicht mitzuhören, doch es war ihm nicht gelungen. Yıldız warf ihrem Assistenten einen verstohlenen Blick zu.

»Sorry, Toby, ich wollte dich nicht nerven, aber es war wichtig.« Ihr Assistent war plötzlich verlegen.

»Quatsch, ich bin nicht genervt. Kümmere dich nicht um mich.« Sie fuhren eine Weile, dann platzte Tobias doch heraus: »Warum habt ihr euch eigentlich getrennt?« Sogleich fürchtete er, der Chefin zu nahe getreten zu sein, und drehte ihr den Kopf zu. »Falls du darüber reden möchtest, meine ich.«

Yıldız blickte den Assistenten an, sie wollte verstanden werden, statt sich rechtfertigen zu müssen. Seine Frage störte sie nicht, sie gefiel ihr sogar.

»Eine lange Geschichte, Toby. Eine lange, komplizierte Sache.

Nur so viel: Keiner hat den anderen betrogen. In der Beziehung ist Franz aufrichtig. Er ist einer von den seltenen Exemplaren treuer Männer. Er liebte seine Mutter sehr. Ich hab sie nie kennengelernt, sie starb, als Franz jung war. Aber sie hat ihren Sohn großartig erzogen. Frauen gegenüber ist er höflich, liebevoll, sogar feinfühlig, wenn er denn seinen Verstand einsetzt …«

Tobias staunte und blickte sie an, wie um zu fragen: Warum habt ihr euch dann getrennt?

»Seine Mutter hat dermaßen an ihm geklebt, dass Franz keine Chance hatte, erwachsen zu werden, er ist ein Kind geblieben. Deshalb versteht er sich auch so gut mit Deniz. Er behandelt ihn nicht wie ein Vater, sondern als wäre er sein Freund. Du solltest sehen, wie sie zusammen spielen. Noch nie hat ihn ein Wunsch seines Sohnes genervt. Das gefällt Deniz natürlich. Im Moment jedenfalls. Jetzt, da er größer wird, braucht er keinen unsteten Freund, sondern einen echten Vater.«

Tobias hatte interessiert zugehört, aber nicht recht verstanden.

»Er ist also verantwortungslos?«

Yıldız lachte gequält.

»Ein bisschen kompliziert, nicht wahr? Ja, ich habe auch lange gebraucht, um Franz zu verstehen. Womöglich hat mich angezogen, dass er so unergründlich wirkt. Später kam dann sein wahres Selbst in all seiner Nacktheit zum Vorschein. Ich hatte einen Mann geheiratet, der die emotionale Reife eines Siebzehnjährigen besitzt. Einen Mann, der sein Leben nicht ernst nimmt und auch nicht ernst nehmen will. Der immer nur sein Vergnügen haben will. Weil seine Mutter ihm das Leben so leicht gemacht hat, weiß Franz nicht, was er tun soll, wenn es mal ein Problem gibt. Ein Mann, der nichts mit Problemen zu tun haben will, der verduftet, wenn doch mal eins auftaucht, der wie ein Erwachsener aussieht, aber nie erwachsen wird, der Luftschlösser baut und sein Leben lang wie ein junger Hüpfer leben will …«

Tobias lachte.

»Wer will nicht wie ein junger Hüpfer leben?«

»Aber dann darfst du nicht heiraten und Kinder kriegen, dann leb nach Lust und Laune allein.« Yıldız klang gereizt. »Natürlich trifft auch mich Schuld, warum heiratet man so einen Mann? Und wenn man ihn geheiratet hat, wieso machst du dann ein Kind? Tja, Liebe ist die größte Illusion auf der Welt. Hörst du, ich rede immer noch von Liebe.« Wieder regte sie sich auf. »Und er sagt auch noch, ziehen wir wieder zusammen. Er versteht überhaupt nicht, worum es geht …«

Mittlerweile war Tobias wirklich neugierig darauf, was Franz für einer war.

»Und wie ist er im Job? War er nicht Direktor im Rauschgiftdezernat?«

Yıldız nickte bestimmt.

»Im Job ist er großartig, ein hervorragender Polizist. Wirklich sehr gut. Mich hat immer gewundert, dass ein derart flatterhafter Mann so erfolgreich sein kann. Geht es um den Job, ist alles andere vergessen. Da ist der Luftikus Franz wie ausgewechselt und plötzlich absolut diszipliniert. Vielleicht weil er auch seinen Job als eine Art Spiel versteht. Mir ist nie gelungen, diese Eigenschaft von ihm zu verstehen. Und ich will das auch nicht mehr. Er mag ein guter Polizist sein, aber er ist sicher kein Mann, mit dem man zusammenleben kann. Traurig nur, dass er mich immer noch liebt.«

Tobias wollte sie trösten, als er merkte, wie traurig sie geworden war, wusste aber nicht, wie. »Vielleicht liegt es am kulturellen Unterschied«, sagte er leichthin. »Vielleicht habt ihr euch deshalb nicht verstanden.«

Auf Yıldız' wütende Miene legte sich ein ironisches Lächeln.

»Nein, der kulturelle Unterschied ist es nicht. Ich bin in vielen Dingen deutscher als er. Ich überlege, bevor ich handle, plane, bin in allen Lebensbereichen diszipliniert. Nein, am kulturellen Unterschied liegt es nicht, der Mann hat den Geist eines Kindes.«

Die Angelegenheit war nicht lösbar, da schwieg Tobias lieber.

»Egal, entschuldige noch mal, dass ich dich mit meinen Sorgen belästigt habe«, sagte Yıldız. »Kümmern wir uns um unseren Fall. Zuletzt hattest du gesagt, wir sollten Cemals Familie nicht außer Acht lassen, oder?«

Tobias wusste nicht mehr genau, was er gesagt hatte.

»Ich meinte, etwas im Verhalten des Opfers ist unstimmig. Womöglich gibt es in der Familie noch mehr, wovon wir nichts wissen.«

Ihr Assistent sprach ein Thema an, das ihr auch schon aufgefallen war, sie hielt ihre eigenen Gedanken jedoch erst einmal zurück.

»Was denn? Eine Erbschaft oder so?«

»Auch das wäre möglich.« Ihr Assistent lenkte den Passat in eine schmale Seitenstraße. »Immerhin hatten die Krach mit den Brüdern seines Opas, ein Junge kam dabei um. Aber ich denke eher an etwas im Zusammenhang mit dem Zeus-Altar. Fragst du mich, was, könnte ich es nicht sagen.« Er schwieg. Dann drehte er den Kopf zu ihr, als fiele es ihm gerade ein. »Vielleicht ein Schatz oder ein wertvolles Stück aus der Antike ...«

Darauf war Yıldız noch gar nicht gekommen, die Überlegungen ihres Assistenten waren sehr folgerichtig. Familie Ölmez hatte ein Jahrhundert lang in Pergamon gearbeitet. Womöglich hatte einer der Vorfahren ein wichtiges historisches Werk entdeckt, es vor den Archäologen verborgen und für sich beiseitegeschafft. Vielleicht hatten sie jenes antike Kunstwerk verkauft und mit dem Erlös die beiden Süßwarenläden aufgemacht. Tatsächlich war es nicht einfach, in Berlin zwei Geschäfte zu unterhalten. Cemal, der davon wusste, könnte vorgehabt haben, der Familie eine Botschaft zu übermitteln, indem er den Göttern die Gesichter von Verwandten gab. Womöglich war der Mord aus diesem Grund begangen worden, um den zum Tratschen neigenden »Verrätersohn« zum Schweigen zu bringen. Letztlich aber war das alles nur Spekulation, Gedankenspiele. In Händen hatten sie die Neonazis, die über ausreichend Motive verfügten, Cemal zu töten. Zunächst galt es, sich auf diese Verdächtigen zu konzentrieren. Selbstverständlich ohne die anderen Möglichkeiten außer Acht zu lassen. Deshalb äußerte sie sich ihrem Assistenten gegenüber nur vage.

»Keine Sorge, Toby, wir prüfen sämtliche Optionen, wenn nötig, klopfen wir an sämtliche Türen, schauen uns in sämtlichen Räumen um und reden mit allen. Lass uns erst einmal hören, was Haluk zu sagen hat.« Sie musterte die Gebäude am Ende der Gasse. »Ist es noch weit zum Archäologischen Institut?«

Ihr Assistent deutete mit einer Kopfbewegung auf eine Stelle vor ihnen.

»Nicht mehr weit, wir sind gleich da.«

*

Haluk ähnelte weder Cemal noch Kerem. In seinen grünen Augen hinter der in Metall gefassten Brille lag ein wilder Ausdruck. Seine spitze Adlernase krümmte sich scharf über den schmalen Lippen. Die Hünengestalt allerdings hatte er mit den Verwandten gemeinsam, mit denen er im Clinch lag. Er begrüßte die beiden Polizisten äußerst kühl. Von Cemals Tod hatte er gehört, schien aber nicht weiter berührt davon.

»Wir standen uns nicht sehr nahe«, hob er unwillig zu einer Erklärung an. »Vor zwei Jahren stöberte er mich auf. Er plante eine Gemäldeausstellung zum Zeus-Altar. Eigentlich eine spannende Idee. Er brauchte Informationen über die Zeit damals. Also half ich ihm.«

Während Haluk redete, betrachtete Yıldız das bunte Bild, das die komplette Wand hinter dem Schreibtisch bedeckte. Vor drei Jahren, als sie mit Franz und Deniz in der Türkei war, hatte sie die Überreste von Pergamon gesehen. Auf dem Bild aber stand ganz oben auf dem Gipfel der Trajan-Tempel, davor der Athena-Tempel, hinter diesem die zweitgrößte Bibliothek der antiken Welt, das steilste Amphitheater, das bis dahin je gebaut worden war, gleich daneben der Dionysos-Tempel und unten in all seiner Pracht der Zeus-Altar. In Gruppen vor dem Altar Menschen der damaligen Zeit, auf den Friesen der äußeren und inneren Mauern Götter und Giganten in erbittertem Kampf, auf den Stufen das Blut der Opfertiere, ganz oben auf dem Altar ein brennendes Feuer. Sie lauschte Haluk und stellte sich dabei vor, wie es gewesen wäre, damals gelebt zu haben.

»Cemals Familie hat den Tod Ihres älteren Bruders verursacht, trotzdem haben Sie ihm geholfen?«

Tobias' Stimme klang ebenso kalt wie Haluks.

Der Archäologe beugte sich im Sessel vor, stützte die Ellbogen auf den Tisch.

»Ja, mein Bruder Ihsan kam bei einem idiotischen Streit ums Leben. Ich war klein damals, aber es war keine Absicht, im Handgemenge hat ihn ein Auto erwischt.« Er kratzte sich mit der Rechten am Kinn. »Wäre es Absicht gewesen, hätte die Justiz es geahndet. Das heißt, es ist leider geschehen. Da ist nichts mehr zu machen. Und Cemal war höflich. Außerdem sollte sein Projekt auch Werbung fürs Pergamon-Museum sein, ich hatte keine Bedenken, ihm zu helfen.« Hinter der Brille musterte er die Polizisten. »Hätte ich ihm nicht helfen sollen?«

Unaufgeregt wollte er deutlich machen, wie unsinnig es war, ihn zu beargwöhnen. Tobias überhörte die Frage des Archäologen.

»Und wie hat Ihre Familie darauf reagiert? Vor allem Ihr Vater? Wie hieß er noch?«

»Davut«, half Haluk gequält weiter. »Davut Ölmez. Ich habe es ihnen nicht gesagt. Wozu? Sie hätten es nicht verstanden.«

»Aber sie haben davon erfahren, stimmt's?«, fragte Yıldız auf gut Glück. »Waren sie Ihnen böse?«

»Jemand hatte mich mit Cemal gesehen. Speziell meine Mutter war sehr traurig. Sie tadelte mich: ›Wie kannst du mit den Mördern deines Bruders reden?‹ Ich sagte, es sei ein Unfall gewesen. ›Was heißt hier Unfall, mit dem Messer in der Hand hat der Hund von Hüseyin Ihsan vor den Lkw gestoßen. Die sind alle Mörder‹, ereiferte sich mein Vater. Ich weiß nicht, wie genau es damals geschah, aber ich glaube nicht, dass Cemal einen Mord begangen hätte. So ein Mensch war er nicht. Aber ich war auch nicht in der Lage, mich gegen die Familie zu stellen. Sie hatten den Sohn verloren, den sie am meisten geliebt hatten. Um sie nicht zu verletzen, brach ich den Kontakt zu Cemal ab. Ich hab ihn seit zwei Jahren nicht gesehen.«

Sie könnten auf eine Spur gestoßen sein.

»Ihr Vater hat Ihsan am meisten geliebt?«, bohrte Tobias nach.

Haluk lächelte bitter.

»Ja, mein großer Bruder war sein Lieblingssohn.« Er überlegte kurz. »Nach Ihsans Tod wurde diese Liebe geradezu zur Obsession. Mit einem Toten konnte ich mich nicht messen. Versuchte das auch gar nicht erst …«

Haluk sprach dermaßen selbstgewiss, dass Yıldız keine Bedenken hatte zu fragen: »Dachte denn Ihr Vater, der seinen Sohn so sehr liebte, nicht an Rache?«

Jäh verschwand die Gelassenheit aus der Miene des Archäologen, er zog die Hände vom Tisch und setzte sich auf.

»Was ist das denn für eine Frage?« Er wurde laut. »Werfen Sie meinem Vater einen Mord vor? Sie haben gesagt, Sie wollen sich informieren, aber jetzt nehmen Sie meine Familie auseinander. Womöglich halten Sie auch mich für einen Mörder. Ja? Sagen Sie es nur. Wenn es so ist, rufe ich meinen Anwalt.«

»Das ist wirklich nicht nötig, Herr Ölmez.« Yıldız sah ihn um Verzeihung bittend an. »Ich glaube, wir haben uns nicht richtig ausgedrückt. Nein, wir werfen Ihnen nichts vor. Wir bitten Sie tatsächlich um Unterstützung.«

Haluk stöhnte auf und ließ sich erneut in den Sessel sinken.

»Ja, wir brauchen Ihre Hilfe.«

Der Archäologe war noch nicht beschwichtigt.

»Wer hat Ihnen das alles erzählt?« Als er keine Antwort erhielt, erging er sich in Vermutungen. »Der Geisteskranke Kerem, stimmt's? Statt uns zu beschuldigen, hätte er lieber von seiner eigenen Manie reden sollen. Kerem glaubte eine Zeit lang, er wäre Kronos.«

Yıldız und Tobias tauschten Blicke, womöglich hatte Cemal Kronos nach dem Bild seines Vaters gemalt, weil er um dessen Krankheit wusste. Der Archäologe spürte das zunehmende Interesse der Polizisten und fuhr wütend fort:

»Genau, ich rede von Zeus' Vater Kronos. Kerem hatte wirklich den Verstand verloren. Sechs Monate war er in der Klinik. Damals verstanden die Brüder sich gut. Mein Vater kümmerte sich persönlich um ihn, besuchte ihn jede Woche. ›Schön, dass du da bist, Okeanos‹, begrüßte Kerem meinen Vater. ›Sei willkommen, mein Bruder. Wir sind alle unsterblich. Stammen wir nicht aus Pergamon? Und Pergamon ist der Berg der Titanen und Götter.‹ So sprach er.«

Wenn das stimmte, gewann der Fall gerade eine ganz andere Dimension.

»Er wirkte aber keineswegs so, als ob er krank wäre«, gab Yıldız zu bedenken. »Er redete ganz vernünftig.«

»Weil er Medikamente nimmt. Nähme er die nicht, würde er wieder mit einem Zepter herumlaufen und sagen: ›Ich bin Zeus' Vater Kronos.‹ So steht es um den Mann, und da macht er meine Familie schlecht, ohne sich zu schämen.«

Dieser Sache mussten sie unbedingt nachgehen, aber sie wollten von dem Archäologen noch andere Dinge erfahren.

»Was Sie uns über Kerem Ölmez berichtet haben, wird uns sehr nützen«, sagte Yıldız, um Haluk für sich einzunehmen. »Sie können sicher sein, dass wir der Sache nachgehen. Vorher würden wir aber gern über Cemal reden. Ein Mann, den Sie gekannt haben, ein Verwandter von Ihnen wurde brutal ermordet. Man hat ihm das Herz rausgeschnitten und Zeus als Opfer dargereicht.«

Yıldız hielt den Blick auf das Gesicht des Archäologen gerichtet, die absehbare Reaktion ließ nicht auf sich warten.

»Was? Man hat sein Herz Zeus geopfert?« Entsetzt riss er die grünen Augen auf. »Was sagen Sie da? Ist das ein Scherz?«

Yıldız lehnte sich im Sessel zurück.

»Das ist leider kein Scherz. Ihr Cousin wurde in seiner Wohnung mit geöffneter Brust aufgefunden, man hatte ihm das Herz rausgeschnitten und in die Hände gelegt. An der Wand, vor der man ihn drapiert hatte, war ein Bild von Zeus. Der Tatort war auf eine Weise inszeniert, als würde Cemal sein eigenes Herz dem obersten Gott des Olymps darreichen. Sie kennen sich da besser aus, gab es bei den antiken Griechen Menschenopfer?«

Noch immer schockiert vom soeben Gehörten, rang Haluk um Fassung.

»Iphigenie«, murmelte er schließlich. »König Agamemnon wollte seine Tochter Iphigenie der Göttin Artemis opfern ...«

Yıldız kannte weder den Namen des Königs noch den seiner Tochter, doch unerwartet erwies Tobias sich als Kenner: »Der König in dem Film?«, fragte er. »Der eine Bruder in dem Film *Troja*?«

Haluk bedachte ihn mit einem vernichtenden Blick.

»Ja, Agamemnon, König von Mykene, und sein Bruder Menelaos, König von Sparta. Allerdings stimmt nicht alles, was im Film gezeigt wird. Wollen Sie die historischen Tatsachen wissen, lesen

Sie besser die Arbeiten der Wissenschaftler. Künstlerische Leidenschaft verzerrt schon mal die Tatsachen.«

Tobias überhörte den arroganten Ton des Archäologen geflissentlich.

»War Helena nicht die Frau von Menelaos? Ich meine die Frau, die nach Troja entführt wurde?«

»Sie wurde nicht entführt«, korrigierte Haluk. »Sie ging aus freien Stücken, denn sie hatte sich in Paris verliebt, den Prinzen von Troja.«

Yıldız störte, dass sie sich vom Thema wegbewegten.

»Wir sprachen über Menschenopfer für Götter«, unterbrach sie und blickte den Archäologen an. »Sie erzählten von Agamemnons Tochter.«

»Richtig, die unglückliche Iphigenie. Ihr Vater Agamemnon hatte bei der Jagd einen heiligen Hirsch der Artemis geschossen. Deshalb hielt Artemis die Winde an, sodass seine Schiffe auf dem Meer stillstanden. Dabei herrschte Krieg, und er musste ihn gewinnen. Um die Göttin zu besänftigen, bot Agamemnon ihr seine Tochter als Opfer an. Er wollte der armen Iphigenie allerdings nicht das Herz herausschneiden, sondern die Kehle durchschneiden. Artemis aber tat das Mädchen leid, sie schickte einen Hirsch vom Himmel. So wurde der Hirsch geopfert, und Iphigenie lebte fortan als Priesterin in Artemis' Tempel.« In seinen grünen Augen tauchte ein Fragezeichen auf. »Aber Iphigenie war Jungfrau …«

»Soll heißen?« Yıldız wollte gern verstehen.

»Soll heißen, wenn wie in dieser Geschichte Menschen Göttern geopfert wurden, war das im Allgemeinen eine Jungfrau oder ein sehr junger Mann. Beides war Cemal nicht.«

So viel hatte Yıldız bereits verstanden, war aber über ein anderes Detail gestolpert.

»Geschichte, haben Sie gesagt, Mythologie also, wurden denn in der Realität Menschen den Göttern geopfert?«

»Selbstverständlich«, bestätigte der Archäologe. »Bei Grabungen in einem Tempel auf Kreta wurden nicht nur Skelette von geopferten Tieren gefunden, sondern auch von Menschen. Die Verletzungen an den Knochen belegen, dass sie bei Opferritualen getötet wurden. Kreta ist Erdbebengebiet. Damals glaubten die Menschen, Grund für Erdbeben sei der Zorn der Götter. Sie dachten, wenn sie den Göttern kostbare Opfer darbringen, bleiben sie von solchen Katastrophen verschont. Sie töteten die schönsten Jungfrauen, die hübschesten Jünglinge der Stadt für die Götter.« Großer Ernst legte sich auf seine Züge. »Wurde Cemal tatsächlich Zeus geopfert?«

»Sieht so aus«, sagte Yıldız. »Vielleicht will auch der Mörder oder wollen die Mörder, dass wir genau das denken, wir wissen noch nicht genau, was geschehen ist. Wie Sie selbst sagen, gibt es ein paar Unstimmigkeiten.« Sie straffte sich, als hätte sie gerade eine Idee. »Wurden denn auch auf dem Zeus-Altar Menschen geopfert?«

Haluk schüttelte den Kopf.

»Nein, das glaube ich nicht, bei den Grabungen haben wir keinen Hinweis darauf gefunden.«

»Vielleicht finden Sie noch einen«, wagte Tobias sich vor, der von Anfang an vom Archäologen herablassend behandelt wurde. »Nicht einmal König Agamemnon scheute davor zurück, seiner Tochter das Messer an die Kehle zu setzen. Ist doch so, oder, können wir denn mit Bestimmtheit sagen, es gab keine Menschenopfer, nur weil im Augenblick kein Hinweis vorliegt?«

Haluk blickte ihn voller Verachtung an.

»Das können wir sagen, Herr Becker, zwischen dem Trojakrieg und der Errichtung des Zeus-Altars liegen gut eintausend Jahre. Auf dem Altar wurden Zeus Tiere geopfert, die besten Weine oder was auch immer wertvoll war. Dafür gibt es Beweise, aber es gibt keinen Hinweis darauf, dass Menschen geopfert wurden.«

Der Archäologe sah, dass Tobias nicht überzeugt war.

»Sie verstehen es nicht, dann lassen Sie es mich so sagen: Würden Sie jemanden des Mordes bezichtigen, ohne dass es Beweise oder Zeugen dafür gibt? Sagen wir, Sie beschuldigen ihn, aber könnten Sie ihn ohne Weiteres ins Gefängnis bringen? Selbstverständlich nicht, Sie brauchen Beweise. Ebenso können auch wir ohne Beweise nicht sagen, in der Vergangenheit gab es dies und jenes. Es gibt keinen Hinweis darauf, dass auf dem Zeus-Altar Menschen geopfert wurden. Menschenopfer auf dem Zeus-Altar widersprechen auch der Philosophie, mit der der Tempel gebaut wurde.«

Ehrlich interessiert ging Yıldız dazwischen.

»Wieso das? Wieso sollten sie im Widerspruch dazu stehen? Es ist doch ein Altar, oder nicht? Soweit ich weiß, war Zeus kein sonderlich barmherziger Gott.«

Gequält seufzte der Archäologe, als wollte er sagen: Wie soll ich euch das alles erklären? Die Hauptkommissarin setzte ein freundliches Lächeln auf. »Bitte, Herr Ölmez«, sagte sie sanft. »Was Sie zu sagen haben, ist wirklich wichtig. Noch das kleinste Detail könnte uns zum Mörder führen.«

Haluk warf einen Blick auf seine Armbanduhr.

»In fünfzehn Minuten habe ich im Saal unten eine Präsentation. Wenn Sie mich nicht unnötig unterbrechen, erkläre ich es.«

Der Archäologe verhielt sich reichlich arrogant, Tobias brannte darauf, ihm seine Meinung zu sagen. Das aber wollte Yıldız verhindern. Sie mussten dafür sorgen, dass er ihnen gewogen blieb, um ihn anrufen zu können, wenn sie ihn brauchten. Sie warf ihrem Assistenten einen Blick zu, der bedeutete: Halt bloß den Mund!, dann wandte sie sich an Haluk.

»Bitte, wir hören zu.«

Der Archäologe hatte den Blickwechsel bemerkt, genoss seinen Triumph gegenüber Tobias und zierte sich nicht länger.

»Die Geschichte der Stadt Pergamon reicht weit in die Vergangenheit zurück. Ihr Stern ging in der Zeit Alexanders des Großen auf. Es geht um das Anatolien vor zweitausenddreihundert Jahren. Als der noch junge Alexander starb, wurde sein Herrschaftsbereich unter seinen Feldherren aufgeteilt. Lysimachos war einer seiner kühnsten Feldherren. In jahrelangen Schlachten hatte er einen Schatz von neuntausend Talenten Silber erbeutet, den er in Pergamon aufbewahren wollte. Denn Pergamon war eine robuste Festung auf einem schwer einzunehmenden Berggipfel. Zur Bewachung setzte er einen Getreuen als Burgherrn ein, den Eunuchen Philetairos. Neuntausend Talente waren eine gewaltige Summe, heute kämen sie 225 Tonnen Silber gleich. Es war also nach damaligen wie auch nach heutigen Maßstäben ein beachtliches Vermögen. Ein riesiger Schatz, der auch den zuverlässigsten Mann in Versuchung führen konnte. Philetairos war ein redlicher Mann, niemals hätte er veruntreut, was ihm anvertraut war. Doch die Lage in Anatolien war extrem unübersichtlich, Kriege, Aufstände, Plünderungen am laufenden Band. Bei einem dieser Kriege kam Alexanders Feldherr Lysimachos ums Leben. So fiel dem Statthalter von Pergamon und der Stadt ein gewaltiges Vermögen zu. Dieses Vermögen sollte das antike Pergamon zu einer der prächtigsten Städte machen, nicht nur Anatoliens, sondern der ganzen antiken Welt.«

Yıldız' Blick fiel erneut auf das Bild Pergamons im Hintergrund.

»Wurden all diese Paläste, Tempel und Bibliotheken mit dem Geld errichtet?«

Auf Haluks schmalen Lippen erschien ein nachsichtiges Lächeln.

»Nein, ein Teil wurde in hellenistischer Zeit errichtet, ein anderer unter römischer Herrschaft.« Er drehte den Kopf und zeigte auf ein Gebäude mit weißen Marmorsäulen an der prominentesten Stelle der Stadt. »Der Trajan-Tempel beispielsweise wurde in römischer Zeit erbaut.« Sein Finger schwebte weiter nach rechts, passierte Athena-Tempel und Bibliothek, glitt etwas nach unten und hielt auf dem Zeus-Altar inne. »Dieser Altar dagegen stammt aus hellenistischer Zeit und wurde dem obersten Gott gewidmet.«

Die Geschichte zog auch Tobias in ihren Bann.

»Ließ ihn der Mann errichten, der den Schatz bekommen hatte?«

Haluks Blick war jetzt freundlich.

»Nein, der Zeus-Altar wurde gut einhundert Jahre nach Philetairos erbaut. Philetairos war wie gesagt Eunuch, Pergamon hinterließ er seinem Neffen Eumenes I. Eumenes herrschte zweiundzwanzig Jahre lang. Auf ihn folgte sein Cousin Attalos I. Der Erbauer des Altars war Attalos' Sohn, Eumenes II. Das genaue Datum ist unbekannt, fest steht aber, dass er zwischen 197–159 v. Chr. erbaut wurde. Denn das war die Regierungszeit von Eumenes II. Er war ein bedeutender König, klug, fortschrittlich gesinnt und couragiert. Darüber hinaus besaß er eine weitere wichtige Eigenschaft. Er hielt viel von Künstlern und Wissenschaftlern. So nahm er etwa den berühmten Dichter Lykidas auf alle Feldzüge mit. Und er war eng befreundet mit dem Maler Pythias und dem Arzt Menandros. Die Bibliothek Pergamons wurde in seiner Zeit so reich ausgestattet, dass sie sich mit der von Alexandria messen konnte. Eumenes II. ging als der große König in die Geschichte ein, der das achte Weltwunder, den Zeus-Altar, errichten ließ.«

Wieder waren sie vom Thema abgekommen, Yıldız kehrte zur Ausgangsfrage zurück.

»Sie sagten, Menschenopfer stünden im Widerspruch zur Philosophie, mit der der Zeus-Altar erbaut wurde.«

Ihr Einwurf freute Haluk, er warf einen Blick auf seine Uhr, dann fuhr er fort: »Richtig, das wollte ich erzählen. Eumenes II. erbaute den Altar zu Ehren des Siegs seines Vaters Attalos I., des Königs von Pergamon, über die Galater, einen Barbarenstamm.

Sie waren grausam, zogen von Land zu Land und lebten von den Steuern, gröber ausgedrückt, den Schutzgeldern, die sie mit der Macht ihrer Schwerter eintrieben. Wie etliche Königreiche hatten sie auch das Königreich Pergamon heimgesucht. Doch Attalos I. brachte ihnen eine herbe Niederlage bei.

Um diesen großen Sieg seines Vaters zu verewigen, ließ Eumenes II. den Zeus-Altar erbauen. Und die Geschichte, die die Skulpturen auf den großen Friesen des Zeus-Altars darstellen, bilden eigentlich den Sieg Attalos' ab. Der Krieg der Götter gegen die Giganten. Die olympischen Götter standen für Zivilisation, die Giganten dagegen für Barbarei. Mit dem Bau dieses herrlichen Monuments wollte der König der Welt Folgendes sagen: ›Die Götter auf dem Altar sind das Volk und die Soldaten von Pergamon, die Giganten sind die Galater. Wir haben das Böse bekämpft und das Gute bewahrt. Wir haben die Ruchlosigkeit bekämpft und das Mitgefühl verteidigt. Wir haben die Ignoranz bekämpft und die Kultur bewahrt.‹ Den Göttern Menschen opfern, dieses blutige Ritual mochte ein Kultus der grausamen Galater oder sonstiger primitiver Stämme sein, aber sicher nicht der zivilisierten Menschen von Pergamon. Aus diesem Grund wurden auf dem Zeus-Altar keine Menschen geopfert. Jahrhundertelang behauptete sich Pergamon als Zentrum von Kunst und Kultur und bot Athen die Stirn. Niemand wagte es, die Stadt in Verruf zu bringen. Erst in der Frühzeit des Christentums, in der Offenbarung des Johannes heißt es, in Pergamon stehe der ›Thron des Satans‹.« Erneut drehte Haluk sich zu dem Bild hinter sich um. »Der Altar sieht tatsächlich aus wie ein Thron. Wie ein gigantischer Thron, allerdings war es nicht Satans Thron, sondern der des Zeus. Es ist verständlich, dass der Apostel Johannes Zeus mit Satan gleichsetzt, um die neue Religion zu verbreiten. Aber diese unsinnige Gleichsetzung resultiert aus der christlichen Weltsicht. Denn tatsächlich ist Zeus eine Brücke am Übergang vom Polytheismus zum Monotheismus. Ein

Vorläufer der Gottesvorstellung, wie wir sie in unseren gegenwärtigen Religionen finden. Mächtig, unerbittlich und nach eigenem Dafürhalten gerecht.«

Telefonklingeln unterbrach Haluks Rede. Es war Yıldız' Telefon, das klingelte. Auf dem Display stand die Nummer von Kriminaldirektor Markus. Das konnte wichtig sein. Die Hauptkommissarin lächelte verlegen.

»Sorry, das muss ich annehmen.«

»Natürlich«, sagte Haluk verständnisvoll. »Ich muss mich auch fertig machen, meine Präsentation geht gleich los.«

Hastig nahm Yıldız das Telefonat an.

»Hallo, Chef?«

»Hallo.« Markus klang gereizt. »Hallo, Yıldız, es gibt noch einen Mord. Orhan Ölmez' Leiche wurde gefunden.«

Yıldız war irritiert. Wovon sprach der Mann?

»Cemals Großvater, der war doch vermisst, man hat seine Leiche gefunden.«

Da fiel der Groschen. Es ging um den an Alzheimer erkrankten alten Mann. Die zweite Person aus der Familie war ermordet worden. Und dann auch noch der Opa, den das erste Opfer besonders geliebt hatte.

»Wie?«, fragte sie laut. »Wie wurde er getötet?«

»Ich weiß noch keine Einzelheiten, die Spurensicherung ist unterwegs. Ihr müsst auch sofort hin.«

Sie wollte das Gespräch nicht in die Länge ziehen.

»Okay. Wo ist die Leiche?«

»Auf dem Teufelsberg.« In Markus' Stimme lag ein Schaudern. »Ja, keine Ahnung, warum, man hat den alten Mann getötet und auf den Teufelsberg gebracht ...«

6

»Wem es nicht gelingt, Vater zu sein,
der kann auch nicht Gott sein.«

Die Titanen waren nicht weise, auch ihre Könige, mein Großvater und mein Vater, die sie gleich einer Herde hielten, waren es nicht. Ebenso wenig sind ihre Nachkommen, wir Götter, weise. Nicht jeder Gott kann alles wissen. Nur wenige von uns erreichen diese Stufe. Weisheit beginnt damit zu verstehen, was geschah, ohnehin kann die Gegenwart nicht verstehen, wer nicht um die Vergangenheit weiß. Deshalb schauen die Seher weniger in die Zukunft als vielmehr auf das, was in der Vergangenheit geschah. Denn die Vergangenheit ist ein Spiegel voller Geheimnisse, der die Zukunft in sich birgt. Schaut man lange genug in diesen Spiegel, erkennt man das Geheimnis der Zeit wie auch den Sinn des Lebens. Und schauen Kinder in den Spiegel, begegnen sie natürlich nicht sich selbst, sondern ihren Vätern. Sie glauben zwar, sich selbst zu sehen, doch im Grunde sind es ihre Väter, deren Spiegelung sie dort sehen. Diese Wahrheit werden sie im Laufe der Zeit erkennen. In unserem Geist leben unsere Väter ewig, wie eine bittere Erinnerung, die wir vergessen geglaubt, die aber nie ausgelöscht sein wird. Sie sind in unseren Gesichtszügen, unserer Statur, in unserem Verstand und unserem Herzen. Ihre Stärke gibt uns Kraft, ihre Güte macht unsere Herzen weich, ihre Grausamkeit macht uns feige oder gnadenlos, ihr Mut erhöht unsere Seele, ihre Feigheit macht klein. Kurzum, Gut oder Böse, Selbstsucht oder Selbstlosigkeit, im Widerstreit zwischen den Gegensätzen in unserer Seele, ist es immer unser Vater, der den Ausgang bestimmt. Und egal ob Titan oder Gigant, ob Gott oder Mensch, wenn der Vater böse, feige, lieblos und ohne Güte ist, wenn er seine Kinder im Nu fallen lässt, dann ist auch von diesen Kindern nichts Gutes zu erwarten.

Das weiß und sage ich als König der Götter. Denn ich habe es erlebt, auch mein Vater Kronos hat es erlebt. Die Angst aber macht Verstand und Herz mitunter blind. Sie verwandelt uns in die, die wir verachten, die wir in schweren Schlachten geschlagen haben, in unsere Vorgänger, die uns das Leben zur Hölle machten. Bei meinen geborenen und noch ungeborenen Kindern schwöre ich, die Wahrheit zu sagen. Beim blauen Himmel, dem grünen Meer und der roten Erde schwöre ich, der Inhaber des höchsten Throns auf dem Olymp wird niemals die Wahrheit verhehlen. Jeder weiß, auch ich beging denselben Fehler, wie mein Vater, wie mein Großvater verhielt auch ich mich hin und wieder unvernünftig, handelte grausam. Aus diesem Grund hätte ich beinahe die Geburt meines ersten Kindes, meines Augapfels, meiner ersten Tochter verhindert.

Es lässt sich nicht leugnen, ich bin ein Mann, habe stets die Frauen geliebt, ob sie Titaninnen, Göttinnen oder Menschen waren, es war mir eine Lust, sie in ihrer Schönheit zu betrachten, ihr Haar zu berühren, an ihren Wangen zu schnuppern, ihre Lippen zu schmecken, ihrem süßen Geflüster zu lauschen. Und natürlich gab es für jeden guten Liebesakt auch eine Belohnung von den Göttern: ein Kind, ein neues Leben, die Fortsetzung des Lebens …

Meine erste Liebe, meine erste Frau, mein erster Liebeskummer war Metis. Die Tochter von Okeanos und Tethys. Da ihre Eltern die Erde mit ihren Adern durchzogen und es keine Ebene, kein Tal, kein Gebirge auf der Erde gab, durch die sie nicht flossen, war diese Göttin, meine Herzensgefährtin, Zeugin von allem, was geschah. Ihr Wort war kostbar, ihr Handeln klug, ihr Leib prachtvoll. Ich liebte Metis, wie ein Gott eine Göttin liebt. Und sie war mir als treue Göttin verbunden. Sie gab mir Ratschläge, wenn ich nicht weiterwusste; verlief ich mich in dunklen Nächten, wies sie mir den Weg. Glich ich meinen Zorn mit Klugheit aus, beschränkte ich meine Macht mit Gerechtigkeit, dann nur aus Achtung vor ihr. Sie war von Anfang an stets an meiner Seite. Metis war es, die mir, als ich meinen Vater Kronos besiegte, den Trank reichte, der ihn meine Geschwister ausspeien ließ, und die mir mein erstes Kind, meine herzallerliebste Athene, schenkte.

Ich war sehr jung und unerfahren, mein Herz voller Furcht. Ich hatte die Titanen besiegt, aber noch zahlreiche Feinde. Ich dachte an die Worte des dunkeläugigen Knaben. »Gib acht auf die Menschen, Zeus«, hatte er gemahnt. »Sie sind die Geschöpfe, denen auf Erden am wenigsten zu trauen ist.« Nicht bloß die Menschen, auch die meines eigenen Geschlechts hatten es auf meinen Thron abgesehen. Die in den Tartaros Gesperrten bestürmten sieben Stock unter der Erde weiterhin die Mauern, rammten ihre Schultern gegen die bronzenen Tore. Strebten danach, wieder auf die Erde heraufzukommen und mir meine Krone zu nehmen. Oben vom Olymp aus hörte ich ihre unseligen Stimmen, ihr Murren. Das führte dazu, dass ich einen Fehler machte. Wie mein Vater Kronos ließ ich mich von Angst packen. Glaubte, meine Nachkommen würden mich vernichten. Fiel auf das Wort meines Großvaters Uranos herein.

»Sei wachsam, Zeus«, hatte er mich ermahnt. »Jeder hat es auf deinen Thron abgesehen. Sei wachsam, Zeus, du wirst von Metis eine Tochter bekommen, anschließend auch einen Sohn. Wie du deinen Vater vom Thron gestoßen, ihm die Krone vom Haupt genommen hast, wie dein Vater Kronos mich stürzte und mir die Krone vom Haupt nahm, wird dieses Kind dir das Gleiche antun.

Auch wenn es dir nicht gefällt, musst du doch tun, was dein Vater seinen Kindern antat. Du darfst dich nicht auf das Glück verlassen, musst vielmehr alles, was möglich ist, sei es gut oder schlecht, ausschalten. Darum musst du dein schwangeres Weib, deine einzige Geliebte mitsamt dem Kind in ihrem Leib verschlingen. Metis, die klügste, weitsichtigste, weiseste der Titaninnen. Ja, sie liebt dich wie wahnsinnig, ist dir ergeben, wie ein Menschenkind Gott ergeben ist, geht es aber um ihr Kind, wird sie sich zweifellos wie deine Mutter verhalten. Dann stellt sie sich nicht auf die Seite ihres Gatten, sondern auf die ihres Sohnes.«

So sprach er und raubte mir den Verstand, so sprach er und füllte mein Herz mit Zweifel. Und ich unerfahrener Zeus, ich unverständiger Zeus folgte seinen Worten. Ich täuschte meine Herzallerliebste, meine einzige Geliebte Metis mit schönen Worten und verschlang sie. Auch wenn du der König der Götter bist, kannst du das Schicksal nicht immer aufhalten. Nach meiner grässlichen Missetat packte mich entsetzlicher Kopfschmerz. Und bevor ich wusste, wie mir geschah, wuchs mir mitten auf der Stirn eine Geschwulst. Die schmerzte so heftig, dass ich es fast nicht ertrug. Doch ich hielt an mich, sagte mir, so gewaltig ist also der Götter Krankheit, und versuchte auszuhalten. Es geht ja nicht um den Tod, tröstete ich mich, es geht auf jeden Fall vorüber. Doch statt vorbeizugehen, wuchs die Geschwulst und wuchs der Schmerz. Er wurde übermächtig. Zu guter Letzt rief ich unseren Schmied herbei:

»Komm, Hephaistos, komm! Komm und bring deine schärfste Axt mit. Schlag sie mir hier auf die Stirn.«

Er traute sich nicht. »Das kann ich nicht, erhabener Zeus, heute sagst du, schlag mir auf die Stirn, morgen aber wirst du mich fragen, wieso ich dich geschlagen habe, und mich vom Olymp werfen.«

»Das werde ich nicht!«, rief ich. »Das werde ich nicht, unglücklicher Hinkefuß. Mein Wort, mein Götterwort darauf, das tue ich nicht. Komm mit deiner scharfen Axt und spalte mir die Stirn.«

Wer hätte sich je gegen Zeus aufgelehnt, nicht, dass dieser Meisterschmied es täte, notgedrungen befolgte er meinen Befehl. Und als er mir die scharfe Axt zwischen die Brauen hieb, verstummte jäh der Schmerz, der mir das Hirn zerriss. Ich stöhnte auf und dankte allem, was außer mir noch heilig war. »Puh!«, sagte ich und schlug die Augen auf. Und was sah ich da? Vor mir stand ein rankes, schlankes Mädchen. Die Augen blau, das Antlitz still, in der Hand eine Lanze, lächelte sie. Da erkannte ich den Fehler, den ich begangen hatte, und drückte mein Kind voller Liebe an die Brust.

»Willkommen, meine Tochter, willkommen«, wisperte ich ihr ins Ohr.

Und gab ihr den Namen Athene. Noch einmal flüsterte ich ihr zärtlich und gütig ins Ohr: »Willkommen, Athene, willkommen in der Welt der Götter, meine Tochter.«

Tief sog ich ihren Duft ein. Ich leugne es nicht, Athene war mir das liebste Kind. Ich hütete sie wie meinen Augapfel, war stets stolz auf ihre Schönheit, Klugheit und Courage. War ich in Bedrängnis, bat ich sie um Rat, hatte ich mit besonders schwierigen Angelegenheiten zu tun, fragte ich sie nach ihrer Meinung. Doch verwöhnt habe ich sie nie. Ich behandelte sie mit den anderen Göttinnen und Göttern gleich. Zwar bevorzugte ich sie hin und wieder, brachte aber nie die Waage der Gerechtigkeit aus dem Gleichgewicht.

Als sie etwa mit meinem großen Bruder, dem erhabenen Poseidon, über die Halbinsel Attika stritt. Als sie erbarmungslos darum wetteiferten, wem der herrliche Ort gehören sollte. Da entschied ich nicht allein. Ich berief die Götter ein und sprach zu den beiden Kontrahenten, der eine mein Bruder, die andere meine Tochter:

»Wenn ihr nun einmal diese von Menschen erbaute Stadt haben wollt, müsst ihr den Einwohnern nützliche Gaben darreichen, um euch die Stadt zu verdienen. Beweist unserem Rat der Götter eure Fähigkeiten, sie sollen entscheiden, wer von euch Gott der Stadt wird.«

Beide, Poseidon und Athene, stimmten meinem Vorschlag zu und zählten nacheinander ihre göttlichen Fähigkeiten auf. Mein mächtiger Bruder Poseidon begann, den prächtigen Dreizack in der Hand, trat er geradezu herausfordernd vor den Rat. Ohne uns eines Blickes zu würdigen, stellte er mit einer selbstbewussten Handbewegung ein unfassbar schönes, unfassbar starkes, unfassbar schnelles Pferd vor uns hin. Das herrliche Geschöpf schlug alle Götter, auch mich, in seinen Bann. Mit dem Ross hätte man in jeder Schlacht gesiegt, jedes Rennen gewonnen und sich zu Recht seines Besitzes gerühmt. Als es sich gegen die Sonne hin aufbäumte, gleich einem siegreichen Feldherrn, dachte ich: »Oh weh, da hat meine Athene wohl verloren.« Meine Tochter tat mir leid, um ehrlich zu sein. Dennoch wartete ich gespannt darauf, welche Fähigkeit die himmelsäugige Göttin vorführen würde.

Athene trat nicht so großspurig wie ihr mächtiger Onkel vor den Rat, sondern ganz still. Sie trug weder Schild noch Speer. Auf den zusammengeführten Handtellern trug sie bloß einen großen Sprössling. Sanft lächelte sie uns an und sagte:

»Auch ich bin hingerissen vom Ross meines mächtigen Onkels Poseidon. Ein wirklich schönes Tier, ganz offensichtlich stark und von größtem Nutzen in der Schlacht. Es trägt seinen Reiter von Sieg zu Sieg, und in Friedenszeiten bringt es ihm Respekt ein. Ob König oder Knecht, dieses Pferd möchte jeder besitzen. Doch nicht jedem fällt es zu, das herrliche Tier zu besteigen. Dafür muss man reich und edel sein. Und um den Sieg zu bringen, braucht es Krieg. Also Tod, Zerstörung, Leid. Auch mir gefällt das Pferd, doch die Menschen brauchen etwas Nützlicheres, und zwar alle, die Alten wie die Jungen, die Frauen wie die Männer, die Armen wie die Reichen. Und zwar etwas, das an den Frieden gemahnt, das nach Frieden ruft, das auf Frieden verweist. Speise soll es sein, um zu sättigen, Baum soll es sein, in dessen Schatten es sich ruhen lässt, obendrein soll es Jahrhunderte leben. Und solange die Menschen leben, soll er unsterblicher Baum genannt werden, von seinen Zweigen sollen heilige Früchte fallen.«

So sprach sie und pflanzte den mitgebrachten Sprössling in die gesegnete Erde des Olymps. Auf einen Schlag stand ein mächtiger Baum im Palastgarten, die Blätter in tausenderlei Tönen von Grün, an seinen Zweigen fette Früchte. Olive nannte sie den Baum. Allen anwesenden Göttern, sogar dem Menschenfeind Ares, allen außer Poseidon natürlich, betörte sie Herz und Verstand. Außer Poseidon hoben alle ihre Hand für meine Tochter. Damit gehörte die uralte Stadt Athene. Und die Bewohner der Stadt errichteten meiner Tochter auf der höchsten Erhebung einen gewaltigen Tempel. Und ich konnte beim Anblick meiner Tochter die Tränen nicht zurückhalten. Und verfluchte einmal mehr meinen Großvater Uranos und seinen Sohn Kronos, weil es ihnen nicht gelungen war, Vater zu sein. Diese brutale Wahrheit schrieb ich dem härtesten Marmor mit tiefen Buchstaben ein. Wem es nicht gelingt, Vater zu sein, der kann auch nicht Gott sein. Und hat jede Grausamkeit, jede Verachtung verdient.

Sechstes Kapitel

Der Sommerwind wehte den Duft frischer Gräser herbei. Die hohen Bäume wiegten sich sanft unter dem blauen Himmel, als wisperten sie einander in ihrer eigenen Sprache ein Geheimnis zu. Der Duft verstärkte sich, wurde schwerer und kippte. War es eine von der Sonne verbrannte Blüte, im Wasser verrottende Blätter, nein, schlimmer, es war der üble Gestank verwesenden Fleisches. Es war der Geruch der sterblichen Überreste eines Lebewesens nach dem Tod, bevor sie zu Staub wurden. Tobias rümpfte die Nase. »Offenbar sind wir da«, sagte er, da erklang hinter den Bäumen auch schon die Stimme des Kommissars der Spurensicherung.

»Furchtbar! Das ist entsetzlich! Niemand hat es verdient, dermaßen gedemütigt zu werden. Das darf man niemandem antun! Die haben den Armen brutal zerfetzt!« Kurt stand vor einer tiefen Grube auf der Lichtung. »Wer ein Mensch ist, kann so etwas nicht tun. So grausam kann keiner sein, nicht mal, wenn er es wollte.«

Tobias warf Yıldız einen Blick zu und fragte mit seltsam rauer Stimme:

»Was ist denn mit Kurt los? Der ist ja auf hundertachtzig. So hab ich den noch nie erlebt, Chef.«

Auch Yıldız erlebte Kurt so zum ersten Mal. Sie legte einen Zahn zu und stand kurz darauf ebenfalls an der Grube. Man hatte das Opfer aus der Grube herausgeholt und auf das grüne Gras gelegt. Die Leiche war nackt, der schmächtige Körper komplett von Schlamm überzogen. Nur sein Gesicht war frei. Yıldız verengte die Augen und fixierte den Leichnam. Da erst bemerkte sie das

Loch an der Stelle zwischen den Beinen des alten Mannes, an der sein Gemächt hätte sein sollen. Kerem fiel ihr ein, der Sohn des zerfetzten Opfers, der sich für Kronos hielt. Hatte nicht auch Kronos seinem Vater Uranos das Gemächt abgeschnitten? Sollte der Sohn des Alten diese Barbarei begangen haben? Das würde bedeuten, er hatte auch Cemal umgebracht, den eigenen Vater wie den Sohn. Möglich, falls der Mann tatsächlich geisteskrank war. Nur Haluk hatte gesagt, Kerem sei krank. Und wenn der Archäologe log? Doch warum sollte er? Weil sie verfeindet waren. Womöglich war Haluk der Mörder. Das ging ihr durch den Kopf, während sie näher an die Leiche herantrat, der Gestank wurde übermächtig. Sie wollte das Gesicht des Opfers von Nahem sehen. Inzwischen hatte Kurt sie bemerkt.

»Komm, Yıldız, komm her! Entsetzlich! So was hab ich noch nie gesehen. Die haben den Armen blutrünstig abgeschlachtet! Einen Mann, der sowieso schon an der Schwelle zum Tod stand …«

Er lenkte sie ab, Yıldız hatte jetzt nicht den Nerv, die Ergüsse des Chefs der Spurensicherung über sich ergehen zu lassen, und hob den rechten Zeigefinger.

»Sekunde, Kurt …«

Sie kniete sich vor die Leiche und musterte das schmerzverzerrte wächserne Gesicht. Wie sehr er seinem Sohn Kerem ähnelt, war ihr erster Gedanke. Sein stellenweise schlammverdrecktes Haar war weißer, die Furchen auf der Stirn tiefer, die Augen heller, braun, beinahe ockerfarben.

»Sie haben ihm die Geschlechtsteile abgeschnitten, bevor er tot war.« Kurt konnte nicht länger schweigen. »Nicht genug damit, sie haben dem Armen das Blut entzogen. Siehst du, wie blass er ist? Guck dir den Schmerz in seiner Miene an. Ich bin mir sicher, der hat gelebt, als sie es abschnitten.«

Durchaus möglich, vielleicht war er auch in Panik geraten, als ihm der eigene Sohn mit Messer in der Hand gegenüberstand.

Falls er ihn erkannt hatte, nicht zu vergessen, das Opfer litt unter Alzheimer. Ihr Blick glitt zur Scham des Opfers hinunter. Eine von Schlamm verschmutzte blutige Wunde. Yıldız war eher traurig als entsetzt zumute. Das Verrotten eines menschlichen Körpers in der Erde, zuvor aber der Verlust seiner Männlichkeit für immer. Eine vor mehreren tausend Jahren verhängte drastische Strafe. Sie konnte den Schmerz nachempfinden, auch wenn sie eine Frau war. Kurt empfand es zweifellos weitaus heftiger.

»Sieht aus wie eine Skulptur«, flüsterte Tobias neben ihr. »Die Skulptur eines alten Toten aus Lehm.« Er warf Yıldız einen vielsagenden Blick zu. »Uranos, oder wie hieß Zeus' Großvater gleich noch? Ja, der in eine Skulptur verwandelte, verwundete Körper von Uranos.«

Auch aus seiner Stimme sprach eher Bedauern als Entsetzen. Kurt zeigte sich vom Kommentar des Kollegen befremdet.

»Aber das ist keine Skulptur, das ist ein Mensch!«, schimpfte er. »Und zwar ein alter Mensch, den sein Mörder grausam geschändet hat, bevor er starb. Und das Geschlechtsorgan fehlt. Wer weiß, was der perverse Kerl damit gemacht hat. Und du stellst dich hin und schwätzt von einer Skulptur!«

Er klagte den Kollegen geradezu an, offenbar war er zutiefst getroffen. Dabei war Cemals Tod doch um einiges erschütternder gewesen. Plötzlich fiel Yıldız ein, dass Kurts Vater Fritz im Krankenhaus gelegen hatte, viele Jahre lang. Er hatte erzählt, woran er litt, es fiel ihr gerade nicht ein, vermutlich Alzheimer oder Parkinson. Wahrscheinlich hatte er zwischen dem Leichnam und seinem langsam dahinsiechenden Vater eine Ähnlichkeit entdeckt. Sie sah zu Kurt auf. Er wirkte nicht angespannt, eher beunruhigt, zutiefst beunruhigt, beinahe panisch. Eine Person an der Spitze der Spurensicherung sollte einen Fall nicht so persönlich nehmen. Der Kommissar im weißen Schutzanzug sprach verzweifelt weiter.

»Wir haben es mit einem extrem gefährlichen Mörder zu tun,

Yıldız. Der Mörder des vorherigen Opfers und das Monster, das dieses Grauen angerichtet hat, sind ein und dieselbe Person. Ich fürchte, der macht weiter, der kennt kein Halten.«

Tobias ärgerte nicht, dass der Kommissar Mutmaßungen anstellte, sondern dass er so pessimistisch war.

»Für eine solche Aussage ist es viel zu früh, Kurt. Wir sollten die Ergebnisse der Autopsie abwarten.«

Statt zu antworten, drehte Kurt sich um und zeigte zu einer Stelle hinter Yıldız.

»Zu früh? Und was sagst du dazu?«

Beide spähten in die von Kurt gewiesene Richtung. Doch außer dem dunkelbraunen Stamm einer ausladenden Kastanie war nichts zu sehen.

»Was denn? Was meinst du, Kurt?«, fragte Yıldız irritiert. »Was ist mit dem Baum?«

Genervt, weil man ihn nicht verstand, rief der Spusi-Kommissar laut: »Nicht am Baum! Davor, der Adler. Seht ihr ihn nicht? Guckt doch, genau da, direkt unter der Stelle, wo die Äste sich gabeln.«

Als Yıldız genau hinschaute, sah sie es. Dort war ein Metallstab in den Boden gerammt. Sie ging darauf zu. Als sie näher kam, sah sie auch den Vogel. Auf dem Griff hockte ein aus Holz geschnitzter Adler. Aus ihrer Blickrichtung hatte der Raubvogel den Kopf nach rechts gedreht und musterte mit dem linken Auge die Umgebung. Er war ebenso dunkel wie der Kastanienstamm, weshalb sie ihn nicht gleich gesehen hatte. Yıldız dachte an das Bild in Cemals Wohnung, an den Adler auf dem Zepter in Zeus' Hand, der sie mit scharfen Augen gemustert hatte. Sie war nicht sonderlich überrascht. Dass die Taten zusammenhingen, war ihr sofort klar gewesen, als sie vom Mord an Cemals Großvater erfahren hatte.

»Ihr habt ihn gesehen, oder?« Kurts Stimme riss sie aus ihren Gedanken. »Versteht ihr jetzt, wie groß die Sache noch wird?« Er trat auf Yıldız zu, blinzelte hektisch. »Wir müssen Maßnahmen ergreifen, wir müssen den Apparat in Alarm versetzen.«

Kurt tat Yıldız leid. Liebevoll sah sie den Kollegen an und versuchte, in ruhigem Ton zu beschwichtigen.

»Keine Sorge, Kurti, wir tun alles, was nötig ist. Sie werden nicht gewinnen, wir werden sie aufhalten. Jetzt aber an die Arbeit. Jede Spur, die du finden kannst, ist wichtig für uns.«

Der Kommissar der Spurensicherung im Overall war nicht überzeugt, ja, er war enttäuscht, weil er sich mit seinen Befürchtungen von Yıldız nicht ernst genommen fühlte, doch er stellte sich nicht stur, brummelte etwas und wandte sich erneut der auf dem grünen Gras rasch verwesenden Leiche zu.

Yıldız vergaß ihn umgehend. Sie trieb eine viel wichtigere Frage um: Konnte es sein, dass sie sich getäuscht hatte? Der Reihe nach wurden Mitglieder einer Familie umgebracht. Hatte sich da womöglich ein familieninterner Streit fortgesetzt, dessen Ursprung viele Jahre zurücklag? Hatten die Nazis doch nichts mit den Morden zu tun? Nahm einer der Cousins Rache für den vor Jahren im Streit umgekommenen Ihsan? Diese Möglichkeit war nicht zu vernachlässigen. Die an beiden Tatorten hinterlassenen Symbole verwiesen nicht auf Nazis, sondern auf die Mythologie. Direkt auf Zeus. Und es gab auch einen, der das Zeug dazu hatte: Haluk.

»Dieser Holzvogel unterscheidet sich von dem Adler, den wir in der Wohnung gesehen haben.« Tobias holte Yıldız aus ihren Gedanken. »Der sah uns direkt an, dieser dreht den Kopf nach rechts.«

Plötzlich durchfuhr es Yıldız wie ein Blitz. Hastig fingerte sie ihr Telefon aus der Tasche, tippte ein paar Mal auf das Display, schrieb etwas, beäugte das aufgetauchte Bild und hielt es dann aufgeregt Tobias hin.

»Schau mal, das ist der Adler der Nazis.«

Tobias sah auf das Display, das die Chefin ihm unter die Nase hielt. Zu sehen war keine Skulptur wie auf dem Zepter, sondern ein Bild. Und es ähnelte auf sonderbare Weise dem Adler, der symbolisch für die deutsche Polizei stand. Allerdings mit einem markanten Unterschied: Seine Klauen hielten ein Hakenkreuz umklammert.

»Du hast recht, Chef, das ist der Parteiadler«, stimmte er zu. »Ohne das Hakenkreuz wäre es aber auch das Emblem unserer Organisation. Sogar dasselbe wie das Symbol des deutschen Staates.«

Yıldız schüttelte energisch den Kopf.

»Nein, Toby, die sind nicht gleich. Schau, da ist ein wichtiger Unterschied. Der Adler auf dem Wappen von Polizei und Staat schaut nach links.« Sie deutete auf die Spitze des metallenen Zepters. »Der hier blickt aber nach rechts, wie du richtig bemerkt hast. Das heißt von uns aus nach rechts.« Wieder tippte sie mit ihren schmalen Fingern aufs Display. »Hier, und das ist der Adler auf dem Zeus-Denkmal, das Cemal gemalt hat.« Der mächtige Vogel wirkte klein auf dem Display, die Einzelheiten waren kaum zu erkennen. Sie vergrößerte das Bild, nun nahm der Adler das ganze Display ein.

»Siehst du? Das ist Zeus' Adler.« Sie zeigte auf den Raubvogel auf dem Zepter vor dem Baum. »Und das ist der Adler der Nazis.«

Verdattert stand Tobias da. Ohnehin erwartete Yıldız keine Antwort, sie stopfte das Telefon in die Tasche und lief zu dem in den Boden gerammten Zepter. Davor ging sie auf die Knie und suchte Zepter und Vogel nach einem Hakenkreuz oder einem anderen Nazisymbol ab. Sie ging so dicht ran, dass ihr wehendes Haar die Flügel des Adlers berührte.

»Halt, stopp, geht nicht so nah ran!«, warnte Kurt. »Ihr verwischt Indizien.« Er sprach lauter als nötig, zweifellos noch unter dem Eindruck des vorangegangenen Gesprächs. Es ärgerte Yıldız, wie ein Kind gerüffelt zu werden.

»Okay, okay, Kurt, wir haben schon verstanden. Niemand fasst die Beweise an, wir schauen nur.«

Zum ersten Mal kanzelte ihn die Hauptkommissarin, die er seit Jahren kannte, ab.

»Nein, nein, also ich«, machte er zunächst einen Rückzieher, straffte sich dann aber im Vertrauen darauf, im Recht zu sein. »Ihr betretet einen Tatort, Yıldız. Womöglich habt ihr schon Spuren des Mörders verwischt. Verlasst bitte den Tatort, ihr könnt gucken, wenn wir unsere Arbeit getan haben. Bitte …« Sein Ton wirkte immer energischer. »Außerdem warten die beiden Personen auf euch, die das Opfer gefunden haben.«

Yıldız stand auf, es machte keinen Sinn, die Stimmung weiter anzuheizen.

»Okay, Kurt, wir gehen schon. Wo, hast du gesagt, sind die Leute?«

Er wies mit dem hinter dem weißen Kopfschutz unsichtbar verborgenen Kinn nach unten.

»Bei unserem Kleinbus. Ein Mädchen und ein Junge. Offenbar ein Pärchen.«

Dann los, sagte der Blick, den Yıldız Tobias zuwarf. Doch ihr Assistent hatte keine Eile, mit seinem Handy knipste er erst das Zepter mit dem Adler darauf, dann das auf dem Boden liegende Opfer. Es dauerte, bis er seinen stämmigen Körper auf kräftigen Füßen vom Tatort wegschleppte. Er folgte Yıldız, ohne sich weiter um Kurt zu kümmern, der nach wie vor neben der Leiche stand und den Kollegen unwirsch nachschaute. Wortlos stiegen sie die mit Holz verstärkten Stufen hinunter. Bei jedem Schritt entfernten sie sich etwas weiter vom Leichengeruch. Mitten auf der Treppe fing Tobias plötzlich zu pfeifen an. Die Melodie kam Yıldız bekannt vor.

»Welches Lied ist das?«

»Black Sabbath«, gab ihr Assistent Auskunft und fingerte die

Zigarettenschachtel aus der Tasche. »Alex' Band hat das gespielt in dem obskuren Theater, da haben wir es gehört. Tartaros oder wie das hieß.«

»*Big black shape with eyes of fire*«, summte Yıldız. »Telling people their desire / Satan's sitting there, he's smiling …«

Anerkennend sah er sie an.

»Alle Achtung, Chef, ja, genau das sind die Worte. ›Satan sitzt da und grinst.‹«

Im Sonnenlicht brummelte Yıldız vor sich hin.

»Nein, nein, das ist dann wohl doch eher Zufall.«

Ihr Assistent richtete neugierig den Blick auf sie.

»Was soll Zufall sein?« Er zog eine Zigarette aus dem Päckchen.

Die Chefin schaute sich um. »Der Ort hier, Toby. Das ist der Teufelsberg hier, und du pfeifst ein Lied, in dem es heißt: ›Der Teufel sitzt da und grinst‹ …« Sie blieb stehen und warf ihm einen vielsagenden Blick zu. »Oder hast du etwa deine Finger in diesen Mordfällen?«

Tobias brach in schallendes Gelächter aus.

»Jepp, der Mörder bin ich. Der brutale Metal-Fan in mir befahl mir, die Männer zu töten. Und damit es interessant aussieht, habe ich meine Morde mythologisch inszeniert. Meine Berufserfahrung war dabei äußerst hilfreich.« Ihm verging das Scherzen. »Das ist kein Zufall, Chef, ich hab den Song gepfiffen, weil wir hier auf dem Teufelsberg stehen.« Er wurde ernst, ließ den Blick über das baumbestandene unregelmäßige Gelände schweifen. »Natürlich ist es kein Zufall, dass der Mörder sein Opfer hierhergebracht hat. Offensichtlich ist das eine Botschaft für uns. Denk an Haluks Worte. An das, was er über den Zeus-Altar sagte. In der Bibel kommt der als ›Thron des Satans‹ vor.«

Er sprach eine wirklich wichtige Verbindung an.

»Der Altar sieht tatsächlich wie ein Thron aus«, bemerkte Yıldız. »Ein gigantischer Thron aus Marmor. Du meinst, der Mör-

der weist auf den Zeus-Altar hin, indem er das Opfer ausgerechnet hier abgelegt hat?«

Tobias hatte den scherzhaften Ton vollends verloren.

»Ich weiß es nicht, Chef, ich weiß nur, dass der Ort hier nichts
mit den Nazis zu tun hat. Von dem Zepter mit dem Adler mal abgesehen.«

Erstaunt starrte Yıldız ihren Assistenten an.

»Machst du Scherze, Toby? Dieser Berg ist ein Werk der Nazis.«

Ihrem Kollegen klappte die Unterlippe herunter. Die Hauptkommissarin fuhr fort, ohne seine Reaktion abzuwarten:

»Berlin wurde einst auf komplett flachem Gelände gegründet.
Es war damals ein riesiger Sumpf. Der Hügel hier wurde von Men-
schenhand aufgeschüttet, Toby.«

Tobias überlegte, ob ihm ein wichtiges Detail entgangen war.
Er setzte zu einer Beschreibung an.

»Ich weiß, der Schutt der im Krieg zerstörten Häuser wurde
hier aufgeschüttet. Hier hat man die Trümmer aus der ganzen
Stadt gesammelt. Die Bombardierungen im Krieg haben also dafür gesorgt, dass der Hügel entstand.«

Die Hauptkommissarin bändigte ihr vom Wind zerzaustes
Haar.

»Und wer war für die Bombardierung der Stadt verantwortlich?«

»Die Nazis natürlich.« Er versuchte zu verstehen. »Der Nazi-
adler auf dem Zepter, die Leiche hier auf dem Hügel, der Drohbrief ... Willst du sagen, auch diesen Mord haben die Nazis
begangen, Chef? Schön und gut, aber die Verdächtigen sind in
Gewahrsam.«

Yıldız' ockerfarbene Augen blickten spöttisch.

»Hast du heute Nacht nicht gut geschlafen, Toby?«

»Warum fragst du das, Chef?« Ihr Assistent war verstimmt.
»Was hat das damit zu tun, wie ich geschlafen hab?«

»Viel!« Die Hauptkommissarin wich keinen Zentimeter zurück. »Hättest du vernünftig geschlafen, wäre dir nicht entgangen, dass das Opfer, das wir gerade gesehen haben, bereits vor ein paar Tagen ermordet wurde. Bei der Leiche hat bereits Verwesung eingesetzt. Kapierst du, das erste Opfer war nicht Cemal, sondern der arme Alte.«

»Du hast recht, Chef. Aber es liegt nicht am Schlafmangel, der Fall ist so wirr, da weiß man einfach nicht, was man denken soll.«

Sie musterte den Assistenten argwöhnisch. Was war los mit ihm?

»Wir sollten uns auf die Nazis konzentrieren. Ja, ich denke, sie stecken dahinter. Du wirst es sehen, auf dem Drohbrief finden wir die Fingerabdrücke von Otto, dem Rüpel. Ich fürchte, es kommt, wie Kurt voraussagt, die Morde werden weitergehen ...«

Statt zu antworten, zündete Tobias sich eine Zigarette an und stieß ungestüm den Rauch aus. Die aschfarbenen Wölkchen bissen Yıldız' Augen, doch diesmal beschwerte sie sich nicht. Sie dachte noch darüber nach, was sie gerade gesagt hatte. Obwohl sie von ihren Worten überzeugt war, wusste sie sehr wohl, dass es Lücken in dieser Hypothese gab. Trotz aller Hinweise hatten sie noch nicht beweisen können, dass die Nazis die Morde begangen hatten, auch wenn sie noch immer die Hauptverdächtigen waren. Zwar hatten Nazis in der Vergangenheit weit entsetzlichere Verbrechen begangen und würden das zweifellos auch wieder tun. War es aber nicht ein Widerspruch, dass diese Morde so ausgeklügelt waren, die verhafteten Neonazis aber Stümper? Außerdem war Kerem einst in der Klinik gewesen, weil er sich für Kronos hielt, und nun war sein Vater Orhan Ölmez mit abgeschnittenem Gemächt tot aufgefunden worden. Der Zusammenhang zwischen beidem war nicht zu vernachlässigen. Falls die Nazis die Taten begangen hatten, kannten sie sich gut in Mythologie aus und wussten über die Ölmez-Familie hervorragend Bescheid. Wozu aber der ganze Aufwand?

Wenn sie Familie Ölmez auslöschen wollten, wären sie in deren Wohnung eingedrungen und hätten sie getötet, oder sie hätten sie, wie früher, verbrannt. Vielleicht gab es doch irgendein Geheimnis in der Familie? Warum hatten die Rassisten sich ausgerechnet diese Familie als Opfer ausgesucht und niemand anderen? Ihr kam die Kriegsbeute von neuntausend Talenten Silber in den Sinn, die Haluk erwähnt hatte, der Archäologe. War womöglich dieser Schatz das Motiv? Sie merkte, dass sie sich verrannte. Sie dachte wie ein dummer Schatzsucher. Es wäre ein Wunder, wenn nach über zweitausend Jahren von dem Geld auch nur ein paar Taler übrig wären. Das wussten die Nazis natürlich. Aber irgendeinen Zusammenhang musste es doch geben. Fanden sie den, wäre das Rätsel der Morde gelöst.

Sie musste nachdenken, viel mehr nachdenken. Sämtliche Möglichkeiten nebeneinanderlegen und vergleichen. Doch wann? Sie ließ sich von den aktuellen Ereignissen viel zu sehr mitreißen. Sie sprangen von einem Verdächtigen zum nächsten. So schnell wie möglich musste sie sich Zeit nehmen und in aller Ruhe nachdenken. Die kompliziertesten Fälle wurden nicht gelöst, indem man den Täter verfolgte, sondern durch das sorgfältige Prüfen aller Details. Sie musterte Tobias, der vor sich hin qualmte. »Ruhig, Yıldız«, ermahnte sie sich. »Ganz ruhig, du musst nachdenken, um das Gesamtbild zu sehen. Lass nicht zu, dass die Ereignisse dich überwältigen!«

*

Sie saßen auf der Bank neben dem Kleinbus der Spurensicherung. Die langen Zweige der Trauerweide hingen ihnen beinahe bis auf die Schultern. Von Weitem gaben sie ein idyllisches Bild ab. Beim Näherkommen aber bemerkte man, dass sie vor Nervosität beinahe platzten. Ein Setter mit gelben Flecken auf dem weißen Fell lag zu ihren Füßen und wedelte ungeduldig mit dem Schwanz. Kaum sah er die beiden Fremden herankommen, sprang er auf und bellte. Der Junge spähte in die Richtung, in die der Hund bellte, und wurde aufgeregt, als der die beiden Polizisten sah.

»Nicht, Diana, sitz, mach sofort Sitz!«

Der Hund beachtete den jungen Mann nicht, bellte nur noch lauter, wobei er insbesondere Tobias fixierte. Sein Herrchen stand auf, hielt ihm den Zeigefinger vor die Schnauze, wie um ihn daran zu erinnern, wer hier der Herr war, und befahl in autoritärem Ton: »Sitz! Sitz, sag ich, Diana!«

Als sein Herrchen aufstand, riss der Hund die großen Augen weit auf und wartete ab.

»Mit wem rede ich, Diana? Mach sofort Sitz. Sei still und sitz!«

Unwillig legte Diana sich hin, hielt den Blick aus blutunterlaufenen Augen aber weiter auf den näher kommenden schweren Mann gerichtet. Sie bellte noch ein paar Mal vom Platz aus, doch ihr Herrchen hatte ihr die Lust genommen, das Bellen klang jetzt mickerig.

»Die mag dich nicht«, neckte Yıldız ihren Assistenten. »Hoffentlich springt sie dich nicht an.«

Tobias nahm den Scherz der Chefin ernst.

»Ich weiß, Hunde mögen mich nie.«

Der junge Mann hatte seine Worte gehört. »Keine Sorge, sie ist nicht aggressiv«, rief er. »Sie ist nur genervt, sie will nach Hause. Deshalb hat sie gebellt …«

Tobias war sich da nicht so sicher.

»Und wenn sie angreift, weil sie genervt ist?«

Yıldız bedachte ihren Assistenten mit einem spöttischen Blick.

»Komm, Toby, hast du wirklich Angst vor dem süßen Ding?« Sie kam näher und stellte sich vor die Hündin hin. »Hallo, Diana. Wie geht's dir, Mädel?«

Diana beäugte Yıldız, dann wedelte sie freundlich mit dem

Schwanz, wenn auch nicht allzu anbiedernd. Yıldız hockte sich zu ihr und kraulte dem Tier behutsam den Kopf.

»Was bist du für eine Süße ...« Dann wandte sie sich an ihr Herrchen, das daneben stand. »Sie ist noch sehr jung, oder?«

»Sie ist zwei, aber sie ist echt sauer, wir warten seit Stunden auf die Polizei ...« Der Mann wirkte nicht sehr glücklich, obwohl Yıldız sich für seinen Hund interessierte. Yıldız hörte auf, den Hund zu streicheln, richtete sich auf und sah das junge Pärchen an. Sie hatten offene Gesichter. Das hellbraune Haar des Jungen bedeckte seine Stirn komplett. Nicht einmal seine Verdrossenheit vermochte die Lebendigkeit in seinen meerblauen Augen zu überdecken. Das Gesicht des Mädchens war von Sommersprossen übersät, eine winzige Nase, ein breiter Mund, algengrüne Augen mit einem Ausdruck von Überdruss.

»Hallo, sorry, wir haben uns verspätet. Wir sind die Polizisten, auf die ihr gewartet habt.«

Da erhellten sich die Mienen des Pärchens, das die Leiche gefunden hatte.

»Na endlich.« Das Mädchen setzte sich auf der Bank auf. »Das hat echt lange gedauert. Wir sind seit Stunden hier.«

Yıldız lächelte betreten.

»Wir sind sofort losgefahren, als wir die Meldung bekamen, aber vom Präsidium aus ist es eine ganz schöne Strecke, wir haben's nicht schneller geschafft. Aber jetzt sind wir da. Keine Sorge, jetzt dauert es nicht mehr lange. Ihr könnt gehen, sobald ihr unsere Fragen beantwortet habt. Ach ja, ich bin Hauptkommissarin Yıldız Karasu von der Mordkommission Berlin. Und mein Kollege ...« Als sie sich zu ihrem Assistenten umdrehte, sah sie ihn nach wie vor unsicher ein gutes Stück entfernt stehen. Sie lachte. »Na komm, Tobias, der kleine Hund tut dir schon nichts.«

Tobias war sich da nicht so sicher, sträubte sich aber nicht länger. Vorsichtig trat er näher.

»Okay, Chef, ich bin schon da.«

Vergnügt fuhr Yıldız fort:

»Genau, mein Kollege ist Kommissar Tobias Becker.« Sie zog ein Notizbüchlein und einen Kugelschreiber aus der Tasche. »Könnt ihr uns bitte eure Namen nennen?«

»Ich bin Martin«, sagte der Junge. »Martin Hitzfeld. Und meine Freundin heißt Hanna ...« Weiter kam er nicht, Hanna kam ihm sofort zu Hilfe.

»Wuttke.« Kein Ding, schien ihre Hand zu sagen, die sie ihm auf die Schulter legte. »Ich bin Hanna Wuttke.«

Yıldız notierte die Namen und blickte auf.

»Danke. Ihr seid hergekommen, um den Hund auszuführen?«

Endlich entspannt, schaute Martin freundlich.

»Ja, Diana liebt den Hügel.« Lächelnd blickte er zur Hündin, die ungeduldig auf den Befehl zum Aufbruch wartete. »In der Stadt kann sie nicht so herumsausen, wie sie es mag, die Arme. Und der Park bei uns in der Nähe ist nicht besonders groß. Also kommen wir mindestens zwei Mal die Woche her, manchmal auch drei Mal. Hier kann Diana nach Lust und Laune herumtollen und mit den anderen Hunden spielen, und wir kriegen auch mal frische Luft.«

»Wann wart ihr das letzte Mal hier?« Die Frage kam von Tobias, er hatte seine Angst zwar noch nicht vollständig überwunden, war aber näher gekommen, wobei er darauf achtete, dass Martin zwischen ihm und dem Hund stand. »Vor heute, meine ich.«

Unsicher sah der junge Mann seine Freundin an.

»Ich glaub, vor drei Tagen.«

»Nein, vor vier Tagen«, verbesserte das Mädchen. »Weißt du nicht mehr, du hattest nachmittags die Prüfung, da haben wir's einen Tag ausfallen lassen.«

Der junge Mann nickte bedächtig.

»Richtig, wir waren vor vier Tagen hier.«

Damit war er bei der Sache, die Tobias, der nach wie vor die am Boden ausgestreckte Diana im Blick behielt, eigentlich wissen wollte.

»Ist euch da vielleicht jemand aufgefallen, oder habt ihr etwas bemerkt, das euch verdächtig vorkam?«

Die jungen Leute verstanden ihn nicht.

»Was soll das heißen, jemand, der uns verdächtig vorkam?«, erkundigte Hanna sich.

Tobias ließ kurz den Blick schweifen, dann sah er dem Mädchen in die Augen.

»Typen, die ihr hier noch nicht gesehen habt. Zum Beispiel Skinheads, Typen wie Neonazis. Oder Personen, die anders gekleidet waren, anders gingen oder sich anders benahmen ...«

»Nee.« Hanna ließ die Unterlippe hängen, die für den breiten Mund ein wenig zu schmal war. »So jemanden haben wir nicht gesehen.« Nun war sie es, die ihren Partner um Unterstützung anging. »Oder täusche ich mich? Ist doch so, Martin, oder?«

»Du täuschst dich nicht, Schatz, so jemand ist uns nicht aufgefallen«, bestätigte er resolut, um sich dann an den Polizisten zu wenden. »Eigentlich beobachten wir gerne Leute. Verstehen Sie das nicht falsch, wir belästigen niemanden. Aber es macht uns Spaß, Leute zu beobachten und dann Vermutungen über sie anzustellen, wir unterhalten uns über sie.« Stolz blitzte im Blau seiner Augen auf. »Wir studieren beide Psychologie. Es mag Ihnen verrückt vorkommen, aber wir versuchen, durch Beobachtung den Charakter von Leuten zu analysieren. Das heißt, uns wäre bestimmt aufgefallen, wenn da jemand Komisches gewesen wäre. Hier ist es friedlich. Bis heute wissen wir nicht, wieso der Hügel Teufelsberg heißt.«

»Weil er ein Werk des Teufels ist«, erläuterte Yıldız bitter. »Weil er das Grab schlimmer Erinnerungen an den Krieg ist. Das sind nicht irgendwelche Schutthaufen hier. Hier standen früher Häuser, in denen Berliner lebten, Schulen, Fabriken, Theater, Kinos, Kaffeehäuser. Also alles, was eine Stadt ausmacht. Also wirklich,

Kinder, unter diesen schönen Bäumen und dem grünen Rasen liegen die Trümmer einer bombardierten Stadt.«

Hanna schaute sich um, als sähe sie die Umgebung zum ersten Mal, unwillkürlich griff sie nach dem Arm ihres Freundes. Martin schien allerdings nicht halb so beeindruckt.

»Wie auch immer«, fuhr er fort. »Das ist ja alles lange her. Jetzt kommen die Leute zur Erholung hierher. Sie haben es doch gesehen, die einen picknicken, andere führen ihre Hunde aus, Liebespaare, die stille Ecken zum Knutschen suchen. Grüne Bäume, saubere Luft, Vogelgezwitscher. Wie Sie sehen, ist das ein wirklich ruhiger Ort hier.« Er verstummte. Offenbar war ihm die Leiche des Alten oben auf dem Hügel eingefallen. »Also meistens ist es ruhig«, korrigierte er sich.

Yıldız hatte nicht vor, die Sache in die Länge zu ziehen, sie fragte direkt:

»Ihr habt den Toten gefunden, ja?«

Hanna sah ihren Liebsten an.

»Martin hat ihn gefunden, das heißt, er hat ihn zusammen mit Diana gefunden. Ich konnte nicht hingucken, bin nicht mal näher rangegangen. Ich hab Angst vor Toten, total. Ich konnte nicht mal hingucken, als mein Opa starb. Dabei wollte Mama das unbedingt. Und ich hab meinen Opa echt geliebt.«

Yıldız wollte nicht schon wieder vom Thema abschweifen und wandte sich an den jungen Mann.

»Erzählen Sie bitte, wie Sie die Leiche gefunden haben.«

Martin passte nicht, dass seine Freundin unterbrochen worden war, sah aber, dass es Hanna egal war. Also beantwortete er die Frage.

»Diana hat sie gefunden.« Wieder glitt sein Blick zu dem Hund zu seinen Füßen. Es war schwer zu entscheiden, ob er stolz war oder sich über ihn ärgerte, weil er sie in Schwierigkeiten gebracht hatte. »Diana dreht fast durch, wenn wir hierherkommen. Man kann sie kaum halten. Sie hüpft und springt und flitzt überall herum.« Als die Hündin ihren Namen zum zweiten Mal hörte, hob sie den Kopf und blickte ihr Herrchen an. Gingen sie doch endlich los? Martin beugte sich hinunter und berührte ihren Kopf, wie um zu sagen, nein, noch nicht. »Diana ist echt schlau, sie läuft nicht weg, sie rennt auf den Hügel, rauf und runter, hinter die Bäume, springt über die Gruben, aber am Ende kommt sie immer zu uns zurück. Sie bleibt nie länger weg. Aber heute kam sie nicht wieder, da wurden wir natürlich unruhig. Einmal sah ich, wie sie oben zwischen den Bäumen verschwand. Nach einer Weile hörten wir sie bellen, kümmerten uns aber nicht weiter darum, weil wir dachten, sie spielt mit anderen Hunden. Plötzlich kam sie angerannt, total aufgeregt, gar nicht fröhlich. Mit dem Bellen wollte sie uns etwas sagen. Wir kümmerten uns noch immer nicht weiter, aber sie hat die Jagd im Blut, sie packte mein Hosenbein und zerrte daran. Offensichtlich wollte sie uns irgendwo hinbringen. Da waren wir doch neugierig, was sie uns unbedingt zeigen wollte. Also taten wir ihr den Gefallen und folgten ihr. Alle zusammen kletterten wir den Hügel hinauf. Ungeduldig rannte sie vor uns her, kam immer wieder zurück, sagte regelrecht, beeilt euch. Zwischen den Bäumen stieg uns ekliger Gestank in die Nase. Ein totes Tier, dachten wir. Eine Krähe, ein Igel, vielleicht ein Kaninchen. Der Anblick würde vielleicht nicht so schön sein. ›Wollen wir nicht besser umdrehen?‹, schlug Hanna vor. Wir wollten umkehren. Ich rief Diana, aber sie hörte nicht. Ich gab mich so autoritär wie möglich, aber sie gehorchte einfach nicht. Sie war wie durchgeknallt. So hatte ich sie noch nie erlebt. Sie ignorierte meine Rufe und verschwand wieder zwischen den Bäumen. Das ärgerte mich, ich sagte: Hanna, warte hier, und folgte Diana. Je weiter ich kam, desto schlimmer wurde der Gestank. Endlich sah ich Diana. Sie stand auf einer kleinen Lichtung vor einer Grube. Der Gestank war unerträglich, als ich heran war, da hatte ich plötzlich das Gefühl, in der Grube ein Gesicht zu sehen. Ich war mir nicht sicher, ging näher heran. Ich hatte mich nicht getäuscht, es war ein menschliches Gesicht, das Gesicht eines alten Mannes. Er war mit Blättern bedeckt. Offenbar schon länger, denn die Blätter welkten schon. Einige hatte der Wind weggeweht, so war das Gesicht aufgetaucht. Als ich am Rand der Grube stand, sah ich es noch deutlicher. Der arme Mann war bis zum Hals eingebuddelt, nur der Kopf guckte raus. Ich fasste nichts an, nahm den Hund und lief zu Hanna. Dann haben wir Sie angerufen. Das ist alles.«

Fragend, ob sie etwas hinzufügen wollte, richtete Yıldız den Blick auf Hanna.

»Es war genau, wie Martin erzählt hat«, sagte das junge Mädchen. In ihren Augen standen Tränen, durch den Bericht schien sie erst richtig begriffen zu haben, wie entsetzlich die Sache war.

»Und das Zepter in der Nähe der Grube?«, hakte Yıldız nach.

Der Blick des jungen Mannes war leer.

»Was für ein Zepter? Hab ich nicht gesehen.« Er schien sich schuldig zu fühlen. »Also, ich stand unter Schock. Wenn da ein Zepter war, hab ich es nicht gesehen. Vielleicht war da noch irgendwas, aber ich war echt nicht in der Lage, etwas zu bemerken. Ich hab so etwas zum ersten Mal erlebt.«

Yıldız sah ihn verständnisvoll an.

»Ich muss das leider fragen. In der Nähe der Grube war ein Zepter mit einem Adler auf dem Griff. Haben Sie das nicht bemerkt?«

Der junge Mann dachte kurz nach, bevor er wiederholte: »Nein, so was hab ich nicht gesehen.«

Yıldız notierte etwas in ihrem Büchlein, als Hanna eine dumme Frage stellte.

»Ist das etwa ein Mord? Wurde der Mann umgebracht?«

Ihre Stimme zitterte. Yıldız ignorierte sie, sah vielmehr ihren Freund an.

»Was meinen Sie, Martin, wurde der Mann ermordet?«

Das Funkeln seiner meerblauen Augen erlosch.

»Wahrscheinlich wurde er ermordet. Wie sollte das sonst passiert sein? Ich habe zwar nur das Gesicht gesehen. Ein leidender alter Mann. Ich weiß nicht, ob er normal gestorben ist oder ermordet wurde. Aber dass ihn jemand eingegraben hat, ist sicher.« Er zögerte. »Der Mann hat sich ja wohl kaum selbst eingebuddelt. Klar, dass ihn jemand eingegraben hat. Und falls er normal gestorben ist, wieso sollte man ihn dann hier vergraben?«

Der Gedankengang war logisch, Yıldız ließ es dabei bewenden.

»Gut, ist euch denn heute, vor ein paar Stunden also, etwas aufgefallen? War hier jemand, ein Typ, wie ihr ihn hier nicht zu sehen gewohnt seid?«

Martin wurde allmählich ärgerlich.

»Wir haben doch schon gesagt, dass wir nichts gesehen haben!«

»Ihr habt gesagt, dass ihr niemanden gesehen habt, als ihr vor vier Tagen hier wart«, erklärte Yıldız geduldig. »Ich spreche aber von heute. Jemand oder etwas, das ihr gesehen habt, bevor ihr die Leiche gefunden habt.«

Beide schüttelten den Kopf, Martin sagte: »Nein, es sah alles normal aus. Wir haben weder Skinheads gesehen noch Neonazis.«

Er klang nervös. Seine Anspannung spürte auch Hanna.

»Haben etwa Neonazis den Mann umgebracht?«

Ihr sommersprossiges Gesicht war irritiert, Yıldız seufzte.

»Das wissen wir nicht, Hanna, wir versuchen, es herauszufinden. Deshalb spalten wir ja jedes Haar.« Ihr Blick fiel auf den Hund. »Wär schön, wenn Diana reden könnte. Ich bin sicher, sie würde uns eine Menge sagen, das uns von Nutzen wäre.« Sie hob den Kopf. »Okay, Leute, soweit unsere Fragen, falls ihr noch etwas sagen wollt ...«

Martin atmete erleichtert auf.

»Wir haben erzählt, was wir wissen.« Er sah das Mädchen an. »Stimmt doch, Schatz, oder?«

Hanna nickte still.

»Gut, dann könnt ihr gehen.«

»Halt, Moment, Chef«, mischte Tobias sich ein. »Ein Detail ist da noch: der Minibus.« Er sah die beiden jungen Leute an. »Habt ihr hier irgendwo einen schwarzen Minibus gesehen? Kobaltschwarz. Vor vier Tagen oder heute ...«

»Nein, wir haben keinen Bus gesehen«, antwortete Martin entschieden. »Zumindest ist uns keiner aufgefallen.«

Hanna war still geworden und starrte auf die Straße.

»War das so einer?«, fragte sie. Im selben Augenblick sprang Diana auf und bellte Richtung Straße. Alle vier spähten in die Richtung, in die Diana bellte. Tatsächlich kam ein schwarzer Transporter auf sie zu. Nach einem kurzen Moment der Überraschung wechselten Yıldız und Tobias einen Blick, das junge Paar hingegen erstarrte vor Angst. Ohne den Blick von dem nahenden Minibus zu wenden, sagte Yıldız besorgt: »Geht mal lieber, Kinder. Los, macht euch sofort auf den Weg.«

Es kam kein Widerspruch.

»Okay, wir gehen«, sagte Martin mit einem Anflug von Panik. »Komm, Diana, wir gehen, komm, Mädel.«

Diana aber, die den Transporter anbellte, wollte nicht weg. Martin streifte ihr hastig das Halsband über und schleifte sie mit sich fort. Yıldız und Tobias hingegen blieben an Ort und Stelle, die Hände nah an den Waffen, warteten sie ab. Die Sonne blendete, sodass sie nicht sehen konnten, wer auf dem Fahrersitz saß. Als er näher kam, bremste der Wagen ab, direkt vor ihnen blieb er stehen. Hastig stiegen zwei Männer aus. Den ersten erkannte Yıldız sofort. Der aufgeregt herausstürzende Mann war kein anderer als Kerem Ölmez, der Sohn des Alten, der oben tot an der Grube lag.

*

»Wieso hat er nichts an?«, fragte Hüseyin vor dem gelben Absperr-band, das gezogen war, damit der Tatort nicht kontaminiert wurde. Er konnte den Leichnam nicht vollständig sehen, hatte aber so-gleich bemerkt, dass er unbekleidet war. »Was für eine Respekt-losigkeit gegenüber dem Toten! Wir müssen ihn bedecken.« Er zog seine Jacke aus und schickte sich an, die Absperrung der Spu-rensicherung zu überwinden.

»Nein! Halt! Stehen bleiben!«, rief Kurt laut. »Nicht näher kom-men! Sie kontaminieren den Tatort!«

Der wütende Enkel erstarrte, aber nur kurz.

»Wie das stinkt! Mein armer Opa hasste schlechte Gerüche«, klagte er. »Es war ihm so wichtig, gut zu riechen. Er hat immer die Essenz aus Bergama benutzt.«

Kerem hatte Tränen in den Augen, er nickte traurig.

»Eine Essenz aus dem Tabak der arabischen Ebene in Bergama. Nur die hat er verwendet. Ach, Papa, welcher ehrlose Schuft hat dir das angetan?«

Yıldız kannte das Tabakparfum mit seinem schweren Duft. Tobias dagegen hörte verständnislos zu. Hüseyins Klage dauerte nicht lange, er musterte den merkwürdig gekleideten Polizisten.

»Wie lange muss mein Opa da so liegen?«

»Bis wir fertig sind«, erklärte Kurt kompromisslos. »Wenn wir so weit sind, decken wir ihn ab. Ein bisschen Geduld bitte.«

Hüseyins dunkle Augen funkelten wütend, von Warten hielt er gar nichts, doch Kerem packte den Sohn am Arm. Und Yıldız hielt Tobias zurück, sollte lieber der Vater Hüseyin beruhigen.

»Ist gut, mein Sohn«, beschwichtigte Kerem traurig. »Ist gut, lass die Polizisten ihre Arbeit tun. Komm, wir gehen eine rauchen.«

Wütend entzog Hüseyin ihm seinen Arm.

»Lass mich, Papa, Opa liegt da nackt vor unseren Augen und wir sollen eine rauchen gehen?«

Hüseyin war über die mittleren Jahre bereits hinaus, er wirkte kräftig, abgesehen vom Schmerbauch, der ihn aus der Puste brachte, als sie die Stufen erklommen. Er war kleiner als sein Vater, aber ebenso wuchtig. Seit er auf Yıldız und Tobias getroffen war, hatte er kaum gesprochen. Auch sein Vater Kerem hatte nur gesagt, dass sie den schwarzen Transporter für ihr Bergama-Baklava angeschafft hatten. Tatsächlich standen Name und Logo des Geschäfts auf den Seiten. Niemand benutzte einen Wagen, auf dem ein Firmenname stand, wenn er einen Mord beging. Trotzdem sollten sie Peyman danach fragen, der gesagt hatte, er habe einen Minibus gesehen, dachte Yıldız und schob das Thema vorerst beiseite. Die beiden Ölmez-Männer wollten unbedingt sofort das Opfer sehen. Und als sie es sahen, waren sie schockiert.

Hüseyin näherte sich erneut dem Absperrband der Spurensicherung. Er stützte die rechte Hand in die Hüfte und stierte Kurt nahezu drohend an.

»Wie lange dauert das denn noch?«

Kurt reagierte nicht darauf, sondern wandte sich an die Hauptkommissarin.

»Wir können hier nicht in Ruhe arbeiten, Frau Karasu, greifen Sie bitte ein. Bringen Sie bitte die Männer weg.«

»Wir gehen nirgendwohin!«, ereiferte sich der wütende Enkel, ohne Yıldız eine Chance zu lassen. »Sie haben es nicht geschafft, meinen Opa zu beschützen, und jetzt wollen Sie uns seinen Leichnam vorenthalten?«

Wären Yıldız und Tobias nicht gemeinsam mit zwei uniformierten Polizisten eingeschritten, hätte er flugs das gelbe Band überwunden und Kurt attackiert. Mit einer Kopfbewegung bedeutete Tobias den Uniformierten, sich zurückzuhalten, und stellte sich mit seiner Hünengestalt vor Hüseyin.

»Kommen Sie, Herr Ölmez«, sagte er ruhig, aber bestimmt. »Sie machen es nur schwerer. Lassen wir doch die Kollegen ihren Job machen. Umso schneller können Sie Ihren Großvater bedecken.«

Feindselig starrte Hüseyin ihn an.

»Statt mir zu sagen, was ich tun soll, fassen Sie lieber die Mörder meines Opas. Aber das tun Sie natürlich nicht, stimmt's? Denn Sie arbeiten ja mit den Nazis zusammen.«

Überrascht verstummte Tobias, doch Yıldız sprang ihm bei.

»Welche Nazis?« Sie trat vor Tobias und baute sich vor dem Enkel auf. »Wovon reden Sie, Hüseyin Bey?«

»Bey« hatte sie auf Türkisch gesagt, doch der Mann blieb ungerührt.

»Als würden Sie sie fassen, wenn ich es sage …«

»Selbstverständlich fassen wir sie.« Yıldız sah ihn herausfordernd an. »Das ist unser Job. Wenn Sie uns sagen, was Sie wissen, statt die Arbeiten hier zu behindern, fassen wir sie umso schneller.« Sie sprach autoritär und selbstbewusst.

»Ich behindere hier gar nichts«, maulte Hüseyin. »Ich sage nur, erweisen Sie meinem Opa ein bisschen Respekt, wenn Sie ihn schon nicht schützen konnten.«

Seine Wut schien zu verrauchen, das entging Yıldız nicht. Sie schlug einen neugierigen Ton an, um ihm das Gefühl zu geben, das Thema würde sie interessieren.

»Wurde Ihr Großvater denn bedroht? Haben tatsächlich Neonazis etwas mit den Morden zu tun?«

Hüseyin richtete seine dunklen Augen auf Yıldız und versuchte herauszufinden, ob sie es ehrlich meinte oder nur so tat.

»Ja.« Er blieb skeptisch. »Hinter den Angriffen steckt Rudolf der Blinde. Der Mann verfolgt seit dreiundzwanzig Jahren eine Blutfehde.«

»Seit dreiundzwanzig Jahren?«, wiederholte Yıldız fassungslos. »Was ist denn vor dreiundzwanzig Jahren passiert?«

Hüseyins Augen funkelten stolz, als erlebe er das damalige Geschehen noch einmal.

»Na, was schon, da haben wir die Neonazis aus Kreuzberg rausgeschmissen. Ich war damals bei den 36 Boys. Und hab wegen der Sache gesessen.«

Yıldız erinnerte sich dunkel an die Bandenkämpfe von damals, wusste aber keine Einzelheiten. Was Hüseyin zu berichten hatte, war tatsächlich interessant. Womöglich würde der älteste Sohn der Ölmez-Familie die Verbindung zwischen den Morden und den Nazis herstellen, nach der sie bislang vergeblich suchten. Die unvermutet aufgetauchte Information konnte ein wertvoller Schatz sein, doch sie wollte nichts überstürzen.

»Moment, Moment, Herr Ölmez. Für uns ist sehr wichtig, was Sie zu sagen haben. Kommen Sie hier an die Seite, unter dem Baum da vorn passt es. Dort erzählen Sie uns, was Sie wissen. Ich möchte nicht, dass mir etwas entgeht. Und während wir reden, kann die Spurensicherung ihre Arbeit zu Ende bringen.«

Hüseyin war nicht überzeugt, sein Blick glitt erneut zu seinem Großvater, der etwas entfernt auf dem Rasen lag.

»Wir können Sie nicht zu ihm lassen«, erklärte Yıldız bedauernd. »Es bringt nichts, wenn Sie hier warten. Wenn Sie uns aber Informationen zu diesem Rudolf geben, von dem Sie sagen, dass er Ihren Großvater ermordet hat, können wir sofort Ermittlungen einleiten.«

Hüseyins Blick drückte nach wie vor Misstrauen aus, da mischte sich Kerem ein, der seinen Sohn sehr gut kannte.

»Frau Karasu hat recht, Junge, wir müssen ihr die Sache mit Rudolf erzählen.«

Endlich gab Hüseyin auf.

»Okay, wenn du das sagst.« Er konnte es nicht lassen, trotzdem weiter gegen die Polizisten zu sticheln. »Wie oft haben wir das schon erzählt, aber unternommen wurde gar nichts. Na gut, nur um deinetwillen erzähl ich's noch mal, Papa.«

Alle vier strebten zu der großen Eiche. Die beiden Ölmez-Männer gingen nebeneinander, die Polizisten folgten ihnen mit ein paar Schritten Abstand. Yıldız dachte an den Mann, den Kerem ihr bei Bergama-Baklava gezeigt hatte. Pehlivan, der Arbeiter von Carl Humann, der den ersten Spatenstich bei den Ausgrabungen von Pergamon getan hatte. Sogar auf dem Foto war zu erkennen gewesen, dass er ein ebenso wuchtiger Mann war wie dieser Vater und seine beiden Söhne. Auch Großvater Orhan, der hier oben lag, wie auch Cemal waren nicht gerade klein gewesen. Die Gene waren weitergegeben worden, dachte sie. Unterdessen verlangsamte Kerem seine Schritte und wartete, dass die beiden Polizisten aufschlossen. Hüseyin lief weiter voraus.

»Entschuldigen Sie meinen Sohn, Frau Karasu«, sagte Kerem verlegen. »Als er seinen Opa so sah ...«

Yıldız hatte schon Schlimmeres erlebt.

»Kein Ding, das ist ja verständlich. Nur warum haben Sie uns nichts von diesem Rudolf erzählt? Wenn er etwas mit dem Mord an Ihrem Vater zu tun hat, ist er womöglich auch für den Mord an Ihrem Sohn verantwortlich.«

Kerem warf die breiten Schultern zurück.

»Daran hab ich gar nicht gedacht. Ich hätte es tatsächlich erzählen sollen, denn Cemal und Hüseyin hatten Streit mit den Nazis. Und zwar mit diesem Mann, den sie Rudolf der Blinde nennen. Der wurde dabei sogar verletzt.«

Yıldız beobachtete Kerem verstohlen, während er sprach. Der Mann, der zuvor kein Wort über die Nazis verloren hatte, beschuldigte sie jetzt.

»Es war keine große Verletzung«, warf Hüseyin ein. Er lauschte also dem Gespräch, das hinter ihm geführt wurde. Jetzt blieb er stehen und wartete, bis die Gruppe bei ihm war. »Rudolf und dem anderen Arschloch erging es schlimmer. Cemal hatte sich den Stuhl geschnappt und ging auf sie los.« Im Weitergehen fuhr der wütende Enkel mit Blick auf die Hauptkommissarin fort: »Ich sag's Ihnen, der hat garantiert auch mit Cemals Tod zu tun. Denn

Cemal hat den Stuhl Rudolf dem Blinden über die Rübe gezogen. Der hat einen dicken Schädel, aber Cemal traf eine empfindliche Stelle, achtzehn Stiche brauchten sie, um dem Wichser die Glatze zu nähen.«

Tobias wollte ihn ermahnen, keine Schimpfworte zu benutzen, doch Yıldız' Blick sagte, lass es. Dann wandte sie sich erneut Hüseyin zu, der jetzt neben ihr ging.

»War das die Sache vor dreiundzwanzig Jahren?«

»Nein, das war vor zehn Jahren. Wobei der Schuft es auch in hundert Jahren nicht vergessen würde. Der vergibt niemals. Dreiundzwanzig Jahre lang hat er mich nicht vergessen und wird nicht ruhen, ehe er sich nicht an mir gerächt hat.«

»Wer ist denn bloß dieser blinde Rudolf?«, fragte Tobias dazwischen, der die ganze Zeit geschwiegen hatte. »Wie kann ein Blinder sich mit euch prügeln?«

Auf Hüseyins vor Wut glühendem Gesicht tauchte erneut der Ausdruck von Stolz auf.

»Rudolf ist ein guter Kämpfer. Putin soll ihn ausgebildet haben.«

»Putin?«, fragte Tobias verdattert. »Der russische Präsident Putin?«

»Genau, Wladimir Putin«, wiederholte Hüseyin überzeugt. »Der war doch früher beim KGB. Und der KGB hat damals Nazis ausgebildet.« Als er die beiden Polizisten ungläubig gucken sah, beharrte er: »Bei Gott, um hier, also im Westen, Chaos zu stiften, hat der KGB die Nazis im Osten ausgebildet. Daran war Putin persönlich beteiligt. Ich denk mir das nicht aus. Gucken Sie mal bei Google. Es gibt sogar ein Buch darüber. Putin gehörte auch der Stasi an, das hab ich in der *Bild* gelesen. Da war ein Foto von seinem Ausweis gedruckt. Und die haben da diesen Rudolf und seine Kumpane ausgebildet. Sie haben den Mann zum Straßenkämpfer gemacht. Der nimmt es mit drei Leuten zugleich auf.«

Tobias war keineswegs überzeugt.

»Als Blinder?«

»Er ist nur auf dem linken Auge blind. Mit dem rechten Auge sieht er besser als du und ich. Der Blinde ist sein Spitzname. Früher konnte er auf beiden Augen sehen. Richtig heißt er Rudolf Winkelmann. Dann ist er an uns geraten, da ging es ihm an den Kragen.« Als er die beiden Polizisten verwundert sah, erläuterte er gelassen: »Ja, sein linkes Auge hab ich ihm genommen.«

Auf einmal herrschte Stille. Hatten sie es mit einem Psychopathen zu tun oder mit einem Opfer, das sich verteidigte? Tobias und Yıldız wussten nicht, was sie sagen sollten. Nur das Quietschen vom Gras unter ihren Sohlen war zu hören und das schmachtende Lied einer Nachtigall, das einem Weibchen in den Zweigen der Eiche den Hof machte. Schließlich brach Tobias das Schweigen.

»Worum ging es denn eigentlich? Warum haben Sie Rudolfs Auge blind geschlagen?«

Hüseyin zeigte keinen Funken Reue.

»Hätte ich ihm nicht das Auge genommen, hätte er mir das Herz rausgerissen. Sein Kampfmesser war scharf, damit hat er mir links die Brust aufgeschlitzt.«

»Er lag zwei Wochen im Krankenhaus«, ergänzte sein Vater zur Unterstützung. »Wir dachten, er stirbt.«

Kerems Einwurf hatte Hüseyin offenbar in seiner Mannesehre getroffen, denn er hielt sofort dagegen: »Aber Rudolf war einen Monat im Krankenhaus.« Der erwachsene Mann klang wie ein Jugendlicher, der mit anderen um die Wette pinkelt. »Er war fast tot. Ich hab kein Mitleid mit dem Schuft, wäre er doch gestorben! Solche Leute sollten nicht leben. Jetzt seht ihr's, der lässt uns immer noch nicht in Ruhe. Er oder ich, das geht weiter, bis einer von uns tot ist.«

Er spuckte reichlich große Töne.

»Übertreiben Sie nicht ein bisschen?«, fragte Tobias.

»Übertreiben? Begreifen Sie denn nicht? Der Mann ist ein Mörder, der wollte mir das Herz rausreißen, sage ich!«

Das mit dem »Herz rausreißen« sagte er zum zweiten Mal. Waren das nur so dahingesagte Worte, oder versuchte er bewusst, sie auf Rudolf anzusetzen? Was auch immer seine Absicht sein mochte, mit den Bruchstücken stiftete er nur Verwirrung.

»So wird das nichts«, ging Yıldız dazwischen. »Erzählen Sie uns die Sache doch bitte von Anfang an. Was hatte Rudolf gegen Sie? Oder Sie gegen ihn? Wieso gerieten Sie so brutal aneinander?«

Hüseyin sog genervt die Luft ein.

»Okay, okay, ich erzähl's.« Er lehnte sich an den breiten Stamm der Eiche. »Unsere Feindschaft reicht weit zurück. Wir wohnten damals in Kreuzberg. Der Kiez war nicht so modern wie heute. Wir wohnten in einem Haus, das den Krieg überstanden hatte. Das Klo war im Treppenhaus, wir benutzten es mit den Nachbarn gemeinsam. Künstler und Intellektuelle wie heute gab es damals nicht. Kreuzberg war billig, deshalb war es voller Gastarbeiter. Beide Eltern haben gearbeitet. Das heißt, sie konnten sich nicht um uns kümmern. Verstehen Sie, wir waren als Kinder auf uns alleine gestellt. Wir gingen zwar zur Schule, aber nur so. Die meisten deutschen Lehrer glaubten sowieso, dass wir scheitern. So behandelten sie uns jedenfalls. Ich will niemandem zu nahe treten, aber es gab wirklich nur sehr wenige Lehrer, die sich vernünftig um die türkischen Schüler kümmerten. Und wir waren natürlich nicht gut in der Schule. Kaum zu Hause, warfen wir die Schultaschen in die Ecke und gingen raus. Das war die Zeit, als die Nazis anfingen, uns zu belästigen. Ja, damals gab es Nazis in Kreuzberg, das heute ein Paradies der Linken ist. Die waren eine echte Gefahr. Auf der Straße bedrängten und belästigten sie uns, schlugen uns sogar. Wir hatten keine Lust mehr, Knüppel zu fressen. Deshalb gründeten wir eine Gang. Den Namen gaben wir uns von der Kreuzberger Postleitzahl: 36. Wie gesagt, wir waren die 36 Boys ...«

Yıldız erinnerte sich. Ihr Vater hatte davon erzählt. Eine antifaschistische Bande von Jungs, die sich verteidigen wollten.

»Die meisten von uns waren Gastarbeiterkinder«, fuhr Hüseyin fort. »Aber es waren auch Deutsche dabei. Harte Burschen. Politische Jungs. Die wussten genau, was sie tun. Die sind es auch, die heute Häuser besetzen. Wir hatten mit Politik nichts am Hut, wir wollten uns nur verteidigen. Wir wehrten uns gegen die Nazis, die uns durch die Straßen jagten, uns belästigten und auf uns einprügelten. Und einer von denen, die diese faschistischen Banden anführten, war Rudolf. Wie gesagt, ein großer Kämpfer, der fantastisch mit dem Messer umgehen konnte. Mit dem wollte keiner was zu tun haben. Wir waren zwar alle beim Kampfsport, aber das war was für Amateure. Rudolf dagegen fegte wie ein Sturm durch die Straßen.

Genau, erst waren die Nazis uns bei Straßenkämpfen überlegen, aber bald siegten wir. Wir lernten prügeln, weil wir verprügelt wurden. Allmählich fürchteten sie uns. Früher wagten wir uns nicht allein auf die Straße, jetzt konnten die nicht allein herumlaufen. Wir fielen über sie her, wo wir sie zu fassen bekamen. Aber manchmal haben sie sich doch über uns hergemacht. So war das auch an jenem Tag. Ich lief mit zwei Freunden an St. Michael vorüber. Es hatte geregnet, alles war total glitschig. Auf einmal ging Rudolf mit zwei Mann auf uns los. Keine dumme Anmache, keine Beleidigungen, sie teilten einfach Ohrfeigen aus. Wir waren auch zu dritt, aber Rudolf war fähig, uns alle drei zusammenzufalten. Gott sei Dank waren meine Kumpel mutige Burschen. Keiner rannte weg, aber ich hatte das Pech, an Rudolf zu geraten. Keine Chance, ich wehrte mich zwar, aber vergebens, der Mann prügelte mich windelweich. Ich versuchte dagegenzuhalten, aber ich traf kaum. Je weniger ich traf, desto größer wurde sein Selbstvertrauen. Irgendwann wich Rudolf etwas zurück, um mir den finalen Schlag zu versetzen, er nahm Anlauf, wollte mir an die Brust springen. Doch er hatte nicht bedacht, wie nass der Boden war, flutsch, knallte er auf den Rücken. Ich sofort auf ihn rauf, flache Hand, Faust, was Gott mir gegeben hat, verpasste ich ihm. Meine Hand ist schwer, ich hab ihn hübsch poliert. Der war aber flink wie ein Floh, nach dem ersten Schreck kämpfte er sich los, sprang auf und baute sich vor mir auf. ›Jetzt mach ich dich fertig, dreckiger Türke‹, bellte er und zog sein Messer. Ein Kampfmesser, wie Soldaten es benutzen. Na, auch wir laufen ja nicht nackt rum. Ich hatte ein scharfes Messer an der Hüfte, aus Sürmene, von einem Trabzoner Freund. Auf dem Kirchplatz belauerten wir zwei Männer uns mit den Messern. Ich stand vor Rudolf, als wäre ich ihm ebenbürtig, aber ich hatte die Hosen voll. Er war ein Meister im Kämpfen, ich hatte keine Chance gegen ihn. Das wusste er natürlich, er lachte selbstsicher, warf das Messer von einer Hand in die andere, damit ich kuschte. Ich hoffte auf die Kumpel, doch woher! Keiner kam, keiner ging. Mein seliger Opa Orhan hat uns immer gemahnt: ›Hab keine Angst, vor niemandem, Junge! Was ein Mann ist, der kann austeilen und muss auch einstecken. Hauptsache, du bist kein Feigling. Lauf nicht weg, wenn es Streit gibt!‹ Mir war klar, dass ich den Kampf nicht gewinnen konnte. Der Mann würde mich erledigen. Glück, wenn ich mit kleineren Verletzungen davonkäme, da war nichts zu machen. Okay, sagte ich mir, soll geschehen, was immer mein Los ist. Ich packte mein Messer, stampfte auf und rief auf Türkisch: ›Komm her, ehrloser Schurke! Komm nur her, rassistischer Hurensohn!‹ So viel Türkisch verstand der Kerl offenbar. Jetzt wurde er erst richtig wütend. Er stürzte sich auf mich, brüllte: ›Selber Hurensohn!‹ Eine Sekunde später und ich hätte sein Messer in der Kehle gehabt, gerade noch rechtzeitig wich ich nach rechts aus, aber ganz kam ich nicht davon, ein höllischer Schmerz in der linken Brust. Das Hemd war aufgeschlitzt, Blut sprudelte raus. ›Ich stech dich ab, dreckiger Kanake‹, heulte Rudolf. Willst du deinen Gegner einschüchtern, greif als Erster an, lautet ein Spruch. Ich wusste nicht genau, was ich tun sollte, sprang aber auf ihn zu. Natürlich wich Rudolf mir mit links aus. Mein Messer schnitt durch die Luft, und ich verlor das Gleichgewicht, wäre fast zu Boden gegangen. Das ließ Rudolf sich nicht entgehen, fetzte mir noch einen Schnitt in die Brust. Mein Oberkörper voll blutig. Das sah so schlimm aus, dass meine Kumpel und die beiden Neonazis aufhörten zu kämpfen. Sie glotzten nur schockiert. Einer seiner Männer kriegte Schiss. ›Du bringst ihn um, Rudolf!‹, rief er. ›Is' doch genug jetzt, hauen wir ab!‹ Aber Rudolf hatte Blut geleckt wie ein Wolf. Mit der freien Hand winkte er ab. Er würde nicht von mir lassen, bevor ich erledigt war. Und meine beiden Kumpel standen einfach nur geschockt da. Mir wurde schwarz vor Augen, ich verlor Blut, viel Blut. Er hatte wohl gemerkt, dass ich taumelte, das ist die Chance, sagte er sich, und warf sich wieder auf mich. Doch da geschah ein Wunder. Wieder rutschte Rudolf aus, stützte das rechte Knie auf, um nicht zu Boden zu gehen. Sein Kopf war in Höhe meiner Taille, die Chance nutzte ich und schwang das Messer in Richtung seiner Fresse. Ich sah kaum noch was, keine Ahnung, ob ich treffen würde. Plötzlich kam Rudolf hoch. Ich schwang noch das Messer. Als er aufsprang, fuhr ihm mein Sürmene-Messer quer über die Fratze, volle Kanne, traf auch sein linkes Auge. Er schrie auf, ließ das Kampfmesser fallen und riss beide Hände vors Auge. Seither wird er Rudolf der Blinde genannt.«

Tobias hatte gespannt zugehört, seine Gelassenheit war verflogen.

»Und dann?«, fragte er neugierig. »Sind seine Freunde nicht auf Sie losgegangen?«

»Nein, die waren total überrascht. Sie hatten ihren Anführer für unbesiegbar gehalten, jetzt lag er da in seinem Blut. Nach dem ersten Schock kümmerten sie sich darum, Rudolf sofort ins Krankenhaus zu schaffen. Mir ging's auch nicht viel besser, ich war bewusstlos. Als ich die Augen öffnete, lag ich im Krankenhaus, Polizei war auch schon da. Kaum wieder gesund, kamen wir vor

Gericht, ich musste zwei Jahre, er neun Monate in den Knast. Aber kaum war er raus, fing er an, meine Familie zu bedrohen.«

Kerem, der bisher still zugehört hatte, bestätigte die Worte seines Sohnes.

»Den Bergama-Baklava hatten wir damals noch nicht. Ich war Aufsicht im Ägyptischen Museum. Rudolf stellte sich mir einmal mit ein paar Männern in den Weg, auf der Straße war viel los, sie trauten sich nicht, direkt anzugreifen. ›Wir fackeln euer Haus ab, wir verbrennen euch alle‹, drohten sie. Ich ging zur Polizei. Er wurde festgenommen, aber nicht lange, dann war er wieder frei. Zwei Mal haben sie versucht, unser Haus anzustecken, beide Male erfolglos. Nur die Fenster waren kaputt. Dann fingen die 36 Boys an, unser Haus zu bewachen. Da bekamen die Nazis Angst und zogen sich zurück. Als Hüseyin aus dem Gefängnis kam, nahmen sie ihn sofort aufs Korn.«

Wütend fiel Hüseyin ihm ins Wort.

»Eigentlich hätte ich dem Nazihund die Kehle durchschneiden sollen bei dem Kampf damals. Rudolf an meiner Stelle hätte das ohne Zögern getan. Genau das hatte er ja vor, auf dem Kirchplatz damals wollte er mich umbringen. Hat er aber nicht geschafft.« Seine Augen funkelten wild. »Hätte ich es bloß! Dann würde Opa noch leben.«

Den Polizisten war nicht entgangen, dass der Name Cemal nicht gefallen war. Yıldız hatte längst das Gewaltpotenzial in Hüseyin erkannt, hörte aber nicht ungern, was er erzählte. Stimmte, was der Mann sagte, stärkte das die These, dass die Nazis beide Morde begangen hatten. Doch es galt, nichts zu überstürzen, noch gab es ungeklärte Punkte.

»Und der Streit mit Cemal? Wann war das?«, hakte sie nach. »Ich meine den Streit, als Cemal Sie aus Rudolfs Händen gerettet hat. Er zog ihm einen Stuhl über den Schädel, sagten Sie.«

»Ja, genau. Das war ein anderes Mal. Vor zehn Jahren, wir hatten den Laden in Kreuzberg gerade aufgemacht.« Er verstummte, seufzte. »Man redet nicht schlecht über Tote, aber wir wussten damals noch nicht, was für einer Cemal war. Er wohnte bei uns und arbeitete in einer Computerfirma am Potsdamer Platz. Wir hatten auch samstags geöffnet, da half er mir hin und wieder. An einem dieser Samstage überfiel Rudolf mit einem bulligen Skinhead den Laden. Ja, am helllichten Tag stürmte der Schurke unser Bergama-Baklava. Cemal war noch nicht da, ich war allein. Beide fielen über mich her, mit Schlagringen bewaffnet, damit droschen sie erbarmungslos auf mich ein. Mein Gesicht war sofort voller Blut, die Vitrine war zertrümmert, das Gebäck von den Tabletts ringsum verstreut. Die Leute kamen aus den Läden nebenan, griffen aber nicht ein, weil sie nicht wussten, worum es ging. Auf einmal tauchte Cemal auf, ich weiß nicht, wann er woher gekommen war, aber er schwang einen Stuhl mit stählernen Beinen. Den zog er Rudolf über den Schädel, der hatte keine Chance sich zu wehren. Zuletzt sah ich, wie Rudolf blutüberströmt zu Boden ging. In letzter Sekunde schafften sie den Scheißkerl ins Krankenhaus. Mit achtzehn Stichen nähten sie ihm die Wunde am Kopf. Bestraft wurden wir dafür nicht, es war Notwehr …«

»Frau Karasu, Frau Karasu!« Ein panischer Ruf unterbrach das Gespräch. »Diana hat etwas gefunden …«

Als Yıldız sich in Richtung der Stimme umdrehte, sah sie den kurz zuvor vernommenen Martin. Er kam mit einer Tüte an, die er weit von sich weghielt, als enthielte sie etwas Ekeliges.

»Ich glaube, das ist ein Teil von der Leiche.« Er verzog das Gesicht. »Ich bin mir nicht sicher, sieht aber nach einem männlichen Geschlechtsteil aus …«

Vor ihm stand Diana, hechelte und schaute Yıldız an, als erwartete sie ein Lob.

*

»Wie bitte?«, brachte Kerem fassungslos über die Lippen. »Haben die meinem Vater … äh … Haben die meinem Vater etwa das Geschlechtsorgan abgeschnitten?«

Mit hängenden Schultern, die Augen vortretend, schaute er hilflos dem Kommissar der Spurensicherung hinterher, der davonstapfte, nachdem er das blutige Überbleibsel vom Organ des armen Alten in einem Asservatenbeutel verstaut hatte. Er tat Yıldız leid.

»Ich wollte es Ihnen später sagen, nun ist es zu spät. Ja, Ihr Vater wurde grausam verstümmelt.« Sie schwieg, fuhr dann vielsagend fort, da nun der richtige Zeitpunkt dafür schien: »Genau wie Kronos seinen Vater Uranos verstümmelt hat. Auf dieselbe grausame Weise …«

Bei der Erwähnung von Kronos beobachtete sie Kerems Miene genau, damit ihr nicht die kleinste Regung entging. Sie sah ihn blass werden, er atmete schwer, die eigentliche Reaktion aber kam von seinem Sohn Hüseyin.

»Was hat Kronos damit zu tun? Wir haben doch erzählt, dass Rudolf dahintersteckt. Der Schuft lässt den jahrelang aufgestauten Hass raus. Jetzt rächt er sich an uns allen.«

Gelassen sah Yıldız ihn an.

»Hat Rudolf etwas mit Mythologie zu tun?«

Hüseyin schien verwirrt, wurde aber sofort wieder aggressiv.

»Wieso stellen Sie solche Fragen? Der Mann ist ein brutaler Mörder. Ein unverbesserlicher Ausländerfeind. Rädelsführer der Nazis. Was ändert es, ob er was mit Mythologie am Hut hat? Er hat meinen Opa umgebracht.«

Er gestikulierte wild beim Reden. Die Hauptkommissarin ließ sich nicht aus der Ruhe bringen. In demselben kühl distanzierten Ton hakte sie nach:

»Warum benutzt er mythologische Symbole?«

»Was?«

»Hören Sie zu, Herr Ölmez«, schickte Yıldız sich geduldig zu erklären an. »Der Mörder hat sich mythologischer Symbolik bedient, sowohl beim Mord an Ihrem Bruder als auch bei dem an Ihrem Opa. Er hinterlässt Verweise auf die antike griechische Kultur. Cemal schien dem Zeus geopfert zu sein, Ihrem Großvater wurde das Gleiche angetan wie Uranos. Um so etwas zu tun, muss der Mann, den Sie Rudolf der Blinde nennen, über Kenntnisse der Mythologie verfügen. Aber um sich solche Mühe zu machen, muss er auch über die Vergangenheit Ihrer Familie Bescheid wissen.«

Entweder verstand Hüseyin nicht, oder er wollte nicht verstehen.

»Was ist mit der Vergangenheit unserer Familie?« Er verdrehte die Augen. »Niemand hat das Recht, unsere Familie zu verleumden.«

Der Wind zauste erneut an Yıldız' Haaren, energisch warf sie in die Stirn gefallene Strähnen zurück.

»Niemand verleumdet Ihre Familie. Ausgehend von dem, was Ihr Vater zuvor erzählt hat, sage ich nur, dass Ihre Vorväter vom ersten Tag der Ausgrabungen an in Pergamon dabei waren. Bei beiden Morden verweist der Mörder auf diese Vergangenheit Ihrer Familie. Und er benutzt dazu religiöse Rituale aus dem antiken Pergamon. Falls tatsächlich dieser Rudolf die Morde begangen hat, muss er sich in Mythologie auskennen und zudem von der Vergangenheit Ihrer Familie wissen.«

Erneut setzte Hüseyin zur Gegenwehr an, doch Kerem ging dazwischen.

»Frau Karasu sagt nichts Falsches, Junge.« Er hatte regelrecht die Waffen gestreckt. »Vielleicht interessiert Rudolf sich tatsächlich für Archäologie. Oder er hat sich darüber informiert, weil er unsere Vergangenheit kennt. Hast du nicht gesagt: ›Der Mann vergisst niemals, was man ihm angetan hat‹?«

Scheinbar gab er Yıldız recht, tatsächlich aber lenkte er die Aufmerksamkeit von sich auf den blinden Nazi. Er wandte sich der Hauptkommissarin zu.

»Ist es nicht so: Wenn Rudolf es auf uns abgesehen hat, hat er alle möglichen Informationen über uns gesammelt.«

Zum Schein ließ Yıldız sich auf Kerems Version ein.

»Kann durchaus sein, falls er vorhat, die Familie Ölmez komplett auszulöschen, muss er sich gut über Sie informiert haben. Und als er erfuhr, dass Sie seit Ihrem Ururgroßvater mit Pergamon zu tun haben, könnte er auf die Idee gekommen sein, die Morde damit in Verbindung zu bringen. Danach werden wir natürlich fragen, wenn wir mit Rudolf reden, das klären wir.«

Der Vater beruhigte sich, da ließ die Hauptkommissarin die Katze aus dem Sack.

»Aber wir müssen noch über etwas anderes reden.« Sie senkte die Stimme. »Wir haben eine wichtige Information über Sie erhalten. Wichtig sage ich, weil es dabei um einen Zusammenhang mit der Art und Weise geht, wie Ihr Vater umgebracht wurde.«

Ein besorgter Ausdruck erschien in Kerems kohlschwarzen Augen.

»Was soll das sein?«, fragte er, bemüht, seine Unruhe zu verbergen. »Ich bin bereit, nach Kräften zu helfen.«

»Vor etlichen Jahren waren Sie in einer Klinik in psychiatrischer Behandlung«, fing Yıldız interessiert an. »Sie sollen sich für Kronos gehalten haben. Sie waren dort etwa sechs Monate.« Je länger sie sprach, desto düsterer wurde Kerems Miene. »Sie sollen behauptet haben, dass Ihre Familie von den Göttern abstammt. Ihren Cousin Davut, mit dem Sie verfeindet sind, sollen Sie als Okeanos angeredet haben ...«

»Quatsch!«, begehrte Hüseyin auf. »Sie spinnen. Ist schon klar, statt den Nazis wollen Sie die Schuld wieder uns in die Schuhe schieben. Und das, obwohl Sie Türkin sind.« Wieder gestikulierte er heftig. »Aber die bezahlen Sie ja, stimmt's? Die haben Sie gekauft, stimmt's? Sie arbeiten für den Staat im deutschen Staat.«

Er näherte sich Yıldız bedrohlich. Tobias schritt ein.

»Bleiben Sie stehen. Keinen Schritt näher!«

»Was schwätzt du, Mann!« Hüseyin drang auf den Polizisten ein, der wie ein Schrank vor ihm stand. »Erst lasst ihr die Mörder meines Opas machen und dann droht ihr uns?«

Gelassen schüttelte der Kommissar den Kopf.

»Stehen bleiben, hab ich gesagt.«

Hasserfüllt starrten sich die beiden Männer an. Die Spannung war auf dem Höhepunkt. Kerem packte seinen Sohn am Arm, sonst hätten wohl die Fäuste gesprochen.

»Hör auf, Hüseyin! Lass das, Junge, was tust du denn?«

Der wütende Sohn hielt inne, gab aber nicht sofort auf. Er stierte den hünenhaften Kommissar unverschämt an.

»Dafür wirst du bezahlen.«

Tobias ließ sich nicht provozieren.

»Okay, wann auch immer du willst«, gab er spöttisch zurück. »Aber wenn du der Chefin näher als bis auf einen Meter kommst, brech ich dir den Hals.« Er verstummte. Sein Blick sagte: Versuch's nur! Als Hüseyin schwieg, wandte er sich an Kerem. »Halten Sie bitte Ihren Sohn im Zaum. Andernfalls wäre das weder für Sie noch für ihn gut.«

Kerem steckte in der Klemme.

»Beruhig dich, Hüseyin«, sagte er hilflos. »Beruhig dich, Junge, auf diese Weise gewinnen wir gar nichts.«

»Was sollen wir schon gewinnen, Papa.« Hüseyins Blick sprühte vor Abscheu. »Die fassen weder Cemals Mörder noch den von Opa.«

Die Arme vor der Brust verschränkt beobachtete Tobias die Bewegungen des Widersachers und fragte vielsagend:

»Seit wann kümmert dich dein Bruder? Angeblich hättest du Cemal selbst getötet, wenn du gekonnt hättest.«

Hüseyin wollte sich erneut auf Tobias stürzen, doch sein Vater hielt ihn am Arm zurück.

»Es reicht, Hüseyin, genug jetzt. Lass die Polizisten ihren Job machen. Geh und rauch eine, damit ich in Ruhe mit den Beamten reden kann.«

Hüseyin war fassungslos über das Geschehen.

»Was heißt hier reden, Papa? Die haben doch längst entschieden. Begreifst du denn nicht, die versuchen, uns die Schuld zu geben.«

Allmählich reichte es auch Yıldız.

»Jetzt ist es aber wirklich genug! Was bist du denn für einer? Nimm deinen Verstand zusammen, die Tage der 36 Boys sind vorbei. Wir sind keine Nazis, wir sind Polizisten, die versuchen, den Mörder deines Bruders und deines Großvaters ausfindig zu machen. Wenn du das nicht glaubst, ist das dein Problem. Du gehst nirgendwohin. Auch nicht eine rauchen. Du bleibst da stehen, während wir mit deinem Vater reden. Wenn du Probleme machst, nehme ich dich in Gewahrsam. Dich und deinen Vater. Reiß dich zusammen!«

Von Hüseyin kam kein Ton, doch Kerem sagte versöhnlich: »Nicht nötig, Frau Karasu. Gar nicht nötig, ich und mein Sohn sind bereit, Ihre Fragen zu beantworten.«

Die Hauptkommissarin fixierte den wütenden Sohn, wie um Kerem zu sagen, nicht dir galten meine Worte, sondern ihm. Hüseyin wich ihrem Blick aus, nervös senkte er den Kopf. Kerem nutzte die Gelegenheit und machte sich, in der Hoffnung, die Situation zu entspannen, daran, die Frage zu beantworten.

»Sie haben recht, ich litt unter einer solchen Krankheit. Ja, es ist eine Art psychische Störung. Paranoide Grandiosität. Das Endstadium von Megalomanie. Man hält sich für eine Berühmtheit, einen großen Staatsmann, ja, für einen Propheten, für den Mahdi. Vielleicht kommt es Ihnen komisch vor, aber eine solche Störung gibt es tatsächlich. Sie wird durch Stress getriggert. Ich hatte extremen Stress damals.«

Hüseyin schwieg weiter, er zog das Zigarettenpäckchen aus der Tasche, fingerte eine heraus. Das entging Yıldız nicht, doch sie schwieg und konzentrierte sich auf Kerem.

»Was heißt damals? Wann genau trat die Störung auf?«

»Acht Jahre nach Cemals Geburt.« Er rechnete im Kopf nach. »Cemal war vierzig, also vor zweiunddreißig Jahren. Ja, so viel Zeit ist seither vergangen. Damals verwirrte sich mein Verstand. Ich vergaß, wer ich bin. Eigentlich ist es kein Vergessen ...« Es fiel ihm schwer, es zu beschreiben. »... eher eine Art Flucht. Ja, Flucht vor der Realität. Wir hatten Sorgen damals. Hüseyin war fünfzehn, Cemal war noch klein. Ich sehnte mich nach der Türkei. Nach Bergama, nach der Akropolis. Es ist dort so anders als in Berlin. Dort verbrachte ich meine Kindheit, bevor ich herkam. Ich fuhr nach Ostberlin, weil ich mich nach Pergamon sehnte. Das war zur Zeit des Sozialismus. Jedes Wochenende besuchte ich das Pergamon-Museum. Dort fühlte ich mich wie zu Hause. Denn der Marmor, die Treppen, die Skulpturen, all das stammte aus meiner Stadt. Nur im Pergamon-Museum wurde ich meine Sorgen los. Und als ich eines Morgens aufwachte, hielt ich mich für Kronos. Unfassbar, aber wahr. Den jungen Mann, der im Ägyptischen Museum arbeitete, gab es nicht mehr. An seine Stelle war der mächtige Titan getreten, der seinen Vater vom Thron gestoßen hatte.« Er stöhnte, offensichtlich war es ihm peinlich. »Die Störung ist erblich. Der Stress hatte sie ausgelöst.«

Yıldız entging das wichtige Detail nicht.

»Alzheimer? Wie bei Ihrem Vater?«

»Nein«, widersprach Kerem bekümmert. »Es ist nicht die Krankheit meines Vaters. Es ist die Krankheit meines Ururgroßvaters Pehlivan. Der auf dem Foto, den ich Ihnen gezeigt habe. Einer von den Straßenbauarbeitern bei Carl Humann, der dann in Pergamon grub.«

Tobias erinnerte sich sofort.

»Pehlivan der Deutsche …«

»Genau, Herr Becker.« Kerem lächelte schwach. »Pehlivan der Deutsche. Ich erwähnte, dass er ein hervorragender Arbeiter war, aber wie er umkam, verschwieg ich. Im Grunde war er ein normaler, ja, ein stiller, fleißiger Mann, der sich nur um seine Arbeit kümmerte. Im Laufe der Zeit aber fing er an, immer mehr zu reden, die Leute zu belehren und zu behaupten, er wisse alles besser. Eines Tages erklärte er Großmutter Zöhre, also seiner Frau: ›Ich verrate dir ein Geheimnis, ich bin Zeus' großer Bruder, ich heiße nicht Pehlivan, sondern Poseidon.‹ Die arme Frau wusste nicht, wie ihr geschah. Das war Ende der 1890er-Jahre. Man brachte ihn zu einem Hodscha in Manisa, da wurde er mit Gebeten und Ritualen behandelt, weil er angeblich von einem Geist besessen war. Das nützte natürlich nichts. Als sich nichts änderte, fanden sie sich mit seinem Zustand ab, was sollten sie auch tun, immerhin schadete er niemandem. Dann aber erklärte er den Dorfvorsteher zum Feind, sagte zu ihm: ›Du bist der Anführer der Titanen, du bist ein Feind unseres Zeus.‹ Eines Tages schnappte er sich eine Forke und ging auf den armen Mann los, der kam nur knapp mit dem Leben davon. Weil keiner sich traute, ihn ins Irrenhaus nach Izmir zu bringen, überließ man ihn sich selbst. Damals trat der Selinos, der Bach, der durch Bergama fließt, häufig über die Ufer. Das jüdische Viertel an seinem Ufer hatte den größten Schaden davon. In jenem Jahr hatte es viel geregnet, der Selinos verließ wieder einmal sein Bett, überschwemmte die Häuser der jüdischen Mitbürger und trieb vor sich her, was er herausspülen konnte. Die Fluten erfassten auch eine junge Mutter mit zwei kleinen Söhnen, die das Haus nicht rechtzeitig verlassen hatte. Als Großvater Pehlivan das sah, eilte er ihnen zu Hilfe. Er rettete die beiden Kinder, bekam aber die junge Frau nicht zu fassen. Aus den Bergen stürzten die Fluten nur so herunter. ›Lass es, Pehlivan, es ist zu spät, die Frau ist ertrunken‹, riefen die Leute. Doch er hörte nicht darauf, ›Ich bin Poseidon, mir passiert nichts‹, antwortete er und stürzte sich ins schlammige Wasser. Und das war's, er kam nicht wieder heraus. Als die Flut zurückging, wurden die Leichen beider, der Frau und meines Großvaters, unter einem Feigenbaum in einem Garten gefunden. Großvater Pehlivan hielt die arme Frau an der Hand. Er hatte die Nachbarin also im Wasser gefunden, es aber nicht geschafft, sich aus den tobenden Fluten zu retten.

Tja, diese traurige Geschichte trug sich vor gut einhundert Jahren zu. Die Krankheit trat danach bei keinem in der Familie wieder auf, erst bei mir. Gott sei Dank wurde ich beizeiten behandelt und überstand die Sache, ohne dass Schlimmeres passiert war. Wie Sie sagten, ich war sechs Monate in der Klinik und wurde geheilt entlassen.« Seine erschöpfte Miene wirkte aufrichtig. »Hören Sie, seitdem sind zweiunddreißig Jahre vergangen, glücklicherweise trat die Störung nie wieder auf, mein Verstand blieb klar, ich hatte nie wieder solche Wahnvorstellungen.«

Yıldız war berührt. Seine feuchten schwarzen Augen, seine Mimik, seine zitternde Stimme, die Resignation, die in der Körpersprache zum Ausdruck kam. Kerem schien die Wahrheit zu sagen. Was aber, wenn es Kronos war, der log, wenn Kerem gar nicht geheilt war?

»Träumen Sie, Herr Ölmez?« Die Frage kam von Tobias. Auch ihm ging es darum, ob Kerem tatsächlich geheilt war. »Von Pergamon. Sie haben uns eine so spannende Geschichte erzählt. Wie ein Traum, das heißt wie ein furchtbarer Albtraum.«

Kerem schrak zusammen.

»Ja«, gestand er dann mit brüchiger Stimme. »Nicht jede Nacht, aber wenn ich sehr erschöpft bin, wenn es Probleme im Alltag gibt, wenn ich Probleme nicht lösen kann, dann habe ich stets den gleichen Traum. Ich träume von einem Kampf. Von einem Kampf, an dem ich nicht beteiligt war, den ich aber sehr gut kenne: der Kampf der Götter gegen die Giganten. Die grausige Schlacht auf den Friesen der großen Mauern am Zeus-Altar. Im Traum bin ich mittendrin. Drei Giganten, die gegen die Götter kämpfen, umringen mich. Ihre Kraft beziehen sie von ihrer Mutter Gaia. Was ich auch tu, ich kann sie nicht töten. Und wenn ich ihnen mit dem Schwert die Kehlen durchtrenne, die Leiber zerfetze, Arme und Beine aufschlitze, es nützt alles nichts. Jedes Mal heilt Mutter Erde sie, und sie stellen sich mir mit neuer Kraft entgegen. Ich kämpfe weiter, dann zeigt Gaia auf Zeus, der gegen die Giganten kämpft. ›Du hast keine Chance gegen meine Söhne, Kronos, du musst deinen Sohn und deinen Enkel um Hilfe bitten.‹ Ich bin so verzweifelt, dass ich auf Gaia höre, die ja unser aller Mutter ist. Ich schaue zu Zeus empor, der dort oben Schulter an Schulter mit Herakles gegen die Giganten kämpft. ›Hilf mir‹, will ich rufen. ›Rette mich vor den Giganten‹, will ich brüllen, öffne den Mund, doch es kommt kein Ton heraus. Verzweifelt warte ich darauf, dass die drei Giganten mit ihren Menschenleibern und Schlangenbeinen mich erwürgen.«

Der Mann wirkte aufrichtig, doch wie glaubwürdig war die Aufrichtigkeit von jemandem, der sich für den Anführer der mythologischen Titanen hielt? Yıldız wollte sicher sein, dass er vollständig geheilt war.

»Nehmen Sie noch Medikamente, Herr Ölmez? Dauert die Behandlung noch an?«

Kerem hatte sich längst mit seiner Krankheit ausgesöhnt.

»Ja, ich muss sie mein Leben lang nehmen.« Er richtete den Blick in die Richtung, wo der nackte Leichnam seines Vaters lag. »Aber ich war nie so wahnsinnig, dass ich imstande wäre, meinen Vater oder meinen Sohn zu töten.«

7

»Dionysos war stets dem Herzen näher als dem Verstand.«

Und jene, die mich kritisieren, ohne zu fragen, ohne zu wissen, ohne nachzudenken, und mir, dem großen Zeus, dem Gott der Götter, dem, der bestimmt, was geschieht und geschehen wird, dem Herrn über Himmel und Erde, vorwerfen, die göttlichen Tätigkeiten zugunsten meiner Liebesgeschichten mit Göttinnen und Frauen zu vernachlässigen. Es mangelt ihnen an der Fähigkeit, ernsthaft zu denken, sie verstehen nicht, die Zukunft zu sehen, sie begreifen mein hehres Ziel nicht. Dabei hat doch jeder Atemzug, den ich tue, jeder Schritt, den ich setze, jeder Beschluss, den ich fasse, einen Sinn. Die Welt zu regieren, ist ein Akt der Organisation. Selbstverständlich ist unbestritten, dass ich über Himmel und Erden herrsche, an dieser Herrschaft haben aber auch meine Geschwister und Kinder ihren Anteil. Jeder Gott hat Verantwortung, jeder hat seine eigenen Aufgaben, seine eigenen Missionen. Kein Gott kann die Welt allein lenken. So mächtig er auch sein mag, die Bürde ist allein nicht zu tragen. Darum scheue ich mich nicht einmal, besiegten Feinden Verantwortung zu übertragen.

Da ist etwa Atlas, der Sohn des Iapetos und der Klymene, Bruder des Prometheus. Atlas, der stärkste unter den Geschwistern, der tollkühnste, der selbstloseste von ihnen. Im Kampf gegen die Titanen kämpfte er heldenhaft gegen uns. Und ich, Zeus, der Wolkensammler, wies diesem heroischen Gegner die Aufgabe zu, den Himmel zu tragen. Denn Himmel und Erde dürfen sich nicht vermischen, die Harmonie darf nicht gestört werden. Die blaue Unendlichkeit war schwerer, als man glaubte, und wurde von Tag zu Tag noch schwerer. Trotz der Schmerzen, die er litt, zögerte der starke Atlas nicht, die ungeheure Last zu schultern. Weder zitterten ihm die Beine, noch krümmte sich sein Rücken, wie alle anderen Titanen, Götter, Heroen und Menschen fügte er sich meinen Anordnungen ohne Wenn und Aber. Denn das gebot die heilige Ordnung. Atlas ist mir ein entfernter Verwandter. Natürlich vertraue ich meinen Geschwistern und meinen Kindern mehr als den Titanen. Deshalb brauchte ich noch viel mehr Götter, Göttinnen, Halbgötter und Heroen. Diese Wahrheit war mir im Traum offenbart worden. Ja, auch wir Götter träumen, manche Träume bleiben uns im Gedächtnis, bei Gelegenheit erwachen sie wieder zum Leben, wurzeln im transparenten Boden unseres Geistes. Es war mein zweiter Traum mit dem schwarzäugigen Knaben, der mich warnte und mahnte, ich müsse mich vermehren angesichts der sich anbahnenden Bedrohung. Diesmal stand er mitten im Rat der Götter auf dem Olymp. Weder Hera noch die anderen Unsterblichen waren dabei, nur er und ich. In der Hand hielt er das Zepter meines Vaters Kronos. Er wies das Zepter vor und sprach:

»Götter sind einsam, Zeus. Ihre Stärke wie auch ihre Schwäche rührt von dieser Einsamkeit her. Bist du stark, ist Einsamkeit gut, schwächelst du aber, führt sie dazu, dass du die Macht verlierst.« Verwegen schleuderte er das Zepter zu Boden. Das goldene Zepter schlug auf dem Marmorboden auf und glitt mir vor die Füße.

»So geschah es mit Eurem Vater Kronos«, sprach er. »Im Kampf gegen Euch hatte er niemanden, der für ihn eintrat, seine entsetzliche Einsamkeit führte zu seiner schändlichen Niederlage. Auch Ihr seid einsam, erhabener Zeus. Auch Ihr könnt durch eine schändliche Niederlage Euren Thron verlieren. Wollt Ihr nicht unterliegen, müsst Ihr die von Eurem Geschlecht, die von Eurem

Blut vermehren. Und Ihr müsst sie lieben und dafür sorgen, dass sie Euch lieben.«

Nach diesem zweiten Traum folgte ich dem Rat des mysteriösen Knaben. Ich paarte mich mit Titaninnen und Göttinnen. Aus ebendiesem Grund teilte ich das Lager mit der weisen Metis, der strahlenden Themis, der wunderschönen Eurynome, der Fruchtbarkeit spendenden Demeter, der seidenhaarigen Mnemosyne, der süßen Leto, der großäugigen Hera, der kristallklaren Maia, der unschuldigen Semele, der tugendhaften Alkmene, der willigen Danae und vielen anderen. Ich sage nicht, dass mir der Verkehr mit ihnen nicht gefallen hätte. Wir alle entstammen der Leidenschaft unserer Mutter Gaia und unseres Vaters Uranos, so halte auch ich Liebe, Leidenschaft und Liebesakt höher als alle anderen Gefühle.

Nicht zu vergessen sind sämtliche Götter, Titanen und Menschen auf dem Olymp wie auf Erden Kinder der Natur und der Liebe. Meine Geschwister, die im selben Bauch heranwuchsen wie ich, und meine Nachkommen sind mir gleich. Mit einem Unterschied: Ich vereine alle göttliche Macht in mir, die anderen jeweils nur einen Teil. So etwa Apollon, der Gott des Verstandes und der Kunst, und sein Bruder Dionysos, der Gott der Intuition und der Kunst. Beide sind Götter der Kunst. Apollon legt Träume mit dem Verstand aus und verwandelt das Sichtbare in Kunst; Dionysos hingegen bezieht seine Magie aus der Inspiration und sucht das Obskure. Apollon strahlt und funkelt, erhellt jeden Gedanken, jedes Gefühl. Dionysos hingegen wandelt lieber im Dunklen, verbirgt sich in den Hinterhöfen des Gedankens, erlebt das intimste Gefühl, scheut sich nicht zu erzählen, wie süß die Sünde schmeckt. Denn Dionysos ist unter meinen Kindern der Sonderbarste, der Wildeste, der Aufmüpfigste. Er ist so tollkühn, dass er, würde er meinen Zorn nicht fürchten, den Göttern und Göttinnen statt unseres gesunden Nektars Wein zu trinken anböte, der den Verstand verwirrt, das Herz entflammt und den Leib in Ekstase versetzt.

Dionysos' Geburt war so ungewöhnlich wie er selbst. Der unbändige Junge war das Produkt der Liebesakte, die ich in funkelnden Sommernächten mit der leidenschaftlichen Semele erlebte. Ich liebte die vornehme Prinzessin von Theben in der bestirnten Dunkelheit. Während nicht enden wollender herrlich duftender Nächte wickelten wir uns in den lauen Wind wie in eine seidene Decke, streckten uns nebeneinander auf dem kühlen Boden aus und wärmten unsere Leiber am eigenen Feuer. Ach, Semele, ach, schöne Semele, Tochter des Kadmos und der Harmonia. Semele, so fügsam, so anschmiegsam wie ihre Mutter. Schaute ich sie an, war mir, als sähe ich verschneite Berge, weite Meere, fruchtbare Ebenen, den endlosen Himmel. Sie war so anziehend, dass sie mich beim ersten Blick um den Verstand gebracht hatte. Ich trat als Sterblicher vor sie hin, stahl ihr Herz als Mensch, liebte sie aber wie ein Gott. Mit ganzem Herzen, ganzem Verstand und ganzem Leib. Natürlich blieb diese große Liebe Hera, meinem Quälgeist, nicht verborgen. Sie erfuhr, dass Semele im sechsten Monat schwanger war. Und schmiedete hinterhältig eine Intrige. Eine gnadenlose, furchtbare Intrige. Sie raubte der unschuldigen Semele den Verstand. Wie eine Freundin trat sie vor sie hin und sagte:

»Wenn es Zeus, der Gott der Götter, ist, den du liebst … wenn er im Himmel und auf Erden derjenige ist, der die Liebe am besten kennt … wenn er dich so sehr liebt … Warum tritt er dann nicht als Gott vor dich hin wie vor seine Gattin Hera, sondern als Sterblicher? Sag dem Zeus hinter seinem Schild, er soll sich dir als liebender Zeus zeigen.«

Semele glaubte ihr. Und nach langem Liebesspiel bettelte sie mich an.

»Oh Zeus, Wolkensammler, oh mächtigster Mann im Himmel wie auf Erden, oh mein einziger Geliebter, warum zeigst du dich mir nicht als Gott?«

Wie sehr ich ihr auch zu erklären versuchte, warum das unmöglich war, ließ mein naiver Schatz sich nicht überzeugen. Schlimmer noch, es gelang ihr, mich von ihren Träumen zu überzeugen. Selbst wenn du ein Gott bist, setzt der Verstand aus, wenn es um Liebe geht. Ich versprach Semele wahrhaftig, ihr den Wunsch zu erfüllen. Irgendwann ertrug ich ihr Beharren nicht länger und trat in meiner ganzen Herrlichkeit vor sie hin. Doch ich war ja kein Pfau, dass ich mein Weibchen mit den Farben meiner Federn hätte betören können, ich war ein Gott. Der stärkste, der furchtbarste aller Götter. Also fing es zu donnern und zu blitzen an. Noch ehe sie begriff, wie ihr geschah, fiel meine arme Geliebte Semele vor meinen Augen einem Blitz, der mir aus dem Handteller fuhr, zum Opfer. Die schöne Semele war tot, mein ungeborenes Kind aber wollte ich retten. Ich holte Dionysos aus dem Bauch seiner Mutter, barg ihn in meinem Schenkel und stieg zum Olymp hinauf. Das Baby wuchs in meinem Schenkel heran, entwickelte sich, und als es so weit war, kam es zur Welt. Ich übergab es seinem Bruder Hermes, damit er es vor Heras Zorn schütze. Mein treuer Sohn kam der Aufgabe nach. Und er übergab seinen kleinen Bruder Dionysos den Nymphen. Diese Geister der Natur kümmerten sich um meinen jüngsten Sohn wie um ihre eigenen Kinder, nährten, hüteten und zogen ihn auf. Von ihnen lernte Dionysos die Geheimnisse, die Wunder, die dunklen Mysterien der Natur.

Doch es gab ein Unheil, das sich einer dunklen Wolke gleich über ihn legte. Meine eifersüchtige Gattin Hera, die Königin des Olymps, blieb dem unerwarteten Kind auf den Fersen. Wäre Dionysos bloß ein sterblicher Heros, hätte meine teuflische Gattin ihren blutigen Hass womöglich nicht weiterverfolgt. Doch obwohl Dionysos mit seiner sterblichen Mutter Semele gezeugt worden war, wurde er von mir geboren, was ihn zu einem Gott machte. Die böse Intrige, die Hera geschmiedet hatte, um Semele zu töten und mich leiden zu lassen, kehrte sich am Ende also gegen sie selbst. Das entfachte den Zorn der Herrin des Olymps nur umso heftiger, und sie entsandte Titanen, um Dionysos zu vernichten.

Die niederträchtigen Titanen entführten meinen Sohn mit einem Zauberspiegel in einen Wald. Dort in der Einsamkeit rissen sie das kleine Kind brutal in Stücke und versteckten sein Herz in einer Baumhöhle. Als ich von der Gräueltat erfuhr, war es zu spät, auch wenn ich die Mörder natürlich wie verdient bestrafte. Ich lehrte sie, welch fataler Fehler es war, Zeus' Sohn anzurühren. Ich verbrannte sie bei lebendigem Leib mit dem Feuer des Himmels. Doch der Körper meines Sohnes war vernichtet. Als ich bitter klagte, was ich nun tun sollte, erbarmte sich die Erdmutter Gaia meiner wie auch ihres Enkels. Sie verriet mir, wo sich die Höhle befand, in der das Herz meines Sohnes verborgen lag. Meine kluge Tochter Athene fand das Herz ihres kleinen Bruders im Nu und setzte es mit seinen anderen Teilen zusammen, so erwachte Dionysos wieder zum Leben.

Das war die dritte Geburt meines Sohnes. Die erste geschah aus Semeles Gebärmutter, die zweite aus meinem Schenkel, die dritte aus seinem eigenen Herzen heraus. Darum war Dionysos stets dem Herzen näher als dem Verstand, kümmerte sich mehr um das Gefühl als um die Vernunft, war dem Begehren stärker verbunden als dem Willen.

Doch meine hasserfüllte Gattin ließ nicht von ihrem grausamen Ziel ab. Ich schickte Dionysos über die unendlichen Meere und hinter die schneebedeckten Berge, das Dach der Erde, um ihn Heras Zorn zu entziehen. So kam es, dass Dionysos Orte sah, die kein anderer Olympier je gesehen hatte. Die Natur kannte er ohnehin von klein auf an, er war mit der Erde unter Bäumen, Pflanzen und wilden Tieren aufgewachsen, und jetzt kam er unter Menschen. Er fing an, nicht wie ein Gott zu leben, sondern wie ein gewöhnlicher Sterblicher. Die törichten Menschen erkannten seine göttliche Natur zunächst nicht, überschritten sie aber ihre

Grenzen, zeigte Dionysos, dass er der Vater seines Sohnes war. Respektlosigkeit ließ er sie mit dem Leben bezahlen. Im Grunde aber liebte er die Menschen ebenso wie ich. Er schenkte ihnen Weinrebe und Wein, damit sie Unbill ertrugen. Denn er wusste, dass die Welt für Sterbliche unerträglich war. Er wollte nicht, dass sie ständig litten, in Not und Elend lebten und ihre Tage nur mit Kummer verbrachten. So sprach er zu ihnen:

»Trinkt Wein, ihr Menschen! Trinkt Wein und löst euch von eurem Verstand, hört nicht auf Götter, Könige und Väter, hört nicht auf Verbote, hört auf die Stimme eurer Herzen und Leiber, seid ihr selbst, lebt wie ihr selbst. Trinkt Wein, ihr Menschen, habt keine Furcht vor den Göttern und kein Selbstmitleid, auf euch warten Liebe, Dichtung, Musik und Tanz. Trinkt Wein, kehrt tanzend, singend, Liebe machend zur Natur zurück ...«

Und Frauen und Männer, Könige und Königinnen, Prinzen und Prinzessinnen, sogar Seher folgten seinem Appell. In Palästen und Herbergen, auf Plätzen und Straßen, in endlos weiten Fluren, an langen Flussufern, an Berghängen versanken die Menschen singend, tanzend und Liebe machend im Rausch. Unter dem Einfluss von Musik, Tanz, Wein und Liebe feierten sie eine besondere Art des Gottesdienstes. Auf diese Weise entdeckten sie eine neue Form des Vergnügens, wie Weinrebe, Weintraube und Traubensaft schenkte Dionysos ihnen auch das Theater. Damit sie sich vergnügten, dabei aber auch lernten und gemeinsam lachten. Und wer an Dionysos glaubte, band sich noch enger an den Gott der Ekstase.

Doch nicht alle nahmen die ungewohnten Ideen meines extravaganten Sohnes mit gleicher Begeisterung auf. Einige Göttinnen und Götter, allen voran Hera mit ihrem teuflischen Herzen, Könige, deren Thron wackelte, despotische Ehemänner, lieblose Väter hassten ihn auf den Tod. Sie zürnten ihm, verfluchten ihn, verbannten ihn, wollten ihn vernichten, doch mein rebellischer

Sohn gab nie auf. Denn er war eigensinnig, forsch und furchtlos wie sein Vater. Die Jahre unter den Sterblichen, Verrat, Intrigen und Verschwörungen hatten ihn reifen lassen. Seine göttlichen Fähigkeiten und die Wunder, die er schuf, brachten ihm die Anerkennung der Sterblichen wie der Unsterblichen ein. Und mit der Kraft seiner Arme verdiente er sich seinen Platz unter den Göttern des Olymps. Und ich liebte diesen leidenschaftlichen, geheimnisvollen, tollkühnen Sohn mindestens so wie meine anderen Kinder. Jedes Mal, wenn ich ihn ansah, erblickte ich ein Stück von mir, von den anderen Göttern und von den Sterblichen. Denn Dionysos zeigte den Göttern und Titanen auf dem Olymp das heilige Abbild der Welt und den Menschen die andere Seite des Lebens. Denn er war drei Mal geboren worden, denn er hatte drei Mal den Tod überwunden, denn er hatte sich die Unsterblichkeit verdient.

SIEBTES KAPITEL

Hübsche Häuser säumten die wie mit dem Lineal gezogene schnurgerade Straße. Ganz am Ende lag verborgen zwischen mächtigen Kiefern die zweigeschossige Villa, in der Peter Schimmels Firma DER BLITZ residierte. Es war früher Nachmittag, als Yıldız den Passat durch das breite Gartentor lenkte. Sie hätte lieber Kerem und seinen Sohn zur Aufnahme ihrer Aussage mit aufs Präsidium genommen, dachte sogar kurz daran, den Besuch bei Peter auf den nächsten Tag zu verschieben. Doch als Tobias energisch forderte: »Wir müssen uns den Drohbrief holen, Chef«, hatte sie, auch angesichts der traurigen Lage, in der sich Familie Ölmez befand, den Wagen Richtung Charlottenburg gesteuert, wo DER BLITZ seinen Sitz hatte. Kerems Erklärungen empfand sie als glaubwürdig. Zwar war ihr Verdacht gegen die Ölmez-Familie noch nicht vollständig ausgeräumt, doch die Neonazis waren die Hauptverdächtigen. Umso mehr, nachdem Hüseyin von Rudolf dem Blinden erzählt hatte, bei dem sie dringend anklopfen mussten. Womöglich war es Rudolf, der den Nazi Otto steuerte.

Sie parkten den Passat hinter dem Eingang und liefen durch den Garten auf die breite Marmortreppe zu. Als sie durch die zweiflügelige Tür am Ende der Treppe eintraten, sahen sie sich einem gigantischen Gemälde gegenüber, das sich über die ganze Wandbreite zog. Die Stadt in glänzendem Grau, Regen über dem Brandenburger Tor, Bäume, Gebäude, Himmel in blassen Farben, weiter hinten aber spendete eine matte Sonne dem Bild Licht.

»Hier ist das Bild signiert.« Tobias spähte in die Ecke links unten. »Aber die Buchstaben sind schief und krumm, nicht zu entziffern.«

»Angel … Angel steht da.« Als sie den Kopf drehten, erblickten sie Peter. Wieder von Kopf bis Fuß in Schwarz gekleidet, trug er ein kurzärmeliges schwarzes T-Shirt, eine schwarze Leinenhose und schwarze Schuhe. »Ein Bild meiner Schwester. Es heißt *Der Tod des Lichts*. Ihr Lieblingsbild. Ich wollte nicht, dass jemand anderes es bekommt.« Er setzte ein warmes Lächeln auf und verscheuchte damit den Hauch von Melancholie, der sich breit gemacht hatte. »Guten Tag, schön, dass Sie da sind.« Er schüttelte den Gästen die Hand, dann deutete er auf das Haus. »Ja, das ist der Sitz unserer kleinen Firma.«

»Wie schön«, murmelte Tobias, während er die hohen Decken bewunderte. »In diesem Stadtteil wollte ich schon immer wohnen. Ein paar Mal habe ich hier sogar nach einer Mietwohnung geschaut, aber es hat nie geklappt.«

Peter sah ihn verständnisvoll an.

»Kismet, Herr Becker, vielleicht ist es einfach noch nicht so weit; wenn die Zeit kommt, haben auch Sie hier ein schönes Haus.« Er wandte sich Yıldız zu. »Habe ich das richtig gesagt? Kismet sagen die Türken doch, oder?«

Yıldız verzog keine Miene.

»Richtig, so sagen sie. Woher wissen Sie das, Herr Schimmel?«

Traurig sagte Peter: »Das hat Cemal oft gesagt: ›Kismet değilmiş.‹« Wieder versuchte Peter, den Satz auf Türkisch zu sagen.

Yıldız lachte.

»Kısmet, nicht Kismet.«

Peters Wangen färbten sich rot.

»Tut mir leid, Türkisch ist schwer für uns Deutsche. Die Struktur ist ganz anders. Und nicht nur was die Sprache angeht, auch Ihre Art zu denken ist ganz anders. Dieses Wort Kismet zeigt doch sehr gut, wie unterschiedlich Türken und Deutsche denken. Sie sind viel fatalistischer als wir. Verstehen Sie mich nicht falsch, ich sehe das nicht negativ. Das hat seine guten Seiten wie auch seine schlechten ...«

Yıldız ging das leere Geschwätz auf die Nerven.

»Ich bin deutsche Bürgerin, Herr Schimmel. Ich bin in Berlin geboren, habe deutsche Schulen besucht und, von ein paar Urlaubsreisen ins Ausland abgesehen, immer in diesem Land gelebt. Sie sind da bei mir an der falschen Adresse.«

Als er merkte, dass er ins Fettnäpfchen getreten war, schaute Peter hilfesuchend zu Tobias. Doch der Kommissar reagierte nicht. Der Unternehmer musste den Fauxpas selbst ausbaden.

»Ich habe mich wohl falsch ausgedrückt. Ich meine Ihre Herkunft, den kulturellen Unterschied. Ich stamme aus Ostdeutschland, bin in Ostberlin geboren und mit der Kultur dort aufgewachsen. Und ich bin stolz darauf, aber ich weiß, dass ich anders bin als ein Westdeutscher.«

Die Hauptkommissarin hatte nicht vor zurückzustehen.

»Ich bin auch stolz auf meine türkische Herkunft. Aber dass bei jeder Gelegenheit auf meine Herkunft angespielt wird, mag ich gar nicht.« Peter setzte erneut zur Verteidigung an, doch Yıldız ließ ihn nicht. »Wie auch immer, Herr Schimmel, kommen wir zur Sache.«

»Natürlich.« Der Unternehmer straffte sich. »Bitte, gehen wir in mein Büro, trinken wir einen Kaffee.«

Yıldız schüttelte resolut den Kopf.

»Können wir zuerst Cemals Büro sehen?«

Es gefiel Peter gar nicht, wiederholt brüskiert zu werden, doch er blieb höflich.

»Selbstverständlich, Frau Karasu, wie Sie wollen.« Das kam ein wenig heiser heraus. Er wies nach rechts. »Bitte, dort entlang ...« Im hellen Korridor hingen Fotos von Windrädern, Solaranlagen, Systemen, die am Meer Energie aus Wellenkraft gewannen, Staudämmen an Flüssen, die Hydroelektrizität erzeugten, und geothermischen Kraftwerken für Energie aus Erdwärme. Im Vorübergehen musterten die beiden Polizisten die hochprofessionellen Aufnahmen.

»Gehören die Anlagen auf den Fotos alle Ihnen, Herr Schimmel?«, fragte Tobias bewundernd. Der Firmeninhaber lächelte bitter.

»Einige gehören uns, an anderen sind wir beteiligt.« Bekümmert fuhr er fort: »Im Augenblick investieren große Kapitalgruppen in erneuerbare Energie. Die Konkurrenz wächst. Wir konkurrieren mit großen Unternehmen.«

»Sie werden also in Bedrängnis gebracht?«, setzte Tobias das Geplauder fort, als würde er etwas von der Sache verstehen.

Peter seufzte.

»Man will den BLITZ aufkaufen.« Er musterte Tobias von oben bis unten. »Sie kommen auch aus Ostberlin. Wie Sie wissen, haben wir es im Westen schwer. Die erdrücken einen, werfen einem alle möglichen Knüppel zwischen die Beine. Na, ich will Sie nicht mit geschäftlichen Problemen behelligen. Wir sind auch schon da. Hier ist Cemals Büro.« Er deutete auf die Tür vor ihnen. »Cemal liebte die Natur. Beim Einstellungsgespräch sagte er scherzhaft, ich will ein Zimmer mit Blick in den Garten.« Er öffnete die Tür und trat beiseite. »Bitte, treten Sie ein.« Vor ihnen lag ein freundlicher Raum, die Zweige einer Fichte reichten bis ans Fenster heran. Dem Geist des Energieunternehmens entsprechend war das Büro sehr modern eingerichtet. Auf einem Schreibtisch aus Metall stand ein großer Computer, links lagen Papierstapel, in der Mitte Bücher, rechts stand eine kleine metallene Statue des Atlas mit der Welt auf seiner Schulter. Hinter dem Schreibtisch hing eine von Notizen übersäte Pinnwand aus Kork. Die rechte Hälfte bedeckte eine große Skizze mit einer antiken Stadt auf einem Hügel. Den Zeus-Altar erkannte Yıldız sofort. Pergamon natürlich. Vor dem Stadttor stand ein kräftiger schwarzhaariger junger Mann, einen Dreizack in der Hand, blickte er herausfordernd in die Welt hinaus. Wahrscheinlich einer der Götter.

»Ist das Zeus?«, fragte Tobias.

»Nein, nicht Zeus, sein Bruder Poseidon«, erklärte der Unternehmer.

Wie um ihn zu identifizieren, musterten beide Polizisten eingehend das Gesicht des Mannes. Doch sie fanden nicht heraus, wessen Gesicht Poseidon trug.

»Das ist wohl keiner aus der Familie«, grummelte Tobias bedauernd.

»Doch«, widersprach der Unternehmer gelassen. »Das ist Pehlivan, einer von Cemals Urgroßvätern. Der Arme soll sich für Poseidon gehalten haben.«

Er sprach von der tragischen Geschichte, von der sie kurz zuvor erfahren hatten. Das war also der Ururgroßvater, der im Selinos ertrunken war.

»Warum hat er diese seltsamen Analogien gemacht?«, wollte Yıldız wissen.

Peter nickte nachdenklich.

»Seltsam, das ist das treffende Wort, Frau Karasu, was er da tat, war tatsächlich seltsam, wenn nicht erschreckend. Auch ich fand es befremdlich. Als ich Cemal danach fragte, erklärte er es folgendermaßen:

›Bei meinem Vater hängt ein Foto im Geschäft. Aufgenommen 1878, in dem Jahr, als die Grabung in Pergamon begann. Auf dem Foto ist Grabungsleiter Carl Humann mit vierzehn Arbeitern zu sehen. Einer dieser Arbeiter war mein Ururgroßvater Pehlivan Efendi. Man nannte ihn Pehlivan der Deutsche. Als Kind sah ich das Foto, noch ehe ich in Pergamon war. Später reisten wir dann nach Bergama, stiegen zur antiken Stätte hinauf. Mein Vater und mein Großvater waren der antiken Stadt genauso von Herzen verbunden wie meine Urgroßväter. Obwohl ich die antike

Stätte bestimmt zwanzig oder dreißig Mal besucht habe, habe ich immer, wenn der Name Pergamon fällt, das Foto vor Augen, das bei Grabungsbeginn von meinem Ururgroßvater Pehlivan Efendi und Carl Humann gemacht wurde. Das antike Pergamon und die Gesichter der Götter am Zeus-Altar haben mich geprägt. Denn die meisten Männer meiner Familie haben in Pergamon gearbeitet, in gewisser Weise dienten sie den mythologischen Figuren dort. Deshalb gebe ich allen Göttern, Titanen und Heroen in meinem Projekt Gesichter der Ölmez-Männer. Ich mache also die Olympier zu Ölmez'lern. Oder die Ölmez-Familie zu Olympiern.‹ Er liebte solche Wortspielereien. Sie hätten sein Gesicht dabei sehen sollen. Er sprach so inbrünstig, so überzeugt, so enthusiastisch. Und dann fing er an, es umzusetzen. Es wäre ein wirklich spannendes Projekt geworden, aber daraus wurde nichts. Etwas, nennen wir es nun Pech oder Schicksal, hinderte den talentierten Mann daran.«

»Haben Sie ihm seine Erklärung abgenommen?«

Die hintergründige Frage kam von Yıldız, sie hatte Peter mit verengten Augen zugehört und bemühte sich um Verständnis. Tatsächlich schwang in ihrer Frage ein wenig Verachtung mit. Der BLITZ-Inhaber verstand nicht, worauf sie hinauswollte.

»Selbstverständlich habe ich ihm geglaubt. Warum hätte ich das nicht tun sollen? Offensichtlich hatte Pehlivans Krankheit seinen Ururenkel Cemal inspiriert. So kam er darauf, die Gesichter der Familienmitglieder den Göttern und Titanen am Zeus-Altar zu geben.« Als keine Reaktion kam, wiederholte er: »Hätte ich ihm denn nicht glauben sollen?« Er richtete seine nervös funkelnden dunklen Augen auf Yıldız. »Verheimlichen Sie mir etwas? Gibt es etwas über Cemal, wovon ich nichts weiß?«

Seine Stimme klang nervös, Tobias fürchtete, die Chefin würde impulsiv reagieren und den Mann vor den Kopf stoßen, und versuchte, das Thema zu wechseln.

»War Cemal jedes Jahr in Pergamon?«

Der Versuch gelang. Peters Blick wurde weich.

»Ja, manchmal sogar zwei Mal im Jahr. Letztes Jahr nahm er mich sogar mit. Wirklich ein beeindruckender Ort.«

»Sie haben sich wohl sehr nahegestanden?«, kam Yıldız nicht umhin zu fragen. »Wollte er auch Ihr Gesicht einem Gott geben?« Ihre Stimme troff vor Ironie.

»Nein, natürlich nicht.« Der BLITZ-Chef war gekränkt. »Ich bin doch kein Mitglied der Ölmez-Familie!«

Yıldız bohrte weiter.

»Aber Sie sind ein ungewöhnlicher Chef …«

»Nicht sein Chef, sein Freund«, fiel er ihr ins Wort. »Wir lernten uns wegen der Firma kennen, wurden dann aber Freunde. Cemal war mein Freund. Unsere Beziehung blieb nicht auf die Arbeit beschränkt«, erklärte er mit schriller Stimme, die seine Anspannung verriet. Wieder sah er Yıldız an. »Aber es war nicht, wie Sie denken, keine Liebesbeziehung. Ich liebte ihn wie meinen Bruder.« Er holte tief Luft, deutete dann mit einer Kopfbewegung auf die Skizze an der Pinnwand. »Wenn ich Cemal gut genug kannte, habe ich nichts Falsches über das Projekt gesagt. Dazu hätte ich auch gar keinen Grund gehabt.«

»Das denke ich auch«, pflichtete Yıldız ihm bei, als sie merkte, wie angespannt Peter war. »Sie haben recht, es gibt keinen Grund dafür, Cemals Realität zu verheimlichen. Doch Sie werden verstehen, dass wir sämtliche Möglichkeiten in Betracht ziehen müssen.« Sie ließ die Augen durchs Zimmer wandern. »Wo ist denn eigentlich der Drohbrief?«

Peter zögerte, nickte wie zur eigenen Beruhigung, dann glitt er flink hinter den Schreibtisch und zog eine der unteren Schubladen auf. Als er die Hand ausstreckte, um hineinzugreifen, rief Yıldız: »Moment bitte! Berühren Sie ihn nicht, lieber nehmen wir ihn heraus.«

Während sie sprach, hatte sie die Hand in die Innentasche ihrer

Lederjacke geschoben und zog einen Gummihandschuh heraus. Peter wich zurück und beobachtete konsterniert die sorgsame Handhabe. Er fühlte sich zurückgewiesen, obwohl er die Polizisten doch zuvorkommend behandelt hatte. Seine abweisenden Blicke entgingen Yıldız nicht.

»Wie am Telefon erwähnt, dürfen wir die Fingerabdrücke des Absenders nicht verwischen, Herr Schimmel«, fühlte sie sich zu erläutern genötigt. »Fingerabdrücke sind den Richtern die liebsten Indizien. Ohne Indizien können wir keinen Mord aufklären und keinen Mörder ausfindig machen.«

Sie trat hinter den Schreibtisch und bedachte den Unternehmer, der zur Seite getreten war und den Platz vor der Schublade frei gemacht hatte, mit einem dankbaren Lächeln. Sie beugte sich über die Schublade, ein gelber Umschlag lag darin.

»Ist er das?«

»Ja, der auf den Unterlagen. Ich habe ihn wieder in den Umschlag gesteckt, nachdem ich ihn gelesen hatte.«

Mit Zeigefinger und Daumen der rechten Hand, über die sie den Handschuh gestreift hatte, nahm sie den Umschlag, öffnete ihn und zog mit den beiden Fingern das hellgelbe Blatt darin heraus. Laut las sie vor:

»›Lausiger Türke, du kommst nicht ungestraft davon. Du kriegst, was du verdient hast. Für deine Frechheit wirst du mit deinem Blut bezahlen. Warte nur. Bald schon, sehr bald …‹« Ein zweites Mal las sie stumm für sich, dann hob sie den Kopf. »Richtig, als Unterschrift steht ein Hakenkreuz darunter.«

Peters Anspannung wich Beunruhigung.

»Sind Fingerabdrücke darauf?«

Yıldız schob das Blatt wieder in den Umschlag.

»Ich hoffe. Das würde uns die Arbeit sehr erleichtern.«

Sie verstaute den Umschlag im Asservatenbeutel und schob ihn in die Tasche, dann lächelte sie Peter an.

»Vielen Dank, Herr Schimmel, Sie haben uns sehr geholfen.«

Sie hatte sich von Anfang an dermaßen distanziert verhalten, dass Peter jetzt nicht wusste, wie er reagieren sollte. Vorsichtig sagte er: »Gehen wir doch in mein Büro, ich würde Ihnen gern einen Kaffee anbieten.«

Sofort kehrte Yıldız zu ihrer bisherigen formellen Haltung zurück.

»So viel Zeit haben wir nicht, wir müssen den Brief so schnell wie möglich in die Kriminaltechnik bringen. Aber wir würden uns gern noch kurz im Raum umschauen, bevor wir gehen.«

Peter war klar geworden, dass diesen Polizisten gegenüber freundschaftliches Benehmen fehl am Platz war.

»Natürlich, bitte. Dann lasse ich Sie allein.«

Er wandte sich zur Tür, doch Yıldız hielt ihn zurück.

»Bitte gehen Sie nicht. Bleiben Sie noch ein paar Minuten, wenn Sie Zeit haben.«

Peter wirkte nicht sehr glücklich, wollte aber nicht unhöflich sein.

»Okay«, sagte er verdrossen und lehnte sich mit dem Rücken gegen den Fensterrahmen. »Wenn Sie es so wollen.«

Yıldız beugte sich erneut über die Schublade und wühlte darin herum.

»Wann haben Sie Cemal zuletzt gesehen?«

Peter ahnte, dass die Frage nichts Gutes bedeutete, und blickte säuerlich drein.

»Am Tag, als er starb. Ich brachte ihn nach Hause.«

Die Hauptkommissarin ließ von der Schublade ab und richtete sich auf.

»Sie haben ihn nach Hause gebracht? Warum, war sein Auto kaputt?«

Yıldız verhehlte ihren Argwohn nicht.

»Cemal hatte kein Auto«, erklärte Peter fast schon herausfordernd. »Hat nie eins gehabt. Er mochte Autos nicht. Er kam mit dem Fahrrad zur Arbeit. An jenem Tag war sein Reifen platt. Ich sagte ihm: ›Wenn du eine Stunde wartest, bringe ich dich.‹ Ich hatte ihn schon oft nach Hause gefahren. Es dauerte aber länger, erst zwei Stunden später konnten wir los. Cemal war aber nicht ungeduldig.« Er deutete auf die Skizze an der Pinnwand. »Er hatte sich in Poseidons Bild vertieft. Hätte ich nicht irgendwann gesagt: ›Gehen wir‹, hätte er wohl noch Stunden am Schreibtisch gehockt.«

»Sie haben vermutlich eine Überwachungskamera?« Tobias fiel mit der Tür ins Haus. Er hörte auf, in den Unterlagen auf dem Schreibtisch zu blättern, und richtete, genau wie Yıldız, den Blick auf den Firmeninhaber. Peter verstand nicht gleich.

»Klar«, sagte er. »Letztes Jahr gab es hier im Viertel einige Diebstähle.« Dann verstummte er und sah die Polizisten enttäuscht an. »Oder haben Sie etwa mich im Verdacht?«

»Nennen wir es nicht Verdacht, Herr Schimmel. Was Sie sagen, ist wichtig. Wir versuchen herauszufinden, was Cemal tat, bevor er ermordet wurde.«

Der Unternehmer wirkte nicht überzeugt.

»Keine Sorge, wir haben eine Kamera, die Aufnahmen vom letzten Monat sind gespeichert. Sie können sie sofort anschauen, wenn Sie wollen.«

Die Kränkung in seiner Stimme war unüberhörbar. Yıldız war selbst überrascht, dass sie sie spürte, und fühlte sich dem Mann gegenüber schuldig.

»Bitte verstehen Sie uns nicht falsch, Herr Schimmel, es geht nicht darum, Ihnen etwas vorwerfen zu wollen …« Da klingelte ihr Handy und hinderte sie am Weitersprechen.

»Ja, bitte?«

»Hallo«, sagte eine Männerstimme. »Frau Karasu, sind Sie es?«

Der Mann am anderen Ende klang aufgeregt.

»Das bin ich, und wer sind Sie?«

»Ich bin Alex«, sagte der Mann aufgewühlt. »Cemals Freund, erinnern Sie sich?«

»Natürlich erinnere ich mich. Bitte, ich höre Ihnen zu, ist etwas passiert?«

»Nichts Schlimmes, nein, aber ich muss mit Ihnen reden. Es könnte wichtig sein.«

Yıldız' Neugier erwachte, ungeduldig fragte sie nach:

»Geht es um Cemals Mörder?«

»Könnte sein, Cemal hat mir eine Nachricht auf den Anrufbeantworter gesprochen. Ich stehe gerade in Leipzig auf dem Bahnhof. Plötzlich fiel mir ein, ihn abzuhören, da war Cemals Nachricht drauf. Aber die Leitung war gestört, es war nicht richtig zu verstehen. Die Nachricht wurde ein paar Stunden vor Cemals Tod hinterlassen. Ich denke, es könnte wichtig sein. Heute Abend bin ich in Berlin. Ich wollte gleich Bescheid sagen.«

Wahrscheinlich hatte Cemal seinen Partner, mit dem er zuvor gestritten hatte, angerufen, um sich zu versöhnen, vielleicht hatte Alex die Nachricht sogar abgehört, tat aber so, als hätte er nichts davon gewusst, um sich reinzuwaschen. Auf jeden Fall wäre es von Nutzen, sich die Nachricht anzuhören.

»Okay, hören Sie die Nachricht ab, danach telefonieren wir, wenn nötig, treffen wir uns. Einverstanden?«

»Okay.« Alex zögerte. »Ich verstehe nichts davon. Meinen Sie, ich mache zu viel Panik?«

»Nein, Sie haben das Richtige getan. Ich erwarte Ihren Anruf. Danke, dass Sie uns benachrichtigt haben.«

Als sie das Gespräch beendete, spürte sie Tobias' Blick auf sich, gab ihm aber mit einer Kopfbewegung zu verstehen, dass sie später reden würden, und wandte sich an Peter.

»Ja, wo waren wir stehen geblieben … Wir wissen, dass Sie mit uns kooperieren, nehmen Sie es bitte nicht persönlich. Aber wir müssen jede Beziehung des Getöteten prüfen, auch die zu Ihnen. Der Fall wird immer komplizierter. Leider wurde auch Cemals Großvater Orhan Ölmez ermordet.«

»Was?« Peter erschrak. »Der Alzheimerkranke?« Seine Stimme klang eher trotzig als traurig. »Wem sollte der arme Mann denn geschadet haben?«

»Kannten Sie ihn?«, hakte Tobias nach.

»Getroffen habe ich ihn nie, aber Cemal hatte ein Video von ihm gemacht. Das habe ich gesehen. Der Mann dachte, er wäre in der Türkei. Als wäre er zurück in der Kindheit. Er konnte kein Deutsch mehr, redete mit allen Türkisch. Ein netter Alter, das tut mir wirklich sehr leid.« Ihm wurde der Ernst der Lage klar. »Das heißt, jemand löscht der Reihe nach die Mitglieder der Familie Ölmez aus?« Als keine Antwort kam, fragte er: »Nazis etwa?«

»Wir werden es herausfinden, Herr Schimmel«, sagte Yıldız bestimmt. »Ich hoffe, wir wissen es bald.«

*

Bei Einbruch der Dämmerung hatte sich der Wind gelegt, wieder erfüllte Lindenduft das Polizeipräsidium. Der Geruch beruhigte Yıldız, dass er auf Markus dieselbe Wirkung hatte, ließ sich allerdings kaum sagen. Was die Kollegen erzählten, nachdem sie vom Außendienst zurück waren, gefiel Markus gar nicht. Er lockerte die Krawatte und öffnete die oberen zwei Hemdknöpfe.

»Wo kommt denn jetzt diese Geschichte mit der Krankheit her? Wieso hat dieser Kerem nicht gleich im ersten Gespräch davon erzählt?«

Sie hörten dem Kriminaldirektor gelassen zu, er stand angespannt vor der großen Pinnwand, die mit Namen und Fotos von Opfern und Verdächtigen gespickt war.

»Vielleicht, weil wir nicht gefragt haben.« Die Antwort kam

von Yıldız. »Oder um es zu verheimlichen. Schwierig, das jetzt zu sagen. Die Störung ist genetisch. Wie gesagt, schon der Ururgroßvater hielt sich für Poseidon.«

Markus hielt die Nazis für die Hauptverdächtigen und hatte sich mit Unterstützung seiner Vorgesetzten darauf konzentriert, sie dingfest zu machen, die plötzlich in den Vordergrund rückende neue Möglichkeit würde die Sache in die Länge ziehen, das nervte ihn.

»Ja, das hast du erzählt«, bestätigte er ungeduldig. Hinter der Brille zwinkerten seine grünen Augen nervös. »Wenn diese Störung so stark ist, wenn sie sich also auf das Gehirn auswirkt, könnte Kerem sich für Kronos halten und sowohl seinen Vater wie auch seinen Sohn umbringen, sagt ihr.«

Auf dem Weg ins Präsidium hatte Yıldız mehrfach sämtliche Varianten durchgespielt und mit Tobias besprochen.

»Wir sagen das nicht, aber es ist eine Möglichkeit. Und zwar keine Option, die wir auf die leichte Schulter nehmen sollten. Allerdings wirkte Kerem durchaus vernünftig und keineswegs wie jemand, der unter einer psychischen Störung leidet. Weit schwerer fiel uns, seinen Sohn Hüseyin im Zaum zu halten.« Sie wandte sich an ihren Assistenten, der sich auf einen Stuhl gefläzt hatte. »Was meinst du, Toby?«

Dem stämmigen Polizisten stand die Erschöpfung ins Gesicht geschrieben, doch er riss sich zusammen.

»Ich denke genauso, außerdem war der Mann aufrichtig. Mag sein, dass er etwas verheimlicht, aber was er über seine Krankheit sagte, kam mir absolut glaubwürdig vor. Falls er uns nicht etwas vorspielt natürlich ...«

Die Aussagen der Kollegen konnten Markus nicht beruhigen. Ihm ging es darum, die Ermittlungen so schnell wie möglich zum Ergebnis zu führen, um Lob und Anerkennung von den Vorgesetzten einzuheimsen.

»Gut und schön, Kollegen, was machen wir, wenn das so ist?«
Sein Ton wurde strenger. Er wies auf die Fotos von Cemal und
Orhan ganz oben an der Pinnwand. »Zwei Morde wurden verübt, womöglich folgt noch ein dritter ...« Sein Blick glitt zu Otto
Fischers Foto in der rechten Ecke. Dann wandte er sich erneut,
fast hilfesuchend, den Kollegen zu. »Können wir denn nach wie
vor sagen, dass die Nazis unsere Hauptverdächtigen sind? Oder
lassen wir diese Option fallen?«

Yıldız beeilte sich nicht, die Fragen zu beantworten.

»Ich habe den Drohbrief, den Cemal erhielt, in die Kriminaltechnik gebracht, das Ergebnis haben wir bald. Sind Fingerabdrücke von Otto und seinen Spießgesellen darauf, erleichtert das
unsere Entscheidung. Vergessen wir auch Rudolf Winkelmann
nicht. Wenn wir eine Verbindung zwischen Rudolf und Otto nachweisen können, lässt sich mit Bestimmtheit sagen, dass die Nazis
die Täter waren.«

Markus' grüne Augen verdüsterten sich angesichts Yıldız' zu-
rückhaltender Äußerung.

»Nun ja, aber ihr habt sicher gemerkt, dass die Sache mit der
Mythologie den Ermittlungen eine ungewöhnliche Dimension
gibt, oder? Dass Kerem sich für Kronos hält, macht alles noch
komplizierter. Was, wenn der Täter jemand aus der Familie ist?
Wie kommen wir bloß aus der Sache heraus?«

»Sie haben recht, Chef«, versuchte Tobias den niedergeschlage-
nen Direktor aufzumuntern. »Meiner Meinung nach haben beide
Optionen viel für sich. Es könnte durchaus jemand aus der Familie
getan haben. Denn wir haben immer noch nicht herausgefunden,
was die mythologischen Hinweise am Tatort mit den Nazis zu tun
haben.«

Markus nickte nervös.

»Genau das verwirrt mich. Wären die Morde Taten eines Psychopathen, der wegen Zeus den Verstand verloren hat, hätten wir

den Fall rasch gelöst. Ebenso wäre es nicht so schwierig, wenn wir sicher wären, dass rassistische Idioten es getan haben, um Ausländer zu verschrecken. Im Augenblick aber weiß ich nicht, was ich denken soll.«

Yıldız stand auf und trat vor die Pinnwand.

»Wir haben ja nicht nur zwei, sondern vier Optionen.« Damit machte sie die Verwirrung komplett. Zuerst zeigte sie auf das Foto des Schlagzeugers, dann auf das des Archäologen. »Vergessen wir über die Nazis und die Ölmez-Familie nicht Cemals Freund Alexander Werner und den Cousin Haluk Ölmez. Alex versucht, sich reinzuwaschen. Er rief heute an. Angeblich will er uns helfen, Cemal soll eine Nachricht auf seiner Mailbox hinterlassen haben. Heute Abend ruft er noch mal an, schauen wir, was er ausbrütet. Alex hatte Grund genug, Cemal umzubringen.«

Auch Markus musterte das Foto des Drummers.

»Schön und gut, aber warum sollte Alex einen alten Mann umbringen, der ihm in keinster Weise schadet? Ist es nicht so? Zumal wenn wir davon ausgehen, dass Orhan Ölmez das erste Opfer war, ist es dann nicht Unsinn, den Schlagzeuger zu verdächtigen?«

Yıldız' Blick hing weiter an Alex' verlebtem Gesicht.

»Ja, das scheint unsinnig, aber es gibt nichts, zu dem in ihrer Leidenschaft gefangene Menschen nicht fähig wären, um ihrem Gegenüber zu schaden. Ob Typen, die das Kind der Frau umbringen, die sie verlassen hat. Oder Männer, die ihre Schwiegereltern brutal abschlachten, weil ihre Frau die Scheidung will. In der Familie stand Großvater Orhan Cemal am nächsten. Wir kennen Alex' Psyche nicht, wissen aber, dass er nicht vor Gewalt zurückschreckt. Könnte er es nicht getan haben, um sich an Cemal zu rächen, weil der ihn verlassen wollte? Er hat uns selbst gesagt, dass Cemal womöglich einen neuen Lover hatte. Könnte es nicht sein, dass er den Liebsten, der ihn verraten hatte, leiden lassen wollte?«

»Und warum hat er dann Cemal umgebracht?«

Markus' Frage war absolut vernünftig.

»Vielleicht hat Cemal erfahren, dass Alex seinen Opa umgebracht hat. Womöglich hat Alex es ihm selbst gesagt, um ihm wehzutun. Und dann hat er beschlossen, auch seinen Liebsten umzubringen, um die Sache ein für alle Mal zu beenden.«

Obgleich Yıldız sich um stichhaltige Antworten auf die Fragen bemühte, fehlte ihrer Stimme jede Entschlossenheit. Das entging auch Tobias nicht.

»Ich halte es für realistischer, dass Haluk der Mörder ist und nicht Alex«, stieg er erneut in die Diskussion ein. »Der Archäologe hat viel stärkere Motive, Cemal umzubringen, als der Schlagzeuger. Außerdem kennt er sich in der Mythologie und auch in der Geschichte vom Zeus-Altar sehr genau aus. Will also jemand mit den olympischen Göttern eine Botschaft vermitteln, kann das niemand besser als Haluk. Auch hatte er seit einer Weile schon keinen Kontakt mehr zu Cemal. Er sagte, er habe den Kontakt abgebrochen, um seine Familie nicht gegen sich aufzubringen, aber ob das wirklich stimmt?«

Dieser Sichtweise konnte Yıldız teilweise beipflichten.

»Könnte natürlich sein …« Sie klang versöhnlich. »Haluk dürfen wir nicht aus den Augen verlieren. Trotzdem halte ich mehr davon, wenn wir uns auf die beiden anderen fokussieren.«

Tobias stimmte ihr zu.

»Du hast recht, Chef, wir haben vier Verdächtige, unter die Lupe nehmen sollten wir meiner Meinung nach Haluk Ölmez und Rudolf Winkelmann. Es wäre gut, so schnell wie möglich mit diesem Winkelmann zu reden.« Er deutete auf das Foto, das sie kurz zuvor in der Akte seiner Vorstrafen gefunden und an die Pinnwand gehängt hatten. Die Verletzung der linken Gesichtshälfte fiel kaum auf, doch obwohl das Foto nicht sehr gut war, war auf den ersten Blick zu erkennen, dass er links ein Glasauge trug.

»Ja.« Yıldız nickte. »Wir müssen schnellstens mit Winkelmann reden. Um ehrlich zu sein, glaube ich nach wie vor, dass die Nazis die Morde begangen haben. Auch wenn wir, wie Tobias schon sagte, keine direkte Verbindung zwischen den Nazis und Pergamon sehen, war der Adler am Tatort heute doch ein deutliches Zeichen. Und denk daran, was Haluk gesagt hat, Toby. In der Bibel soll der Zeus-Altar im Kapitel Offenbarung als Thron des Satans erwähnt sein. Ich denke, es sind die Nazis, die mythologische Symbole verwenden. Wir wissen von Cemals Streit mit Otto, heute erfuhren wir noch von den Feindseligkeiten zwischen Rudolf Winkelmann und Familie Ölmez. Vielleicht war auch der Streit kein Zufall, den Otto und seine Kumpane auf der Straße mit Cemal vom Zaun brachen. Womöglich war es Rudolf Winkelmann persönlich, der sie auf Cemal gebracht hat. Und der Mann wollte seine Rache an Familie Ölmez mit mythologischen Fantasien verbrämen. Das heißt, wenn wir auf die Indizien schauen, die wir bisher haben, und auf die Feinde der Opfer, dann deuten die Pfeile weiter auf die Nazis.«

Diese Hoffnung hegte auch Markus, ja, er wünschte sich von Herzen, dass es so war, doch sie brauchten Sicherheit.

»War der Adler auf dem Zepter am Tatort heute tatsächlich das Nazisymbol? Nicht dass der Mörder es als Zeus-Symbol aufgestellt hat?«

»Der oder die Mörder, mit denen wir es zu tun haben, haben zwei Morde verübt«, hob Yıldız selbstsicher an. »Beide Male gingen sie akribisch vor. Die Art und Weise, wie die Taten begangen wurden, und die Symbole waren absolut bewusst gewählt. Die wollen, dass man sie auf jeden Fall erkennt.«

Markus' grüne Augen leuchteten hoffnungsfroh auf.

»Albert Speer war der Nationalarchitekt der Nazis. Ein Mann, der wichtige Positionen innehatte.«

Sein angespannter Ton verriet Yıldız, dass er etwas von Bedeutung ansprach. Hatte Markus vielleicht eine handfeste Spur zu den Nazis aufgetan?

»Ja, von Albert Speer habe ich gehört. Ein Vertrauter von Hitler, nicht wahr?«

»Genau, ein Favorit Hitlers. Speer wollte da, wo heute der Teufelsberg ist, auf dem Orhan Ölmez' Leiche gefunden wurde, eine Militärakademie aufbauen. Techniker zur Produktion von Wunderwaffen sollten dort ausgebildet werden. Die Wehrtechnische Fakultät sollte, falls der Krieg gewonnen worden wäre, Teil der geplanten Welthauptstadt Germania sein. Die Nazis hatten vor, Berlin neu zu konzipieren und in Germania umzubenennen, wenn sie den Krieg gewonnen hätten. Von dort aus wollten sie die ganze Welt regieren. Die Fakultät wurde als Teil dieser legendären Stadt erbaut und auch zu achtzig Prozent fertiggestellt. Als die Nazis besiegt wurden, blieb der Rohbau stehen. Die Alliierten, die die Stadt besetzten, erhoben Anspruch darauf, wussten aber letztlich nicht, was sie damit anfangen sollten. Dann sollte der Bau zerstört werden, doch Speer hatte ihn dermaßen robust errichtet, dass die Sprengungen nur wenig ausrichteten. Daraufhin wurde der Trümmerschutt des bombardierten Berlins auf die Naziakademie geschüttet. Auf diese Weise entstand der Teufelsberg, er ist Berlins höchste Erhebung.« Mit Blick auf Yıldız fuhr er fort: »Das heißt, nicht nur das beim Opfer aufgestellte Zepter mit dem Adler obendrauf ist ein Nazisymbol, sondern auch der unvollendete Bau.«

Auch Markus' Fokus lag auf den Nazis. Yıldız hätte sich darüber freuen sollen. Vor ein paar Tagen erst hatte sie befürchtet, man würde versuchen, den Mord zu vertuschen, um Nazis zu schützen. Ihre Sorge war nicht unbegründet, bei den Ermittlungen zu den früheren Morden von Rassisten hatten weder der deutsche Staat noch sein Polizeiapparat sich mit Ruhm bekleckert. Doch diesmal lief es nicht so, im Gegenteil, jetzt gewannen die Antirassisten in der Polizei an Einfluss. Dennoch war Yıldız skeptisch, und ihre Zweifel machten sie unruhig und verwirrten sie. Vielleicht täuschte sie sich auch, Tobias und Markus waren gestandene Polizisten, die mindestens so fähig waren wie sie. Sie würden niemanden ohne Beweise beschuldigen. Außerdem war es in diesem Land noch immer riskant, sich mit Nazis anzulegen. Und was Markus sagte, klang vernünftig. Dennoch wuchs ein Zweifel in ihr, der sie verwirrte und den sie sich selbst nicht erklären konnte. Bevor sie nicht genug Beweise hatten, würde die Verwirrung nicht weichen. Allerdings hatte sie nicht vor, die Kollegen in ihre Gedanken einzuweihen. Wozu Markus nervös machen, da er doch so leicht resignierte? Deshalb setzte sie einen entschlossenen Ausdruck auf und sagte selbstsicher:

»Du hast recht, Markus. Wir sollten uns vor allem auf die Nazis konzentrieren. Morgen reden wir als Erstes mit Rudolf.«

Dass die Sitzung mit einem konkreten Beschluss endete, milderte die Sorgen des Direktors ein wenig.

»Richtig, Kollegen«, sagte er motiviert. »Ja, sprecht mit dem Mann. Geht direkt zu seiner Einrichtung, und lasst es mehr nach Information als nach Vernehmung aussehen. Versteht mich nicht falsch, ich fürchte niemanden, aber wir sollten den Mann nicht alarmieren. Eben hab ich einen Blick in Winkelmanns Akte geworfen. Seine Vergangenheit ist wirklich düster, aber in den letzten fünf Jahren wurde er nicht mal für ein Verkehrsdelikt bestraft. Er hat eine größere Sportanlage im Osten von Berlin aufgebaut. Vielleicht hat er mit diesen Dingen gar nichts mehr zu tun. Wir haben keinen Beleg dafür, dass er zu irgendeiner kriminellen Vereinigung gehört.«

Yıldız sah das anders.

»Vielleicht ist gerade das ein guter Beweis«, hielt sie dagegen. »Falls er bei den Nazis aufgestiegen ist, wird er die Organisation aus dem Verborgenen heraus lenken, statt bei x-beliebigen Streitereien aufzufallen, und benutzt Otto und seine Kumpane, die für ihn die Schmutzarbeit erledigen.«

Markus grinste verschmitzt.

»Wenn wir das beweisen können, sind wir ein großes Stück weiter.« Dankbar sah er die Kollegen an. »Redet morgen mal mit dem einäugigen Nazi, schauen wir, was er sagt. Und ich kontaktiere die Geheimdienstler, sie sollen den Mann genauer unter die Lupe nehmen.«

*

»Du isst ja nur Kartoffeln, Deniz, iss auch Spargel. Guck mal, wie lecker der ist, wenn du ihn in Sauce tunkst.«

Yaman hatte den Tisch auf dem Balkon gedeckt. Er hatte Spargel für seine Tochter gekocht. Auch vor dem Tod seiner Frau hatte er gekocht, und zwar sehr lecker. Das hatte er im Gefängnis von einem alten Haudegen gelernt. Seine weißen Bohnen mit Rinderdörrfleisch waren legendär, man leckte sich die Finger danach. Solche Speisen wurden gern als Abendessen zubereitet. Im Gegensatz zum deutschen Abendbrot, das aus Brot mit Butter und Käse oder Wurstaufschnitt bestand, mit dem sich die kleine türkeistämmige Familie nie hatte anfreunden können. Nach dem viel zu frühen Tod Nilüfers hatte Yaman diese Tradition fortgesetzt und, wenn irgend möglich, seine kleine Tochter nicht mit einem dürren Sandwich zum Abendessen abgespeist. So lange, bis Yıldız groß war und nicht mehr zum Abendessen nach Hause kam. Für sie waren die vom Vater zubereiteten Speisen etwas, auf das sie nicht verzichten wollte. Vor allem in der Spargelzeit. Yıldız liebte das weiße Gemüse, ihr Sohn Deniz aber mochte es überhaupt nicht.

»Warum machst du keine Köfte, Opa?«, murrte er in akzentfreiem Deutsch. »Deine Köfte schmecken viel besser.«

Yaman lachte schallend.

»Der Junge wird wahrhaftig Politiker. Er sagt nicht, ich mag keinen Spargel, er sagt, deine Köfte schmecken besser.«

Auch Yıldız lachte. Daheim war ihr Lieblingsplatz der Balkon. Saß sie allein dort oder mit ihrem Sohn oder wie jetzt mit der ganzen Familie, war sie glücklich. Jetzt war einer dieser Momente. Ein leichter Wind ging, eine angenehme Brise bewegte die Bäume, der vom Boden aufsteigende Duft der Gräser, die den ganzen Tag Sonne getankt hatten, öffnete ihr das Herz. Yıldız fühlte tiefen Frieden. Alles lag hinter ihr, das Herumrennen seit dem Morgen, die Leiche auf dem Teufelsberg, die erschreckende Geschichte der Familie Ölmez, die grausamen Intrigen der Nazis. Sie sah ihren Sohn und ihren Vater an. Das war das Leben. Sie griff nach dem Rakı-Glas, hob es lächelnd.

»Ich trinke auf euch, die beiden wichtigsten Männer meines Lebens.«

Auch ihr Vater hob sein Glas, da wollte Deniz nicht zurückstehen und stieß mit Apfelsaft mit der Mutter an.

»Şerefe!«, brüllte er auf Türkisch. »Şerefeee!«

Yaman sprang dem Enkel unverzüglich bei.

»Şerefe, mein Deniz, dir und deiner Mutter zum Wohl.«

Vater und Tochter tranken einen Schluck, Deniz hingegen trank das Glas in einem Zug leer.

»Und wie willst du jetzt deinen Spargel essen?«, grummelte seine Mutter. »Auf deinem Teller liegt noch eine ganze Stange.«

Hilfesuchend richtete ihr Sohn die dunklen Augen auf den Opa.

»Aber ich bin satt.«

Yaman hielt sich heraus, er wollte sich auf keinen Fall zwischen Tochter und Enkel stellen, also wandte Deniz sich mit flehentlichem Blick Yıldız zu.

»Mama, und wenn ich den nicht aufesse?«

Normalerweise duldete Yıldız kein Betteln, was auf dem Teller war, wurde aufgegessen, heute Abend aber fühlte sie sich wie von sich selbst befreit. Ganz gab sie aber noch nicht auf.

»Dann machen wir es so: Du isst die Hälfte vom Spargel, und

dann gehst du auf dein Zimmer und machst die Hausaufgaben für morgen, okay?«

Deniz lächelte sanft, doch er feilschte weiter.

»Okay, einverstanden, aber wenn die Hausaufgaben fertig sind, erzählt Opa mir ein Märchen. Ein türkisches Märchen …«

»Aber klar«, sagte Yaman schnell, bevor seine Tochter etwas dagegen haben konnte. »Und zwar eines mit Sultan und Wesiren …«

»Und mit Kamelen!«

»Gut.« Der Großvater hob die rechte Hand. »Eine Karawane mit vierzig Kamelen kommt auch darin vor.«

Kaum hatte Deniz seinen Wunsch erfüllt bekommen, stopfte er die Hälfte der Spargelstange in sich hinein, weil er fürchtete, seine Mutter könnte es sich anders überlegen. Dann sprang er vom Stuhl und sauste in sein Zimmer. Die beiden Erwachsenen schauten ihm hinterher.

»Er braucht ein bisschen mehr Disziplin«, sagte Yıldız. »Im Augenblick lässt er die Schule ziemlich schleifen.«

Yaman wollte seinen Enkel beschützen.

»Man darf es ihm aber auch nicht verleiden, sonst hat er bald gar keine Lust mehr auf die Schule.«

Yıldız spießte ein Stück Käse auf.

»Nein, nein, so weit wird es schon nicht kommen, eigentlich mag er Disziplin.«

Yaman grinste spöttisch.

»Tja, sein Vater ist ja auch Deutscher.«

Vergiss es, sagte der Blick, den Yıldız ihm zuwarf, bevor sie den Käse in den Mund steckte.

»Ehrlich, würde ich seine Eltern nicht kennen, würde ich bezweifeln, dass Franz Deutscher ist. Er ist der bequemste Mensch, den ich kenne.«

Yaman brach wieder einmal in schallendes Gelächter aus.

»Beschwer dich nicht, du hast ihn dir ausgesucht.«

»So ist es«, sagte Yıldız, nachdem sie den Käse zerkaut hatte, gelassen wie jemand, der seinen Fehler einsieht. »Ich hab ihn mir ausgesucht, und dann hab ich ihn davongejagt.« Sie griff erneut zum Glas. »Auf den Seelenfrieden und auf die Freiheit!«

Auch Yaman hob sein aus Istanbul mitgebrachtes Rakı-Glas.

»Darauf, dass du glücklich bist, meine Tochter, dass ihr beide, du und Deniz, glücklich seid.« Er nahm einen Schluck, dann sah er Yıldız das Gesicht verziehen. »Lass das, das sieht ja aus, als würdest du leiden.«

»Ich leide nicht«, erwiderte Yıldız verlegen. »Ist mir nur ein bisschen zu stark.«

»Weißt du noch, deine Mutter trank ihn ohne Wasser. Wasser würde den Geschmack verwässern …«

»Wie sollte ich das nicht wissen? Vielleicht verziehe ich ja gerade deshalb das Gesicht. Weil ich es wie Mama hielt und meinen ersten Rakı ohne Wasser trank.« Bekümmert sah sie den Vater an. »Auf deinen Rat hin goss ich Wasser dazu. Erst da fing ich an, Rakı ein bisschen zu mögen. Aber ich muss gestehen, Wein und Bier sind mir viel lieber.«

Yaman musterte die weiße Flüssigkeit in seinem Glas.

»Rakı gehört zu unserer Kultur, Tochter. Er ist nicht bloß ein Getränk, sondern eine Lebenseinstellung. Wo, wie, womit und mit wem du ihn trinkst, ist entscheidend. Ohne Rakı gibt es keine Plauderei und kein gemütliches Beisammensein.«

»Und wir werden weder das Land noch die Welt retten!«, ergänzte Yıldız und grinste verschmitzt.

Er verstand, was seine Tochter damit sagen wollte.

»Zweifellos. Was habe ich für Helden kennengelernt, die am Trinktisch ihre Triumphe feierten, sich aber verdrückten, wenn es zur Sache ging!« Er griff erneut zum Glas, doch Yıldız legte die Rechte auf die Brust und schüttelte den Kopf.

»Mir reicht's, aber lass es dir schmecken.«

Yaman hob das Glas.

»Auf das Leben, Kind, auf das Leben, das mir dich und Deniz geschenkt hat.«

Der Vater wurde alt, dessen war Yıldız sich in diesem Jahr bewusst geworden, er alterte rasch. Doch daran wollte sie jetzt nicht denken, nicht heute Abend.

»Wie war dein Tag, Papa?«, fragte sie, wie um die Sorge um ihn zu verscheuchen.

Statt zu antworten, stand Yaman auf.

»Ich habe für dich recherchiert.« Er zwinkerte ihr zu. »Ich war den ganzen Tag in der Stadtbibliothek. Die ist wirklich fantastisch. Besser noch, ich hab eine wichtige Information zu dem Thema gefunden, über das wir gestern sprachen.« Yıldız runzelte fragend die Stirn.

»Ich meine den Pergamon-Altar. Die Verbindung zwischen dem Monument und den Nazis.« Er kam in Fahrt. »Moment, warte, ich erzähl dir gleich alles, lass mich eben meine Notizen holen.« Er eilte ins Wohnzimmer.

Freudig überrascht beobachtete Yıldız, wie aufgeregt ihr Vater war. Kurz darauf kam Yaman schon mit einem grün eingebundenen Heft zurück.

»Hier drin steht alles.« Er ließ sich wieder auf den Stuhl nieder, schob Rakı-Glas und Teller beiseite, schlug das Heft auf und setzte die Lesebrille auf die Nase. »Gestern Abend fragtest du, ob die Nazis etwas mit Mythologie zu tun haben, ich bin auf ein paar wichtige Verbindungen gestoßen.« Beim Reden schaute er ins Heft. »Ja, hier ist es. Also, Yıldız, das Interesse an Archäologie in Deutschland reicht weit in die Zeit vor den Nazis zurück.« Er hob den Kopf und sah die Tochter an. »Und nicht nur die Deutschen, auch westliche Länder wie Großbritannien und Frankreich machten im 19. Jahrhundert große Fortschritte und fingen an, nach einer Herkunft für sich zu suchen. Es ging ihnen darum zu sagen: ›Heute sind wir mächtige Staaten, aber wir haben auch in der Vergangenheit tiefe, edle Wurzeln.‹ Zuerst vereinnahmten sie Alexander den Großen und die hellenistische Kultur, danach natürlich das Römische Reich. Diese beiden aufeinanderfolgenden großen Kulturen wollten sie zum Fundament ihrer eigenen Kultur machen. Deshalb fingen sie an, in Italien, Griechenland, Anatolien, Mesopotamien und Nordafrika zu graben. Denn die in dieser Region vorherrschende mediterrane Kultur war zu jeder Zeit das Fundament der Zivilisation. Mit ihrer Philosophie, Politik und Kunst formte sie unsere heutige Welt. Deshalb gründeten die Deutschen 1829 in Rom das Institut für archäologische Korrespondenz, das 1859 seine Tätigkeiten ausweitete und zu einem vom preußischen Kultusministerium finanzierten staatlichen Institut wurde. Diese bedeutende Einrichtung wurde 1871 in eine Staatsanstalt des deutschen Reichs umgewandelt und ist seit 1874 als Deutsches Archäologisches Institut in Berlin tätig.«

Zunächst war Yıldız nicht klar, worauf ihr Vater hinauswollte, doch beim letzten Satz horchte sie auf.

»Ja, da waren wir heute«, sagte sie wie zu sich selbst. »So alt ist das also schon …«

Yaman freute sich, dass seine Informationen auf Interesse stießen, und fuhr eifrig fort:

»Ja, aber nicht nur in Berlin. Das Institut unterhält Abteilungen in Istanbul, Athen, Kairo, Frankfurt und Madrid. Die Europäer erkannten also schon früh die Bedeutung der Archäologie. Die Briten eröffneten bereits 1759 das British Museum, und der Louvre der Franzosen wurde vierunddreißig Jahre später, also 1793, in Dienst gestellt. Bei uns dagegen wurde 1891, fast einhundert Jahre nach den Franzosen, das Archäologische Museum in Istanbul gegründet.« Er fürchtete abzuschweifen und warf seiner Tochter über den Brillenrand einen Blick zu. »Gut, ich kürze ab und komme zum Zeus-Altar. Die Grabungen in Pergamon begannen am 9. September 1878.«

»Ich weiß«, sagte Yıldız, die Ellbogen auf den Esstisch gestützt. »Die Leitung hatte ein Deutscher inne: Carl Humann.«

Yaman sah seine Tochter bewundernd an.

»Hab ich es nicht immer schon gesagt, du wärst eine große Wissenschaftlerin geworden. Siehst du, du hast die wichtigste Information sofort erkannt. Richtig, alles fing auf Initiative Carl Humanns an. Humann war es auch, der die Verbindung zum Deutschen Archäologischen Institut herstellte. Das Institut erkannte sofort, dass es sich beim Zeus-Altar um einen wahren Schatz handelte. Während unsere Osmanen noch schlafwandelten, erkannten diese Leute, dass es sich um den Zeus-Altar handelte, der in der Welt der Antike als achtes Weltwunder gegolten hatte. Denn in zahlreichen antiken Texten war die Rede von der Pracht des Altars. Als ihnen klar wurde, dass es sich bei den Werken, die Humann gefunden hatte, um Friese vom Zeus-Altar handelte, krempelten sie die Ärmel hoch. Sie reagierten so schnell, dass ein Jahr später ...« Wieder ein Blick ins Heft. »Richtig, genau ein Jahr später, also im September 1879, waren zweihundert Teile vom Zeus-Altar bereits verschifft. Einige Stücke wurden Historikern, Archäologen, Künstlern und der Presse in Berlin am 28. November 1879 vorgeführt.«

»Im heutigen Pergamon-Museum?«, wollte Yıldız wissen.

Yaman nahm die Brille ab, die ihm auf die Nase gerutscht war.

»Nein, das Museum gab es noch nicht. Der Bau des Pergamon-Museums begann erst 1910. Die Verantwortlichen des Archäologischen Instituts wollten ein Museum für die Zukunft bauen, vor allem aber sollte es der Herrlichkeit des Zeus-Altars gerecht werden. Es dauerte dann ziemlich lange, weil der Erste Weltkrieg dazwischenkam und in einer vernichtenden Niederlage endete. 1930 war der heutige Museumsbau fertig und wurde für das Publikum geöffnet.« Er hob den rechten Zeigefinger. »Das Datum 1930 ist wichtig. Denn genau hier setzt die Verbindung zu den Nazis ein.

Bei den Wahlen im September 1930 machte die Nationalsozialistische Deutsche Arbeiterpartei NSDAP einen großen Sprung und wurde nach den Sozialdemokraten zweite Kraft. Natürlich mit massiver Unterstützung von Thyssen, Krupp, Siemens und anderen deutschen Kapitalisten. Denn diese Unternehmen glaubten, eine Regierung unter Hitler würde ihre Interessen vertreten. Aber noch waren die Nazis nicht an der Macht.«

Er bringt wie immer die Politik ins Spiel, dachte Yıldız und verlor das Interesse. Also fragte sie ungeniert:

»Schön und gut, Papa, aber was hat das mit dem Zeus-Altar zu tun?«

»Viel!«, entgegnete Yaman so gelassen wie selbstsicher. »Überleg mal, 1930 wurde das Museum eröffnet, das war ein Ereignis, nicht nur für Berlin, sondern für ganz Deutschland. Zur gleichen Zeit beschleunigten die Nazis ihren Marsch an die Macht. Drei Jahre später übernahmen sie dann ja auch die Regierung. Hitler war ein größenwahnsinniger Führer, er wollte Megaprojekte umsetzen. Und er berief Albert Speer zum Nationalarchitekten der Nazis.«

Als Yıldız den Namen Albert Speer hörte, unterbrach sie ihren Vater.

»Redest du von Germania? Von der Hauptstadt der Nazis, von wo aus sie die Welt tausend Jahre lang regieren wollten?«

Yamans war irritiert.

»Nein, nein, nicht von Germania. Ich kenne die Vision von der Stadt. Nein, ich meine den Zeus-Altar. Besser gesagt, die vom Altar inspirierte Zeppelintribüne. Weißt du, die Nazis nahmen sich den aus Bergama herbeigeschafften Zeus-Altar zum Vorbild und bauten eine riesige Anlage für ihre Aufmärsche.«

Yıldız konnte nicht fassen, was sie da hörte, sie wurde ganz kribbelig.

»Wie jetzt, die Nazis haben, inspiriert vom Pergamon-Altar, ein Stadion gebaut?«

Von der Richtigkeit seiner Worte überzeugt, blickte Yaman sie eindringlich an.

»Ja, in Nürnberg. Hitler persönlich gab das Stadion in Auftrag. Und Albert Speer baute die Zeppelintribüne nach dem Modell des Pergamon-Altars. Ich habe Fotos davon gesehen. Die Anlage ähnelt der Architektur des Zeus-Altars wirklich sehr.«

Mit trockenem Gaumen griff Yıldız zum Glas und kippte den Rakı auf ex hinunter. Was sie gehört hatte, hatte ihre Laune wiederhergestellt, doch nach wie vor verstand sie nicht, warum die Neonazis Cemal auf diese Weise umgebracht haben sollten.

»Auch die Nazis waren also vom Zeus-Altar beeindruckt«, sagte sie, nachdem sie sich die Lippen abgeleckt hatte. »Aber dort haben sie doch wohl niemanden umgebracht, oder?«

Voller Ungeduld über ihr Unverständnis schüttelte Yaman den Kopf.

»Wie bitte, niemanden umgebracht? Die haben in Nürnberg beschlossen, das jüdische Volk auszulöschen. Und Hitler trat in dem von hundertfünfzig Projektoren erleuchteten Stadion mit göttlicher Attitüde wie der Göttervater Zeus der alten Griechen auf. Hunderttausenden treuen Anhängern impfte er seinen rassistischen Hass ein. Ich rede vom Holocaust, Yıldız. Holocaust ist ein griechisches Wort. Es bedeutet Brandopfer. Damit sind die Opfer gemeint, die Zeus, Poseidon, Athene, Apollon dargebracht wurden. Verbrannte Tiere, vielleicht auch Menschen. Die Zeppelintribüne ist kein Stadion, sondern ein echter Altar. Ein barbarischer, blutiger Altar, auf dem Menschen geopfert wurden. Und in den Reden, die Hitler auf diesem Altar hielt, leitete er die Phase ein, in der sechs Millionen Juden geopfert werden sollten, Junge und Alte, Männer, Frauen, Kinder.«

*

Sie schauderte, die merkwürdige Musik strich ihr zusammen mit einem kühlen Windhauch über den Körper. Die Melodie war ihr fremd, eine Mischung aus Dröhnen und Aufschrei, ein kräftiger Schrei der Rebellion. Ohne Worte, nur laute Musik von ihr unbekannten Instrumenten. Da merkte sie, dass sie draußen war, daher der Wind, das Dröhnen, der Aufschrei. War sie über den Wolken oder auf einem Hügel oder auf dem Gipfel verschneiter Berge? Es war ein Berg, so hoch, dass sie die Ozeane, Landstriche, Meere, Ebenen, Seen, Flüsse, Berge, Täler, Wälder, Wüsten, die ganze Erdkugel sehen konnte. Sie hockte auf einer marmornen Treppe und ließ den Blick über die Welt zu ihren Füßen schweifen. Sie kannte das Gefühl. Weniger das Gefühl als vielmehr die Erinnerung, doch damals lag nicht die Erde vor ihren Füßen, da waren nur elf Stufen aus Marmor gewesen, die der zwölften, auf der sie jetzt saß, glichen. Zu ihrer Rechten sah sie bunte Friese, Reliefs von meisterhaften Bildhauern, die von einem brutalen Kampf erzählten. Giganten mit prachtvollen Leibern, mächtige Köpfe oben, unten Schlangenbeine, und die wahren Herren des Olymps, mächtige Götter und herrliche Göttinnen. Und der grausame Kampf dieser prächtigen Geschöpfe. Gegeneinanderschlagende Schwerter schepperten ihr in den Ohren, sie hörte, wie Stahl sich in Fleisch bohrte, das Gebrüll geköpfter Giganten erfüllte die Umgebung.

»Der Altar«, murmelte Yıldız panisch. »Der Zeus-Altar ...«

»Nein!«, donnerte eine Stimme. »Das hier ist nicht der Altar in Pergamon, das ist mein Palast im Himmel.«

Als die Worte erklangen, verstummte die Musik. Sie drehte den Kopf, da sah sie am Rand des von Säulen gestützten Portikus einen Adler hocken mit gigantischen Schwingen, pechschwarzem Leib und einem Schnabel, der roter war als Feuer. Der Raubvogel starrte sie scharfen Auges an wie eine Beute, die er sogleich reißen würde.

»Dies ist der heilige Platz der zwölf Götter. Dies ist das himmlische Haus, in dem euch Sterblichen das Schicksal bestimmt wird. Dies ist der Tempel der Kühnheit, der Gerechtigkeit und der Macht, der Palast des Adels.«

Yıldız staunte. Der Adler hatte gesprochen. Es schien ein schlechter Scherz zu sein, doch es war Realität, daran hatte Yıldız nicht den geringsten Zweifel. Sie glaubte, was sie sah, hörte und fühlte. Je stärker sie es glaubte, umso mehr wunderte sie sich.

»Wundere dich nicht, Sterbliche!«, donnerte der König der Lüfte. »Dein kleines Hirn fasst es vielleicht nicht, doch ein Gott kann sich die Gestalt jedes beliebigen Wesens zulegen. Ob Adler, Stier, Mensch oder Schwan. Ich verwandele mich, in wen auch immer ich will, ich sehe aus, wie auch immer ich will, ich werde, was immer ich will.«

Er breitete die mächtigen Schwingen aus und schwebte auf sie zu. Yıldız kauerte sich zusammen und legte schützend die Arme über den Kopf. Mehr konnte sie nicht tun. Doch es war gar nicht nötig. Weder hieb der Raubvogel ihr seine spitzen Krallen in die Schulter, noch zerhackte sein scharfer Schnabel ihr den Nacken. Sie spürte nur den Windhauch des riesigen Vogels. Der Adler hatte ihr nichts getan, sich lediglich auf die nächsthöhere Stufe gesetzt. Und bei der Landung hatte er seine Gestalt gewechselt, der gigantische Vogel war zu einem Menschen in einem Kapuzenumhang geworden. In seiner rechten Hand hielt er die Siegesgöttin Nike, in der linken ein Zepter. An den Stellen, die der Umhang nicht bedeckte, war ein mit Edelsteinen verziertes, bis auf die Füße fallendes elfenbeinfarbenes Gewand zu sehen, an den Füßen trug er goldene Sandalen. Yıldız war entsetzt.

»Das Bild, das Cemal gemalt hat … Du, du bist Zeus. Aber wie ist das möglich?«

»Göttern ist nichts unmöglich«, entgegnete der antike Gott im schwarzen Umhang. »Die Verbote eurer Welt gelten hier nichts, eure Grenzen halten uns nicht auf, Regeln, an die ihr euch halten müsst, binden uns nicht. Denn wir erließen die Verbote, wir zogen die Grenzen, wir stellten die Regeln auf. Das geht über euren Horizont. Denn euer Verstand ist flach, eure Gefühle sind stumpf, euer Geist ist schwach.«

Mit dem Zepter wies er auf die Wolken rings um den Palast.

»Schau, Sterbliche, schau genau hin mit deinen unzulänglichen Augen, die bald schon vergehen und zu Staub werden!«

Auf einen Schlag waren die Reliefs auf der Mauer verschwunden. Vor ihren Augen tauchte eine aus dem Spiel von Licht und Wolken gebildete Unendlichkeit auf. Ehe Yıldız verstand, was geschah, wandte der Mann im Umhang sich ihr zu.

»Makellos, nicht wahr?« Seine Stimme war voller Bewunderung. »Prächtig, wunderbar, perfekt, nicht wahr? Eine für euch Sterbliche niemals erreichbare Reinheit, Schönheit, Heiligkeit.« Er nickte voller Verachtung. »Ein Wunder, das ihr niemals erleben werdet. Denn ihr seid feige, ihr seid heuchlerisch und faul, das in euren Adern fließende schmutzige Blut wird euch immer auf niederstem Niveau halten. Tierisches Verlangen, das euren Geist so leicht befällt, wird euer Handeln stets hässlich machen. Was ihr würdelos für eine Handvoll Erde, ein Stück Fleisch, einen Becher Wein tut, wird euren Willen zerfressen wie rostiges Eisen. Nie werdet ihr euch des Bösen erwehren können, Zwang und Gewalt eine Absage erteilen, dem Unrecht an die Kehle gehen.

Die Götter sind anders. Denn wir stammen aus dem prachtvollen Geschlecht der Titanen. Vom mächtigen Blut derer, die als Erste geschaffen wurden. Doch mehr als an Macht glauben wir an Adel und Gerechtigkeit. Aus diesem Grund setzte mein Vater Kronos der Herrschaft seines Vaters Uranos, der die heilige Gerechtigkeit zerstört hatte, ein Ende, entmannte ihn mit scharfer Sichel, warf sein Gemächt ins Wasser. So konnte die Welt erleichtert aufatmen, so breiteten sich ringsum Liebe und Frieden aus. Doch es dauerte nicht lange und mein Vater Kronos, der nun auf dem Thron saß, wurde seinem Vater immer ähnlicher. Und aus Angst, ihm würde das Gleiche geschehen wie Uranos, begann er seine eigenen Kinder zu verschlingen. Er sperrte meine Brüder und Schwestern in seinen Magen. Meine Großmutter Gaia und meine Mutter Rheia aber wollten das Grauen nicht dulden. Noch ehe ich aus dem Bauch meiner Mutter geschlüpft war, erzogen sie mich zum Retter. Noch ehe Tageslicht mein Auge blendete, bildeten sie meinen Verstand und meinen Leib.«

Zornig breitete der mächtige Gott die Arme aus. Als die Spitze seines Zepters eine weiße Wolke berührte, sank schwarze Dämmerung nieder. Gigantische Nebel, die in der Leere wie rote Berge wirkten, stürzten sich aufeinander, gelbe Blitze zuckten, dunkelblaues Wetterleuchten floss durch das Dämmerlicht.

»Mein Vater säte Wind und sollte Sturm ernten. Und ich besiegte Kronos in einem schweren, doch gerechten Kampf. Ich stellte ihm keine Falle wie er seinem Vater, sondern trat mutig vor ihn hin. Und zwang seinen Rücken auf den Boden, schlug seinen Kopf auf den Marmor. Zeigte jedem, ob Freund oder Feind, wer der wahre König ist. Denn mein Großvater Uranos und mein Vater Kronos waren keine echten Könige. Ihre Leiber hatten Mängel, ihre Seelen waren verkrüppelt. Den einen besiegte sein Hochmut, den anderen seine Angst. Beide waren gierig. Ihr Verstand war nicht ausgebildet, ihre Gefühle plump, ihr Benehmen grob und maßlos. Darum konnten sie sich nicht auf dem Thron halten, nicht Hirten der Titanen, Giganten, Götter und aller Geschöpfe werden. Und darum auch stellte das Leben Zeus vor sie hin. Denn ich war mutig, war von edlem Geschlecht, war körperlich kräftig und seelisch gesund. Ich befreite meine Brüder und Schwestern, liebte sie, achtete sie und beschützte sie. Ich holte sie in meinen Palast, gab ihnen einen Thron, ließ sie teilhaben an meiner Macht. Denn sie waren vom selben göttlichen Blut, von derselben mächtigen Rasse wie ich. Sie glichen weder den unterentwickelten Titanen noch den primitiven Giganten. Von Geburt an waren sie edel. Die Ära, die ich mit ihnen errichten wollte, sollte von Adel geprägt sein. Auf Verstand, Fleiß, Tugend, Mut und Schönheit sollte unsere Kultur gründen. Ein nie da gewesenes Leben sollte überall dort beginnen, wo es Lebewesen gab. Zuerst aber musste ich die Titanen besiegen, die nicht wussten, was sie taten, und den Giganten, die sich zu viel herausnahmen, ihre Grenzen aufzeigen.

Reinheit war vonnöten, Reinheit des Leibes, des Blutes, der Seele. Wir mussten zurück zu uns selbst, zu dem Zustand, in dem wir unschuldig, wild und stark waren. Befreien mussten wir uns von unnötiger Barmherzigkeit, sinnlosem Gewissen und nutzloser Güte. Was uns hemmte, mussten wir mit dem scharfen Schwert unseres Ideals abschneiden. Wir hatten kein Recht, so hochmütig zu sein, andere zu bedauern, so charakterlos, Fehler zu verzeihen, so verzweifelt, Schwachen zu helfen. Schwachen zu helfen, ist ein Frevel an der Natur. Schwache mussten wir sich selbst überlassen, wer sich nicht auf den Beinen halten konnte, sollte fallen, wer sich nicht wehren konnte, vernichtet werden, Ängstliche zerstört. Wir durften nicht länger gestatten, dass die Faulen das Leben verlangsamten. Wir mussten so unbarmherzig, so entschlossen, so eigensinnig wie nötig sein. Und mit unseren stählernen Klauen den Brustkorb unserer Feinde zerfetzen, ihnen die armseligen Herzen herausreißen ...«

Die Stimme des Gottes, dessen Gesicht nicht zu sehen war, wurde brutaler, spie Hass. Da bemerkte Yıldız die Veränderung: Das knochenfarbene, mit Edelsteinen verzierte Gewand unter dem Umhang hatte sich in eine khakifarbene Hose verwandelt, die goldenen Sandalen in Stiefel mit Schaft. Anstelle der Gürtelschnalle blinkte im Licht zuckender Blitze etwas aus glänzendem Metall. Als sie die Augen verengte und genau hinschaute, erkannte sie es. Es war das Hakenkreuz der Nazis. Wie um den Anblick zu verstärken, brüllte der Mann im schwarzen Umhang auf der Marmortreppe:

»Ich wollte eine neue Welt schaffen, bestehend aus der arischen Rasse. Eine gesunde Gesellschaft von mutigen, klugen, gesunden Menschen von hehrem Charakter. Die Zivilisation der Übermenschen. Vergangen sein sollten die finsteren Zeitalter. Schwäche, Hässlichkeit, Dummheit, Faulheit und Verkrüppelung wollte ich vollständig von der Erde tilgen. Und alle kümmerlichen Wesen, die dafür standen, wollte ich ausrotten.«

Yıldız merkte, dass sich das in der Kapuze verborgene finstere Gesicht ihr zuwandte. Sie sah es zwar nicht, spürte aber die irren Blicke auf sich. Ihr Gegenüber hatte auch gar nicht die Absicht, etwas zu verheimlichen. Drohend hob er das Zepter vor Yıldız. »Ich rede von dir, Frau. Von dir und deiner niederen asiatischen Rasse. Von eurem schädlichen Dasein, das zu nichts anderem nütze ist als zur Degeneration des Lebens. Von eurer Dummheit, eurer Feigheit, eurer Lügenhaftigkeit, eurer Falschheit, eurer Widerwärtigkeit, eurer Verschlagenheit, eurem schmierigen Minderwertigkeitsgefühl, das ihr nicht einmal euch selbst eingesteht.«

Yıldız glaubte, ihr Ende sei gekommen. Die rituelle Rede würde zweifellos in einem blutigen Finale enden. Den Ton zu vernehmen, in dem der Mann sprach, reichte, um zu begreifen, dass der Tod nahte. Obwohl sie das wusste, konnte sie sich nicht rühren. Natürlich wollte sie sich wehren, doch dazu war sie nicht imstande. Berauscht von den eigenen Worten sprach der Mann weiter.

»Und ich rede von Wiederauferstehung, von einer brandneuen Gesellschaft, die nicht Untermenschen wie ihr, sondern Menschen mit edlem Blut gründen werden. Von jenem herrlichen Augenblick der Säuberung, in dem Missgeburten wie ihr von der Erde getilgt werdet. Von dem Augenblick, in dem deine schwache Seele deinem hässlichen Körper entweichen und vergehen wird. Von der prachtvollen Zeremonie, die in Kürze mit Blut geheiligt wird.«

Er riss das Zepter gleich einer Lanze in die Luft. Zweifellos würde er mit aller Macht zustechen, womöglich mitten in Yıldız' Herz. Es blieb keine Zeit, wenn, dann musste sie jetzt etwas tun. Yıldız nahm all ihre Kraft, all ihren Willen zusammen. Als die Blitze, die sich auf der scharfen Schneide des Zepters spiegelten, sie blendeten, wollte sie aufspringen und dem mysteriösen Feind an die Gurgel gehen, konnte es aber nicht. Nur ein Laut kam ihr über die Lippen: »Ach!« Ein schwaches »Ach«, das nur sie allein hörte.

»Yıldız! Yıldız, Tochter!«

Als sie die Augen aufschlug, stand ihr Vater an ihrem Kopfende.

»Yıldız, geht es dir gut? Du bist ja klitschnass von Schweiß.«

Atemlos richtete sie sich auf. Panisch sah sie sich um, beruhigte sich erst, als sie erkannte, dass sie in ihrem Zimmer war.

»Ja, alles gut. Ich habe geträumt, ein schlimmer Traum ...« Verzeihend blickte sie Yaman an. »Ich habe geschrien, oder? Gut, dass Deniz nicht aufgewacht ist.«

»Nein, du hast nicht geschrien, das Telefon hat geklingelt.« Er hatte das Telefon in der Hand. »Tobias. Deshalb bin ich zu dir gekommen.«

Yıldız' Atem beruhigte sich.

»Wieso ruft er denn nicht auf dem Handy an?«, fragte sie irritiert.

Der Vater hielt ihr das Handy hin.

»Hat er gemacht, aber du bist nicht drangegangen.«

Jetzt fiel es ihr wieder ein, als sie Deniz ins Bett brachte, hatte sie das Handy leise gestellt. Und dann offenbar vergessen, wieder laut zu schalten. Sie nahm das Telefon entgegen.

»Hallo, Toby? Was gibt's?«

»Alex«, sagte ihr Assistent mit müder Stimme. »Sie haben Alex umgebracht, Chef.«

8

»Ob Vater, König oder Göttervater,
niemand darf die Gerechtigkeit aufgeben.«

Vater zu sein, ist durchaus damit vergleichbar, Gott zu sein. Wie ein Vater die Verantwortung für seine Kinder übernimmt, übernimmt ein Gott die Verantwortung für sämtliche Lebewesen. Denn alle Lebewesen, vom Grasbüschel bis zum prächtigen Baum, vom Schmetterling bis zum Adler, dem Herrn der Lüfte, von der winzigen Ameise bis zum gruseligen Riesen, vom sterblichen Mensch bis zum mächtigen Gott auf dem Olymp, wollen geleitet werden. Entziehe ich, Zeus, der oberste Gott und Göttervater, ihnen meine Hand, bricht auf Erden wie im Himmel erneut Chaos aus. Ich bin der Repräsentant der heiligen Ordnung. Meine Worte sind Gesetz, Lebensgarantie, Bewahrer des Daseins. Fällt mein Gesetz, schwebt mein Adler nicht am Himmel, dröhnt mein Donner nicht, zucken meine Blitze nicht, geht mein Regen nicht nieder, zerstiebt die Welt wie trockenes Laub im Wind. Darum ist in meinen Augen ein Gott unvollkommen, der denen, die er beherrscht, nur Liebe bezeigt. Denn das Leben ist viel größer als Liebe, viel tiefer, viel reicher.

Selbstverständlich ist Liebe nötig, wie auch Güte, Barmherzigkeit und Toleranz, das ist aber nicht genug. Wie der schwarzäugige Knabe mir im Traum sagte: »Zu viel der Liebe, zu viel der Güte führen in die Irre.« Ob Gott, ob König, ob Vater, Schicksal eines jeden, der die, über die er herrscht, allein mit diesen Gefühlen behandelt, ist es, von den Beherrschten verachtet zu werden. Verantwortung bedeutet, auch unbarmherzig zu sein. Selbst wenn die Strafe der Tod ist, gilt es, sie umzusetzen, ohne mit der Wimper zu zucken. Wer dazu nicht den Mut, nicht den Willen hat, wird auch niemals in den Genuss wahrer Liebe kommen. Für sie gibt es keinen Platz bei den Titanen, den Giganten, den Göttern und den Menschen.

Ich schätze mich glücklich, nie zu diesen Feiglingen gehört zu haben. Sünden, Fehler, Verrat verzieh ich nie. Selbst wenn die, die sich etwas Derartiges zuschulden kommen ließen, meine Liebsten oder von meinem eigenen Blut waren, verschloss ich nicht die Augen. Einer von diesen war Apollon. Der Herr von Poesie und Musik, der Gott des Lichts. Über jedes Thema sprach ich mit ihm, vertraute ihm meine Geheimnisse an. Um den Preis, ihm Leid zuzufügen, konnte ich nicht aufhören, das Richtige zu tun.

Apollon, der mein eigener Sohn war. Der von Leto, der Schönsten der Schönen, geborene Zwilling meiner Tochter Artemis mit dem goldenen Kranz. Unter großen Mühen waren sie zur Welt gekommen. Denn meine Gattin Hera, die Göttin der Ehe und Familie, hatte von unserer verbotenen Liebe erfahren und wollte nicht, dass diese goldigen Kinder geboren wurden. Schamlos wie eh und je versetzte sie den Olymp in Aufruhr. Sie tobte, schrie und brüllte im Palast herum. Doch da die Götter und Göttinnen ihre Art kannten, nahm keiner sie weiter ernst. Als die eifersüchtige Göttin aber sah, dass niemand sich kümmerte, geriet sie erst recht außer sich. Und verbot Leto, auf der Erde zu gebären. Nicht genug damit, obendrein sperrte sie die Geburtsgöttin Eileithyia ein. Ohne Eileithyia, das wusste sie, konnte es keine Geburt geben.

Tage vergingen, Letos Bauch war prall. Tage vergingen, bei Leto setzten die Wehen ein, Tage vergingen, meine Zwillinge warteten ungeduldig darauf, die Erde zu betreten. Doch noch immer war kein Platz gefunden, wo sie meine Kinder gebären konnte.

Alle fürchteten Heras Fluch. Schließlich öffnete die schwimmende Insel Delos meiner unglücklichen Geliebten die Arme. Es war eine dürre Insel, auf der bloß eine einzelne Palme stand. Mit der heiligen Doppellast im Bauch legte Leto sich in den Schatten der Palme. Alle weiblichen Olympierinnen mit meiner klugen Tochter Athene an der Spitze waren bei Leto, doch Hera hielt die Göttin der Geburt noch immer gefangen. Und bevor die höchste Göttin es nicht gestattete, konnten meine Kinder nicht geboren werden. Es ging einfach nicht voran, schlussendlich entsandten wir Iris als Bittstellerin zu Hera. Zuerst stampfte das Teufelsweib auf und donnerte: »Nein! Niemals!« Doch als sie die funkelnde, neun Ellen lange Kette aus reinem Gold und erlesenen Bernsteinen sah, wurde ihr Herz weich. So mächtig der Zorn der Königin der Götter war, so groß war auch ihre Schwäche für derlei hübsche Geschenke. Kaum aus Heras Händen befreit, eilte die Geburtsgöttin Eileithyia zu Letos, die sich unter der Palme auf der Insel Delos in Wehen krümmte.

Unter jener Palme gebar Leto zunächst Artemis. Anschließend brachte sie mithilfe der soeben geborenen Tochter auch meinen Sohn Apollon zur Welt. Während dieses wunderbaren Geschehens befahl ich den heiligen Schwänen, über die Insel zu fliegen, denn ich traute Hera kein bisschen.

Dem Schicksal sei Dank, die süße Artemis und Apollon mit seinen langen Locken kamen wohlbehalten auf die Welt und gesellten sich mit Begeisterung zu uns olympischen Göttern. Widerstrebend akzeptierte schließlich auch Hera die beiden schönen Kinder. Und ich drückte sie an meine Brust und sog ihren Duft in meine Lunge. Ich erkannte Leben von meinem Leben, Blut von meinem Blut. Und Himmel und Meere und Erde sind Zeugen, ich habe sie stets beschützt, wie ich auch meine anderen Kinder beschützt habe. Beide hielt ich stets in Ehren. Doch ich muss gestehen, Apollon hatte Vorrang mit seinem Verstand, seinem Gefühl, seinem Talent. Er kannte das Unbekannte, ahnte das Kommende voraus; für ihn war die Zeit kein dunkler Brunnen, sondern ein lichter Tunnel, er pendelte zwischen Heute und Morgen. Wenn auch nicht der Allerliebste, war er mir doch einer der Liebsten unter meinen Kindern von Göttinnen und Frauen.

Eines Tages aber geriet meine Vaterliebe mit meiner göttlichen Verantwortung in Konflikt. Denn Asklepios, der liebste Sohn meines Augensterns Apollon, verletzte das heilige Gesetz. Dabei war mein Enkel ein äußerst gescheites Kind. Er war fähig, Kranke und Wunden zu heilen, schenkte Menschen neues Leben. In jungen Jahren bereits hatte er sämtliche Geheimnisse der medizinischen Wissenschaft ergründet. In Epidaurus, Athen, Pergamon und auf Kos wurden Tempel eingeweiht, die Heilung spendeten, Asklepieion hießen sie. Wäre er damit zufrieden gewesen, hätte er mit dem Segen von Zeus, der sein Großvater und Gott war, Sterblichen bloß Heilung gespendet, hätte das Schicksal uns keine so schwere Prüfung auferlegt. Eine der schlechtesten Eigenschaften der Menschen aber ist es, nicht zu wissen, wann sie aufhören müssen. So viel du auch gibst, ihre Gier ist nie gestillt; nicht nach Geld, nicht nach Ruhm, nicht nach Liebe. Und Asklepios' Seele war vom Blut seiner Mutter, das in seinen Adern floss, verdorben. Der berühmte Arzt war hochgeachtet, doch genau wie Prometheus, der Ketzer, widersetzte er sich den Göttern. Es reichte ihm nicht, die Menschen zu heilen, er wollte sie unsterblich machen. Dabei ist die Unsterblichkeit uns Göttern vorbehalten. Keinem Titan, keinem Giganten, keinem Gott, keinem König, niemandem steht es zu, jenes schwache, armselige, zögerliche, egoistische, gierige Geschöpf Mensch vor dem Tod zu bewahren. Das wusste auch Asklepios, der kluge Sohn meines schönen Sohnes Apollon, des Gottes des Lichts und der Kunst, genau. Doch es gelang ihm nicht, seine Gier zu zügeln, seine Leidenschaft im Zaum zu halten, vielleicht war er dem falschen Lob der heuchlerischen Kreatur Mensch auf den Leim gegangen. Und er verwirklichte seinen Traum mit dem Blut der schlangenköpfigen Medusa. Er fing an, der Reihe nach Verstorbene wieder zum Leben zu erwecken. Männer, die zwei Wochen zuvor auf dem Schlachtfeld enthauptet worden waren, wurden gesehen, wie sie gesund und munter durch die Straßen von Pergamon spazierten. Als die Menschen aber sahen, dass es keinen Tod mehr gab, schlugen sie über die Stränge. »Wir brauchen keine Götter mehr«, sagten sie und hörten auf, die Tempel zu besuchen und uns Opfer darzubringen.

Mein süßer Enkel Asklepios, Apollons lieber Sohn, verletzte das heilige Gesetz, zerstörte die Ordnung der Welt. Da konnte ich als König der Titanen, Giganten, Götter und Menschen nicht tatenlos zusehen. Ob mein Sohn, meine Tochter oder mein Enkel, wer das heilige Gesetz brach, musste schwerstens bestraft werden. Von mir persönlich. So geschah es. Ich bestrafte den Knaben, der seine Grenzen nicht kannte und mit dem Feuer spielte, mit Feuer vom Himmel. Mit Blitzen erschlug ich ihn im Garten des von ihm begründeten Tempel des Heilens.

Als mein Sohn Apollon vom Tod seines Sohnes erfuhr, krümmte er sich vor Schmerz und schrie zornig auf, als wären die Blitze auf ihn hinabgefahren. Wäre es ihm möglich gewesen, hätte er nicht gezögert, sich an mir für seinen Sohn zu rächen. Das las ich in seinen Augen, hörte ich in dem Schrei, der sich aus seiner Kehle löste, doch der Lichtgott war nicht dumm. Auch wusste er genau, dass sein Vater ihn nach wie vor liebte, ihm war klar, dass es unmöglich war, sich gegen den König des Olymps zu stellen. Doch er musste seine Wut kühlen, musste den Hass in seinem Herzen gegen irgendjemanden richten. So tötete er die Zyklopen, die einst die Blitze geschaffen hatten. Dabei hatten die Armen überhaupt keine Schuld. Und ohne die Zyklopen hätten wir dereinst die Titanen nicht besiegt. Apollons Tat war unverzeihlich.

Als ich hörte, was unten geschah, sprang ich von meinem

Thron auf dem Olymp, eilte zur Erde hinunter und ergriff Apollon. Ich war mindestens so wütend wie er, wie meinen Vater wollte ich auch ihn an den Schultern packen und in den Tartaros hinabstoßen, mein Mondlicht Leto aber, das schönste Weib meines Herzens, hinderte mich daran. Ihre süße Stimme, ihre zärtliche Berührung, ihre mein Herz rührenden Blicke besänftigten meinen Zorn. Doch Apollon hatte sich mir widersetzt, er durfte nicht ungestraft davonkommen. Damit er das heilige Gesetz achten lernte, gab ich ihn König Admetos zum Sklaven. Mindestens ein Jahr lang sollte er unter der Knute eines Sterblichen arbeiten. Und fügte er sich nicht, würde sich das Urteil verlängern, und rebellierte er gegen sein Schicksal, würde die Strafe verschärft werden.

Wie gesagt, Liebe, Güte, Barmherzigkeit und Toleranz sind nötig, doch allein mit diesen Gefühlen kann kein Gott, kein König, kein Vater herrschen. Verantwortung erfordert manchmal auch, gnadenlos zu sein, brutal und strafend. Und die Strafe, ohne mit der Wimper zu zucken, zu vollziehen, auch wenn sie den Tod bedeutet. Doch ob Vater, König oder Göttervater, niemand darf die Gerechtigkeit aufgeben. Angehörige darf man nicht begünstigen, dem Gesetz, was auch immer sein mag, ist zu gehorchen, wenn die Ordnung es erfordert, muss man auch dem eigenen Sohn, der eigenen Tochter, dem Enkel das Leben nehmen. Denn ohne Gesetz gibt es keinen Thron, ohne Gesetz gibt es keine Krone, ohne Gesetz gibt es keinen Palast …

ACHTES KAPITEL

Als sie sich am Kanal trafen, begann die Junisonne, die öden Straßen von Treptow zu erwärmen. Unter den Bäumen mit ihren mächtigen Kronen, die Blätter noch feucht vom Morgentau, stand Tobias und rauchte, den Blick auf das stille Wasser gerichtet. Als er seine Chefin kommen sah, die an einer Brezel knabberte, straffte er sich.

»Paffst du schon wieder, Toby?«, neckte Yıldız ihn. »Was schmeckt dir am frühen Morgen bloß an diesem Gift?«

Er ging nicht darauf ein.

»Dir auch einen schönen guten Morgen, Chef«, wünschte er stattdessen vielsagend, dann wies er mit der Zigarette in der Hand auf den Kanal. »Schau mal, wie hübsch die da schwimmen.«

Yıldız sah auf dem dunkelgrünen, beinahe braunen Wasser zwei schneeweiße Schwäne schwimmen. Auf Futter hoffend hielten sie sich direkt vor Tobias und ließen ihn nicht aus dem Blick.

»Schade, dass wir kein Brot oder so dabeihaben, das wir ihnen geben könnten.«

Der empfindsame Polizist bedauerte wahrhaftig die Schwäne.

»Hier, die hab ich eben beim Bäcker an der Ecke gekauft.« Sie reichte ihm den Rest von der Brezel, die unter Türken als »deutscher Simit« bekannt war. »Damit kannst du deine Schwäne füttern.«

Tobias freute sich wie ein kleiner Junge, schob die Zigarette zwischen die Lippen und nahm die Brezel entgegen. Noch glücklicher waren allerdings die Schwäne, sie pickten die Brocken, die er ihnen zuwarf, flugs auf und schluckten sie. Bevor er ein letztes

Mal an der Zigarette zog, deutete Tobias mit einer Kopfbewegung auf das hässliche Gebäude direkt am Kanal.

»Dort im Dachgeschoss ist die Wohnung vom Drummer. Gehen wir hoch?«

Statt zu antworten, marschierte Yıldız auf den Wohnblock zu.

»Wann bist du denn gekommen?«

Er blies vergnügt den Rauch aus und folgte Yıldız.

»Gerade erst, ich hab auf dich gewartet, dachte, wir gehen zusammen hoch. Oben ist die Streife, die zuerst da war. Die Spurensicherung ist auch schon unterwegs.« Er hatte die Kippe an der Schuhsohle ausgedrückt und entsorgte sie nun im Mülleimer vor dem Gebäude. »Am besten sind wir fertig, bevor Kurt da ist. Sonst hetzt er uns wieder.«

Er hatte recht, sie beeilten sich, die Treppe hinaufzukommen. An der Haustür drückte Tobias die Klingel ganz oben. Während sie warteten, untersuchten sie das Schloss, Spuren von Gewalteinwirkung wies es nicht auf. Der Mörder war also mühelos ins Haus gekommen. Vielleicht hatte das Opfer ihm selbst geöffnet.

»Hat Alex dich nicht mehr angerufen, Chef? Er hatte doch gestern am Telefon gesagt, dass er anrufen wollte.«

Er sprach einen Punkt an, den Yıldız ausgeblendet hatte. Die Chefin hatte die Information des Schlagzeugers, dass Cemal ihm eine Nachricht auf dem Anrufbeantworter hinterlassen hatte, nicht weiter ernst genommen.

»Nein«, sagte sie, als der Summer die morgendliche Stille störte. »Und ich hab ihn auch nicht angerufen. Um ehrlich zu sein, ich hatte wenig auf Alex' Info gegeben. Offenbar hab ich mich getäuscht.«

Tobias reagierte nicht sofort, er stieß die schwere Tür auf und trat beiseite.

»Ich hatte auch nicht viel darauf gegeben, Chef. Weil er kein besonders ernst zu nehmender Mann war.«

»Aber der Mörder dachte offenbar nicht wie wir«, sagte sie

reuig, während sie eintrat. »Siehst du, er hat nicht gezögert, Alex aus dem Weg zu räumen.«

Tobias folgte der Hauptkommissarin ins Haus.

»Du meinst, der Drummer wurde ermordet, weil er dir etwas sagen wollte?«

Yıldız hob leicht die Schultern.

»Sicher können wir uns da nicht sein, Toby, vielleicht stand er auch von Anfang beim Mörder auf der Liste. Vielleicht aber gab es Hinweise auf den Mörder in der Nachricht, die Cemal ihm auf den AB gesprochen hat.«

»Und wie soll der Mörder davon erfahren haben?«

»Keine Ahnung. Vielleicht hat Alex es ihm gesagt. Hat nicht mich, sondern den Mörder angerufen.«

Die grauen Augen ihres Assistenten leuchten auf.

»Du glaubst, er hat ihn erpresst?«

Yıldız war es leid, Vermutungen anzustellen.

»Möglich ist alles, hören wir mal den AB ab, dann wissen wir mehr.«

Auf dem Weg zum Aufzug hörten sie leise Geräusche, die Hausbewohner starteten allmählich in den Tag.

»Wer hat die Leiche gefunden?«

»Unsere Leute«, sagte Tobias leise. »Auf Nachtstreife. Die Nachbarn unten fühlten sich durch die Musik gestört. Es war wohl immer laut bei Alex. Die Leute trauten sich nicht, sich mit ihm anzulegen, weil er so ein grantiger Kauz war. Als die Musik um fünf Uhr morgens aber immer noch lief, riefen sie die Polizei. Als die Streife kam, war die Tür angelehnt, und drinnen lag die Leiche. Genau wie bei Cemal.«

Yıldız drückte auf den Knopf, um den Aufzug zu rufen.

»Wieder Musik im Zusammenhang mit Zeus?«

»Genaueres weiß ich nicht, doch da sie durchs ganze Haus dröhnte, erwartet uns sicher was Außergewöhnliches.«

Der Aufzug sauste nach oben. Als sie ausstiegen, begrüßte sie ein uniformierter Polizist mit kreuzbravem Gesicht. In seinen Augen waren Spuren des Entsetzens deutlich zu erkennen.

»Drinnen.« Er schluckte. »Aber ich warne Sie, schrecklicher Anblick.«

Er hat sich übergeben, als er die Leiche sah, dachte Yıldız, während ihr Assistent dem jungen Polizisten kurz die Hand auf die Schulter legte.

»Gut, danke.«

Ein untersetzter Polizist mit schiefer Boxernase an der hölzernen Wohnungstür wirkte gelassener.

»Herr Becker?« Wie konnte ein derart wuchtiger Polizist nur ein so zartes Stimmchen haben? »Mit Ihnen hab ich telefoniert, oder?«

Tobias nickte.

»Ja. Wie sieht's aus?«

»Schlimm, wirklich schlimm.« Der Polizist zog eine Grimasse. »Wir haben nichts angefasst, genau wie Sie gesagt haben, nur die Musik haben wir ausgeschaltet. Die Nachbarn waren kurz vorm Durchdrehen. War wirklich nicht auszuhalten.« Er linste kurz in die Wohnung hinein. »Das Opfer sieht scheußlich aus. Der Mör-der hat dem Mann das Gesicht zerfetzt. Überall Blut, ich hab's nicht richtig gesehen, aber er hat ihm wohl die Haut abgezogen.« Er gab die Tür frei. »Schauen Sie selbst.«

Zwischen den beiden Männern hindurch betrat Yıldız die Wohnung. Noch in der Tür stieg ihr wieder der vertraute Geruch in die Nase. Auch ohne die Vorwarnung des schiefnasigen Polizisten hätte sie bei diesem Geruch sofort gewusst, was sie am Tatort erwartete. Vor ihr lag ein kleiner Flur, an der Wand rechts war ein breites Regal aus braunem Holz montiert. Darauf stand ein graues Festnetztelefon. Yıldız zog Plastikhandschuhe aus der Tasche und streifte sie über. Sie beugte sich zum Anrufbeantworter unter dem Telefon, drückte auf die Taste »Nachricht abhören«. Nichts. Sie hob den Kopf und traf Tobias' Blick.

»Gelöscht«, sagte sie. »Deine Vermutung mit der Erpressung scheint zu stimmen.«

Der Schiefnasige wunderte sich, was sie noch im Flur taten, und rief: »Gegenüber. Gehen Sie weiter, im Wohnzimmer, hinter der Tür ...«

Der Geruch nahm zu, je näher sie kamen. Vor der Tür blieb Yıldız stehen, musterte den Ort, das Holz, die Scheibe, konnte nichts Auffälliges entdecken. Mit dem Zeigefinger stupste sie die Tür an, vor ihnen tat sich ein helles, geräumiges Wohnzimmer auf. Als sie eintrat, sah sie das Opfer. Genau wie Cemal lag es rücklings vor der Wand, in einer großen Blutlache. Wo das Gesicht hätte sein müssen, war nur noch ein Brei aus Blut und Fleisch. Sie ging näher heran, erst da wurde ihr das Ausmaß des Grauens klar. Das Gesicht war dermaßen verstümmelt worden, dass Alex nicht mehr zu erkennen war.

»Er hat ihm tatsächlich die Haut abgezogen«, flüsterte Tobias erschrocken. »Er hat den Mann abgeschlachtet wie ein Schwein.«

Die letzten Worte hörte Yıldız nicht. Ihr Blick glitt konzentriert über Alex' leblosen Körper. Nein, das Herz war nicht, wie bei Cemal, herausgeschnitten und in seine Hände gelegt worden. Allerdings steckte links in der Brust, genau über dem Herzen, ein großes Kampfmesser. Sie trat noch näher, da sah sie auch das Hakenkreuz auf dem Griff. Möglicherweise war dies das Messer, das Cemal Otto im Streit abgenommen hatte. War dem so, war der Mörder ihnen gegenüber geradezu großzügig. Doch warum? Vielleicht hatte das Messer ausgedient und er würde bei den folgenden Morden Schusswaffen verwenden. Eine Pistole, ein Automatikgewehr, Sprengstoff. Tobias' schrille Stimme riss sie aus ihren Gedanken.

»Und was ist das für ein Bild?«

Sie blickte auf und sah die Striche und Farben an der Wand. Eine Kreatur, deren Oberkörper menschlich schien, auch wenn sie auf dem Kopf zwei Hörner hatte und übergroße Ohren, der Unterleib dagegen ließ an einen kräftigen Ziegenbock denken, lehnte an einem Baum und spielte Flöte.

»Was ist das denn, Satan spielt Flöte oder wie?« Tobias' entsetzte Augen hingen an den Hörnern der Kreatur, an dem Schwanz am Steiß und den haarigen Beinen.

»Das ist nicht Satan«, korrigierte Yıldız. »Das ist Satyr, ein Satyr.«

»Was ist ein Satyr?«

Sie überhörte die Frage ihres Assistenten, denn sie war voll auf das Bild konzentriert.

»Ist das nicht Alex?« Sie ging ein paar Schritte. »Was meinst du, Toby, sieht sein Gesicht nicht aus wie das des Schlagzeugers?«

»Ja, total. Dann hat Cemal wohl auch dieses Bild gemalt?«

»Sieht so aus. Schau mal, da steht etwas unter dem Bild.«

Tobias näherte sich der Wand.

»Wer die Götter herausfordert, muss die Folgen tragen.« Er beugte sich hinunter, schaute genau hin. »Das ist frisch geschrieben, Chef. Nach dem Mord.«

Yıldız war nicht sonderlich überrascht, selbstverständlich würde der Mörder seine Rituale fortsetzen. Beim Mord an Orhan Ölmez gab es allerdings keinen Text. Oder hatten sie ihn übersehen? Sie rief sich den Tatort auf dem Teufelsberg ins Gedächtnis. Nein, wäre da ein Text gewesen, hätten sie ihn bemerkt. Warum war das Ritual bei drei vom selben Täter begangenen Morden nur bei den beiden letzten vorhanden, nicht aber beim ersten? Das war ein wichtiger Unterschied. Ein Detail, dessen Grund es unbedingt herauszufinden galt. Doch nicht jetzt, sie verscheuchte den Gedanken rasch und konzentrierte sich erneut auf das Bild an der Wand. Der Satyr war als Alex dargestellt, geradezu ekstatisch blies er in die Flöte. Die Hässlichkeit seines Gesichts war beim Flötenspiel unter tiefem Seelenfrieden versteckt, die Kreatur wurde beinahe schön. Er lehnte mit dem Rücken an einer Fichte, dahinter waren weitere Gestalten zu sehen. Yıldız fiel ein kräftiger, gut aussehender Mann mit einer Lyra auf. Seine langen schwarzen Locken funkelten hier und da blau. Seine Haltung war so prachtvoll, er wirkte dermaßen selbstsicher, dass Yıldız dachte, das muss ein Gott sein. »Wer die Götter herausfordert, muss die Folgen tragen«, murmelte sie wie zu sich selbst. War das der in dem Spruch erwähnte Gott? Hinter ihm befand sich eine Gruppe von zehn Personen, die eine Art Delegation darzustellen schien. Neun waren Frauen, das einzige männliche Mitglied der Gruppe trug eine Krone, hatte aber seltsamerweise lange spitze Ohren wie die eines Esels. Sie grub in ihrer Erinnerung, wurde aber nicht fündig.

»Wie hieß noch dieser König mit den Eselsohren?«, fragte sie ihren Assistenten. »Der, der sich den Zorn der Götter zugezogen hatte.«

Tobias fuhr hoch, er hatte sich darangemacht, den Leichnam zu untersuchen.

»Wie? Was hast du gesagt, Chef?«

Mit dem Kopf deutete sie auf seine Tasche.

»Frag doch mal dein Smartphone, Toby, wer ist der König mit den Eselsohren?«

Noch immer verstand ihr Assistent nicht, tat aber wie geheißen. Er nestelte das Handy heraus und öffnete Google. »König mit Eselsohren« gab er in die Suchzeile ein. Die Antwort erschien sofort: »König Midas mit den Eselsohren«.

»Midas«, sagte er. »Der König heißt Midas.« Er hatte das Bild noch nicht in allen Einzelheiten betrachtet und fragte erstaunt: »Was ist denn los? Was hat der damit zu tun?«

Yıldız deutete auf den König an der Wand.

»Wenn du dir das Bild anschaust, siehst du, dass Cemal eine

Sage erzählt. Wahrscheinlich eine mythologische Geschichte.« Ihre ockerfarbenen Augen funkelten. »Lies doch mal, was da über König Midas steht.«

Tobias hatte den König auf dem Bild mittlerweile entdeckt, begriff aber nicht, worauf Yıldız hinauswollte. Lustlos wandte er sich erneut dem Handy zu.

»Okay, ich lese vor: ›Midas, König von Phrygien. Es gibt zahlreiche Legenden über ihn. Eine der bekanntesten ist seine Bestrafung durch Apollon. Als er bei einem Musikwettstreit den Gott verärgerte, wurden seine Ohren in Eselsohren verwandelt.‹«

»Apollon«, warf Yıldız mit Blick auf den Mann auf dem Bild ein. »Richtig, Apollon, der Gott, der die Lyra spielt.«

Den Blick noch auf dem Display, sagte Tobias: »Warte, Chef, warte, hier ist ein Bild.« Nun wurde auch er lebendig. »Einer, dem die Haut abgezogen wird, ein ... äh ...« Er hatte es vergessen. »Wie hieß noch mal dieser Typ mit den Ziegenfüßen auf dem Bild?«

»Satyr«, gab Yıldız Auskunft und trat neben ihn. »Was ist auf dem Bild?«

»Dieser gut aussehende Gott häutet deinen Satyr.« Er zeigte ihr das Bild auf dem Smartphone. »Siehst du? Er hat den Ziegenbock an den Baum gehängt und zieht ihm die Haut ab.«

Das Bild war klein und nicht sehr hell, aber der an der Fichte aufgehängte Satyr und Apollon, der ihn mit dem Messer in der Hand häutete, waren deutlich zu erkennen.

»Genau, der Mörder verweist auch diesmal wieder auf eine mythologische Geschichte«, erklärte Yıldız. »Lies weiter, schauen wir doch mal, was es mit der Geschichte auf sich hat.« Sie machte eine Kopfbewegung zum Display hin.

»Ist aber ziemlich lang ...«

»Macht nichts, solange wir die Geschichte nicht kennen, verstehen wir nicht, worauf der Mörder hinauswollte. Nun lies schon.«

Tobias hielt sich das Phone noch dichter vor die Augen.

»Okay, weiter geht's: ›Die Ohren des Königs von Phrygien, Midas, wurden von Apollon verlängert wie die eines Esels und nahmen eine seltsame Form an. Diese peinliche Behandlung galt als schwere Strafe, war aber im Vergleich zu dem, was Marsyas widerfuhr, dem Konkurrenten Apollons beim Wettstreit eine recht leichte Sühne. In der Geschichte geht es eigentlich um den Satyr Marsyas. Marsyas verbrachte seine Zeit damit, die Natur zu durchstreifen, zu essen, zu trinken, sich zu vergnügen und die Nymphen zu jagen. Eines Tages fand er eine Flöte im Wald. Er hob sie auf und spielte darauf. Der Flöte entstiegen so herrliche Melodien, dass Marsyas sich in die Musik verliebte. Er eignete sich das Instrument, das solch betörende Töne von sich gab, an, ohne sich zu fragen, wer es geschnitzt und später aus welchem Grund fortgeworfen haben mochte. Denn derart komplexe Gedankengänge waren seine Sache nicht. Marsyas ging es nur um Vergnügen und Liebe.

Die in den Wald geworfene Flöte aber hatte eine Tochter des Zeus gemacht, die Göttin Athene. Und zwar aus dem Knochen eines Hirschs. Mit dem selbst geschnitzten Zauberinstrument spielte sie den Olympiern eines Abends auf. Die Götter und Göttinnen, allen voran Zeus, waren begeistert von ihrem Konzert. Nur Athenes ewige Konkurrentinnen Hera und Aphrodite rümpften die Nase und meinten verächtlich: ›Wie hässlich du bist, wenn du Flöte spielst, wie komisch du aussiehst.‹ Athene glaubte den beiden Göttinnen nicht, still stieg sie vom Olymp hinunter, spielte im Lande Phrygien an einem stillen sauberen See und betrachtete dabei ihr Spiegelbild im Wasser. Als sie feststellte, dass sie tatsächlich die Wangen aufblies und komisch aussah, warf sie die Flöte fort. Nicht genug damit, sie sprach gegen die Flöte und den, der sie finden und auf ihr spielen würde, einen ewigen Fluch aus.

Das war die Geschichte, von der Marsyas nichts ahnte. Er hätte die Flöte aber auch an sich genommen und darauf gespielt, wenn er von dem Fluch gewusst hätte. Denn ein Leben ohne Musik, Tanz, Liebesspiel und Vergnügen gab es für einen Satyr nicht. Als nun der hässliche Satyr im ganzen Wald auf der Flöte spielte, erregte er die Aufmerksamkeit aller, die sich von Musik rühren ließen, ob Tier, Nymphe oder Mensch. Als auf der Zauberflöte nun die herrlichen Melodien erklangen, eine schöner als die andere, wuchs Marsyas' Ruf und Ruhm, bald kannte man ihn als bezaubernden Musiker. Er heimste so viel Anerkennung und Komplimente ein, dass es ihm zu Kopf stieg, der ohnehin nicht sehr verständig war. Mit eitel geschwellter Brust trat er bei Gastmählern der Adeligen, vor Königen und im Volk auf und brüstete sich damit, der beste Musikant der Welt zu sein: ›Selbst die Melodien von Apollons Lyra sind blass neben meinen.‹ Sein Geprahle kam selbstverständlich auch dem Gott der Musik und des Lichts zu Ohren. Apollon ärgerte sich über das Gebaren des Großsprechers und ordnete einen Wettstreit an. Marsyas, der Tor, der nicht voraussah, was kommen musste, nahm die Einladung zum Wettstreit hochmütig an. Eine Jury wurde einberufen, darunter auch die neun Musen, die schönen Töchter des Zeus, und König Midas. So begann der Wettstreit. Die beiden talentierten Musiker stellten nacheinander ihr Können unter Beweis. Erst spielte Marsyas dem Publikum die schönsten Melodien auf der Flöte vor, dann Apollon auf seiner Lyra. Nun musste die Jury entscheiden. Die neun Musen votierten für Apollon, doch König Midas widersprach ihrer Entscheidung: ›Ihr seid parteiisch, denn ihr seid alle Kinder des Zeus und unterstützt euch gegenseitig.‹ Apollon schäumte vor Wut, zeigte es aber nicht. ›Nun gut, dann mache ich einen Vorschlag, wir drehen beide unsere Instrumente um und spielen dann darauf.‹ Das hätte Marsyas ablehnen müssen, doch in Verkennung der Tatsachen erklärte der Satyr: ›Einverstanden, edler Apollon. Ich besiege Euch so oder so.‹ Apollon drehte seine Lyra um und erzeugte Melodien, die ebenso schön waren wie die in der richtigen Haltung. Marsyas' Flöte aber gab keinen Ton von sich, als er sie umdrehte.

So gewann Apollon. Zu Midas sagte er: ›Du hörst wohl nicht gut, vielleicht hörst du besser, wenn ich deine Ohren größer mache‹, und verwandelte die Ohren des Königs in Eselsohren. Dann richtete er wütend den Blick auf Marsyas. ›Wer die Götter herausfordert, muss die Folgen tragen‹, sprach er, band den Satyr an eine Fichte und zog ihm bei lebendigem Leib die Haut ab.‹

Oha, die griechischen Götter waren ja mindestens so grausam wie die Menschen«, stellte Tobias am Ende des Textes fest.

»Weil die Menschen sie geschaffen haben«, lautete Yıldız' Kommentar. »All die Brutalität und Grausamkeit, die in ihnen selbst steckt, haben sie den Göttern aufgehalst. Na, zurück zu den Ermittlungen, jetzt ist es klar. Der Mörder hielt sich für Apollon und hat Alex zu Marsyas gemacht.«

»Cemal hat das schon vor dem Mörder getan, Chef.« Tobias hatte keine Eile, das Telefon wegzustecken. »Er war es, der dem Flöte spielenden Satyr das Gesicht des Drummers gab.« Sein Blick glitt zu der Leiche auf dem Fußboden. »Außerdem hat der arme Kerl nicht Flöte, sondern Schlagzeug gespielt. Ach ja, hören wir uns doch einmal die Musik an, die die Nachbarn so gestört hat.« Er schaute sich im Wohnzimmer um und wurde auch rasch fündig. Neben dem Holztisch in der Ecke stand eine Musikanlage. Er ging hin und drückte auf Play. Sogleich dröhnte ein fürchterliches Geräusch durch den Raum. Kaum zehn, fünfzehn Sekunden ertrug Yıldız die Kakophonie.

»Aus, mach das aus! Was ist das denn?«

In Tobias' graue Augen kam Leben.

»Raining Blood«, sagte er. »Ein Hit von Slayer. Eine Coverversion mit Flöte. Ist aber nicht gelungen, wirklich nicht, echt schlimm!«

»Und es war wohl der arme Kerl hier, der das gecovert hat.«
Yıldız zeigte auf die Flöte, die rechts an der Wand hing. »Dein
Drummer hat offenbar nicht nur Schlagzeug gespielt.«

Diese Möglichkeit kam Tobias unsinnig vor.

»Wie jetzt, hat der Mörder Alex deshalb die Haut abgezogen?
Weil er den Song verhunzt hat?«

»Glaub ich nicht, mit Musik hat diese Gräueltat nichts zu tun.«
Yıldız schüttelte den Kopf, als können sie auf diese Weise die
anderen Möglichkeiten aus ihren Gedanken verscheuchen. Mit
der Hand wies sie auf das Kampfmesser in der Brust des Opfers.
Genauer, auf das Hakenkreuz auf dem Griff. »Damit hat sie zu tun.
Mit den Morden soll eine Welle des Entsetzens ausgelöst werden.
Ein Terrorsturm, über den im Fernsehen und in der Presse tage-
lang berichtet wird. Ein Klima der Angst, das alle Migranten in
Deutschland einschüchtern soll.« Sie wandte sich ihrem Assistenten zu. »Erinnerst du dich an die Lyrics von dem Song?«

Tobias war sich nicht sicher.

»Nicht dass ich jetzt was Falsches sage. Warte, ich hab's gleich,
Chef.« Er tippte auf dem Display herum, öffnete YouTube, schrieb
etwas, tippte, schrieb wieder. Zunächst erfüllte martialisch klin-
gende Instrumentalmusik das geräumige Wohnzimmer, dann
setzte der Gesang ein. Die Worte klangen bedrohlich, besonders
folgende Zeilen ließen Yıldız aufhorchen:

»*Raining blood / From a lacerated sky / Bleeding its horror /
Creating my structure / Now I shall reign in blood.*«

*

Sobald sie Kurt, dem nervösen Kollegen der Spurensicherung,
die chaotische Dachwohnung in dem alten Haus in Treptow mitsamt seinem toten Bewohner übergeben hatten, machten sie sich

auf den Weg nach Neukölln. Jeder weitere Aufschub des Besuchs würde den Ermittlungen schaden. Inzwischen waren sie sich sicher, dass der Täter bei dieser seltsamen Mordserie nach der Mythologie vorging. Noch hatten sie das Motiv nicht verstanden, doch sie wussten, dass Cemal mit seiner Leidenschaft, Bilder von den Figuren am Pergamon-Altar zu malen, die grausige Reihe ausgelöst hatte. Möglicherweise fanden sich in Cemals Wohnung noch konkretere Indizien, die auf eine Verbindung zwischen den Nazis und der Mythologie hinwiesen, vielleicht verbargen sie sich in den merkwürdigen Skizzen in seinem Atelier. Das Kampfmesser mit dem Hakenkreuz, das in Alex' Herz steckte, war zwar ein neues Indiz dafür, dass Nazis die Täter waren, doch sie brauchten mehr.

Die Sonne stand schon hoch, als sie bei Cemals Haus ankamen. Bevor sie eintraten, spähten sie durch die dichte Hecke in den Garten. Zwei wahllos auf das welke Gras unter einer alten Akazie und einer kräftigen Pappel geworfene Stühle aus Metall, ein Holztisch und fast ein Dutzend Farbdosen deuteten darauf hin, dass Cemal sich kaum um den Garten gekümmert hatte. Beim Blick in den Garten zog Tobias die Zigarettenschachtel aus der Tasche.

»Rauch nachher«, bat Yıldız. »Gehen wir rein, ohne Zeit zu verschwenden.«

Sie klang so energisch, dass ihr Assistent nicht zu widersprechen wagte. Unter dem Absperrband der Polizei hindurch schlüpften sie in die Wohnung hinein. Es roch streng. Nicht nach getrocknetem Blut, sondern nach einer Mischung aus Farbe und abgestandener Luft in der versiegelten Wohnung. Zuerst liefen sie in den Raum, in dem Cemals Leiche gelegen hatte. Yıldız stach sofort der dunkle Blutfleck vor der Wand ins Auge, als sie den Kopf hob, hatte sie das imposante Zeus-Gemälde vor sich. Durchs Fenster fiel das Licht dem Göttervater direkt ins Gesicht. Das goldene Haar, der goldene Bart funkelten in der Sonne, bei Tageslicht wirkte das Bild noch imposanter. Cemal hatte die Perspektive so angelegt, dass, wohin sie auch gingen, die drohenden schwarzen Augen des Göttervaters keine Sekunde von ihnen abließen.

»Cemal hat sich tatsächlich selbst dargestellt«, sagte Tobias. »Ich verstehe nicht viel davon, aber das ist gut getroffen. Wie kann es sein, dass wir das nicht gleich am ersten Abend gemerkt haben?«

Yıldız hatte gehört, was Tobias gesagt hatte, doch ihr Blick fixierte den Satz, den der Mörder auf das Bild geschrieben hatte. Sie ging dicht an den Text heran.

»Wer mir nicht gehorcht, wird verflucht sein, im Feuer brennen und sich in Schmerzen winden.« Laut und jedes Wort betonend las sie vor. Sie dachte kurz nach, dann erkannte sie den Widerspruch zwischen dem, was geschehen war, und den Wörtern, die der Mörder geschrieben hatte. »Wie jetzt, hat Cemal Zeus etwa nicht gehorcht?«, fragte sie sich.

Obwohl Kurt alles einschließlich Computer ins Präsidium geschafft hatte, sah Tobias sich noch einmal auf dem Tisch um. Er glaubte, Yıldız' Frage sei an ihn gerichtet.

»Ja, was für ein Unsinn, stimmt's, Chef?« Er zuckte mit den Schultern und lachte gequält. »Wenn Zeus Cemal ist, hat er sich dann selbst nicht gehorcht? Und wird deshalb von sich selbst ermordet?«

Das Paradox, das Tobias so spielerisch formulierte, brachte Yıldız auf eine andere Idee.

»Und was, wenn sich jemand anderes für Zeus hält? Wenn die Person sich durch Cemals Projekt gestört fühlt? Vor allem dadurch, dass der Maler dem Göttervater das eigene Gesicht gegeben hat?«

Tobias ließ den leeren Computertisch stehen und stellte sich neben die Chefin.

»Meinst du Hüseyin?«

Yıldız hatte an niemanden Bestimmten gedacht, doch die Vermutung ihres Assistenten war nicht von der Hand zu weisen.

»Richtig, Hüseyin ist einer von denen, die sich davon gestört fühlen könnten. Da der Vater Kerem sich für Kronos hält, muss einer seiner Söhne Zeus sein. Selbst wenn Cemal nicht so gedacht haben sollte, gab er Zeus im Rahmen des Projekts sein Gesicht. Falls Hüseyin sich tatsächlich für Zeus hält, wird er nicht lange gezögert haben, den sowieso ungeliebten Bruder zu töten. Aber warum den Großvater? Wobei, der Mythologie zufolge war es nicht Zeus, sondern Kronos, der Uranos vom Thron stieß und sich seine Macht aneignete. Nehmen wir noch Kerems Krankheit hinzu, hätte Orhan Ölmez vom eigenen Sohn umgebracht werden müssen, nicht vom Enkel Hüseyin. Wiederum derselben Chronologie folgend hätte Hüseyin seinen Vater Kronos unterwerfen müssen. Aber du hast es ja gesehen, die beiden haben ein gutes Verhältnis.«

Tobias steckte in derselben Klemme.

»Und dass er Alex umgebracht hat, macht schon gar keinen Sinn.«

Yıldız suchte nach dem Satz, den der Täter bei dem neuen, vor ein paar Stunden verübten Mord hinterlassen hatte, konnte sich aber nicht genau erinnern.

»Was stand da noch bei Alex' Leiche?«

»Wer die Götter herausfordert, muss die Folgen tragen«, wiederholte Tobias den Wortlaut. »Auch darin steckt eine Drohung der Götter. Aber wie du schon sagtest, Chef, die Reihenfolge stimmt nicht.«

»Der Mord an dem Schlagzeuger hat mit der Chronologie überhaupt nichts zu tun«, sagte Yıldız selbstgewiss, bevor sie sich zum Gehen wandte. »Wahrscheinlich hatte Alex eine wichtige Information darüber, wer der Mörder ist. Die Nachricht, die Cemal ihm auf den Anrufbeantworter sprach, beinhaltete höchstwahrscheinlich einen Hinweis auf den Mörder. Irgendwie erfuhr der Mörder davon, vielleicht hat Alex selbst es ihm gesagt. Damit hätte er dann sein eigenes Todesurteil unterzeichnet. Und um uns in die Irre zu führen, hat der Mörder auch bei Alex eine mythologische Szene gestaltet. Die Dekoration dazu war in der Wohnung vorhanden. Er brachte Alex vor dem Bild um, das Cemal gemalt hatte, und schrieb diesen Satz an die Wand.« Ein letztes Mal schweifte ihr Blick durch den Raum. »Komm, gehen wir ins Atelier, schauen wir uns die Skizzen einmal näher an.«

Tobias folgte der Chefin in den Korridor und fragte: »Und wo haben die Nazis ihren Platz in diesem Szenario?«

Abrupt blieb Yıldız stehen und drehte sich zu ihrem Assistenten um.

»Das ist ziemlich kompliziert, ich hab es auch noch nicht ganz verstanden, aber es gibt eine Erklärung. Den Auftakt zum Holocaust, den sie als ›Endlösung der jüdischen Frage‹ bezeichneten, machten die Nazis 1935 in Nürnberg. Die dortige Zeppelintribüne wurde auf Hitlers persönliche Anordnung von seinem Chefarchitekten Albert Speer erbaut. Und dass das Stadion einem Altar nachempfunden wurde, rührt nicht allein von Speers Bewunderung für die hellenistische Architektur her. Tatsächlich sollte die Zeppelintribüne kein Stadion, sondern ein Altar sein, ein Altar, auf dem das Blut der Juden dem Nationalsozialismus geopfert wurde. Für die Nazis heute sind es nicht mehr Juden, die schnellstens vernichtet werden sollen, sondern Migranten. Natürlich haben sie den Antisemitismus nicht aufgegeben, aber heute leben nur noch sehr wenige Juden in Deutschland, Migranten aber, vor allem Türken sind überall. Die neuen Opfer der Nazis sind also Türken und andere Einwanderer. Die Toten dieser Mordserie müssen wir als Opfer betrachten, die den hohen rassischen Idealen der Nazis dargebracht wurden. Da die Serie noch nicht abgeschlossen ist, können wir noch nicht das vollständige Bild sehen, aber ich denke, das ist ihr Ziel. Daher rührt auch die chronologische Abweichung im Verlauf der Morde.«

Es war verwirrend, aber nicht unlogisch. Das fehlende Teil ergänzte Tobias:

»Wenn ein Mann namens Rudolf die Nazis anführt, war sein erstes Ziel, meinst du, die Familie von Hüseyin, seinem Erzfeind, der ihn um sein Auge gebracht hatte.«

Die Chefin nickte.

»Genau, aber wir müssen auch sicher sein können, dass hinter den Morden nicht doch ein Irrer steckt, der sich für Zeus hält.« Zweifel flackerte in Yıldız' ockerfarbenen Augen auf. »Ja, Toby, auch diese Möglichkeit ist nicht vom Tisch. Deshalb müssen wir Cemals Projekt genau verstehen. Zugleich müssen wir feststellen, ob es in der Familie jemanden gab, der gegen das Projekt war.« Sie lächelte, bevor sie weiterging. »Wir sind mit dem obersten Gott Zeus also noch nicht fertig.«

Ihr Assistent schloss eilig zu ihr auf.

»Und wie erging es Zeus, Chef? Ich meine in der Mythologie, wurde auch er von einem seiner Söhne abgesetzt?«

Daran hatte Yıldız noch gar nicht gedacht.

»Das glaube ich nicht. Ich weiß nur, dass Zeus bei den Römern Jupiter hieß. Derselbe Gott, aber mit einem anderen Namen, später nahm das Römische Reich dann das Christentum als Staatsreligion an. Später heißt jetzt nicht ein paar Tage, sondern ein paar hundert Jahre später. Auf diese Weise nahmen dann Gottes Sohn Jesus und der Heilige Geist Jupiters Platz ein.«

Verspottete sie ihn? Tobias sah sie prüfend an, doch die Chefin war ganz ernst.

»Bist du gläubig, Toby?«, fragte Yıldız, als sie seinen Blick bemerkte.

Er antwortete nicht sogleich.

»Ich habe ein Gewissen«, sagte er nach ein paar Sekunden. »Das war immer die Antwort meines Vaters, wenn er gefragt wurde, ob er Atheist wäre. Heute, viele Jahre später, teile ich seine Meinung. Und ich meine das wirklich, meines Erachtens ist nicht wichtig, woran du glaubst, sondern ob du ein Gewissen hast.«

Das war eine ausweichende Antwort, doch Yıldız merkte, dass er gekränkt war, und drang nicht weiter in ihn.

»Du hast absolut recht. Ich hatte auch keineswegs vor, irgendeine Religion herabzusetzen. Zeus oder mit seinem neuen Namen Jupiter war, soweit ich weiß, vor dem Christentum der letzte mächtige Gott des Polytheismus.«

Ihr Assistent lächelte entspannt.

»Dann gehen wir doch mal in das Atelier, in dem vom letzten polytheistischen Gott erzählt wird.«

Kaum hatten sie die hölzerne Tür zum Atelier geöffnet, begrüßte sie erneut der nun schon vertraute Geruch von Farbe und Lösungsmitteln. Die Sonne drängte durch die auf den Garten hinausgehende Tür und die breiten Fenster herein, doch dicke Vorhänge sperrten sie aus. Mit ein paar schweren Schritten war Tobias am Fenster und zog die Vorhänge auf. Licht flutete den Raum. Im Tageslicht kam Yıldız das Atelier viel größer vor. Auf dem großen Tisch in der Mitte stapelten sich Kartons, an den Wänden hingen wahllos angepinnte Zeichnungen, in den Ecken fanden sich Farbdosen und Malutensilien. Vor der Wand gegenüber dem Fenster sah sie wieder die große Staffelei. Darauf stand das Bild eines Mannes, der vorgezeichnet, aber nicht vollständig in Farbe ausgemalt war. Von Weitem war nicht zu erkennen, wer das sein sollte. Wie beim ersten Mal fiel ihr Blick auch jetzt auf die drei Zeichnungen, die nebeneinander an der gegenüberliegenden Wand hingen. Drei bärtige Männer. Sie erkannte sie nicht, konnte aber vermuten. Sie trat näher heran und verengte die Augen. Ja, wie vermutet waren es Großvater, Vater und Enkel. Uranos, Kronos und Zeus. Also Orhan, Kerem und Cemal.

»Hier ist es noch deutlicher«, stellte Tobias fest. »An Hüseyins Stelle wäre ich auch eifersüchtig. Ich bin der älteste Sohn, aber mein kleiner Bruder erklärt sich zu Zeus.«

Yıldız warf ihrem Assistenten einen spöttischen Blick zu.

»Zeus war der jüngste Sohn.«

Tobias musterte die griechischen Götter mit ihren menschlichen Gesichtern eingehend.

»Hm, dann ist es etwas anderes, aber ich wäre trotzdem sauer.« Mit zusammengekniffenen Augen suchte er die anderen Skizzen an der Wand ab. »Aber wirklich, wo ist Hüseyin? Als welchen Gott hat er ihn dargestellt?«

Das fragte Yıldız sich auch, doch sie wandte sich nicht den Zeichnungen an der Wand zu, sondern dem Bild auf der Staffelei. Im Vordergrund stand ein kräftiger Mann. Vermutlich ein Gott. Hinter ihm war Pergamon zu erkennen, der Zeus-Altar, Athena- und Dionysos-Tempel, das steile Amphitheater. Sie studierte das Gesicht des Mannes. Es war Haluk. Das war nicht überraschend, auch Haluk war ein Mitglied der Familie Ölmez. Viel mehr interessierte Yıldız, wer die Person war, der Cemal das Gesicht seines Cousins gegeben hatte. In der Hoffnung, eine Notiz, einen Text zu finden, musterte sie den Rand des Bildes, doch außer der Zeichnung war da nichts.

»Schau mal, wer hier ist«, rief sie ihren Assistenten. »Komm her, ich stelle dir das Modell des Archäologen Haluk von vor ein paar tausend Jahren vor.«

Tobias ließ die Skizzen hängen, die er studiert hatte, und betrachtete das Bild auf der Staffelei, vor dem die Chefin stand.

»Richtig, das ist der Archäologe. Er hat ihn eins zu eins gemalt. Was Haluk wohl dazu gesagt hat?«

»Keine Ahnung, aber viel wichtiger ist, wem er Haluks Gesicht gegeben hat. Was meinst du, wer ist dieser Gott? Hast du eine Idee?«

Tobias breitete die Arme aus.

»Da fragst du den Richtigen. Woher soll ich das wissen, Chef? Wenn du willst, frag ich Google, aber der Mann auf dem Bild hat offenbar kein bestimmtes Attribut. Am besten fragen wir Haluk selbst.«

Yıldız starrte ihrem Assistenten ins Gesicht.

»Und was, wenn es Haluk ist, der sich für Zeus hält?« Erneut wandte sie sich dem Bild zu. »Das hier ist eindeutig eine Figur aus der Mythologie, nicht Zeus. Was wir in Bezug auf Hüseyin überlegt haben, trifft also auch auf Haluk zu. Was, wenn er sauer war, dass Cemal ihn nicht als Zeus dargestellt hat? Der ist doch so ein arroganter Schnösel.« Ihr Assistent wusste nicht, wie er darauf reagieren solle. Yıldız mutmaßte weiter: »Ist es nicht so, Toby? Dieser Pehlivan Efendi, der sich für Poseidon hielt und im Selinos ertrank, der Arbeiter, den sie den Deutschen nannten, ist der Urgroßvater von ihnen allen. Ist die Krankheit also bei Kerem erblich, kann auch Haluk davon betroffen sein.«

Tobias' aschfarbene Augen strahlten auf.

»Dann sind die Nazis raus aus dem Spiel.«

Er klang merkwürdig. Yıldız war nicht klar, ob ihn das freute oder ob er es bedauerte. Sie wollte es übergehen, fragte aber doch: »Was denkst du denn?«

Tobias straffte sich.

»Ich weiß nicht, Chef, mit dem, was wir in Händen haben, fällt es schwer, Vermutungen anzustellen.«

Yıldız beließ es dabei.

»Na, dann schauen wir uns mal weiter um«, sagte sie und wandte sich erneut dem Bild auf der Staffelei zu. Der Mann auf dem Bild war halb nackt, er trug weder Schwert noch Schild, hatte weder Krone noch Helm auf dem Kopf und auch keine Stiefel an den Füßen. Wer war diese Figur? Sie schaute auf die Wand hinter der Staffelei, eine Menge Zeichnungen hingen dort.

Als sie näher trat, rief Tobias: »Ich hab ihn, Chef, ich hab Hüseyin gefunden.«

Er deutete auf eine Zeichnung an der Seitenwand.

»Schau mal, das ist Hüseyin, in einer Hand den Speer, in der anderen einen Schild, auf dem Kopf einen Helm, und die Augen sprühen Funken.«

Als Yıldız auf das Bild zutrat, auf das ihr Assistent deutete, erkannte auch sie Hüseyins Gesicht sofort. Der hatte zwar keinen so herrlichen Körper wie der Gott auf der Zeichnung, aber das Gesicht unter dem Helm war seins.

»Ares«, murmelte sie. »Er hat seinen großen Bruder als Kriegsgott Ares gezeichnet.« Sie lachte. »Was soll ich sagen, die Wahl trifft genau.« Ihr Blick glitt auf die Skizzen daneben, Götter und Göttinnen mit imposanten Leibern, vielleicht auch Titanen, kämpften todesmutig gegen Giganten. Da die beiden Polizisten die Familienmitglieder aber nicht weiter kannten, konnten sie nicht entscheiden, wer wer war.

»Moment, Chef, Moment, ist das nicht der Junge, den wir im Baklava-Laden sahen?«

Yıldız musterte die Zeichnung, auf die Tobias zeigte. Der Gott hatte eine geflügelte Kappe auf seine Locken gesetzt, um den Stab in seiner Hand ringelten sich zwei Schlangen, zu Köpfen der Reptilien hockte ein Adler darauf.

»Ja, der sieht ihm ähnlich«, pflichtete Yıldız bei. »Alper hieß der, glaube ich.« Sie verengte die Augen und beugte sich zu der Skizze vor. »Und wem hat er das Gesicht des Jungen gegeben?«

Sofort zog Tobias das Handy aus der Tasche, tippte: »griechischer Gott mit geflügelter Kappe«, und hatte im Nu die Antwort: »Hermes. Sohn des Zeus und der Maia. Gott der Kaufleute, Diebe und Glücksspieler. Götterbote …« Er nickte, als er zu Ende gelesen hatte. »Cemal hat tatsächlich die Gesichter all seiner Verwandten Göttern gegeben. Was für eine Idee!« Er betrachtete die Zeichnungen an der Wand, als stünde er vor einem unlösbaren Problem. »Die Familie hat ein Problem, Chef, wenn du mich fragst, sind die alle durchgeknallt. Dieses Pergamon hat sie alle um den Verstand gebracht.«

Auf Yıldız' Miene trat ein vielsagender Ausdruck.

»Da bin ich mir nicht so sicher, Toby. Eine Stadt kann stark prägen. Aber ob es sich dabei um das Pergamon von vor abertausend Jahren handelt oder das Berlin, in dem wir heute leben, da habe ich meine Zweifel.«

Kaum hatte sie das letzte Wort gesagt, klingelte ihr Telefon. Der Kriminaldirektor.

»Hallo, Yıldız. Passt es gerade?«

»Hallo, Markus, ich höre.«

»Ich habe gute Nachrichten. Wir konnten Ottos Fingerabdrücke auf dem Drohbrief nachweisen.«

»Großartig«, rief Yıldız. »Sind auch Fingerabdrücke von seinen Kumpanen dabei?«

»Viel besser. Vom Verfassungsschutz ist ein ausführlicher Bericht über Otto Fischer und Rudolf Winkelmann gekommen. Die kennen sich schon lange. Die Geheimdienstler haben sie bei etlichen Aktionen zusammen fotografiert.«

Yıldız staunte.

»Das ist ja ein Ding, der Verfassungsschutz gibt die Nazis preis, oder wie …«

»Nach den NSU-Morden haben sie ihre Politik geändert. Wie auch immer, iss die Traube, aber frag nicht nach dem Weinberg. Jedenfalls sind sie bereit, uns jede gewünschte Auskunft zu erteilen. Das sagen sie zumindest.«

»Super! Das sind wirklich gute Nachrichten. Wir sind in Cemals Wohnung und haben ein paar Dinge herausgefunden, zwar nicht so wichtig wie Ihre Infos, aber sie helfen, das Ritual des Mörders zu verstehen.«

»Ist Tobias bei dir? Sag nur Ja oder Nein.«

Markus' Ton war völlig verändert. Nach kurzem Zögern sagte Yıldız: »Ja. Warum?«

»Es hat sich einiges getan. Wir reden, wenn du im Präsidium bist. Komm allein zu mir ins Büro …«

Yıldız war perplex, versuchte das aber zu verbergen.

»Alles klar, Markus, wir kommen ins Präsidium, wenn wir hier fertig sind.«

»Nein, nein«, der Direktor widersprach sofort. »Zuerst müsst ihr zu Germania, um mit Rudolf Winkelmann zu reden.«

Yıldız war irritiert.

»Germania?«

»Ja, ja, das heißt Deutschland.«

»Ich weiß, was das bedeutet. Wo ist dieses Germania? Ist das ein Buchladen oder so was?«

Markus lachte.

»Nein, doch kein Buchladen. Es ist ein Sportclub. Der Mann hat seinem Sportclub den antiken Namen von Deutschland gegeben. In Köpenick. Adresse und Fotos von Otto und Rudolf schick ich dir aufs Handy. Fahrt hin und redet mit dem Mann. Hört euch an, was er sagt. Vor allem dein Eindruck ist wichtig. Wenn nötig, nehmen wir ihn in Gewahrsam.«

*

Der Sportclub Germania befand sich auf dem Gelände einer Eisengießerei, die nach dem Ende der Deutschen Demokratischen Republik für einen Spottpreis verkauft worden war. Es war nur eine mittelgroße Anlage, aber die war mit den modernsten Geräten ausgestattet. Auf dem Weg zu Rudolf Winkelmanns Büro im zweiten Stock entdeckte Yıldız sogar eine kleine Eisbahn.

Rudolf Winkelmann war völlig anders, als sie sich ihn vorgestellt hatte. Er sah viel jünger aus als auf dem Foto, das sie im Präsidium gesehen hatten. Als sie Hüseyins Story vom blutigen Streit hörte, hatte Yıldız erwartet, es mit einem harten Kerl mit Fratze, ja, mit einem Monster zu tun zu bekommen. Nun aber stand ein gut aussehender Mann vor ihnen, fit, obwohl längst über die Lebensmitte hinaus. Das linke Auge, das er bei dem Streit damals verloren hatte, war durch eine gelungene Prothese ersetzt. Hätte das rechte Auge nicht so vital blau gestrahlt, würde man gar nicht merken, dass das linke aus Glas war. Und die Narbe über der linken Braue war so geschickt verdeckt, dass nur noch ein feiner Strich zu sehen war. Die beiden Polizisten begrüßte er geradezu freundschaftlich. Er reichte ihnen die Hand und sagte:

»Für Polizisten des deutschen Staates steht unsere Tür immer offen.« Bei den Worten, die wohl etwas andeuten sollten, schaute er Yıldız an, doch weder lag Verachtung in seinem Blick, noch verhielt er sich abweisend. Mit ausgesuchter Höflichkeit bat er, auf den Ledersesseln vor dem Vollholzschreibtisch Platz zu nehmen. Die beiden Bodyguards, gleich gekleidet, gleich frisiert und sogar von gleicher Augenfarbe, schickte er vor die Tür. Abgesehen von dem gigantischen, nach rechts blickenden Adler, der auf die Wand hinter seinem Ledersessel gemalt war, deutete nichts auf Nazis hin.

»Darf ich Ihnen Kaffee anbieten?« Er gab sich weiter aufgeräumt. »Wir importieren ihn selbst aus Kolumbien, eigene Röstung. Ich bin ein echter Kaffeefreak.« Er schenkte der Hauptkommissarin ein vielsagendes Lächeln. »Aber vielleicht ziehen Sie türkischen Mokka vor? Wobei, die Griechen reklamieren den ja auch für sich. Wie auch immer, wir haben leider keinen da.«

Es geht los, dachte Yıldız, bemühte sich aber, sein Lächeln ebenso freundlich zu erwidern.

»Vielen Dank, im Dienst trinken wir nicht.« Sie richtete den Blick auf den Schriftzug über dem Adler hinter seinem großen

Schädel. »Germania Sportclub«, las sie vor und senkte den Blick zu Rudolf. »Was genau meinen Sie mit Germania?«

Rudolf wusste nicht, worauf die Polizistin hinauswollte. Wieso wissen Sie das nicht, schien sein Blick zu fragen.

»Damit ist Deutschland gemeint. Das weiß man doch aus der Schule. Kommt aus dem Griechischen.«

»Ich weiß, was das Wort bedeutet, Herr Winkelmann«, entgegnete Yıldız sofort. »Was mich interessiert, ist, was der Name Ihres Vereins mit der tausendjährigen Hauptstadt Germania der Nazis zu tun hat, die Albert Speer bauen sollte.«

Ihm wurde klar, dass die Frau kein Leichtgewicht war, und lächelte gezwungen.

»Wie konnte ich nur denken, dass Sie nicht wissen, was Germania bedeutet? Um auf Ihre Frage zu kommen, ursprünglich wollte ich den Verein Teutonia nennen. Auch Teutonia bedeutet Deutschland, aber auf Latein. Ich ziehe Latein vor, aber die Freunde plädierten für Germania. Nicht weil sie etwa Fans der griechischen Sprache wären, sondern um das vor Jahren aufgestellte Ideal wiederzubeleben. Mit Albert Speer hat das Ideal allerdings nicht so viel zu tun. So weit ging Speers Vision nicht.«

»Die Idee stammte von Adolf Hitler, oder?«

»Richtig.« Rudolf hielt sich nicht bedeckt. »Bei uns Deutschen ist heutzutage freiwilliges Vergessen zur Gewohnheit geworden. Die Leute sprechen nicht gern über die Geschichte. Sie schämen sich der Vergangenheit. Zu denen gehöre ich nicht. Ich bin dafür, mutig auf das zu schauen, was geschehen ist. Sie können Adolf Hitler kritisieren, müssen aber zugeben, dass er ein großartiger Visionär war.« Er hielt inne, erwartete, dass Yıldız widersprach, doch als nichts von ihr kam, fuhr er fort: »Ja, die Idee, eine Welthauptstadt mit dem Namen Germania zu schaffen, war natürlich Hitlers Idee. Chefarchitekt Albert Speer dagegen führte bloß einen Befehl aus, er machte sich daran, die Idee für die tausendjährige Zukunft der deutschen Nation umzusetzen. Ich will ihm nicht unrecht tun, ich sage nicht, Speer sei ein schlechter Architekt gewesen, ich mag auch die Werke, die er vollendet hat, so wenige es auch sind.«

Yıldız ließ sich die Chance nicht entgehen.

»Mögen Sie auch die Zeppelintribüne? Die vom Pergamon-Altar inspiriert war …«

»Sagen wir vom Zeus-Altar im Pergamon-Museum.« Er schmunzelte. »Als Speer die Schlacht der Götter gegen die Giganten sah, die auf den Mauern des Altars dargestellt ist, erkannte er sofort, dass es sich um den Kampf zwischen Untermenschen und überlegener Rasse handelt. Ich denke, was ihn inspiriert hat, waren die Skulpturen auf dem Fries. Deshalb schuf er die herrliche Tribüne in Nürnberg. Leider steht da nur noch eine Ruine. Egal was die Leute sagen, meines Erachtens ist die Zeppelintribüne Speers Hauptwerk. Ihre Pracht ist den Göttern angemessen.«

Die Diskussion bewegte sich in die von Yıldız gewünschte Richtung.

»Den Göttern angemessen, sagen Sie, imponieren die antiken griechischen Götter auch Ihnen?«

»Selbstverständlich«, pflichtete Rudolf freimütig bei, ohne zu ahnen, wohin das Gespräch führen würde. »Nicht nur die griechische Antike, auch das Römische Reich imponiert mir. Das ist die großartigste Zivilisation, die der Mensch je geschaffen hat.«

»Dann trug wohl auch das dazu bei, dass Sie Ihrem Verein einen griechischen Namen gaben.«

Nun wurde Rudolf doch stutzig, wieso stocherte diese türkische Kommissarin in der Geschichte herum? Doch er verbarg seinen Argwohn.

»Daran hatte ich gar nicht gedacht, womöglich hat mein Unterbewusstsein bei der Namenswahl mitgespielt. Vor allem aber haben wir unseren Verein Germania genannt, um unsere große Liebe, unseren unerschütterlichen Glauben und tiefen Respekt für die deutsche Nation zum Ausdruck zu bringen. Denken Sie nur, welche Nation auf Erden hätte je Pläne für tausend Jahre gemacht?« Er verschränkte die Hände, legte sie unters Kinn und lächelte eiskalt. »Das ist es ja gerade, was wir Deutschen am besten können: planen. Tausend Jahre mögen übertrieben sein, aber für langfristige Ziele ist das zweifellos notwendig. Wenn Sie den Lauf der Geschichte kontrollieren wollen, müssen Sie für tausend Jahre oder noch langfristiger planen.«

Tobias hing regungslos auf seinem Sessel, nicht auszumachen, ob er den Mann beobachtete oder über das Gesagte nachdachte. Yıldız setzte die Diskussion fort.

»Das war aber nicht der Plan der deutschen Nation, sondern der einer Partei. Besser gesagt, eines Führers. Und das Ganze endete in der Katastrophe. Denn es hing davon ab, dass der Krieg gewonnen wurde. War es nicht so, Herr Winkelmann?« Rudolf glaubte, die Frage wäre an ihn gerichtet, und wollte antworten, doch die Hauptkommissarin ließ ihn nicht. »Alle friedlichen Pläne der Deutschen wurden von Erfolg gekrönt. In Friedenszeiten gelang das Unmögliche, ein in Trümmern liegendes Land wurde wieder aufgebaut. Und es wurde zum mächtigsten Staat Europas. Jeder Krieg aber wurde verloren. Und sämtliche Pläne, die darauf bauten, dass der Krieg gewonnen würde, scheiterten. Sogar die Unabhängigkeit ging flöten, ganz zu schweigen vom Bau einer Welthauptstadt. Die Träume von einer tausendjährigen Germania liegen unter den Trümmern einer zerbombten Stadt.«

Das Strahlen in Rudolfs rechtem Auge verschattete. Yıldız dachte, er würde widersprechen, doch er blieb beim Thema.

»Sie meinen den Teufelsberg. Aus dem Ort sollte ein Monument gemacht werden, genauso imposant wie die Zeppelintribüne. Ein Denkmal, das für die Wiederauferstehung Berlins aus der Asche steht. Dort müsste gehörig aufgeräumt werden, finde ich. Um jeden Preis müssen Schutt und Trümmer geräumt und die darunterliegende Akademie ausgegraben werden.« Seine angespannten Lippen lächelten vielsagend. »Wer weiß, vielleicht erwachen die alten Träume von Neuem, wenn der Dreck dort weggeräumt ist, vielleicht werden aufgegebene Pläne doch noch umgesetzt. Eine Schlacht zu verlieren, ist nicht wichtig, Frau Karasu, was zählt, ist, den Krieg zu gewinnen. Was sind schon hundert Jahre für die Menschheit, es geht darum, die kommenden zigtausend Jahre nicht zu verlieren.« Er hatte den Polizisten die Meinung gesagt, konnte also wieder die Rolle des gastfreundlichen Sportclubbesitzers spielen. Er versuchte zu lächeln und seine Anspannung abzulegen, doch vergebens, die Karten waren verteilt, er beschloss, offen zu spielen. »Nun, ich glaube nicht, dass Sie hier sind, um über Geschichte zu reden. Was kann ich für Sie tun?«

Genau dahin wollte auch Yıldız.

»Kennen Sie Otto?« Wie gewohnt fiel sie mit der Tür ins Haus. »Otto Fischer? Er betreibt eine Kneipe in Neukölln.«

Rudolf blinzelte kurz, beugte sich über den Tisch und nahm den Bleistift von der Schreibtischunterlage, ehe er antwortete. Dann sagte er tonlos: »Kenne ich nicht.« Er notierte den Namen in ein Notizbuch, das vor ihm lag. »Wer ist Otto Fischer?«

Der kalte Krieg begann, Yıldız musste ihre Gefühle zähmen.

»Verdächtiger in einem Mordfall, vielleicht auch in zwei Mordfällen.«

In Rudolfs rechtes Auge schlich sich ein böser Ausdruck, er legte den Stift auf das Notizbuch und lehnte sich zurück.

»Ein gefährlicher Mann also. Was hat der Mann mit mir zu tun?«

Statt zu antworten, zog Yıldız das Handy aus der Tasche, öffnete die Galerie, fand die Fotos, die der Kriminaldirektor ihr geschickt hatte, und streckte das Gerät über den Tisch.

»Sie waren zusammen auf diversen Demos. Sie wurden zusammen festgenommen, zur gleichen Zeit wieder freigelassen, es gibt

Fotos, wie sie beide in den Transporter dieses Sportclubs steigen.« Rudolf nahm das Telefon nicht entgegen, warf nur einen Blick darauf, doch Yıldız beharrte: »Nehmen Sie es, schauen Sie genau hin, der Schriftzug Germania Sportclub und Ihr Symbol, der Adler, sind auf dem Transporter deutlich zu sehen. Schauen Sie sich bitte auch die anderen Fotos an. Die Hauptrolle spielen immer Sie, Nebendarsteller ist Otto Fischer, den Sie angeblich nicht kennen.« Sie sah Rudolf bedeutsam an. »Also wirklich, Herr Winkelmann, wieso steigen Sie mit einem Mann, den Sie nicht kennen, in Ihren Kleinbus?«

Die Miene des unverbesserlichen Neonazis spiegelte weder Niederlage noch Panik.

»Bei der Demonstration herrschte Durcheinander, totales Chaos. Wir brachten unseren demokratischen Protest zum Ausdruck. Massen waren da. Vielleicht hatte der Mann einen von uns um Hilfe gebeten oder war mit einem Mitarbeiter befreundet. Ich erinnere mich nicht, aber diesen Otto kenne ich garantiert nicht.«

»Und was, wenn er sich an Sie erinnert?«, warf Tobias ein.

Rudolf war keineswegs beunruhigt, grinsend zeigte er seine Zähne, die zu groß für den Mund schienen, weil sie nicht so hervorragend gemacht waren wie die Augenprothese.

»Kann sein, ich kann schon mal was vergessen. Auch wenn ich nicht so aussehe, ich werde demnächst fünfzig. Mein Gedächtnis macht Probleme. Auf Empfehlung meines Arztes nehme ich Medikamente, aber sie nützen nicht immer.« Er wandte sich an Yıldız, fragte beinahe giftig: »Wen soll denn der Kneipier Otto umgebracht haben?«

Als reiche nicht, dass er log, versuchte er auch noch, die Oberhand zu gewinnen, doch das ließ Yıldız nicht zu.

»Kennen Sie Hüseyin? Hüseyin Ölmez?«

Rudolf erschrak, doch nur kurz, im Nu hatte er sich gefangen und sein enormes Selbstvertrauen zurückerlangt.

»Muss ich den kennen?« Seine Stimme entglitt. »Nehmen Sie es nicht persönlich, Frau Karasu, aber ich rede nicht gern mit Türken.«

Yıldız zeigte sich nicht gekränkt.

»Geredet haben Sie auch gar nicht mit ihm. Wortlos sind Sie auf ihn losgegangen.«

Rudolf schluckte ein paar Mal und räusperte sich.

»Ach so, die Sache meinen Sie. Die Kreuzberger Gang 36 Boys. Die haben angegriffen, nicht wir. Wir waren zu zweit, die waren viel mehr. Wie viele Jahre ist das her, ich hatte vergessen, wie der Mann heißt.«

»Dreiundzwanzig«, half Yıldız ihm auf die Sprünge. »Und ich glaube nicht, dass Sie Hüseyin Ölmez vergessen haben, Herr Winkelmann. Bei dem Streit damals verloren Sie Ihr linkes Auge. Man vergisst keinen, der einem das Auge genommen hat. Und Sie schon gar nicht.« Geradezu vergnügt deutete sie auf die Prothese. »Übrigens muss ich sagen, dass Ihr Chirurg ein Profi ist, er hat Ihr Gesicht großartig wieder hingekriegt.«

Vor Wut verengte sich Rudolfs rechtes Auge.

»Man spottet nicht über anderer Leute Defekte.« Die Worte kamen ihm hasserfüllt über die Lippen. »Für eine Frau gehört sich das schon gar nicht.«

»Für jemanden, der behauptet, seiner Nation, seinem Staat treu ergeben zu sein, gehört es sich nicht, die Polizei zu belügen. Warum streiten Sie ab, Otto Fischer zu kennen? Warum tun Sie so, als würden Sie Hüseyin Ölmez nicht kennen?«

Bei Yıldız' Worten wurde Rudolf wieder zum selbstsicheren Geschäftsmann.

»Ich streite gar nichts ab, ich kenne Otto Fischer tatsächlich nicht, und Hüseyin Ölmez hatte ich vergessen. Das ist dreiundzwanzig Jahre her. Hören Sie, meine politische Meinung ist kein Geheimnis. Ich liebe Deutschland und bin bereit, alles für die

Zukunft dieses Volkes zu geben. Ich gebe zu, in meiner Jugend war ich ein bisschen hitziger, ein Draufgänger. Kann sein, dass ich in ein paar unangenehme Dinge verwickelt war, Streitereien, die ich heute nicht mehr gutheißen würde. Dafür habe ich den Preis bezahlt. Ich bin vernünftiger geworden, und als Geschäftsmann versuche ich, meine politischen Ideale über legale Parteien zu verwirklichen.«

»Sie haben also nichts mit dem NSU zu tun, sagen Sie, und nichts mit Verbänden wie Combat 18 ...« Yıldız klang spöttisch.

Rudolf krümmte sich, als wäre er unschuldig verleumdet worden.

»Sonst noch was, Frau Karasu? Terroristen wie NSU und Combat 18 schaden der Sache. Schauen Sie, unsere Ideale werden heute von breiten Massen geteilt. Mit jedem Tag besinnen sich die Deutschen stärker auf ihre nationale Identität und ihre Werte. Parteien, die für die Werte des deutschen Volkes eintreten, feiern immer größere Erfolge.«

»Mit Ausländerfeindlichkeit«, warf Yıldız ungehalten ein, obwohl sie sich auf diese Diskussion nicht einlassen sollte.

Rudolf widersprach sofort:

»Das sehe ich anders. Ihre Leute sind doch auch nicht glücklich hier, die wollen zurück nach Hause. Sie leben hier, aber ihr Herz ist in der Türkei. Sie interessieren sich mehr für die Politik in der Türkei als für die in Deutschland. Darf ich vielleicht fragen, welcher Partei Sie bei den letzten türkischen Wahlen Ihre Stimme gegeben haben, Frau Karasu?«

»Überhaupt keiner«, entgegnete Yıldız. »Ich bin deutsche Staatsbürgerin und wähle nicht in der Türkei. Manche tun das, aber ich finde das unmoralisch.«

Rudolf glaubte ihr nicht.

»Sie scherzen! Die Türken, die ich kenne, gehen wegen der Wahlen in ihrer Heimat aufeinander los. Die Parteien in der Türkei geben Millionen Euro für den Wahlkampf in Deutschland aus.

Seltsamerweise wählen Ihre Leute in Deutschland links, grün oder liberal, in der Türkei aber unterstützen sie die Konservativen. Wie auch immer, was ich sagen will: Wir, die wir für die Werte der deutschen Nation eintreten, wollen doch nur, dass auch ihr glücklich seid. Hier seid ihr nicht glücklich. Jeder ist im eigenen Land glücklich. Ihr Türken wart doch viele Jahre lang unsere Freunde. Im letzten Jahrhundert kämpften wir zusammen, vergossen gemeinsam Blut, gewannen und verloren zusammen. Wir waren Waffenbrüder, unsere Freundschaft ruhte auf stabilen Fundamenten. Als ihr aber herkamt, ging alles in die Brüche.«

Yıldız lachte ärgerlich.

»Schön und gut, aber die Menschen sind ja nicht von sich aus hergekommen. Die deutsche Regierung warb Gastarbeiter an. Hier herrschte Arbeitskräftemangel. Sie sind gekommen und haben den Deutschen maßgeblich dabei geholfen, die Wunden des Krieges zu heilen. Das weiß doch jeder ...«

Rudolf spielte mit dem Ring am kleinen Finger der rechten Hand, den ein blauer Stein zierte. »Okay, das gebe ich zu«, sagte er, ohne der Hauptkommissarin ins Gesicht zu schauen. »Ja, so war es. Aber sie sollten in ihr Land zurückgehen, so war es geplant. Auch Ihre Leute wollten das: das hier verdiente Geld einsacken, in die Heimat zurückkehren, dort ein Geschäft aufmachen, ein Haus bauen, ein Feld kaufen. Doch aus unerfindlichen Gründen kehrten sie nicht zurück. Sie gingen nicht zurück, integrierten sich hier aber auch nicht. Sie persönlich sind kein Beispiel dafür, Sie sind anders. Sie sagen ja selbst, Sie seien deutsche Staatsbürgerin, Sie sprechen perfekt Deutsch. Zweifellos sind Sie eine gute Polizistin, erfolgreich im Beruf, aber wie viel Prozent der Türken sind wie Sie? Die meisten haben sich hier nicht integriert. Das ist die Realität. Sie fühlen sich der Türkei mehr zugehörig als Deutschland. Es gibt in dieser Stadt Leute, die seit Jahren hier leben, ohne Deutsch gelernt zu haben. Es gibt Leute, die nie aus ihrem Viertel herausgekommen, geschweige denn von Berlin mal in eine andere Stadt gefahren sind.«

Es stimmte, was er sagte, doch Yıldız hatte darauf die passende Antwort:

»Und wessen Schuld ist das? Sind daran die Einwanderer schuld, die zum größten Teil aus den ländlichen Gegenden der Türkei stammten und hier in eine völlig fremde Kultur kamen? Oder nicht vielleicht doch die Regierungen, die nichts für ihre Bildung taten, sondern nur darauf aus waren, sie so schnell wie möglich wieder aus dem Land zu schaffen?«

Rudolf grinste fies.

»Ich will Ihnen etwas erzählen, ich hatte einen Freund in der lokalen Leitung der SPD. Jochen. Jochen Reuther. Wir kannten uns schon als Kinder. Er trat fanatisch für Ausländerrechte ein, zog ganz offen Einwanderer vor, behauptete auch, das sei nötig. Eines Tages aber platzte bei ihm im Badezimmer ein Rohr, da regnete es Blut in Jochens Wohnung. Und wissen Sie, warum? Weil der mohammedanische Nachbar oben zum Opferfest im Bad ein Tier geschlachtet hatte. Das geronnene Blut hatte die Rohre verstopft, irgendwann platzte es. Da änderte Jochen seine Meinung. Ihm wurde klar, dass die beiden Kulturen unmöglich zusammenleben können. Für die Deutschen wie auch für die Ausländer ist die beste Lösung, wenn jeder im eigenen Land lebt.«

Verblüfft beobachtete Yıldız, dass der Mann eine derart menschenverachtende Ideologie ohne Weiteres zum Besten gab. »Am schlimmsten ist der gewöhnliche Faschismus«, pflegte ihr Vater zu sagen. »Faschistische Ideologie als gewöhnliche Tatsachen aneinanderzureihen, daran zu glauben und dafür einzutreten ...« Schlimmer noch: dass Leute wie Rudolf heute wieder den Mut hatten, ganz offen dafür einzutreten. Sie spürte, wie sie wütend wurde. Das war nicht gut, sie sollte das Thema sofort beenden, doch es gelang ihr nicht.

»Sie meinen also, die Menschen, die vor sechzig Jahren herkamen, und ihre hier geborenen Kinder sollen ihre Sachen packen und in die Türkei zurückgehen. Auf einen Schlag sechzig Jahre Arbeit, Mühe, Heimischwerden, also sechzig Jahre Leben auslöschen, ja?«

Der Mann nickte überzeugt.

»Natürlich nehmt ihr mit, was euch zusteht.«

Tobias fand das Gespräch unpassend und rutschte unruhig hin und her. Das entging Rudolf nicht.

»Sie zum Beispiel, Herr Becker. Sie stammen aus dem Osten, genau wie ich. Leugnen Sie es nicht, man merkt es Ihnen an. Die meisten Verwandten und Freunde von Ihnen sind arbeitslos. Ja, leider ist die Kluft zwischen Ost und West immer noch nicht überwunden. Der Schaden, den der Kommunismus angerichtet hat, ist noch immer nicht ausgeglichen. Warum soll unser Staat die Ressourcen, die Energie, die Mühe, die er für die Ausländer aufwendet, nicht für die aufwenden, die dem eigenen Volk angehören, die vom eigenen Blut sind? Damit wäre die Kluft zwischen Ost und West flugs überwunden.«

»Dafür zahlen die Menschen im Westen eine Steuer, Herr Winkelmann«, erwiderte Tobias gequält. »Jeder im Westen zahlt Geld für die Menschen in Ostdeutschland. Aber das ist nicht unser Thema, wie Sie selbst sagen, sind wir ja nicht hier, um über Geschichte oder Politik zu diskutieren, wir sprachen von Ihrem Streit mit Hüseyin Ölmez.«

Rudolf zuckte mit den Schultern.

»Das war vor dreiundzwanzig Jahren und ist längst vorbei. Seither ist viel Wasser die Spree hinuntergeflossen. Ich bin nicht mehr der Rudolf von damals, aber Deutschland ist auch nicht mehr das schwache Land von damals.«

Yıldız beherrschte sich nur mühsam.

»Richtig, Herr Winkelmann, in dreiundzwanzig Jahren ist viel

Wasser unter den Brücken hindurchgeflossen.« Sie begrub die Wut im Herzen. »Aber der Streit damals war nicht Ihr letzter. Das wissen auch Sie sehr wohl. Kurz darauf attackierten Sie den Vater von Hüseyin Ölmez. Genau, gucken Sie nicht so erstaunt, von Kerem Ölmez liegt eine schriftliche Aussage vor. Das sind keine haltlosen Behauptungen, die Anzeigen und Aussagen liegen bei uns im Archiv. Ich zeige Ihnen die Aussagen, wenn wir Sie aufs Präsidium bestellen. Und anschließend versuchten Sie noch zwei Mal, das Haus von Kerem Ölmez anzuzünden, aber das gelang Ihnen nicht ...«

Rudolf schnitt eine Grimasse, die Narbe auf seiner Stirn trat deutlich hervor.

»Einzelfälle, Einzelfälle, die hab ich ja schon eingeräumt, wozu reiten Sie darauf herum? Es reicht, genug!«

Yıldız ließ sich nicht einschüchtern.

»Wäre schön, wenn es damit genug wäre, es geht aber noch weiter. Vor zehn Jahren überfielen Sie die Konditorei Bergama-Baklava, die Hüseyin Ölmez betreibt. Auch Hüseyins Bruder Cemal war dabei, er zog Ihnen kräftig eins über. Das interessiert Sie nicht, werden Sie sagen, aber zurück zu Otto Fischer, mit dem Sie in Ihren Transporter stiegen, er sitzt in Untersuchungshaft, weil er des Mordes an Cemal verdächtigt wird. Darüber hinaus wurde Orhan Ölmez, der Großvater von ebenjenem Hüseyin, mit dem Sie seit dreiundzwanzig Jahren verfeindet sind, vor ein paar Tagen ermordet. Weiter, auch der beste Freund von Cemal, der Sie damals verprügelte, wurde umgebracht. Bei allen drei Morden hat Otto, den Sie mitfahren ließen, seine Finger im Spiel.«

Wütend sprang Rudolf auf, stieß den Stuhl zurück.

»So, das reicht. Das Gespräch ist beendet. Lassen Sie sich hier nie wieder blicken. Wenn Sie mir etwas vorwerfen, müssen Sie mich festnehmen. Mein Anwalt wird dabei sein. Mit dem reden Sie dann weiter.«

Yıldız stand in aller Ruhe auf, ihr Assistent folgte. Bevor sie sich zum Gehen wandten, blickte sie Rudolf resolut ins verzerrte Gesicht.

»Wir reden mit Ihrem Anwalt, Herr Winkelmann. Aber vorher sollten Sie besser mit ihm reden. Denn wenn Sie etwas mit diesen Mordfällen zu tun haben, wird er Sie kaum raushauen können.«

*

»Du warst so still bei Rudolf?«, fragte Yıldız ihren Assistenten, der ein Schinkenbaguette mit viel Mayonnaise verspeiste. Auf der Rückfahrt hatte sie das Steuer übernommen. Kalt erwischt, schluckte Tobias hastig den Bissen hinunter.

»Ich hab beobachtet, Chef, hab geschaut, wie der Mann sich verhält. Du hast ihn ganz schön in die Ecke gedrängt, ich war neugierig, wie er reagiert. Wollte wissen, wie ihm dabei zumute ist.«

Die Frage hatte Yıldız nicht wegen der dubiosen Bemerkungen gestellt, die Markus am Telefon über Tobias fallen gelassen hatte, sondern weil ihr Assistent im Sportclub Germania tatsächlich stiller als sonst gewesen war.

»Und, hast du herausgekriegt, wie Rudolf Winkelmann zumute ist?«

Ihr Ton war neutral. Doch Tobias wusste genau, dass er die Chefin nicht mit einer oberflächlichen Antwort abspeisen konnte, bedauernd beäugte er sein erst halb verzehrtes Baguette. Wohl oder übel musste er das Weiteressen aufschieben. Er trank einen kräftigen Schluck Cola, spülte die letzten Krümel hinunter und brummte: »Nicht wirklich. Ich hatte aber den Eindruck, dass er aufrichtig ist. Dass er Otto und Hüseyin angeblich nicht kennt, war natürlich gelogen. Das meine ich nicht. Aber ich habe ihm abgenommen, was er über sein Verhältnis zur Politik gesagt hat. In meiner Umgebung sind viele solche Leute. In der Jugend waren sie

Draufgänger und rasch mit Gewalt bei der Hand, sobald sie aber Karriere gemacht hatten, wurden sie gesetzter oder zogen doch eher vernünftigere, akzeptablere Methoden vor. Außerdem verhehlte der Mann seine Gedanken nicht. Er sagte ganz offen, dass er Hitler bewundert und Ausländer hasst.«

Yıldız warf ihm einen verstohlenen Blick zu.

»Wie schätzt du ein, dass er in Bezug auf Otto und Hüseyin nicht ehrlich war?«

Er breitete die Arme aus, in der einen Hand die Colaflasche, in der anderen das Baguette.

»Dass er den Streit mit Hüseyin verheimlicht, verstehe ich, immerhin ging das tragisch für ihn aus. Ein blutiger Streit, der sich fortsetzte. Aber dass er behauptet, Otto nicht zu kennen, ist schon interessant ...«

»Und er leugnete hartnäckig weiter, obwohl wir ihm die Fotos zeigten, auf denen die beiden zu sehen sind«, betonte Yıldız. »Aber du hast recht, insgesamt wirkte Rudolf aufrichtig. Er hofft, durch Wahlen an die Macht zu kommen. Schauen wir uns den Aufstieg rassistischer Parteien an, liegt er gar nicht so falsch. Könnte sein, dass er deshalb glaubt, derzeit würden terroristische Aktionen seinen Zielen schaden.« Sie verstummte und hatte einen Moment lang nur die Straße im Blick, dann wandte sie sich erneut ihrem Assistenten zu. »Das sagen wir so, aber wann war noch mal der Anschlag in Hanau? Der Anschlag, bei dem neun Menschen getötet wurden, fünf davon Türken ...«

»Letztes Jahr, im Winter.« Tobias versuchte Schritt mit dem Denktempo der Chefin zu halten. »Das war im Februar, ja, Mitte Februar muss es gewesen sein.«

Yıldız nickte.

»Es ist ungefähr anderthalb Jahre her, und davor verübte ein rassistischer Terrorist einen Anschlag auf die Synagoge in Halle. Er wollte ein Massaker in der Synagoge anrichten, an einem jüdischen

Feiertag. Doch er kam nicht rein, da schoss er draußen um sich. Zwei Personen kamen ums Leben. Wenn ich mich nicht irre, fand der Anschlag in Halle ein paar Monate vor dem in Hanau statt.«

Tobias merkte, worauf die Chefin hinauswollte.

»Du meinst, die Neonazis scheuen sich nicht, sowohl legale Methoden als auch Gewalt anzuwenden, um Migranten zu vertreiben?«

»Genau.« Yıldız seufzte. »In erster Linie geht es ihnen aber nicht darum, die Migranten aus dem Land zu jagen, sondern die Macht zu ergreifen. Ausländerfeindlichkeit ist ein Thema, das sie dabei sehr gut benutzen können. Nein, Tobias, Rudolf und seine Kumpane sind nicht die Männer, die sagen: Wir kommen auf legalen Wegen an die Macht, vermeiden wir also Gewalt. In der Vergangenheit riskierten sie alles, um ihre Ziele zu erreichen, das tun sie auch wieder. Du hast es sicher gelesen, Hitler, ihr Führer, hielt es genauso. Bis er an der Macht war, nutzte er alle Möglichkeiten der Demokratie. Und als er oben war, schaffte er die Demokratie ab, deren Vorteile er so schön genutzt hatte. Aber selbst in dieser Phase hatte er kein Problem damit, Terror und Gewalt anzuwenden. Er tat alles, um seine Gegner auszuschalten.« Sie drehte den Kopf zu ihrem Assistenten, der sich fragte, ob er nicht endlich wieder vom Baguette abbeißen könnte. »Das heißt, so aufrichtig er auch wirkt, so verwegen er redet, Rudolf würde sich nicht scheuen, Gewalt anzuwenden. Er hat das in der Vergangenheit getan, womöglich hat er es auch wieder getan.«

Tobias war nicht recht überzeugt.

»Wissen wir denn, ob diese Leute zentral geführt werden, ob sie alle gleich denken? Könnte es nicht sein, dass Leute wie Rudolf sich mittlerweile von Gewalt distanzieren, andere Neonazis aber glauben, man müsse Gewalt anwenden?«

Yıldız nahm ernst, was ihr Assistent sagte, war aber noch damit beschäftigt, ihr eigenes Szenario weiter auszumalen.

»Das ist natürlich möglich, Fakt ist aber auch, dass Rudolf Otto und seine Kumpane steuert. Was wir bisher herausgefunden haben, stützt diese These. Wenn Neonazis die Morde verübt haben, wenn es tatsächlich eine solche terroristische Vereinigung gibt, lässt sich kaum ein besserer Anführer als Rudolf denken. Er hat in den letzten Jahren eine Menge Erfahrungen gesammelt, scheut nicht vor Gewalt zurück, ist kaltblütig, stark und darüber hinaus in griechischer Antike bewandert. Denk nur daran, was er über den Zeus-Altar gesagt hat.«

»Du hast recht, Chef.« Sie hatte so viele überzeugende Argumente aufgeführt, dass Tobias nicht anders konnte, als ihr beizupflichten. »Nicht nur über den Zeus-Altar, auch was er über Germania sagte, macht skeptisch. Und über den Teufelsberg weiß er auch alles.«

»Genau, Toby, und deshalb steht Rudolf, diese abgehalfterte Karikatur von einem Nazi, weiter ganz oben auf der Liste unserer Verdächtigen.« Endlich fiel ihr auf, dass ihr Assistent die ganze Zeit mit Baguette und Cola in der Hand dasaß. »Ach, sorry, ich hab dich ins Gespräch verwickelt, iss doch erst mal auf.«

»Macht gar nichts«, sagte der Polizist, widmete sich aber, kaum dass die Chefin den Blick wieder auf die Straße richtete, hungrig seinem Baguette. Genüsslich verspeiste er sein nicht gerade prächtiges Mittagessen, bis sie am Präsidium ankamen.

Gleich am Eingang erfuhr Yıldız, dass Kurt sie suchte. Zusammen gingen sie hinunter in den Keller, wo die Spurensicherung untergebracht war. Kurt saß am Schreibtisch und tippte selbstvergessen am Computer. Er nahm gar nicht wahr, dass die Kollegen da waren.

»Hallo, Kurti, was schreibst du denn da so eifrig, etwa einen Liebesbrief?«

Kurt drehte den Kopf und warf den beiden Kollegen über die Brille hinweg einen Blick nach dem Motto »Wo kommt ihr denn

her?« zu. Grußlos beugte er sich hinab, zog die unterste Schreib-
tischschublade auf, fischte einen metallenen USB-Stick heraus
und reichte ihn Yıldız.

»Da ist ein Video drauf. Es stammt vom Rechner in der Wohnung von Alexander Werner, dem Opfer von heute Morgen. Ich
denke, das interessiert euch.«

Sein Ton war völlig unaufgeregt und klang verdrossen wie bei
jemandem, der nur seinen Job tat. Kaum hatte er den USB-Stick
ausgehändigt, wandte er sich erneut dem Computer zu und haute
auf die Tasten. Yıldız lachte und schüttelte den Kopf.

»Danke, Kurti, dir auch einen schönen Tag noch.«

Längst wieder in den Einzelheiten des Berichts versunken, an
dem er schrieb, hob er nicht einmal die Hand zum Abschied. Das
nahmen die Kollegen ihm natürlich nicht übel, zu neugierig waren
sie auf das Video. Sie holten sich jeder einen Becher Kaffee aus
dem Automaten im Korridor, setzten sich an Yıldız' Computer.
Der Stick war rasch angeschlossen. Eine Datei mit Datum vom
letzten Jahr tauchte auf. Die klickten sie an. Zuerst war eine Ebene
mit brauner Erde zu sehen, hügelig und fruchtbar. Darüber erschien bunt gewürfelt in lila Lettern der Titel: Pergamon. Kaum
war der Schriftzug verschwunden, zoomte die Kamera auf ver-
dorrte Felder, einzelne Nussbäume, grüne Weingärten mit ihren
gesegneten Trauben, fuhr über einen ausgetrockneten Bach und
fokussierte auf den höheren Berg gegenüber. Auf dem Gipfel funkelten weiße Marmorsäulen. Als die Kamera scharf stellte, erschienen auf dem Bildschirm die Ruinen einer antiken Stadt. Eine
Männerstimme sagte:

»Guten Tag, das ist Pergamon, meine Stadt.«

Er sprach Deutsch, die Stimme kannten sie aber noch nicht.
Die Kamera schwenkte ab, und das hübsche Gesicht des Besitzers
der Stimme kam ins Bild. Yıldız und Tobias dachten sofort an das
Bild von Zeus auf seinem Thron. Mit der Lockenpracht und dem

langen Bart war es der gemalte Zeus persönlich, der hier sprach. Ja, der Mann auf dem Monitor war niemand anderes als Cemal Ölmez.

»Es ist kein Geheimnis, auf zwei Städte hab ich mir immer etwas eingebildet, die eine ist Bergama, also Pergamon, die Perle der Antike, in der meine Wurzeln liegen, die andere ist Berlin, die Stadt im Herzen Europas, in der ich geboren wurde. Diese beiden Städte muss jeder Mensch auf Erden gesehen haben. Das Herz Pergamons, der Zeus-Altar, wurde ja schon vor vielen Jahren hier abgebaut und nach Berlin verfrachtet. Deshalb bringe ich meine Berliner Freunde jedes Jahr nach Pergamon. Damit sie sehen, was von der sagenhaften Stadt geblieben ist, deren Herz im Pergamon-Museum auf der Berliner Museumsinsel ausgestellt ist.« Er drehte sich nach rechts. »Dieses Jahr bin ich mit vier Gästen hier.« Die Kamera folgte seiner Bewegung, und Alex' narbiges Gesicht tauchte auf. »Einer meiner Gäste in diesem Jahr ist mein lieber Lebensgefährte, der großartige Musiker, Berlins bester Drummer Alexander Werner.« Eilig schwenkte die Kamera wieder auf Cemal. Seine Miene sprach Bände. »Seit Jahren habe ich ihn bekniet, mit mir herzukommen, nun endlich hat Alex Efendi sich entschlossen, uns zu beehren.« Das Wort »Efendi«, Herr, sagte er auf Türkisch. »Weiter ist eine wunderhübsche Dame bei uns. Eine talentierte Künstlerin, eine Berliner Bildhauerin. Meine liebe Freundin.« Mit der nächsten Kamerabewegung kam ein schmales Gesicht ins Bild, die Haare wogten wie Weizenähren im Wind. Lippen gleich einer wilden Frucht, eine winzige Nase mit einem Hauch von Sommersprossen, dunkelblaue Augen mit warmem Blick.

»Hi, ich bin Kitty, ich bin total aufgeregt. Die Reise ist fantastisch. Gleich gehen wir zur Akropolis rauf. Endlich werde ich die Stadt sehen, aus der der herrliche Altar stammt, den ich schon so oft im Pergamon-Museum besucht habe. Ich werde durch ihre

Gassen schlendern, mich auf die Tribüne des Theaters setzen, die Kammern ihrer verfallenen Tempel inspizieren, den Seelen der Menschen nachspüren, die dort gelebt haben. Das wird ein fantastisches Erlebnis. Dafür bin ich Cemal und meinem einzig geliebten Peter unendlich dankbar.« Kitty trat auf die Kamera zu, die Hälfte ihres Körpers verschwand aus dem Bild, ein Kuss war zu hören. Dann tauchte ihr hübsches Gesicht wieder auf. »Diese Reise ist eines der schönsten Geschenke, das ich je bekommen habe.«

Wieder kehrte die Kamera zu Cemal zurück.

»Und noch ein Freund, ich kann auch sagen, ein Verwandter. Ja, bei uns ist jemand, der Pergamon vielleicht noch mehr liebt als ich. Denn er nimmt jeden Sommer hier an den Grabungen teil. Es ist mir eine Ehre, darf ich vorstellen: mein Cousin Haluk Ölmez, einer der tüchtigen Wissenschaftler vom Deutschen Archäologischen Institut. Wie ich ist er in Berlin geboren, doch sein Herz schlägt in Pergamon, der Stadt seiner Vorfahren.« Die Kamera zeigte Haluks dunkles Gesicht. Der Berliner Archäologe lächelte verhalten. »Hallo oder besser herzlich willkommen! Wie Cemal schon gesagt hat, ist das hier unsere Stadt, genau wie Berlin. Pergamon steht für das Ideal, dem ich mein Leben gewidmet habe. Die Akropolis, das Asklepieion-Heiligtum, die Tempel, die Paläste, die Altäre auf dem Gipfel sind allesamt ungeheuer bedeutend. Mir kommt es so vor, als wären sie mein Kiez, meine Straße, mein Garten, mein Haus. Am wichtigsten aber ist der Zeus-Altar. Die Geschichten, die auf dem Altar dargestellt sind. Die Gigantenschlacht, der Kampf der Götter gegen die Giganten. Mir ist, als wäre ich dabei gewesen. Als hätte auch ich mit den Olympiern gegen die Barbaren gekämpft. Als wäre das, was Telephos, dem Gründer von Pergamon, geschah, meine eigene Lebensgeschichte. Noch einmal willkommen in Pergamon, der Hauptstadt des antiken Anatoliens.«

Als die Kamera erneut zu Cemal schwenkte, verlor sie kurz die Balance, richtete sich wieder auf, und Peter erschien. Seine Haare waren länger als jetzt, er trug einen Dreitagebart, braun gebrannt sah er fantastisch aus. Über der Aufnahme ertönte Cemals Stimme.

»Entschuldigung, es hat kurz gewackelt, denn ich habe die Kamera übernommen. Hier seht ihr den unvergleichlichen Chef vom BLITZ, meinen fantastischen Sponsor und lieben Freund, den bestaussehendsten aller deutschen Männer, Peter Schimmel ...«

Peter lächelte und zeigte sein ebenmäßiges Gebiss.

»Hallo, ich bin zum ersten Mal in Pergamon. Auch ich freue mich sehr, hier zu sein, denn Kitty ist bei mir.« Er streckte die Hand aus, so kam auch die hübsche Bildhauerin wieder ins Bild. Peter legte ihr den rechten Arm um die Taille. »Um Missverständnissen vorzubeugen: Auch ich mag Pergamon natürlich, welch außergewöhnliche Historie, welch aufregende Geschichte! Doch ich muss gestehen, der Augenblick, den wir gerade erleben, ist mir viel wichtiger als die gut zweitausendjährige Vergangenheit. Natürlich sind Hera, Athene, Aphrodite und die anderen Göttinnen auf den Reliefs am Zeus-Altar herrlich, aber meine Berliner Göttin Kitty würde ich gegen keine tauschen.« Er drehte sich zu ihr und gab ihr einen Kuss auf die Lippen, den die junge Frau sogleich erwiderte. Als auf dem Monitor heiß geknutscht wurde, sagte Tobias verschmitzt: »Schwul ist der nicht, Chef.«

Yıldız lächelte schief.

»So sieht's aus. Die Frau ist wirklich hübsch.« Sie beugte sich vor und tippte. Die Szene mit dem heißen Kuss fror ein. »2020 stand da am Anfang, oder?«

Tobias verengte die Augen, als wollte er abschätzen, worauf die Chefin hinauswollte.

»Ja, da stand ›Pergamon 2020‹. Offenbar wurde das Video im letzten Sommer aufgenommen ...«

»Aber Haluk hatte uns gesagt, er habe Cemal seit zwei Jahren nicht gesehen.«

Tobias mit seinem Elefantengedächtnis erinnerte sich sofort.

»Genau das hat er gesagt, er sagte, er hat den Kontakt abgebrochen, um seine Eltern nicht zu verletzen. Hm, warum mag er gelogen haben?«

Statt sich den Kopf darüber zu zerbrechen, war es einfacher, ihn danach zu fragen.

»Ruf Haluk an, Toby, wenn möglich fahren wir noch heute zu ihm und reden mit ihm.« Sie überlegte kurz. »Nein, warte, zuerst reden wir mit Peter über die Reise, danach besuchen wir den Archäologen.«

Tobias schwankte.

»Das heißt, ich soll Peter anrufen?«

Der Blick der Chefin fragte, was daran nicht zu verstehen war.

»Ruf beide an, Toby, wenn möglich reden wir mit beiden noch heute.«

Tobias zog sein Smartphone heraus, da erklang Markus' Stimme.

»Nanu, schwärmt ihr jetzt für romantische Filme?«

Er stand hinter ihnen, den Blick auf den Kuss von Peter und Kitty auf dem Monitor gerichtet.

»Nee, wir haben ein für die Ermittlungen wichtiges Video entdeckt«, erläuterte Yıldız. »Wir haben einen Verdächtigen beim Lügen ertappt.«

Markus strahlte.

»Wunderbar, ihr kommt also voran. Ich habe auch gute Nachrichten. Auf dem Messer, mit dem Alex gehäutet wurde, befindet sich DNA von Cemal. Beide wurden mit derselben Waffe getötet.«

»Das ist wirklich eine gute Nachricht! Ja, Markus, wir kommen voran.«

Yıldız freute sich sichtlich, doch der Kriminaldirektor brach nicht in Begeisterung aus.

»Kommst du kurz?« Sein Ton war offiziell. »Ich möchte mit dir über die Pressekonferenz morgen reden.«

Ausdrücklich betonte er »mit dir«. Yıldız wusste sofort, dass er über Tobias reden wollte.

»Alles klar, ich komme, Markus.« Sie sah ihren Assistenten an. »Mach du bitte die Termine. Es ist wichtig, dass wir noch heute mit beiden reden.«

Sie folgte Markus auf den Korridor.

»Wir haben ein Video angeschaut, das letzten Sommer in Pergamon aufgenommen wurde. Zwei der Opfer waren dabei ...«

Markus warf ihr einen Blick zu.

»Du meinst, auch der Mörder war dabei?«

Yıldız' Laune schwand. Das war nicht undenkbar. Aber darüber wollte sie nicht reden.

»Das meine ich nicht, wir haben keinerlei Beweise. Ich glaube nach wie vor, wir sollten uns auf die Nazis konzentrieren. Auch Rudolf könnte hinter den Morden stecken. Wir müssen ihn vernehmen.«

Auf dem strahlenden Gesicht des Kriminaldirektors erschien ein fast hilfloser Ausdruck.

»Dann bestell ihn ein, tu, was nötig ist, Yıldız. Lösen wir die Fälle, bevor es weitere Opfer gibt.«

Er beschleunigte seinen Schritt, doch Yıldız war ungeduldig, noch ehe sie das Büro des Direktors erreicht hatten, fragte sie mitten auf dem Gang: »Was ist los, Markus? Was ist mit Tobias?«

Der Direktor blickte sich um.

»Tobias' Großvater war ein Nazi. Ernst Becker. Er war SS-Offizier. Er hat die sogenannte Nacht der langen Messer im Sommer 1934 mitorganisiert. Die Nazis führten damals eine Säuberungsaktion in den eigenen Reihen durch. SA-Männer, von denen sie glaubten, sie würden der Sache schaden, überzogen sie mit Terror. Sie schlachteten in jener Nacht fünfundachtzig SA-Waffenbrüder ab. Nach dieser Tat ging Ernst Beckers Stern auf, und er war stets ein treuer SS-Mann. Als die Rote Armee in Berlin einzog, soll er Kinder und Alte bewaffnet und versucht haben, den Straßenwiderstand zu organisieren, bei Gefechten vorm Brandenburger Tor wurde er von Russen getötet.«

Hatte Tobias nicht gesagt, sein Großvater sei Kommunist gewesen? Und zwar ein überzeugter Kommunist, der seiner Partei bis zum letzten Atemzug treu geblieben war. Und die Information hatte er benutzt, um Yıldız zu signalisieren, wie viel sie gemeinsam hatten. Ohne Yıldız' Gedanken zu ahnen, fuhr Markus leise fort:

»Solche Zusammenhänge sind natürlich möglich, letztlich ist jeder Sohn oder Enkel von irgendwem. Dass Menschen in Deutschland von Nazis abstammen, ist normal. Aber Tobias hat das verheimlicht, das ist von Bedeutung.«

Yıldız mochte ihrem Chef nicht mitteilen, was ihr Assistent ihr erzählt hatte.

»Und wie ist das jetzt herausgekommen? Beziehungsweise wie hat er das bis heute verheimlichen können?«

Der Kriminaldirektor neigte den Kopf nach rechts.

»Ich kann nicht darüber spekulieren, wie er das verheimlicht hat. Vielleicht hat jemand die Information verschleiert. Es ist kein Geheimnis, im Westen setzte der Drang, Nazis zu schützen, gleich nach dem Krieg ein. Sie wurden immer geschützt. Und zwar auf Initiative der Briten, später schlossen sich auch die USA der Karawane an. Man machte sich die Wissenschaftler der Nazis zunutze, bediente sich ihres Wissens und ihrer Erfahrung gegen die Sowjets. Das war auch im deutschen Staat lange Zeit gängige Praxis. Die Zunahme rassistischer Taten in den letzten Jahren machte es aber notwendig, Verbindungen zu Rechtsextremen innerhalb der Sicherheitskräfte zu untersuchen. Auf Anordnung von oben wurde jeder überprüft. Wenn du fragst, wie akribisch diese Kontrollen sind, keine Ahnung, aber Tobias Becker blieb im Netz hängen. Das Verfahren wird so laufen, dass Tobias zur Sache vernommen wird.« Bedauernd schüttelte er den Kopf. »Ursprünglich wollte ich ihn dir gar nicht zur Seite stellen. Aber er kennt die Türken, er war mehrfach in eurem Land, er kann auch ein bisschen Türkisch, da dachte ich, ihr kommt gut miteinander klar.«

»Was?« Yıldız starrte den Direktor überrascht an. »Bist du sicher, Markus? Er hat zu mir gesagt, dass er noch nie in der Türkei war.«

Nun war auch Markus verblüfft.

»Ach ja? Dabei hat er mir in aller Ausführlichkeit geschildert, was er in Istanbul erlebt hat, in Fethiye hatte er sogar mal Ärger mit Engländern. Hat er dir wirklich gesagt, er war noch nie in der Türkei?« Er drehte den Kopf, spähte zu dem Büro, in dem sie Tobias zurückgelassen hatten. »Warum verheimlicht er das vor dir? Was bezweckt er bloß damit?«

Genau das fragte Yıldız sich auch gerade, wusste aber keine Antwort darauf.

»Ich kann ihn vom Dienst suspendieren, wenn du willst«, schlug der Direktor vor. »Du bekommst einen neuen Assistenten. Es könnte auch eine Frau sein. Es wird etwas dauern, bis sie sich eingearbeitet hat, aber sie wird dir nützen. Es ist deine Entscheidung.«

Yıldız wusste nicht, was sie tun sollte. Warum nur, Toby?, fragte sie sich, warum hast du mir das verheimlicht? Ihr stand das freundliche Gesicht ihres Assistenten vor Augen, sein unschuldiger Blick, seine herzliche Stimme. Nein, sagte sie sich, nein, Toby kann kein Verräter sein. Nein, er hat keine böse Absicht. Es muss eine vernünftige Erklärung geben.

»Gib mir Zeit, Markus«, sagte sie schließlich. »Behalten wir das vorerst für uns. Bitte zögere das Verfahren etwas hinaus. Tobias soll nicht wissen, dass wir die Wahrheit kennen. Unterdessen lass uns überlegen und Tobias beobachten.«

Eine blöde Sache, auch Markus wusste nicht, was er sagen sollte.

»Bist du sicher?«, fragte er angespannt. »Das heißt, du arbeitest mit jemandem zusammen, dem du nicht vertraust. Mit einem, dem du nicht den Rücken zudrehen kannst.«

Yıldız verengte die Augen und schüttelte den Kopf.

»Das wissen wir nicht. Vorerst ist Toby nur ein Polizist, der uns Informationen vorenthalten hat. Sein Großvater war ein Nazi. Vielleicht wollte er nicht, dass das bekannt wird. Aber dass er gesagt hat, er kann kein Türkisch, und verheimlicht hat, dass er schon in der Türkei war, das ist wirklich merkwürdig.«

9

»Die Euch erschaffen hat, wird Euch vernichten!«

Nur Götter und Seher können wissen, was die Zukunft bringt. So etwa Apollon und Pythia, die Priesterin von Delphi. Doch zu verändern, was die Zukunft bringt, ist allein einem mächtigen Gott wie mir vorbehalten. Und es gibt Ereignisse, zu deren Veränderung man sich heute schon vorbereiten muss.

Als mein Vater Kronos seinen Vater Uranos unterwarf, wäre ihm nicht im Traum eingefallen, dass er selbst den Thron einmal verlieren würde. Und weil er nicht daran dachte, ergriff er keine Vorkehrungen dagegen. Ich hingegen wusste, was mir zustoßen würde. Ich war mir sicher, dass die Titanen ihre Macht uns Göttern niemals freiwillig überlassen würden. Deshalb befreite ich meine Geschwister, die unser Vater verschlungen hatte, aus seinem Magen. Denn allein hätte ich die Titanen nicht besiegen können. Für diesen Kampf holte ich mir Donner und Blitz von den Zyklopen Brontes, Steropes und Arges und reihte auch Briareos, Kottos und Gyges bei mir ein. Schlussendlich besiegte ich die Titanen, bestrafte sie und alle anderen Aufwiegler. Und als meine Macht auf dem Gipfel war und ich meine Herrschaft im Himmel wie auf Erden durchgesetzt hatte, wusste ich, dass unter der Erde bereits eine neue Gefahr keimte. Ich wusste es, weil mir der mysteriöse dunkeläugige Knabe im dritten Traum davon berichtet hatte.

Im Traum stand ich in einem riesigen Saal. Aber nicht im Palast auf dem Olymp. Und er ähnelte auch keinem Palast irgendeines mir bekannten Königs. Er hatte keine Fenster, keinen Balkon, keine Terrasse, nur zwei kleine Türen. Und mitten im Saal stand ein zweiter Bau. Offenbar eine dieser heiligen Stätten, an denen den Göttern Opfer dargebracht wurden. Die Mauern waren mit Skulpturen verziert, die einen Kampf schilderten. Als ich genauer hinschaute, war mir, als sähe ich mich selbst, auch meine Adler und meine Blitze waren bei mir. Ich schlug mich mit drei gigantischen Geschöpfen mit mächtigem Haarschopf und von entsetzlichem Aussehen. Dann erkannte ich ihren Anführer, Porphyrion, die beiden anderen waren junge Giganten. Auf einem anderen Relief sah ich Athene, sie hatte Alkyoneus, einen der Anführer der Giganten, bei den Haaren gepackt, auch Gaia war da, doch sie hatte Mitleid mit ihrem unterlegenen Gigantensohn, nicht mit ihrem Enkel. Deutlich war zu erkennen, dass sie Athenes Triumph bedauerte und viel lieber gesehen hätte, dass der Gigant meine Tochter besiegt. Doch Nike breitete majestätisch ihre Schwingen aus und verkündete Athenes Sieg. Ich sah auch Hera von Argos, Poseidon in seiner Herrlichkeit, den hell strahlenden Apollon und meinen heroischen Sohn Herakles. Einen Augenblick lang dachte ich, es wäre der Krieg, den wir gegen die Titanen geführt hatten, doch von ihnen war keiner zu sehen. Nein, hier kämpften wir gegen die Giganten, Gaias furchtbare Kinder. Ungeheuer große Geschöpfe mit Schlangenbeinen, die ihre Kraft von ihrer Mutter der Erde bezogen. Nicht der Kampf gegen die Titanen war hier zu sehen, sondern der Krieg, den wir in der Zukunft gegen die Giganten führen würden. Doch die Skulpturen waren verstümmelt, Arme, Leiber, Köpfe fehlten, deshalb konnte ich nicht genau erkennen, wer wer war.

Ich löste den Blick von den Skulpturen und wandte mich dem Saal zu, kein Priester war zu sehen, kein Schlachtopfer, weder brennendes Feuer noch Weihrauch. Ich sah nur merkwürdig gekleidete Menschen, deren Sprache ich noch nie gehört hatte.

Voller Bewunderung spazierten sie umher und betrachteten die Skulpturen. Einige erklommen die Stufen, um auf den Altar zu gelangen, wo Feuer hätten brennen sollen. Ich schloss mich an und stieg mit ihnen die Treppen empor. Selbstverständlich konnten sie mich nicht sehen, denn ihre Augen waren nicht in der Lage, einen Gott zu erkennen. Da entdeckte ich den mysteriösen dunkeläugigen Knaben. Wieder stand er neben seinem Vater, löste sich aber kurz von dessen Hand und kam zu mir. Er blickte mir ins Gesicht. Diesmal war ich schneller und fragte ihn:

»Wer bist du? Woher kommst du?«

»Erkennst du mich wirklich nicht, erhabener Zeus?« Seine Miene spiegelte Enttäuschung.

»Muss ich dich kennen?«, fragte ich ärgerlich zurück.

Er musterte mich gekränkt.

»Jetzt nicht, aber eines Tages wirst du verstehen, wer ich bin.«

Doch so einfach ließ ich ihn nicht davonkommen.

»Wer bist du?«, wiederholte ich. »Warum redest du so geheimnisvoll?«

In seinem Blick lag Mut.

»Ich komme aus der Zukunft, bin aber in der Vergangenheit geboren. Eigentlich ist das gar nicht kompliziert. Ich komme aus dem Unbekannten, doch was ich sage, gibt Kenntnis von der Zukunft. Leider habe ich keine guten Nachrichten, hehrer Zeus. Die Katastrophe naht.«

Er redete selbstgewiss, als wäre er ein Gott.

»Was für eine Katastrophe?«, donnerte ich. »Du redest Unsinn, Junge!«

Sein Blick glitt zu den Skulpturen an den Altarmauern.

»Ich rede keinen Unsinn, großer Zeus. Ich bin hier, um einen Krieg anzukündigen. Ich bin hier, um von einem Hinterhalt zu erzählen, der für Euch eine große Gefahr darstellt. Ich bin hier, um vor einem blutigen Kampf zu warnen, der mit Eurer Niederlage enden wird, wenn Ihr nicht die nötigen Vorkehrungen trefft, mächtiger Herr.«

Allmählich nervte er mich.

»Ohne mein Einverständnis wagt niemand einen Krieg. Noch ist keine Kreatur erschaffen, die die Olympier besiegen könnte.«

Traurig, ja, mitleidig sah er mich an.

»Die Euch erschaffen hat, wird Euch vernichten. Diesmal habt Ihr eine mächtige Gegenspielerin.« Er zeigte auf die Mauer, auf Gaia. »Die Euch Kraft gab, wird Euch die Kraft nehmen. Aber Ihr könnt die Katastrophe verhindern. Ich rede nicht davon, die anderen Götter auf Eure Seite zu ziehen. Das müsst Ihr ohnehin. Ich rede von einem Menschen. Davon, dass ein Sterblicher an Eurer Seite kämpfen wird. Und zwar ein Sterblicher von Eurem Blut …« Er hob die kleine Hand hoch, sein Finger deutete auf ein Relief an der Mauer. Auf den Heroen Heraklas. »Wenn Euer sterblicher Sohn nicht mit Euch kämpft, werdet Ihr die Giganten nicht besiegen können.«

Seine altklugen Worte, sein Selbstvertrauen brachten mich auf die Palme.

»Du nimmst dir ein bisschen zu viel heraus«, fuhr ich ihn an. »Wer bist du denn, dass du mir einen Rat erteilst?«

»Nein, erhabener Zeus, ich würde mir nie erlauben, Euch einen Rat zu geben, ich sage nur, was geschehen wird. Haltet mich nicht für einen Fremden. Nehmt mich für Euren eigenen Verstand, Eure Vernunft, Eure Stimme. Und bitte hört auf mich. Sie rüsten sich für eine große Schlacht. Eine furchtbare Schlacht, die Euch den Thron kosten kann.«

Während der Knabe sprach, wurde seine Stimme schwächer, das Bild verschwamm, die Farben im Saal verblassten.

»Wer?«, brüllte ich. »Wer wagt es, gegen mich zu kämpfen? Sag mir, wer ist dieser Schuft?«

Doch vergebens, meine Stimme hallte durch den großen Saal,

prallte gegen die verstümmelten Gliedmaßen auf den marmornen Reliefs an den Mauern und kehrte zu mir zurück.

»Wer? Wer wagt es, gegen mich zu kämpfen?«

Ich erwachte von meiner eigenen Stimme. Als ich die Augen aufschlug, beäugte Hera mich besorgt.

Dieser deutliche, erschreckende Traum stellte mir in aller Klarheit die Antwort auf die Frage vor Augen, die ich dem Knaben gestellt hatte. Vor meinen Augen spulte sich ab, was in der Zukunft geschehen würde. Die Wahrheit, die ich schon kannte, die ich mir einzugestehen aber gefürchtet hatte, wurde mir bewusst. Der Kampf gegen die Titanen war nicht der letzte gewesen, uns stand ein weit brutalerer, noch grausamerer Kampf bevor. Steckte aber tatsächlich Gaia dahinter, wie der Knabe mir im Traum verkündet hatte? Oder wagten die Giganten von sich aus den Aufstand? Ich war mir nicht sicher. Also beschloss ich, mit Mutter Erde zu reden.

Als sie mich erblickte, musterte sie mein Gesicht und sagte:

»Mein Sohn, mein starker, mächtiger Sohn, dessen Weisheit außer Frage steht. Hast du dich endlich deiner Mutter Erde erinnert? Ist Gaia dir endlich eingefallen, die dich auf den Thron gebracht hat? Und ich dachte schon, du würdigst die, die euch alle geschaffen hat, keines Blickes mehr.«

Ihre Worte waren der Vorwurf schlechthin. Beschwichtigend sagte ich:

»Mutter Erde, Erhabenste, Tugendhafteste, Prächtigste aller weiblichen Wesen. Ich entbiete dir meine Liebe, meine Achtung, meine besten Gefühle. Wie könnte ich dich vergessen? Ich denke stets an dich, doch du weißt ja, es ist nicht leicht, höchster Gott zu sein, den Göttern König, den Lebewesen Hirte zu sein. Ich denke stets an dich, doch die Menschen lassen mich einfach nicht in Ruhe. Ob es ein Krieg ist, eine Krankheit, eine Notlage, immer fordern sie Hilfe von Zeus. Selbst Bauern, die ihren Ochsen verloren haben, führen Tag und Nacht meinen Namen im Mund.

Doch nun bin ich bei dir. Verschließe nicht dein Herz, du weißt, dass ich dich liebe, dein Platz in meinem Herzen ist einzigartig.«

Die erfahrenste aller Göttinnen ließ sich nicht erweichen. Denn ihr waren Taten wichtig, nicht süße Worte.

»Ich weiß, du hast es nicht leicht, ich weiß, über die Welt zu herrschen, ist die größte aller Qualen. Darum verstehe ich, dass du nicht zu mir kommst, meinen Namen nicht nennst, ja, ich würde sogar verstehen, wenn du mich nicht mehr liebst; was ich aber nicht hinnehme, ist Ungerechtigkeit. Denn um für Gerechtigkeit zu sorgen, bist du Zeus geworden. Noch einen Uranos, noch einen Kronos braucht die Welt nicht. Du aber benimmst dich wie sie. Ohne zu unterscheiden, wer im Recht ist und wer im Unrecht, hast du meine Kinder in den Tartaros gesperrt. Meinem Atlas ludst du den riesigen Himmel auf die Schultern, die Leber des Prometheus ließest du deinen Adler fressen, du misshandelst meine Kinder, machst ihnen das Leben zur Hölle. Das ist mir unerträglich. Ich möchte, dass du dich daran erinnerst, wie du warst, bevor du Zeus wurdest. Ich möchte, dass du unverzüglich wieder der mutige Rebell wirst. Ich möchte, dass du wieder der gerechte junge Gott wirst, der du warst, bevor du den Thron bestiegst.«

Wäre sie nicht Mutter Erde gewesen, hätte ich sie zermalmt, noch ehe sie ihre Rede beendet hätte. Doch Gaia war die, die uns alle geschaffen hatte, nicht einmal ich wusste, wo ihre Kraft endete. Deshalb heuchelte ich wie die Menschen, tat, als verstünde ich nicht, leugnete.

»Gaia, Mutter meiner Mutter, du weiseste, fähigste, prächtigste aller Göttinnen. Gut, dass ich zu dir gekommen bin, gut, dass ich dich gesehen habe, gut, dass du mit mir geredet hast. Ich habe meine Fehler gehört, mich meinen Unzulänglichkeiten gestellt, ich erkenne die verheerenden Folgen meines törichten Verhaltens. Du hast recht, die Welt braucht keinen neuen Tyrannen. Fortan werde ich noch gerechter, gütiger und barmherziger sein.

Nicht allein die Götter, jeden, der von deinem Blut, von deinem Geschlecht abstammt, werde ich in gleicher Weise schützen.«

Natürlich glaubte Gaia mir nicht, doch sie widersprach nicht, sie schwieg bloß. Solange ich bei ihr war, schwieg sie still. Als ich Mutter Erde verließ, war mir klar, dass der Knabe in meinem Traum die Wahrheit gesprochen hatte. Ich erkannte, wer den Krieg, den ich auf den Reliefs am Altar gesehen hatte, anzetteln würde. Ich hatte keinen Zweifel mehr: Die uns geschaffen hatte, wollte uns nun vernichten. Es gab keinen Ausweg, in dem kommenden blutigen Krieg würden wir gegen die mächtigste Göttin aller Zeiten, die großartige Schöpferin der Titanen und Giganten, gegen unser aller Großmutter Gaia kämpfen. Wie sie ihren Sohn darauf vorbereitet hatte, Uranos zu stürzen, mit dem sie Lager, Leib und Seele teilte, wie sie mich aufgestachelt hatte, meinen Vater auch mithilfe meiner Mutter zu besiegen, als er, kaum an der Macht, sie enttäuscht hatte, ebenso hetzte sie jetzt die Barbaren unter der Erde auf, gegen Zeus, den Gott der Götter, aufzustehen und ihm die Krone zu entreißen. Sie behauptete, ich hätte die hässlichen Monstren gedemütigt, hätte ihre Kinder schlecht behandelt. Die Giganten waren tatsächlich primitive Kreaturen, körperlich und geistig waren sie uns Göttern weit unterlegen. Sie waren das Böse und der Tod. Der Erde hatten sie nichts als Finsternis und Chaos zu bieten. Das wusste Gaia nur zu gut. Doch sie war von Machtgier erfüllt und weder Titanen noch Giganten, noch Götter scherten sie. Mutter Erde wollte bloß die Macht zurück, die Männer ihr geraubt hatten.

Aus diesem Grund stürzte sie Uranos, deshalb beendete sie die Herrschaft meines Vaters, ihre weibliche Macht war Männern, die sie nicht verdient hatten, in die Hände gefallen. Nun wollte sie dem ein Ende setzen, wollte den Verlauf der Zeit umkehren. Sie wollte, dass Giganten, Titanen, die Götter des Olymps und sämtliche Lebewesen auf Erden wieder ihr untertan waren, sie sollten die Muttergöttin anbeten. Denn sie war bereits vor uns allen da gewesen. Und nach uns sollte ebenfalls nur sie bleiben. Um dieses Ziel zu erreichen, musste sie mich besiegen. Die einzige göttliche Kraft, die sie daran hindern könnte, war der Herr von Himmel und Erde, der Gott aller Geschöpfe, der König der Könige, der Sohn des furchtbaren Kronos, ihr jüngster Enkel, ich, Zeus. Aus diesem Grund rüstete sie sich für einen blutigen Krieg, der meine Macht und die der Olympier ein für alle Mal beenden würde. Mir blieb nur, mich geduldig in aller Stille auf die grausame Schlacht vorzubereiten.

Auf wen ich mich verlassen konnte, hatte ich im Traum erfahren. Apollon mit dem Silberbogen, Hera von Argos, Athene mit ihrem Schild, Ares mit dem funkelnden Helm, die mit Pfeilen schießende Artemis, Hermes mit seinem herausragenden Verstand, Aphrodite, die Göttin von Zypern, Dionysos, der unsterbliche Sohn einer sterblichen Mutter, Poseidon mit seiner dunkelblauen Mähne, Demeter mit ihrem schönen Haar, Hephaistos, der stärkste aller Schmiede, die uns mit ihren Fähigkeiten unterstützenden anderen Götter und Göttinnen und die stets auf meiner Seite stehenden, befreundeten Titanen waren meine natürlichen Verbündeten. Sie alle ließen mich bei den blutigsten Konflikten, in den härtesten Kämpfen nicht allein, doch mit Blick auf den Krieg, der uns bevorstand, reichte das nicht. Wie der mysteriöse, dunkeläugige Knabe gesagt hatte, musste auch ein Sterblicher mit uns in den Kampf ziehen, um die Giganten zu besiegen, die ihre Kraft aus der Erde bezogen. Denn so wollte es das göttliche Gesetz. Damit die Giganten starben, mussten sie sowohl von einem Sterblichen als auch von einem Gott getötet werden. Und dieser Sterbliche sollte niemand anderes sein als Herakles, mein Sohn von meinem Blut. Ohne Herakles würde ich die Schlacht nicht gewinnen können.

Doch mein heroischer Sohn war weder geistig noch körperlich für eine solche Schlacht gerüstet. Um an der Seite der Olympier zu kämpfen, musste er Schlimmes durchmachen, unsägliche Schmerzen erleiden und Enttäuschungen erfahren, aber trotz aller Schwierigkeiten seine Seele rein halten. An Muskelkraft war Herakles zweifellos der Stärkste unter den Sterblichen, er bestrafte grausame Könige, jagte Menschen quälende Ungeheuer, zähmte wilde Tiere. Doch das war nicht genug, er musste lernen, die Giganten zu besiegen, die gnadenlosen Kinder der klugen Gaia. Und zweifellos war ich es, der ihm das beibringen würde, ich musste meinem Sohn ein solches Schicksal zeichnen, dass er, der als Sterblicher zur Welt gekommen war, als Unsterblicher seinen ehrenhaften Platz in meinem Palast auf dem Olymp einnehmen würde. Doch von diesem göttlichen Plan durfte niemand erfahren, auch Herakles nicht. Denn erführe ein Titan, ein Gott oder ein Mensch davon, käme es auch Gaia zu Ohren. Also musste alles, was ich für Herakles tun würde, Gutes wie Schlechtes, Schönes wie Hässliches, so aussehen, als täte ich es für einen anderen. Und der Sündenbock dafür würde leider meine eifersüchtige Gattin Hera sein.

Neuntes Kapitel

Yıldız durfte sich nichts anmerken lassen, sie erwähnte nichts von dem, was Markus ihr erzählt hatte. Vom Präsidium fuhren sie zum Café am Neuen See, dem Treffpunkt, den Peter mit Tobias am Telefon vereinbart hatte. Sie zeigte auf den Landwehrkanal, als sie schon nah am Biergarten die Brücke überquerten.

»Wusstest du, dass Rosa Luxemburgs Leichnam hier ins Wasser geworfen wurde?« Sie klang nachdenklich, ihre Miene war traurig, als wäre die Revolutionärin, die an einem Wintertag vor über hundert Jahren ermordet worden war, eine Verwandte. Dann lächelte sie müde. »Was für eine Frage, wie solltest du es nicht wissen! Du bist in einem sozialistischen Staat geboren, dein Vater, dein Großvater waren Kommunisten.«

Aus dem Augenwinkel beobachtete sie ihren Assistenten, der den Passat lenkte, doch Tobias war ein ebenso guter Schauspieler wie sie.

»Ja, Chef, eine schlimme Tat.« Auch er klang traurig. »Erst Tage später fand man ihre Leiche. Es heißt, sie wurde totgeprügelt.«

Selbstverständlich kannte Tobias die tragische Geschichte der großen deutschen Revolutionärin, doch ob er ihr tatsächlich Respekt zollte? Yıldız hätte nicht weiter in ihn dringen sollen, konnte es aber nicht lassen.

»Das erste Mal war ich mit meiner Mutter hier. Weiter unten ist ein Denkmal, ihr Name in Buchstaben aus Metall. Meine Mutter hat es mir gezeigt und gesagt: ›Vergiss diesen Namen nie, Tochter, Rosa Luxemburg war eine große Frau. Sie war Kommunistin, und ihre große Leidenschaft galt der Freiheit. Um den Preis, sich mit den eigenen Genossen zu überwerfen, trat sie bis zuletzt für die Freiheit ein. Deshalb wollten die Militaristen sie nicht am Leben lassen.‹ Ich verstand damals nicht wirklich, was sie sagen wollte, und stellte mir Rosa Luxemburg als weibliche Heldin vor. Später war ich mit meinem Vater hier, nachdem Mama gestorben und die DDR zusammengebrochen war. Er starrte ins Wasser und sagte: ›Hätten Rosa Luxemburg und ihre Genossen 1919 Erfolg gehabt, hätte der Spartakusaufstand in eine Revolution gemündet, dann wäre der Sozialismus nie untergegangen und der Kapitalismus hätte den Sozialismus nie besiegt. Denn die Voraussetzungen für die ideale Gesellschaft, die wir anstrebten, waren in Deutschland vorhanden, nicht aber im unterentwickelten zaristischen Russland. Die sozialistische Revolution war eine Nummer zu groß für die noch nicht industrialisierte russische Gesellschaft.‹ So oder so ähnlich sprach er.« Mit gespieltem Interesse wandte sie sich ihrem Assistenten zu. »War deine Familie nie mit dir hier? Dein Großvater oder dein Vater?«

Tobias war kaltblütig genug, nicht einmal von der Straße aufzublicken.

»Meinen Großvater habe ich gar nicht kennengelernt, er starb vor meiner Geburt bei der Befreiung Berlins von den Nazis. Auch mein Vater erinnert sich kaum an ihn, er war erst fünf, als mein Opa starb. Bei dem Denkmal war ich noch nie, aber die Geschichte von Rosa Luxemburg und ihrem Schicksalsgenossen Karl Liebknecht haben sie uns in der Schule beigebracht. Mutmaßlich wurden sie Opfer einer standrechtlichen Hinrichtung.« Er lachte. »Guck dir das an, zwei deutsche Polizisten reden über eine Revolutionärin, die vor vielen Jahren vom deutschen Staat ermordet wurde. Und das ohne Kritik, ganz im Gegenteil, wir preisen sie.«

Die Gelegenheit ließ Yıldız sich nicht entgehen.

»Hörst du eigentlich, worüber du dir Gedanken machst, Toby? Im Polizeiapparat gibt es derzeitig viele, die die alten Nazis hochhalten, vor allem Hitler. Die wertschätzen sie nicht nur, die versuchen zu vollenden, was die Mörder damals nicht zu Ende brachten. Was könnte harmloser sein, als dass wir über eine Frauenrechtlerin reden, die in die Weltgeschichte eingegangen ist?«

Tobias lief knallrot an, fing sich aber rasch.

»Du hast recht, Chef, der Staat gibt ja auch zu, Fehler gemacht zu haben. Vielleicht rechnet er eines Tages auch mit den Nazis im Apparat ab …«

Er log mutwillig, doch Yıldız ließ es auf sich beruhen, sie hatten Termine mit zwei Männern vor sich, und sie wollte weder sich noch ihren Assistenten ablenken.

»Arbeitet Peter heute nicht?«, wechselte sie das Thema. »Warum wollte er uns am See treffen?«

Tobias atmete auf.

»Er sagte, er hat einen Termin im Café am Neuen See. Wenn ihr pünktlich kommt, nehme ich mir Zeit für euch, sagte er. Und ich habe ihm versichert, dass wir kommen. Wir haben ja auch nicht den ganzen Tag Zeit, gleich danach treffen wir Haluk im Café vom Pergamon-Panorama.«

»Sehr gut! Es wird gut sein, mit dem Archäologen zu sprechen, wenn das Gespräch mit Peter noch frisch ist. Wie wirkte Peter? Beim letzten Gespräch war er ein bisschen gereizt.«

»Nein, nein, er war total freundlich. Einfach nur höflich, ohne Klugscheißerei.« Er grinste. »Und er hat nach dir gefragt, Chef. Als ich sagte, natürlich kommt Hauptkommissarin Karasu mit, freute er sich.«

Yıldız konnte nicht ausmachen, ob er bloß plapperte oder versuchte, das Gespräch über seinen Großvater vergessen zu machen. Aber ihr gefiel, dass Peter nach ihr gefragt hatte.

»Und wir freuen uns, wenn er uns einen Hinweis auf Haluk gibt«, beendete sie das Thema.

Das Café am Neuen See war einer der schönsten Biergärten der

Stadt. Das erste Mal mit den Eltern im letzten Jahr vor dem Abitur, dann war sie mit ihrer ersten Liebe Volker hier gewesen, später mit ihrem Exmann Franz und danach auch mit Sohn Deniz. Ein paar Mal war sie auch allein hier. Im Schatten der Bäume auf den dunkelgrünen See schauen, dem Zwitschern der Vögel lauschen, ein idealer Ort, um mit sich allein zu sein. Allerdings musste man unter der Woche kommen, denn samstags und sonntags war es rappelvoll. Dann bekam man keinen Platz am See. Heute aber war es ruhig im Biergarten, Peter fanden sie an einem der Holztische, die parallel zum Ufer aufgereiht waren, wo die Boote vertäut lagen. Auf dem Tablet stellte er in einer Excel-Tabelle Berechnungen an. Er merkte gar nicht, dass die Polizisten kamen.

»Frohes Schaffen, Herr Schimmel.«

Peter strahlte, als er Yıldız erblickte.

»Ah, hallo, ich habe Sie nicht kommen sehen.«

Sie deutete auf sein Tablet.

»Eine schwierige Kalkulation?«

Verdrossen blickte Peter auf den mit Zahlen übersäten Bildschirm.

»Wahrscheinlich verkaufe ich den BLITZ. Wir verhandeln mit großen Unternehmen, wie neulich schon gesagt. Eine schwierige Phase. Es ist nicht einfach, hier Geschäfte zu machen, wenn man aus dem Osten kommt.« Er lächelte bitter. »Der Mauerfall hat nicht nur Freiheit gebracht, es gab auch viel Leid und Unglück. Darüber wird natürlich nicht so gern geredet. Nun, ich will Ihnen nicht mit meinen Problemen Kopfschmerzen bereiten.« Er schaltete das Tablet aus. »Bitte, setzen Sie sich doch. Kommen Sie her, Herr Becker.«

Yıldız setzte sich ihm gegenüber, Tobias nahm auf der Bank rechts neben ihm Platz. Beim letzten Mal hatten sie sich nicht sehr freundlich verabschiedet, doch jetzt schien Peter sich zu freuen, sie zu sehen, munter sprang er auf.

»Was kann ich euch holen, trinkt ihr ein Bier?«

Yıldız lächelte dankbar.

»Keine Umstände bitte, im Dienst trinken wir nicht.«

»Alles gut.« Tobias unterstützte seine Vorgesetzte, schob aber verlegen nach: »Aber wenn ich rauchen darf ...«

Als niemand widersprach, fingerte er die Schachtel heraus und schob sich eine Zigarette zwischen die Lippen. Peter hatte sich längst Yıldız zugewandt.

»Ich wollte Sie schon anrufen. Was wird mit Cemals Leichnam? Übernimmt die Familie ihn? Ich habe nichts von Herrn Ölmez gehört.«

Daran hatte Yıldız keinen Gedanken verschwendet, doch, ja, vielleicht nicht Cemal, aber seinen Vater würde Kerem zweifellos in seine Geburtsstadt überführen wollen.

»Das weiß ich auch nicht, ich frage ihn, wenn ich ihn sehe.«

Peter verschränkte die langen Finger über dem Tablet.

»Vielen Dank, das ist mir wirklich wichtig. Denn Cemal hatte gesagt, er möchte in Bergama begraben werden. Kommt die Familie seinem Letzten Willen nach, mische ich mich nicht ein, aber wenn sie den Leichnam nicht übernehmen, würde ich Cemal gerne den Wunsch erfüllen. Ich muss zwar in ein paar Tagen nach London. Dort halte ich einen Vortrag auf der Konferenz Erneuerbare Energien. Aber ich könnte einen Kollegen hinschicken. Und wir können Cemal dort begraben, wo er es gewollt hat.«

Yıldız wunderte sich weniger über Peters Loyalität als vielmehr darüber, dass Cemal in Bergama begraben werden wollte. Es waren meistens alte Migranten, die in der Heimat bestattet werden wollten, wenn sie in Deutschland starben. Dass jemand, der in Berlin geboren war, am Geburtsort seines Vaters ruhen wollte, war interessant. Offenbar hatte Cemal wirklich leidenschaftlich an Pergamon gehangen.

»Wegen seines Vaters«, erläuterte Peter, als hätte er ihre Gedanken gelesen. »Ja, ich sehe, dass Sie überrascht sind, Frau Karasu, aber es stimmt. Cemos Interesse an Pergamon rührte daher, dass sein Vater Archäologe werden wollte. Kerem Ölmez liebt die antike Stadt bis an den Rand des Wahnsinns. Wobei das Wort lieben hier viel zu schwach ist, er ist der Stadt unauflöslich verbunden. Es war wohl das Vermächtnis seines Großvaters, jedenfalls wollte er Archäologe werden; vor der Wiedervereinigung, als das Pergamon-Museum noch im Osten lag, nahm er seinen kleinen Sohn an die Hand und besuchte das Museum mit ihm. Jedes Wochenende kam er nach Ostberlin. Konnte er den Altar nicht besuchen, fühlte er sich angeblich nicht wohl.«

»Na, so was!«, rief Yıldız erstaunt. »Meines Wissens sind die türkischen Arbeiter aus Westberlin in den Osten gefahren, um Spaß zu haben und auf die Pirsch zu gehen. Dieser Kerem ist tatsächlich komisch.«

Peter nickte versonnen.

»Ja, das ist er. Von den vielen Besuchen im Museum ist seine Leidenschaft auf den Sohn übergegangen. Auch er wurde süchtig nach dem Zeus-Altar. Er kannte sämtliche Reliefs auswendig. Und erzählte in aller Ausführlichkeit von den Göttern und Göttinnen, den Titanen und Giganten auf den Reliefs, als hätte er die Skulpturen eigenhändig ausgegraben.«

Tobias zog kräftig an der Zigarette, stieß den Rauch aus und fragte: »Wie sein Cousin Haluk?«

»Äh, sein Cousin?« Es dauerte einen Moment, bis Peter im Bilde war. »Ach so, Sie meinen den Archäologen Haluk. Nein, nein, nicht wie der. Haluk ist Wissenschaftler. Er arbeitet zu Pergamon, aber bei ihm ist das keine Leidenschaft, sondern sein Job. Das heißt, er ist mental mit der antiken Stätte, mit dem Zeus-Altar, verbunden. Bei Cemal war das eine emotionale Verbindung, eine Liebe und fixe Idee wie bei seinem Vater. So sehr, dass er Pergamon mit sich selbst und seiner Familie identifizierte. Beim letzten

Treffen hatten wir ja darüber gesprochen, dass er den Göttern und Göttinnen am Pergamon-Altar die Gesichter seiner Familienangehörigen geben wollte. Das steckte dahinter. Er identifizierte sich so sehr mit dem Pergamon-Altar, dass er anfing, sich wie Zeus zu fühlen. Ich rede nicht von Wahn, sondern von der Fantasie eines Künstlers. Er verlor die Realität nicht aus dem Blick, aber es gefiel ihm, sich als Zeus zu sehen. Deshalb setzte er auch seinen Großvater mit Uranos und seinen Vater mit Kronos gleich.«

Das wussten sie bereits, die Frage war aber, ob auch Haluk sich für Zeus hielt.

»Was für ein Typ ist Haluk?« Yıldız sprach das Thema an, das sie umtrieb. »Haben Sie ihn mal kennengelernt?«

Auf Peters Gesicht erschien ein argwöhnischer Ausdruck.

»Haben Sie ihn in Verdacht?« Er schüttelte den Kopf, ohne die Antwort abzuwarten. »Das glaube ich kaum, Haluk ist ein guter Mann. Und er mochte Cemal sehr.«

»Er mochte ihn?«, ging Tobias vielsagend dazwischen. »Was für eine Art Zuneigung war das?«

Peter verengte die Augen und musterte den jungen Polizisten.

»Nicht, was Sie denken. Soweit ich weiß, ist Haluk heterosexuell. Sie waren wie Brüder. Haluk ist ein kompetenter Archäologe. Er arbeitet beim Deutschen Archäologischen Institut, im Sommer ist er bei den Grabungen in Pergamon. Cemal hatte ihn um Unterstützung bei seinem Zeus-Altar-Projekt gebeten. Und Haluk half ihm fachlich weiter. Erzählte ihm von der griechischen Mythologie, informierte ihn ausführlich über die olympischen Götter.«

»Das ist doch ein Widerspruch«, fiel Yıldız ihm ins Wort. »Denn Haluks Familie hatte jahrelang keinen Kontakt zu Cemals Familie. Da lief so etwas wie eine Blutfehde.«

Erschrocken warf Peter den Kopf zurück.

»Blutfehde? Heißt das, da kam jemand um?«

»Ja, Cemals Familie hatte Streit mit den Cousins, dabei passierte ein Unfall, bei dem einer der Cousins ums Leben kam. Und zwar Haluks älterer Bruder. Deswegen herrschte Funkstille zwischen den Familien. Es gab sogar einen bewaffneten Angriff und solche Dinge …«

Peter hörte das offenbar zum ersten Mal.

»Hat Cemal nicht davon erzählt?«, sah Yıldız sich genötigt zu fragen.

»Nein, das hat er nicht erzählt.« Er wirkte enttäuscht, aber nur kurz. »Es hat sich wohl nicht ergeben. Vielleicht wollte er nicht darüber reden, es war ja eine Familienangelegenheit.«

»Haben Sie Haluk häufiger gesehen?«, bohrte Yıldız weiter. »Würden Sie ihn ein bisschen beschreiben?«

Peter legte die Hände unters Kinn, sein Blick wurde versonnen.

»Ja, ich habe ihn mehrfach gesehen. Aber was er für ein Typ ist?« Er musste nachdenken. »Wie gesagt, ein guter Mann, ziemlich klug. Stattlich wie alle in der Ölmez-Familie. Selbst für uns Deutsche ist er groß. Wahrscheinlich treibt er Sport, er hat einen tollen Körper. Letztes Jahr war er einmal mit Cemal bei mir. Wir waren zusammen im Wannsee schwimmen. Ich treibe auch Sport, aber sein Körper war wirklich großartig. ›Du siehst wie ein Gladiator aus‹, neckte ich ihn. Er konterte scherzhaft: ›Wir sind keine Gladiatoren, wir sind aus Pergamon, wir stammen aus dem Geschlecht des Zeus, sagen wir also lieber: wie ein griechischer Gott.‹ Nur seine Miene ist seltsam, irgendwie wirkt er immer bekümmert. Ich weiß nicht, warum, wahrscheinlich hängen seine Augenlider, und deshalb sieht er traurig aus. Er ist ganz anders als die Türken, die man so kennt, er hat Kultur, genau wie Cemal.« Kaum ausgesprochen, schien er zu fürchten, sich erneut einen Fauxpas geleistet zu haben, denn er lenkte rasch ein: »Pardon, Frau Karasu. Ich werte keine Minderheit ab, aber Cemal und Haluk sind wirklich anders.«

Yıldız hörte gar nicht hin, sie war in Gedanken bei dem Verdächtigen.

»Würden Sie Haluk als einen Mann beschreiben, der zu Gewalt neigt? Würden Sie sagen, er ist aggressiv?«

Peter verspannte sich, als bürdete man ihm eine schwere Verantwortung auf.

»So genau kenne ich ihn nicht«, entgegnete er gequält. »Er war eher wortkarg, benahm sich moderat. Ich kann mich an kein einziges Mal erinnern, dass er wütend oder drohend gewesen wäre. Genau wie Cemal war er meistens gelassen. Sehr viel Zeit haben wir nicht miteinander verbracht. Wenn wir uns trafen, dann für ein paar Stunden, es wurde gegessen, geplaudert, nicht mehr.«

Was er vergessen hatte oder nicht sagen wollte, brachte Tobias in Erinnerung.

»Aber in Pergamon waren Sie mehrere Tage. So war es doch, oder, letztes Jahr im Sommer waren Sie in der Türkei.«

Peter stutzte, dann nickte er.

»Richtig, wir waren alle zusammen in Pergamon. Aber Haluk war nur einen Tag bei uns. Er nahm ja an den Grabungen teil. Er führte uns auf der Akropolis herum, zeigte uns die leeren Sockel des Zeus-Altars, erklärte uns die Tempel, Paläste, das Theater, das Gymnasium. Danach lud er uns in ein Lokal in Bergama zum Essen ein. Lange war er also nicht bei uns. Kitty bat ihn sogar, zum Abendessen zu bleiben, doch er entschuldigte sich damit, am nächsten Morgen sehr früh rauszumüssen, bevor die Sonne aufging, wie er sagte.«

Über Tobias' Pausbacken huschte ein bedeutsamer Ausdruck.

»Wer ist Kitty?«

Peters Züge umwölkten sich.

»Meine Freundin … Sie war meine Freundin, nach der Reise trennten wir uns.«

»Sie müssen das nicht erzählen«, sagte Yıldız, doch der gut aussehende Unternehmer hatte keine Bedenken fortzufahren.

»Da gibt es nichts zu verbergen. Kitty wollte heiraten und Kinder.« Ein verträumter Blick, dann lachte er auf. »Ich wollte das nicht. Heiraten ist nichts für mich.« Er verzog die Miene. »Also heiraten kann schon sein, aber Kinder ...« Trübsal lag in seinem Blick, vielleicht auch Kummer. »Ich kann keine Kinder in diese Welt setzen.« Er breitete die Arme aus. »So eine Verantwortung kann ich nicht übernehmen. Das ist schwer, sehr schwer.«

Er tat Yıldız leid, auch wenn sie ihm nicht zustimmte. Tobias hingegen zeigte sich völlig unbeeindruckt von Peters Kummer.

»Haben die beiden sich in Ihrer Gegenwart mal gestritten?«

Noch emotional aufgewühlt, verstand Peter nicht, was er meinte.

»Ich meine, Cemal und Haluk, also vorher oder auf der Türkeireise ...«

Peter richtete den Blick auf das stille Wasser des Sees und dachte kurz nach.

»Nein, ich habe nie erlebt, dass sie sich stritten. Ich kann mich nicht entsinnen, dass es Unstimmigkeiten gab, während wir zusammen waren. Cemal war ja auch ein umgänglicher Mensch. Nur einer konnte ihn auf die Palme bringen, das war Alexander Werner ...«

»Das kann er nicht mehr«, widersprach Tobias grob. »Das heißt, falls sie sich nicht im Jenseits treffen ...«

Peter runzelte die Stirn.

»Wie meinen Sie das?« Beunruhigt sah er Yıldız an. »Ist Alex etwas passiert?«

»Leider wurde Alexander Werner gestern Abend in seiner Wohnung brutal ermordet«, erklärte die Hauptkommissarin bedauernd. »Mit derselben Waffe wie Cemal ...«

Peters hübsche Züge entgleisten vor Entsetzen.

»Wie bitte? Was sagen Sie da?« Er schlug die Hand vor den Mund. »Dann ... Dann war es eine Beziehungstat?«

»Kann sein.« Yıldız wollte keine Details preisgeben. »Auch das ist eine Möglichkeit.« Sie schenkte ihm einen verständnisvollen Blick. »Nicht jeder kann so feinfühlig sein wie Sie, Herr Schimmel.«

*

Sie parkten den Passat auf dem Trottoir gegenüber dem Berliner Dom. Auch heute herrschte im Lustgarten Hochbetrieb. Scharen von Touristen, die sich seit dem Morgen die Hacken abgelaufen hatten, beäugten die historischen Bauten ringsum erschöpft, doch immer noch voller Bewunderung, und liefen gruppenweise von hier nach dort, auf dem Rasen lagen halb nackt junge Leute, tranken Bier und genossen den Sonnenuntergang. Yıldız betrachtete sie neidisch. »Juni, ach, schöner Juni«, seufzte sie. Es gab Zeiten, in denen auch sie in diesem Park die Schuhe abstreifte und wie die jungen Mädchen und Männer hier chillte. Das war lange her. Jetzt war sie eine der grimmig dreinblickenden, ernsten Hauptkommissare der Berliner Polizei. Stets hatte sie einen Mordfall aufzuklären, Täter dingfest zu machen. Sie löste den Blick von den fröhlichen Jugendlichen und sah ihren Assistenten an.

»Gehen wir weiter, Toby, der Weg über die Brücke hinter dem Alten Museum ist kürzer.«

Museumsinsel wurde der Flecken genannt, wo die Spree sich gabelte und in der Mitte ein Stück Land stehen ließ. Das Pergamon-Museum gehörte zu den bedeutendsten Gebäuden auf dieser Insel, leider aber war es gerade wegen Restaurierung geschlossen. Um dem Mangel wenigstens etwas abzuhelfen, war zur Darstellung der antiken Stadt auf dem Ufer vis-à-vis das Panorama errichtet worden. Sie mussten die Insel verlassen und den Fluss überqueren. Mitten auf der kleinen Brücke klingelte Yıldız' Telefon.

»Hallo, Frau Karasu, können Sie reden?« Sie erkannte Kerem Ölmez' Stimme sofort. Er klang panisch.

»Nanu, Herr Ölmez, was ist passiert?«

»Wir müssen reden. Dringend. Ich vertraue niemandem außer Ihnen ...«

Yıldız musste vorsichtig sein, sie wollte nicht, dass ihr Assistent mithörte.

»Ich verstehe, Herr Ölmez, ich höre Ihnen zu.«

»Das geht nicht am Telefon, wir müssen unter vier Augen reden. Können Sie herkommen?«

Er flehte nachgerade. Es wäre gut, mit ihm zu sprechen, Yıldız wollte ihn eh ein paar Dinge fragen.

»Worum geht es?«

»Hüseyin ... Sie haben ihn ja kennengelernt, mein großer Sohn, er wird eine Dummheit machen.« Kerem sprach hastig, als liefe ihm die Zeit davon. »Am Telefon kann ich nicht darüber sprechen. Sie müssen herkommen oder ich komme, wohin Sie wollen. Aber ohne dass jemand dabei ist ...«

Er meinte Tobias.

»Okay, wir regeln das«, sagte Yıldız ruhig. »Warten Sie auf Nachricht von mir, ich rufe Sie an.«

Sie beendete das Gespräch und speiste ihren Assistenten, der sie neugierig ansah, mit der erstbesten Ausrede ab.

»Es gibt Probleme wegen den Beerdigungen. Er will wissen, wann ihm seine Toten übergeben werden.« Sie schob das Handy in die Tasche. »Zwei Tote in einer Familie, das ist nicht einfach, Toby. Schlimme Sache.« Sie hob den Kopf und schaute sich um. »Ah, da ist ja das Panorama. Schlau, sie haben es dem Pergamon-Museum direkt gegenübergestellt.«

Im Café des Panoramas war Haluk nicht. Sie betraten die Anlage und suchten den Archäologen zwischen den zweitausend Jahre alten Statuen von Pergamon. Da war Athene, die Schutzherrin der Stadt, sie sahen die Marmorbüste eines Königs aus der Dynastie der Attaliden. Unter den Modellzeichnungen der Akropolis von Pergamon fiel ihr Blick auf eine Wand mit einem Abriss der Stadtgeschichte, und endlich sahen sie den Gesuchten in einem kleinen Saal umhergehen. Die Augen auf die Reliefs an den Wänden gerichtet, sprach Haluk etwas in das Aufnahmegerät in seiner Hand. Kaum betraten sie den Raum, entdeckte er sie. Er schaute verdrießlich drein, als wollte er sagen, bei all der Arbeit gebe ich mich auch noch mit euch ab, rang sich nicht einmal ein Lächeln ab. Da lächelte Yıldız erst recht.

»Hallo, Herr Ölmez.« Übertrieben euphorisch deutete sie auf die Skulpturen. »Sind die von den Friesen am Pergamon-Altar?«

Er schaltete das Aufnahmegerät aus, stopfte es in seine Ledermappe und fragte arrogant: »Kennen Sie das Pergamon-Museum?«

Ungerührt gab Yıldız Auskunft: »Ich bin zwar keine Expertin wie Sie, aber ich war mehrfach dort. Ich war auch in Bergama. In Sachen Archäologie bin ich nicht mal Laie, aber die Geschichte des Zeus-Altars kenne ich in etwa.«

Zum ersten Mal lächelte Haluk, doch sein Blick war immer noch distanziert und abweisend.

»Ich verstehe. Da Sie den Altar besucht haben, werden Sie es wissen. Man geht dort ja die Treppen hoch, auf die obere Terrasse. Ich meine die Stelle, an der sich der eigentliche Altar befindet. Die heilige Stätte, an der für die Götter Fleisch verbrannt und ihnen Gaben dargebracht wurden. Auf der Etage befinden sich diese Reliefs hier innen an den Wänden.« Er deutete auf einen Fries, bei dem die meisten Teile fehlten. »Schauen Sie, hier lässt Telephos einen Altar bauen. Um Missverständnissen vorzubeugen: Es handelt sich nicht um diesen Altar. Der Altar, dessen Bau der Heros angeordnet hat, ist nicht der Pergamon-Altar.«

Den Namen hatte Yıldız schon einmal gehört.

»Wer ist Telephos? Ein Gott?«

Haluk zeigte auf die Skulptur des Telephos, das Gesicht von der gnadenlosen Zeit zerstört.

»Nein, kein Gott, aber der Sohn eines Heros, der stark genug war, sich mit den Göttern zu messen. Telephos' Vater war Herakles, seine Mutter Auge. Seine Geschichte ist Legende. Und die ist auf diesen Friesen dargestellt.«

»Und warum wird hier von Telephos erzählt?«

Der Archäologe freute sich über Yıldız' Interesse.

»Weil man glaubt, dass Telephos der legendäre Gründer Pergamons war.«

Yıldız war verwirrt.

»Aber hatten Sie beim letzten Gespräch nicht einen anderen erwähnt? Dieser Eunuch … Wie hieß er noch? Philip …«

»Philetairos«, korrigierte Haluk. »Richtig, historisch können wir den Beginn der Stadt mit dem Eunuchen Philetairos und den auf ihn folgenden Attaliden verbinden. Doch wie jede antike Stadt hat auch Pergamon eine schöne, starke Legende. Und dieser Legende zufolge gingen die Heldentaten des Telephos von Mund zu Mund, lange bevor es Alexander den Großen, seinen General Lysimachos und den Schatz der neuntausend Talente gab, die dieser dem Eunuchen Philetairos in Obhut gab. Deshalb wurde auf der obersten Terrasse des Pergamon-Altars, auf dem sich der eigentliche Altar befand, anhand der Reliefs, die Sie hier sehen, seine Geschichte dargestellt.«

Als hätte sie vergessen, warum sie hier war, betrachtete Yıldız aufmerksam die Friese an der Wand, runzelte aber die Stirn.

»Die Skulpturen sind stark beschädigt, die Erzählung ist nicht zu verstehen.«

Der kalte Ausdruck in Haluks Augen verschwand.

»Sie hätten Archäologin werden sollen statt Polizistin, Frau Karasu. Die meisten Leute interessieren sich nicht für die Erzählung, aber an Ihnen ist eine Historikerin verloren gegangen.«

Haluk sprach wie ihr Vater, Yıldız gab nichts darauf. Mit großen Schritten folgte sie dem Archäologen, der zum Anfang der Reliefs strebte. Tobias hingegen blieb stehen und wartete darauf, dass die Plauderei endete und sie die Ermittlungen fortsetzten. Doch im Gegensatz zum vorangegangenen Gespräch hatte Haluk diesmal keine Eile. In aller Ruhe begann er zu erzählen.

»Telephos' Geschichte ist wirklich interessant.« Mit dem linken Zeigefinger schob er die Brille zu den Brauen hoch und drehte sich zur Skulptur an der Wand. »Hier wird ein Boot gebaut, sehen Sie?« Er meinte das Fries, auf dem im Vordergrund vier Schreiner eifrig an einem Boot arbeiteten, hinter ihnen dagegen beugten drei Frauen traurig die Köpfe. »Das Boot wird gebaut, um Telephos' Mutter Auge weit übers Meer fortzuschaffen. Vielleicht auch, damit sie in tosender See ertrank. In Arkadien wollte ihr Vater König Aleos seine Tochter nicht mehr sehen. Denn er fürchtete, dass sich eine schlimme Prophezeiung erfüllte.« Er richtete die grünen Augen auf Yıldız. »Die Angst der Menschheit vor der Zukunft, die von ihrer Unwissenheit herrührt. Die Sorge, dass uns unausweichlich etwas Entsetzliches bevorsteht. Sie gehört zu unseren Urängsten. Vermutlich ein Trauma, das daher rührt, dass wir um unsere Sterblichkeit wissen. Nach wie vor sehr mächtig, wie Sie wissen.

Doch zurück zur Legende. Aleos, der König von Arkadien, war eines Morgens wie üblich zum Tempel gegangen. Er befragte die Seher über das Schicksal seines Geschlechts und seines Landes. Leider erhielt er keine guten Nachrichten. Die Seher sagten zu ihm: ›Eure Söhne werden von der Hand eines Kriegers getötet werden, den Eure Tochter Auge zur Welt bringen wird. Euer eigener Enkel wird also Eure Söhne töten.‹ Sie sagten das ohne Scheu dem König ins Gesicht. Und wer hätte es gewagt, die Worte von Apollons Sehern zu hinterfragen? König Aleos war entsetzt. Er überlegte hin und her und sah schließlich die Lösung des Problems darin, seine Tochter zur Priesterin zu machen. So würde Auge nie heiraten, und als heilige Frau würde auch niemand sie berühren. Also wurde Auge, deren Schönheit Legende war, sittsame Priesterin der Göttin Athene. Aber die erbarmungslosen und grausamen Götter waren über diese List verärgert und sorgten dafür, dass Auge und Herakles in einem Wald aufeinandertrafen. Und es geschah, was geschehen musste: Auge wurde vom stärksten Mann auf Erden geschwängert. Es dauerte nicht lange, bis ihr Vater davon erfuhr. Erst erschrak König Aleos, dann wurde er furchtbar wütend. Wie konnte seine Tochter ihm diese Schmach antun?« Wieder deutete Haluk auf das Boot auf dem Relief. »Und darum setzte er seine Tochter in ein Boot und schickte sie in Begleitung seines Getreuen Nauplios aufs Meer hinaus. Allerdings steckte ein Plan dahinter. Auf hoher See sollte Nauplios die schwangere Auge töten. Doch so loyal war Nauplios nicht. Als bei Auge die Wehen einsetzten, gingen sie an Land. Und Auge brachte ihren Sohn Telephos auf dem Berg Parthenion zur Welt. Statt sie zu töten, verkaufte Nauplios die Mutter und das Kind an Händler. Die wollten nur sie, aber nicht das Baby und setzten es auf dem Berg aus. Da nahmen sich die Götter des Kindes an, weil es von ihrem Blut war, und sandten eine Hirschkuh, die es bemutterte. Später fand Herakles seinen Sohn in diesem Gebirge. Telephos' Mutter Auge wurde unterdessen von den Händlern nach Mysien gebracht. König Teuthras von Mysien rettete sie aus der Hand der Kaufleute, nahm sie an Kindes statt an und behandelte sie wie eine eigene Tochter.

Telephos wuchs zu einem starken, mutigen und fähigen Krieger heran. Als er vom Vater erfuhr, was seiner Mutter zugestoßen war, machte er sich auf die Suche nach ihr. Auf Weisung der Seher begab er sich nach Mysien. Unterwegs traf er zwei Männer. Sie gerieten in Streit, und im Streit tötete Telephos die beiden. Er wusste nicht, dass die beiden die Brüder seiner Mutter, also seine Onkel, waren. So erfüllte sich die Prophezeiung der Seher, wenn auch erst viele Jahre später, und König Aleos war widerfahren, wovor er sich gefürchtet hatte. Telephos, der, ohne es zu ahnen, seine Onkel getötet hatte, kam also nach Mysien. Das Königreich stand an der Schwelle zu einem Krieg. In diesem Krieg stand Telephos König Teuthras zur Seite und sorgte dafür, dass sie gewannen. Zur Belohnung wollte Teuthras ihn mit seiner Tochter vermählen, also mit seiner Mutter Auge. Braut und Bräutigam ahnten davon nichts. In der Hochzeitsnacht aber fuhr eine Schlange zwischen sie und sorgte dafür, dass sie sich als Mutter und Sohn erkannten. So wurde eine große Tragödie und die Schande, wie sie König Oidipus widerfahren war, verhindert. Telephos ehelichte nicht seine Mutter, sondern die wunderschöne Hiera. Und König Teuthras übergab ihm die Hälfte seines Landes. Um sein Königreich zu begründen, suchte Telephos nun nach einem geeigneten Ort. Schließlich entschied er sich für den Hügel, auf dem das heutige Pergamon gegründet wurde. Von dieser Anhöhe aus, die schwer einzunehmen war, konnte man die gesamte Ebene überblicken.

Der Rest sind Heldengeschichten des Telephos. Am wichtigsten ist die Geschichte, wie Telephos in einer Schlacht durch einen Streich des Achilles verwundet wird, dann aber durch den Staub an der Lanze des griechischen Helden Heilung erfährt. Dieser Telephos, also Herakles' Sohn und Zeus' Enkel, ist der Gründer des antiken Pergamon. Die bedeutendste Figur ist Herakles. Denn er tritt als Schlüsselfigur im Kampf der Götter gegen die Giganten hervor. Dem heiligen Gesetz zufolge konnten die Götter den Kampf nicht gewinnen, wenn nicht ein Sterblicher auf ihrer Seite kämpfte. Dieser sterbliche Held war Telephos' Vater Herakles. Deshalb ließ Eumenes II., der den Pergamon-Altar erbaute, auf den Friesen an den unteren Mauern die Schlacht zwischen Göttern und Giganten darstellen, am Altar im Obergeschoss aber die Telephos-Reliefs. Damit wollte er der ganzen Welt zu verstehen geben: ›Wir sind Herakles' Enkel, wir stammen aus dem Geschlecht des Zeus.‹«

»Glauben Sie das auch?« Tobias' Stimme hallte durch den kleinen Saal. Am Anfang hatte er sich gelangweilt, doch als sich die
Geschichte entwickelte, erkannte er, dass sie eine Rolle bei ihren
Ermittlungen spielen könnte. »Auch Ihre Wurzeln reichen bis
nach Pergamon zurück, Herr Ölmez. Ihre Groß- und Urgroßväter
waren von Anfang an bei der Ausgrabung der Stadt dabei. Auch
Sie setzen diese Tradition fort. Und zwar nicht als Arbeiter, sondern als angesehener Archäologe. Pergamon ist quasi Ihre Stadt,
der Zeus-Altar Ihr Zuhause. Schauen Sie, Ihr Verwandter Kerem
Ölmez hielt sich für Kronos, und Cemal gab in seinen Bildern den
Olympiern auf der Altarmauer die Gesichter der Familienmitglieder. Wie stehen Sie dazu? Glauben auch Sie, dass Sie vom Blut des
Herakles und vom Geschlecht des Zeus abstammen?«

Ihr Assistent hatte den richtigen Faden aufgenommen, dennoch
war Yıldız misstrauisch. Wollte Tobias mit dieser Frage die Familie
beschuldigen und von den Nazis ablenken? Haluk, der nichts von
der Spannung zwischen den Polizisten ahnte, reagierte sofort.

»Erwarten Sie etwa, dass ich solchen Unsinn glaube, Herr
Becker?« Er lachte trocken und schüttelte den Kopf. »Wir reden
über Mythologie, Legenden und Sagen und ein Glaubenssys-
tem der Vergangenheit, aber auch über die Geistesgeschichte der
Menschheit. Heute empfinden wir die Sagen als Unsinn, doch die
Menschen haben etliche tausend Jahre daran geglaubt. Sie schu-
fen die Götter, errichteten Tempel für sie, beteten zu ihnen, erließen Gesetze, starben und töteten. Natürlich glaube ich nicht, dass
meine Sippe von Zeus abstammt, denn ein solches Wesen gab es
nicht. Zeus und seine Verwandten auf dem Olymp sind geistige
Produkte der damaligen Menschen. Ein Ausdruck der Ängste, Er-
wartungen, Hoffnungen unserer Spezies, die die Wahrheit niemals
ganz wird erfassen können, in Form der Religion vor dreitausend
Jahren. Im Grunde setzt sich der Prozess auch heute weiter fort.
Mit anderen Religionen, anderen Göttern, anderen Ritualen. Der

Mensch, der noch immer nicht imstande ist, die Wahrheit zu erfassen, sucht nach einem Beschützer, wenn er mit dem exorbitanten Wunder namens Leben nicht zurechtkommt, nach einem mächtigen Wesen, das sein Schicksal bestimmt, nach einem heiligen Drehbuchschreiber, der ihm das Glück schenkt. Und ich fürchte, so wird es weitergehen, bis er begreift, dass das kostbarste Geschenk auf Erden die Wahrheit ist.

Was Kerem Ölmez betrifft, wie gesagt, er ist ein kranker Mann. Pergamon hat ihn um den Verstand gebracht, er ist ernsthaft krank. Cemal dagegen war ein Künstler. Dass er Zeus sein eigenes Gesicht gab und die anderen Götter als seine Verwandten malte, hat rein künstlerische Gründe.«

Yıldız sprach die Frage aus, die sie schon lange beschäftigte.

»Und wem hat er Ihr Gesicht gegeben?«

Missmut huschte über die Züge des Archäologen, dann lächelte er gequält. Mit der Hand zeigte er auf die Skulptur des Pergamon-Gründers.

»Ihm wollte er mein Gesicht geben. Schauen Sie, das Gesicht des armen Mannes ist zertrümmert.«

»Das haben wir gesehen, wir wussten nur nicht, wer das ist«, murmelte Yıldız. »Auf einer Skizze in Cemals Atelier ist Ihr Gesicht zu sehen. Bei der Person handelt es sich also um Telephos.«

Haluk zog die Stirn in Falten, vergaß, dass Cemal tot war, und schimpfte: »Ich hatte ihm gesagt, er soll das lassen. Er hatte kein Recht dazu.« Er zögerte. »Wen hat er sonst noch von meiner Familie gemalt?«

Seine Reaktion überraschte Yıldız.

»Ich kenne niemanden aus Ihrer Familie, Herr Ölmez. Im Atelier gibt es eine Menge Zeichnungen, aber wir können unmöglich wissen, wer wer ist. Was stört Sie so daran?«

Haluks zorniger Blick schien zu fragen, wieso sie das nicht begriff.

»Was mich stört? Der Mann benutzt unsere Gesichter ohne unsere Erlaubnis. Er verletzt unsere Privatsphäre. Dabei hatte ich ihn deutlich gewarnt, hatte ihm gesagt: Du darfst in deinem Projekt weder mein Gesicht noch das von irgendwem aus meiner Familie benutzen.«

Yıldız ließ sich die Gelegenheit nicht entgehen.

»Haben Sie deshalb den Kontakt abgebrochen?«

»Ja.« Der Archäologe nickte wütend. »Auf die Gefahr hin, meine Eltern zu verärgern, half ich ihm, aber er scherte sich um niemanden. Alles drehte sich nur um den Erfolg seines Projektes. Privatsphäre, die Würde von Menschen, das interessierte ihn nicht.«

Es entstand ein kurzes Schweigen.

»Dann«, hob Tobias schließlich gewohnt gelassen an, »war es gelogen, dass Sie den Kontakt zu Cemal abbrachen, um Ihre Familie nicht zu verletzen. Das hatten Sie nämlich beim letzten Treffen gesagt …«

Haluks grüne Augen sprühten Funken.

»Was ist das denn jetzt? Beschuldigen Sie mich etwa?«

Er klang lauter als nötig.

»Bleiben Sie bitte ruhig, Herr Ölmez«, mahnte Yıldız. »Niemand beschuldigt Sie. Wir versuchen nur zu verstehen. Richtig, wie Kommissar Becker gesagt hat, erwähnten Sie beim letzten Gespräch, Sie hätten den Kontakt zu Cemal abgebrochen, um Ihre Eltern nicht zu verletzen. Jetzt führen Sie aber einen anderen Grund an. Können Sie uns den Widerspruch erklären? Werden Sie bitte nicht ärgerlich. Wir stecken mitten in wichtigen Ermittlungen. Bisher wurden drei Personen ermordet, wir fürchten, dass es weitergehen könnte …«

Haluk wurde blass.

»Drei Personen? Noch andere außer Cemal?«

Geheimhaltung brachte jetzt auch nichts mehr.

»Cemals Großvater Orhan Ölmez und Alexander Werner, den Sie ja auch kennen. Mutmaßlich jedes Mal derselbe Täter oder dieselben Täter. Wenn Sie unsere Fragen nicht ehrlich beantworten, sterben höchstwahrscheinlich noch andere.«

Haluk sank in sich zusammen.

»Das wusste ich nicht.« Seine Stimme zitterte. »Das tut mir leid. Das heißt, auch Opa Orhan und Alex sind tot, wie?« Er überlegte hektisch. »Also verübt jemand die Morde, der Cemal feindlich gesonnen ist.«

»Und jemand, der Ahnung von Archäologie hat«, pflichtete Tobias bei. »Bei allen drei Taten gab es mythologische Hinweise ...«

Der Archäologe schrak auf.

»Sie glauben doch nicht wirklich, dass ich der Mörder bin, oder? Das ist wirklich Unsinn. Warum sollte ich Cemal umbringen?« Er merkte, dass die Polizisten ihn wenig überzeugt beobachteten, und setzte zu einer Erklärung an: »Hören Sie, es kann sein, dass ich nicht alles gesagt habe, was den Kontaktabbruch zu Cemal angeht. Weil das ein Thema ist, das meine Familie betrifft, die psychische Störung von Urgroßvater Pehlivan hat mich sensibilisiert. Und als sie auch bei Kerem auftrat, war immerhin möglich, dass auch wir betroffen sind. Denn wir kommen alle aus derselben Familie. Darum hat mich erschreckt, dass Götter die Gesichter meiner Eltern tragen sollten. Ich war sofort dagegen, als Cemal mit der Idee ankam, aber ich wollte niemandem davon erzählen, auch Ihnen nicht. Sie brauchten das nicht zu wissen. Was ich Ihnen gesagt habe, stimmt aber auch, denn meine Familie war nicht glücklich darüber, dass ich Kontakt zu Cemal hatte. Sie drängten mich, die Verbindung abzubrechen. Und aus diesen beiden Gründen traf ich ihn dann nicht mehr.«

»Ist das so?«, fragte Yıldız spöttisch. »Haben Sie den Kontakt tatsächlich abgebrochen? Sie sagten, Sie hätten Cemal seit zwei Jahren nicht gesehen, dabei sahen wir heute in einem Video, dass

Sie letztes Jahr in Bergama mit ihm zusammen waren. Nicht vor zwei Jahren, sondern vor ziemlich genau einem Jahr ...«

Ertappt nickte der Archäologe, es war ihm peinlich.

»Das Treffen letztes Jahr war ein bisschen unfreiwillig. Ich wurde dazu gezwungen. Als sie kamen, war ich in Pergamon bei den Grabungen. Cemal rief mich an, entschuldigte sich für das, was geschehen war. Sagte: ›Ich habe liebe Gäste dabei, Freunde aus Berlin, du kennst sie. Kannst du dir nicht einen Tag Zeit nehmen und uns in Pergamon herumführen? Sie sind alle begeistert vom Zeus-Altar. Sie wollen den Ort sehen, wo der Altar ursprünglich stand, möchten sich informieren. Wer könnte die Führung besser machen als du?‹ Das konnte ich ihm nicht abschlagen, also führte ich sie herum. Anschließend kauften sie ein. Kitty suchte sich eine der Nachbildungen von Göttinnen aus, Peter nahm in Bergama hergestelltes Pergament mit, er wollte ein Heft daraus machen. Danach gingen wir zusammen zum Olivenhain, den mein Großvater hinterlassen hatte. Wegen des Gartens hatten sich die Familien überworfen. Im Hain liegt eine uralte Zisterne, die wollte Cemal seinen Gästen zeigen. Er wollte sie als Vorbild für das Bild vom Tartaros benutzen. Ich ging dann nicht mehr mit. Kitty und Peter drängten mich, aber ich wollte nicht. Peter ist ein echter Gentleman. Der Führung durch Pergamon hatte ich vor allem deshalb zugestimmt, um ihn nicht zu brüskieren. Sprechen Sie mit Peter, wenn Sie wollen. Glauben Sie mir, den Kontakt zu Cemal hatte ich tatsächlich vor zwei Jahren abgebrochen.«

*

Die Sonne hatte ihre Kraft verloren, als sie das Panorama verließen, im Lustgarten aber herrschte immer noch Trubel. Diesmal machte Yıldız einen Umweg, sie lief am Flussufer entlang zur Schlossbrücke. Wie sie vermutet hatte, brachte ihr Assistent die

Rede nicht auf das herrliche, von Yadegar Asisi gestaltete Pergamon-Panorama, sondern auf Haluk. Nach dem Gespräch mit dem Archäologen hatten sie das Panorama besichtigt, weil Yıldız darauf beharrt hatte. Der Künstler hatte die antike Stadt in einem gigantischen Zylinder gemalt. Von einer hohen Plattform in der Mitte des Zylinders aus konnten sie sich ein Bild von Pergamon verschaffen. Aber nicht das Bild der hellenistischen Zeit war dargestellt, sondern der Tag, an dem der römische Kaiser Hadrian in die Stadt einzog. Hier standen all die Paläste, von denen jetzt nur noch verfallene Säulen übrig waren, die Garnisonen, der für Kaiser Trajan angelegte prächtige Marmortempel, die mit den von Marcus Antonius als Hochzeitsgeschenk für Kleopatra übersandten zweihunderttausend Handschriften zweitgrößte Bibliothek der antiken Welt, davor der Tempel der Stadtgöttin Athene, das Dionysos gewidmete steilste Amphitheater der Welt, der diesem ungewöhnlichen Gott geweihte schmucke Tempel und natürlich der herrliche Zeus-Altar. An den Wänden farbige Skulpturen, die den Kampf der Götter gegen die Giganten darstellten, ganz oben der Altar samt Bürgern von Pergamon, die Zeus Opfer darbrachten. Langsam veränderte sich die Beleuchtung, die Farben verblassten, die Stadt wechselte vom Tag in die Nacht, Geräusche von Wind, Tieren, Gerätschaften und Menschen waren zu hören. Das lebendige Pergamon. Selbst Tobias, der außer Atem geriet, als sie auf die oberste Etage hinaufstiegen, war beeindruckt. Haluk begleitete sie, wie ein privater Museumsführer erzählte er die Geschichte jedes einzelnen Gebäudes. Solange sie im Panorama waren, hatten sie keine Gelegenheit, über Haluk zu reden. Kaum aus der Tür aber fragte Tobias: »Was ist denn in den gefahren? Der oberkluge Schnösel, der immer alles besser wusste, hat sich in ein Lamm verwandelt.« Er fuhr fort, ohne Yıldız' Meinung abzuwarten. »Ich weiß nicht, was du denkst, aber ich denke, der Mann verbirgt etwas vor uns, Chef. Deshalb wurde er auch so wütend, als wir ihm ins Gesicht sagten, dass er gelogen hatte. Vielleicht hast du recht und auch er kämpft mit der Krankheit seines Urgroßvaters Pehlivan. Wenn Haluk sich als Zeus sieht, muss ihn sehr gekränkt haben, dass Cemal ihn als Telephos gemalt hat. Statt Obergott bloß ein Held zu sein und dann noch nicht mal einer wie Herakles, dessen Ruhm zigtausend Jahre andauerte, nur irgendein Held ... Vielleicht war das Bild, das wir bei Cemal in der Wohnung gesehen haben, der Auslöser für die Morde. Die Skizze von Telephos mit Haluks Gesicht. Du hast ja selbst gesehen, wie verärgert er darüber war, dass Cemal den Göttern Gesichter von Verwandten gab.«

Ohne Pause hatte ihr Assistent das heruntergerattert. Was er sagte, klang vernünftig. Doch auch was Haluk erzählt hatte, konnte stimmen. Cemals Tod hatte ihn zunächst nicht allzu sehr berührt, doch als er hörte, dass auch Opa Orhan und Alex tot waren, begriff er den Ernst der Lage, dachte vielleicht, auch sein Name stünde auf der Liste des Mörders, und beschloss daraufhin, der Polizei zu helfen. Zudem gab es keine Regel, die besagt, dass alle, die von Urgroßvater Pehlivan abstammten, erkrankten. Unter all den Nachkommen hatte es den armen Kerem getroffen. Yıldız teilte ihre Gedanken nicht mit ihrem Assistenten, denn sie vertraute Tobias ebenso wenig wie dem Archäologen. Vielleicht tat sie ihrem Kollegen auch unrecht, was sie sich von Herzen wünschte, doch sie durfte nichts außer Acht lassen, was die Ermittlungen gefährden könnte. Aus diesem Grund würde sie Tobias nicht zu Kerem mitnehmen.

»Kann sein, Toby«, pflichtete sie ihm bei. »Was er gesagt hat, war tatsächlich widersprüchlich. Irgendwie ist der komisch. Wie auch immer, meines Erachtens sollten wir uns wieder auf die Neonazis konzentrieren. Alle Indizien deuten auf sie hin.«

Tobias befremdete, dass sie sofort wieder bei den Nazis war, er rang um Verständnis.

»Du meinst also, wir sollen uns die Familie nicht näher angu-cken?«

Yıldız ließ sich nichts anmerken.

»Das meine ich nicht, ich sage nur, fokussieren wir uns vorrangig auf die Nazis. Genau wie wir es jetzt schon tun.« Sie schaute auf die Uhr. »Ich muss los«, sagte sie in Eile. »Mein Vater hat heute Abend etwas vor, ich muss mich um Deniz kümmern. Darf ich dich bitten, Otto noch einmal zu vernehmen? Über Rudolf Winkelmann haben wir noch gar nicht mit ihm geredet. Zeig ihm die Fotos, frag ihn, wo sie sich kennengelernt haben und ob die Verbindung fortbesteht. Mach das am besten sofort.«

Tobias wunderte sich, nicht über ihre Bitte, Otto zu vernehmen, vielmehr darüber, dass Yıldız früh nach Hause wollte. Das erlebte er zum ersten Mal. Es hatte auch früher schon Notfälle gegeben, doch sie hatte stets jemanden gefunden, der sich um ihren Sohn kümmerte. Sie musste ziemlich in Bedrängnis sein, sonst würde sie das nicht machen.

»Okay, Chef, ich nehme Otto ins Verhör. Mach dir keine Sorgen.«

»Du musst noch heute mit ihm reden«, insistierte Yıldız. »Auch wenn es spät wird. Warte nicht bis morgen. Jede Sekunde zählt.«

Sie machte Druck, fuhr aber selbst nach Hause, das war wirklich seltsam, doch Tobias widersprach nicht.

»Alles klar, Chef, ich erledige das sofort.«

Schweigend liefen sie weiter. Auf der beleuchteten Schlossbrücke hob Yıldız den Kopf und musterte die Statuen auf ihren Postamenten.

»Weißt du, wer diese Frau ist?« Sie deutete auf die Statue einer Göttin mit Schild und Lanze, die einen jungen Krieger beschützte.

»Keine Ahnung. Wer ist sie?«

Yıldız sah ihrem Assistenten die Ignoranz nach und fuhr fort, die Figur zu betrachten.

»Athene, die Patronin von Pergamon, die wir eben im Panorama gesehen haben.« Sie zeigte auf die anderen Statuen. »In den acht Skulpturengruppen sind drei verschiedene Göttinnen dargestellt: Athene, die Siegesgöttin Nike und die Götterbotin Iris. Sie alle helfen Menschen. Und alle, denen sie helfen, sind Männer, und zwar Krieger. Für heilige Ziele kämpfende Helden …«

»Wenn das so weitergeht, werden wir alle noch Archäologen.« Tobias' dunkelgraue Augen spiegelten Überdruss. Yıldız grinste.

»Ein bisschen Wissen über Mythologie hat noch niemandem geschadet.«

Ihr Assistent beäugte die Statuen irritiert.

»Wie oft habe ich diese Brücke überquert, aber ich hab mich noch nie gefragt, wer die sind.«

»Mir wurde das auf dem Gymnasium beigebracht. Ein Vorteil, in Berlin aufgewachsen zu sein. Aber ich gestehe, ich hatte vergessen, dass so viele Statuen von Athene darunter sind. Vier Stück auf dieser Brücke.« Yıldız' ockerfarbene Augen funkelten geheimnisvoll. »Vielleicht wollten die Leute, die diese Statuen vor über hundertfünfzig Jahren anfertigen ließen, dass Athene auch Hüterin und Patronin von Berlin wird.«

Tobias reagierte nicht, er überlegte immer noch, warum Yıldız so eilig nach Hause wollte. Doch er traute sich nicht zu fragen.

»Kann ich den Wagen nehmen?«, fragte Yıldız so freundschaftlich wie früher, als sie beim Passat ankamen. »Ich hab's ein bisschen eilig. Ich muss meinen Vater abpassen. Vielleicht nimmst du ein Taxi.«

Sie klang dermaßen resolut, dass er nicht einmal vorzuschlagen wagte, sie abzusetzen.

»Sicher, ich komm schon klar. Ich ruf dich an, wenn ich mit Otto gesprochen habe.«

Yıldız lächelte erfreut, aber nicht so herzlich wie sonst.

»Ja, ruf unbedingt an, egal wie spät es wird.«

»Wir sehen uns«, sagte Tobias und ging geknickt zur Straße. Was ist bloß los, überlegte er, warum benimmt die Chefin sich so? Unmöglich, zurückzugehen und sie zu fragen. Ich werd's schon mitkriegen, dachte er und strebte auf ein Taxi auf der anderen Straßenseite zu.

Am Steuer des Passats verschwendete Yıldız keinen Gedanken daran, was ihr Assistent wohl dachte. Sie überlegte, was Kerem Ölmez ihr sagen würde. Was ging da vor? Wieso bestellte er sie so dringend zu sich? Nun, sie würde es erfahren. Sie ließ den Motor an und trat aufs Gas.

Sie fand den trauernden Mann, der innerhalb weniger Tage Vater und Sohn verloren hatte, im Hinterzimmer von Bergama-Baklava ungeduldig auf sie warten. Kaum erblickte Kerem sie, sprang er auf.

»Vielen Dank, dass Sie gekommen sind. Außer Ihnen kann mir niemand helfen. Ich fürchte, Hüseyin macht eine große Dummheit. Ich will nicht auch ihn noch verlieren. Bitte verhindern Sie, dass er eine Dummheit macht.«

Er sprach Türkisch und obendrein so schnell, dass Yıldız einige Wörter kaum verstand.

»Beruhigen Sie sich, Herr Ölmez«, sagte sie autoritär auf Deutsch, um die Distanz zu wahren. »Ich helfe Ihnen, aber beruhigen Sie sich erst mal.« Sie deutete auf den Stuhl, von dem er aufgesprungen war. »Setzen Sie sich doch wieder.«

Kerem gehorchte, und Yıldız setzte sich auf denselben Stuhl wie beim letzten Besuch. Die Wangen des armen Mannes schienen eingefallen, die Backenknochen traten hervor, die dunklen Augen brannten lichterloh. Yıldız hatte es nicht eilig, sie musterte ihn einen Moment. Nein, Kerem spielte nicht, er litt tatsächlich, wichtiger noch, er war beunruhigt.

»Nun sagen Sie mir, was für eine Dummheit, fürchten Sie, will Ihr Sohn begehen?«

»Rudolf umbringen!« Auf einen Schlag war es heraus. Der aufgewühlte Vater sprach weiter Türkisch. »Das fürchte ich zumindest. Hüseyin trommelt seine alten Freunde zusammen. Ein paar Jungs von den 36 Boys. Ich habe gehört, wie er telefoniert hat. Sie sind Jäger, sie jagen Wildschweine und Rehe. Das heißt, sie haben Waffen.«

Yıldız dachte an Hüseyins angespannte Miene, sein kampfbereites Auftreten. Zu allem Überfluss war er auch noch Jäger. Plötzlich war auch Yıldız beunruhigt.

»Wo ist Ihr Sohn jetzt?«

»In Rudow.« Seine Hand zeigte in eine unbestimmte Richtung. »Wir haben da im Wald ein Haus mit Garten. Ähnlich wie die Kleingartenhäuschen, aber ein bisschen größer. Ziemlich abgeschieden, fern von aller Augen. Dort ist Hüseyin. Heute Morgen sprach ich mit seiner Frau, er ist gestern Abend nicht nach Hause gekommen. Ihr hat er gesagt, er wolle ein bisschen allein sein. Heute Mittag war er hier und fragte, wann wir die Toten in Empfang nehmen. Die Frage kam nicht von ungefähr. Er schien etwas zu planen. Da rief sein Freund Raif an. Ein Freund aus Kindertagen, sie haben im selben Verein gekickt, Rummenigge-Raif. Ich hörte, wie er zu ihm sagte: ›Wir holen die Mannschaft zusammen, bring morgen früh die Gewehre mit.‹«

Kurz dachte Yıldız, Kerems Befürchtung könnte haltlos sein.

»Vielleicht wollen sie auf Jagd gehen«, überlegte sie laut. »Eine schon länger geplante Jagdparty. Und deshalb hat er nach den Beerdigungen gefragt.«

Kerem ballte die dichten grauen Brauen, er schien gekränkt.

»Ich bitte Sie, Yıldız Hanım! Hüseyin geht doch nicht jagen, solange die Leichen seines Großvaters und seines Bruders noch warm sind. Er ist ein Raufbold, ein Hitzkopf, aber so eine Respektlosigkeit würde sich mein Sohn niemals leisten.«

Das kannte Yıldız aus der eigenen Familie, ein Begräbnis war für Türken ungeheuer wichtig. Das vergrößerte die Wahrscheinlichkeit, dass Hüseyin sich für einen Anschlag auf Rudolf rüstete, den er für die Morde an seinem Großvater und Bruder verantwortlich machte. Da Hüseyin seinem Freund aber »morgen früh« gesagt hatte, war vielleicht noch etwas Zeit.

»Ich verstehe, Herr Ölmez«, sagte sie ruhig. »Keine Sorge, wir werden nicht zulassen, dass Ihr Sohn Dummheiten macht.«

Verzagt schüttelte der Mann den Kopf.

»Sie müssen selbst mit ihm reden, wenn Polizisten kommen, die er nicht kennt, könnte es sein, dass er falsch reagiert. Er hält sie alle für Rudolfs Freunde, aber Sie achtet er. Wenn Sie mit ihm reden, gibt er den Anschlag auf. Andernfalls schießt er vielleicht sogar, wenn deutsche Polizisten kommen. Und die Polizisten erschießen ihn.«

Er wollte, dass sie hinfuhr und mit ihm redete. Dass sie seinen Sohn, der bewaffnet war, der seine Wut nicht kontrollieren konnte und obendrein vor Rachelust brannte, allein aufsuchte. Das war extrem gefährlich. Kerem nicht recht zu geben, war aber auch nicht möglich. Eine Polizeirazzia könnte tragische Folgen haben, die keiner wollte.

»Wie kommen Sie darauf, dass er mich achtet?«

»Nach dem Treffen mit Ihnen neulich haben wir geredet, da sagte er: ›So sollten unsere Leute sein. Hast du die Frau gesehen? Sie hat es zur Hauptkommissarin bei der Berliner Mordkommission gebracht.‹ So redet Hüseyin sonst über niemanden. Da wurde mir klar, dass er Sie achtet und bewundert. Wenn Sie ihm sagen, Sie würden den Mörder verhaften, der seinen Großvater und seinen Bruder umgebracht hat, gibt er sicher den dummen Plan auf. Ich flehe Sie an, er ist das einzige Kind, das ich noch habe.«

Kerem war tatsächlich völlig aufgelöst.

»Gut, Herr Ölmez, ich fahre nach Rudow und rede mit Ihrem Sohn. Schreiben Sie mir die genaue Adresse auf?«

Vor Dankbarkeit wurden ihm die Augen feucht.

»Vielen, vielen Dank, Yıldız Hanım, ich weiß nicht, wie ich Ihnen dafür danken soll.« Er schrieb die Anschrift des Häuschens am Stadtrand auf einen Notizblock.

»Wie lange brauche ich bis Rudow?«

Den Stift noch in der Hand, hob Kerem den Kopf.

»Im Augenblick ist viel Verkehr, aber länger als fünfundvierzig Minuten dauert es nicht.«

Es dunkelte schon, doch Yıldız hatte Zeit. Kerem reichte ihr den Zettel mit der Adresse. »Ich habe auch Hüseyins Telefonnummer dazugeschrieben«, sagte er. »Vielleicht brauchen Sie die.«

Yıldız nahm den Zettel entgegen, steckte ihn in die Tasche.

»Danke …« Sie zögerte. »Äh, was ich noch fragen wollte: Die Bestattung? Wann übernehmen Sie die Leichname? Wo findet die Beerdigung statt?«

Kerems Miene umwölkte sich.

»Es heißt, ich kann meinen Vater abholen, wenn die Obduktion fertig ist. Das dauert wohl ein paar Tage. Ich bringe dann beide nach Bergama.«

»Das ist gut«, unterstützte ihn Yıldız. »Cemal wollte in Bergama begraben werden, das sagte sein Chef.«

»Ich weiß, er hat es auch seiner Mutter gesagt.«

Wieder klang er heiser.

»Gut, wenn Sie die Bestattung organisieren, sage ich Herrn Schimmel, dass er nicht nach Bergama zu kommen braucht.«

»Natürlich nicht!« Kerem klang verärgert. »Meinen Vater und meinen Sohn begrabe ich. Und zwar eigenhändig. Koranlesung, Gebete, wird alles gemacht. Wenn Herr Schimmel unser Gast sein will, bitte, soll er kommen, unsere Beerdigung aber organisieren wir selbst.«

»Wird es keinen Widerspruch aus der Familie geben?«, wollte Yıldız wissen.

»Das interessiert mich nicht.« Erzürnt wischte Kerem den Einwand weg. »Cemal hatte heimlich Kontakt zu seiner Mutter. Sie hat uns nichts davon gesagt, weil sie unsere Reaktion fürchtete. So ist das Mutterherz eben … Sie ist natürlich fix und fertig und macht uns Vorwürfe. ›Euretwegen ist mein Sohn gestorben‹, sagt sie. ›Weder warst du Cemal ein Vater noch Hüseyin ihm ein großer Bruder.‹ Da hat sie nicht unrecht.« Seine Lippen bebten vor Reue. »Wäre Hüseyin nicht dagegen gewesen, hätte es mich auch nicht gekümmert, aber Sie haben ihn ja erlebt. Er hört einfach nicht …« Tränen rannen ihm aus den Augen. »Ach, Cemal, mein Sohn. Wie konnten sie dir das nur antun?«

Er liebt seinen Sohn offenbar wirklich, dachte Yıldız.

»Sie haben auch die Leidenschaft für Mythologie in ihm geweckt«, sagte sie. »Jedes Wochenende sind Sie nach Ostberlin rüber und haben Ihrem Sohn den Pergamon-Altar gezeigt …«

Kerem fuhr auf, wischte mit den Pranken die Tränen ab.

»Wie? Was haben Sie gesagt?«

»Ich habe gesagt, Sie haben Cemal ins Pergamon-Museum gebracht. Vor der Wiedervereinigung, als das Museum noch in Ostberlin war …«

Kerem lehnte sich zurück und betrachtete sie mit Befremden, als wollte er fragen, wie sie darauf käme…

»Sagt das der Geheimdienst?«

Er sprach jetzt Deutsch. Doch nicht der Wechsel zum Deutschen irritierte Yıldız, sondern seine Worte.

»Der Geheimdienst? Was hat der denn damit zu tun?«

Die Anspannung in seinen Augen vertiefte sich, überzog seine ganze Miene.

»Viel hat das damit zu tun. Ich geriet bei der Staatssicherheit damals in Verdacht. Sie verhörten mich, fragten, warum ich jedes Wochenende rüberkomme. Ich erklärte, dass ich aus Bergama stamme und meine Familie großen Anteil beim Ausgraben des

Altars hatte. Sagte, für mich bedeutet das Museum Heimat, deshalb käme ich jedes Wochenende auf die andere Seite der Mauer und besuche es mit meinem Sohn. Sie fanden interessant, was ich erzählte, lobten mich und sagten: ›Sie können das Pergamon-Museum jederzeit besuchen, aber Sie müssen uns helfen, sonst dürfen Sie nie wieder herkommen.‹ Sie forderten mich zur Spionage auf. Volle acht Stunden verhörten sie mich. ›Ich muss darüber nachdenken, lassen Sie mich gehen, beim nächsten Besuch sage ich Ihnen Bescheid‹, erklärte ich schließlich. Sie waren einverstanden. Doch die Qual war nicht zu Ende, als ich wieder im Westen war. Die Westberliner Polizei hatte von meiner Festnahme erfahren und vernahm mich nun ihrerseits: ›Was wollten sie von dir, was haben sie dir angeboten?‹ Also erzählte ich alles. Fünf Stunden lang hielten sie mich fest. Die Westberliner Polizei drängte mich, auf das Angebot einzugehen, aber in Wirklichkeit für sie zu arbeiten. ›Das merken sie nicht, wir schützen dich, du kannst etliche zehntausend Mark verdienen‹, sagten sie. Plötzlich fand ich mich mitten im Agentenkrieg wieder. Selbstverständlich lehnte ich ab und bin bis zur Wiedervereinigung nie wieder drüben gewesen. Konnte meinen geliebten Altar nicht wieder besuchen. Denn es ging um mein Leben.«

Jeder, der seit fünfzig Jahren in dieser Stadt lebte, hatte eine eigene traumatische Geschichte mit der Berliner Mauer. Yıldız hatte oft von unmöglichen Liebesgeschichten zwischen türkischen Westberlinern und Mädchen aus Ostberlin gehört. Menschen, die erwischt worden waren, als sie versuchten, der Mauer zu entkommen, Kinder, die in den Fluss fielen und ertranken, weil die Soldaten nicht erlaubten, sie herauszuholen, Familien, die getrennt wurden, weil Mutter oder Vater in den Westen gegangen waren. Zum ersten Mal aber hörte sie eine Agentengeschichte.

»Und wie haben Sie das Ihrem Sohn gesagt? Wollte er nicht wieder ins Museum rüber?«

Kerems dunkle Augen verschleierten sich traurig.

»Doch natürlich, er liebte den Altar. Ich nahm ihn bei der Hand und führte ihn überall herum. Erzählte ihm die Geschichten aller Götter, Göttinnen, Titanen und Giganten, die auf den Reliefs dargestellt sind. Er war gescheit, kannte die Legenden bald auswendig. Der Pergamon-Altar war für ihn ein magischer Märchenpark. Am meisten liebte er die Geschichte von Zeus. ›Wenn ich groß bin, werde ich Zeus‹, verkündete er stolz. ›Ich steige in meinen von fliegenden Pferden gezogenen goldenen Wagen und schleudere Blitze auf meine Feinde.‹ Doch seit jenem Tag konnte er das Museum viele Jahre lang nicht mehr mit seinem Vater besuchen. Mein Adler, mein unglücklicher Sohn …«

Der Kosename im letzten Satz ließ die Hauptkommissarin aufmerken.

»Mein Adler? Haben Sie Ihren Sohn so genannt?«

Kerem wandte den Blick aus feuchten Augen nicht ab.

»Ja, ich nannte ihn mein Adler, mein windgeflügelter Adler.« Seine Stimme klang flau, als fiele ihm das Atmen schwer. »Bitte, Yıldız Hanım, retten Sie Hüseyin. Ich habe genug Kummer gehabt, wenigstens dieser Sohn soll mir bleiben.«

*

Über Rudow lag angenehme Kühle. Eine duftende Kühle, die sich im Dunkel der Nacht ausbreitete. Yıldız stellte den Wagen unter eine Platane, deren Zweige von einer Sommerbrise bewegt wurden. Auf der Fahrt hatte sie zwei Mal versucht, Hüseyin zu erreichen, beide Male hatte das Telefon geklingelt, doch niemand war drangegangen. Sie stieg aus und versuchte es erneut. Nein, der wütende Sohn ging nicht ans Telefon. Vielleicht wollte er nicht erreichbar sein. Sie schob das Handy in die Tasche und beschritt den von Zäunen gesäumten Pfad. Eigentlich hätte sie

Markus über ihre Fahrt nach Rudow informieren und ein Team zur Unterstützung anfordern müssen. Nicht aus Misstrauen gegenüber dem Kriminaldirektor hatte sie es unterlassen, sondern weil sie nicht einschätzen konnte, was geschehen würde, wenn Hüseyin auf Polizisten traf. Manche Dinge wurden gelöst, indem man Regeln umging. Das traf auch auf diese Situation zu, davon war sie überzeugt. Natürlich konnte sie sich täuschen, doch eine innere Stimme sagte ihr, sie solle so handeln. Die Adresse, die sie bekommen hatte, lag weit vom Zentrum entfernt, von außen nicht einsehbar in einem stillen Winkel. Der nächste Nachbar war mindestens zweihundertfünfzig, vielleicht dreihundert Meter entfernt. Nur logisch, dass Hüseyin diesen Ort als Zentrale für seine Aktion ausgewählt hat, dachte sie.

Als sie näher kam, lauschte sie in die Umgebung, außer dem melancholischen Lied eines Chors von Zikaden, die sich im Geäst der hohen Bäume niedergelassen hatten, war nichts zu hören. Ein paar Schritte noch, dann kam das zweigeschossige gemauerte Haus in Sicht. Am Gartentor blieb sie stehen. Im Garten war niemand zu sehen, unten im Haus brannte Licht, sie verengte die Augen und versuchte zu erkennen, ob jemand da war. Nein, sie konnte niemanden entdecken. Sie öffnete das Tor und betrat den Garten. Ein betörender Duft von Basilikum, zart vom Wind bewegt, stieg ihr in die Nase. Leise vernahm sie ein schabendes Geräusch, als zöge jemand einen schweren Gegenstand aus Metall über den Boden. Sie ging ein paar Schritte weiter, dann rief sie:

»Hallo? Hallo! Sind Sie da, Herr Ölmez?«

Das Geräusch verstummte. Sie erwartete, dass Hüseyin Ölmez aus der Tür trat. Doch weder sah sie jemanden, noch hörte sie Lärm. In der abendlichen Dunkelheit war nur das monotone Lied der Grillen zu hören. Irgendetwas stimmte hier nicht. Ihre rechte Hand glitt zur Waffe, knöpfte das Holster auf, ohne die Pistole zu ziehen. Vielleicht war Hüseyin nicht da, war zum Einkaufen ins Viertel gegangen oder hatte sie aus irgendeinem Grund nicht gehört. Es könnte gefährlich sein, wenn er Yıldız mit Pistole in der Hand sah. Was aber war das schabende Geräusch gewesen? Ein kaputter Kühlschrank, eine Waschmaschine? Auch die konnten seltsame Geräusche von sich geben. Sie war sich nicht sicher. Die Rechte nah an der Waffe, näherte sie sich dem Haus. Jetzt bereute sie es doch, Markus nicht informiert zu haben, aber es war zu spät. Den Blick auf der Haustür, die Ohren gespitzt, ging sie langsam auf das Gebäude zu. Vor der hölzernen Tür bleib sie stehen.

»Herr Ölmez!«, rief sie noch einmal. Keine Antwort. »Hüseyin Bey!«, rief sie nun auf Türkisch. »Hüseyin Bey, sind Sie im Haus?«

Als sie keine Antwort erhielt, ballte sie die Rechte zur Faust und schlug gegen die Tür. Zunächst nur leicht, dann schnell und heftig. Wieder keine Reaktion, die Tür blieb geschlossen. Offenbar war der Mann nicht im Haus, aber warum ging er nicht ans Telefon? Vielleicht war er gerade unterwegs. Genau, wo war eigentlich Hüseyins Auto? Womöglich stellte er seinen Wagen dort ab, wo sie den Passat geparkt hatte. Sie sah sich um, stellte fest, dass der Gartenzaun weiter hinten die Form änderte. Statt länger vor der Tür herumzustehen, lief sie nach rechts, richtig, da war ein Tor, groß genug, um ein Auto hindurchzulassen. Dann gibt es auch eine Garage, dachte sie. Plötzlich bemerkte sie einen Schemen hinter dem Tor. Ein Auto. Sie ging näher heran. Unmittelbar hinter dem Zaun stand ein weißer BMW. Sein Wagen war also hier, doch wo war Hüseyin? Sie beschleunigte die Schritte. Als sie um die Ecke bog, entdeckte sie die Garage, das Tor stand offen. Warum hatte Hüseyin den Wagen nicht in die Garage gefahren? Nun wartete sie nicht länger, zog die Pistole, schob eine Patrone in den Lauf. Mit beiden Händen packte sie den Schaft und schlich zur Garage. Die Dunkelheit erlaubte keinen Blick hinein. Sie spürte jetzt, wie gefährlich ihre Position war. Falls sich jemand im Dunkel der Garage verbarg, würde er Yıldız, die sich noch im verhältnismäßig Hellen bewegte, sofort bemerken. Sie näherte sich der Mauer und rief noch einmal:

»Herr Ölmez! Sind Sie da drin, Herr Ölmez?«

Auch jetzt kam keine Reaktion, natürlich nicht. Sie verharrte einen Moment am offenen Tor und horchte hinein. Kein Laut. Weder ein Atmen noch eine Regung. Vielleicht war Hüseyin spazieren gegangen, hatte sein Handy leise gestellt, weshalb er nicht dranging. Um sicher zu sein, musste sie in die Garage. Vorsichtig schlich sie hinein. Sie hielt die Waffe mit beiden Händen und wartete ab, dass ihre Augen sich an die Dunkelheit gewöhnten. Bald konnte sie die Dinge im Inneren erkennen. Sie nahm die Pistole in die rechte Hand und tastete mit der linken nach dem Lichtschalter, fand ihn rasch und drückte hektisch darauf. Das weiße Licht einer Neonröhre flutete die Garage, blendete sie. Sie blinzelte. Und sah von rechts einen Mann im weißen Anzug der Spurensicherung auf sich zukommen.

»Kurti?«, fragte sie. »Kurti, was machst du denn hier?«

Im selben Augenblick sah sie das Brecheisen in der Luft und warf sich nach links. Das Brecheisen streifte ihren Arm, kein heftiger Schlag, aber er reichte aus, dass sie die Waffe fallen ließ. Während sie versuchte, wieder auf die Beine zu kommen, sah sie den Mann im weißen Overall das Brecheisen erneut schwingen. Flink wich sie aus, wieder erwischte der Mann sie nicht. Das Eisen streifte ihre Schulter und prallte gegen die Wand. Um sich zu schützen, war Yıldız immer weiter zurückgewichen, jetzt spürte sie den Lichtschalter im Rücken. Mit ihrem Gewicht lehnte sie sich dagegen. Das Licht erlosch, die Garage lag wieder im Dunkeln. Doch der Angreifer gab nicht auf, erneut schwang er das Brecheisen in die Richtung, wo die Hauptkommissarin eben noch gestanden hatte. Yıldız war jedoch in die Hocke gegangen. Der Mann war groß und zielte mit dem Eisen auf den Kopf von Yıldız, die eins siebzig maß. In der Hocke begann sie leise seitwärts an der Wand entlangzurutschen, um aus dem Bereich des Brecheisens herauszukommen. Jetzt konnte sie den Mann sehen, das durchs Tor einfallende schummrige Licht ließ seine Silhouette schemenhaft erkennen. Aber es würde nicht lange dauern, bis sich die Augen des Angreifers an die Dunkelheit gewöhnten, dann würde er sehen, wo sie hockte. Sie richtete den Blick auf den Fußboden, hielt Ausschau nach ihrer Pistole. Doch das Licht reichte nicht, sie konnte nichts erkennen und tastete auf dem Boden herum. Da hörte sie ein Klicken, und das grelle Licht der Neonröhre erhellte die Garage von Neuem. Bevor sie die Pistole gefunden hatte, hatte der Angreifer den Lichtschalter betätigt. Zu spät wich Yıldız zurück. Er versetzte ihr einen heftigen Tritt in den Bauch. Sie krümmte sich vor Schmerzen, da entdeckte sie die unter einen Materialschrank gerutschte Pistole. Wie von der Gewalt des Tritts geschleudert, warf sie sich Richtung Schrank. Beim Aufprall stürzte von oben eine Glasflasche herab und zerschellte am Boden, schwerer Tabakgeruch waberte durch den Raum. Sie war wie betäubt, konnte sich aber jetzt nicht um den Geruch kümmern. Sie drehte den Kopf, sah, dass der Angreifer, dessen Gesicht halb von einer Kapuze verdeckt war, sie hinter großen Brillengläsern aufmerksam beobachtete. Sicher, die Kontrolle wieder in der Hand zu haben, kam der Mann langsam auf sie zu. Yıldız verharrte an Ort und Stelle und erwartete seinen nächsten Angriff. Als er nah genug war, hob er das Brecheisen, da griff Yıldız nach der Waffe. Der Mann erschrak, schlug hastig zu, verfehlte sie aber aufs Neue. Kaum hatte sie sie in Händen, richtete Yıldız die Waffe auf den Mann.

»Halt! Keine Bewegung!«

Wieder ging das Licht aus. Yıldız hörte Schritte sich entfernen und schoss in Richtung Tor, fünf Mal rasch hintereinander. Hatte sie den Mann getroffen? Sie regte sich nicht, spähte umher. Dann stand sie ungeachtet des Schmerzes im Arm auf. Beide Hände an der Waffe lief sie zum Tor, trat aber nicht sofort hinaus, womöglich erwartete der Angreifer sie draußen. Vorsichtig trat sie vors Tor. Sie lauschte nach draußen. Ringsum tiefe Stille. Erschreckt von den Schüssen hatten sogar die Grillen ihr Konzert beendet. Eine Autotür klappte auf, schloss sich, ein Motor wurde angelassen. Der Mann flüchtete. Yıldız stürzte los. Vierzig, fünfzig Meter vom BMW entfernt flammten unter einer Baumgruppe am Straßenrand die Scheinwerfer eines dunklen Wagens auf. Yıldız stürmte durch den Zaun hinaus.

»Halt!«, brüllte sie. »Stehen bleiben oder ich schieße!«

Unversehens fand sie sich im Kugelhagel wieder. Jemand war schneller gewesen als sie. Sie warf sich auf den Boden. Der Angreifer war also nicht allein gewesen. Bäuchlings lag sie auf dem Boden und wartete. Kurz darauf verstummten die Schüsse. Sie horchte, versuchte zu verstehen, was vor sich ging. Hörte wieder eine Autotür aufgehen und zufallen. Sie flohen. Vorsichtig hob sie den Kopf, der Wagen preschte los, sie stand auf, feuerte hinter dem Auto her, vergebens. Sie kniff die Augen zusammen, um das Kennzeichen zu erkennen, doch in der Dunkelheit war nicht einmal die Marke des Autos auszumachen. Hilflos starrte sie dem Wagen nach. Da fiel ihr Hüseyin ein. Den hatte sie völlig vergessen.

Hektisch rannte sie zurück, stürmte in die Garage. Wieder der ätzende Tabakgeruch. Sie schaltete das Licht ein, die grässliche Leuchtstoffröhre tauchte den Raum in weißes Licht. Da entdeckte sie Hüseyin. Er saß auf einem Stuhl, auf der Stirn eine blutende Wunde, im Mund einen Knebel aus Stoff, ihr Blick fiel auf die Seile an seinen Händen und Füßen. Sie schob die Pistole ins Holster und zog ihm den Knebel aus dem Mund.

»Puh!« Hüseyin holte tief Luft. »Puh!«

Sie befreite seine rücklings gefesselten Hände und fragte aufgeregt:

»Haben Sie sein Gesicht gesehen? Haben Sie das Gesicht des

Angreifers gesehen? Das ist extrem wichtig, Herr Ölmez, haben Sie den Mann erkannt, der Sie attackiert hat?«

Hüseyins Blick war wie benebelt.

»Wie? Was sagst du?«

Bevor sie sich bückte, um seine Füße von den Stuhlbeinen loszubinden, sah sie ihm in die Augen und wiederholte ihre Frage.

»Wer hat Sie angegriffen? Haben Sie ihn erkannt?«

Endlich verstand er, was sie sagte.

»Rudolf«, murmelte er. »Rudolf und seine Männer ...«

»Rudolf? Der Mann, mit dem Sie sich vor dreiundzwanzig Jahren geprügelt haben?«

»Genau, Rudolf der Blinde«, zischte Hüseyin hasserfüllt.

Er sprach sehr leise.

»Haben Sie sein Gesicht gesehen?«

Er klappte die Augen auf und zu, schluckte.

»Nein, aber ich hab seine Stimme gehört ...« Er hob die Hand an die Stirn. »Mir brummt der Schädel.«

Sie schüttelte Hüseyin leicht.

»Wie wollen Sie einen Mann, den Sie seit Jahren nicht gesehen haben, an der Stimme erkannt haben? Hören Sie, Herr Ölmez, Ihre Aussage ist wirklich wichtig. Die Person, die Sie angegriffen hat, ist vermutlich der gesuchte Mörder. Sind Sie sicher, dass es Rudolf Winkelmann war?«

Hüseyin richtete den Blick auf Yıldız' Gesicht, seine Augen waren jetzt klarer.

»Moment, Moment.« Er schob die linke Hand in die Tasche seiner Jagdweste und fingerte eine Schachtel Zigaretten samt einem gelben Feuerzeug heraus. Er zog eine heraus und schob sie zwischen die Lippen. Mit zitternden Händen zündete er die Zigarette an, zog einmal kräftig und stieß den Rauch aus. »Puh!«, machte er noch einmal, aber kräftiger als vorher. »Das tut gut!« Er sah die Frau an, die ihm das Leben gerettet hatte, und grinste wie ein

Lausbub. »Ich dachte, ich sterbe.« Er hielt inne, schnupperte, sah sich um. Auf dem Boden entdeckte er die in Scherben gegangene Flasche. »Opas Duft ... Diesen Duft hat er geliebt, der Selige. Er wird aus dem Tabak von der Arabischen Ebene bei uns gewonnen. Es gibt ihn nur in Bergama.«

Weder die Tabakessenz, die Großvater Orhan aus Bergama mitgebracht hatte, noch Hüseyins Gefühle interessierten Yıldız.

»Sind Sie sicher, dass es Rudolf Winkelmann war?«, wiederholte sie.

Hüseyin quoll Rauch aus Mund und Nase. »Natürlich bin ich sicher«, blaffte er. »Zweifellos war er das. ›Dreckiger Türke‹, hat er zu mir gesagt. ›Blöder Kanake! Seit Jahren verpestet ihr Berlin und habt euch alles unter den Nagel gerissen, was uns gehört. Aber jetzt reicht es. Wir rotten euch aus. Wir schmeißen die Barbaren aus unserer Stadt raus.‹ Genau das hat er gesagt.« Bevor er den nächsten Zug aus der Zigarette nahm, deutete er mit dem Kinn auf seine Füße. »Binden Sie die endlich los, das tut weh.«

Yıldız tat, was er verlangte, und befreite seine Füße von den Fesseln. Als sie sich wieder aufrichtete, fragte sie noch einmal:

»Sie täuschen sich nicht, oder? War es wirklich Rudolf Winkelmann, der Sie angegriffen hat?«

Hüseyin zog die Brauen zusammen, deutete mit der Hand auf die Wand.

»Sehen Sie die Parole nicht?«

»Ausländer raus!«, stand da in roter Farbe. Links und rechts daneben waren Hakenkreuze dazu gemalt.

»Begreifen Sie jetzt, wer die Angreifer waren? Die haben sich auch gar nicht versteckt. Sie fürchten niemanden. Sie wollen uns aus der Stadt jagen, uns alle wegputzen und rausschmeißen.«

Er stand auf, doch sein Kopf drehte sich, er taumelte, Yıldız griff nach seinem Arm und setzte ihn wieder auf den Stuhl.

»Sie sollten sich ausruhen.«

Hüseyin zeigte unbestimmt nach hinten.

»Bei der Werkbank da müsste Wasser sein, können Sie mir das geben?«

Sie holte die Wasserflasche und brachte sie Hüseyin.

»Trinken Sie langsam.«

Als er die Hand nach der Flasche ausstreckte, bemerkte sie die rote Stelle in seiner Handfläche.

»Moment, Sie sind ja an der Hand verletzt.«

Hüseyin scherte sich nicht darum, ungeduldig griff er nach der Flasche.

»Nicht meine Hand, mein Kopf. Der Schweinehund hat mir das Eisen über den Kopf gezogen.«

In der Aufregung hatte Yıldız vergessen, dass er verletzt war. Rasch zückte sie ihr Handy.

»Das könnte ernst sein, ich rufe den Rettungswagen.«

Bevor er trank, schickte Hüseyin ihr einen gleichgültigen Blick.

»Nicht nötig, Yıldız Hanım, mir passiert nichts, in unserer Sippe haben alle einen dicken Schädel.«

Mit der Linken zog er die Kippe von den Lippen, setzte die Flasche an und trank gierig. Ungeachtet seiner Worte forderte Yıldız Rettungswagen und Unterstützung an. Sie drängte vor allem darauf, dass Kurt und sein Team kämen. »Ein dringender, extrem wichtiger Fall!« Als sie das Telefonat beendete, hatte Hüseyin die Flasche leer getrunken und zog am Zigarettenstummel.

»Wie fühlen Sie sich?«, fragte Yıldız. »Übelkeit, Schwindel?«

Im Gegenteil, der Mann lebte wieder auf.

»Keine Sorge, mir geht es gut. Ein heißer Tee und ich bin wieder der Alte. Der Schurke hat mich kalt erwischt. Das ärgert mich.«

Er sah tatsächlich gut aus, sie konnte ihn also jetzt befragen:

»Wie ist das eigentlich passiert? Haben Sie den Mann nicht kommen sehen?«

»Er hat mich reingelegt«, gestand Hüseyin verlegen. »Sonst

hätte ich seine Mutter …« Ihm fiel gerade noch ein, dass er eine Polizistin vor sich hatte, und ließ die Beleidigung unvollendet. »Sonst hätte ich dem Schwein die Kehle durchgeschnitten, hätte ihm auch das andere Auge rausgeschnitten und ihm in die Hand gelegt.« Wieder versuchte er aufzustehen. Diesmal ging es besser, zufrieden mit sich, zeigte er nach draußen. »Genau, der hat mir eine Falle gestellt. Ich kam gerade vom Einkaufen, ich war losgegangen, um Essen und Getränke zu besorgen. Es war schon dunkel, als ich zurückkam. Alles war wie immer. Ich stieg aus dem Auto, um das Gatter zu öffnen. Da tauchte ein Typ vor mir auf, und bevor ich fragen konnte, was los ist, schlug er mir das Brecheisen auf den Kopf. Der Rest ist wie im Nebel, aber ganz ohnmächtig war ich nicht, er packte mich an den Schultern und schleifte mich hierher. Er setzte mich auf diesen Stuhl, fesselte mir Hände und Füße. Dann gefiel ihm nicht, wo ich saß, und er versuchte, mich mit dem Stuhl zur Werkbank zu schleifen. Was er da wohl vorhatte? Gerade als er mich rüberzerrte, kamen Sie.« Dankbar sah er sie an. »Danke, wirklich. Ich kann Ihnen gar nicht genug danken. Sie haben mir das Leben gerettet.« Er verstummte, und als fiele ihm das jetzt erst auf, fragte er: »Was haben Sie hier eigentlich zu suchen?«

Yıldız sah dem Mann gequält ins Gesicht.

»Ich bin Ihretwegen hier. Damit Sie keine Dummheiten machen. Sie trommeln Ihre Jägerfreunde zusammen, haben sie aufgefordert, mit ihren Gewehren herzukommen. Haben Sie einen Überfall geplant?«

Wie auf frischer Tat ertappt, lief Hüseyins blasses Gesicht rot an. Er warf die Kippe auf den Boden, trat sie wütend aus.

»Keinen Überfall! Von wem auch immer Sie das haben, er hat Sie auf den Arm genommen. Wir mischen uns nicht in die Angelegenheiten des Staates ein. Ja, meine Freunde wollten kommen, aber zu einer Sitzung. Vielleicht wissen Sie, dass wir einen Verein haben. Einen Jagdverein. Ich habe die Freunde vom Vorstand eingeladen. Wir müssen ein paar Dinge besprechen. Wegen der Sitzung morgen war ich ja auch einkaufen heute Abend, um die Freunde angemessen zu bewirten.«

Er log, sein Ton und seine Mimik verrieten, dass er nicht die Wahrheit sagte.

»Hören Sie, Herr Ölmez, in Ihrer Familie hat es zwei Tote gegeben. Ihre Familie hat zwei Menschen verloren. Ihre Eltern sind fix und fertig. Sie haben doch nun genug gelitten. Und Sie haben Frau und Kinder. Das sind doch jetzt genug Tragödien. Machen Sie keine Dummheiten. Ich verstehe Sie, Sie vertrauen der Polizei nicht, dafür haben Sie berechtigte Gründe. Aber mir können Sie vertrauen. Glauben Sie mir, ich finde den Mörder Ihres Großvaters und Ihres Bruders.«

Hüseyins Augen funkelten wütend.

»Sie brauchen ihn nicht mehr zu suchen. Rudolf ist der Mörder, Sie müssen ihn nur noch festnehmen.«

»Gut, wenn Rudolf Winkelmann die Person hinter diesen Anschlägen ist, dann werde ich ihn und seine Bande verhaften.«

»Wie denn?«, fragte Hüseyin vorwurfsvoll. »Der Staat unterstützt diese Männer. Er war von Anfang an auf deren Seite. Womöglich haben Nazibanden im Polizeiapparat diese Attacken organisiert. Wie wollen Sie das machen?«

»Vertrauen Sie mir«, sagte Yıldız selbstbewusst.

Er wollte ihr glauben, konnte es aber nicht.

»Sagen wir, ich glaube Ihnen. Aber Ihren Vorgesetzten, Ihren Direktoren? Wenn Sie da weiter nachbohren, wenn Sie deren schmutzige Geheimnisse aufdecken, dann kriegen Sie selbst ein Problem.«

Yıldız schüttelte energisch den Kopf. »Mir passiert nichts. Keine Sorge, mich kann auch niemand absetzen. Sie brauchen mich. Sie wollen, dass dieser Fall aufgeklärt wird und die Morde aufhören.

Die Öffentlichkeit interessiert sich dafür. Ja, es gibt Ausländerfeindlichkeit, aber die große Mehrheit im Land ist gegen Rassisten. Aber wenn Sie impulsiv handeln, gießen Sie Öl ins Feuer der
Neonazis. Damit machen Sie die Täter zu Opfern. Lassen Sie das
bitte. Ich kümmere mich darum, dass Rudolf Winkelmann festgenommen wird. Ja, jetzt gleich. Ich fahre jetzt nicht in den Feierabend nach Hause, sondern zur Vernehmung zu ihm. Aber Sie
müssen mir Ihr Wort darauf geben, dass Sie aus der Sache keine
Blutfehde machen. Sonst wird alles nur noch schlimmer.«

Hüseyins Blick war weicher geworden, doch überzeugt war er
längst nicht, es galt, noch seinen letzten Widerstand aufzubrechen.

»Glauben Sie mir, Hüseyin Bey«, sagte Yıldız auf Türkisch. »Das
Blut Ihrer Familie bleibt nicht ungesühnt. Das werde ich nicht zulassen.«

10

»Zeus ist der Vater aller Geschöpfe!«

Die Pfade, die Helden beschreiten, sind schmaler, gefährlicher und steiler als die Wege der Götter. So beherzt, so selbstlos, so furchtlos sie auch sein mögen, Helden werden niemals die Macht, das Wissen, die Weitsicht eines Gottes besitzen. Das trifft auch auf meine Kinder zu, auf Perseus wie auf Herakles. Heldentum beschränkt sich auf ein Ereignis, ist ein Moment, ist der Versuch, tatkräftig Menschen aus einer bösen Lage zu retten. Der Held nutzt seine Kraft, seinen Mut, sein Talent ausschließlich zur Erfüllung dieser schwierigen Mission. Sein Verstand, seine Gefühlswelt sind auf diese Aufgabe beschränkt. Und hat er die ihm gestellte Aufgabe erledigt, ist auch seine Mission vollendet, denn er hat getan, was er tun musste, hat unter Schmerzen und dem Risiko, dabei gefangen zu werden oder zu sterben, Menschen aus einer Notlage befreit.

Helden erledigen nur das, was ihnen aufgetragen ist. Sie kommen dem Befehl eines Gottes, Königs oder Feldherrn nach oder erfüllen die Bitte einer schönen Frau. Göttern aber befiehlt niemand, sagt niemand, was sie tun sollen. Weil ich weiß, was ich tun muss, bin ich der Gott der Titanen, Giganten, Götter und Menschen, ja, der gesamten Schöpfung. Das Böse zu besiegen, kann nicht alleiniges Ziel des höchsten Gottes sein, denn für den Fortbestand der Welt braucht es das Gute wie das Böse, das Richtige wie das Falsche, das Schöne wie das Hässliche, Gnade wie Unbarmherzigkeit, Selbstlosigkeit wie auch Egoismus. Das Wunder namens

Leben entwickelt sich entlang unsichtbarer Fäden, die diese Kräfte miteinander verbinden. Und ich bin dafür verantwortlich, dass diese Fäden gespannt bleiben, sich nicht verheddern und nicht reißen. So sollte auch die heilige Aufgabe, die Herakles zufiel, durch mit solchen unsichtbaren Fäden geschickt miteinander verbundene Ereignisse gelingen. Ich musste einerseits die unsichtbaren Fäden schaffen und andererseits die Ereignisse akribisch planen. Und davon durfte ich weder Hera noch Herakles erzählen. Die Angelegenheit ist zu groß, zu gnadenlos, zu schlimm, als dass sie sie hätten ertragen können. Doch ich musste es tun, um die Welt von den Barbaren zu befreien. Die höchste Göttin des Olymps und der größte Held der Menschen konnten bloß Ausführende in diesem brutalen Spiel sein, das ich einfädelte.

Ja, ich, Zeus, gestehe einmal mehr, dass ich meine Königin Hera von Argos und den stärksten aller Menschen, Herakles, für die Vorbereitung auf den letzten Kampf gegen die von Gaia aufgestachelten primitiven Kreaturen benutzt habe. Und zwar mit großer Geduld und absolutem Schweigen, absolut geheim und mit feinem Geschick. Ich scheute nicht davor zurück, dieses blutige Spiel um den Preis, dass meine eigenen Enkel dabei umkamen, kaltblütig durchzuführen. Ich rühme mich dessen nicht, bedauere es aber auch nicht, denn mir blieb nichts anderes übrig. Abgesehen von dem Schmerz, der hin und wieder in meinem Herzen brannte, und dem Schuldgefühl, das mich quälte, sobald ich Herakles sah, war es auch nicht sonderlich schwierig, die Intrige ins Werk zu setzen.

Bei meinem göttlichen Streben nach der Rettung von Himmel und Erde aus der Gewaltherrschaft der Giganten sollte es die Eifersucht meiner Gattin sein, die mir am meisten half. Hera war ja keineswegs eine dumme Göttin. Doch sobald der Neid ihre Seele packte, setzte sie ihre Klugheit ausschließlich für Rache ein und um Böses zu tun. Eifersucht machte sie derart blind, dass sie an nichts anderes mehr denken konnte als an ihre Rache. Noch bevor Herakles geboren war, hatte sie seiner Mutter Alkmene die Feindschaft erklärt. Sie ließ nichts unversucht, mich von der schönen Frau fernzuhalten. Wobei all ihr Bemühen natürlich vergebens war. Denn ich brauchte eine starke, schöne und kluge Frau, um mir den Sohn zu gebären, der mein göttliches Ziel umsetzen würde. Und diese Frau war keine andere als Alkmene. Die Vereinigung konnten weder Heras Verbote noch Alkmenes adliger Gatte Amphitryon verhindern. Als König Amphitryon in die Schlacht zog, ergab sich die erwartete Gelegenheit. Um Alkmene, die eine ehrbare Frau war, zu verführen, gab es nur einen Weg: ihr in Gestalt ihres Gatten zu erscheinen. Wie siegreich aus dem Krieg heimgekehrt, trat ich als Amphitryon vor sie hin. Arglos nahm die unschuldige Alkmene mich auf ihr Lager. Das Liebesspiel war so herrlich, ich erlebte solch eine Lust, dass ich mit dem Sonnengott Helios sprach und den Tag verlängerte.

Hera, die jeden Schritt von mir verfolgte, erfuhr natürlich von der Affäre. Leider erfuhr auch der edle Gatte Amphitryon von der verbotenen Liebe. Und da er nur einen Tag nach mir seiner Gattin ebenfalls beiwohnte, wurde sie mit zwei Kindern schwanger. Amphitryon glaubte, Alkmene habe ihn betrogen und wollte sie töten, im letzten Augenblick hinderte ich ihn daran und sprach:

»Tu das nicht, edler Amphitryon, dein züchtiges Weib trifft keine Schuld. Sie wusste nicht einmal, dass ich es war an ihrer Seite. Den Zeus auf ihrem Lager hielt sie für dich. Suchst du einen Schuldigen, dann bin ich es. Doch lass dir gesagt sein, dass ich deiner Gattin um eines göttlichen Zweckes willen beiwohnte. Ich kann es dir heute nicht verraten, doch beizeiten wirst du verstehen, warum ich diesen Weg wählte. Jetzt glaube mir einfach nur.«

Amphitryon war ein frommer Mann, er sagte:

»Ich glaube dir, erhabener Zeus. Wenn du es getan hast, weißt du, warum. Fortan soll dein Sohn mein Sohn sein. Ich kümmere mich um deinen Sohn, als wäre er mein eigener. Und ziehe ihn gemeinsam mit dem Sohn auf, den Alkmene mir gebären wird.«

Während sich der gehörnte Gatte so tugendhaft benahm, akzeptierte Hera diesen mir von einer Sterblichen geborenen Sohn niemals. »Unwürdigster aller gehörnten Ehemänner!«, beschimpfte sie den armen Amphitryon. Doch was sie auch tat, war vergebens, mein göttliches Komplott war in Gang gesetzt.

Alkmene gebar erst meinen Sohn Herakles und am nächsten Tag Amphitryons Sohn Iphikles. Als Hera erfuhr, dass mein Sohn zur Welt gekommen war, drehte sie durch. Genau das hatte ich beabsichtigt. Um sie noch wahnsinniger zu machen, ließ ich ihr durch meinen klugen Sohn Hermes das Baby Herakles an die Brust legen. Ehe sie erwachte, war es geschehen, mein hungriges Kind hatte göttliche Milch getrunken. Damit war meine grantige Gattin zur Amme des Kindes geworden, das sie hasste. Und von ihr erhielt der Junge auch seinen Namen, wir riefen ihn Herakles, also »Heras Ruhm«. Doch meine Gattin überlegte von früh bis spät, wie sie dem Kind schaden könnte. Sie schickte zwei Schlangen in das Zimmer von Iphikles und Herakles, die ihn töten sollten. Während Iphikles arglos schlief, fing mein starker Sohn die Giftschlangen eigenhändig und erdrosselte sie. Das aber steigerte Heras Hass nur weiter. Und ich beobachtete von meinem Thron auf dem Olymp aus in aller Ruhe weiter, was geschah und noch geschehen würde.

Herakles wuchs von Tag zu Tag. König Amphitryon hielt Wort und behandelte ihn wie seinen eigenen Sohn. Herakles aber war so stark, dass ihn niemand besiegen konnte. Die Überlegenheit stieg ihm zu Kopf, er wurde ein rebellischer junger Mann, noch bevor seine Ausbildung vollendet war. Nicht einmal seine Lehrer kamen mit ihm zurecht. Als endlich Linos ihn bestrafen wollte, schlug er den armen Lehrer mit der Lyra tot. Die grausame Tat war weder von mir noch von Hera veranlasst, sie war allein Folge von Herakles' unzügelbarem Zorn. Natürlich vergaßen Hera und ich diesen Wutanfall nie. Den Streitwagen zu lenken, lernte Herakles von König Amphitryon persönlich, den Pfeil zu schießen, von Meister Eurytos, das Schwert zu führen, vom Krieger Kastor und mit bloßer Faust zu kämpfen, von Autolykos dem Unbesiegbaren.

Gleich mir beobachtete auch Hera Herakles Tag für Tag, ließ sich von ihren ergebenen Dienern informieren, wartete auf den geeigneten Zeitpunkt, um meinem Sohn eine Falle zu stellen. Um Herakles leiden zu lassen, brauchte es Menschen, die er liebte. Ein lediger junger Mann ist einzig seiner Mutter verbunden, heiratet er aber, bekommt er Kinder, hat er also mehr Menschen, die er liebt, steigert sich umso mehr auch der Kummer, den er erleiden wird. Und obwohl ich den entsetzlichen Plan meiner bösartigen Gattin kannte, tat ich, als wüsste ich nichts davon, und wartete zu, dass die Zeit kam, da ich meine Intrige ins Werk setzen würde. Ich musste nicht lange warten. Mein ruhmreicher Sohn Herakles, der tagtäglich mit neuen Heldentaten von sich reden machte, sollte schon bald eine Frau finden.

Zwischen Erginos, dem König von Orchomenos, und Kreon, dem König der Stadt Theben, herrschte Streit, ständig gab es Gefechte und Säbelrasseln. Bei diesen Auseinandersetzungen stand Herakles auf Seiten Kreons. Er brachte den gierigen Männern des Erginos eine schwere Niederlage bei. Daraufhin begann das Volk von Theben ihn als Gott zu verehren. Und König Kreon gab ihm zur Belohnung seine Tochter Megara zur Frau. Der Ehe entsprangen drei Kinder. Es dauerte nicht lange, bis Hera erfuhr, dass mein Sohn ein glückliches Leben führte. Meine unbarmherzige Gattin sah den erwarteten Moment gekommen, sie stieg vom Olymp hinab und ließ sich von den besten Zauberern auf Erden beibringen, wie man Elixiere des Bösen braute und Verfluchungen aussprach. Und als der Blutmond am Himmel aufstieg, sprach sie ihren stärksten Zauber aus. Der richtete sich unmittelbar gegen Herakles und zeigte unverzüglich Wirkung. Erst befiel meinen armen Sohn ein fürchterlicher Kopfschmerz, vorübergehend erblindete er, dann bekam er Halluzinationen. Er glaubte, verfluchte Kreaturen seien in sein Haus eingedrungen, außer sich hielt er seine Kinder für Monster. Eigenhändig warf er die armen Unschuldigen ins Feuer und brachte sie um.

Natürlich sah ich, was geschah, wusste ja bereits, bevor sie handelte, was Hera tun würde. Ich hätte es verhindern können, doch ich tat es nicht. Im Gegenteil, ich ließ meine höchste Göttin gewähren, sollte sie ihren Hass versprühen, ihre Zerstörungswut ausspucken, ihren Zorn an meinem Sohn auslassen. Ich brauchte ihre Bosheit, um mein göttliches Ziel zu erreichen. Herakles musste mehr werden als ein gewöhnlicher Held. Das war unumgänglich, damit er uns im Kampf gegen die Giganten helfen könnte. Er musste harte Prüfungen mit Bravour bestehen. Doch um meinen mannhaften Sohn zu prüfen, musste er ein Schuldgefühl entwickeln, musste Reue erleben, musste seine Seele am Boden liegen. Und so geschah es. Als die Wirkung von Heras Zauber nachließ und er zu sich kam, erkannte er, was er getan hatte, doch es war zu spät. Daraufhin wurde er erst recht wahnsinnig. Mein armer Sohn machte sich für das, was er getan hatte, verantwortlich. Er aß nicht mehr und trank nicht mehr, ging nicht mehr unter Menschen, tobte brüllend wie ein verwundeter Löwe durchs Gebirge. So bitter und todtraurig es war, genau das hatte ich gewollt.

Nun könnte man sagen: »Oh Zeus, oh König der Götter, der seinen Vater entthronte, weil der seinen Kinder unrecht tat, wo ist der Unterschied zwischen dem, was du Herakles angetan hast, und dem, was Kronos tat? Kronos verschlang seine Kinder bei lebendigem Leib, und du lässt zu, dass dein Sohn sich vor Kummer krümmt. Du bist genauso böse wie dein Vater.« Nein, ich bin nicht böse. Ich bin ganz anders als Kronos. Mein Vater verschlang seine Kinder, weil er seine Macht nicht teilen wollte, ihm ging es darum, seinen Thron zu verteidigen. Ich dagegen willigte ein, dass mein Sohn litt, um die Ordnung der Welt zu bewahren. Ich bin nicht bloß Herakles' Vater, ich bin der Vater aller Geschöpfe, es ist meine Pflicht, sie zu beschützen und dafür zu sorgen, dass sie ein gerechtes Leben führen. Würden wir den erwarteten Angriff der Giganten nicht zurückschlagen, gäbe es weder im Himmel noch auf Erden ein gerechtes Leben. Vielmehr würden die Giganten dann eine Ordnung errichten, die bar jeder Tugend und Schönheit wäre wie sie selbst. Mir blieb nichts anderes übrig, als sie zu besiegen. Und um das zu tun, mussten sich sowohl die anderen Götter und Göttinnen am Kampf beteiligen wie auch, dem Gebot des heiligen Gesetzes zufolge, mein sterblicher Sohn Herakles. Doch für eine solche Schlacht war er noch nicht bereit. Deshalb musste ich entschlossen bleiben, mein Gewissen zum Schweigen bringen, mir die Barmherzigkeit ausbrennen, die Liebe herausschneiden und wegwerfen. Denn das heilige Gesetz war eindeutig: Voraussetzung für unseren Sieg über die Giganten war ein Sterblicher in unseren Reihen. Und dieser Sterbliche war kein anderer als mein Sohn Herakles. Ich war gezwungen, ihn auf den grausamen Kampf vorzubereiten. Was auch immer der Preis dafür wäre, er war es wert. Denn am Ende hätten wir das Leben aller Lebewesen gerettet und die Erde von Barbaren gesäubert. Und ich, Zeus, der Vater der Titanen, Götter, Giganten, Menschen und aller Geschöpfe, musste, um das Leben zu retten, hinnehmen, dass ein Kind von mir zugrunde ging. Und ich wusste, dass Herakles in jeder Hinsicht ein starker Mann war. Ich war mir sicher, dass mein heroischer Sohn die bevorstehenden Prüfungen bestehen und dann für die größte Schlacht aller Zeiten bereit sein würde.

So schlich ich mich Herakles, dessen Seele sich in Schmerzen wand, in den Kopf. Flüsterte ihm ein, er solle nach Delphi gehen, zum heiligen Orakel. Mein verzagter Sohn gehorchte und trat vor die Priesterin Pythia hin. Sie hörte ihm geduldig zu. Als Herakles' Tränen und Worte versiegten, erhob sie sich und sprach:

»Das ist eine Tragödie, über die ich nicht entscheiden kann, edler Herakles. Ich muss mit den Göttern reden. Ihr Beschluss wird über dein Schicksal entscheiden.«

Sie ließ Herakles am heiligen Ort allein zurück. Sieben Tage und sieben Nächte lang zeigte sie sich nicht. Im Morgengrauen des siebten Tages kehrte sie zurück und sprach:

»Ich habe mit den Göttern geredet, edler Herakles. Seine Kinder zu töten, ist eine Schuld, die nicht vergeben werden kann. Zudem hatten deine Kinder sich nichts zuschulden kommen lassen. Das ist eine gewaltige Sünde. Hättest du nicht so viel Gutes getan, würde nicht einmal dein Vater Zeus dir helfen. Doch dank deiner guten Taten haben die Götter eine Sühne für dich. Erfüllst du die Sühne, wirst du von deinen Gewissensbissen erlöst wie auch von deinem Schuldgefühl.«

Respektvoll beugte sich mein verzagter Sohn und sagte:

»Ich tue, was auch immer die Götter wollen, Hauptsache, ich werde diese Pein los. Hauptsache, die Schreie meiner Kinder klingen mir nicht länger in den Ohren.«

Die Sühne, die wir für Herakles bereithielten, war beschämend. Er sollte zwölf Wünsche des Eurystheus, dem dümmsten, feigsten, beschränktesten König aller Zeiten, erfüllen. Niemand anderes als Hera hatte den Lump von Eurystheus zum König gemacht. Die Herrschaft, die Herakles gebührte, hatte sie hinausgezögert und nach der Geburt meines heroischen Sohnes dem feigen Kerl übertragen lassen. Und zwar durch meine Hand. Der stärkste, edelste Mensch auf Erden, Zeus' Heldensohn, sollte die Wünsche dieses leichtfertigen, unfähigen Königs erfüllen. Das war auch für mich als Vater wahrhaftig beschämend, doch ich musste es tun, um dereinst die furchtbaren Giganten der Erdmutter zu besiegen. Und ich tat es. Denn Gott sein bedeutet, nötigenfalls auch unbarmherzig sein zu können.

Zehntes Kapitel

Der Vernehmungsraum war lediglich mit vier Stühlen und einem kleinen Tisch möbliert, die rechte Wand bedeckte ein großer Spiegel, an der linken hing ein mittelgroßer Monitor. Ein nervtötendes Sirren war zu hören. Eine der Lampen hinter dem Stuck verkündete, dass sie im Begriff war, ihr Leben auszuhauchen. Das Geräusch machte die ohnehin angespannte Atmosphäre unerträglich. Rudolf Winkelmann, der eilig mitten in der Nacht aufs Präsidium gebracht worden war, rutschte unruhig auf seinem Stuhl hin und her und warf dem Anwalt an seiner Seite hilfesuchende Blicke zu. Doch der Jurist, dessen Aufgabe es war, ihn zu verteidigen, nahm die Blicke seines Mandanten gar nicht wahr. Sein Kopf hing auf der Brust, der teure Anzug war zerknittert, die Krawatte verrutscht. Das gerötete Gesicht entspannt, hielt er die Lider nur mit Mühe offen. Der arme Mann hatte eine launige Runde verlassen müssen, um herzukommen. Und er war offenbar ziemlich betrunken.

»Hätte das nicht bis morgen warten können?«, murrte Rudolf. »Was soll denn das, einen mitten in der Nacht aus dem Haus holen?« Anschließend warf er seinem Anwalt einen Blick zu, der heißen sollte: Warum hast du die Frage nicht gestellt? Doch der Anwalt war noch nicht in Form, ließe man ihn, würde er den Kopf auf den Tisch legen und schlafen.

»Hätte es nicht«, entgegnete Yıldız selbstbewusst. »Innerhalb einer Woche wurden drei Menschen brutal ermordet. In dieser Stadt läuft ein Mörder frei herum. Wir können nicht dulden, dass weitere Morde verübt werden.«

Rudolf lief puterrot an, die Muskeln seines Stiernackens spannten sich, die violetten Adern schwollen, wütend stützte er die Hände auf den Tisch.

»Wie jetzt, wollen Sie sagen, ich hätte die Morde begangen? Reden Sie offen, bezichtigen Sie mich, ein Mörder zu sein?«

Er war so laut geworden, dass sogar der Anwalt aus seinem Weinrausch zu erwachen schien. Mit der Hand verdeckte er ein unkontrolliertes Gähnen und kippte den Kaffee, der schon eine Weile im Plastikbecher vor ihm stand, in einem Zug hinunter.

»Bleiben Sie ruhig«, fuhr Tobias ihn an. »Niemand nennt Sie einen Mörder. Es geht darum, dass drei Personen umgebracht wurden und es weitere Opfer geben könnte.«

Eigentlich war Tobias nicht in bester Verfassung. Die Enttäuschung darüber, dass die Chefin zu Hüseyin gefahren war, ohne ihn zu informieren, wirkte nach. Er war schockiert gewesen, als er hörte, was Yıldız widerfahren war. Gern hätte er gewusst, was da los war, doch er hatte noch keine Gelegenheit gehabt, danach zu fragen. In dieser schlechten Stimmung war er in die Vernehmung gegangen.

»Und was habe ich damit zu tun?«, bellte Rudolf. Sein rechtes Auge funkelte vor Wut, während das linke stumpf wie das eines Schafes wirkte. Dieser Widerspruch verlieh der Miene des Mannes einen sonderbaren Ausdruck. »Wieso haben Sie mich hergebracht? Was habe ich hier zu suchen?«

Yıldız lächelte munter, dabei war sie seit gestern Nacht unterwegs, war übermüdet, und obendrein schmerzte jeder Atemzug. Der Tritt des Mörders musste ihre Rippen verletzt haben. Sie hatte nicht auf den Kriminaldirektor gehört, der sie ins Krankenhaus schicken wollte, sondern sich darum gekümmert, Rudolf zu nachtschlafender Zeit ins Präsidium zu holen. Das war ihr gelungen, aber der Schmerz wurde von Minute zu Minute schlimmer. Hätte ich bloß eine Schmerztablette genommen, dachte sie. Doch dann hätte sie keinen klaren Kopf behalten. Nein, sie musste die Zähne zusammenbeißen, um keinen Preis durfte sie die moralische und mentale Überlegenheit gegenüber dem Verdächtigen verlieren.

»Hören Sie doch auf, Herr Winkelmann«, sagte sie und unterdrückte den Schmerz. »Sie wollten es doch so.«

Rudolf war dermaßen verärgert, dass er kaum klar denken konnte.

»Wie bitte? Wie soll ich das gewollt haben?«

»Erinnern Sie sich, Sie haben es heute Morgen im Sportclub Germania gesagt.« Sie gab vor, kurz nachzudenken. »Wortwörtlich haben Sie gesagt: Lassen Sie sich hier nie wieder blicken. Wenn Sie mir etwas vorwerfen, müssen Sie mich festnehmen.« Sie sah ihren Assistenten an. »Irre ich mich, Tobias? Hat Herr Winkelmann das etwa nicht gesagt?«

Rudolf ließ dem Kommissar keine Chance zu antworten.

»Okay, okay, ich erinnere mich«, erklärte er hastig. »Aber mussten Sie das mitten in der Nacht tun? Wäre das nicht auch am Morgen gegangen? Ist doch kaum noch hin bis zum Morgengrauen.«

Plötzlich wurde Yıldız ernst und funkelte den Mann beinahe wütend an.

»Gestern Abend sollte noch ein Mann umgebracht werden, Herr Winkelmann. Wäre ich nur wenig später gekommen, hätten die Täter heute Nacht in Rudow ihr viertes Opfer zerstückelt. Und wäre ich heute Nacht nicht ausgewichen, um mich selbst zu schützen, hätten sie auch mir den Kopf gespalten. Deshalb mussten wir Sie hierherbringen, auch wenn es drei oder fünf Uhr morgens ist. Und wir werden Sie so lange wie nötig hier festhalten.«

»Das tut mir leid, Frau Karasu.« Es war der teure Anwalt, der sprach, allmählich tauchte er aus der Weinseligkeit auf. »Ich bin wirklich besorgt. Um Sie, meine ich.« Er leckte sich über die ausgetrockneten Lippen, bevor er fortfuhr: »Aber mein Man... was hat mein Manda... Was hat das mit meinem Mandanten zu tun?«

Nach wie vor war seine Zunge schwer, doch endlich brachte er die Frage heraus. Auch Rudolf Winkelmanns Blick sagte: Endlich redest du, Mann!

»Genau, was hat das mit mir zu tun?«

Yıldız wandte sich nicht Rudolf zu, sondern dem Anwalt.

»Bei dem Mann, der heute Nacht angegriffen wurde, handelt es sich um Hüseyin Ölmez, mit dem Ihr Mandant seit dreiundzwanzig Jahren eine Blutfehde unterhält.«

Der Mann wollte dagegenhalten, doch Yıldız deutete mit dem Zeigefinger auf den Monitor. Auf dem Bildschirm erschien ein Foto von Hüseyin Ölmez.

»Und zwei der drei vorangegangenen Opfer waren Verwandte von Hüseyin Ölmez, mit dem Herr Winkelmann verfeindet ist. Orhan Ölmez war sein Großvater, Cemal Ölmez sein Bruder.«

Als Yıldız die Namen nannte, spielte der Polizist hinter dem Spiegel Fotos der Opfer auf den Bildschirm.

»Genau, Orhan Ölmez war ein alter Mann, sein Enkel Cemal dagegen war jung und voller Leben. Wichtiger aber ist, dass Ihr Mandant seinerzeit auch mit Cemal Ölmez Ärger hatte. Ein blutiger Streit, bei dem alles Mögliche zu Bruch ging …«

»Blutig!«, fiel Rudolf ihr aufgebracht ins Wort. »Wir waren nicht mal bewaffnet. Das war nicht geplant. Ergab sich so.« Er zeigte auf den Monitor. »Ich sah den Mann, als ich an seinem Geschäft vorüberging. Er ist ein glühender Feind Deutschlands. Glauben Sie mir, ich übertreibe nicht. Der Türke ist ein Terrorist, der hat eine Bande von Freiwilligen organisiert, um die Deutschen aus Kreuzberg zu vertreiben, der organisiert Attacken auf Einheimische!«

Als er sah, dass die beiden Polizisten ihn kein bisschen überzeugt ansahen, fuhr er vorwurfsvoll fort: »Sie glauben das natürlich nicht. Sie haben Ihr Urteil längst gefällt. Aber ich erzähl's Ihnen. Ja, der Streit damals war einfach so ausgebrochen. Wie gesagt, wir liefen an dem Laden vorüber, ich sah den Kerl, auch er bemerkte mich und schimpfte: ›Dreckiger Nazi!‹ Er kam aus dem Laden und ging auf mich los, ›Hitlerbrut! Verpiss dich!‹, brüllte er. Erst stritten wir, als er mich immer heftiger beleidigte, prügelten wir uns. Aber ich hatte nicht mal ein Taschenmesser dabei.«

Der Anwalt räusperte sich. »Gut, Herr Winkelmann, ist ja gut«, mahnte er. Mittlerweile schien er nüchtern zu sein. »Sie müssen das nicht erzählen.«

Als hätte er die Mahnung nicht gehört, fuhr der Verdächtige hitzig fort:

»Und Hüseyin war der Erste, der mit der Faust zuschlug, da hab ich mich natürlich gewehrt. Allerdings hatte sich auch sein Bruder da versteckt. Der griff mich von hinten an, ohne Vorwarnung, hinterhältig ...« Er stierte Yıldız in die Augen und ergänzte voller Hass: »Ganz nach Türkenmanier ...«

Keine Spur mehr von der diplomatischen Höflichkeit, die Rudolf bei der ersten Begegnung im Sportclub Germania an den Tag gelegt hatte. Er vergaß sich, redete, wie ihm der Schnabel gewachsen war. Yıldız fiel der Angreifer ein, der sie vor fünf, sechs Stunden hinter seiner Brille hasserfüllt angestarrt hatte, dessen war sie sich sicher, auch wenn sie sein Gesicht nicht genauer hatte sehen können. Wieder spürte sie den Lufthauch des Brecheisens, das wütend auf ihren Kopf zielte. Ist Rudolf womöglich so aggressiv geworden, weil er in der Garage sein Ziel nicht erreicht hat?, fragte sie sich. Äußerlich blieb sie gelassen und überhörte seinen letzten Satz. An ihrer Stelle griff der Anwalt ein.

»Ich bitte Sie, Herr Winkelmann!« Er berührte seinen Mandanten an der Hand. »Es ist sinnlos, über einen Vorfall aus der Vergangenheit zu reden. Sie graben eine Geschichte von wer weiß wann aus. Das ist vergangen und vorbei.«

Befremdet musterte Rudolf die Finger des Anwalts auf seiner Hand, rosa waren sie wie die einer Frau. Doch er protestierte nicht.

»Tut mir leid, Herr Berger«, murmelte er ehrerbietig. »Ich

werde mit dermaßen gemeinen Lügen und einer so ungerechten Behandlung konfrontiert, dass ich mich vergaß.« Rasch zog er seine Hand zurück. »Sie haben recht, der damalige Streit hat nichts mit dieser Sache zu tun.«

Yıldız setzte eine provozierende Siegermiene auf.

»Offenbar doch, Herr Winkelmann«, stachelte sie ihn weiter auf. »Wenn es für Sie ohne Bedeutung wäre, würden Sie wohl kaum so aufbrausen. Noch dazu, da Sie heute Morgen behaupteten, sich weder an Hüseyin Ölmez noch an den Streit zu erinnern. Das heißt, die Lüge, die Sie als gemein bezeichnen, haben Sie zwei Mal ausgesprochen. Jetzt frage ich Sie: Wollen Sie weiterlügen? Oder arbeiten Sie mit uns zusammen?«

Aus Furcht, sein Mandant könnte sich erneut vergessen, berührte der Anwalt erneut seine Hand.

»Sie müssen nichts sagen. Wenn Sie wollen, beantworte ich als Ihr Anwalt die Fragen.«

Wieder zog Rudolf seine Hand weg.

»Nein, Herr Berger, ich antworte lieber selber. Denn ich habe nichts zu verbergen. Man will mit einer unsinnigen Anschuldigung meinen Ruf ruinieren. Das lasse ich nicht zu.« Er richtete den Blick auf den Spiegel, der die gegenüberliegende Wand komplett bedeckte. »Eine Schande, wirklich eine Schande, die Polizei des großen deutschen Staates ist zum Spielball von Kanaken geworden.«

Er war sich sicher, dass hinter dem Spiegel die Polizeichefs saßen und die Vernehmung beobachteten. Tatsächlich hatte Kriminaldirektor Markus es sich nicht nehmen lassen, mitten in der Nacht aus dem warmen Bett zu steigen und ins Präsidium zu kommen. Interessiert verfolgte er das Verhör.

»Treiben Sie es nicht zu weit, Herr Winkelmann!« Tobias' eiskalte Stimme schallte durch den Raum. »Sie werden hier nicht den deutschen Staat und die deutsche Polizei beleidigen. Sie reden hier die ganze Zeit von Ihrer Liebe zu Deutschland und den Deutschen, aber dann beleidigen Sie Ihren eigenen Staat, den Sie angeblich verehren.«

Rudolf verschlug es die Sprache, dann warf er Yıldız einen wütenden Blick zu.

»Aber diese Frau stellt mir eine Falle, und der Staat lässt das zu. Es gibt weder Beweise noch Zeugen. Ich werde mitten in der Nacht unter Mordverdacht festgenommen. Als deutscher Bürger habe ich meine Rechte.«

Yıldız nickte.

»Die haben Sie, Herr Winkelmann.« Sie deutete auf Helmut Berger. »Außerdem haben Sie einen Anwalt an Ihrer Seite, der bestmöglich für Ihre Rechte eintritt. Beantworten Sie doch einfach nur unsere Fragen. Ich verstehe nicht, warum Sie sich so aufregen. Wenn Sie nichts zu befürchten haben, brauchen Sie auch nicht aufzubrausen. Erzählen Sie, was Sie wissen, aber ohne zu lügen. Nur die Fakten. Herr Berger, Sie wissen es am besten, es wäre gar nicht gut für Sie, wenn die Stimmung angespannt ist.«

Ihre Worte waren der Tropfen, der das Fass zum Überlaufen brachte.

»Was? Was redest du?«, bellte Rudolf. »Was soll das sein, dass es für mich nicht gut wäre? Willst du mir in meinem eigenen Land drohen?«

Yıldız hätte nicht gedacht, dass er sich so sehr vergessen würde. Sie war also auf dem richtigen Weg, Rudolf verbarg etwas. Sie stachelte ihn weiter auf.

»Das ist nicht Ihr Land, Herr Winkelmann, es ist unser Land. Auch ich bin hier geboren. Und zwar in dieser Stadt. Ich habe mein ganzes Leben hier verbracht. Und ich warne Sie, ein Verstoß gegen die Gleichbehandlung deutscher Staatsbürger ist strafbar. Ebenso die Beleidigung von Beamten. Reißen Sie sich bitte zusammen.«

Wutentbrannt spannte Rudolf den Körper an, als wollte er sich auf Yıldız stürzen. Auch Tobias spürte die Gefahr und bereitete sich darauf vor, einen plötzlichen Angriff abzuwehren. Doch es kam anders, diesmal packte Helmut Berger seinen Mandanten am Handgelenk.

»Herr Winkelmann! Herr Winkelmann! Beruhigen Sie sich bitte! Ich bin doch bei Ihnen. Niemand stellt Ihnen eine Falle. Niemand kann Sie einer Tat bezichtigen, die Sie nicht begangen haben. Das wäre rechtswidrig. Beruhigen Sie sich. So kommen wir doch nicht weiter.« Keine Spur mehr von Trunkenheit, auch nicht von angeheiterter Stimmung, der Anwalt war stocknüchtern, als hätte er keinen Schluck Wein getrunken. »Ich sage Ihnen, es gibt keinen Grund, sich aufzuregen. Wir haben ja noch nicht einmal die Fragen gehört. Lassen wir sie doch ihre Fragen stellen.« Er hielt inne, blickte besorgt. »Machen wir eine Pause, wenn Sie wollen. Schöpfen Sie Atem, trinken Sie einen Kaffee.«

Rudolfs Gesicht lief grün an wie bei einem Epileptiker nach dem Anfall. Auf einen Schlag war das Feuer in ihm erloschen, sein gesundes Auge blickte leer, genau wie die Prothese des anderen. So saß er eine Weile da. Dann zog er die Unterlippe ein und lehnte sich zurück.

»Es tut mir leid«, sagte er endlich. »Ich entschuldige mich bei Ihnen allen. Sie haben recht, Herr Berger, ich habe überreagiert. Denn ich wurde auf eine Art und Weise behandelt, die ich nicht verdient habe.«

Der Anwalt verzog das Gesicht, als wollte er sagen: Fängt der schon wieder an? Doch Rudolfs Worte beruhigten ihn: »Nein, nein, keine Sorge, ich habe meine Lektion gelernt. Ich bin ruhig, vollkommen ruhig. Ich weiß, dass ich mich nicht so hätte verhalten sollen. Ich gebe es zu, das war ein Fehler.« Er rang sich ein Lächeln ab und sah Yıldız an. »Also bitte, ich höre Ihnen zu. Wie kann ich Ihnen helfen?«

Mieser Kerl, dachte Yıldız, während sie sich gegen den anschwellenden Schmerz stemmte. Reiß dich nur zusammen, dachte sie, es ist zu spät, viel zu spät. Äußerlich aber setzte sie ein höfliches Lächeln auf.

»Danke, Herr Winkelmann. Wir freuen uns, dass Sie so denken. Es nützt uns allen, wenn Sie mit uns kooperieren. Denn alles, was Sie hier sagen, wird aufgezeichnet. Und selbstverständlich vor Gericht verwendet. Da Sie sich ja nun beruhigt haben, können wir zur eigentlichen Sache kommen.« Sie warf einen Blick auf die Unterlagen vor sich, hob das oberste Blatt ab, las in dem darunterliegenden. »Richtig, heute Morgen sagten Sie, Sie kennen Otto Fischer nicht. Das behaupteten Sie, obwohl Sie letztes Jahr bei einer Kundgebung gegen Ausländer in Berlin gemeinsam festgenommen wurden und, als man Sie laufen ließ, ihn in Ihrem Wagen mitnahmen.«

Während Yıldız sprach, erschienen auf dem Monitor Fotos von der Kundgebung. Sie zeigten Rudolf Winkelmann und Otto Fischer Seite an Seite. Zornig beteiligten sich beide daran, die Absperrungen niederzureißen, und gingen auf die Polizisten los. Anschließend wurden beide wieder freigelassen, bestiegen den Transporter mit dem Schriftzug Sportclub Germania an der Seite und fuhren davon.

»Trotz dieser Aufnahmen behaupteten Sie, ihn nicht zu kennen. Doch Otto Fischer, der Hauptverdächtige im Mordfall Cemal Ölmez, hat in seiner Aussage heute Abend gestanden, Sie zu kennen.« Sie hob den Kopf von den Papieren und warf Rudolf einen eiskalten Blick zu. Nein, der Mann würde nicht weiter auf der Unwahrheit beharren, er würde keinen Fehler mehr machen. Gelassen hörte er ihr zu. Daraufhin wandte Yıldız sich an ihren Assistenten.

»Kommissar Becker, würden Sie uns bitte sagen, was Otto Fischer in der Vernehmung ausgesagt hat?«

Bevor Tobias das Wort ergriff, tauchte auf dem Monitor eine andere Aufnahme von Otto Fischer auf. Mit verschränkten Armen, die Muskeln zeigend, stand er vor der Hakenkreuzfahne der Nazis. Für diesen Mann, der über keine nennenswerten Talente verfügte und keine größeren Erfolge im Leben vorzuweisen hatte, war seine Ideologie die wichtigste Quelle für seinen Stolz. Er tat sich mit Verlierern aus dem gleichen Holz zusammen, hielt Fahne und Heimatland hoch und versuchte, damit seinem Leben einen Sinn zu geben. Einen zerstörerischen, brutalen Sinn, der voller Hass war. So stand dieser abgebrochene Riese von einem Nazi vor dem verfluchten Hakenkreuz mit einem Blick, als wollte er die ganze Welt herausfordern.

»So ist es, Herr Winkelmann«, bestätigte Tobias ohne Blick auf die Papiere. »Herr Fischer, den Sie dort auf dem Monitor sehen, hat bei der Vernehmung heute Abend ausgesagt, dass er Sie von früher her kennt. Seit seiner Jugend sei er mit Ihnen befreundet. Was für ein Zufall, auch bei der Kampagne ›Kreuzberg muss deutsch‹ standen Sie zusammen. Gemeint ist damit Ihr Kampf gegen die Gruppe der 36 Boys, Sie kämpften Schulter an Schulter in den Straßen.« Er warf einen Blick in die Unterlagen. »Richtig, genau das hat er in seiner Aussage erklärt, ich gebe Ihnen nachher eine Kopie davon. Und er fügte hinzu, Sie seien ein äußerst loyaler Mann, der seine Freunde niemals vergisst.« Lächelnd warf er dem Anwalt einen Blick zu. »Er hat auch nicht vergessen auszusagen, dass Sie Ihren Anwalt Herrn Berger geschickt haben, der hier neben Ihnen sitzt.« Er hielt inne und warf den Kopf zurück. »Wenn Ihr Kampfgenosse es nicht für nötig hält, Ihre Verbindung zu verbergen, warum streiten Sie sie dann ab?«

Helmut Berger erschrak, beugte sich zu seinem Mandanten und flüsterte:

»Sie müssen nicht antworten.«

Im Gegensatz zum Anwalt hatte Rudolf den Anflug von Panik von zuvor überwunden. Er reagierte nicht auf Helmut Berger, antwortete vielmehr direkt: »Weil ich davon ausging, dass Sie mir eine Falle stellen.« Wie Otto auf dem Foto verschränkte er die Arme vor der Brust. »Ich traute Ihnen nicht. Otto ist nicht gerade der Klügste. Im Affekt lässt er sich schnell hinreißen. Bei solchen Leuten besteht immer die Möglichkeit, dass sie ihren Freunden schaden. Ich weiß nicht, ob er etwas mit dem Mord zu tun hat. Hoffentlich hat er keine solche Dummheit begangen. Aber als Sie mich nach Otto fragten, wurde mir klar, dass Sie mich verdächtigen. Meine Vergangenheit ist ja bekannt, meine Polizeiakte haben Sie in Händen, Sie hätten keinen besseren Sündenbock als mich finden können, um ihn der Presse zu präsentieren. Ich habe mich wegen des Vorurteils, das Sie gegen mich hegen, so verhalten, aber auch weil Sie mich unbedingt verurteilen wollten. Denn Ihre Absicht war es, mich als Mörder hinzustellen. Das war mir sofort klar, als Sie zu Germania kamen. Deshalb stritt ich ab, Otto zu kennen. Ich gebe zu, das war ein Fehler. Aber begreifen Sie doch endlich, ich bin nicht mehr der alte Rudolf Winkelmann, ich bin ein geachteter Geschäftsmann. Wie bereits gestern Morgen gesagt, ist viel Wasser die Spree hinuntergeflossen. Ich glaube nicht, dass wir unsere Ziele mit Gewalt erreichen können. Jetzt, da unsere Ideen im Bundestag vertreten sind und unsere Parteien tagtäglich stärker werden, würde es uns zweifellos nur schaden, wenn wir Gewalt anwendeten. Und die grausamen Morde, die, wie Sie erwähnten, in der Öffentlichkeit Empörung auslösen werden, lässt die Gesellschaft auf Distanz zu uns gehen. So eine Aktion wäre eine Riesendummheit.«

Yıldız unterbrach ihn.

»Eine Dummheit, die nur Leute wie Otto Fischer machen ...«

Rudolf breitete die Arme aus.

»Ich will den Freund nicht bezichtigen. Noch ist ja auch gar nichts bewiesen. Aber leider haben wir solche Dummköpfe in unseren Reihen.«

Yıldız lehnte sich zurück, wieder durchfuhr sie der Schmerz, unwillkürlich verzog sie das Gesicht, sprach aber weiter.

»Das Problem ist Folgendes, Herr Winkelmann: Ihr Gesinnungsgenosse Herr Fischer ist aus Gründen ebenjener Dummheit nicht in der Lage, eine solche Mordserie allein zu organisieren. Er könnte solche Taten nicht planen. Allerdings haben die Morde nicht aufgehört, nachdem er verhaftet wurde. Alexander Werner, der in Verbindung zu Cemal stand, wurde umgebracht, und gestern Abend wurde Hüseyin Ölmez angegriffen. Das heißt, selbst wenn Otto und seine Kumpane Cemal Ölmez und seinen Großvater getötet haben sollten, muss jemand anderes diese brutalen Taten organisiert haben. Jemand, der klüger, kultivierter und mächtiger ist …«

Rudolf nickte zustimmend.

»Kann sein, aber warum sind Sie davon überzeugt, dass deutsche Patrioten dahinterstecken? Wie gesagt, diese Morde bringen uns keinen Nutzen, sie schaden uns. Warum sollten es nicht Feinde von uns deutschen Patrioten sein, die die genannten drei Personen umgebracht und Sie gestern Abend angegriffen haben? Warum wählen Sie den leichtesten Weg und nehmen die nach Ihrer Auffassung üblichen Verdächtigen fest?«

Rudolf hatte zur alten Form zurückgefunden, doch das beeindruckte Yıldız nicht. Nach einem kurzen Blick auf ihre Unterlagen sah sie dem Verdächtigen direkt in die Augen und konterte:

»Weil Cemal Ölmez und seine Familie von Neonazis bedroht wurden. Auf einem Drohbrief, der ihm geschickt wurde, haben wir Fingerabdrücke von Otto Fischer festgestellt. Weil Otto Fischer in der Tatnacht bei Cemal Ölmez in der Wohnung war. Weil Otto Fischers Kampfmesser bei mindestens zwei Morden verwendet wurde. Weil Sie Ihre Verbindung zu Otto Fischer abgestritten haben. Weil Sie Ihre Verbindung zu einem Mann wie Otto Fischer, der Straftaten begangen hat, nicht abgebrochen haben, obwohl Sie sagen, der Kampf müsse über legale Parteien geführt werden. Soll ich noch mehr aufzählen? Ja?«

Sie hatte leise angefangen, war aber recht laut geworden.

»Sie müssen nicht schreien, Frau Karasu«, warf der Anwalt ein. »Alles, was Sie aufgezählt haben, ist Spekulation. Noch ist nicht bewiesen, dass Otto Fischer etwas mit den Morden zu tun hat. Und Ihre Vorwürfe gegen Herrn Winkelmann sind nicht mehr als Vermutungen. Ja, vielleicht war Herr Winkelmann unnötig misstrauisch und hat den Fehler begangen zu sagen, er kenne Herrn Fischer nicht, doch das macht noch keinen Mörder aus ihm.«

»Er hat nicht nur gesagt, dass er Herrn Fischer nicht kennt«, korrigierte Yıldız ihn. »Er stritt auch ab, das Opfer und seine Familie zu kennen. Und er verheimlichte, dass er seit dreiundzwanzig Jahren mit Hüseyin Ölmez verfeindet ist, der gestern Abend in seinem Haus in Rudow angegriffen wurde ...«

Rudolf hob den Kopf.

»Moment mal, Moment!«

Alle schwiegen und sahen ihn an.

»Behaupten Sie jetzt etwa, ich wäre gestern Abend zum Haus von diesem Hüseyin Ölmez gegangen? Sagen Sie etwa, ich wäre dorthin gegangen und hätte den Mann und Sie angegriffen?«

Yıldız spürte, dass die Frage eine Finte war, machte aber keinen Rückzieher.

»Das ist eine von mehreren Optionen, ja. Auch hinter diesem Angriff könnten Sie und Ihre Freunde stecken.«

Rudolfs gesundes Auge funkelte fies.

»Wie spät war es, als der Angriff stattfand, Frau Karasu?«

Yıldız überlegte kurz.

»Lassen Sie es mich so sagen, als ich die Kollegen nach dem Überfall informierte, also als alles vorbei war, war es 21.35 Uhr.

Etwa zehn Minuten davor waren der oder die Angreifer geflüchtet. Der gesamte Vorfall ereignete sich zwischen 20.30 Uhr und 21.35 Uhr.«

»Sehr gut«, sagte Rudolf, schob die Hand in die Tasche und zog sein Handy heraus. »Um die Zeit war ich auf einem Empfang. Von genau 20.00 Uhr bis 22.00 Uhr war ich auf dem Cocktailempfang auf der Dachterrasse im Haus der Firma Zivilluftfahrt Adler am Ku'damm. Der Inhaber Adler Geschwindner ist ein enger Freund von mir. Sie können ihn gern anrufen und fragen.« Er tippte auf das Display, öffnete mehrere Dateien, dann reichte er es den Polizisten. »Noch einfacher: Hier sind die Fotos, die ich dort machen ließ. Die Uhrzeiten der Aufnahmen stehen dabei. Nehmen Sie nur, bitte, schauen Sie. Sehen Sie es mit eigenen Augen.«

Yıldız griff nach dem Handy. Tatsächlich lächelte Rudolf inmitten einer Gruppe Männer und Frauen mit Champagnergläsern in den Händen in die Kamera. Zu unterschiedlichen Zeiten waren während des Empfangs sieben Aufnahmen gemacht worden.

»Ich war zu der von Ihnen genannten Zeit also nicht in Rudow, sondern am Ku'damm«, fuhr Rudolf fort. »Ich habe weder Sie noch Hüseyin Ölmez überfallen. Wenn Ihnen die Fotos nicht reichen, kann ich Ihnen ein Dutzend Personen nennen, die bezeugen können, dass ich die Wahrheit sage, allen voran Adler Geschwindner, den Chef von Zivilluftfahrt Adler.«

Schlagartig wurde Yıldız ihr Irrtum bewusst. Rudolf beteiligte sich nicht mehr unmittelbar an solchen Überfällen. Er organisierte, schickte seine besten Männer und hielt sich selbst zur fraglichen Zeit an einem Ort auf, wo er zahlreiche Zeugen benennen konnte, um selbst in Sicherheit zu sein. Sie blickte dem Mann in sein triumphierend funkelndes einziges Auge.

»Waren Ihre beiden Bodyguards auch auf dem Cocktailempfang gestern Abend? Ich meine die beiden blonden Banditen, die von der Kleidung bis zur Frisur einander aufs Haar gleichen?«

»Solche Empfänge mit Bodyguards zu besuchen, widerspricht der Etikette«, erklärte Rudolf ungerührt. »Anstandsregeln sind wichtig, Frau Karasu.«

*

Der Tag graute, als sie das Präsidium verließen. Nach den langen Stunden in geschlossenen Räumen blieb Yıldız am Treppenabsatz erst einmal stehen. Tief sog sie die frische Luft in ihre Lunge und schaute zur Sonne hinauf, die noch nicht aufgegangen war, aber den Himmel bereits in bunte Farben tauchte. Sie schloss die Augen und spürte der Morgenfrische nach. Der Schmerz an den Rippen war schwächer geworden. Die Schmerztablette, die Markus ihr gegeben hatte, nachdem Rudolf Winkelmann mit seinem Anwalt hochmütig das Vernehmungszimmer verlassen hatte, schien gewirkt zu haben. Sie hatte nicht erwartet, dass der einäugige Nazi so leicht davonkommen würde. Das Leben aber richtete sich nicht nach ihren Wünschen und Absichten. Und Rudolf Winkelmann hatte Beweise und Zeugen, die es anzuerkennen galt. Es gab keinen vernünftigen Grund, ihn in Gewahrsam zu behalten. Selbst wenn sie den Mann aufgrund von Mutmaßungen festhielten, wäre er über kurz oder lang wieder frei. Und dann hätten sie ein ernstes Problem. Es war nicht schwer, sich die Schlagzeilen der ausländerfeindlichen Presse vorzustellen: »Hauptkommissarin mit türkischen Wurzeln hielt geachteten Unternehmer stundenlang in Gewahrsam, nur weil er ein Deutscher ist!« Darum hatte sie Markus nicht widersprochen, als er sagte: »Wir müssen ihn laufen lassen.« Natürlich glaubte sie nicht, dass Rudolf unschuldig war, selbstverständlich würde sie ihn bis zum Ende der Ermittlungen ganz oben auf der Liste der Verdächtigen halten und natürlich nicht von ihm ablassen. Doch sie musste zugeben, dass er zumindest diese Runde gewonnen hatte. Sie fühlte sich geschlagen, als sie die Treppe hinunterging, am Gefühl der Niederlage hatte auch die Tatsache, dass sie seit vierundzwanzig Stunden auf den Beinen war, ihren Anteil.

Sie näherte sich dem Passat, auf dessen grauer Karosserie Tautropfen glänzten, nestelte den Schlüssel heraus und warf ihn mit leichtem Schwung ihrem Assistenten zu.

»Fahr du, die Tablette hat mich leicht benommen gemacht.«

Tobias fing den Schlüssel in der Luft.

»Okay, Chef!«

Mehr sagte er nicht. Auch ihm war die Laune vergangen, was nicht bloß daran lag, dass Winkelmann auf freiem Fuß war. Seit er erfahren hatte, dass Yıldız im Haus in Rudow Hüseyin Ölmez getroffen hatte, war er verwirrt. Warum hatte die Chefin ihn nicht mitgenommen? Mehr noch, warum hatte sie ihn belogen und gesagt, sie fahre nach Hause? Sie hatte ihm eindeutig Informationen vorenthalten. Irgendetwas ging hier vor, und es war nichts Gutes.

Beide stiegen ein, Yıldız schauderte etwas, als sie sich auf den Sitz fallen ließ. Im Wagen war es kühler als draußen. Immer noch wie abwesend ließ Tobias den Motor an und setzte den Passat in Bewegung. Yıldız stellte den Kragen ihrer Lederjacke auf und schmiegte sich in ihren Sitz. Doch ihre Augen waren offen, den Blick auf die leere, noch nicht von Autos überfüllte Straße gerichtet, musterte sie die Straßenbeleuchtung, die zunehmend an Wirkung verlor. Lange schwiegen beide. Als die roten Türme der Oberbaumbrücke in Sicht kamen, wurde Yıldız lebendig. Wie oft war sie mit Franz auf seinem alten Boot unter dieser Brücke hindurchgeschippert und auf die Seen hinausgefahren! Sie reckte den Kopf zum Fenster, um das rötlich gefärbte Wasser der Spree zu sehen, da hörte sie Tobias fragen:

»Was ist los, Chef?«

Zunächst verstand sie nicht, glaubte, im Fluss wäre etwas Ungewöhnliches, sie musterte das still vor sich hin fließende orangefarbene Wasser. Außer zwei frühen Booten und einer Schute, die unter ihrer schweren Last beinahe bis zum Deck im Wasser lag, war nichts zu sehen. Sie drehte sich zu ihrem Assistenten um, als sie den Blick seiner dunkelgrauen Augen auffing, wurde ihr klar, worauf seine Frage abgezielt hatte. Tobias aber, der glaubte, nicht verstanden worden zu sein, wiederholte hastig: »Was ist los, Chef? Warum behandelst du mich so?«

Yıldız konnte nicht länger ausweichen, es war auch sinnlos, die Sache länger hinzuziehen, sie setzte eine selbstbewusste Miene auf.

»Was los ist, solltest du erzählen, Tobias.«

Sein Gesicht spiegelte seine Überraschung.

»Was soll ich erzählen, Chef? Du bist es, die mir Infos vorenthält! Du bist es, die mich nicht zum Einsatz mitgenommen hat!«

Yıldız seufzte gequält, warf einen Blick auf die leere Straße, einen auf den Fluss und deutete dann auf ein Café in der Nähe.

»Fahr mal rechts ran.«

Die Eastside Bakery an einem Ende der Brücke, die Ost- mit Westberlin verband, war gerade dabei zu öffnen. Das junge Mädchen, das die Tische aufstellte, richtete ihre großen grünen Augen auf die beiden, als wollte sie fragen: Was wollt ihr denn jetzt schon hier? Als sie sah, dass es den beiden gar nicht darum ging, etwas zu bestellen, wirkte sie erleichtert und setzte ihre Tätigkeit fort. Yıldız schien die von der Schmerztablette verursachte Benommenheit so gut wie überwunden zu haben. Sie legte die Hände auf den Tisch.

»Genau, Tobias, sag du mir jetzt, warum du mir Informationen vorenthalten hast!« Ihr Blick lag fest auf dem Assistenten. »Warum hast du nicht gesagt, dass dein Opa Nazi war? Warum hast du ihn als Kommunist hingestellt, der im Kampf gegen Faschisten umkam? Was verheimlichst du?«

Tobias fiel alles aus dem Gesicht.

»Wie? Was? Was soll ich verheimlicht haben?«

Er wehrte sich scheinbar, doch seine Stimme klang so schwach, dass Yıldız gar nichts sagte, sondern ihn nur mit einem Blick fixierte, der sagte: »Hör auf damit!« Tobias war nicht dumm, er zierte sich nicht länger.

»Verstehe. Die Geschichte«, sagte er, fuhr aber nicht fort. Er wich ihrem Blick aus, zog die Schachtel heraus, steckte sich eine Zigarette an. Als die Brise vom Fluss den Rauch verwehte, lächelte er bitter.

»Niemand sagt, dass sein Opa Nazi war, Chef. Wenigstens nicht ohne Weiteres. Das ist ja nichts, womit man sich brüsten würde. Und in einem sozialistischen Staat ist es dazu noch ein gefährliches Familiengeheimnis. Nicht ich habe verheimlicht, wer mein Opa war, sondern mein Vater. Ernst Becker war der Schandfleck unserer Familie. Nicht nur, weil er uns in Schwierigkeiten bringen würde, sondern auch, weil er ein Nazitäter war.« Sein Ton war aufrichtig, sein Blick unbefangen, seine Körpersprache gelassen. »Ich sage in dieser Sache nicht die Unwahrheit, Chef, für Nazis hatte ich noch nie etwas übrig, auch jetzt nicht, mein Vater hat sie gehasst.«

Yıldız unterbrach ihn sofort:

»Du hast gesagt, dein Vater sei kein überzeugter Kommunist.«

Verzagt, weil sie ihn nicht verstand, senkte er den Kopf.

»Richtig, er war kein orthodoxer Kommunist, aber ein eigensinniger Antifaschist. Er hasste alle totalitären Regime. Und er schämte sich für die Taten von Ernst Becker. Ich habe nie gehört, dass er über ihn als ›Papa‹ redete. Immer sagte er mit merkwürdiger Stimme ›Ernst Becker‹, als redete er über einen Verfluchten. Als Ernst Becker starb, war er ja noch ein kleines Kind.« Er versuchte ein Lachen. »Wäre er ein junger Mann gewesen, hätte er womöglich seinen Vater bestraft wie Kronos oder ihn gestürzt wie Zeus, aber er war zu klein. Er konnte sich gar nicht an ihn erinnern, hatte vergessen, wie er aussah, wie groß er war. Er hatte keinerlei Erinnerungen an ihn, weder gute noch schlechte.«

»Schlecht«, fiel Yıldız ihm ins Wort. »Erinnerungen sind wichtig. Erinnerungen machen lebendig, was geschehen ist. Ob schlimme oder gute Dinge, ob Kummer oder Glück. Wenn du deine Erinnerungen vergisst, vergisst du auch, was geschehen ist. Und wenn du vergisst, was geschehen ist, wiederholt sich die Vergangenheit.« Ihr Ton war scharf, als läse sie ihm die Leviten. »Weißt du, welche Stelle mir die wichtigste in dieser Stadt ist, Tobias?« Sie hielt inne, wartete einen Moment. »Nicht das schöne Haus mit Garten am Kanal, in dem ich aufwuchs, nicht unsere herrlichen Seen, nicht der tolle Teegarten, nicht einmal unsere gut bestückten Museen, der bedeutsamste Ort in dieser Stadt ist das Holocaustmahnmal. Weißt du, warum? Weil das Monument für Berlins Seele steht. Ja, das Mahnmal zeugt von einer Stadt mit Charakter, die fähig ist, sich mit sich selbst zu konfrontieren, es beweist, dass hier eine starke Nation existiert. Das Mahnmal wurde unweit des Bunkers errichtet, in dem Hitler sich erschoss, es steht nicht für eine Gruppe feiger und egoistischer Menschen, die ihre tragischen Fehler verschleiern wollen, sondern ist ein Symbol für ein couragiertes Volk, das seine historische Schuld eingesteht und alles dafür tut, dass so etwas nicht noch einmal geschieht. Deshalb ist der wichtigste Ort, um dessentwillen ich stolz auf diese Stadt bin, das Mahnmal, das zum Gedenken an die Opfer des Genozids errichtet wurde. Es macht mich stolz, in derselben Stadt zu leben wie die Menschen, die sich dafür eingesetzt haben, dass dieses Monument hier entstand.«

Sie holte tief Luft, spürte ein Ziehen an den Rippen, scherte sich aber nicht darum.

»Freiwilliges Vergessen ist etwas Furchtbares, Tobias. Heutzutage setzen alle auf freiwilliges Vergessen. Ja, freiwilliges Vergessen ist geradezu die nicht deklarierte offizielle Ideologie unserer Zeit. Sie beruhigt, mindert die Bürde der großen Fehler, die in der Vergangenheit begangen wurden, verdrängt das Grauen, verhindert vielleicht, dass der Nationalstolz verletzt wird, aber sie entfernt die Menschen von der Wahrheit. Sie führt zu einer großen Illusion, verhindert, dass wir uns der Wahrheit stellen. Doch die Wahrheit ist da, auch wenn wir vor ihr davonlaufen oder sie ignorieren. Es gibt weiterhin Opfer und Täter, auch wenn wir es nicht zugeben. Und wenn wir vergessen, wird es weitere Opfer und weitere Täter geben. Dann werden Leute wie Rudolf Winkelmann, Klügere als er, Brutalere als er, Mächtigere als er, sich ungehindert daranmachen, neuen historischen Tragödien den Weg zu ebnen. Sie sind bereits am Werk. Wenn sie könnten, würden sie nicht davor zurückschrecken, Migranten auf Güterzüge zu laden und in Gaskammern zu schicken, genau wie ihre Nazivorfahren es getan haben.

Nein, Tobias, die Wahrheit kannst du nicht verbergen! Unwahrheit ist ein weit größeres Debakel als Scham. Tu das nicht. Wenn du kein Rassist bist, ist es egal, dass dein Opa Nazi war. Im Gegenteil, es ist nicht hoch genug zu schätzen, dass der Enkel eines SS-Offiziers gegen die Nazis ist. Das ist heute viel wertvoller. Es ist kein Geheimnis, dass einst die Mehrheit in diesem Land die Nazis unterstützt hat. Schlimmer als dass jemandes Vorfahren Nazis waren, ist es, heute selbst Nazi zu werden oder seine Kinder. Und das wird leider von Tag zu Tag wahrscheinlicher. Diese Gefahr gilt es zu bannen. Deshalb hättest du deine Vergangenheit nicht verheimlichen dürfen.«

Sie hielt inne, sah ihn eher herausfordernd als skeptisch an und fügte hinzu:

»Vorausgesetzt, du hast keine anderen Absichten.«

Tobias schrak auf.

»Was für andere Absichten sollte ich denn haben, Chef? Bezichtigst du mich etwa, Neonazi zu sein?«

Yıldız nahm ihre Hände vom Tisch, aber nicht ihre vorwurfsvollen Blicke von ihrem Assistenten.

»Bist du es denn, Tobias?«

Nun wurde der stämmige Polizist doch sauer.

»Wie kannst du so etwas denken? Ich habe erklärt, warum ich verschwiegen habe, dass mein Opa Nazi war. Warum glaubst du mir immer noch nicht?«

»Warum sollte ich dir glauben? Du hast mir ja auch nicht gesagt, dass du schon in der Türkei warst.« Sie sprach jetzt Türkisch. »Tu nicht so, als würdest du mich nicht verstehen, ich weiß, dass du Türkisch kannst. Warum, Tobias, warum hast du diese Lügen für nötig gehalten?«

Der Kommissar hatte es gründlich vermasselt, er atmete tief durch und schüttelte verlegen den Kopf.

»Ich hab Scheiße gebaut«, sagte er, allerdings auf Deutsch. »Ich hab Scheiße gebaut, das ist es.« Reuig zog er an der Zigarette, hielt den Rauch eine Weile zurück, bevor er ihn ausstieß. »Ich hatte dir doch die Geschichte von einem Freund erzählt«, fuhr er dann fort. »Erinnerst du dich? Der sich immer in türkische Mädchen verliebt hat.«

»Dein Mitschüler vom Gymnasium, der in Kayseri war …« Yıldız wusste noch nicht, worauf er hinauswollte.

Tobias lächelte schuldbewusst.

»Herbert Brigel, genau, mein Freund vom Gymnasium. Herbert war ein guter Kerl, ein wirklich guter Mensch. Aber in Kayseri war er nie. Und türkischen Mädchen hat er sich nie genähert, nicht einmal deutschen. Er war wahnsinnig schüchtern. Nein, er war es nicht, der nach Kayseri reiste …«

Allmählich begriff Yıldız, sie riss die Augen auf.

»Du warst es, der sich in türkische Mädchen verliebt hat?«

»Ich war das, Chef.« Wieder lächelte er schuldbewusst. »Ich habe dir nicht die Wahrheit gesagt, weil ich Angst hatte, du könntest es falsch verstehen. Angst, du würdest es nicht verstehen. Meistens verstehe ich es ja selbst nicht. Es ist eine Art Zwang.

Und ganz ohne Grund. Weder hat mich eine türkische Amme gestillt, noch gab es in der Nachbarschaft eine fesche Türkin, die sich freizügig gekleidet hätte. Es war einfach Leidenschaft ...« Er sah das argwöhnische Funkeln in Yıldız' verengten Augen und warf hektisch die Kippe weg. »Nein, Chef, nein, denk bitte nicht so was. Für dich hege ich keine derartigen Gefühle. Habe das auch nie. Du ... Du bist, wie soll ich sagen, du bist für mich wie eine Schwester, wie eine ältere Schwester. Mit anderen Augen hab ich dich nie angesehen. Ehrlich. Ja, es war ein großer Fehler, dir diese Schwäche nicht zu beichten. Vielleicht schlimmer, als dass ich meinen Naziopa verheimlicht habe. Aber wie gesagt, ich hatte Angst, dass du es nicht verstehen würdest. Dass du nicht mit mir arbeiten wollen würdest. Du bist eine großartige Vorgesetzte, Chef, jeder vernünftige Polizist bei der Berliner Polizei würde liebend gern in deinem Team sein. Die Chance wollte ich mir nicht entgehen lassen. Und je näher ich dich kennenlernte, desto lieber wurdest du mir. Deshalb hab ich geschwiegen. Weil ich Angst hatte, dich zu verlieren ...«

Yıldız war verdattert.

»Du bist sauer auf mich, Chef, zu Recht. Ich hätte das nicht tun sollen, aber glaub mir, es geschah nicht in böser Absicht. So viel Unwahrheit auf einmal, wirst du jetzt sagen. Leider ja. Aber glaub mir, ich bin weder Nazi noch pervers. Ich sage die Wahrheit. Das ist nicht gelogen. Du hast genug gelogen, wirst du sagen, und du hast recht. Ich weiß nicht, was ich an deiner Stelle tun würde. Ich würde auch verstehen, wenn du nicht mehr mit mir zusammenarbeiten möchtest. Ich würde es dir nicht schwermachen. Wenn du willst, sag ich dem Kriminaldirektor selbst, dass ich gehe.«

Yıldız fing an, ihren Assistenten zu bedauern, wie gern würde sie ihm glauben, doch so einfach war das nicht. Wer einmal log, der konnte immer wieder lügen.

»Das hättest du nicht tun sollen«, sagte sie. »Du hast mich

schwer enttäuscht, Tobias. Ich habe dir vertraut, sehr sogar. Ich habe mich blind auf dich verlassen. Aber jetzt ...« Sie verstummte, sah sich um, ohne etwas wahrzunehmen, ohne zu wissen, was sie tun sollte, dann richtete sie den Blick erneut auf ihren Assistenten. »Wir stecken mitten in Ermittlungen, deshalb machen wir weiter wie bisher. Als wäre nichts geschehen. Wir verschieben die Sache auf später, wir reden darüber, wenn dieser Fall aufgeklärt ist. Nicht jetzt. Denn mitten im Fluss wechselt man nicht das Pferd.«

Tobias lächelte erleichtert und dankbar.

»Das Sprichwort kenne ich, Chef. Von Songüls Mutter. Von der Mutter des Mädchens aus Kayseri ...«

Yıldız reagierte nicht, lächelte nicht einmal.

»Gehen wir, wenn sonst nichts mehr ist«, sagte sie pikiert. »Ich komme um vor Erschöpfung, und meine Rippen tun auch wieder weh.«

*

Sie schloss auf, beim ersten Schritt in die Wohnung hörte sie das Lied. »*Allı turnam ne gezersin havada / Kanadım kırıldı kaldım burada / Gülüm gülüm, kırıldı kolum / Tutmuyor elim, turnalar hey ...*«[1] Yıldız kannte das Lied gut, konnte sich aber nicht entsinnen, wann sie es zum ersten Mal gehört hatte. Vielleicht damals, als ihre Mutter sie auf ihre Beine legte und in den Schlaf sang. Denn es war Mutters Lieblingslied. Sie sang es inbrünstig mit ihrer zarten Stimme. »*Allı turnam bizim ele varırsan / Şeker söyle,*

---

1 »Was fliegst du durch die Lüfte, rosa Kranich / Ich sitze hier mit gebroch'nem Flügel / Meine Rose, mir sind die Arme gebrochen / Die Hände wie gelähmt, hey, rosa Kranich ...« / »Kommst du in unsre Heimat, rosa Kranich / Hol Süßes, hol Sahne, hol Honig.« / »Fragt jemand nach uns / sag, bleich ist der Liebste, gebeugt / Meine Rose, mir sind die Arme wie gebrochen / Die Hände wie gelähmt, hey, rosa Kranich ...« Lied von Neşet Ertaş.

kaymak söyle, bal söyle.« Auf einen Schlag war das unerfreuliche Gespräch mit Tobias, die Erschöpfung, der Rippenschmerz, die Neonazis, die Morde vergessen, froh ging sie weiter. Noch ein paar Schritte, und ihr stieg der herrliche Duft von Tee in die Nase. Wie von selbst strahlten ihre ockerfarbenen Augen. Ihr Vater machte Frühstück. Sie steckte den Kopf durch die Küchentür, Yaman hatte den Kühlschrank geöffnet, nahm Käse und Oliven heraus und sang das Lied mit, das auf Metropol FM lief, dem türkischen Sender in Berlin. »*Eğer bizi sual eden olursa / Boynu bükük, benzi soluk yâr söyle / Gülüm gülüm, kırıldı kolum / Tutmuyor elim, turnalar hey …*«

»Guten Morgen, Papa!«, sagte sie, doch Yaman hörte sie nicht. Lauter rief sie noch einmal: »Guten Morgen, Babacığım!«

Yaman drehte sich um.

»Guten Morgen, Tochter, schön, dass du da bist …« Das Lächeln auf seinen Lippen gefror. »Yıldız! Was ist passiert?« Hektisch setzte er die Behälter mit Käse und Oliven auf den Tisch und eilte zu ihr. »Du siehst schlimm aus!«

Yıldız wurde sentimental, eine Sekunde lang hatte sie den Impuls, sich dem Vater in die Arme zu werfen und wie ein kleines Mädchen zu weinen. Sie unterließ es, hatte es ohnehin noch nie getan, würde es auch jetzt nicht tun. Sie hatte sich sofort wieder in der Gewalt und schlüpfte wieder in die Rolle der starken Frau, der professionellen Polizistin.

»Nichts, Papa, es ist nichts, die Nacht war bloß ziemlich anstrengend.«

Yaman glaubte ihr nicht, aufmerksam musterte er die Tochter.

»Du siehst nicht gut aus. Neue Fälle?«

Yıldız mochte nicht reden.

»Lass mal, Papa«, sagte sie und lächelte säuerlich. »In dieser Stadt enden die Fälle nie.« Ihr Blick schweifte durch die Küche. »Wo ist Deniz? Ist er noch nicht aufgestanden?«

Der Vater war nicht überzeugt, doch er drang nicht weiter in sie.

»Doch, doch, er ist in seinem Zimmer, zieht sich an.« Er zögerte. »Ich wollte Eier braten, ich mach auch für dich welche. Du wirst dich besser fühlen, wenn du etwas gegessen hast.«

Sie fühlte sich außerstande zu essen, doch lehnte sie ab, würde Yaman sich erst recht sorgen.

»Gute Idee, Babacığım, danke dir.« Sie steuerte Deniz' Zimmer an. Bei jedem Schritt wurde der Schmerz an den Rippen schlimmer. Ihr Vater hatte recht, auch wenn sie nicht dazu aufgelegt war, sollte sie ordentlich frühstücken, eine Schmerztablette nehmen und dann ausgiebig schlafen.

»Mama, Mama!«

Deniz hatte ihre Stimme gehört und erwartete sie vor der Tür seines Zimmers, noch ehe sie da war. Bevor sie ihn stoppen konnte, warf er sich in ihre Arme. Obwohl es schmerzte, drückte sie ihren Sohn und sog seinen Duft tief ein. Sie lehnte den Rücken an die Wand und gab ihm einen dicken Kuss auf die Stirn.

»Guten Morgen, Deniz, guten Morgen, mein Schatz. Wie geht es dir? Bist du fertig für die Schule?«

Der Junge ließ die Unterlippe hängen und rollte unschuldig mit den Augen.

»Kann ich nicht heute mal nicht hingehen, kann ich nicht bei dir bleiben?«

Sie beugte sich zu ihm hinunter und küsste ihn noch einmal auf die Stirn.

»Das geht nicht, das weißt du doch, Deniz. Aber ich verspreche dir, sobald ich kann, machen wir einen Ausflug.«

Seine dunklen Augen strahlten vor Freude.

»Auf Papas Boot?«

Das glaubte Yıldız eher nicht.

»Nein, diesmal nur wir beide. Mutter und Sohn ...« Als sich

Enttäuschung auf seine Miene breitmachte, ergänzte sie schnell: »Wenn du willst, machen wir eine Bootsfahrt auf der Spree.«

»Yippie!«, rief Deniz fröhlich. »Wir fahren Boot!«

Deniz' Radau hatte auch sein Opa gehört. Er spähte aus der Tür und war glücklich, als er seine Tochter und seinen Enkel in inniger Umarmung sah, konnte aber nicht umhin, zu mahnen:

»Beeilung, das Frühstück ist fertig. Der Tee ist eingeschenkt, die Eier brutzeln ...«

Es wurde ein schnelles Frühstück wie immer. Nur an Wochenenden und nur wenn sie keinen Dienst hatte, konnte Yıldız nach Lust und Laune ausgiebig mit ihrem Sohn frühstücken. Doch es tat gut, etwas zu essen, und auch wenn es an den Rippen immer noch ziepte, tat wenigstens der Kopf nicht mehr so weh.

»Ich habe dir einen Umschlag in dein Zimmer gelegt«, sagte Yaman nach dem Frühstück. »Mit Ausdrucken von der Geschichte, wie der Pergamon-Altar nach Berlin gebracht wurde.« Er merkte, dass seine Tochter überrascht war. »Jepp, ich war gestern in der Stadtbücherei.« Er lachte kurz auf. »Ich mache Überstunden für meine Tochter. Um ehrlich zu sein, hab ich dank dir ein Thema recherchiert, mit dem ich mich längst hätte beschäftigen sollen. Nämlich wie der Pergamon-Altar nach Berlin kam. Ich habe alle möglichen Quellen durchforstet. Die Geschichte ist wirklich interessant. Einen richtig guten Aufsatz hab ich gefunden, von einem Archäologen an der Ägäis-Universität. Den solltest du lesen.« Er wirkte verlegen. »Darüber hätte ich mich schon vor Jahren schlaumachen sollen. Das ist wirklich wichtig. Na, besser jetzt als nie.«

Sein Enkel stürmte mit der Schultasche in der Hand aus seinem Zimmer und ließ ihn nicht weiterreden.

»Ich bin fertig, Opa, los, komm jetzt!«

Nachdem sie die beiden verabschiedet hatte, ging Yıldız ins Bad und zog sich aus. Am Brustkorb, wo der Schlag sie getroffen hatte, prangte ein dicker blauer Fleck, den sie lieber nicht berührte. Sie öffnete den Wasserhahn und trat unter die Dusche. Das warme Wasser war angenehm, nun spürte sie die Erschöpfung erst richtig. Nach dem Duschen nahm sie in der Küche eine Schmerztablette, bevor sie in ihr Zimmer trottete. Sie legte ihr Handy neben Wasserflasche und Glas auf die Kommode, ehe sie sich auf dem Bett ausstreckte. Hinter der Flasche lag ein gelber DIN-A4-Umschlag. Das musste der Aufsatz sein, den ihr Vater erwähnt hatte. Den lese ich später, dachte sie, legte sich aufs Bett und schob das Kissen unter den Kopf. Sie schloss die Augen und hatte ein Fiepen im Ohr. Sie drehte sich auf die andere Seite, doch das Fiepen wurde nicht weniger, obendrein taten jetzt auch noch die Rippen weh, weil sie darauf lag. Sie drehte sich wieder auf den Rücken, das Fiepen blieb. Sie wartete einen Moment, setzte sich auf, stopfte sich das Kissen in den Rücken. Sie schenkte sich ein Glas Wasser ein, trank. Als sie es abstellte, fiel ihr Blick erneut auf den Umschlag. Sie griff danach, zog die Blätter heraus und vertiefte sich darin. »Zeus' Reise nach Berlin« lautete der Titel. Verfasst von Doz. Dr. Ümit Çeteci. Darunter stand: Ägäis-Universität, Philosophische Fakultät, Fachbereich Archäologie. Sie überflog die Zwischenüberschriften. Die Einleitung handelte vom Interesse der europäischen Länder an Archäologie und dem Aufbau von Museen im 18. Jahrhundert, es ging um den Wettbewerb zwischen England, Frankreich und Deutschland. Das übersprang sie. Im Kapitel »Ein Straßenbauingenieur mit Interesse an Archäologie: Carl Wilhelm Humann« las sie sich fest.

»*Der langen, komplizierten Reise des Zeus-Altars von Bergama nach Berlin lag eigentlich eine Krankheit zugrunde, Tuberkulose, vom Volk Schwindsucht genannt. Die Person, die dieses im 19. Jahrhundert verbreitete Leiden in unsere Geschichte einbrachte, war Carl Wilhelm Humann. Humann kam am 4. Januar 1839 als mittleres Kind einer großen Familie in Steele zur Welt. Während seines Studiums der Ingenieurwissenschaften wurde bei dem 22-jährigen Carl Tuberkulose diagnostiziert. Die Empfehlung der Ärzte lautete: ›Geh in ein warmes Land, wenn du gesund und lange leben willst.‹ Carl hatte Glück, sein älterer Bruder Franz Humann war auf der Insel Samos, die damals zum Osmanischen Reich gehörte, im Bausektor tätig. Franz rief den Bruder zu sich, und Carl folgte der Einladung gern. Fortan arbeiteten die beiden Brüder zusammen. Ihr Arbeitgeber war die damalige osmanische Regierung. Tatsächlich hatten die beiden recht gute Verbindungen zur Obrigkeit. Der junge Carl war ein fähiger Ingenieur, zugleich offen für neue Kulturen und an Archäologie interessiert. Schnell begann er Türkisch und Griechisch zu lernen. Bald sollte er Anerkennung von der osmanischen Administration erfahren und Bauarbeiten in verschiedenen Regionen ausführen. Die Krankheit, die ihn auf osmanischen Boden geführt hatte, heilte ab. 1864 und 1866 kam er zu Straßenbauarbeiten nach Bergama. Nicht beim ersten Besuch, aber beim zweiten stieg er zur Akropolis von Pergamon hinauf und war zutiefst beeindruckt von dem, was er dort zu sehen bekam. In seinem Tagebuch notierte er:*

›Dann stieg ich auf die Burg … Traurig stand ich da und sah die herrlichen, fast mannshohen korinthischen Kapitelle, die reichen Basen und andere Bauglieder, alles um- und überwuchert von Gestrüpp und wilden Feigen. Daneben rauchte der Kalkofen, in den jeder Marmorblock, welcher dem schweren Hammer nachgab, zerkleinert wanderte. Einige tiefe, frisch gezogene Gräben zeigten, welche Fülle von Trümmern unter der öden Bodenfläche lagerte; je kleiner zersplittert, desto angenehmer waren sie den Arbeitern. Das also war übrig ge-

blieben von dem stolzen, uneinnehmbaren Herrschersitz der Attaliden!‹

Noch aber wusste er nicht, dass unter der Erde, über die er spazierte, ein weltweit einzigartiger Tempel lag. Er verlegte das Hauptquartier seiner Bautätigkeit hierher, vermutlich, um Pergamon nahe zu sein. So begann das Abenteuer der Entdeckung des antiken Pergamon. Während er legal und für alle sichtbar den Straßenbau fortsetzte, begann er zugleich, ohne Genehmigung in Pergamon zu graben. Seinerzeit gab es in Bergama niemanden, der ihm Einhalt geboten hätte: ›Moment mal, Herr Ingenieur, was machen Sie da?‹ Humanns Interesse an Archäologie stammte aus seiner Studienzeit in Berlin, mit großem Eifer setzte er die Grabungen fort. Er verliebte sich regelrecht in Pergamon. Allerdings meldete er die historischen Fundstücke nicht den zuständigen Behörden, sondern sammelte sie in einem privaten Lager.

1871 schickte er zwei in der Akropolis ausgegrabene Relieffragmente wiederum illegal nach Berlin. Eines war ein Fragment des großen Frieses, der rings um den Pergamon-Altar verlief, es stellte den Kampf des Zeussohnes Herakles gegen einen Giganten dar. Noch erkannten auch die Experten in Deutschland nicht, dass es sich bei den Reliefs um Teile des Pergamon-Altars handelte, der in der antiken Welt als achtes Weltwunder galt. Das änderte sich erst, als 1877 Alexander Conze die Leitung der Skulpturensammlung des Berliner Museums übernahm. Conze war der Erste, der feststellte, dass die eingeschickten Reliefs zum Fries der Schlacht der Giganten und Götter gehörten. Das war eine ungeheure Entdeckung. Denn Conze erkannte, dass es sich beim Pergamon-Altar um das noch nicht zutage geförderte achte Weltwunder der antiken Welt handelte. Gehörten die Fundstücke tatsächlich zum

Altar, könnte genau wie in London und Paris auch in Berlin ein prächtiges archäologisches Museum aufgebaut werden.

Conze setzte alle Hebel in Bewegung, damit umfangreiche Grabungen in Pergamon stattfinden konnten. Und seine Bemühungen trugen Früchte, zunächst in Deutschland, dann auch im Osmanischen Reich. Trotz mancher gesetzlicher Hindernisse erging am 6. August 1878 mit persönlicher Zustimmung des zuständigen Ministers eine einjährige Grabungserlaubnis. Die Vorbereitungen dauerten bis zum 9. September 1878. Am Montag, dem 9. September, machte Carl Humann sich mit vierzehn Arbeitern ans Werk. Ohne größere Schwierigkeiten wurden in nur drei Tagen mehr als zehn weitere Fragmente gefunden. Der Reihe nach wurden die Reliefs aus der Erde ans Tageslicht geholt, noch aber war nicht geklärt, wie sie nach Deutschland geschafft werden sollten. Dabei wussten die deutschen Verantwortlichen, denen die Bedeutung der Angelegenheit bekannt war, allen voran der Leiter der Antikensammlung in Berlin, Alexander Conze, dass der Pergamon-Altar nach Berlin geholt werden musste, um ein Museum zu errichten, das sich mit dem British Museum der Engländer und dem Louvre der Franzosen messen konnte. Doch das war nicht so einfach.

Nach osmanischem Gesetz waren bei Grabungen gefundene Werke folgendermaßen aufzuteilen: Ein Drittel gehörte dem Eigentümer des Bodens, auf dem die Grabung stattfand, ein Drittel dem Staat und ein Drittel dem Land, das die Grabung durchführte. Die Festung von Bergama gehörte dem Staat, und das Land, in dem gegraben wurde, war das Osmanische Reich, damit fiel dem Berliner Museum, das im Namen Deutschlands grub, nur ein Drittel der ausgegrabenen Werke zu. Das Gesetz entsprach weder den Wünschen der deutschen Verantwortlichen noch denen Humanns und Conzes. Sie wollten den Pergamon-Altar in Gänze in Berlin haben, doch wie sollte das gehen? Das war die Frage, die Carl Humann umtrieb. Die Grabungen liefen gut, bald wären sämtliche Teile des Altars geborgen. Bekäme Deutschland aber nur ein Drittel davon, könnten sie in Berlin kein dem Louvre und dem British Museum ebenbürtiges imposantes Museum aufbauen. Zu Hilfe kamen ihnen die Ignoranz der Osmanen, die Diplomatie und politischer Druck der Deutschen. An dieser Stelle muss auf die Ignoranz der Osmanen eingegangen werden.

Die damals gängige Geschichtsschreibung umfasste lediglich die Zeit der Türken und Muslime. Also eine Zeitspanne von gut eintausend Jahren. Die Spuren der Menschheitsgeschichte auf diesem Boden reichen aber mehrere zehntausend Jahre zurück. Große Sultane wie Sultan Mehmed der Eroberer wussten das noch. Deshalb nahm er sich Alexander den Großen zum Vorbild und erklärte unbescheiden: ›Ich bin der Kaiser von Rom.‹ Das Schicksal wollte es aber, dass die Vision seiner Nachfahren, die vierhundert Jahre nach ihm das Reich lenkten, weit hinter der seinen zurückstand. Es war schlicht eine ungeheure Dummheit, sich in diesem Land nur für die Geschichte der letzten gut tausend Jahre zu interessieren und nur auf die Kulturen dieser Zeit Anspruch zu erheben. Diese Ignoranz kam Deutschland, das ein grandioses Werk wie den Pergamon-Altar nach Berlin schaffen wollte, zugute. Der deutsche Kronprinz sprach eine Bitte aus, und die osmanische Staatsführung stimmte zu, dass als Gegenleistung für die Kosten und Mühen der Grabung nicht ein Anteil ans Berliner Museum ging, sondern zwei. Das war zwar gegen das Gesetz, doch wen kümmerte das Gesetz, wenn der Sultan selbst eingewilligt hatte? Das letzte Drittel wurde dann im folgenden Jahr mit dem Antrag auf eine neue Grabungserlaubnis gegen Zahlung von zwanzigtausend Franken dem Berliner Museum übertragen.

Auf höchster Ebene räumte der osmanische Staat Deutschland auch bei den folgenden Grabungen beste Bedingungen ein. So wurde das achte Weltwunder der antiken Welt, der von Eumenes II., dem klugen Attaliden-Herrscher, zu Ehren des Sieges über die barbarischen Galater errichtete Pergamon-Altar nach gut zweitausend Jahren seiner Heimstätte entrissen und ein paar tausend Kilometer in die Ferne geschafft. Anstatt sich von dem Hügel, auf dem er erbaut wurde, von Sonne und Mond angestrahlt, zu erheben, wurde der irdische Palast des Zeus rund fünfzig Jahre nach seinem Abtransport 1930 in einem geschlossenen Saal unter künstlicher Beleuchtung ausgestellt, in einem Museum, das fern der Heimat seinen Namen trägt. Carl Humann, der maßgeblich dafür gesorgt hatte, dass der Altar nach Berlin kam, wurde als Anerkennung seiner Bemühungen ordentliches Mitglied des Deutschen Archäologischen Instituts und später unter anderem mit dem Verdienstorden der preußischen Krone ausgezeichnet. Die Auszeichnungen erhielt er zwar von Deutschland, er zog es aber vor, weiter in Izmir zu leben. Er war auf besondere Weise mit diesem Boden und mit den anatolischen Kulturen verbunden. Bevor er im Alter von siebenundfünfzig Jahren in Izmir starb, legte er fest, nicht in seinem Geburtsort Steele, sondern in Pergamon begraben zu werden, in dem Boden, auf dem nur noch die Sockel des Zeus-Altars standen. Er war ein vom Glück gesegneter Mann, Jahre später sollte auch sein letzter Wille erfüllt werden.«

Yıldız' Augen brannten, als sie die Blätter zurück auf die Kommode legte, sie war verwirrt und von widersprüchlichen Gefühlen erfüllt. Wäre der Marmor des herrlichen Altars, wenn er bei den Osmanen geblieben wäre, tatsächlich »mit schweren Hämmern zertrümmert und in Kalkbrennereien verbrannt« worden? Oder hätten spätere Generationen den Wert des prachtvollen Monuments erkannt und es bewahrt, wie es sein sollte? Sie war sich nicht sicher. Sie schauderte und verkroch sich unter der Decke, ihr letzter Gedanke war: »Was Papa wohl darüber denkt?«

Das Klingeln des Telefons riss sie aus dem Tiefschlaf. Als sie die Augen aufschlug, wusste sie einen Moment lang, nicht, wo sie war. Sie war wie benommen. Das Telefon klingelte ununterbrochen. Sie setzte sich auf, blickte um sich. Sie war zu Hause. Ihre Lippen waren trocken, ein Glas Wasser täte gut, doch immer noch schrillte das Handy. Sie nahm es von der Kommode. Toby stand auf dem Display. Hastig ging sie dran.

»Hallo, Tobias?«

»Hallo, Chef! Bei Germania gibt's Zoff ...«

»Was?« Yıldız bemühte sich zu verstehen. »Im Sportclub von Rudolf Winkelmann?«

»Genau, von drinnen wurden Schüsse gehört«, erklärte er gelassen wie üblich. »Ich fahre hin. Ich dachte, du solltest es wissen.«

Yıldız war sofort hellwach und sprang aus dem Bett.

»Alles klar, Tobias, ich komme sofort ...«

*

Die Menge hatte sich am Anfang der Straße versammelt. Vor allem Frauen und Männer in Trainingsanzügen, Hals über Kopf aus dem Sportstudio geflohen, aufgeregt redeten sie durcheinander und warfen ängstliche Blicke zum Gebäude. Polizisten in Uniform bildeten eine Barriere zwischen Club und Menschenmenge. Zwei Polizeiwagen parkten schräg direkt vor der Tür, drei Polizisten standen etwas weiter hinten. Yıldız stieg aus und schaute sich nach Tobias um, entdeckte ihn aber nirgends. War er noch nicht da? Das konnte nicht sein. Sie spähte noch einmal zu den Polizisten hinüber, die die Menge vom Gebäude fernhielten, er war nicht dort. Sie ging auf die Kollegen am Polizeiauto zu und zeigte ihren Dienstausweis.

»Hauptkommissarin Karasu. Was ist los?«

Ein blasser Polizist mit roten Haaren, die rechte Hand am Griff seiner Pistole, trat vor.

»Drei bewaffnete Personen haben den Club gestürmt, Hauptkommissarin. Die Leute drinnen sind allerdings auch bewaffnet. Nach Aussagen von Augenzeugen haben sie zurückgeschossen.«

Das muss Hüseyin Ölmez sein, dachte Yıldız. Hatte der Dummkopf es also doch getan. Aber sie musste es sicher wissen.

»Die Personen im Club wussten also, dass ein Angriff bevorsteht, oder?«

Der Uniformierte nickte.

»Genau wissen wir das nicht, sicher ist nur, dass sie zurückgeschossen haben. Es kam zu einem größeren Feuergefecht. Es gibt Verletzte, vielleicht auch Tote. Die Leute sind nur knapp davongekommen.« Er deutete mit einer Kopfbewegung auf das Gebäude. »Jetzt sind keine Schüsse mehr zu hören, bis eben war hier die Hölle los.«

»Was tun Sie?«, fragte Yıldız ungeduldig.

»Wir haben die notwendigen Vorkehrungen getroffen, Hauptkommissarin, und warten jetzt auf das SEK.«

Das war zwar korrekt, und er hielt sich an die Vorschriften, doch einfach nur dastehen und warten, war Yıldız' Sache nicht. Sie musterte Tür und Fenster des Clubs.

»Ist jemand von uns drinnen?«

»Ähm, wir waren die Ersten vor Ort«, antwortete der Beamte zögerlich. »Als wir ankamen, war noch niemand da. Wir haben sofort Meldung gemacht, das SEK informiert und Unterstützung angefordert. Wir haben dafür gesorgt, dass die Leute drinnen sicher evakuiert wurden. Da kam ein Kommissar in Zivil wie Sie. Kommissar Becker. Er wirkte sehr angespannt und aufgeregt und hat sich von uns informieren lassen. Eigentlich wollte auch er auf das SEK warten, aber als er die Schüsse hörte, ist er reingegangen.

Wir sagten noch, er soll hierbleiben, versuchten ihn daran zu hindern, doch er hörte nicht auf uns.«

Genau das hatte Yıldız befürchtet.

»Wann kommt das SEK?«

Der Polizist beugte den Nacken.

»Sie haben gesagt, sie sind unterwegs, aber das dauert mindestens zwanzig Minuten ...«

Schüsse aus dem Gebäude unterbrachen ihn. Drei Pistolenschüsse, ein Automatikgewehr antwortete. Die Menge am Ende der Straße wurde unruhig, einige Frauen schrien auf.

»Bringen Sie die Leute weg«, rief Yıldız. »Machen Sie die Straße frei. Keiner soll in der Nähe des Clubs bleiben. Die schießen mit Automatikgewehren, wenn die Angreifer rauskommen, gibt es ein Massaker. Entfernen Sie sofort die Leute!«

Der Rothaarige ging auf die Menge zu, Yıldız hingegen strebte zum Eingang.

»Hauptkommissarin!« Einer der Polizisten hatte sie bemerkt und rief hinter ihr her. »Bleiben Sie stehen, Hauptkommissarin, was tun Sie denn? Hauptkommissarin!«

Sie drehte sich nicht einmal um, schmiegte sich rechts von der Tür an die Wand, zog ihre Waffe, entsicherte und stieß mit der Linken die Tür auf. Sie wartete kurz. Dann schlüpfte sie schnell hinein. Drinnen sprang sie hinter die erstbeste Säule. Wartete wieder. Den Rücken an der Säule, lauschte sie. Tiefe Stille. Sie reckte den Kopf links hinter der Säule hervor und spähte ins Innere. Den Blonden am Boden sah sie zuerst. Es war einer der beiden einander ähnelnden Bodyguards, die sie beim letzten Mal angetroffen hatten. Wahrscheinlich hatte er gemeinsam mit seinem Kollegen den Überfall auf Hüseyin Ölmez' Haus durchgeführt. Er war tot oder so schwer verletzt, dass er das Bewusstsein verloren hatte. Etwa fünf Zentimeter hinter seiner rechten Hand erkannte sie einen Smith & Wesson-Revolver. Einen halben Meter weiter lag bäuchlings ein Mann, den sie noch nie gesehen hatte. Dunkler Teint, Schnurrbart, zwischen den weißen Sportschuhen lag eine braune Pumpgun. Da bewegte sich etwas neben dem Laufband. Sie richtete die Pistole darauf. Ein junges Mädchen in grauem Trainingsanzug starrte sie aus der Deckung am Boden angstvoll an. Yıldız bedeutete ihr, sich nicht zu bewegen, zu bleiben, wo sie war. Sie musste erst wissen, ob Gefahr drohte, konnte aber von ihrer Position aus nicht viel sehen. Sie drehte sich um, spähte rechts hinter der Säule hervor. Richtig, zehn Meter entfernt lag der andere Bodyguard. Ein großer Blutfleck auf dem Bauch, der Körper bewegte sich unkontrolliert, offenbar stand er unter Schock. Sein linkes Knie zitterte und stieß eine Thompson beiseite. Eine sehr alte Waffe, ein Überbleibsel aus dem Zweiten Weltkrieg. Darüber konnte sie sich jetzt keine Gedanken machen. Sie schaute suchend im Raum umher. Direkt neben dem mit dem Tod ringenden Security-Mann war noch jemand zu Boden gegangen, regungslos, in der Hand eine Pumpgun. Auf den zweiten Blick sah sie, dass ihm eine Gesichtshälfte fehlte. Er lag in einer riesigen Blutlache. Sie fixierte erneut sein Gewehr, es war von der Art, wie Jäger es benutzten. Ihr wurde klar, dass sich ihr Verdacht bestätigte. Hüseyin, dachte sie, ach, dummer Hüseyin, was hast du getan! Nun war doch das geschehen, was Kerem befürchtet hatte, sein Sohn hatte den Club von Rudolf überfallen, weil er ihn für die Morde verantwortlich machte.

Die Pistole im Anschlag, trat sie vorsichtig hinter der Säule hervor und konnte jetzt den ganzen Saal überblicken. Ein Boxring, Laufbänder, eine Ecke für Hanteltraining. Außer den am Boden Liegenden war niemand zu sehen. Sie wandte sich an das Mädchen neben dem Laufband.

»Lauf raus!«, wisperte sie. »Raus, schnell!« Das Mädchen zögerte kurz, dann sprang sie auf und stürzte zur Tür. Binnen Sekunden war sie draußen. Yıldız sah sich erneut in der Halle um. Sie suchte nach Tobias, spähte in jeden Winkel. Nein, ihr Assistent war nirgends zu sehen. Und wo war Hüseyin Ölmez? Musste nicht auch er irgendwo sein, wenn er hinter dem Überfall steckte? Und Rudolf Winkelmann? Auch er war nicht zu sehen. Sie mied den freien Raum, bewegte sich im Schutz der Säulen und Sportgeräte. Vielleicht waren alle drei in Rudolfs Büro im Obergeschoss. Diesmal servierte ihnen der altgediente Neonazi mit Sicherheit nicht seinen Spezialkaffee. Vermutlich hatte er die ungebetenen Gäste mit einer Automatikwaffe begrüßt, wie seine Bodyguards sie in Händen hatten. Sie hob den Kopf, spähte nach oben, zu den Fenstern des Büros hinauf. Dort schien niemand zu sein. Plötzlich hörte sie eine Stimme. Ein Mann sprach. Bedrohlich klang seine Stimme nicht, aber hasserfüllt.

»Ihr habt sie aufgestachelt, ihr habt sie auf uns gehetzt.«

Woher kam die Stimme? Yıldız spähte vergeblich umher.

»Dieser Hund hätte sich nie getraut anzugreifen, wenn ihr mich nicht beschuldigt hättet.« Ein dumpfer Schlag. Dann ein Stöhnen: »Au!« Nein, Tobias' Stimme war das nicht. Wer da stöhnte, musste Hüseyin Ölmez sein. Der Redner war zweifellos Rudolf Winkelmann. Sie achtete darauf, keine Geräusche zu machen, beschleunigte ihre Schritte, huschte am Boxring vorbei und entdeckte die offene Metallklappe im Boden. Auf Zehenspitzen schlich sie näher.

»Ihr verübt den schlimmsten Verrat an Deutschland. Ihr seid die Verräter im Staat, genau. Ihr habt Angst vor denen, vor den am Boden kriechenden Schakalen.« Wieder ein Schlag, dann ein Stöhnen. Doch die Geräusche kamen nicht aus dem Loch unter der Metallklappe im Fußboden. Das war sicher. Endlich bemerkte sie die Tür neben der Treppe nach oben, sie war angelehnt. Davor lag eine Pumpgun. Vermutlich Hüseyin Ölmez' Waffe. Blutflecken auf dem Boden. Offenbar war jemand schwer verwundet worden. Dann wieder Rudolfs Stimme: »Passt es euch in den Kram, seid ihr Patrioten und steht an unserer Seite. Tatsächlich aber unterscheidet ihr euch in nichts von diesen Schurken. Auch ihr seid Verräter. Wahrscheinlich seid ihr sogar schlimmer als diese Lumpen. Ihr habt keine Skrupel, die wahren Patrioten in diesem Land umzubringen.«

Mittlerweile war Yıldız sich sicher, die Stimme kam aus dem Raum hinter der Tür an der Treppe. Hastig schlich sie darauf zu.

»Ihr habt auch die beiden NSU-Jungs auf dem Gewissen«, bellte Rudolf hasserfüllt. »Erst habt ihr sie benutzt, habt sie eure schmutzigen Geschäfte erledigen lassen, dann habt ihr sie umgebracht ...«

Er sprach offenbar von Uwe Böhnhardt und Uwe Mundlos, den beiden tot in einem Wohnwagen aufgefundenen Männern vom sogenannten Nationalsozialistischen Untergrund. Yıldız gab dem Mann recht, mit dem sie sich gleich ein Gefecht liefern würde, der sie womöglich töten würde, denn was Rudolf sagte, stimmte. Ein paar Personen im Staat hatten die Terroristen zunächst geschützt, die Augen davor verschlossen, dass sie zehn Menschen umgebracht hatten, darunter auch eine Polizistin, hatten sie sogar unterstützt, aber als die Sache aus dem Ruder lief, hatten sie entschieden, sie zu beseitigen. Anschließend hatten sie wie stets ihre blutbefleckten Hände in Unschuld gewaschen, die Arme verschränkt und sich auf ihren sicheren Sesseln zurückgelehnt. Das Gegenteil dieser schwerwiegenden Anschuldigungen konnte bis heute nicht bewiesen werden.

»Wir haben niemanden benutzt.« Tobias' Stimme riss sie aus ihren Gedanken. »Lass den Mann los, ergib dich!«

Eine Welle der Freude durchflutete Yıldız. Tobias war also okay. Ihm war nichts passiert. Doch zum Aufatmen war es zu früh. Sie sah zwar nicht, was hinter der Tür vor sich ging, ganz offensichtlich aber war eine Geisel genommen worden, und zwar vermutlich Hüseyin Ölmez. Sein törichter Überfall hatte damit geendet, dass zwei seiner Freunde und die beiden Bodyguards von Rudolf tot waren. Wahrscheinlich war auch er selbst verwundet und jetzt auch noch von seinem Erzfeind als Geisel genommen worden. »Dummer Kerl«, dachte sie noch einmal. »Dummer Kerl, du hast alles kaputt gemacht.«

Sie schlich nahe an die Tür heran. Rudolf sprach noch immer.

»Genau, auch die Mörder von Uwe Böhnhardt und Uwe Mundlos haben gesagt: ›Wir haben niemanden benutzt. Sie haben Selbstmord begangen, als sie merkten, dass sie umzingelt waren.‹ Das war gelogen. Sie haben die beiden Jungs umgebracht. Weil sie Angst hatten. Weil sie vor diesem Abschaum Angst hatten. Vor Kanaken von minderwertigem Blut wie dem hier.«

Yıldız war so dicht dran, dass sie sogar wahrnahm, wie verzweifelt der Mann klang. Ihm war also klar, dass er am Ende des Weges angekommen war. Ein wütender Mann ist gefährlich, aber ein verzweifelter ist noch viel gefährlicher. Eile war geboten, sie linste durch den Türspalt. Und hatte Tobias' breiten Rücken vor sich, dahinter Rudolf, der den verwundeten Hüseyin als Schild benutzte, er hielt ihm den schwarzen Lauf seiner Beretta ans Kinn. Hüseyin sah schlimm aus, die blutende Wunde an seiner linken Schulter konnte nicht einmal die Jägerweste verbergen. Sein rechtes Auge war komplett zugeschwollen, bei jedem Atemzug entwich seinen leicht geöffneten Lippen ein Röcheln. Die Lage sah nicht gut aus. Jeden Augenblick konnten Rudolf und Tobias aufeinander schießen. Nur wenn Yıldız reinging, wären sie dem Neonazi gegenüber im Vorteil. Doch Rudolf stand mit dem Gesicht zur Tür, bei der ersten Bewegung würde er Yıldız bemerken. Nur Tobias' stämmiger Körper stand davor. Wenn sie hinter dem imposanten Rücken ihres Assistenten Deckung nahm, könnte sie unbemerkt ins Zimmer schlüpfen. Bewegte sich Tobias aber, stünde sie wie auf dem Präsentierteller da. Das würde Verwirrung stiften und eine äußerst gefährliche Situation schaffen. Doch ihr blieb nichts anderes übrig. Sie packte die Pistole mit beiden Händen, holte tief Luft, wartete eine Sekunde und schlich auf Zehenspitzen ins Büro. Der erste Versuch gelang, sie war drinnen, ohne dass der bewaffnete Neonazi sie bemerkt hatte. Nicht einmal Tobias merkte, dass er der Chefin mit seiner Bärenstatur Deckung bot.

»Und jetzt wollt ihr mich umbringen«, bellte Rudolf weiter. »Auch wenn ich mich ergebe, lasst ihr mich nicht am Leben. Deshalb habt ihr den Schwarzkopf auf mich gehetzt. Habt die Schießerei hier inszeniert. Während des Schusswechsels wolltet ihr mich beseitigen. Wolltet mich vernichten genau wie Uwe Böhnhardt und Uwe Mundlos, die armen Jungs. Denn eure Chefs haben die Säuberung beschlossen. Weil sie Angst haben vor dem, was ich weiß. Davor, dass ich rede. Guck mich nicht so blöd an. Ich weiß genau, was ihr vorhabt. Ihr lasst mich bestimmt nicht am Leben. Aber geschenkt kriegt ihr das nicht. Wenn ich abtreten muss, dann nicht allein. Den Schurken hier nehme ich mit und dich auch.«

Er presste der Geisel den Pistolenlauf ans Kinn.

»Au!« Hüseyins blutigen Lippen entrang sich ein schwaches Stöhnen. Er regte sich, wie um sich loszureißen.

»Keine Bewegung!« Rudolf rüttelte ihn. »Keine Bewegung, Dreckskerl! Glaubst du, ich hab vergessen, was du mir angetan hast? Du wirst für alles bezahlen, Türkenbastard. Und du wagst es auch noch, den Club zu überfallen! Ich werd dir zeigen, wie man einen Überfall macht!«

Tobias ließ sich nicht einschüchtern.

»Hör auf, Rudolf! Es ist doch sinnlos, noch mehr Blut zu vergießen.« Er versuchte, den Mann zu überreden. »Noch kannst du dich aus der Schlinge ziehen. Ich bin Zeuge, die haben tatsächlich deinen Verein überfallen. Sogar bewaffnet. Du bist der Überfallene. Du kannst auf Notwehr plädieren. Aber wenn du den Mann hier umbringst, kann dich keiner raushauen. Noch hast du eine Chance. Lass die Waffe fallen, ergib dich, und wir gehen.«

Rudolf unterbrach ihn nicht. Ließ er sich womöglich überzeugen? Auch Tobias schien diesen Eindruck zu haben, deshalb fuhr er beinahe freundschaftlich fort:

»Mein Wort darauf, ich berichte genau, wie es war. Ganz offensichtlich bist du hier der Geschädigte. Wenn jemand bestraft wird, dann der Mann, dem du die Waffe ans Kinn hältst. Aber wenn du das hier noch länger hinziehst, wenn du der Polizei mit Waffen antwortest, dann setzt du dich ins Unrecht, obwohl du im Recht warst ...«

Rudolfs Miene verriet, dass er ins Zweifeln geriet, er war schon fast überzeugt, da neigte sich Tobias, der nicht wusste, dass Yıldız hinter ihm stand, ein Stück nach rechts. Und das Gesicht des Neonazis war auf einen Schlag feuerrot.

»Hurensohn, du bescheißt mich!«, brüllte er. »Die Schlampe ist also auch hier!«

Die Worte verwirrten Tobias, er tat, was er nicht hätte tun sollen, er drehte den Kopf, um zu sehen, was in Rudolfs Blickfeld lag. Im selben Augenblick knallte es, Rudolf hatte abgedrückt, er stieß Hüseyin weg und brüllte: »Ich knall euch alle ab!« Die Geisel ging zu Boden, und aus dem Hals ihres Assistenten sah Yıldız Blut sprudeln. Sie riss die Pistole hoch und feuerte blindlings. Der kleine Raum hallte von den Schüssen wider. Sie feuerte das Magazin leer. Der Neonazi zitterte wie ein vom Sturm gepacktes Blatt, dann stürzte er unmittelbar hinter Hüseyin rücklings zu Boden. Er war schon tot, bevor er fiel. Doch Yıldız musste sichergehen, sie wechselte das Magazin und richtete die Pistole auf Rudolf, als sie näher trat. Die Waffe auf dem Boden stieß sie mit dem Fuß beiseite. Einen Augenblick lang beobachtete sie den in seinem Blut Liegenden. Als er sich nicht regte, schob sie die Pistole ins Holster. Ohne einen Blick für Hüseyin, der hilfesuchend die Hand ausstreckte, beugte sie sich über ihren Assistenten. Tobias lag am Boden, doch er war bei Bewusstsein. Er hatte die Pistole fallen gelassen und presste die rechte Hand auf die Wunde. Doch das Blut kam mit solchem Druck, dass es ihm durch die Finger sprudelte.

»Toby, Toby!«, rief Yıldız panisch und kniete sich neben ihren Assistenten. Sie schlüpfte aus der Jacke und sprach ihm Mut zu. »Keine Sorge, Toby, alles wird gut, Toby.«

Gekränkt sah er sie an.

»Ich bin kein Nazi, Chef«, sagte er nur. Er nahm all seine Kraft zusammen und quälte den Kopf ein wenig hoch. »Ich bin kein Nazi.«

Yıldız presste ihre Jacke auf seinen Hals und schämte sich.

»Ich weiß, Toby, ich weiß. Verzeih mir. Lass das jetzt. Alles wird gut!«

Er lächelte resigniert.

»Gut … gut …«, konnte er noch sagen, dann verloschen seine dunkelgrauen Augen, seine Hände fielen zur Seite. Voller Sorge betrachtete Yıldız ihn. Sie konnte die Tränen nicht länger zurückhalten. Obwohl sie wusste, dass er sie nicht hören würde, sagte sie hoffnungsvoll:

»Du wirst nicht sterben, Toby, du stirbst nicht. Beiß die Zähne zusammen, ich rette dich.«

11

»Herakles büßte für den Mord an seinen Söhnen.«

Die Zeit wurde knapp. Tagtäglich kam Hermes mit neuen Nachrichten über das hinterlistige Treiben der Erdmutter. Gaia trainierte ihre Söhne, um mich, den mächtigen Zeus, zu besiegen. Ungeduldig wartete sie darauf, diese, ihre letzte Intrige, die sie jahrelang kaltblütig vorbereitet hatte, ins Werk zu setzen. Sie wollte mich nicht mehr auf dem Thron sehen und beeilte sich, mir die Krone vom Kopf zu reißen. Ich aber durfte nicht ungeduldig sein, durfte nicht voreilig handeln, ehe Herakles bereit war, durfte ich mich nicht in den Kampf stürzen. Täte ich es, wäre die Niederlage unausweichlich. Täte ich es, würde ich nicht bloß mich, sondern alle Olympier und alle Geschöpfe auf Erden in Gefahr bringen. Damit mein heroischer Sohn bereit war, musste er zwölf schwierige Aufgaben lösen. Obendrein musste er das auf Anordnung von Eurystheus tun, dem Schandfleck unter den Königen, ein Mann, den sein eigenes Volk nicht liebte, den die anderen Herrscher nicht achteten, den auch die Götter nicht weiter ernst nahmen. Um Buße zu tun, musste mein großherziger Sohn den Weisungen dieses schändlichen Königs nachkommen.

Als Eurystheus Herakles vor sich sah, um seine Anordnungen entgegenzunehmen, gefiel ihm das sehr. Der mutigste Mann auf Erden stand unterwürfig vor ihm. Das ließ ihm den Kamm schwellen, endlich war seine infrage gestellte Herrschaft bewiesen, würde jeder seine Macht sehen. Andererseits aber fürchtete er sich zu

Tode. Der Mann, der dort stumm vor ihm stand, um seine Befehle zu empfangen, war einer, von dem man nicht wusste, was er tun würde. Verlor er die Beherrschung, würde er ihn womöglich mit einem einzigen Fausthieb ins Totenreich schicken oder ihm den Hals wie einen dünnen Zweig brechen. Bei der Vorstellung überlegte er, ob er die Sache nicht lieber sein lassen sollte. Doch sogleich kam Hera dem feigen König zu Hilfe, nahm ihm die Angst und legte die zwölf unmöglich zu lösenden Aufgaben fest. Das heißt, sie glaubte, sie würde sie festlegen, denn natürlich war ich es, der alles beschloss. Und selbstverständlich würde ich meinem heroischen Sohn Gaben zukommen lassen, die ihm bei den Aufgaben behilflich sein würden. Von Athene ein magisches Gewand, von Hermes ein scharfes Schwert, von Apollon Pfeil und Bogen, von Hephaistos Helm und Panzer aus Gold und von Poseidon ein Paar herrlicher Rösser. Doch in seinem unendlichen Selbstvertrauen zog Herakles bei schwierigen Unternehmungen meistens seine schlichte Keule vor, die er eigenhändig aus einem Ölbaum gefertigt hatte.

Die erste Aufgabe lautete, einen Löwen zu töten, der in der Region Nemea Menschen riss. Niemand wagte es, sich dem wilden Tier entgegenzustellen. Wer ihn nur brüllen hörte, floh sogleich weit fort, gar nicht daran zu denken, dass man ihn jagte. König Eurystheus verlangte nun, dass er diesen Löwen tötete und ihm das Fell abzog. Furchtlos zog Herakles nach Nemea und machte die Höhle des Löwen ausfindig. Er hörte sein Gebrüll und roch seinen stinkenden Atem. Er lockte ihn heraus. Ungeachtet seines mächtigen Leibs stürzte sich das Raubtier wie der Wind auf Herakles, doch mein flinker Sohn sprang beiseite, hieb dem Tier seine Keule auf den Schädel, und als der Löwe taumelte, warf er sich auf ihn und erdrosselte ihn mit seinen starken Armen. Mit bloßen Händen drückte er dem Ungeheuer die Luft ab. Eigenhändig zog er dem Löwen die Haut ab. Und machte sich aus dem kräftigen Fell einen Panzer.

So lernte Herakles bei seiner ersten Aufgabe, die Überlegenheit des Feindes in einen Vorteil für sich umzumünzen.

Die zweite Aufgabe lautete, die riesige Wasserschlange zu vernichten, die an der Quelle Amymone unter einem mächtigen Baum hauste. Sie hatte neun Köpfe und neun Zungen und war so giftig, dass sie allein mit ihrem Atem töten konnte. Herakles nahm seinen Neffen Iolaos mit. Als sie an den See kamen, hob das Ungeheuer seine Köpfe aus dem Wasser. Ihre grünen Schuppen glänzten in der Sonne, ihre gespaltenen Zungen peitschten das Wasser, mit ihren achtzehn Augen musterte sie Herakles heimtückisch. Mein heldenhafter Sohn war schneller als sie und hieb ihr mit zwei Schlägen zwei Köpfe ab. Doch an ihrer Stelle wuchsen sogleich neue Köpfe. Herakles erkannte, dass er es mit einer harten Nuss zu tun hatte, ließ Iolaos ein Feuer entfachen und brannte die Hälse der abgeschlagenen Köpfe aus. So konnten keine neuen nachwachsen. Auf diese Weise hieb mein beherzter Sohn Heras Ungeheuer alle neun Köpfe ab und vergrub sie in der Erde.

So lernte Herakles bei seiner zweiten Aufgabe die Finessen der Unterwerfung des Feindes.

Die dritte Aufgabe lautete, die Hirschkuh von Keryneia mit ihrem goldenen Geweih einzufangen. Die Hirschkuh war riesig wie ein Wildschwein. Sie verwüstete Felder, sodass die Bauern nichts mehr ernten konnten. Doch niemand durfte sie anrühren, denn sie war der Göttin Artemis geweiht. Tötete er sie, würde er die göttlichen Verbote übertreten und sich Artemis' Zorn zuziehen. Ein Jahr lang wanderte Herakles durchs Gebirge und wartete auf den geeigneten Moment, die Hirschkuh zu fangen. Er jagte ihr hinterher, doch die göttliche Hirschkuh war schneller als er. Mein kluger Sohn erkannte, dass er das heilige Tier auf diese Weise nicht einfangen würde, deshalb brachte er ihr mit dem Pfeil eine leichte Wunde bei. Als die Hirschkuh schwächer wurde, packte er sie am

Geweih und brachte sie zum König. Und weil sie nicht tot war, verärgerte er auch Artemis nicht.

So lernte Herakles bei seiner dritten Aufgabe, bei der Lösung eines Problems sich nicht neue an den Hals zu schaffen.

Die vierte Aufgabe lautete, den wilden Eber vom Berg Erymanthos zu ergreifen. Das schädliche Tier verwüstete die Ernte der Bauern, sodass die Menschen Hunger litten. Tagelang hielt Herakles auf dem Berg Ausschau nach dem Tier, verfolgte seine Spur und fand endlich seine Höhle. Kaum nahm der Eber seinen Geruch auf, griff er Herakles an. Er war so groß wie ein kleiner Berg, beim ersten Anblick erschrak mein heldenhafter Sohn, riss sich aber rasch zusammen und versuchte ihn mit harten Hieben niederzuwerfen. Doch der Eber war ungeheuer stark. Mein heroischer Sohn sah ein, dass er ihn nicht bezwingen würde. Doch auch dem Eber war der Schreck in die Glieder gefahren, er flüchtete den Berg hinunter, um seinem Jäger zu entkommen. Aber mein flinker Sohn ließ nicht von ihm ab, jagte ihm nach, bis das Tier erschöpft war. Irgendwann brach der Eber entkräftet zusammen. Herakles packte ihn und schleifte ihn vor König Eurystheus.

So lernte Herakles bei seiner vierten Aufgabe, wie wichtig Geduld bei der Unterwerfung des Feindes war.

Die fünfte Aufgabe lautete, die Ställe des Königs Augias an einem einzigen Tag auszumisten. König Augias besaß eine Herde von mehreren tausend Rindern. Die Ställe waren jahrelang nicht gereinigt worden und starrten vor Dreck. Es stank entsetzlich, Scharen schädlicher Insekten wuselten umher, Seuchen standen zu befürchten. Eurystheus' wahre Absicht war natürlich nicht, Krankheiten zu vermeiden, sondern Herakles mit der unwürdigen Arbeit zu schmähen. Das scherte meinen aufgeweckten Sohn nicht. Er hatte auch nichts dagegen, mit der Arbeit ein wenig zu verdienen. So vereinbarte er mit König Augias, gegen ein Zehntel der Herde als Lohn die Ställe auszumisten. Um die unmöglich scheinende Arbeit zu erledigen, leitete er durch einen Kanal das Wasser von zwei Flüssen in die Ställe. Tatsächlich strömte das Wasser hindurch und reinigte die Ställe binnen eines einzigen Tages, damit war das Ziel erreicht.

So lernte Herakles bei seiner fünften Aufgabe, Probleme mithilfe der Kraft der Natur zu lösen.

Die sechste Aufgabe lautete, einen Schwarm ungebärdiger Vögel vom See Stymphalos zu vertreiben. Bei diesen Vögeln handelte es sich nicht um zarte, buntgefiederte Geschöpfe mit lieblichem Gesang, vielmehr waren es von meinem erbarmungslosen Sohn Ares gezüchtete Ungeheuer mit Krallen und Schnäbeln aus Bronze, die sich von Menschenfleisch ernährten. Ihre blutigen Schnäbel und Krallen funkelten in der Sonne. Niemand wagte sich an den See, weil sie dort ihr Unwesen trieben. Im Kampf konnte Herakles sie unmöglich besiegen. Zudem hätte er damit den streitlustigen Gott Ares gegen sich aufgebracht. Er grübelte und grübelte, bis seine große Schwester Athene ihm zu Hilfe kam. Sie brachte ihm ein Paar riesige Klappern aus Bronze, gefertigt von unserem Meisterschmied Hephaistos. Als Herakles damit am Seeufer zu klappern begann, ertönte ein so entsetzlicher Krach, dass die Vögel auf und davon flogen und nie wieder zum See Stymphalos zurückkehrten.

So lernte Herakles bei seiner sechsten Aufgabe, Probleme ohne Gewaltanwendung zu lösen.

Die siebte Aufgabe lautete, den wilden Stier von Kreta herbeizuschaffen. König Minos hatte meinem Bruder Poseidon einst geschworen, ihm das erste aus dem Meer steigende Wesen als Opfer darzubringen. Doch dann war es ein ungeheuer starker Stier von herrlicher Schönheit, der aus dem Meer stieg. Beeindruckt von der Pracht des Stiers, opferte der gierige König das Tier aber nicht, sondern führte es in seine Herde. Erzürnt über Minos' Betrug, machte Poseidon den Stier wild und unbezähmbar. Fortan griff der kretische Stier alles und jeden an. Niemand konnte ihn einfangen. Herakles fuhr nach Kreta und spürte den Stier auf. Als das wilde Tier ihn erblickte, schnaubte er wütend und stürzte sich auf ihn. Gewandt sprang Herakles beiseite und packte den Stier bei den Hörnern. So sehr der Stier auch tobte, er ließ die beiden scharfen Hörner, die spitz wie Speere waren, nicht los. Als der Koloss abgekämpft war, drehte er ihm den Hals um und zwang ihn zu Boden. Anschließend fesselte er ihm die Füße und brachte ihn zu König Eurystheus.

So lernte Herakles bei seiner siebten Aufgabe, dass manche Probleme sich nur mit körperlicher Gewalt lösen ließen.

Die achte Aufgabe lautete, die Rosse des Diomedes zu zähmen. Der Thrakerkönig besaß vier Pferde, die sich von Menschenfleisch ernährten. Menschen, die der grausame König bestrafen wollte, warf er ihnen zum Fraß vor. Ein unerträglicher Zustand, doch Diomedes war ein brutaler Gewaltherrscher, und niemand wagte, sich mit ihm anzulegen. Eurystheus verlangte, Herakles solle die menschenfressenden Pferde einfangen und ihm bringen. So lautete der Befehl, doch Herakles tötete zuerst Diomedes und ließ die Rosse seinen Leichnam fressen. Als die Pferde erkannten, dass ihr Herr tot und sein Leib an sie verfüttert worden war, hielten sie Herakles für ihren neuen Herrn und beugten sich ihm. Und mein Sohn trieb die Rosse zu Eurystheus.

So lernte Herakles bei seiner achten Aufgabe, dass man Tyrannen nur zur Strecke brachte, wenn man selbst gnadenlos vorging.

Die neunte Aufgabe lautete, den Gürtel der Amazonenkönigin Hippolyte zu holen. Unser Krieger Ares hatte ihr einst den Gürtel geschenkt, den sie sich mit ihren Heldentaten auch redlich verdient hatte. Nun aber hatte Admete, die verwöhnte Tochter des feigen Königs Eurystheus, ein Auge auf den Gürtel geworfen. Um ihr eine Freude zu bereiten, befahl der König Herakles, ihr den Gürtel zu holen. Nach langer Reise trat Herakles vor die Königin Hippolyte hin und erklärte ihr sein Anliegen. Die Königin war eine verständige Frau und wollte ihm den Gürtel aus freien Stücken aushändigen. Doch während mein Sohn in ihrem Palast weilte, stachelte die bösartige Hera die Amazonen auf, indem sie ihnen einredete, Herakles bringe ihre Königin um. Als Herakles die Amazonenkriegerinnen zum Angriff auf ihn rüsten sah, glaubte er, in eine Falle gegangen zu sein, tötete Königin Hippolyte und holte sich den Gürtel. Als er die Wahrheit erkannte, übermannte ihn die Reue, doch es war zu spät.

So lernte Herakles bei seiner neunten Aufgabe, stets wachsam zu sein, wenn man Probleme löste.

Die zehnte Aufgabe bestand darin, die Rinder des Geryons zu holen. Geryon besaß drei an der Hüfte zusammengewachsene Leiber. Seine Herde roter Stiere bewachte der doppelköpfige Hund Orthos. Als König Eurystheus Herakles beauftragte, ihm die Herde des Geryon zu bringen, machte dieser sich nach Thrakien auf. Zuerst traf er auf den doppelköpfigen Hund. Als der ihn ansprang, schlug er ihn mit einem einzigen Keulenhieb tot. Er trieb die Rinder zusammen, um sie fortzuschaffen, doch Geryon stellte sich ihm entgegen. Herakles tötete ihn mit Pfeilen, die er in das Gift der an der Quelle Amymone getöteten Wasserschlange getaucht hatte. Damit hatte sein Kummer aber noch kein Ende; als er sich mit der Herde der Stadt näherte, schickte Hera einen Schwarm Bremsen, der das Vieh auseinandertrieb. Herakles bot seine letzten Kräfte auf, trieb die Herde wieder zusammen und erfüllte unter Mühen auch diese Aufgabe.

So lernte Herakles bei seiner zehnten Aufgabe, dass es nicht reichte, nur eine Schlacht zu gewinnen, um ans Ziel zu gelangen.

Die elfte Aufgabe bestand darin, Heras goldene Äpfel zu rauben. Diese legendären Äpfel hatte meine Frau von Gaia als Hochzeitsgeschenk bekommen. Hera hatte die Äpfel in ihren Garten am Saum des Atlasgebirges gepflanzt und drei Nymphen sowie einen hundertarmigen Drachen abgestellt, das kostbare Geschenk zu hüten. Herakles machte sich auf die Suche nach den Äpfeln, unterwegs begegnete er dem Titanen Prometheus. Weil Herakles ihn, den Menschenfreund, von einem Adler befreit hatte, wollte Prometheus nun ihm helfen und sprach:

»Herakles, mein lieber Freund, pflücke die Äpfel nicht selbst, lass Atlas sie pflücken. Nur er kann es mit Heras drei Nymphen und dem hundertarmigen Drachen aufnehmen.«

Als Herakles zum Garten gelangte, ging er zu Atlas und bat ihn, die Äpfel zu pflücken. »Gut, ich pflücke sie«, sagte der kräftige Titan, »aber währenddessen musst du das Himmelsgewölbe übernehmen, das ich auf dem Rücken trage.«

Sogleich schulterte Herakles Atlas' schwere Last, und Atlas ging in den Garten hinunter. Er tötete die drei Nymphen und den hundertarmigen Drachen und pflückte die Äpfel. Der Titan fand aber Gefallen an der Freiheit. Bei Herakles zurück, sagte er: »Tut mir leid, Zeussohn, die Äpfel bringe ich selbst zum König.«

Da setzte Herakles seinen Scharfsinn ein und sprach:

»Gut, aber das Himmelsgewölbe liegt nicht richtig, es wird herunterfallen. Leih mir doch kurz deine Schulter, damit ich es vernünftig schultern kann.«

Atlas, der unbedarfte Titan, glaubte ihm. Er legte die Äpfel auf den Boden und schulterte das Himmelsgewölbe. Herakles ergriff die Gelegenheit, schnappte sich die Äpfel und eilte von dannen.

So lernte Herakles bei seiner elften Aufgabe, dass List hilfreich sein kann, um ein Problem zu lösen.

Die zwölfte Aufgabe lautete, den Hund Kerberos in die Oberwelt zu bringen. König Eurystheus verlangte von Herakles, ins Totenreich zu gehen und den dreiköpfigen, schlangenschwänzigen Höllenhund Kerberos heraufzuholen. So kühn er auch war, allein konnte Herakles nicht in die Unterwelt. Ich stellte ihm den Götterboten Hermes als Weggefährten zur Seite. Hermes begleitete seinen sterblichen Bruder ans Tor der Unterwelt und beschützte ihn. Bei Hades, dem Gott der Unterwelt, seinem Onkel, angekommen, erklärte Herakles ehrlich, was er wollte. Hades sagte, wenn es ihm gelänge, Kerberos ohne Waffen zu besiegen, dürfe er ihn in die Oberwelt mitnehmen. Herakles erklärte sich einverstanden. So stürzten sich Mensch und Hund aufeinander. Mit den scharfen Zähnen in seinen drei Mäulern biss Kerberos Herakles in Arme und Beine. Rasch war mein lieber Sohn blutüberströmt, doch er gab nicht auf. Er packte Kerberos im Nacken, wo die drei Köpfe sich vereinten, und würgte ihn mit aller Kraft. Lange vermochte der Hund seiner Kraft nicht zu widerstehen, schlussendlich gab er auf. Und Herakles führte Kerberos vor König Eurystheus.

So lernte Herakles bei seiner zwölften Aufgabe, dass Offenheit, Aufrichtigkeit und Mut mitunter alle Türen öffneten.

Es war Herakles gelungen, alle zwölf Aufgaben mit Verstand, Wissen, Geduld, Mut, Kraft, Geschicklichkeit und Einvernehmen zu lösen, damit war der Mord an seinen Kindern gesühnt. Wichtiger noch, er war an Leib und Seele gereift und somit fähig, an unserer Seite gegen die Giganten zu kämpfen. Kein Olympier konnte sich dem widersetzen, auch Hera nicht. Endlich konnte ich meinen heroischen Sohn bedenkenlos auf den Streitwagen zu mir nehmen und Seite an Seite mit ihm kämpfen.

Elftes Kapitel

Gegen Mittag hörte der Regen auf, der seit dem Morgen gefallen war; wie von unsichtbarer Hand weggewischt, waren die grauen Wolkengebilde auf einen Schlag verschwunden. Als Yıldız nach dem Besuch im Krankenhaus zum besetzten Haus kam, herrschte wieder warme Sommersonne in Berlins alten Straßen. Tobias lag nach wie vor im künstlichen Koma. Er hatte sehr viel Blut verloren. Wäre der Rettungswagen nur wenig später eingetroffen, hätte das sein Ende sein können. Die Operation war erfolgreich verlaufen, doch er hatte noch kritische Stunden vor sich. »Um erneute Lebensgefahr zu vermeiden, wollen wir ihn nicht zu früh wecken«, hatte der Arzt gesagt. Im Grunde hofften sie, der verletzte Kommissar würde von selbst aufwachen. Vielleicht schlug er in ein paar Stunden die Augen auf, vielleicht aber auch erst in ein paar Wochen. »Aber aufwachen wird er doch, oder?«, bohrte Yıldız nach. »Er wacht doch sicher auf.« Der Arzt wich der Antwort aus, sagte nur: »Wir haben Hoffnung.« Es war eine der schlimmsten Nächte ihres Lebens gewesen. Als würde das irgendetwas nützen, hatte sie bis zum Morgen im Krankenhaus ausgeharrt. Leider war Tobias bis dahin nicht aufgewacht. Sie musste sich gedulden, und die Ärzte hatten Yıldız nach Hause geschickt. Doch auch dort fand sie keine Ruhe. In Gedanken war sie im Krankenhaus. Am nächsten Morgen hatte sie früh, bevor sie ins Präsidium fuhr, wieder bei Tobias vorbeigeschaut. Alles war unverändert. Seit drei Tagen fuhr sie nun schon jeden Morgen zuerst ins Krankenhaus. Und auch am Abend hatte sie auf dem Heimweg bei ihm vorbeigeschaut, doch ihr Assistent wollte einfach nicht die Augen aufschlagen. Jedes Mal verließ sie die Klinik enttäuscht, bedrückt wie nach einer großen Niederlage. Ihr Kummer schmerzte, ihr schlechtes Gewissen drückte sie, und sie war voller Reue.

Hüseyin Ölmez dagegen, der im Erdgeschoss desselben Krankenhauses lag, erholte sich rasch. Er hatte einen Anschlag durchgeführt, bei dem fünf Menschen umgekommen waren, darunter waren zwei seiner Freunde. Abgesehen von den heftigen Schlägen, die er von Rudolf bezogen hatte, war er mit einem gebrochenen Schlüsselbein davongekommen. Yıldız war ihm sehr böse und freute sich gleichzeitig, dass er überlebt hatte. Nicht um seinetwillen, sondern für seinen Vater Kerem. Wenigstens musste die unglückliche Familie keinen dritten Verlust verschmerzen. Nach dem Tod seines Vaters und seines jüngsten Sohnes war sein ältester Sohn am Leben, auch wenn er lange im Gefängnis sitzen würde. Und es gab auch keinen weiteren Mordfall, obwohl der Überfall auf den Germania-Club schon drei Tage her war. Von dem Tag an gerechnet, an dem Alex ermordet worden war, war seit vier Tagen kein neuer Mord begangen worden. Darüber war vor allem Kriminaldirektor Markus froh. »Meines Erachtens haben wir den Fall gelöst«, verkündete er selbstsicher. »Rudolf Winkelmann und seine Bande sind verantwortlich für die Morde. Ihr habt ja gesehen, wie viel Munition er im Sportclub Germania gebunkert hat.«

Tatsächlich war in einer geheimen Kammer unter Rudolfs Club ein Waffenlager gefunden worden, das für eine kleine Militäreinheit gereicht hätte. Seltsamerweise handelte es sich ausschließlich um Waffen und Sprengstoffe, wie US-Soldaten sie im Zweiten Weltkrieg verwendet hatten. Deren Herkunft konnte rasch aufgeklärt werden. Das Waffenlager stand im Zusammenhang mit einer Operation während des Kalten Krieges. Die USA hatten angesichts der Gefahr, dass die Sowjetunion einen neuen Krieg anzetteln könnte, zivile Stay-Behind-Einheiten gebildet, antikommunistische Banden, die hinter der Front kämpfen sollten. Für diese Einheiten waren Nazis angeworben worden. Die Waffen im Geheimdepot stammten aus jener Zeit. Die Thompson, die Yıldız gesehen hatte, war eine davon. Da Rudolf nicht alt genug war, hatte er die Waffen vermutlich von alten Kampfgenossen geerbt. Darüber hinaus, und das war weitaus wichtiger, hatten sie eine Liste mit fünfhundert Namen gefunden, darunter auch Hüseyin und Cemal Ölmez. Die Namen waren mit Privat- und Arbeitsplatzadressen aufgeführt, und es waren längst nicht nur Migranten, sondern auch Deutsche standen darauf, Linke, Antirassisten, Mitglieder der Grünen. Auch der junge Türke Burak, der im April 2012 in Neukölln einem nicht aufgeklärten Mordanschlag zum Opfer gefallen war, und ein Politiker der Linkspartei, dessen Auto in Brand gesetzt worden war, standen auf der Liste. Der junge Mann aus Neukölln, der Linken-Politiker, Cemal und Hüseyin waren auf der Liste schwarz durchgestrichen. Im Licht dieser Funde war Markus überzeugt, dass die Neonazis hinter den Morden steckten, berief eine Pressekonferenz ein und erklärte der Öffentlichkeit, der Fall sei aufgeklärt.

»Ganz offensichtlich plante diese von Winkelmann geführte rassistische Bande weitere, noch schlimmere spektakuläre Aktionen. Die Morde waren mythologisch inszeniert, sie sollten das Interesse der Presse wecken, im Nachgang wären Massaker verübt worden, um die Gesellschaft in einen Schockzustand zu versetzen. Dabei sollten die Waffen, die wir fanden, zum Einsatz kommen. Mit den Taten sollten deutsche Staatsbürger ausländischer Herkunft wie auch die Regierung eingeschüchtert und der anwachsende Rassismus weiter angefacht werden.«

Niemand widersprach, denn die Erklärung war logisch. Nazis hatten so etwas schon einmal getan, sie würden es wieder tun. Yıldız hatte zwar von Anfang an die Neonazis für schuldig gehalten, zweifelte aber mittlerweile, dass diese Erklärung stimmte.

Sie war dagegen gewesen, eine Pressekonferenz abzuhalten, doch Markus wollte rasch Erfolge verkünden und hörte nicht auf sie. Yıldız blieb der Pressekonferenz fern, möglicherweise war sie ein Fehler, in ein paar Tagen könnten sie gezwungen sein zu widerrufen. Natürlich wollte sie, dass die Neonazis bestraft wurden. Doch irgendetwas in diesem Fall war unlogisch, sie konnte nicht genau sagen, was, spürte aber, dass etwas nicht stimmte. Noch einmal hatte sie alles durchdacht, war jeden einzelnen Mord durchgegangen, hatte alle Mitglieder der Familie Ölmez abgeklopft. Hatte Otto Fischer, seine beiden Kumpane, Rudolf Winkelmann und seine Verbindungen von der Vergangenheit bis heute überprüft. Sie hatte herausgefunden, dass Otto Fischer und Rudolf Winkelmann sich schon lange kannten und Beziehungen zum NSU hatten. Richtig, man konnte die Morde ohne Weiteres der Neonazi-Bande zuschreiben. Doch Orhan Ölmez war entführt, Cemal war das Herz herausgeschnitten und Alex die Haut abgezogen worden, das passte nicht wirklich zum Vorgehen der Neonazis. Warum sollte Rudolf Winkelmann einen alten Mann wie Orhan Ölmez töten, wenn sein Hauptfeind Hüseyin Ölmez noch lebte, und sich auch noch die Mühe machen, ihn zu entführen und ihm obendrein das Geschlechtsorgan abzuschneiden? Seine Wut auf Cemal konnte sie nachvollziehen, aber was sollte es den Rassisten bringen, Alex umzubringen und auch noch zu häuten? Hielt sie sich das große Ganze vor Augen, tauchten solche Blankofelder auf. Die Waffen und Listen, die sie nach der Schießerei im Sportclub Germania gefunden hatten, reichten nicht aus, um diese Felder zu füllen.

Aus diesem Grund war sie heute zur Gedenkfeier im besetzten Haus gefahren. Um Mosaiksteinchen zu finden, die das große Bild sinnvoll ergänzten. Von der Gedenkfeier hatte sie erfahren, als Rafael sie anrief, um weitere Informationen zu erhalten. Sie zeigte Interesse, und der argentinische Maler sagte gleich: »Kommen Sie, wenn Sie wollen, unsere Tür steht Ihnen offen. Jemand, der die Mörder von Cemal und Alex jagt, hat es verdient, Ehrengast bei der Feier zu sein.«

Das wollte Yıldız nicht, sie wusste, dass man sie als Polizistin im besetzten Haus nicht freudig begrüßen würde. »Können wir meine Identität geheim halten?«, hatte sie gefragt. Rafael verstand ihre Besorgnis und schlug vor: »Klar, in der Nähe ist ein Café, treffen wir uns dort und gehen zusammen hin.«

Zu diesem Café war sie jetzt unterwegs. Als sie den Passat auf dem Parkplatz in der Nähe des besetzten Hauses abstellte, fuhr ein dunkelblaues BMW-Cabrio älteren Modells vor. Das Haar der Frau am Steuer flatterte im Wind. Sie parkte das Auto ein Stück vor dem Passat. Als Yıldız ausstieg, spürte sie ihre Rippe wieder, doch sie unterdrückte den Schmerz. Ihr Blick lag weiter auf der BMW-Fahrerin. Eine schöne Frau, und sie kam ihr bekannt vor. Doch woher? Die blonde Frau stieg aus, sie war schwarz gekleidet, als sie ihre Sonnenbrille richtete, erkannte Yıldız sie. Es war Kitty, Peters Exfreundin, die Bildhauerin, die sie auf dem Video gesehen hatte, das Cemal auf der Pergamon-Reise aufgenommen hatte. Yıldız wartete, dass Kitty näher kam. Als sie auf ihrer Höhe war, sagte sie: »Hallo! Hallo, Kitty.« Verlegen breitete sie die Arme aus. »Tut mir leid, Ihren Nachnamen weiß ich leider nicht.«

Die Frau nahm es nicht krumm, warf ihr über die Gläser der Sonnenbrille einen freundlichen Blick zu.

»Kennen wir uns?«

Yıldız lächelte herzlich.

»Nein, nicht direkt. Aber ich kenne Sie. Sie waren mit Cemal befreundet, stimmt's?«

Kitty nahm die Brille ab, ihre blauen Augen wurden traurig.

»Cemal … Was für ein guter Mensch! Und so talentiert! Es tut mir leid, es tut mir wirklich sehr leid. Und Alex erst!« Sie seufzte. »Sie kommen wohl auch zur Gedenkfeier?«

Zusammen gingen sie weiter. Yıldız freute sich, Kitty getroffen zu haben. Hatte der Archäologe Haluk nicht gesagt, sie sollten mit ihr reden? Doch was sollte sie fragen, wie sollte sie das Gespräch eröffnen?

»Kommt Peter auch?« Die Frage purzelte ihr wie von selbst von den Lippen, und sie bereute sie sofort. Unvorbereitet hatte sie das Privatleben der Frau angesprochen. »Ich meine, weiß er von der Gedenkfeier?«, versuchte sie zu retten, doch Kitty war ganz unbekümmert.

»Keine Ahnung, vermutlich kommt er. Er mochte Cemal sehr.« Yıldız war erleichtert.

»Ein toller Chef«, murmelte sie. »Und ein guter Freund …«

Kitty setzte die Brille wieder auf und pflichtete ihr bei.

»Wichtiger noch: ein großartiger Mentor.« Sie merkte, dass Yıldız nicht verstand. »Er hat Cemal nicht nur in der Firma an die Hand genommen, sondern auch bei seinen künstlerischen Arbeiten. Cemals Projekt kennen Sie sicher. Das mit dem Pergamon-Altar. Das, wo er den Skulpturen die Gesichter seiner Familie gibt. Wo er die Skulpturen als seine Angehörigen neu entworfen hat.«

Yıldız spielte weiter die Rolle einer Freundin von Cemal.

»Ja, ich kenne das fantastische Projekt. Aber irgendwie eigenartig ist es schon.«

Kitty blieb stehen, sah sie erneut über die Brillengläser hinweg an.

»Genau das habe ich auch gesagt. Eigenartig, sagte ich, sogar ein bisschen erschreckend. Doch die beiden hörten nicht auf mich. Peter verteidigte das Projekt sogar hartnäckig …«

»Sie meinen Cemal«, korrigierte Yıldız, die glaubte, Kitty habe sich versprochen. »Es war doch sein Projekt.«

Doch die Bildhauerin schüttelte energisch den Kopf.

»Nein, nein, die Idee dazu stammt von Peter, nicht von Cemal. Wundern Sie sich nicht, Peter ist kein Künstler, aber seine Schwester Angela war eine großartige Malerin. Ein Genie. Peter ist mit ihr aufgewachsen. Er war es, der Cemal drängte, sich mit Mythologie zu befassen: ›Deine Familie war von Anfang an bei den Grabungen in Pergamon dabei. Das ist ein ungeheuer wertvolles Privileg. Eine Jahrhunderterfahrung. Ein außergewöhnliches Abenteuer. Warum machst du nicht in deiner Kunst etwas daraus?‹ Genau das hat Peter gesagt. Ich habe es mit eigenen Ohren gehört, denn ich war dabei. Cemal war sauer auf seine Familie und wollte zuerst nicht. Doch Peter ließ nicht locker, er besorgte Bücher über den Pergamon-Altar und erzählte ihm stundenlang von der griechischen Mythologie.«

»Davon hat er erzählt?« Yıldız war verblüfft. »Kennt Peter sich denn so gut in der Mythologie aus?«

»Sicher«, bestätigte Kitty. »Er hat ja seine Kindheit quasi am Pergamon-Altar verbracht. Seine Mutter hat dort gearbeitet, als das Museum noch in Ostberlin lag. Sie war eine der Aufseher mit den ernsten Mienen, die man immer sieht, wenn man ins Museum geht, die sitzen da still auf ihren Stühlen und beobachten einen. Welche Götter, welche Göttinnen, welche Titanen, welche Giganten auf den Reliefs abgebildet sind, was Herakles bei den Giganten zu suchen hatte, sie wusste alles. Sie wusste viel mehr als jeder Nullachtfünfzehn-Archäologe.«

Yıldız dachte an ihr Gespräch mit Peter. »Interessieren auch Sie sich für Archäologie?«, hatte sie ihn gefragt. Seine Antwort lautete: »Wie jeder normale Mensch.« Nun aber erzählte Kitty etwas ganz anderes. Verstohlen musterte sie die Frau. Sie wirkte natürlich und hatte auch keinerlei Grund zu lügen. Warum aber hatte Peter dann gesagt, er interessiere sich nicht weiter für Archäologie, und verheimlicht, dass er den Zeus-Altar genau kannte? Aufgeregt fragte sie weiter:

»Was hat denn Peters Vater gemacht? War der auch im Museum tätig?«

»Nein«, sagte Kitty versonnen. »Er hat eigentlich zwei Väter. Sein biologischer Vater war Russe. Sie verstehen, der hat für den KGB gearbeitet, das heißt natürlich für die Stasi. Als die Mauer fiel, ließ er Frau und zwei Kinder sitzen und machte sich davon. Vermutlich hatte er Angst, angeklagt zu werden. Agenten haben Dreck am Stecken, so was in der Art. Und er soll auch in Moskau eine Frau und Kinder gehabt haben. Peter redet nicht gern darüber. Es kam einmal auf den Tisch, als er über seine Schwester sprach. ›Sie litt am schlimmsten‹, hat er gesagt. ›Meine Mutter ging eine neue Ehe ein, der Mann war Herzchirurg. Ein guter Mann. Er hat mit mir Fußball gespielt. Und wollte, dass ich auch Chirurg werde. Wir haben uns gut verstanden. Aber für meine Schwester war schlimm, dass unser Vater uns verließ. Gut, dass sie die Kunst hatte. An die hat sie sich gehalten.‹ Das hat Peter damals gesagt.«

Yıldız' Interesse wuchs.

»Und wie war das für ihn, also für Peter?«

Plötzlich blieb Kitty stehen und fixierte Yıldız neugierig.

»Wieso interessiert Sie das eigentlich so? Kennen Sie Peter?«

Das Versteckspiel war zu Ende.

»Ich kenne ihn«, sagte sie ruhig. »Das heißt, ich habe ihn nach den Morden kennengelernt. Ich bin die Hauptkommissarin, die in dem Fall ermittelt.« Sie streckte die Hand aus. »Yıldız. Yıldız Karasu.«

Sie sah Kittys Augen zwar nicht, spürte aber ihre nervösen Blicke.

»Das hätten Sie gleich sagen müssen. Sie haben mich an der Nase herumgeführt. Sie haben so getan, als wären Sie eine Freundin von Cemal und Peter. Es ist nicht in Ordnung, wie Sie sich verhalten haben.«

»Tut mir leid, wenn ich Sie gekränkt habe«, sagte Yıldız. Doch Kitty war schon weitergegangen. Ihr tat nicht leid, dass sie die Frau gekränkt hatte, sondern dass das Gespräch mittendrin abgebrochen war. Eilig lief sie zu dem Café, in dem sie mit Rafael verabredet war. Doch in ihren Ohren klangen Kittys Worte nach. »Er hat ja seine Kindheit quasi am Pergamon-Altar verbracht. Seine Mutter hat dort gearbeitet, als das Museum noch in Ostberlin lag.« Warum hatte Peter gelogen? Fürchtete er etwa, der Morde verdächtigt zu werden? Seltsam, er wirkte doch gar nicht ängstlich. Sie musste dringend mit Peter reden, um mehr herauszufinden. Vermutlich würde er zur Gedenkfeier kommen.

»Frau Karasu, Frau Karasu!«

Sie drehte den Kopf und sah Rafael am Anfang der Straße, er winkte ihr.

»Hallo, Herr Moreno«, rief sie und löste sich aus ihren Gedanken. »Wie geht's?«

Der argentinische Maler lächelte traurig.

»Wie soll es uns gehen? Wir versuchen, den Verlust zu verwinden.« Er reichte ihr seine Hand. »Ich danke Ihnen dafür, dass Sie die Schurken gefasst haben.«

Es lag Yıldız auf der Zunge zu sagen, noch sind die Ermittlungen nicht abgeschlossen, doch sie schwieg. Rafael hätte nichts davon. Er war glücklich, die Mörder hinter Gittern zu wissen. Sie wollte ihm nicht die Freude verderben.

»Kommt Peter auch?«, fragte sie, während sie ihm die Hand drückte. »Zur Feier, meine ich.«

»Nein. Er kann nicht. In London findet eine Konferenz für erneuerbare Energien statt. Da hält er einen Vortrag. Der Termin steht wohl schon seit Monaten. Da ist er hin. Und war sehr traurig, dass er nicht absagen konnte. Er liebte Cemal wie einen Bruder.«

Peter hatte die Tagung erwähnt. Deshalb könne er nicht an Cemals Beerdigung in Bergama teilnehmen, hatte er gesagt. Yıldız war aber über Rafaels letzten Satz gestolpert: »Er liebte ihn wie einen Bruder.« Gedanken wirbelten ihr durch den Kopf, wollten aber kein Ganzes bilden.

»Interessierte Peter sich eigentlich auch für Archäologie?« Die Worte purzelten ihr wie von selbst über die Lippen.

»Er hat wohl Ahnung von Archäologie, aber sein Fachgebiet ist Energie. Das wissen Sie ja. Wir standen Peter nicht so nahe wie Cemal. Ich kenne ihn im Grunde nicht sehr gut.«

Yıldız konkretisierte die Frage.

»Hatte denn Peter die Idee für Cemals Pergamon-Altar-Projekt?«

»Davon war wohl die Rede.« Rafael krauste die Stirn. »Ich erinnere mich nicht genau. Cemal erwähnte mir gegenüber mal so etwas. Sagte, Peter sei ein Mann mit großen Visionen. Richtig, es war Peter, der ihn auf den Gedanken brachte, die Skulpturen vom Altar zu personalisieren. Darüber gab es sogar Streit mit Alex. Alex war eifersüchtig auf Cemals Chef. Der übliche Wahn. Um ehrlich zu sein, ich mochte Alex nicht besonders.« Er hielt inne. »Aber so einen Tod hat natürlich niemand verdient. Ich war wohl der Letzte, der den armen Kerl sah. Er war hier in der Köpi, im besetzten Haus, an dem Abend, an dem er später starb ...«

Yıldız verstand nicht sofort, erst als er von der Köpi sprach, merkte sie auf, war sich aber nicht sicher.

»Alex war an jenem Abend hier?«, hakte sie nach. »An dem Abend, an dem er ermordet wurde?«

Der Maler nickte bekümmert.

»Ja, ich war mit Korrekturen am friedlichen Jesus beschäftigt, dem Bild hier im Korridor. Er stürzte hektisch herein. Ich stand auf dem Gerüst und rief: ›Hallo, Alex!‹ Er grüßte mit einer Handbewegung zurück. Er hatte es sehr eilig. Er lief in den Raum, den er zusammen mit Cemal benutzte, blieb eine Weile, nicht lange, vielleicht zehn Minuten, kam dann wieder heraus und sauste unter dem Gerüst hindurch, ohne Tschüss zu sagen. Später las ich dann in der Zeitung, dass er genau an dem Abend ermordet wurde. Der Arme, da ist er also so hektisch in den Tod gerannt.«

Yıldız versuchte, sich den Abend zu vergegenwärtigen. Alex

hatte sie vom Bahnhof Leipzig aus angerufen und gesagt, Cemal habe ihm eine Nachricht auf dem Anrufbeantworter hinterlassen. Wegen eines technischen Problems könne er sie nicht abhören. Zu Hause wollte er sie abhören und wieder anrufen. Aber er hatte sich nicht wieder gemeldet. Statt sie anzurufen, war er in den Raum geeilt, den er mit Cemal gemeinsam nutzte.

»Dieses Zimmer, in das Alex an dem Abend ging ... Was war darin?«

Rafael zögerte.

»Es ist wirklich wichtig, Herr Moreno«, sagte Yıldız ernst. »Bitte enthalten Sie mir keine Informationen vor.«

Rafaels Blick war schuldbewusst wie der von einem Lausbub.

»Es war ihr Versteck. Sie verstehen schon, Hasch, Drogen, so was haben sie da aufbewahrt.«

War Alex, nachts aus Leipzig zurückgekehrt, in das Versteck geeilt, um Haschisch zu holen? Wenn er süchtig war, durchaus möglich. Warum nicht? Das hätte Yıldız gedacht, wenn da nicht noch die Nachricht von Cemal auf dem AB wäre. Die Nachricht aber und dass Alex sie zurückrufen wollte, es aber nicht tat, ließ sie an anderes denken.

»Kann ich einen Blick in das Zimmer werfen?«

Der argentinische Maler zögerte.

»In Cemals Zimmer? Wozu?«

»Das ist für die Ermittlungen nötig. Unbedingt sogar.«

Rafael verzog die Miene.

»Schwierig, Frau Karasu«, wisperte er, als könnte es jemand hören. »Ich kann keine Polizisten ins besetzte Haus reinbringen, schon gar nicht in das Zimmer meiner beiden ermordeten Freunde. Die Leute hier vertrauen mir absolut. Ich kann ihr Vertrauen nicht missbrauchen.«

Beinahe flehentlich richtete sie den Blick auf das Gesicht des Mannes.

»Bitte, Rafael.« Sie ging zum Du über. »Mir geht es nicht um Hasch oder Kokain. Ich habe auch nicht vor, den Leuten hier irgendwie zu schaden. Mein Wort darauf, was auch immer ich dort finde, ich werde es nicht gegen die Hausbesetzer verwenden. Es geht mir einzig und allein darum, Cemals Mörder zu fassen.«

Auf Rafaels Miene spiegelte sich Enttäuschung.

»Haben Sie denn die Mörder noch nicht? Sind die Neonazis doch nicht schuldig?«

Die Hauptkommissarin seufzte tief auf.

»Wir glauben, wir haben sie, aber ich habe gewisse Zweifel daran. Ich muss sichergehen. Vielleicht vertreibt das, was ich in dem Zimmer zu sehen bekomme, meine Zweifel. Bitte, Rafael, du musst das um Cemals willen tun. Ich muss in den Raum.«

Unentschlossen schaute der Maler sich eine Weile um.

»Okay«, sagte er dann gequält. »Okay, aber ich komme mit.«

An den von Graffiti übersäten Hauswänden hingen große Porträts von Cemal und Alex, aus Lautsprechern erklang traurige Musik. Die Menge im Garten wuchs von Minute zu Minute. Yıldız waren solche Orte nicht fremd. Als sie ihren Eltern eröffnet hatte, dass sie Polizistin werden wollte, und ihr Vater dagegen war, war sie aus Protest ausgezogen und hatte eine Weile in einer Kommune in einem besetzten Haus in Kreuzberg gewohnt. Eine merkwürdige Situation, sie lehnte sich gegen ihre Familie auf, und der Grund dafür war, dass ihre Eltern nicht wollten, dass sie zur Polizei ging. Deshalb hatte sie niemandem erzählt, warum sie sich mit der Familie überworfen hatte. Alle dort hätten sie kritisiert. Nach einem Monat war sie auch schon wieder ausgezogen. Als sie jetzt den Garten der Köpi betrat, musste sie an die Zeit damals denken.

Gemeinsam mit Rafael mischte sie sich unter die Menge. Dabei hielt sie nach Kitty Ausschau, mit der sie kurz zuvor gesprochen hatte. Denn außer Rafael wusste nur die junge Frau, dass sie Polizistin war. Endlich entdeckte sie Kitty, sie leuchtete wie eine Sonne in der Menge. Bei dem Versuch, nicht in ihr Blickfeld zu geraten, rempelte sie jemanden an. Ohne die Person anzusehen, entschuldigte sie sich. »Sorry, war keine Absicht.«

»Alles gut, Frau Karasu.«

Die Stimme kannte sie, sie drehte den Kopf und sah in das lächelnde Gesicht von Özcan Mutlu, dem ehemaligen Grünen-Abgeordneten.

»Gratuliere, Sie haben die Mörder gefasst.«

Sie hatte keine Zeit, durfte Rafael nicht verlieren, der sich weiter durch die Menge schlängelte.

»Danke, Herr Mutlu. Ich muss weiter, wir reden später.«

Der Maler schlüpfte gewandt durch die Menge und hatte schon fast die Eingangstür erreicht. Yıldız eilte ihm nach. Vor dem Haus sprach Rafael mit einem großen Langhaarigen mit tätowierten Armen, der im Türrahmen lehnte. Für alle Fälle hielt Yıldız ein paar Meter Abstand. Nach kurzem Plausch legte der Mann Rafael etwas in die Hand. Der Maler wirkte erleichtert und bedeutete Yıldız mit einer Kopfbewegung mitzukommen. Sie schlüpften durch die halb geöffnete Tür. Drinnen roch es vertraut. Sie kannte den Geruch von Farbe und Lösungsmittel aus Cemals Atelier. Ein paar Schritte weiter entdeckte sie das Bild eines schwarzen Jesus. Seine Haut war schokoladenbraun, seine Augen aber blau wie ein wolkenloser Himmel. Hinter seinem leicht nach rechts geneigten Kopf strahlte freigiebig eine blonde Sonne, die wie eine Sonnenblume aussah. Auf seiner Miene lag ein Hauch von Traurigkeit, tiefe Güte in seinen großen Augen, er drückte die bunten Wiesenblumen in seinen dunklen Händen an die Brust.

»Tolles Bild«, sagte Yıldız bewundernd. »Wäre doch nur der Jesus von allen so voller Liebe.«

Rafael lächelte glücklich.

»So war der echte Jesus. Ein Jesus der Armen. Er besaß nichts, nur Liebe.«

Sie liefen unter Jesus' Gewand hindurch und blieben kurz dahinter vor einer Holztür stehen. Rafael steckte den Schlüssel, den er von dem Tätowierten bekommen hatte, ins Schloss und drehte ihn zwei Mal. Die Tür ging auf. Drinnen war es heller als im Gang. Ein geräumiges Zimmer, ein zweiflügeliges Fenster mit Holzrahmen, ein Tisch, ein Bett, zwei Sessel, ein kleines Bücherregal. An der unverputzten Wand aus nackten Mauerziegeln hing eine Gitarre. Während Yıldız noch überlegte, wohin sie schauen sollte, ging Rafael zum Fenster und sagte: »In den meisten Zimmern ist das Versteck hier.« Er schob den schmuddeligen grünen Vorhang beiseite und tastete die Wand ab. »Einer von den Mauersteinen lässt sich rausnehmen, dahinter höhlt man dann aus. Hinter einem von denen hier muss es sein. Ja, aber hinter welchem?«

Seine Stimme klang immer verzagter. Yıldız' Blick blieb an der Gitarre hängen. Sie trat darauf zu, nahm sie von der Wand, bewegte sie leicht hin und her, es klackerte. Richtig, sie hatte sich nicht getäuscht, etwas war darin. Auf dem Bett drehte sie sie um. Aus dem Bauch der Gitarre fiel ein Aufnahmegerät auf die Saiten. Es kostete sie ein wenig Mühe, es herauszuholen. Rafael ließ die Mauersteine stehen und richtete verblüfft den Blick auf das Gerät. Yıldız hatte keine Geduld mehr, sie drückte auf die Play-Taste.

*

»Sorry, dass ich so spät abends anrufe. Ich weiß, dass du sauer auf mich bist, aber ich wusste nicht, wen ich sonst anrufen sollte. Du bist mir als Erster eingefallen. Opa Orhan ist seit zwei Tagen verschwunden. Das hat Mama mir heute Morgen am Telefon gesagt. Er verschwindet immer mal wieder. Aber heute ist etwas Merkwürdiges passiert. Ich stieg zu Peter ins Auto, weil mein Fahrrad kaputt ist. Im Auto roch es nach meinem Opa. Ein schwerer Tabakgeruch. Der kommt extra aus Bergama. Den kann unmöglich noch jemand anders in Berlin haben. Ich fragte Peter danach. Er sagte: ›Gestern Abend war ich auf einem Empfang. Ich übergab den Wagen einem Jungen zum Einparken. Ist wohl sein Parfum.‹ Das klang total unglaubwürdig. Am schlimmsten aber: immer noch keine Spur von Opa. Bitte ruf mich an, wenn du zu Hause bist.«

Yıldız hörte die Nachricht zum vierten Mal ab. Beim ersten Mal war sie verwundert, Rafael war dabei, sie wollte nichts dazu sagen, wimmelte auch seine Fragen ab, war nur auf die Straße gestürzt. Im Auto hatte sie das Band ein zweites Mal abgehört. Während sie Cemals beunruhigter Stimme zuhörte, füllten sich die noch leeren Felder im Ermittlungsmosaik allmählich mit Inhalt. Noch war sie nicht sicher. Der großzügige Geschäftsmann, freundschaftliche Chef, gut aussehende smarte Mann – sollte er die furchtbaren Morde begangen haben? Erneut lauschte sie Cemals Worten. Und kannte sie schon auswendig. Auf dem Weg ins Präsidium hatte sie im Auto jedes Wort, jeden Satz wieder und wieder überdacht. Jetzt hörte sie die Aufnahme ein weiteres Mal gemeinsam mit Markus ab. Doch auf der Miene des Kriminaldirektors war keine Spur von Aufregung zu sehen. Er hob den Blick, starr wie der eines toten Fisches, von dem Aufnahmegerät auf dem Tisch.

»Und, Yıldız, was ist mit dieser Nachricht?«

Er war dermaßen überzeugt davon, dass die Neonazis die Morde verübt hatten, dass sein Blick nachgerade flehte, ihm bloß keine neuen Probleme zu schaffen.

»Wie, was ist damit? Hast du es nicht gehört? Cemal verrät den Täter, der ihn wenige Stunden danach umgebracht hat.« Sie hielt inne. »Das heißt, wenn mich nicht alles täuscht.«

Markus lachte trocken.

»Wenn dich nicht alles täuscht? Und wie wollen wir das herauskriegen?«

Yıldız ließ sich vom nervtötenden Gleichmut des Direktors nicht ins Bockshorn jagen.

»Ganz einfach, indem wir uns einen Durchsuchungsbefehl für Haus und Firma von Peter Schimmel holen.« Sie schob den Zettel, der auf dem Tisch lag, Markus hin. »Hier sind die Adressen. Kriegen wir die Anordnung sofort, wissen wir gegen Abend, ob ich mich täusche oder nicht.«

Der Direktor warf nicht einmal einen Blick auf die Adressen.

»Schön, hast du Herrn Schimmel angerufen? Vielleicht gibt es eine logische Erklärung für den Tabakgeruch in seinem Auto.«

Ihr war klar, dass Markus Schwierigkeiten machen wollte, doch sie gab nicht auf.

»Hab ich, er geht nicht dran. Das ist es ja, was mich erschreckt. Er könnte dem vierten Opfer auf den Fersen sein.«

Durch die grünen Augen des Direktors huschte ein spöttischer Ausdruck.

»Wer soll das vierte Opfer sein?«

»Kerem Ölmez.« Nur mit Mühe hielt Yıldız an sich, um nicht zu explodieren. »Cemals Vater. Der muss es sein.«

»Muss es sein?«

Markus' Ton war weit davon entfernt, sie ernst zu nehmen. Yıldız gab nichts darauf, entschlossen sah sie ihm ins Gesicht.

»Ja, muss es sein. Hör zu, Markus, die Ermittlungen sind wirklich schwierig. Bis vor ein paar Stunden konnte ich noch keine logische Analyse bieten. Die Neonazis haben die Ermittlungen total in die Sackgasse getrieben. Und der dumme Überfall von Hüseyin Ölmez brachte erst recht alles durcheinander. Schlimmer noch, er hat uns zu einem falschen Ergebnis geführt. Halt, widersprich nicht gleich. Du weißt, dass ich Neonazis nicht mag. Sie haben diesem Land in der Vergangenheit unendliches Leid zugefügt und werden es in naher Zukunft wieder tun, wenn keine ernsthaften Maßnahmen ergriffen werden, aber in diesem Fall glaube ich nicht, dass sie schuldig sind. Nein, es ist nicht logisch, dass Rudolf diese Morde organisiert hat. Diese Mordserie betrifft die Familie Ölmez. Es geht um eine innerfamiliäre Angelegenheit. Das erste Opfer war Orhan Ölmez, der Großvater, in der Mythologie entspricht er Uranos. Dem armen Alten wurden ja sogar die Geschlechtsteile abgeschnitten, genau wie Uranos. Das zweite Opfer sollte, wenn wir der Mythologie folgen, Kronos sein. Also Kerem Ölmez. Der hielt sich aufgrund seiner Krankheit ja selbst für Kronos.«

Ärgerlich trommelte Markus mit den Fingern auf den Tisch.

»Aber so war es nicht, nicht der Vater, sondern der Sohn wurde ermordet, Cemal. Der Sohn, der Zeus sein Gesicht gegeben hatte. Also Zeus und anschließend Alex. Der Mörder folgt also nicht der Mythologie. Das beweist, dass die mythologischen Rituale nur eine Finte der Neonazis waren, um Verwirrung zu stiften.«

Yıldız schüttelte entschieden den Kopf.

»Nein, Markus, du irrst dich. Für den Mörder steht die Mythologie im Vordergrund. Ihr folgend wollte er die Morde begehen. So fing er ja auch an. Er brachte Opa Orhan um, der für Uranos stand. Dann geschah aber eine Panne, mit der er nicht rechnen konnte. Opa Orhan benutzte eine Tabakessenz, die nur in Bergama hergestellt wird. Ich kenne den Duft. Bei dem Handgemenge in Hüseyin Ölmez' Garage ging eine Flasche mit der Essenz zu Bruch, der Geruch waberte durch die Garage. Ein schwerer Duft. Der Mörder wusste aber nicht, dass Opa Orhan diesen Duft benutzte. Seit er krank war, ertränkte Sohn Kerem die Kleider des Vaters vermutlich geradezu in der Essenz, um dessen schlechte Körpergerüche zu überdecken. Der Mörder merkte das nicht, entführte Opa Orhan, brachte ihn an einen geheimen Ort, schnitt ihm dort die Geschlechtsteile ab und verfrachtete die Leiche anschließend auf den Teufelsberg. Und dabei hat sich der hartnäckige Duft des Alten in den Sitzpolstern des Autos festgesetzt. Ihn kümmerte das nicht, er wäre nie auf die Idee gekommen, dass dies eine Spur war, die ihn verraten würde. Doch damit hatte die Pannenserie begonnen. Das Fahrrad seines Mitarbeiters Cemal war kaputt, er schlug Cemal vor, ihn nach Hause zu fahren. Auf die Idee, dass der Enkel den Duft des Großvaters erkennen könnte, kam er nicht. Aber Cemal identifizierte die Essenz, kaum dass er im Wagen war, und fragte Peter danach. Der Mörder griff nach der ersten Ausrede, die ihm einfiel. Du hast es ja gehört, er sei auf einem Empfang gewesen, habe den Wagen einem Einparker gegeben, dessen Parfum sollte das sein, sagte er. Aber Cemal war nicht überzeugt. Deswegen rief er von zu Hause Alex an. Der Schlagzeuger war aber nicht zu Hause, also hinterließ er diese Nachricht. Aber der Mörder kannte Cemal gut. Wusste, wie schlau er war. Wurde Orhan Ölmez' Leichnam gefunden, würde er begreifen, dass sein Chef der Mörder war. Deshalb nahm er sich nicht Kerem Ölmez vor, sondern seinen Sohn, am gleichen Abend noch. Um aber, wie du ja selbst gesagt hast, Verwirrung zu stiften, blieb er den mythologischen Ritualen treu.«

Der Kriminaldirektor schob die braune Hornbrille mit dem rechten Mittelfinger Richtung Brauen hoch.

»Und warum hat er Alex umgebracht?«

»Begreifst du denn immer noch nicht, Markus?« Yıldız rebellierte geradezu. »Alex hat die Nachricht abgehört. Er wollte mich darüber informieren. Er rief mich sogar an und redete davon. Aber dann überlegte er es sich anders. Er hat finanzielle Probleme. Peter ist ein reicher Mann. Und Cemal war tot. Er rief den Mörder an, erzählte ihm von der Nachricht auf dem AB. Forderte Geld. Der Mörder tat, als wäre er einverstanden, brachte aber kurz darauf Alex um. Und erfand auch für ihn ein Ritual aus der Mythologie.«

Kalt sah der Direktor sie an.

»Das ist alles Spekulation, Yıldız, du hast keine Zeugen, keine Beweise. So kannst du Peter Schimmel nicht anschuldigen. Außerdem haben wir eine Bande ausgehoben, mit Waffen und mit Todesliste. Und Cemal Ölmez und Alexander Werner wurden mit Ottos Kampfmesser getötet. Wozu ziehst du die Sache in die Länge? Ein paar der Leute haben wir verhaftet, ein paar sind tot, der Fall ist gelöst. Warum gibst du keine Ruhe?«

Verzweifelt schüttelte Yıldız den Kopf.

»Er ist nicht gelöst und wird nicht gelöst sein, ehe auch Kerem tot ist. Damit Zeus an die Macht kann, muss Kronos besiegt sein. Kronos ist noch nicht besiegt.«

Ungehalten stand Markus auf.

»Tut mir leid, Yıldız, mit deinen sonderbaren Szenarien kann ich dem Staatsanwalt keine Zeit stehlen. Für mich sind die Ermittlungen beendet, der Fall ist aufgeklärt. Belästigen wir nicht unnötig einen Geschäftsmann. Ich weiß, es war eine schwere Zeit, ihr habt mächtig rangeklotzt, ihr seid erschöpft, dein Assistent ringt noch mit dem Tod. Klar, dass dich das angegriffen hat.«

Heftig stieß Yıldız ihren Stuhl zurück.

»Ja, das hat mich angegriffen, ich bin erschöpft und müde, aber was hat das mit dem zu tun, was ich dir gesagt habe? Wir haben den Mörder noch nicht, Markus. Am Ende des Tages werden wir ein Fiasko erleben. Der Mörder wird nicht ruhen, ehe er Kerem Ölmez getötet hat. Und ich bin mir nicht sicher, ob er danach aufhört. Der ist irre, der hat den Verstand verloren, hält sich für Zeus. Ich bitte dich, besorg uns den Durchsuchungsbefehl. Sonst liegt die Verantwortung bei dir.«

Markus' grüne Augen funkelten wütend.

»Was soll das heißen, die Verantwortung liegt bei mir? Wie redest du denn mit mir, Yıldız? Reiß dich zusammen! Hier bin ich der Chef. Ich muss deinen Wahnvorstellungen nicht folgen. Du benimmst dich idiotisch. Erst bezichtigst du den Apparat, die Neonazis zu schützen. Dann packt der Staat die Neonazis am Kragen. Und jetzt behauptest du, die Männer wären unschuldig. Was willst du? Was hast du vor?«

Beide waren aufgebracht, bliebe sie noch länger, würde die Sache aus dem Ruder laufen.

»Nichts«, sagte sie böse. »Ich hab gar nichts vor. Mach nur weiter, wie du es für richtig hältst.« Sie langte über den Tisch, nahm den Zettel mit Peters Adressen zurück. »Tschüss. Das war's für heute von mir.«

Verdattert stand der Direktor da, doch er kannte seine Kollegin.

»Yıldız!«, rief er ihr beunruhigt hinterher. »Yıldız, hör zu, ich warne dich, mach keine Dummheit!«

Sie überhörte seine Worte und stürmte wütend aus dem Büro.

Als sie sich auf den Fahrersitz des Passats warf, wusste sie nicht genau, was sie tun sollte. Was, wenn Markus doch recht hatte und sie Peter Schimmel zu Unrecht verdächtigte? Wenn Cemal den Geruch im Wagen nur für den Duft seines Großvaters gehalten hatte? Wenn der Einparker tatsächlich ein ähnliches Parfum verwendete? Sie war hin- und hergerissen. Sie öffnete das Handschuhfach, ihr Blick fiel auf Tobias' halbleere Zigarettenschachtel. Sollte sie sich eine anstecken? Dann bemerkte sie das mobile Blaulicht mit Sirene neben der Schachtel und holte tief Luft. Sie griff nicht nach den Zigaretten, sondern nach dem Blaulicht. Nein, so viele Zufälle auf einmal konnte es in einer Ermittlung nicht geben. Selbst falls sie sich irrte, musste sie den Weg bis ans Ende gehen. Zur Not würde sie den Preis dafür bezahlen, aber so oder so wäre die Wahrheit dann heraus. Sie öffnete das Fenster und setzte das Blaulicht aufs Dach. Dann legte sie den Gang ein und trat aufs Gas.

Peter Schimmel wohnte in einer zweigeschossigen Villa mit herrlicher Aussicht am Seeufer. Den Passat stellte sie rund fünfzig Meter dahinter ab. Noch im Wagen zog sie die Pistole, lud durch, spannte den Hahn und schob die Pistole wieder ins Holster. Sie stieg aus und ging los. Zwei mächtige Kiefern wie vor dem Firmensitz vom BLITZ beschatteten den gepflegten Garten der Villa. Ein feuchter Wind verteilte ringsum den angenehmen Duft der sonnenbeschienenen Kiefern. Yıldız sog den Duft in die Lunge, während sie auf das zweiflügelige Gartentor zusteuerte. Das Tor war geschlossen, sie drückte auf die Klingel, niemand öffnete. Sie versuchte es erneut, ließ den Finger länger auf der Klingel liegen. Wartete. Niemand kam zum Vorschein. Undenkbar, dass in einem solchen Haus keine Bediensteten oder Angestellten waren. Sie spähte durchs Torgitter in den Garten, außer einer kleinen Bienenfamilie, die von einer Blüte zur anderen flog, war niemand zu sehen. Noch einmal drückte sie auf die Klingel. Drinnen blieb es still wie auf einem Friedhof. Sie sah sich um, sicher, dass sie nicht beobachtet wurde, kletterte sie flink über das Tor. Als sie auf den Boden sprang, taumelte sie kurz, verlor das Gleichgewicht, fiel nach rechts und konnte sich gerade noch mit der Hand abstützen. Die Hand war erdverschmiert, die Haut abgeschürft, aber sie kümmerte sich nicht darum und wischte die Hand an der Hose ab. Als sie sich aufrichtete, schmerzte wieder die Rippe. Das war jetzt nicht wichtig, sie schickte den Blick durch den Garten und zur vielleicht fünfzig Meter entfernt stehenden Villa. Kein Ton, keine Regung ringsum. Sie hastete auf den steinernen Bau zu.

Am rechts und links von zwölf Marmorsäulen gesäumten offenen Gang vorbei gelangte sie zur Haustür aus weiß gestrichenem Mahagoni. Die war verschlossen. Auch hier drückte sie lange auf die Klingel. Drinnen war nichts zu hören.

»Ist jemand da?«, rief sie. »Hey, ist da jemand?«

Keine Antwort. Ihr Blick fiel auf die Überwachungskamera, die auf sie gerichtet war. Fände sie nicht, was sie hier suchte, würde Markus ihr die Hölle heiß machen, aber auch das scherte sie nicht. Sie rüttelte vergeblich an der Tür, dann ging sie um das Gebäude herum. An der Ecke sah sie eine große Garage mit offenem Tor. Ein aschfarbener Audi-Sportwagen stand darin. Unmittelbar dahinter ein größerer Wagen unter einer beigen Hülle. Sie trat näher, hob ein Ende der Abdeckung an und hatte einen weißen Transporter vor sich. Sie schob die Hülle weiter zurück, bückte sich und spähte unter den Wagen. Unten, dort, wo die weiße Karosserie endete, fielen ihr schwarze Flecken auf. Sie ging an die Seite des Wagens, auch dort fand sie schwarze Stellen. Sie legte den Finger darauf, ja, das konnte der Minibus sein, von dem Peyman gesprochen hatte. Wenn er es war, hatte Peter ihn weiß umspritzen lassen. Vergeblich versuchte sie, die Wagentür zu öffnen. Sie suchte die Garage nach einem Schlüssel ab, fand aber keinen. Da fiel ihr eine Tür auf, die ins Haus führte. Freudig, als hätte sie einen Schatz gefunden, lief sie sofort hin, versuchte, die Tür zu öffnen, doch auch diese war verschlossen. Sie durchsuchte die Garage weiter, fand aber keinen einzigen nützlichen Hinweis.

Sie verließ die Garage, lief hinter das Haus und kam zu einer Kiefer, deren mächtiger Stamm sich zum See hinneigte. Hier entdeckte sie eine weitere Tür ins Erdgeschoss der Villa. Eine Eisentür mit quadratischen Fenstern. Sie ging darauf zu, zog die Waffe und schlug mit dem Griff die Scheibe neben dem Schloss ein. Die Scherben fielen nach innen. Sie zupfte die verbliebenen Scherben aus dem eisernen Rahmen, griff hindurch und öffnete den Griff. Bevor sie das Gebäude betrat, schaute sie sich noch einmal um. Nein, niemand hatte sie beobachtet. Hastig schlüpfte sie durch die Tür.

Vor ihr tat sich ein kleiner Korridor auf, den sie rasch durchquerte, sie gelangte in eine geräumige Küche. Kein benutzter Teller stand auf dem Tresen, kein Stück Obst oder Gemüse lag auf dem Tisch. Sie musterte die Kaffeemaschine, leer und blitzsauber. Hier war offensichtlich seit Tagen niemand gewesen. Sie lief zur Tür, die in die Villa hineinführte, und betrat eine dunkle Diele. Vorn führte eine Treppe ins Obergeschoss hinauf, direkt daneben eine andere nach unten, in den Keller hinunter. Sie steuerte auf den Keller zu. Am Ende der Stufen traf sie auf eine wiederum weiß gestrichene Mahagonitür. Sie drehte den löwenköpfigen

Griff und drückte. Die Tür war verschlossen. Also wieder zurück zur Treppe, vorsichtig erklomm sie die hölzernen Stufen, durchquerte die Diele und stieg ins Obergeschoss hinauf. Ein Schlafzimmer mit Blick auf die Straße, über die sie gekommen war, ein großes Wohnzimmer mit einem breiten Fenster zum See. Die Einrichtung schlicht. Kein überflüssiges Teil stand herum. Möbel in Creme- und Brauntönen. Über dem Kamin hing ein größeres Familienfoto. Eine hübsche Frau um die dreißig stand zwischen einem Mädchen mit Storchenbeinen und einem blonden Jungen. Sie lächelten zwar in die Kamera, doch ihre Augen wirkten traurig, die Gesichter unglücklich. Peter Schimmel und seine Schwester Angela, dachte Yıldız, die Frau war vermutlich ihre Mutter. Wo aber war der Vater? Andere Fotos gab es nicht. An den Wänden hingen ein paar abstrakte Bilder, auf Beistelltischen standen Nippes und kleine Skulpturen. Es gab noch eine Treppe, die weiter nach oben führte. Auch die stieg sie hinauf. Das Dachgeschoss war etwas kleiner, die Decke etwas niedriger. Hinten lag ein Schlafzimmer, vorn ein großes Arbeitszimmer. Auch dort gingen die Fenster auf den See hinaus. Ein Computer, Papiere, Unterlagen auf dem Holztisch in der Mitte. Auf einem der hölzernen Regale an der Wand lagen Aktendeckel. Flüchtig blätterte Yıldız durch Geschäftsunterlagen. Sie trat ans Fenster, schaute hinaus. Der See lag ihr zu Füßen. Ein paar Schwimmer, andere lagen in der Sonne, bald würde ganz Berlin den Sommer genießen. Erneut wandte sie sich zum Raum um, ließ den Blick schweifen. Nein, hier würde sie nicht finden, wonach sie suchte. Sie hastete die Stufen in den Keller hinunter.

Wieder blieb sie vor der weißen Mahagonitür stehen. Mit aller Kraft stieß sie gegen das harte Holz, die Tür gab kaum nach, öffnete sich vor allem nicht. Noch einmal. Nein, die Tür war stabil. So wurde das nichts, rasch zurück nach oben. In der Küche durchwühlte sie Schubladen, Töpfe, Teller, Gläser. Die nützten ihr nichts.

Sie öffnete den großen Schrank auf der anderen Seite. Flaschen mit Olivenöl, Saucen, Getreidepackungen. Schon wollte sie die Hoffnung aufgeben, da entdeckte sie eine Tasche im untersten Regal. Sie griff danach und freute sich, als sie das Gewicht spürte. Eilig öffnete sie sie und fand ein komplettes Werkzeugset für Reparaturen, vom Schraubenzieher über Stemmeisen und Hammer bis zur Zange. Sie schleppte die Tasche vor die verschlossene Tür im Keller. Das Stemmeisen in der Linken, den Hammer in der Rechten, klang Markus' Warnung ihr in den Ohren: »Hör zu, Yıldız, mach keine Dummheit!« Doch das ließ sie kalt. Sie setzte die Spitze des Stemmeisens in die Lücke neben dem Schloss und hieb den Hammer darauf. Erst vorsichtig, dann kräftiger, noch einmal, noch stärker. Bald zählte sie die Schläge nicht mehr. Endlich stieß das Stemmeisen auf Metall. Sie legte den Hammer beiseite, packte das Stemmeisen mit beiden Händen und begann zu hebeln. Das Mahagoni ging zu Bruch, doch die Tür war noch immer nicht auf. Wieder musste der Hammer her, sie schlug eine neue Öffnung in die Tür. Ihre Handflächen brannten, sie klemmte einen eisernen Hebel mit scharfer Spitze hinein, bückte sich, fischte einen größeren Schraubenzieher aus der Tasche, setzte ihn zur Unterstützung neben das Stemmeisen und hebelte mit beiden gleichzeitig. Endlich öffnete sich die Tür einen Spaltbreit. Sie ließ das Werkzeug sinken, nahm Anlauf und warf sich mit voller Wucht gegen die Tür. Es knirschte, dann schwang die Tür ganz auf.

Sie holte tief Luft und hielt kurz inne. Als sie den ersten Schritt in den Raum setzte, ließen Bewegungsmelder Licht aufflammen, die einen großen Saal in rötliches Licht tauchten. Vor ihr an der Wand hing ein Bild, das sie kannte. Auf dem bekrönten Haupt mit den langen Haaren und dem kräftigen Bart blickte Zeus Yıldız majestätisch an. Auf seiner rechten Hand stand die Göttin Nike, in der Linken hielt er ein Zepter. Der Adler oben auf dem Zepter musterte sie mit ebenso drohenden Blicken wie Zeus. Das Bild glich dem in Cemals Wohnung aufs Haar, mit einem entscheidenden Unterschied: Zeus war nicht als Cemal dargestellt, sondern als Peter Schimmel. »Ich hab's gewusst«, wisperte Yıldız aufgeregt. »Ich wusste, dass ich mich nicht täusche.«

Sie trat näher heran, um das Bild zu untersuchen. Nein, das war nicht Cemals Pinselstrich, sie verstand nicht viel von Malerei, doch hier war eindeutig ein besserer Maler am Werk gewesen. »Angel«, murmelte sie. »Das muss Peters Schwester Angel gemalt haben.« Sie trat ein paar Schritte zurück, betrachtete das Gemälde von Neuem. Warum hatte Angel dieses Bild gemalt? Sah sie ihren Bruder als Zeus? Verwirrt blickte Yıldız sich um. Fenster hatte der Raum nicht, dafür hingen an allen vier Wänden riesige Gemälde. Auf dem Bild rechts war der Olymp über den Wolken abgebildet. Im größten Saal des Palastes mit seinem Marmorreichtum, den herrlichen Wasserbecken, Schatten spendenden Bäumen und farbenprächtigen Blumen saßen auf zwölf goldenen Sesseln sieben Götter und fünf Göttinnen. Zeus in der Mitte, natürlich mit dem Gesicht von Peter Schimmel, die anderen links und rechts vom höchsten Gott aufgereiht.

Voller Bewunderung betrachtete Yıldız das Bild, bevor sie zur nächsten Wand weiterging. Auf dem dortigen Bild kämpften zwei kräftige Männergestalten unter einem schwarzroten Himmel auf Leben und Tod miteinander. Aschfarbene Wolken bedeckten die Szenerie wie Rauch aus der Hölle, Blitze zuckten, Blitze schlugen auf der Erde ein. Als sie näher herantrat, erkannte sie Peters Gesicht. Der eine war also Zeus, dann musste der andere, dessen Gesicht verschattet war, Kronos sein. Neugierig beugte Yıldız sich zu Kronos vor. Die Malerin hatte das schmerzverzerrte Gesicht des obersten Titanen klar herausgearbeitet. Sie hatte es vermutet. Der Titan, den Zeus mit muskelbepackten Armen erstickte, war niemand anderes als Kerem Ölmez. Schön und gut, doch was hatte Peters Schwester mit Kerem Ölmez zu tun?

Yıldız wechselte zur dritten Wand. Einmal mehr stand in all seiner Pracht der Pergamon-Altar vor ihr. Auf den Stufen stand ein Mann, neben ihm ein Mädchen von vielleicht zehn Jahren und ein etwa fünfjähriger Junge. Die Kinder auf dem Foto über dem Kamin. Die Mutter war nicht dabei. Der Vater und seine Kinder. Yıldız sträubten sich die Haare, als sie näher herantrat. Den Mann musterte sie zuerst, es war der junge Kerem Ölmez, der ihr von den Stufen des Pergamon-Altars entgegenlächelte. Er war weit jünger, kräftiger, sah besser aus. Das Mädchen schmiegte ihr Gesicht mit den großen blauen Augen liebevoll in die Hand des Vaters. Der blonde Sohn hingegen hatte schwarze Augen wie sein Vater. Er hielt Kerems Hand umklammert, als wollte er sagen: Verlass mich nicht, geh nicht fort. Yıldız stockte der Atem. Peter Schimmels Blick trat ihr vor Augen. Trotz dem besonnenen Ausdruck seines hübschen Gesichts verbarg sich Kummer in den Tiefen seiner großen schwarzen Augen. Und Kerems Worte klangen ihr in den Ohren:

»Ich nahm ihn bei der Hand, führte ihn überall herum. Erzählte ihm die Geschichten aller Götter, Göttinnen, Titanen und Giganten, die auf den Reliefs dargestellt sind. Er war gescheit, kannte die Legenden bald auswendig. Der Pergamon-Altar war für ihn ein magischer Märchenpark. Am meisten liebte er die Geschichte von Zeus. ›Wenn ich groß bin, werde ich Zeus‹, verkündete er stolz. ›Ich steige in meinen von fliegenden Pferden gezogenen goldenen Wagen und schleudere Blitze auf meine Feinde‹, sagte er. Doch seit jenem Tag konnte er das Museum viele Jahre lang nicht mehr mit seinem Vater besuchen. Mein Adler, mein unglücklicher Sohn … Mein windgeflügelter Adler.«

Jäh ging Yıldız ein Licht auf. Kerems Worte galten nur scheinbar Cemal, tatsächlich hatte er Peter gemeint. Ihr wurde eng ums Herz. »Ach, Kerem, was hast du getan!« Sie blieb eine Weile vor dem Bild stehen. Dann gewahrte sie den niedrigen Tisch an der

Wand. Auch der Stuhl davor war klein. Ein Kinderschreibtisch. Sie beugte sich darüber, sah Schulhefte mit verschiedenfarbigen Deckeln, Lehrbücher aus der DDR, ein zu einem Drittel abgenutzter blauer Radiergummi, einen halb verbrauchten Bleistift. Sie hob das blaue Heft hoch, auf dem kleinen Etikett stand der Name Kartal Brückner. Peter hieß also ursprünglich Kartal: Adler. So rief ihn sein Vater. Ihr nächster Blick galt dem rosafarbenen Heft. Melek Brückner stand darauf, Melek, Engel. Bekümmert wiederholte sie: »Was hast du nur getan, Kerem?«

Als sie aufblickte, entdeckte sie den großen Kühlschrank in der Ecke vor der Wand, auf der Zeus gegen Kronos kämpfte. Daneben verdeckte ein hellgrüner Krankenhausvorhang einen Winkel. Sie schob den Vorhang beiseite. Ein Bett. Ständer mit Serumbeuteln, auf einem kleinen Tisch Spritzen, Medizinprodukte, Verbandsmaterial. Auf der Kommode rechts sah sie eine scharfe Säge, daneben Skalpelle. Offenbar hatte er Cemal mit dem Kampfmesser getötet und ihm dann mit dieser Säge das Brustbein zersägt. Sie öffnete den Kühlschrank. Sogleich fielen ihr zwei Beutel mit Blut ins Auge, einer halb geleert. In den Regalen Medikamente, Ketamin, Heparin, Rohypnol und andere. Ihr Blick fiel erneut auf die Blutbeutel. Wozu dienten die? Hatte er Orhan Ölmez Blut gespritzt? Nein, dem alten Mann war das Blut ja nachgerade entzogen worden. Plötzlich verstand sie. Hektisch lief sie zurück zum Kinderschreibtisch. Neben den Heften stand ein großes Tintenfass, daneben lag eine als Stift dienende lange weiße Vogelfeder. Vermutlich stammte sie von einem Schwan. Sie nahm die Feder, tauchte die Spitze ins Tintenfass und setzte sie auf ein Blatt Papier. Auf dem weißen Blatt entstand ein blutroter Fleck. Sie warf die Feder weg, als hätte sie sich daran die Hand verbrannt. Anschließend atmete sie tief durch. Ihr Blick glitt noch einmal über die vier Gemälde an den vier Wänden des Saals und hielt bei dem Vater mit seinen beiden Kindern auf den Stufen zum Pergamon-Altar inne. Wozu noch länger warten? Sie zog ihr Handy, suchte Markus' Nummer heraus und wählte. Der Kriminaldirektor nahm sofort ab.

»Yıldız?«, rief er aufgeregt. »Was ist los?« Natürlich wusste er, dass die Kollegin nicht einfach untätig geblieben war.

»Hallo, Markus, hör mir bitte zu«, sagte sie selbstbewusst. »Ich rufe dich aus dem Haus von Peter Schimmel an. Genauer, aus einem verborgenen Raum unter dem Haus.«

»Was?« Der Direktor explodierte. »Was zum Teufel hast du getan! Was hast du dir dabei gedacht?«

»Reg dich nicht auf, Markus«, hielt Yıldız in gleicher Lautstärke dagegen. »Unterbrich mich bitte nicht. Sag, was du zu sagen hast, wenn ich fertig bin. Dann kannst du meinetwegen auch ein Verfahren gegen mich einleiten, wenn du willst. Oder mich vom Dienst suspendieren. Aber jetzt hör einfach nur zu. Die Neonazis haben mit den Morden nichts zu tun. Das wird auch dir klar, wenn du herkommst.«

»Was soll mir klar werden?«, brauste der Direktor auf. »Wovon redest du?«

»Davon, dass Peter Schimmel der Mörder ist. Das Warum, Wie und Wozu ist in diesem Saal verborgen. Du wirst es sehen, wenn du kommst. Wir haben aber keine Zeit zu verlieren. Wenn wir es nicht verhindern, bringt er auch Kerem um. Wir müssen sofort Verbindung zur türkischen Polizei aufnehmen. Ruf bitte bei Interpol an. Und ich muss sofort in die Türkei. Sofort …«

*

Der Flugplatz Balıkesir-Koca Seyit lag am Ende der Bucht von Edremit direkt am Meer. Es war längst Nachmittag, als der Flieger, in den sie von Berlin kommend in Istanbul umgestiegen war, zur Landung ansetzte. Aus dem Fenster sah Yıldız unter sich das Meer glitzern wie ein riesiges Stück Silber. Von weißer Gischt ge-

krönte Wellen säumten das Ufer wie Häkelspitzen. »Zeus' Meer«,
dachte sie. »Zeus' Erde. Die gesamte Mythologie spielt an den Küs-
ten dieses Meeres.« Sie versuchte, unter den Bergen in der Ferne
Pergamon auszumachen, was natürlich unmöglich war. Ringsum
waren einfach zu viele Berge, zu viele Hügel. Es war ein seltsames
Gefühl, auf das Land zu schauen, das ihren Eltern einst Heimat
gewesen war. Bei jedem Türkeibesuch geriet sie in diese merkwürdige Verfassung. Jäh aufflammender Enthusiasmus, anschließend
Frust. Die Traurigkeit über eine unvollendete Geschichte, Erin-
nerungsfetzen, Großväter, Großmütter, Verwandte, deren Gräber
irgendwo lagen. Das waren Erzählungen ihrer Eltern. Um ehrlich zu sein, fühlte sie selbst sich der Türkei nicht zugehörig, aber
auch nicht komplett losgelöst. Die meisten Passagiere im Flugzeug
waren Türken. Interessiert lauschte sie ihren Gesprächen, einmal
mehr überraschten sie die vielen unterschiedlichen Dialekte der
türkischen Sprache. Sie beobachtete das Verhalten der Leute, sie
wirkten freundlich. Sprach sie mit ihnen, war man rasch beim
Du, erzählte einander gleich die Lebensgeschichte. Doch sie war
unschlüssig, ob ihr das gefiel. Sicher, sie waren ganz anders als
die Deutschen, aber sie ähnelten auch nicht den türkeistämmigen
Menschen in Berlin. Oder andersherum, die nach Deutschland
Migrierten hatten kaum Ähnlichkeit mit den Menschen, die in
der Türkei lebten. Auch wenn sie dieselbe Sprache sprachen und
dieselbe Religion hatten, war ihre Entwicklung ganz anders verlaufen. Die Menschen aus Anatolien, die vor etlichen Jahren nach
Deutschland gegangen waren, glichen dem abgesägten Ast eines
mächtigen Baumes. Den Baum kümmerte die Verletzung nicht
weiter, der vom Stamm getrennte Ast aber trieb in einer anderen
Umgebung neu aus. Das Wasser, das er aufsog, die Erde, in der
er Wurzeln schlug, die Luft, in die hinein er wuchs, machten ihn
zu einer ganz anderen Baumart. Diese Menschen waren weder
Deutsche noch Türken. Yıldız war sich nicht sicher, ob das gut

oder schlecht war. Es konnte durchaus von Vorteil sein, in beiden Kulturen zu Hause zu sein. Am schlimmsten war es, dazwischen zu sein. Weder Deutscher noch Türke. So fühlten sich leider die meisten Migranten in Deutschland. Sie sagten, sie vermissten die Türkei, doch die Heimat, nach der sie sich sehnten, gab es nicht mehr. Das Land, von dem ihre Großeltern und Eltern erzählten, hatte sich längst gewandelt. Sie selbst waren ja auch nicht mehr die hilflosen Auswanderer, die vor vielen Jahren die Türkei verlassen hatten, sondern hatten sich, so gut es ging, hier ein Leben aufgebaut. Sie kehrten nicht zurück, also waren sie auf gewisse Weise wohl mit ihrem neuen Leben zufrieden.

Bis die Räder des Flugzeugs aufsetzten, gingen ihr diese Gedanken durch den Kopf. Nach Berlin fand sie es in Edremit ausgesprochen warm. Sie lief die Gangway hinunter, die Strecke bis zum Terminal würden sie zu Fuß gehen. Sie zückte das Handy, schaltete es ein, es würde einen Moment dauern, bis es betriebsbereit war. Sie steuerte auf das Flughafengebäude zu. Nach rund fünfzig Metern betrat sie das Terminal und schaute erneut aufs Telefon. Markus hatte sie zwei Mal angerufen, als sie in der Luft war. Sie rief ihn sofort zurück.

»Hallo, Markus, du hast mich angerufen? Gibt es Neuigkeiten von Peter? Ist er aus London zurück?«

»Nein, die Briten haben sich noch nicht gemeldet. Konntest du schon mit Kerem Ölmez sprechen?«

»Nein, wir sind gerade erst gelandet. Ich bin noch nicht in Bergama.«

Markus stöhnte am anderen Ende der Leitung.

»Hoffentlich kommen wir nicht zu spät.« Er zögerte kurz. »Und hoffentlich hast du dich nicht getäuscht, was den Täter betrifft. Sonst sind wir beide geliefert.« Trotz seiner Worte klang seine Stimme froh. »Na, in ein paar Stunden werden wir es wissen. Moment, ich gebe dir deinen Kollegen, warte kurz.«

Kurze Stille, dann meldete sich eine matte Männerstimme.

»Hallo, Chef, wie geht's?«

»Toby!«, rief Yıldız glücklich. »Toby, bist du's wirklich? Du bist also aufgewacht.«

»Jepp, ich bin aufgewacht, Chef. Aber das geht wirklich nicht. Wie kannst du mich hier liegen lassen, im Krankenhauszimmer mit seinem Medizingeruch, und einfach in die sonnige Türkei düsen?«

Yıldız lachte auf.

»Keine Sorge, Toby, wenn dieser Job erledigt ist, machen wir hier zusammen Urlaub. Und zwar auf türkische Art.«

Ihr Assistent begriff sofort.

»Oho, du lädst mich ein?«

»So viel muss ein. Ich habe dir unrecht getan ...«

Gerührt schwieg Tobias kurz. Dann sagte er geknickt: »Du hast mir nicht unrecht getan, Chef. Ohne dich wäre ich längst im Jenseits. An deiner Stelle wäre ich auch misstrauisch geworden. Ich hätte diese Geschichte nicht verheimlichen dürfen.« Plötzlich wurde er ganz ernst. »Aber dass ich kein Neonazi bin, weißt du jetzt.«

»Nee, ich dachte, du bist der heimliche Vorsitzende vom NSU«, spottete Yıldız. »Klar, Toby, das weiß ich jetzt, mein Freund. Die Sache ist gegessen. Und die Einladung in die Türkei meine ich ernst. Ich würde mich freuen, wenn du sie annimmst.«

Jetzt war es an Tobias zu lachen.

»Hey, endlich habe ich eine türkische Frau gefunden, die mich liebt.«

»Wie einen Bruder«, mahnte Yıldız.

»Klar, Chef, wie denn sonst?«

»Eben. Lassen wir das jetzt, komm erst mal wieder auf die Beine. Ich werde dich brauchen ...«

Sie beendete das Gespräch und versuchte erneut, Kerem Ölmez

zu erreichen. Doch wie zuvor verkündete eine weibliche Stimme auf Deutsch, der Teilnehmer sei nicht erreichbar. Sie schob das Handy in die Tasche, schulterte ihren Rucksack und lief zum Ausgang. Direkt dahinter entdeckte sie einen attraktiven jungen Mann mit barschem Blick, der ein Pappschild mit ihrem Namen hochhielt. Das musste einer der Polizisten sein, die sie begleiten sollten. So zerzaust, wie sein Haar war, erinnerte er an einen Lausbub. Sie hob die Hand und steuerte auf den Kollegen in Zivil zu. Auch er hatte sie erblickt, seine gerunzelte Stirn entspannte sich, sein Blick wurde weich, er blieb aber stehen.

»Guten Tag, ich glaube, Sie warten auf mich«, sie trat auf ihn zu. »Ich bin Yıldız von der Mordkommission Berlin, Hauptkommissarin Yıldız Karasu.«

Der junge Polizist machte einen Schritt nach hinten, an seine Stelle trat ein Mann mit grauen Haaren und strahlendem Gesicht.

»Herzlich willkommen, Yıldız Hanım.« Er reichte ihr die Hand. »Ich bin Nevzat, Hauptkommissar Nevzat.«

Yıldız war überrascht, doch nur kurz.

»Danke.«

Ihr Blick glitt zu dem Polizisten mit dem lausbübischen Gesicht an seiner Seite. So selbstbewusst wie respektvoll stand er neben seinem Vorgesetzten. Und der Respekt war nicht aufgesetzt, sondern kam von Herzen.

»Oh, pardon«, sagte Nevzat freundlich. »Darf ich bekannt machen, unser Ali. Kommissar Ali, er gehört zu meinem Team.«

Yıldız fühlte sich wohl, auch weil die beiden Männer so vertrauensvoll miteinander umgingen. Eine ihrer größten Sorgen bei der Anreise war es gewesen, auf Polizisten zu treffen, mit denen sie nicht auskam. Sie hatte diese beiden zwar gerade erst kennengelernt, wusste aber aus jahrelanger Erfahrung, dass sie es mit fähigen Kollegen zu tun hatte.

»Freut mich … Freut mich sehr, Sie kennenzulernen.«

Ali griff nach ihrem Rucksack. »Darf ich?«

Yıldız' ockerfarbene Augen leuchteten dankbar, doch sie entgegnete: »Danke, ich trage ihn selbst.«

»Haben Sie Hunger, Yıldız Hanım?«, fragte Nevzat, ehe sie losgingen. »Möchten Sie vielleicht etwas essen?«

Es rührte sie, dass Männer, die sie gar nicht kannte, um ihr Wohl besorgt waren, doch zunächst galt es, Kerem Ölmez aufzuspüren.

»Danke, ich bin satt. Wäre es möglich, dass wir gleich aufbrechen?«

Auf dem Weg hinaus setzte der türkische Hauptkommissar die Unterhaltung fort: »Sie sprechen hervorragend Türkisch. Echtes Istanbuler Türkisch. Sind Sie erst später nach Deutschland gegangen?«

Yıldız balancierte den leicht nach rechts verrutschten Rucksack aus.

»Nein, ich bin dort geboren. Aber meine Eltern stammen aus Istanbul, sind dort geboren und aufgewachsen. Vor allem aber lieben beide Literatur. Ich bin mit türkischen Romanen aufgewachsen.« Sie blickte ihn vertraut an, als würde sie ihn irgendwoher kennen. »Kommen Sie auch aus Istanbul?«

Nevzat nickte.

»Ja, von der Mordkommission Istanbul. Ein Sondereinsatz, hieß es, dringend, es gehe um Ermittlungen in Deutschland. Aber wir wissen kaum etwas darüber. Informieren Sie uns doch bitte auf der Fahrt nach Bergama, die dauert rund anderthalb Stunden. Unter den Opfern sollen Türken sein.«

»Richtig, zwei Personen aus Bergama und ein Deutscher«, erklärte Yıldız kurz. »Ein komplizierter Fall, ich informiere Sie gleich darüber.« Hastig zückte sie das Handy, als wäre es ihr gerade wieder eingefallen. »Aber zuerst muss ich telefonieren. Ich hab's schon ein paar Mal versucht, erreiche ihn aber nicht.« Sie tippte auf Anrufen. »Er könnte das vierte Opfer werden.« Wieder keine

Antwort. »Nein, er geht nicht dran. Ich weiß nicht einmal, ob er in Gefahr ist oder nicht.«

Yıldız' Nervosität verriet Nevzat, dass die Lage heikel war.

»Wir können die Polizei in Bergama anrufen. Sollen sie die Person suchen, bevor wir dort sind?« Er zog sein Handy. »Wie heißt er?«

»Kerem Ölmez«, sagte Yıldız hoffnungsfroh. »Aber ich habe keine Adresse von ihm. Vielleicht können die Kollegen sie herausfinden.«

Draußen schlug ihr erneut eine Welle heißer Luft entgegen. »Hier entlang«, dirigierte Ali, während Nevzat telefonierte. Er zeigte auf einen weißen Renault Mégane. »Kommen Sie.«

Sie verstaute ihren Rucksack neben den beiden kleinen Koffern im geräumigen Gepäckfach. Nevzat war noch am Telefon.

»Ich müsste auch kurz telefonieren«, sagte Yıldız und blieb ein paar Schritte hinter dem hochgewachsenen jungen Polizisten zurück. »Ich muss meinen Sohn anrufen.«

»Klar.« Ali nickte. »Ich bin im Wagen.«

Gleich beim ersten Klingeln ging ihr Vater dran.

»Yıldız? Bist du gut angekommen?«

»Hast du auf meinen Anruf gewartet, Papa?«

Yaman mochte keine Sentimentalitäten.

»Nein, nein, das Telefon stand in der Nähe. Wie war die Reise?« In seiner Stimme schwang leichte Sorge mit.

»Sehr gut, ohne Probleme. Was macht Deniz?«

»Gut, gut, wir legen zusammen das Drachenpuzzle.« Jetzt klang er froh. »Warte, ich gebe ihn dir …«

»Hallo, Mama? Was machst du?«

»Hallo, Deniz, wie geht's dir, mein hübscher Sohn?«

»Gut, wir machen das große Puzzle. Ist bald fertig. Ich puzzle die Flügel vom Drachen. Was machst du denn, Mama?«

»Mir geht's auch gut, Deniz, ich bin in der Türkei. Ich hab hier was zu erledigen, anschließend komme ich gleich zurück. Weil ich dich so vermisse.«

»Okay, Mama«, warf Deniz ihr hin, in Gedanken war er bei dem Drachen. »Ich geb dir Opa.«

Ehe sie »warte« sagen konnte, hörte sie wieder Yamans Stimme.

»Yıldız? Mach dir um uns keine Sorgen, Tochter. Aber sei bitte vorsichtig. Wenn was ist, sag Bescheid. Ich finde jemanden, der dir hilft.«

Ach, Papa, wen oder was willst du in der riesigen Türkei denn finden, dachte sie, ließ es sich aber nicht anmerken.

»Keine Sorge, Papa, ich sag Bescheid. Ich mach jetzt Schluss, heute Abend ruf ich wieder an. Tschüss.«

Als sie den Kopf hob, sah sie Nevzat an der Hintertür des Wagens auf sie warten. Das Telefon hatte er noch in der Hand.

»Ich habe Polizeichef Nazmi kontaktiert.« Er deutete auf sein Handy. »Ein vertrauenswürdiger Freund. Er kennt Kerem Ölmez' Adresse nicht, kümmert sich aber sofort darum. Sie fahren dann sofort hin und informieren sich. Er gibt uns in Kürze Bescheid.« Er öffnete die Tür. »Kommen Sie, gehen wir zusammen auf die Rückbank, da können wir besser reden. Ali kann von vorne zuhören.«

»Danke, Nevzat Bey«, sagte sie verlegen. »Wenn es keine Mühe macht.«

Der erfahrene Hauptkommissar gab sich väterlich.

»Lassen wir das doch mit dem ›Bey‹. Wir sind ein Team, also gehörst du zur Familie.«

»Sehr gern«, ihre müde Miene strahlte. »Dann nennen Sie mich bitte Yıldız. Äh, ich wollte sagen, ihr, ihr beide.«

Sie stiegen ein, schnallten sich an. Nevzat kam auf das Thema zu sprechen, kaum dass Ali den Mégane startete.

»Soweit ich weiß, ist der Mörder noch nicht gefasst, oder?«

»Ich glaube, er ist noch nicht gefasst«, sagte sie vorsichtig, als der Wagen sich in Bewegung setzte. Sie wollte keine falschen Tatsachen vorspiegeln. »Wir wissen noch nicht einmal sicher, wer der Mörder ist. Ich habe aber einen Verdacht und warte auf das Ergebnis einer Blutanalyse. Damit wäre ich sicher.«

»Du sagst, du glaubst«, sagte Nevzat, ohne überrascht zu sein. »Meines Erachtens bist du aber durchaus sicher, wer der Mörder ist. Sonst wärst du nicht den ganzen Weg von Berlin hergekommen. Aber du kannst es wohl noch nicht beweisen?«

Yıldız gefiel es, verstanden zu werden.

»Genau so ist es. Deshalb befürchte ich auch, dass Kerem Ölmez in Gefahr ist. Sein Vater und sein Sohn wurden vom selben Täter umgebracht. Und der Täter ist vermutlich ein Sohn von Kerem Ölmez mit einer anderen Frau.«

Nevzat war kein bisschen verwirrt, vielmehr begann der Fall ihn zu interessieren. Die nächste Frage aber stellte Ali:

»Eine Erbsache?«

Yıldız richtete den Blick zu dem Kollegen am Steuer.

»Gewissermaßen, aber dem Mörder geht es nicht um Vermögen. Er ist sauer auf den Vater, weil der seine Liebe nicht gerecht verteilt hat. Eine Art Eifersucht, aber es ist komplizierter. Psychische Störungen spielen eine Rolle dabei, eine Obsession. Der Mörder hält sich für Zeus.«

»Für DEN Zeus?«, fragte Nevzat verwundert.

»Genau. Er tötet im Grunde, um Zeus zu sein … Deshalb hat er seinen Großvater umgebracht. Denn er glaubt, der wäre Uranos, und seinen Vater hält er für Kronos.«

Ali am Steuer runzelte die Stirn, er hatte kein Wort verstanden, Nevzat aber äußerte unverzüglich seine Vermutung:

»Er hat also dem Großvater das Geschlechtsorgan abgeschnitten?«

Yıldız strich sich mit der Rechten eine vor die Augen gefallene Haarsträhne zurück.

»Du kennst dich in der Mythologie aus, Nevzat«, stellte sie

anerkennend fest. »Richtig, genau das hat der Mörder getan. Er wollte auch Kronos töten, hatte aber keine Gelegenheit dazu, weil ihm Leute in die Quere kamen, die ihn daran hinderten.«

Nevzat ruckelte neugierig hin und her.

»Die Person, die du als Kronos bezeichnet hast, ist dann Kerem Ölmez, der nicht ans Telefon geht? Also der Vater des Täters?«

Yıldız merkte, dass sie ihre türkischen Kollegen wohl doch etwas verwirrt hatte.

»Vielleicht sollte ich die ganze Geschichte von Anfang an erzählen. Dann versteht man sie besser.«

Nevzat breitete die Arme aus, um Einverständnis zu signalisieren.

»Verzeihung, wir sind einfach mitten in die Geschichte hineingesprungen. Du hast recht, es wäre besser, wenn du von Anfang an erzählst.«

Der Mégane bog auf die Straße nach Izmir ein, und Yıldız fing zu erzählen an.

»Die Hintergründe für die Morde reichen bis in die Zeit vor dem Mauerfall zurück. Familie Ölmez gehörte zu den ersten Familien, die zum Arbeiten nach Deutschland gingen. Dabei ist ihre Vergangenheit interessant. Der Ururgroßvater war einer der ersten Arbeiter bei der Ausgrabung des Pergamon-Altars.«

Nevzat unterbrach sie: »Du meinst den Altar, der nach Berlin gebracht wurde? Das Monument, das als achtes Weltwunder gilt?«

Yıldız sah ihn einmal mehr bewundernd an.

»Alle Achtung, Hauptkommissar, deine Archäologiekenntnisse sind großartig.«

Nevzat lächelte bescheiden.

»Wir haben Bergama besucht, als ich noch ein Kind war. Meine Mutter war in Geschichte vernarrt. Später war ich noch ein paar Mal alleine in der Antikenstätte Pergamon. Eine atemberaubende Stätte.«

Yıldız nickte ebenso begeistert.

»Ich war auch schon dort, wirklich eine außergewöhnliche Stadt. Aber der Pergamon-Altar ist auch herrlich.«

Ein Schatten zog durch Nevzats Blick.

»Leider wird er nicht dort ausgestellt, wo er erbaut wurde.«

Auf diese Diskussion mochte Yıldız sich nicht einlassen.

»So ist es«, sagte sie nur und lenkte die Rede wieder auf die Ermittlungen. »Also, ich war bei Familie Ölmez. Der Ururgroßvater Pehlivan Efendi soll für Carl Humann gearbeitet haben, der Pergamon ausgrub. Die nachfolgenden Generationen setzten die Tradition fort, jahrelang waren die Männer der Familie beim Ausgraben der antiken Stadt tätig. Das ging so weit, dass Familie Ölmez begann, sich als Teil der Stätte zu verstehen. Und das ist nicht im übertragenen Sinn gemeint, Pehlivan Efendi beschäftigte sich physisch und psychisch so stark mit Pergamon, dass er seiner Frau eines Tages eröffnete, er sei Poseidon.«

»Poseidon!« Nevzat staunte. »Hat er wirklich daran geglaubt?«

»Nicht nur geglaubt, er hat es gefühlt. Eine Art Krankheit. Paranoide Grandiosität heißt sie. Ein fortgeschrittenes Stadium von Größenwahn. Und es kann erblich sein. Rund hundert Jahre später hielt sein Ururenkel Kerem Ölmez sich plötzlich für Kronos. Wundern Sie sich nicht, er wurde tatsächlich medikamentös dagegen behandelt.«

»Dann ist es doch normal, dass der Mörder sich für Zeus hält«, warf Ali ein, der bisher schweigend zugehört hatte. »Die Krankheit liegt in der Familie.«

Nevzat wirkte beeindruckt von dieser tragischen Erkrankung.

»Puh, wie eine antike Stätte das Leben einer Familie verändern kann!«

»Es ist tatsächlich merkwürdig«, fuhr Yıldız fort. »Die Krankheit von Ururgroßvater Pehlivan hielt die anderen Männer der Familie nicht davon ab, auch ihrerseits bei den Grabungen zu arbeiten. Na ja, sie verdienten dort Geld. Auf jeden Fall wirkte sich die wirtschaftliche Lage im Land auch auf sie aus. Als Deutschland Anfang der Sechzigerjahre Gastarbeiter aus der Türkei anwarb, gingen zwei Ölmez-Brüder mit ihren Familien nach Berlin, der getötete Orhan und sein älterer Bruder Recep. Kerem Ölmez ist Orhans Sohn. Auch Orhan hat seinerzeit in Pergamon gearbeitet. Und obwohl er noch minderjährig war, ging auch Kerem mit seinem Vater in der antiken Stadt arbeiten. Der Vater wollte, dass Kerem Archäologe wird, und dieser hatte das auch vor. Doch, sagen wir, weil für Migrantenkinder in Deutschland keine Chancengleichheit besteht oder weil er kein Glück hatte, wurde Kerem nicht Archäologe, sondern Aufseher im Ägyptischen Museum in Berlin. Weil er in Gedanken aber in Pergamon war, fuhr er häufig nach Ostberlin rüber und besuchte den Zeus-Altar. Denn dort im Museum fühlte er sich wie zu Hause. In dieser Zeit heiratete er Munise Hanım, bald wurde sein Sohn Hüseyin geboren. Doch er gab seine Leidenschaft, den Altar zu besuchen, nicht auf. Bei einem der Besuche des Pergamon-Museums lernte er Nina Brückner kennen. Nina war dort Museumsaufseherin, also eine Art Kollegin. Dass er aus Bergama stammte und seine Familie jahrelang bei den Ausgrabungen beschäftigt war, machte Eindruck auf sie. Eine Freundschaft entstand, die irgendwann zur Liebesbeziehung wurde. Kerem glaubte zunächst nur an eine Affäre und verheimlichte, dass er verheiratet war. Ich komm einfach nach einer Weile nicht mehr nach Ostberlin, dann ist es vorbei, dachte er. Doch er konnte weder vom Pergamon-Altar noch von Nina lassen. Schlimmer noch, Nina wurde schwanger und bekam eine Tochter von ihm. Das Baby nannten sie Melek. Nun hatte Kerem je ein Kind von zwei verschiedenen Frauen. Das scheint ihn nicht weiter gestört zu haben, denn er setzte das Doppelleben fort. Ein paar Jahre später, 1981, brachten die beiden Frauen Söhne zur Welt. Dem Sohn von Munise gab er den Namen seines Großvaters

Cemal, den von Nina nannte er, inspiriert von Zeus, Kartal. Nina, die einen nicht unerheblichen Teil ihres Lebens am Pergamon-Altar, also an Zeus' Palast auf Erden, verbracht hatte, verehrte den obersten Gott genau wie ihr türkischer Freund. Offenbar störte sie nicht, dass ihr Sohn Kartal gerufen wurde, nach Zeus' Adlersymbol. Wäre Kerem bis ans Lebensende bei seinem Sohn Kartal geblieben, hätte es vielleicht niemals Probleme gegeben. Doch leider kam es anders. Der ostdeutsche Geheimdienst fand es verdächtig, dass Kerem fast jedes Wochenende nach Ostberlin fuhr, und verhörte ihn. Zwar war schnell klar, dass er kein Spion war, aber man ließ ihn nicht in Ruhe. Du kannst das Pergamon-Museum besuchen, wann immer du willst, aber du musst uns helfen, sonst darfst du nicht wieder einreisen, erklärten sie ihm. Kerem hatte Angst, rundheraus abzulehnen. Also sagte er, er müsse es sich überlegen und gebe beim nächsten Mal Bescheid. Als sie ihn laufen ließen, beeilte er sich, nach Westberlin zurückzukommen. Aber dort vernahm ihn die Westberliner Polizei. Was wollen die von dir, was haben sie dir angeboten, bedrängten sie ihn. Und Kerem erzählte, was vorgefallen war. Sie glaubten ihm, forderten ihn aber auf, das Angebot der Stasi anzunehmen, in Wahrheit aber für sie zu arbeiten. Kerem fand sich mitten in einem Agentengerangel wieder und geriet in Panik. Er fuhr nie wieder nach Ostberlin. Tja, seine große Liebe Nina, die beiden Kinder mit ihr und den Pergamon-Altar strich er aus seinem Herzen ...«

»Ehrloser Schurke«, schimpfte Ali vorn. »Man lässt doch seine Kinder nicht im Stich!«

Yıldız lächelte, auch ihr Vater benutzte dieses Wort, wenn er wütend schimpfte: Ehrloser! Als Mutter gab sie Ali recht, Nevzat aber war mit seinen Gedanken woanders.

»Hat Kerem dir das erzählt?«

»Einen Teil, ja, aber dass er Frau und Kinder in Ostberlin hatte, sagte er natürlich nicht. Diese Leerstelle habe ich gefüllt. Hätte er es bloß schon früher gesagt, dann wäre er jetzt nicht in Gefahr. Und der Fall wäre längst abgeschlossen.«

Gespannt auf den Rest der Geschichte blickte Ali von der parallel zum Meer verlaufenden Straße auf und sah Yıldız im Rückspiegel an.

»Und wie ging es weiter?«

»Kerem lebte mit seiner Familie in Westberlin. Er ging in Rente und machte auf Initiative seines Sohnes Hüseyin zwei Baklava-Bäckereien auf. Der jüngere Sohn, Cemal, studierte Informatik und wurde Softwareingenieur. Kerem hatte also seine Frau und die beiden Kinder in Ostberlin komplett verdrängt. Und Nina Brückner heiratete nach einer Weile einen Chirurgen. Doktor Schimmel war ein guter Mann, er adoptierte Ninas Kinder und änderte ihre Namen. Aus Melek wurde Angela, aus Kartal Peter. Angela hatte Talent, sie wurde eine Underground-Künstlerin und malte eindrucksvolle Bilder. Peter ging in die Energiebranche. Angela wählte ein Leben in der Bohème und starb leider sehr jung. Mit ihrem Tod wurden ihre Bilder wertvoll. Als auch Nina und ihr Ehemann verstarben, erbte Peter ein größeres Vermögen. Er gründete ein Energieunternehmen: DER BLITZ. Der Sohn, den Kerem Ölmez als Fünfjährigen verlassen hatte, dachte offenbar nicht daran, sich zu rächen oder jemanden umzubringen.«

Yıldız verstummte und ließ sich vom Blick aus dem Fenster ablenken.

»Was für ein fantastischer Anblick ist das denn! Seht nur, die Bäume und die Farbe des Wassers.«

Auch Nevzat warf einen Blick in die Landschaft, von Olivenhainen bestandene Hügel wellten sich sanft zum Meer hinab.

»Das ist wirklich schön, ja. Die Stimmung ist jedes Mal anders, im Sommer und im Winter, auch im Herbst ist es schön. Vom Frühling gar nicht erst zu reden.« Leicht dahingesagte Worte, denn seine Gedanken waren bei der Geschichte. »Wann hat Peter angefangen zu töten? Es muss eine Bruchstelle geben.«

Yıldız zögerte.

»Genau lässt sich das schwer sagen, ich kann es höchstens vermuten. Zum einen ist da der Mauerfall. Denn mit dem Mauerfall änderte sich Peters Leben von Neuem. Anders als viele Deutsche im Osten war Peter Schimmel reich geworden, vor allem aber muss es für ihn ein großartiges Gefühl gewesen sein, sich als Mann zu sehen, der seine Wünsche verwirklicht hatte. Ich denke, aufgrund dieses Selbstvertrauens verzieh er dem Vater, der ihn als Kind sitzen gelassen hatte. Oder glaubte, ihm verziehen zu haben. Er war so von sich überzeugt, dass er Kerems Adresse in Erfahrung brachte und Informationen über ihn sammelte. Aber er ging nicht hin und stellte sich vor. Er beobachtete ihn lieber aus der Ferne. So weit, so gut, dann aber stellte er Cemal ein, seinen Halbbruder. Damit war er dem Vater ein Stück näher. Und er mochte seinen Bruder Cemal. Denn Cemal war, wenn auch aus völlig anderen Gründen, ebenso von seiner Familie verstoßen worden wie er. Die Ölmez-Familie lehnte ihn ab, weil er homosexuell war.« Sie wandte sich Nevzat zu. »Auch Cemal malte. Er wollte die Skulpturen vom Pergamon-Altar malen. Das Verrückte ist, dass Peter, der ihn auf diese Idee gebracht hatte, vorschlug, er solle den Göttern, Titanen und Giganten der Reliefs an den Mauern des Pergamon-Altars die Gesichter seiner Familienmitglieder geben. Cemal malte daraufhin Zeus mit seinem eigenen Gesicht. Bruchstelle, hast du gesagt, ich glaube, genau hier fand der Bruch statt: Als Peter das Bild von Zeus sah. Denn Kerem hatte Peter Zeus nahegebracht, als er noch ein kleiner Junge war. Das ging so weit, dass Kartal, wie er ja damals hieß, ausgehend von seinem Namen begann, sich für Zeus zu halten. Als er nun da, wo sein Gesicht hätte sein sollen, das von Cemal sah, brach das Trauma seiner Kindheit wieder auf. Das nehme ich zumindest an.

Ich glaube, das Gefühl, verlassen worden zu sein, ergriff Besitz von seiner Seele. Und da muss die Störung, unter der schon sein Ururgroßvater Pehlivan und sein Vater Kerem litten, auch bei ihm wieder aufgetreten sein.

Seine Verfassung nach dem Auftreten der Krankheit müssten wohl Psychiater erklären. Ich kann nur aufzählen, was er tat. Getreu der Mythologie tötete er seinen Großvater Orhan, den er für Uranos hielt, indem er ihm die Geschlechtsteile abschnitt, dann gab es aber eine Panne, über die Cemal zufällig stolperte. Peter witterte die Gefahr und änderte die Reihenfolge seiner Serie, statt Kronos, also Kerem Ölmez, brachte er Cemal um. Und wieder gab es ein Problem. Denn Cemal nannte seinem Partner Alex den Namen des Mörders. Daraufhin beseitigte Peter auch Alex. Aber die Person, die er eigentlich hätte vernichten müssen, nämlich sein Vater Kronos, war nach wie vor am Leben. Zeus konnte aber nicht den Thron besteigen, solange er seinen Vater nicht besiegt hatte. Deshalb musste er nach Bergama kommen, um Kerem zu töten …« Der letzte Satz kam zögerlich. »Musste sage ich, weil ich das alles noch nicht beweisen kann. Aber ich bin überzeugt davon, dass es sich so verhält. Um den Kreis zu schließen, wird Peter herkommen.«

Nevzat war auf den Mörder fokussiert.

»Ein interessanter Mann. Vaterlose Kinder flüchten sich zu Gott, er aber wollte selbst Gott sein.«

Yıldız nickte.

»Er war so verletzt, dass er keinen neuen Vater wollte, auch keinen heiligen. Vielmehr wollte er so stark sein, dass er keinen Vater mehr brauchte. Deshalb wollte er Zeus sein, denn Götter brauchen keinen Vater.«

Nevzats Telefon unterbrach das Gespräch.

»Das ist Nazmi von der Polizei in Bergama …« Er nahm das Gespräch an. »Hallo, Nazmi? Ja, ich höre. Hmmm, verstehe …

Ach so? Er hat es am Flugplatz in Izmir verloren? Stimmt, vielleicht wurde es gestohlen ... Aber Kerem Ölmez ist im Haus der trauernden Familie? Bist du sicher? Dein Kommissar hat ihn also gesehen. Okay, verstehe. Eine Bitte: Gibst du mir durch, wo das Haus der Familie ist? Danke, mein Bruder. Ja, natürlich, wir kommen vorbei, wenn wir da sind, trinken einen Kaffee bei dir ...«

Noch ehe er das Gespräch beendet hatte, fragte Yıldız: »Kerem geht es gut?«

»Ja, alles gut, er soll im Haus der trauernden Familie sein«, sagte Nevzat wie abwesend. »Sein Telefon hat er angeblich in Izmir verloren. Oder irgendwo vergessen. Es ist ja auch nicht so leicht für den armen Mann, gleich zwei Angehörige zu begraben. Vielleicht hat es auch jemand geklaut. Wie auch immer, im Augenblick gibt es keinen Grund zur Sorge. Und in einer Stunde sind wir selber vor Ort.«

Eine gute Nachricht, dennoch legte sich ein Schatten über Yıldız' Gesicht.

»Freut mich, dass Kerem Ölmez nichts passiert ist.« Ihre Stimme klang verzagt. Dann schüttelte sie skeptisch den Kopf. »Vielleicht täusche ich mich ja auch. Vielleicht ist Peter gar nicht der Mörder. Aber eine andere Möglichkeit scheint es auch nicht zu geben. Ich weiß nicht.« Vergeblich versuchte sie zu lächeln. »Ich hoffe, ich lasse euch nicht umsonst den ganzen Weg machen.«

Nevzat musterte die Kollegin, die niedergeschlagen auf ihrem Sitz kauerte.

»Eine gute Freundin von mir ist Ärztin, Doktor Seher. Sie sagte mal: ›Bei der Diagnose sind Analysen, Röntgenaufnahmen, Tomographie, Kernspin, Tests wichtig. Aber ich halte mich erst mal an die klinischen Befunde. Das Gespür der Ärztin, die den Patienten sieht, mit ihm spricht und ihn manuell untersucht, sind extrem wichtig.‹ Ihre Worte treffen auch auf unseren Beruf zu, Yıldız. Das Wichtigste bei den Ermittlungen ist dein Gespür. Du warst draußen, warst an den Tatorten, hast die Opfer gesehen, mit den Verdächtigen gesprochen, hast Indizien gesammelt und Spuren verfolgt. Dabei hast du dir eine Meinung gebildet. Natürlich kannst du dich täuschen, kannst Fehler machen, kannst Details übersehen haben. Kann alles sein, wir werden die Wahrheit erfahren, aber dein Gespür ist extrem wichtig.«

Yıldız schaute nachdenklich.

»Ich hoffe, du hast recht, sonst lässt mich mein Chef nicht wieder nach Berlin zurückkommen.« Sie lächelte, als wäre es ihr gleichgültig. »Na, und wenn nicht, dann habt ihr ja vielleicht in der Istanbuler Mordkommission einen Platz für mich.«

Freundschaftlich berührte Nevzat ihre Hand.

»Warum nicht? Aber ich glaube nicht, dass du dich täuschst.« Er hob die Brauen. »Und was uns betrifft, der Weg ist sicher nicht umsonst. Ist doch klasse, dir haben wir zu verdanken, dass wir das antike Pergamon noch mal zu sehen bekommen. Und wir essen Patlıcan Çığırtma, die Auberginenvorspeise, eine Spezialität in Bergama.«

*

Als sie von der Hauptstraße auf einen Schotterweg abbogen, war es Nachmittag, aber noch immer sengend heiß. Als es den Mégane rüttelte und schüttelte, nahm Ali Gas weg. Vorn öffnete er das Fenster einen Spalt, mit der trockenen Wärme strömte ein herrlicher Duft von Thymian herein. Nevzat beugte sich vor und deutete auf ein dreigeschossiges Haus inmitten eines mit Bäumen bestandenen, eingezäunten Gartens.

»Hier muss es sein.« Er warf einen weiteren Blick auf sein Handy. »Ja, die Position zeigt genau hier an. Auf der linken Seite der Straße nach Kozak. Andere Häuser stehen hier ja auch gar nicht.«

»Hier ist es«, bestätigte Ali, während er das Lenkrad des auf dem Schotter rüttelnden Wagens fest umklammert hielt. »Schaut mal, so viele Autos im Garten. Offenbar ist die ganze Sippe zum Kondolieren gekommen.«

Als ihr Auto das grün gestrichene Metalltor am Scheitelpunkt des Zauns passierte und sie in den weitläufigen Garten mit zahlreichen Aprikosen-, Nuss- und Ölbäumen hineinfuhren, rutschte Yıldız ungeduldig auf ihrem Sitz hin und her. Kerem würde vermutlich mehr als überrascht sein, sie zu sehen. Den eigentlichen Schock aber würde er erleben, wenn er erfuhr, dass Peter seinen Vater und seinen Sohn umgebracht hatte. Sein Sohn Kartal, den er vor langer Zeit verlassen hatte. Sie zögerte. Oder sollte sie es ihm gar nicht sagen? Noch war nicht bewiesen, dass Peter der Mörder war. War er der Täter, würde er auf jeden Fall herkommen. Täte er das? Und was, wenn er wartete, bis Kerem wieder in Berlin war? Nein, wenn Peter Schimmel tatsächlich der Mörder war, wenn er tötete, um selbst Zeus zu sein, musste er herkommen, um Kronos zu beseitigen. Sie rief sich die antike Stadt, die jetzt hinter ihnen lag, ins Gedächtnis. Eben, als sie nach Bergama hineingefahren waren, hatte sie in all ihrer Pracht vom Gipfel heruntergeschaut, und der weiße Marmor des Trajan-Tempels funkelte in den honigfarbenen Sonnenstrahlen. Wenn Peter Schimmel oberster Gott werden wollte, konnte er das nirgendwo anders als in Pergamon tun, wo der Zeus-Altar gestanden hatte. Warum war er noch nicht da, fragte sie sich, als der Mégane unter einem ausladenden Aprikosenbaum hielt. Beim Aussteigen drang eine Art gemeinschaftliches Flüstern, ein Gemurmel aus Dutzenden Münden an ihre Ohren. Zunächst begriff Yıldız nicht. Was war das für ein Geräusch? Nach ein paar Schritten erkannte sie arabische Wörter. Gebete. Wie von selbst verlangsamten sich ihre Schritte. Je näher sie kamen, desto lauter wurden die Stimmen, sie hörte jetzt alles genau, auch wenn sie nichts verstand. An der Haustür begrüßte ein Mädchen die drei Polizisten. Sie trug ein schwarzes Kopftuch, an den Schläfen lugten hennagefärbte Haarkringel hervor. Arglos blickte sie den Ankömmlingen entgegen.

»Kommen Sie, hier rüber. Die Frauen sind im linken Zimmer, die Männer im Wohnzimmer.«

Ali trat vor.

»Mein Beileid«, sagte er und zeigte wie selbstverständlich seine Plakette vor. »Polizei, wir möchten Kerem Bey sprechen. Kerem Ölmez. Können Sie ihn bitte rufen?«

Der Kummer auf der Miene des jungen Mädchens wich Beunruhigung, als sie das Wort Polizei hörte.

»Onkel Kerem ist nicht da.«

»Wo ist er denn?«, fragte Ali sogleich. »Irgendwo in der Nähe?«

Das Mädchen riss die kastanienfarbenen Augen auf.

»Ich … Ich weiß nicht, er ist vor ein paar Stunden weggegangen.«

»Alleine?«, hakte Nevzat nach. »War jemand bei ihm?«

Das Mädchen zögerte.

»Er war allein, das heißt, soweit ich gesehen habe, ist er allein in ein Auto gestiegen.«

»Was ist los, Gamze?«, erklang eine Stimme von drinnen. »Was lässt du unsere Gäste herumstehen?«

Als sie die Köpfe drehten, sahen sie einen Mittfünfziger die Treppe herunterkommen.

»Guten Tag, tut mir leid, dass Sie noch da herumstehen«, sagte der Mann verlegen. »Meine Tochter ist noch jung, verzeihen Sie.« Er deutete auf die Haustür. »Kommen Sie doch herein.«

Nevzat lächelte herzlich. »Nein, nein, es ist nicht Gamzes Fehler. Sie hat uns hereingebeten, danke.« Er zeigte seinen Ausweis vor. »Wir sind von der Polizei. Wir wollten mit Kerem Bey reden. Aber er ist wohl nicht da …«

Der Mann verzog das feiste Gesicht, verengte die kupferfarbenen Augen.

»Haben Sie die Mörder gefunden? Waren es die Enkel von Onkel Recep? Oder Davuts Sohn?« Als er sah, dass die Polizisten verständnislos schauten, ließ er den Kopf hängen. »Die leben ja auch in Berlin, Vielleicht waren die es, wollte ich sagen.«

Der Mann tat Yıldız leid.

»Nein, Haluk war es nicht. Noch ist sowieso nichts klar. Wissen Sie, wo Kerem Bey ist?«

Den Mann überraschte, dass die Frau so selbstsicher sprach und dass sie Haluk kannte, beantwortete aber unverzüglich ihre Frage.

»Schwager Kerem hat Besuch aus Deutschland. Der Chef des Verstorbenen. In dem Hotel, wo er abgestiegen ist, arbeitet ein Verwandter von uns, Lütfü. Den hat er nach Familie Ölmez gefragt. Und als Lütfü ein bisschen nachfragte, erwähnte er Cemal, den Seligen. Erzählte, er sei zur Beerdigung gekommen. Lütfü rief mich an. So kam der Kontakt zustande. Er hat auch seinen Namen gesagt, ich komm grad nicht drauf.«

»Peter?«, fragte Yıldız hastig. »Peter Schimmel?«

»Genau, so hieß er.« Der Mann strahlte. »Der kann kein Türkisch, sagte er zu mir, kümmere du dich um die Gäste, Schwager. Dann ist er mit meinem dunkelblauen Toyota-Pick-up los, um ihn persönlich abzuholen.«

»Er ist hier«, stellte Yıldız fest. »Ich hab mich nicht getäuscht, Peter ist hier.« Die Euphorie währte allerdings nicht lange, sogleich wandte sie sich erneut dem Schwager zu. »Wissen Sie, wo sie sich treffen wollten?«

Der Mann verstand nicht, warum Yıldız plötzlich so aufgeregt war, und antwortete gelassen.

»Er rief aus Bergama an. Wohnt im Hotel La Bella.« Er zögerte. »Eigentlich hätten sie längst hier sein müssen. Vom Hotel hierher sind es höchstens fünfzehn Minuten. Ich würde sagen, Schwager Kerem hat den Gast zum Essen ausgeführt, aber die Küche hier ist voll mit Essen.« Er spähte den Schotterweg hinunter. »Die kommen jeden Augenblick ... Kommen Sie doch herein, trinken Sie einen Ayran bei uns, essen Sie mit uns, wenn Sie Hunger haben.«

Hektisch schüttelte Yıldız den Kopf.

»Nein, danke, wir wollen nicht hereinkommen.« Ihr fiel ein, was Kerem erzählt hatte, von einem Streit ums Erbe. Es ging wohl um ein Haus und einen Olivenhain. Die Erben waren vor Gericht gegangen. Am Ende hatten sie den Olivenhain bekommen. Genau, so war es gewesen. Auch Haluk hatte den Olivenhain erwähnt. »Im Hain liegt eine uralte Zisterne«, hatte der Archäologe gesagt. »Oder besser ein Brunnen. Tief und breit und ausgetrocknet. Den wollte Cemal als Vorbild für sein Bild vom Tartaros benutzen.« Daran musste Yıldız denken und murmelte: »Tartaros ... Zeus hat Kronos in den Tartaros gesperrt. Ja, der Tartaros ...« Sie erntete verwunderte Blicke, verzog aber keine Miene. »Der Olivenhain«, sagte sie an den Schwager gerichtet. »Kerems Familie hat doch einen Olivenhain. Direkt am Selinos-Bach. Ist das hier in der Nähe?«

Der Schwager schaute wieder den Schotterweg hinunter und wies mit der Hand nach rechts.

»Das ist nicht weit, nur fünf Minuten über die Hauptstraße. Sie fahren in die Richtung, aus der Sie gekommen sind. Auf der Herfahrt sind Sie daran vorbeigekommen. Richtung Bergama. Da sehen Sie rechter Hand eine verfallene Mühle. Neben der Mühle fahren Sie ab, da ist es. Es gibt eine Zisterne, den Eingang sehen Sie gleich. Am Hang unten ist noch ein Eingang, aber nehmen Sie den nicht, der ist nicht sicher, da stürzt immer wieder etwas ein.« Er musterte Yıldız argwöhnisch. »Warum wollen Sie dahin? Ist etwas mit dem Olivenhain?«

»Nein, nein.« Wozu den Schwager weiter beunruhigen? »Wir

sollten uns den nur angucken, wenn wir schon mal hier sind.«
Sie wandte sich Nevzat zu. »Fahren wir hin, Hauptkommissar?«

Der erfahrene Polizist nickte bloß, und sie liefen zurück zum
Mégane. Als sie außer Hörweite des Schwagers und seiner Tochter
waren, fragte Nevzat: »Will der Mörder dorthin?«

In Yıldız' Augen standen viele Fragen.

»Ich nehme es an. Wenn ich den Mörder ein bisschen kenne,
wird er seinen letzten Mord an oder in der Zisterne dort im Olivenhain begehen.«

Diesmal setzte Nevzat sich zu Ali nach vorn. Er wartete, bis
Yıldız im Fond Platz genommen hatte, dann holte er eine schwarze
CZ 75 aus dem Handschuhfach.

»Hier, nimm sie. Benutze sie möglichst nicht, aber für alle Fälle
solltest du sie dabeihaben.«

Ohne zu zögern, nahm Yıldız die Pistole entgegen. Ali fuhr los
und Yıldız lud sie durch, spannte den Hahn und schob die Waffe
unter den Gürtel ihrer Jeans.

Sie fuhren wieder auf die Hauptstraße. Niemand sprach. Alle
spähten aufmerksam nach rechts, während sie im honigfarbenen
Sonnenlicht über die sacht gewundene Landstraße fuhren, um
die verfallene Mühle nicht zu verpassen. Nevzat sah sie zuerst. Sie
stand, wie vom Schwager beschrieben, genau fünf Minuten entfernt, direkt vor einer scharfen Kurve am Anfang einer abschüs-
sigen Rampe.

»Hier, Ali, fahr rechts raus. Siehst du, da steht die Mühle.«

»Okay.« Ali nahm den Fuß vom Gas und schlug das Lenkrad
ein. »Achtung, gleich holpert's ein bisschen.«

Das Gelände fiel steil ab, die Ölbäume mit ihren staubigen Blättern klammerten sich starrsinnig an den fruchtbaren Boden.

»Stopp, Ali, halt an! Ich denke, wir stellen den Wagen hier ab.
Das Gelände ist sehr steil.«

Der junge Kommissar parkte den Mégane an der Böschung.

»Kein Auto weit und breit.« Yıldız klang verzagt. »Wären sie hier, müsste der Toyota-Pick-up hier stehen. Ob sie noch unterwegs sind?« Sie spähte zu Pergamon oben auf dem Hügel hinüber. »Oder hat er seinen Vater in die antike Stadt gebracht?«

Nevzat hatte schon die Tür geöffnet.

»Schauen wir uns erst einmal die Zisterne näher an. Wenn wir sie nicht finden, fahren wir nach Pergamon rauf.«

Er hatte recht, sie stiegen aus. Es roch durchdringend nach Thymian. Yıldız war, als überfiele sie Schwindel. Sie schloss die Augen und holte ein paar Mal tief Luft.

»Hier muss es sein.« Bei Nevzats Worten schlug sie die Augen wieder auf. »Schau mal, der Eingang ist sogar von hier aus zu sehen.«

Yıldız beäugte das verfallene Gebäude vor ihnen.

»Sieht gar nicht nach Zisterne aus.«

»Nein, das ist sie nicht.« Hauptkommissar Nevzat deutete auf den Höcker daneben. »Dort, an der Seite.«

Ja, jetzt sah sie sie auch.

»Okay, ich seh sie.« Sie wandte sich zur Straße um, die sich hinter der scharfen Kurve nach unten schlängelte. »Da unten am Ende der Steigung muss der andere Eingang sein. Der Mann sagte doch, es gibt zwei Eingänge.«

Nevzat nickte und wandte sich seinem Assistenten zu.

»Ali, du kontrollierst den Eingang unten. Wir gehen hier rein.«

Ali reagierte unverzüglich.

»Alles klar, Hauptkommissar, wir treffen uns drinnen.«

Er eilte den Feldweg neben der Landstraße hinunter. Und Nevzat und Yıldız strebten zum Olivenhain. Der Wind nahm zu, zauste Yıldız' Haar, blähte ihre cremefarbene Bluse am Rücken wie einen Ballon auf. Sie liefen über den weichen Boden auf die Ruine zu. Als sie die ersten Bäume erreichten, stob eine große Sperlingsfamilie auf. Bald sahen sie, dass das Dach der Mühle vor langer Zeit eingefallen war und nur noch die Mauern standen. Sie reckten die Köpfe durch die verfallene Mauer, da glitten zwei grasgrüne Eidechsen wie Wasser über die Steine. Der bittere Duft eines Feigenbaums, der seinen dicken Stamm an die Mühlenmauer gelehnt hatte, stieg ihnen in die Nase. Sie fanden nichts, was von Interesse für sie war. Über das ausgedörrte Gras stapften sie weiter zur Zisterne. Bei jedem Schritt hüpften große Heuschrecken durch die Gräser. Ein paar Minuten später standen sie vor der Zisterne. Steine hatten sich gelöst, Nevzat musterte den Verschlussstein der Wölbung.

»Sieht nicht sehr stabil aus.«

Ein verzagtes Lächeln erschien auf Yıldız' leicht sonnengebräuntem Gesicht.

»Stimmt, aber uns bleibt nichts anderes übrig, als reinzugehen.«

Nevzat reagierte mit dem gleichen Lächeln.

»Na, dann gehen wir mal rein.«

Vorsichtig traten sie hinein. Vor ihnen schien ein kleiner Tunnel zu liegen, dunkel war es nicht, etwa zehn Meter weiter vorn drang Licht herein, dort war die Decke eingestürzt. Sie gingen darauf zu. Feuchte Kühle löste die sengende Hitze ab. Sie hörten etwas plätschern und ein Dröhnen. Irgendwo dringt Wind ein, dachte Yıldız. Kurz darauf wurde das Dröhnen deutlicher. Nein, das war nicht der Wind, jemand sprach. Ali? Rief er nach ihnen? So schnell konnte er nicht unten angekommen sein. Sie lauschten. Doch nur Yıldız verstand, was gesagt wurde. Denn die Stimme sprach Deutsch. Zornig klang sie, traurig und von Schmerz verzerrt. Yıldız erkannte sie. Sie hob die Hand, stoppte den Kollegen.

»Das ist Peter«, wisperte sie. »Wir haben sie gefunden.«

Lautlos zogen sie die Pistolen und schlichen noch behutsamer voran. Nach wenigen Metern war Peters Stimme klar zu hören.

»Ich bin hier, Papa«, sagte er gramerfüllt. »Ich bin hier, auch wenn du es nicht willst. Siehst du, ich bin auf deiner Erde. Dir ist nie eingefallen, mich herzubringen, du wolltest es gar nicht. Denn du hast mich nicht geliebt, du hast mich abgelehnt, weil du Angst vor mir hattest.«

»Was reden Sie da, Herr Schimmel?« In Kerems Stimme lag Angst. »Wieso Papa? Wovon reden Sie?«

»Tu nicht so, als ob du nicht verstehst!« Jetzt brüllte Peter. »Du weißt alles. Denn du hast alles ganz bewusst getan. Dein Vater kannte keine väterliche Zärtlichkeit, aber du bist noch skrupelloser, du warst brutal. Statt dich liebevoll um uns zu kümmern, hast du uns verlassen. Statt deine Kinder mit Liebe, Zärtlichkeit und Güte aufzuziehen, bist du auf und davon gegangen. Denn du hattest Angst, deine Macht zu verlieren, Papa ...«

»Ich verstehe kein Wort, glauben Sie mir!«, fiel Kerem ihm panisch ins Wort. »Wovon reden Sie, Herr Schimmel? Warum haben Sie mich auf den Kopf geschlagen? Wieso sind meine Hände gefesselt? Bitte, binden Sie mich los. Ich verstehe überhaupt nichts, warum benehmen Sie sich so?«

»Nicht Herr Schimmel, Zeus«, entgegnete Peter verletzt. »Erinnerst du dich nicht, Papa? Du bist Kronos, ich bin dein Sohn Zeus ...«

Blödsinn war das, sogar komisch, aber zum Lachen war es nicht.

»Verspotten Sie mich wegen meiner Krankheit, Herr Schimmel?«, fragte Kerem. »Was ist denn bloß los mit Ihnen? Was soll das alles?«

»Nenn mich nicht dauernd Herr Schimmel! Ich bin nicht Schimmel, ich bin dein Sohn. Dein Sohn, den du damals Kartal nanntest.«

In der darauffolgenden Stille war nur das Tropfen von Wasser irgendwo in der Zisterne zu hören.

»Kartal?« Kerems Stimme wurde kräftiger. »Du? Du bist Kartal? Mein Sohn? Also mein Sohn Kartal?«

»Genau, dein Sohn Kartal.« Peters Stimme klang rau und hasserfüllt. »Der Sohn, den du mit deiner großen Liebe Nina hattest. Der kleine Junge, den du einst in die Arme nahmst. Ja, ich bin Kronos' Sohn. Aber ich bin nicht mehr der hilflose Junge, den du mit Mutter und Schwester sitzen gelassen hast, als er fünf war. Ich bin Kartal, der Adler des Göttervaters. Guck mich nicht so an, ich bin Zeus, der König aller Geschöpfe im Himmel und auf Erden. Ja, ich bin nicht mehr das arme Kind, das heulte, weil sein Vater es verließ, ich bin Zeus, der höchste Gott. Zeus, der den stärksten Titanen besiegt und seinen Vater, der sich nicht wie ein Vater verhielt, in den Tartaros schickt.«

»Was sagst du da, mein Sohn?« Kerems schwache Stimme hallte durch die leeren Räume der Zisterne. »Hat dich denn dieselbe Krankheit erwischt? Hat das elende Leiden auch dich gepackt? Ach, mein armer Sohn!«

»Ich bin nicht arm!« Ein zorniger Aufschrei. »Der Arme hier bist du. Ich werde meine Identität nicht verbergen, wie du es getan hast. Mich wird niemand packen, das würde keiner wagen. Ich bin auch nicht krank, denn Götter werden nicht krank. Ich habe nur endlich meine Stärke erkannt. Habe begriffen, wer ich bin. Habe mich daran erinnert, wozu ich imstande bin. Ich fange neu an. Fange genau an der Stelle neu an, wo die Menschen mich vergessen haben. Uranos hat seine Macht verloren, jetzt bist du an der Reihe. Wie du weißt, werden Kinder, die im Schatten ihres Vaters leben, nicht erwachsen. Ich muss deine Herrschaft beenden, Papa. Die Menschen sind vom Weg abgekommen, die ganze Schöpfung ist in die Irre gegangen, die Ordnung der Welt ist zerstört. Ich muss diese Ordnung wiederherstellen. Draußen geht die Sonne der Titanen unter, und morgen schon dämmert der Morgen der Götter herauf. Auf Erden werden nicht länger die Winde der Angst wehen, sondern die der Freiheit. Väter werden ihre Söhne nicht länger fürchten, Söhne ihre Väter nicht mehr töten müssen. Geschwister einander nicht mehr hassen. Deshalb bin ich hier, Papa. Aus diesem Grund bin ich nach Pergamon gekommen. Denn du hast den Fluss des Lebens gestoppt. Und ich werde dich stoppen. Deshalb bin ich nach Pergamon gekommen, um dich vom Thron zu stoßen. Hier sperre ich dich in den finsteren Kerker der Giganten, ins Herz des Tartaros.«

Yıldız wunderte sich nicht länger darüber, dass ihre Vermutungen sich bewahrheitet hatten, es machte sie bloß schaudern zu sehen, dass Peter, der wie ein vernünftiger Mann wirkte, zu einem Irren geworden war, imstande, Furchtbares zu tun. Der Mensch war ein aberwitziges Wesen, so verletzlich, so grausam. Doch jetzt war nicht der Moment, darüber nachzudenken, wenn sie sich nicht beeilten, käme ein weiterer Mensch ums Leben. Beeilen wir uns, wollte sie sagen, als unter ihren Füßen ein Stein wegrutschte. Es krachte furchtbar. Nein, da war kein Stein weggerutscht, der Boden unter ihr brach weg. Ein kleiner Einsturz. Ein Schritt zurück und Yıldız war gerettet. Aber die beiden unten hatten das Geräusch gehört. Nach dem Krach herrschte kurz Stille, dann schrie Kerem aus Leibeskräften.

»Hilfe, bitte helft mir!«

»Dir kann keiner helfen, Papa«, rief Peter. »Es ist zu spät!«

»Nicht, lass das!« Die Stimme des armen Mannes wurde vom Geräusch eines schweren Gegenstands unterbrochen, der auf Knochen traf. »Au!«, konnte Kerem nur noch stöhnen. »Au!« Dann war ein Schlag zu hören und noch ein Schlag …

»Er bringt den Mann um!«, rief Yıldız. Sie sprang über die eingestürzte Stelle und stürmte los, Nevzat eilte hinterher. Kurz darauf standen sie am Rand der Zisterne. Sieben, acht Meter weiter unten stand Peter. Er trug eine dunkle Hose und ein braunes, gelb gestreiftes Leinenhemd ohne Kragen. Er stand am Kopfende seines Vaters, der in einer Lache von Blut lag, das aus seinem gespaltenen Schädel sprudelte. Sicher, dass er tot war, hatte er aufgehört, auf ihn einzuschlagen. Die Mordwaffe aber hielt er wie eine Keule noch in den Händen.

»Halt!«, brüllte Yıldız. »Halt oder ich schieße!«

Peter hob das vom Blut seines Vaters besudelte Gesicht und richtete den irren Blick seiner schwarzen Augen auf Yıldız. Er stieß ein entsetzliches Kriegsgeheul aus und schleuderte die Eisenstange, die er in den Händen hielt, in die Höhe. Yıldız hätte ihn erschießen können, unterließ es aber. Peter nutzte die Gelegenheit und warf sich hinter die umliegenden Trümmer. Die Eisenstange aber prallte von den Stufen der Zisterne ab und fiel auf Kerems lebloses Körper. Während die beiden Hauptkommissare noch verdattert nach unten starrten, brach in dem Eingang, zu dem der Mörder flüchtete, ein Tumult aus. Auf dem Weg nach draußen stieß Peter mit Ali zusammen. Ehe der junge Kommissar wusste, wie ihm geschah, geriet er ins Taumeln, konnte sich gerade noch an der eingefallenen Mauer der Zisterne abstützen. Der Mörder stürzte sich auf ihn. Der erste Fausthieb streifte Alis Kinn, den zweiten wehrte er mit dem rechten Arm ab. Da gab die Mauer nach, an der er lehnte, ein Teil stürzte auf die beiden herab. Der Kommissar berappelte sich als Erster, er packte den Gegner, der vor lauter Staub nichts sehen konnte, bei den Schultern und schleuderte ihn an die gegenüberliegende Wand. Nach dem Aufprall brauchte Peter nicht lange, um sich zu fangen, doch er hatte keine Zeit mehr, sich mit dem Gegner abzugeben, er wollte nur raus, bevor die beiden Polizisten von oben dazukamen. Ali ließ ihn aber nicht entkommen, er sprang ihm nach und erwischte ihn an der rechten Schulter. Doch der Mann war kein leichter Brocken. Er schüttelte Ali ab. Dessen Finger blieben an einem Lederriemen hängen. Es war der Riemen der Tasche, die Peter sich über die Schulter gehängt hatte. Mit letzter Hoffnung klammerte sich der Kommissar daran, der Riemen war die letzte Verbindung zum Mörder. Doch vergebens, der Mann riss sich mit aller Kraft los. Und Ali hatte die Tasche in der Hand. Peter stürzte nach draußen wie ein von den Zügeln befreites Pferd. Ali sprang ihm nach, da stürzte mit großem Lärm ein weiterer Teil der Mauer ein und verschüttete ihn. Ohne einen Blick zurück sprintete Peter zum Toyota-Pick-up, in dem er mit Kerem hergefahren war. Endlich waren Yıldız und Nevzat die Steintreppe hinunter und kamen außer Atem bei Ali an.

»Ali, Ali, bist du okay, mein Junge?«

Hustend richtete sich der junge Kommissar unter dem Schutthaufen auf.

»Mir geht's gut, Hauptkommissar. Aber der Kerl haut ab!«

Yıldız war schon draußen, doch als sie das Tageslicht erreichte, war es zu spät, der Pick-up raste bereits Richtung Bergama. Ihr blieb nur, ihm hinterherzuschauen. Sie hörte ein Husten. Nevzat und Ali traten ins Freie.

»Ist er weg?«, fragte Ali nach einem kräftigen Räuspern. »Konntest du ihn nicht aufhalten?«

Seine Stimme klang wütend.

»Nein. Aber ich weiß, wo wir ihn finden.«

Auch Nevzat schaute missbilligend drein. Sie hatte nicht geschossen, auch jetzt schien seine Flucht Yıldız wenig zu kümmern.

»Was ist, wenn er flüchtet, wenn wir ihn nicht wieder fassen?«, schimpfte er. »Oder wenn er noch jemanden umbringt?«

Yıldız antwortete gelassen, als könnte sie voraussehen, was geschehen würde.

»Er flüchtet nicht, Hauptkommissar, er fährt nach Pergamon. Keine Sorge, er wird niemandem mehr etwas antun. Höchstens sich selbst. Aber auch das wird er nicht, solange wir nicht da sind. Denn er braucht ein Publikum für seine prächtige Jubelfeier.«

»Hast du deshalb nicht geschossen?«, fragte Nevzat. »Du hättest ihn erschießen können.«

»Ich hätte ihn erschießen können, aber was hätte das genützt?

Kerem hatte er bereits totgeschlagen. Habt ihr es nicht gesehen, er hat dem Mann den Schädel gespalten.«

Nevzat verstand noch immer nicht, warum Yıldız so gelassen sein konnte.

»Du wirkst, als hättest du aufgegeben. Müssen wir den Mörder denn nicht schnappen?«

»Den schnappen wir sowieso. Ihr werdet sehen, er wartet in Pergamon auf uns. Vermutlich auf dem leeren Sockel des Zeus-Altars. Der Kreis hat sich geschlossen. Peter gehört nicht mehr dieser Welt an, er bewegt sich jetzt unter den Göttern der Mythologie. Aber es wäre gut, wenn wir ihn erwischen, bevor er sich umbringt.« Ihr Blick fiel auf die Tasche in Alis linker Hand. »Was ist das?«

»Keine Ahnung, eine Tasche.« Der Kommissar zuckte die Achseln. »Ich hab sie dem Verdächtigen von der Schulter gerissen.«

»Darf ich mal sehen?« Es war eine Tasche aus dunkelgrünem Leder, Handarbeit. Sie öffnete die Tasche, fand die Pergamentblätter. Vermutlich das Pergamentpapier, das Peter bei seinem Besuch im letzten Jahr hier besorgt hatte. Die Blätter waren beschrieben. Wie vermutet mit einer dunkelroten Flüssigkeit. Laut las sie vor:

»Ich fange da an, wo euer Vergessen eingesetzt hat. Bei der letzten Stadt, aus der mein Name gestrichen wurde, dem letzten Tempel, in dem die letzte Statue von mir zerschlagen wurde, beim letzten Wort der letzten Prophezeiung des letzten meiner Seher, beim letzten räuchernden Fleisch des letzten Opfers auf dem Altar, beim letzten Gebet meines letzten mich voller Liebe, Achtung und Ehrfurcht anrufenden Dieners ...«

Ihr Telefon klingelte. Markus.

»Hallo, Chef, wir hatten recht, Peter ist hier.«

»Ich weiß.« Markus war kein bisschen überrascht. »Wir haben die Analyse des Blutes in den Beuteln, die du in seinem Haus gefunden hast. Es ist das Blut von Großvater Orhan. Der Irre hat das Blut seines Großvaters benutzt. Was mag er damit geschrieben haben?«

Yıldız sah auf den Borgen Pergament, den sie in der Hand hielt.

»Mythologie«, sagte sie. »Ich habe das Manuskript hier. Er hat auf dem Pergamentpapier, das er vor einem Jahr in Bergama gekauft hat, die Mythologie erzählt, aus Zeus' Sicht. Mit dem Blut seines Großvaters.«

»Ein Psychopath! Er will, dass wir verstehen, wie ernst es ihm ist ...«

Yıldız schüttelte den Kopf, als könnte der ein paar tausend Kilometer entfernte Direktor sie sehen.

»Das glaube ich nicht, Markus, nicht für uns hat er mit Blut geschrieben, sondern für sich selbst. Um sich glauben zu machen, dass er Zeus ist. Um zu beweisen, dass er ebenso erbarmungslos ist wie der Gott. Na, ist jetzt auch egal. Leider hat er auch seinen Vater umgebracht. Kerem Ölmez konnten wir leider nicht retten.«

»Habt ihr ihn?«, fragte der Kriminaldirektor begeistert. »Habt ihr ihn geschnappt?«

»Nein.« Hoffnungslos klang Yıldız nicht, aber erschöpft. »Aber wir kriegen ihn. Ich muss Schluss machen, Markus.«

»Sei vorsichtig, Yıldız.« Der Direktor war beunruhigt. »Sei bitte vorsichtig.«

»Das bin ich, Markus, keine Sorge.«

Als sie das Gespräch beendete, merkte sie, dass Nevzat sie noch immer befremdet musterte. Sie lächelte verzagt.

»Schau mich nicht so an, Hauptkommissar, es hatte keinen Sinn, ihn zu erschießen. Wirklich nicht. Es wäre bloß noch ein Mensch umgekommen. Aber noch können wir ihn retten.«

12

»Sie kommen, Zeus, die grausamen Kinder der Erdmutter
kommen deinetwegen.«

Ich lief durch einen göttlichen Wald, unter Bäumen, deren Wipfel in den Himmel hinaufragten, durch kniehohes Gras. Leichter Nebel stieg vom Boden auf, ein herrlich duftender Wind wehte, die Nymphen summten ein heiliges Lied. Ich hatte alle Feinde besiegt, war von allen Sorgen befreit, ringsum herrschte Frieden. Die Göttinnen lächelten, die Götter waren glücklich, die Menschen froh, alle Geschöpfe waren zufrieden. Auch ich war zufrieden, mein Körper war kräftig, mein Geist ruhig, meine Seele von Frieden erfüllt. Da hörte ich die Stimme.

»Sie kommen, Zeus, die grausamen Kinder der Erdmutter kommen deinetwegen.«

Es war Hera, die aufgeregt rief.

»Wach auf, Zeus, wach auf, mach die Augen auf. Sie kommen, die Giganten kommen. Wach auf, Zeus, Gaias erbarmungslose Kinder kommen. Sie springen aus explodierenden Vulkanen, stapeln Berge aufeinander, verbinden die aus Hügeln gebildeten Stufen und erklimmen den Olymp. Wach auf, Zeus, wach auf, die entsetzlichen Kinder der Erde kommen unseretwegen ...«

Als ich die Augen aufschlug, stand die höchste Göttin neben mir und rüttelte mich.

»Gaia hat die Giganten aufgewiegelt, Zeus«, sprach sie. »Jetzt ist Kriegszeit.« In meinen Ohren hallte das Krachen der gegen die Palastmauern prallenden Felsbrocken wider. »Rasch, Zeus, schnell, sie sind schon fast auf dem Olymp!«

Ich sprang von meinem Lager auf, das Himmelsgewölbe dröhnte unheilschwanger vom Kriegsgeschrei der Giganten. Rauch stieg zum Himmel auf, die Meere tosten wie toll geworden, die Ebenen standen in Flammen, die Täler spalteten sich, tiefe Schluchten taten sich auf. Gaia hatte also schneller gehandelt als erwartet. Jener Tag war also früher da als gedacht. Die Giganten griffen also überraschend an. Dann war es auch an uns zu kämpfen. Während ich meinen Panzer anlegte, rief ich alle Olympier, rief alle Gefährten, die Schulter an Schulter mit mir kämpfen würden:

»Auf, ihr Götter, Brüder, Schwestern, meine Kinder! Der Tag, von dem ich sprach, ist da. Die Barbaren kommen, um unseren Palast zu zerstören, um unser Zuhause niederzubrennen, um uns unsere Freiheit zu nehmen. Brüder und Schwestern, jetzt ist Kriegszeit. Jetzt ist die Zeit für Mut, Heldentum und Opferbereitschaft. Sie kommen, um die Herrschaft der Finsternis wieder zu errichten, um das Schlechte und Böse zu verbreiten, um alles zu vernichten, was schön ist. Doch es wird ihnen nicht gelingen, wir werden Gaia und ihrer furchtbaren Brut die Lehre erteilen, die sie verdient haben. Wir werden sie so tief im Tartaros begraben, dass ihre großen Augen nie wieder das Tageslicht erblicken, dass ihre hässlichen Leiber nie wieder das Leben beschmutzen. Und Gaia, die wir Mutter nennen, unser Ein und Alles, werden wir eine solche Lehre erteilen, dass sie nie wieder wagen wird, uns anzurühren.

Auf, meine Kinder, auf, meine Brüder und Schwestern, auf, meine Gefährten! Auf, ihr Krieger des Lichts, der Anmut, des Guten! Lassen wir die Soldaten der Finsternis, der Rüpelei und des Bösen nicht durchkommen. Tod den Kreaturen des Todes!«

Die Verteidiger von Himmel und Erde versammelten sich unverzüglich, die Helden der Freiheit waren sofort zum Kampf bereit. Selbstverständlich stand auch Herakles, den ich auf diese Tage vorbereitet hatte, sogleich an meiner Seite. Fliegende Pferde hatten ihn zu mir in den Palast gebracht. Und ich nahm meinen Sohn mit meinem Adler und meinen Blitzen zu mir auf den Streitwagen. Und ging in diese endgültige Schlacht, die der Existenz der Giganten ein Ende setzen sollte. Und ich sah Athene mit ihrer todbringenden Lanze und ihrem Schild. Augenblicklich stürzte sie sich auf den rasenden Giganten Alkyoneus. Da stand Apollon nicht zurück und schoss seine geflügelten Pfeile auf das Monstrum Ephialtes, den Bergeversetzer, ab. Und mein großer Bruder Poseidon griff nach seinem Dreizack, sprang auf seinen Streitwagen und jagte Polybotes nach, einem Anführer der Giganten. Und mein ruhmreicher Sohn Dionysos trat mit seinem fruchtbaren Stab dem jungen Giganten Eurytos entgegen. Unser Schmied Hephaistos ließ es mit seinen schwieligen Händen schwere Kanonenkugeln hageln auf den Kopf des Rüpels Mimas. Der gescheite Hermes hatte sich den Helm des Hades aufgesetzt und ging dem neunmalklugen Hippolytos an die Kehle. Die Jägerin Artemis nahm den riesenköpfigen Gration in die Zange. Die erfahrene Hekate krallte dem grässlichen Klytios ihre Fingernägel ins Gesicht. Mein Sohn Ares, der Meister der Kriegskünste, attackierte von seinen Pferden aus einen als unbesiegbar geltenden geflügelten Giganten. Die kokette Aphrodite verzichtete auf ihr verführerisches Lächeln und stellte sich zusammen mit ihrem Sohn Eros einem hässlichen Giganten entgegen wie ein reißender Tiger.

Wie ich mit meinem Sohn Herakles so das Schlachtfeld überschaute, gab es jäh einen Aufprall, als hätte ein Berg uns erwischt. Mitsamt unserem Wagen wurden wir über die Wolken geschleudert. Als wir die Köpfe hoben, sahen wir Porphyrion, den Anführer der Giganten. Mit seinem mächtigen Leib hatte er sich auf uns gestürzt. Porphyrion war, um ehrlich zu sein, ein großartiger Krieger. Ohne Erbarmen ließ er seine Fäuste auf uns herabsausen. Mit Mühe wehrten ich und mein mutiger Sohn Herakles die Hiebe ab. Als wir endlich zum Gegenangriff ansetzten, sprang Porphyrion flink, wie es sein mächtiger Leib nicht erwarten ließ, in unseren Palast auf dem Olymp. Stürzte in den privaten Bereich auf unserem heiligen Berg. Und als er Hera in all ihrer Schönheit erblickte, vergaß er die Schlacht und dachte gleich einem brunftigen Tier nur noch an seinen Trieb. Ich lenkte meine geflügelten Pferde zum Olymp, doch der Schurke Porphyrion hatte sich schon auf meine Gattin geworfen. Als ich das sah, sah ich rot. Alle Blitze, die am Himmel zu finden waren, schleuderte ich dem Unhold auf den Kopf. Die Speere aus Licht rissen tiefe Wunden in seinen hässlichen Leib, doch der ehrlose Wüstling war nicht totzukriegen. Denn so stand es im heiligen Gesetz, Giganten können nur von einem Unsterblichen und einem Sterblichen gemeinsam besiegt werden. Da trat der heroische Herakles vor, spannte seinen Bogen und sandte Porphyrion seinen Pfeil ins schwarze Herz. Durch den Pfeil meines heldenhaften Sohnes hauchte der Anführer der Monstren sein Leben aus. So begann die tragische Geschichte der Giganten, die zur Legende werden sollte.

Auf der Erde kämpfte Athene weiter gegen Alkyoneus. Sie hatte es offenbar nicht leicht mit ihm. Sogleich eilte Herakles seiner unsterblichen Schwester zu Hilfe. Wieder und wieder hieb er dem Giganten seine Keule auf den Kopf. Blutüberströmt stürzte Alkyoneus leblos zu Boden, doch kurz darauf stand er wieder auf. Denn sobald er stürzte, gab die Erdmutter ihm Kraft. So warnte ich meinen Sohn:

»Wir müssen ihn von der Erde lösen, Herakles, Gaia hilft Alkyoneus. Sobald er die Erde berührt, gibt sie ihrem Sohn Lebenswasser.«

Daraufhin brachte ich ihn gemeinsam mit Herakles von der Erde fort, endlich drückte mein heroischer Sohn dem elendigen Giganten den breiten Hals ab. Und diesmal kam der hässliche

Sohn der scharfsinnigen Gaia nicht davon. So trat der Giganten-
führer Alkyoneus seine Reise ins Totenreich an.

Und wir eilten zu Apollon mit seinem Licht, der sich seit gerau-
mer Zeit mit Ephialtes abmühte, dem Prinzen der Finsternis. So
viele Pfeile er auch auf ihn abschoss, die widerliche Kreatur starb
nicht. Da sprach ich:

»Apollon, mein kluger Sohn, ziel du auf Ephialtes' linkes Auge,
Herakles auf das rechte. Spannt die Bögen gleichzeitig, schießt
eure Pfeile im gleichen Moment ab.«

Das taten sie, schossen Ephialtes, dem Monument der Hässlichkeit, zwei Pfeile in seine zwei Augen. Wie Berge bei Erdbeben
wanken, so wankte Ephialtes, solange er stand. Wir packten ihn
und stießen auch ihn ins finstere Reich des Hades hinunter.

So oft auch Poseidon mit seiner dunkelblauen Mähne Polybo-
tes, dem riesigsten der Giganten, den Dreizack in die Brust hieb,
das dreckige Monster scherte sich nicht darum. Ich wollte ihm mit
Herakles helfen, doch er hielt uns mit einer Kopfbewegung zurück.
Er wollte den Dämon allein besiegen. Das aber war unmöglich.
Wenn nicht mich, musste er doch Herakles an seine Seite neh-
men. So sprang mein heldenhafter Sohn auf den von geflügelten
Rossen gezogenen Streitwagen seines Onkels. Und sie schleppten
Gaias hässlichsten Spross mitten ins Meer hinein, rissen die Hälfte
der Insel Kos ab und begruben Polybotes im tiefsten Meeresloch.

Und Dionysos, der seinen mit Weinlaub umrankten Stab als
Waffe einsetzte, hatte den jungen Giganten Eurytos gehörig betäubt. Den Zorn des Weines gilt es zu fürchten, Gaias geliebter Sohn war blutüberströmt. Doch wie die anderen Dämonen
wehrte auch Eurytos sich gegen den Tod. Mit hundert Schritten
eilte Herakles seinem berauschten Bruder zu Hilfe. Und schoss
dem Eurytos seine Pfeile in den Hals. Sogleich hörte der Gigant
zu atmen auf, auch ihn schickten wir in Hades' Arme.

Gegen Mimas aber, den Schmied Hephaistos mit schweren

Kanonenkugeln zermürbte, half weder Feuer noch scharfer Stahl. Dabei waren Hephaistos' Schläge so heftig, dass jeder andere längst gesagt hätte, es reicht, und auf eigenen Füßen ins Grab gestiegen wäre. Doch Mimas war der starrsinnigste der Giganten. Stets erstand er vom Tod wieder auf, kaum hatte er den letzten Atem ausgehaucht, begann er von Neuem zu atmen. Als aber Herakles sich einmischte, als er ihm mit seinem Schwert den knolligen Kopf vom schiefen Leib hieb, da erst verabschiedete Mimas sich vom Schlachtfeld.

Und Hermes konnte den Hippolytos noch so sehr schlagen, jedes Mal stand der Gigant erholt wieder vor ihm und grinste auch noch, wobei er seine großen, an unförmige Felsbrocken erinnernden Zähne zeigte. Beinahe ließ Hermes den Mut sinken, doch da stand Herakles ihm bei. Als er seine Keule dem Hippolytos über den Schädel zog, verstand der Gigant, dass die Stunde geschlagen hatte. Meine beiden tapferen Söhne, sterblich und unsterblich zugleich, überwältigten Hippolytos und prügelten ihm mit ihren mächtigen Fäusten den letzten Atem aus der Lunge. So wurde auch der Unglückliche ins Totenreich geschickt.

Und verwandelte Artemis Grations stinkenden Leib auch in Stein, sah es ringsum mit seinem schwarzen Blut wie im Schlachthaus aus, die mächtige Kreatur war vital, als wäre sie kein bisschen erschöpft. Immer wieder griff er die Göttin an. Beinahe hätte er meine Tochter mit ihrem schönen Kranz unterworfen, da kamen ihr wiederum Herakles' stählerne Arme zu Hilfe. Als Erstes warf er den Schuft Gration von seiner Schwester hinunter. Dann spannte er gleichzeitig mit Artemis den Bogen, und sie durchlöcherten dem Giganten mit zwei giftigen Pfeilen den klobigen Hals. So wurde auch der kräftige Gration überwältigt. Wir packten ihn am Fuß und schleuderten ihn in tiefste Finsternis hinab.

Und Ares hatte mit seinem Speer wer weiß wie oft den rosafarbenen Leib des geflügelten Giganten zerfetzt. Waren ihm auch sämtliche Federn gerupft, das Monster flog weiter um ihn herum, versuchte weiter, seine Klauen in meinen kriegerischen Sohn zu schlagen. Auch Ares war wohl ein wenig erschöpft, das bleibt unter uns, denn er lehnte Herakles' Hilfe nicht ab. So sprang mein von einer Menschenmutter geborener Sohn aufs Schlachtfeld und hieb dem eigenartigen Giganten die Flügel ab. Ares führte den Kampf mit seinem Speer zu Ende und löschte das letzte Funkeln in den Augen des schwierigen Gegners.

Und als fänden sich die besten Krieger unter den Schönen, zerfetzte Aphrodite wieder und wieder dem Giganten vor ihr den ungestalten Leib. Eros schoss seine Pfeile dem Gegner in den Rücken statt ins Herz, und die Liebesgöttin hieb dem Feind viele Male ihre Nägel in die Brust. Doch wie die anderen widersetzte auch dieses Monster sich dem Tod. Aber vergeblich, wie die anderen würde auch er seinem Schicksal nicht entgehen. Mit der von seiner älteren Schwester Athene geborgten Lanze sollte Herakles auch ihm das Leben nehmen. Er stieß ihm die Lanze in den Nacken und schickte ihn in die ewige Ruhe.

Am Ende der Schlacht weilte keines der hässlichen Kinder Gaias mehr auf Erden. Der Aufstand war niedergeschlagen, alle Giganten waren besiegt, die Barbaren unterworfen. Als eindeutige Sieger gingen die Götter aus der Schlacht hervor. Eines aber blieb noch zu tun: Ehe ich den Sieg feierte, ehe ich meinen mit Nektar gefüllten goldenen Kelch zu Ehren meiner Kampfgefährten erhob, ehe ich meine Dankrede hielt, stieg ich auf die Erde hinab und trat vor Gaia hin. Unsere Großmutter war am Boden zerstört, tiefer als zuvor waren die Furchen in ihrem Gesicht, ihre Wangen eingefallen, ihr Rücken gebeugt. Ihre einst zärtlich blickenden Augen fixierten mich jetzt voller Hass. Ich schaute nicht hasserfüllt, aber ich hatte auch keine Achtung mehr vor ihr, die Liebe zwischen uns war schon lange erloschen.

»Gaia«, hob ich an, »unersättliche Göttin, Königin der Intrigen,

Weib, das die Männer um den Finger wickelt, sieh endlich ein, dass deine Zeit zu Ende ist. Du hast uns geschaffen, dafür danken wir, aber es ist vorbei. Wir stammen alle von dir ab, aber wir kehren nicht zu dir zurück. Es ist nicht zu leugnen, das Leben begann mit dir, aber es wird mit dir nicht weitergehen. Hör endlich auf, du bist keine Göttin, tritt ab, du kannst nicht über die Welt herrschen, hör endlich auf, deine Kinder gegeneinander aufzuhetzen. Dies ist meine Zeit, meine Welt, mein Königreich, jetzt gilt mein Befehl. Denn ich bin der stärkste, der klügste, der mutigste, der fähigste aller Götter. Die Titanen erhoben sich, ich unterwarf sie, die Giganten erhoben sich, ich besiegte sie, nie wieder kann sich einer mir entgegenstellen. Denn ich bin der Unbesiegbare.«

Die Erdmutter hockte da, der Hass in ihren Augen vertiefte sich. Majestätisch hob sie den Kopf, richtete ihre hasserfüllten Blicke auf mich und sprach:

»Oh Zeus, du Verlierer, der du dich für unbesiegbar hältst, oh Zeus, du Schwächling, der du dich für den mächtigsten Gott auf Erden hältst. Ich war euer aller Mutter, war die, die euch alle schuf, die, die euch ins Leben holte, ich wollte nur eines: Ihr solltet geschwisterlich zusammenleben, einander lieben, keinen Unterschied untereinander machen. Ich wollte, dass Gleichheit herrsche unter all meinen Kindern, dass niemandem Unrecht geschehe, dass die von mir Geborenen einander nicht nach dem Leben trachteten. Doch erst dein Großvater Uranos, dann dein Vater Kronos und jetzt du, ihr habt die Geschwisterlichkeit, die Liebe und die Gleichheit ausgelöscht. Ihr habt euch Gewalt, Egoismus, Habsucht und Raffgier zu eigen gemacht. Ihr hattet Angst, deshalb wolltet ihr ein Angstreich errichten. Davor konnte ich doch nicht die Augen verschließen. Selbstverständlich musste ich mich euch dummen, grausamen Männern widersetzen, und das tat ich. Ich stürzte Uranos vom Thron, ich nahm Kronos seine Krone, dir war ich leider unterlegen. Das wäre mir nie eingefallen. Denn ich hätte nicht gedacht, dass du so unbarmherzig sein würdest, um des Sieges willen das Leben deiner Kinder zu gefährden. Doch du hast es zur Meisterschaft gebracht in Gewissenlosigkeit, im Aushecken blutiger Verschwörungen, im Schmieden hinterhältiger Intrigen. Leugne es nicht, Zeus, an Niedertracht hast du alle Könige überrundet.

Ja, ich bin besiegt, ich gebe es zu, erhabener Zeus, du hast gewonnen. Doch dieser Sieg ist nicht von Dauer. Du hast recht, meine Ära ist vorbei, du hast sie beendet, das hat die Zeit so gewollt. Jetzt beginnt vollauf dein Zeitalter, genieß es, solange deine Herrschaft dauert. Denn die Zeit wird auch dich besiegen. Weder der Olymp wird überdauern noch dein Palast, noch der Himmel, noch die Erde. Weder Ruhm noch Ehre, noch Ansehen, noch deine Tempel und Altäre, noch die Reliefs, die du auf den Mauern deiner Altäre anbringen lassen wirst. Die Zeit wird dir alles nehmen, wie sie es mir nahm, deine Herrschaft wird enden, dein Wort wird nichts mehr wert sein.

Oh Zeus, oh mein kühner Enkelsohn, oh mein Tyrann, der seine eigene Kraft anbetet, oh mein dummes Kind, das seine Grausamkeit für Gerechtigkeit hält. Schreib dir meine Worte hinter die Ohren. Es werden neue Götter kommen, mächtiger, wissender, kühner als wir alle. Die Menschen werden sie lieben, achten und anbeten. Man wird dich vergessen, Zeus, das ist unausweichlich. Dein Name wird zum Gegenstand von Spott werden, die Menschen werden sich über dich lustig machen. Deine Liebesgeschichten, deine Heldentaten, deine Wunder wird man sich als schlechte Scherze erzählen. Glaub mir, so wird es kommen. Bleiben werden nur deine Grausamkeiten, die Kriege, die du angezettelt, die Seuchen, die du verbreitet, die Katastrophen, die du ausgelöst, das Leid, das du allen Lebewesen zugefügt hast, und das Blut an deinen Händen.

Ja, mein starker Enkel, ja, Zeus, der Wolken sammelt, Blitze schleudert und mit Orkanen brüllt, du hast mich besiegt. Ich bin nicht mehr die Göttermutter, ich bin bloß Erdmutter. Doch stell dir vor, ich werde Titanen, Göttern, Giganten, Menschen, allen Geschöpfen auch weiterhin meine Arme öffnen. Sie werden mit mir leben und ich mit ihnen. Gut, ich werde keine Göttin sein, aber ich existiere weiter. Dich aber, Zeus, dich wird es nicht mehr geben, vergessen wirst du wie eine nicht eingetroffene Prophezeiung, ein falscher Held, ein schlechter Traum. Daran führt kein Weg vorbei. Und nun steig auf deinen Olymp. Nun steig hoch zu den Wolken, nun genieß deine Macht, solange deine Zeit dauert. Feiere deinen Sieg mit denen, die an dich glauben. Denn die Niederlage ist nah.«

So sprach sie, dann schrumpfte sie vor meinen Augen, mischte sich unter den Staub, der vom Blut ihrer Söhne rotbraun geworden war, und verschwand bald ganz. Ich zürnte ihr nicht, war nicht gekränkt, gab nichts auf ihre Worte. Sie sprach so, weil sie besiegt war, weil ich ihre Söhne getötet hatte, weil sie ihre Macht für immer verloren hatte. Ich stieg auf meinen von geflügelten Pferden gezogenen Wagen. Fuhr zum Olymp hinauf und versammelte meine Gefährten um mich, eröffnete die Feier. Musik erfreute die Herzen, die Teller füllten sich mit Ambrosia, Nektar strömte in die goldenen Becher. Ich lobte meine Gefährten, beschenkte Götter und Göttinnen mit kostbaren Gaben. Und nahm meinen Sohn Herakles unter die Olympier auf. Und donnerte noch einmal mit meiner kräftigsten Stimme:

»So bin ich, Zeus, der oberste Gott aller Geschöpfe im Himmel wie auf Erden. Zeus, der den mächtigsten aller Titanen unterwarf. Zeus, der seinen Vater in den Tartaros schickte, weil er sich nicht als Vater zu benehmen wusste, der gnadenlos die barbarischen Giganten besiegte. Orkane sind mein Zorn, mein Gebrüll, Blitze meine Speere. Fortan bin ich der König der Götter, Titanen, Giganten und Menschen.

So bin ich, Zeus, der stärkste, mutigste, klügste, fähigste aller je da gewesenen Götter, dessen Herrschaft in alle Ewigkeit andauern wird.«

Zwölftes Kapitel

Der von Bäumen gesäumte Weg schlängelte sich um den Burghügel herum zur Akropolis hinauf. Den Toyota fanden sie am Tor der antiken Stadt Pergamon, als hätten sie ihn selbst dort abgestellt. Ali parkte den weißen Mégane direkt neben dem dunkelblauen Pick-up. Als sie ausstiegen, schlug ihnen ein kräftiger Wind entgegen, nicht einmal in dieser Höhe nahm die Hitze ab. Alle drei wandten sich dem Pick-up zu, natürlich war niemand darin.

»Seit wann kennst du diesen Peter Schimmel eigentlich?«, fragte Nevzat. Sein Blick barg kein Befremden mehr, sondern Bewunderung. »Du siehst voraus, was der Mann tun wird. Deine Vermutungen haben sich als zutreffend erwiesen.«

»Ich kannte ihn vorher nicht. Erst im Zuge der Ermittlungen habe ich ihn kennengelernt. Ganz am Anfang fand ich ihn verdächtig, doch dann begann er, uns zu helfen. Ich traf ihn drei Mal, heute ist das vierte Mal.«

Sie beeilten sich, zu den Drehkreuzen am Eingang der antiken Stadt zu kommen.

»Alle Achtung! Einen Verdächtigen so gut zu analysieren und dann noch in so kurzer Zeit. Hut ab! Großartig!«

»Großartig? Nicht doch!« Yıldız schaute, wie um zu fragen, ob er sie verspottete. »Keinen einzigen Mord konnte ich verhindern, nicht einem der Opfer konnte ich das Leben retten. Großartig ist vielmehr der Mörder. Ihr hab es ja gesehen, eben hat er vor unserer Nase seinen eigenen Vater umgebracht. Und wir mussten zuschauen. Es gab zwar Pannen, aber er hat seinen Plan bis ins Letzte umgesetzt. Vielleicht schnappen wir ihn gleich, vielleicht hält er aber auch noch eine Überraschung für uns parat. Der Mann hat uns besiegt, Hauptkommissar. Der Großartige ist er.«

Sie war so ehrlich, dass Nevzat das Bedürfnis verspürte, sie zu trösten.

»Das sehe ich anders, schlussendlich hast du den Fall gelöst. Du hast auch herausbekommen, warum der Täter getötet hat. Seine Persönlichkeit hast du korrekt analysiert. Das ist mehr als genug. Niemand kann den gesamten Ablauf kontrollieren. Schließlich bist du nicht Gott.«

Yıldız lächelte traurig.

»Das stimmt, nicht ich bin Gott, sondern Peter. Ich bin nur eine Polizistin. Eine Polizistin, die an diesem Fall gescheitert ist. Du sagst, ich hätte seine Persönlichkeit korrekt analysiert. Aber welche seiner Persönlichkeiten? Die des fünfjährigen Kartal, den sein Vater sitzen ließ, als er auf Nimmerwiedersehen verschwand? Die des Umweltaktivisten Peter, eines erfolgreichen Unternehmers und sehr höflichen Menschen? Die von Zeus, des obersten Gottes über Titanen, Götter, Menschen und die ganze Schöpfung? Welche habe ich korrekt analysiert?« Sie schüttelte energisch den Kopf. »Du sagst das zweifellos, um mich aufzurichten, und ich danke dir dafür, aber bei diesen Ermittlungen bin ich unterlegen, Hauptkommissar. Der Täter hat mich besiegt. Das ist die Wahrheit.«

»Was sind das denn für Massen hier?«, unterbrach Ali das Gespräch. »Wo kommen die denn alle her?«

Als sie die Köpfe drehten, sahen sie Dutzende Menschen durch die Drehkreuze herausströmen. Deutsche, Japaner, Briten, Araber, Türken kamen auf sie zu. Nevzat fand als Erster die Erklärung.

»Vermutlich schließt das Museum, deshalb kommen alle raus.«

»Das ist gut«, murmelte Yıldız und beschleunigte ihre Schritte noch ein wenig. »Hoffentlich leert es sich komplett. Je weniger oben los ist, umso besser.«

Sie hatte recht, es hätte die Sache nur erschwert, wenn all die

Leute um sie herum gewesen wären. Sie eilten zu den Drehkreuzen. Ein uniformierter Museumsangestellter stellte sich ihnen in den Weg, an der Brust verriet ein Schild seinen Namen: Mirkelam Batmaz.

»Wir schließen in fünfzehn Minuten«, sagte er, doch als Ali ihm seinen Dienstausweis unter die Nase hielt, trat er sofort beiseite. »Pardon, Chef, natürlich können Sie rein. Wenn Sie Hilfe brauchen …«

Yıldız preschte sogleich vor.

»Ist vor Kurzem noch jemand reingegangen? Ein blonder, hochgewachsener Mann? Braunes kragenloses Hemd, dunkle Hose.«

»Ja«, bestätigte Mirkelam. »Ein deutscher Tourist. Er hatte seine Tasche drinnen vergessen, die wollte er eben noch holen, deshalb hab ich ihn reingelassen.« Er zögerte. Hatte er etwas falsch gemacht? »Hätte ich ihn nicht reinlassen sollen?«

Ali schlug dem Wachmann freundschaftlich auf die Schulter.

»Alles gut, Mirkelam. Kein Problem. Aber jetzt lass keinen mehr rein, verstanden?«

Mirkelam ging sofort in Habtachtstellung.

»Verstanden, Chef, keine Sorge, hier kommt keiner mehr rein.«

Sie ließen Mirkelam mit seinen Augen voller Fragen am Eingang zurück, passierten die Drehkreuze, kämpften sich noch kurz durch die Menschenmenge, dann stiegen sie die Stufen zur antiken Stätte hinauf. Oben angekommen, tauchte die Bakırçay-Ebene vor ihnen auf. Etliche Kilometer entfernt sah Yıldız ein Glitzern. Sie spähte aufmerksam hin, sie täuschte sich nicht, in der Ferne glitzerte das Meer, changierte im Sonnenlicht von Blau ins Rötliche.

»Welchen Weg nehmen wir?« Nevzats Frage riss sie von dem Anblick los. »Hier teilt sich der Weg.«

Yıldız überlegte kurz, deutete dann entschlossen nach links.

»Hier entlang, Hauptkommissar. Da ist der Zeus-Altar. Vermutlich ist Peter dorthin gegangen.«

Ali lachte genervt.

»Klar, der Mann ist Zeus, wo sollte er sonst hingehen?«

Weder Yıldız noch Nevzat reagierten darauf. Schnell, fast im Laufschritt eilten sie den Sandweg entlang. Kurz darauf lag der leere Sockel des heiligen Monuments vor ihnen. Nur die Fundamentsteine des Altars waren noch hier, an der Stelle, wo die Menschen früher Opfer für die Götter verbrannten, wuchs jetzt eine gewaltige Kiefer. Das Gegenlicht verlieh dem Altar, der dem Göttervater geweiht war und einst als achtes Weltwunder galt, ein tragisches Aussehen. Doch unter der Kiefer und rings um den Tempel war niemand.

»Haben wir uns getäuscht?«, fragte Nevzat. »Hierher ist der Mörder offenbar nicht gekommen.«

Hastig suchten sie die Umgebung des Altars ab. Nein, hier war Peter Schimmel nicht. Yıldız ließ die Blicke weiter nach unten schweifen, blieb an dem Grab unter einer Zypresse hängen. Dort ruhte ein anderer Deutscher, dessen Leben der Zeus-Altar komplett verändert hatte: Carl Humann. Doch der Mörder, der sich für Zeus hielt, war nirgends zu sehen. Sie gelangte erneut an die zum Meer gerichtete Seite des Altars, an die Stelle, wo einst Treppen waren. Sie kehrte dem Altar den Rücken und spähte nach rechts, dort lag nicht weit entfernt das Amphitheater. Sie glaubte nicht, dass der Mörder dorthin gehen würde. Sie drehte sich um, hob den Blick und richtete ihn auf den Damm, auf dem der Athena-Tempel stand. Nein, auch im heiligen Bereich seiner weisen Tochter Athene hatte Zeus nichts zu suchen.

»Akropolis«, murmelte sie aufgeregt. »Er muss den Hügel hinauf sein, zur Akropolis.«

Ali wandte sich in die Richtung, aus der sie gekommen waren, doch Yıldız deutete zur Schlucht. »Hier entlang, Ali, es gibt eine Abkürzung durchs Theater. Dort entlang hat uns damals der Führer gelotst.«

Als sie den Pfad betraten, der sich zwischen Stein- und Erdhaufen hindurchschlängelte, legte der Wind beträchtlich zu. Sie mussten sich dagegenstemmen, glücklicherweise war es nicht weit, der Pfad führte sie mitten ins Theater hinein.

»Was für ein Theater!« Ali musterte staunend die Zuschauerplätze. »Steil wie eine Strickleiter.«

»Richtig. Wir befinden uns hier im steilsten Theater der antiken Welt. Strengen wir uns noch kurz an.« Sie zeigte nach oben. »Da oben am Durchgang kommen wir raus.«

Sie erklommen die lange Reihe steinerner Stufen und erreichten ein dunkles Gewölbe. Es war ein kurzer Durchgang von vier, fünf Metern. Er brachte sie zum Athena-Heiligtum. Alle drei schauten sich aufmerksam um. Wie Yıldız vermutet hatte, war Peter auch hier nicht. Sie spähte zu den weißen Marmorsäulen des Trajan-Tempels hinüber.

»Da müssen wir rauf, zur höchsten Stelle der Akropolis.«

Sie liefen durch die verfallenen Straßen der prachtvollen Hauptstadt der Attaliden, die der Eunuch Philetairos einst mit dem Vermögen gegründet hatte, das Lysimachos, der kühne Feldherr Alexanders des Großen, ihm hinterlassen hatte. Außer Atem erreichten sie die Ruinen des einst für den römischen Kaiser Trajan errichteten Tempels. Auch hier war Peter nicht. Hier war noch nicht die höchste Stelle von Pergamon. Um dorthin zu gelangen, mussten sie zu den Mauern rings um die weiter hinten gelegenen Paläste gehen. Sie verschnauften kurz, dann liefen sie an der großen Zisterne auf dem Platz vorüber und standen kurz darauf vor den einst imposanten Palästen.

»Da ist er! Da ist der Mann, den wir suchen.«

Ali hatte Peter entdeckt. Im Licht der untergehenden Sonne stand er da, als wäre er nicht bei Sinnen. Die Augen geschlossen, die Arme ausgebreitet. Der Wind blähte die Ärmel seines Leinenhemds und ließ ihn wie ein mächtiger Adler mit weiten Schwingen aussehen. Lag es am Licht, das sein Haar golden färbte, oder an seinem an einen griechischen Gott erinnernden Körper, unnatürlich wirkte sein Anblick keineswegs. Er stand auf den alten Mauern, als wäre er ein Teil der sinkenden Abendsonne, der verlassenen antiken Stadt, des verfallenen Palastes.

»Ja«, wisperte Yıldız. »Ja, da ist er.«

Peter sah nicht zu ihnen hin, hatte aber gespürt, dass die Polizisten herankamen. Es kümmerte ihn nicht, die Augen geschlossen, die Arme so weit wie möglich ausgebreitet, stand er im starken Wind einfach weiter da.

»Herr Schimmel!«, rief Yıldız ihn sanft an. »Peter Schimmel!« Zweifellos hatte er sie gehört, doch er wandte sich nicht um.

»Herr Schimmel«, wiederholte sie mit noch sanfterer, fast devoter Stimme. »Okay, Sie haben gewonnen. Okay, Sie haben sich gerächt. Okay, Sie haben getan, was Sie tun mussten. Das war es. Jetzt müssen Sie sich ergeben.«

Auf Peters Lippen tauchte ein spöttisches Lächeln auf, dann senkte er die Arme und richtete den Blick auf die Polizisten. Der brutale Ausdruck war aus seinen Zügen verschwunden, jetzt stand wieder die tiefe Trauer in seinen schwarzen Augen, die Yıldız kannte.

»Nein, Frau Karasu«, sagte er im selben höflichen Ton wie früher. »Leider kann ich mich nicht ergeben. Dafür ist es zu spät. Ich habe meinen Großvater umgebracht, meinem Bruder das Herz herausgeschnitten, Alex die Haut abgezogen, meinen Vater erbarmungslos erschlagen. Es gibt kein Zurück mehr.« Er hielt inne, ließ den Blick schweifen, als sähe er die ganze Erde. »Ich hasse Ihre Welt. Hier ist es besser, schöner, macht mehr Sinn. Abgesehen von meiner Kindheit habe ich das Leben, das ich geführt habe, nie geliebt, keinen einzigen Augenblick. Wenn ich jetzt umkehre, muss ich dorthin zurück. Und es wird noch schlimmer, noch schwieriger, noch hässlicher als früher. Nein, Frau Karasu, ich kehre nicht um, es ist besser, in der Welt der Götter zu bleiben. Ich muss das Abenteuer zu Ende bringen, sonst verliert all das Leid seinen Sinn, sonst wäre das Blut, das ich vergossen habe, umsonst vergossen, sonst würden mich alle einfach nur für einen Irren halten.« Er lächelte resigniert. »Nein, Frau Karasu, ich bin nicht verrückt, ich habe auch nicht den Verstand verloren. Aber ich hätte in dieser gnadenlosen, lieblosen, ruppigen Welt nicht leben können, als wäre nichts geschehen.« Wieder hielt er inne, hob den Blick zum mittlerweile in Rot getauchten Himmel. »Außerdem rufen sie mich. Meine geliebte Gattin Hera, meine weise Tochter Athene, der Lichtgott Apollon, mein großer starker Bruder Poseidon, genug, sagen sie, komm endlich …« Er schwieg. Nun war in den Ruinen der Akropolis nur noch das Brausen des Windes zu hören. Yıldız schaute verzagt.

»Tun Sie es nicht!«, rief sie. »Tun Sie es nicht!«

Peter Schimmel lächelte traurig. »Mir bleibt nichts anderes übrig«, erwiderte er. »Das Leben ließ mir keine andere Wahl.«

Er drehte sich um, breitete die Arme wie Schwingen eines Adlers aus und ließ sich über die Mauer ins Leere fallen. Am Himmel war etwas wie ein Flügelschlag zu hören, durch die Wolken gellte scheinbar ein wilder Schrei. Die drei Polizisten standen ratlos am Fuß der Mauer. Ungeachtet des Geschehens versank hinter den Hügeln, die die antike Stadt umgaben, die Sonne. So wie seit Jahrtausenden.

22. Januar 2020
Istanbul

DANKSAGUNG

Für ihre Unterstützung beim Schreiben von *Das Land der verlorenen Götter* danke ich dem ehemaligen Bürgermeister von Bergama Mehmet Gönenç, dem Archäologen und ehemaligen Verantwortlichen der Einheit UNESCO-Weltkulturerbe und der Welterbestätte der Kommune Bergama Bülent Türkmen, Prof. Dr. Semih Baskan, dem Zahnarzt Celal Yıldırım, der Vize-Leiterin der Grabungsstätte Pergamon Doz. Dr. Güler Ateş, dem stellvertretenden Direktor der Antikensammlungen Berlin Dr. Martin Maischberger, dem ehemaligen Bundestagsabgeordneten Özcan Mutlu, Yüksel Mutlu, Bahattin Topraklı, dem Chefredakteur der Berliner Zeitschrift *Merhaba* Murat Tosun, dem Berliner Bildhauer Zeki Turan, dem Rechtsanwalt Cüneyt Bülent Bilaloğlu dafür, dass er mir die deutschen Gesetze erläuterte, dem türkischen Botschafter in Berlin Yaşar Özbek, meinem Rechtsanwalt Aydın Kurban, den ersten kritischen Leserinnen und Lesern meiner Romane: meiner deutschen Übersetzerin Sabine Adatepe, meiner Literaturagentin Nermin Mollaoğlu, Figen Bitirim, Kemal Koçak, Ayhan Bozkurt, Mert Orçun Özyurt, Erdinç Çekiç, Oral Esen, meiner Tochter Gül Ümit Gürak und Gürkan Gürak sowie meiner Frau Vildan Ümit. Ohne den Beitrag dieser geschätzten Menschen hätte es diesen Roman nicht gegeben.

Die türkische Originalausgabe erschien 2021 unter dem Titel
Kayıp Tanrılar Ülkesi im Verlag Yapı Kredi Yayınları, Istanbul.

*Dies ist eine Fiktion. Alle Verweise auf reale Begebenheiten,
Institutionen, Orte oder Personen dienen lediglich dazu,
ein fiktives Universum zu erschaffen.*

Zitat auf Seite 468 aus Carl Schuchardt, Theodor Wiegand:
Der Entdecker von Pergamon Carl Humann. Ein Lebensbild, Berlin 1930,
S. 11–13. Zitiert nach Jürgen Gottschlich, Dilek Zaptçıoğlu-Gottschlich:
*Die Schatzjäger des Kaisers. Deutsche Archäologen auf Beutezug
im Orient,* Berlin 2021, S. 25.

Penguin Random House Verlagsgruppe FSC® N001967

1. Auflage
Originalausgabe Februar 2024
btb Verlag in der Penguin Random House Verlagsgruppe,
Neumarkter Str. 28, 81673 München
Copyright © der Originalausgabe 2021
Ahmet Ümit, © Kalem Agency
Redaktion: Bernhild Mennenga
Covergestaltung: Semper Smile, München
Covermotiv: © Shutterstock/Boris Stroujko; OlegRi
Satz: Uhl + Massopust, Aalen
Druck und Einband: GGP Media GmbH, Pößneck
JT · Herstellung: sc
Printed in Germany
ISBN 978-3-442-77387-9

www.btb-verlag.de
www.facebook.com/penguinbuecher

Ahmet Ümit

Die Gärten von Istanbul

Kriminalroman

736 Seiten, btb 71513
Aus dem Türkischen von Sabine Adatepe

Sieben Leichen. Sieben historische Stätten.
Sieben Wendepunkte in der Geschichte Istanbuls.

Istanbul, die unbezähmbare Stadt zwischen zwei Kontinenten.
Ein magischer Ort, wo Geschichte geschrieben wurde und
sich noch heute unzählige Geschichten ineinander verweben.
Kaum einer kennt ihn so gut wie Nevzat, Oberinspektor des
Morddezernats. Und kaum einer leidet an ihm wie er, dessen
Frau und Tochter dort Opfer eines Verbrechens wurden. Und
doch wird er hinzugezogen, als an der Atatürk-Statue eine
Leiche gefunden wird. Das Opfer, Professor für Kunstgeschichte,
war anerkannt in Istanbuls intellektuellen Kreisen. Ebenso wie
seine Exfrau Leyla, Museumsdirektorin im legendären Topkapı
Palast. Kurz darauf wird eine zweite Leiche gefunden. Wieder
an einem von Istanbuls Wahrzeichen. Und die Serie reißt nicht
ab. Sieben Leichen an sieben historischen Stätten – und nur ein
einziger Faden scheint die Fälle miteinander zu verbinden: die
jahrtausendealte Geschichte einer der geheimnisvollsten und
faszinierendsten Städte der Welt …

Der ultimative Istanbul-Krimi.

btb